武 汉 大 学 百 年 名 典

作者简介

刘绶松（1912—1969）中国新文学史专家，现代文学学科奠基者。原名寿嵩，笔名刘濑流、宋漱流。湖北省洪湖市人。1935年入清华大学，1938年毕业于西南联合大学。毕业后，任教于重庆南开中学、西北工学院（今西北工业大学）。1949年后，任国立湖北师范学院、兰州大学教授。1952年任武汉大学中文系副教授、教授，其最有代表性的著作是《中国新文学史初稿》。

武汉大学
百年名典

中国新文学史初稿

刘绶松 著

武汉大学出版社
WUHAN UNIVERSITY PRESS

图书在版编目(CIP)数据

中国新文学史初稿/刘绶松著. —武汉：武汉大学出版社,2013.11
武汉大学百年名典
ISBN 978-7-307-11826-3

Ⅰ.中… Ⅱ.刘… Ⅲ.①中国文学—现代文学史 ②中国文学—当代文学—文学史 Ⅳ.I209.6

中国版本图书馆 CIP 数据核字(2013)第 229792 号

责任编辑:朱凌云　　责任校对:汪欣怡　　版式设计:马　佳

出版发行：**武汉大学出版社**　(430072 武昌 珞珈山)
(电子邮件：cbs22@whu.edu.cn 网址：www.wdp.com.cn)
印刷：湖北恒泰印务有限公司
开本:720×1000 1/16 印张:41.75 字数:599 千字 插页:4
版次：2013 年 11 月第 1 版　　2013 年 11 月第 1 次印刷
ISBN 978-7-307-11826-3　　定价:98.00 元

《武汉大学百年名典》出版前言

百年武汉大学，走过的是学术传承、学术发展和学术创新的辉煌路程；世纪珞珈山水，承沐的是学者大师们学术风范、学术精神和学术风格的润泽。在武汉大学发展的不同年代，一批批著名学者和学术大师在这里辛勤耕耘，教书育人，著书立说。他们在学术上精品、上品纷呈，有的在继承传统中开创新论，有的集众家之说而独成一派，也有的学贯中西而独领风骚，还有的因顺应时代发展潮流而开学术学科先河。所有这些，构成了武汉大学百年学府最深厚、最深刻的学术底蕴。

武汉大学历年累积的学术精品、上品，不仅凸现了武汉大学“自强、弘毅、求是、拓新”的学术风格和学术风范，而且也丰富了武汉大学“自强、弘毅、求是、拓新”的学术气派和学术精神；不仅深刻反映了武汉大学有过的人文社会科学和自然科学的辉煌的学术成就，而且也从多方面映现了20世纪中国人文社会科学和自然科学发展的最具代表性的学术成就。高等学府，自当以学者为敬，以学术为尊，以学风为重；自当在尊重不同学术成就中增进学术繁荣，在包容不同学术观点中提升学术品质。为此，我们纵览武汉大学百年学术源流，取其上品，掬其精华，结集出版，是为《武汉大学百年名典》。

“根深叶茂，实大声洪。山高水长，流风甚美。”这是董必武同志1963年11月为武汉大学校庆题写的诗句，长期以来为武汉大学师生传颂。我们以此诗句为《武汉大学百年名典》的封面题词，实是希望武汉大学留存的那些泽被当时、惠及后人的学术精品、上品，能在现时代得到更为广泛的发扬和传承；实是希望《武汉大学百年名典》这一恢宏的出版工程，能为中华优秀文化的积累和当代中国学术的繁荣有所建树。

《武汉大学百年名典》编审委员会

出版说明

本书曾为教育部委托出版的高校文科教材之一。1956年由作家出版社出版，分上下两册。1979年人民文学出版社重印，对某些部分作了修订。现将该书列入《武汉大学百年名典》重新出版，以资纪念。本次出版以1979年人民文学出版社版本为底本，在力求保持全书原貌的前提下，对一些文字标点符号的明显错误做了订正；版式亦有所调整，不再分上下册。

本书反映了20世纪50年代初作者的认识水平，带有比较鲜明的时代印痕，编辑审读加工中只做了少量的文字与标点的修改，其余尽量保持原版原貌，引文亦依原样。

武汉大学出版社

2013年8月

刘绶松先生和他的学术成就

孙党伯

刘绶松先生原名刘寿嵩，笔名有洛那、鲁夫、宋漱流等。1912 年 12 月 20 日出生于湖北省洪湖县龙口区刘家乡(此地解放前属沔阳，解放后曾一度改属嘉鱼)的一个封建大家庭。8 岁时，其父将家搬到武昌定居。父亲是清末秀才，相信旧式教育，对新式学校抱有偏见，故让儿子进家塾读书，从 7 岁至 13 岁，整日诵读传统经典。这虽然为他打下了较好的国学根基，养成了对文史的兴趣，但也严重阻碍了他对科学新知的学习。1925 年他开始上中学。第二年北伐军攻克武昌，大革命风暴席卷武汉，局势动荡，学校停课，刘绶松将近两年辍学在家，直到 1930 年才初中毕业考入高中。自进入中学后，他的视野开阔了，开始接触并爱上了新文学作品，如郭沫若、郁达夫、蒋光慈等作家的作品就深受他的喜爱。高中二年级时，他开始写作新诗和散文，并在武汉的报纸副刊上发表。

1933 年夏季刘绶松在湖北省立高中毕业后，因数学基础差，未能考取名牌大学。1934 年秋到北平私立中国大学国文系读书。次年秋参加清华大学的转学考试获成功，被录入该校中文系二年级，受教于朱自清、闻一多等众多名家，使他的学识水平和学术境界大为提升。抗日战争爆发后，清华大学南迁，与北京大学、南开大学合并组成西南联合大学。1938 年 7 月，刘先生由云南蒙自西南联大毕业，经朱自清先生介绍，到由天津迁至重庆的南开中学任国文教员，课余常阅读新文学作品，并写作散文及有关文学史的论文，发表在《文群》和《学灯》上。1942 年秋到陕西城固西北工学院任国文副教授，在城固曾阅读毛泽东的《新民主主义论》、《论持久战》、《在延安文艺座谈会上的讲话》(以下简称《讲话》)，深受影响。

1946年6月刘绶松回到武汉，曾先后在湖北师范学院和兰州大学中文系任教授。1949年9月到武汉大学中文系任讲师，次年改任副教授，1956年升任教授。同年5月参加了中国共产党。

20世纪50年代初，教育部将中国新文学史列为大学中文系的必修课。1953年，长期喜爱并关注新文学的刘先生欣然承担了这一新课程的教学任务。他积极搜集资料，夜以继日地工作，边撰写教材，边讲课，1956年4月所著《中国新文学史初稿》(以下简称《初稿》)由北京作家出版社出版，全书分上下册，约55万字。《初稿》出版后，受到学界的好评，短期内多次重印。在此前后，刘先生还出版了两本论文集：《文艺散论》(长江文艺出版社1955年)和《京郊集》(长江文艺出版社1958年)，共收录论文20篇，除论析刘勰《文心雕龙》的两篇及评析外国文学的三篇外，全是评析新文学的。由于刘先生在教学科研中取得如此显著的成绩，尤其是在中国新文学史学科建设方面的重要贡献，他的学术声望和地位大为提升。20世纪50年代中期和60年代初期，他曾两次受邀到北京参加由教育部组织的中国现代文学史统一教材的编写工作。刘先生曾长期担任武汉大学中文系现代文学教研室主任，并兼任中国作家协会武汉分会副主席、湖北省文学艺术界联合会主席团委员、湖北省哲学社会科学联合会主席团委员、《长江文艺》编委、《武汉大学学报(人文科学版)》副主编等职。

正当他满怀信心从事教学科研工作，向更高目标奋进时，十年浩劫开始了。刘先生被诬为"文艺黑线的吹鼓手"、"反党反社会主义的反动学术权威"，横遭迫害，于1969年3月16日与夫人张际芳先生同时自缢，含冤死去，时年仅57岁。1978年才得到平反昭雪。

刘先生是著名的新文学史家，对中国新文学史学科建设作出了重大贡献。新文学又称现代文学，是指从"五四"文学革命到新中国建立前发生的文学，对这一时期发生的文学史实进行系统研究与评析就是新文学史。虽然完整的新文学史在新中国成立后才能产生，但在新中国成立前还是有不少论著或文章对新文学的某一时段或某一方面作了简介与评析，可算作新文学史的雏形。1923年2月胡适发表的《五十年来中国之文学》虽然主要篇幅是论述近代文学的，但最后一节对“五四”文学革命及早期创作概况作了简要的述评。这是首次对新文学进行评介，意义重大。其后出版的论著重要的有赵景深的《中国文学小史》(大光书局1926年)、陈子展的《中国近代文学之变迁》(中华书局1929年)、陆侃如和冯沅君的《中国文学史简编》(大江书铺1932年)等。同胡适一样，他们也是在著作的最后章节评析新文学，这表明研究者已将新文学作为文学史的组成部分，介绍并肯定新文学的成就，保留了史料，对日后的研究多有助益。

第一部专论新文学的著作是王哲甫的《中国新文学运动史》(北平成杰书局1933年)，虽然只写到1933年，不是完整的新文学史，但对此前的文学运动、社团流派、文学创作等都作了较详细的介绍与述评，以收录资料丰富见长，影响较大。稍后也出版了几部同类著作，但影响不及王著，所以1986年2月上海书店将其影印出版。

特别值得提出的是1935年至1936年出版的10卷本《中国新文学大系》(上海良友图书公司)，赵家璧主编，各卷分别由胡适、郑振铎、茅盾、鲁迅、郑伯奇、周作人、郁达夫、朱自清、洪深等编选，并撰写导言，由蔡元培作总序。他们是新文学的创建者，对第一个十年的新文学十分熟悉，所选编的理论文章与小说、散文、诗歌、戏剧都具有代表性，所写导言对这一时期的文学现象作了分析与总结，提出了不少精辟的见解，对新文学史研究意义重大，影响深远。

王瑶的《中国新文学史稿》上卷出版于1951年9月(开明书店)，下卷出版于1953年8月(新文艺出版社)，是新中国成立后出版最早的一部，也是第一部对新文学发展整个过程进行阐述的新文学史，体系较完整，论及的作家作品面广量多，是当时不少高校采用的教材，影响颇大。但由于当时政治情势快速变化，文化思想战线的斗争不断加剧，故在出版后不久就受到批评，认为它的政治性、思想性不强。稍后出版的丁易的《中国现代文学史略》(作家出版社1955年)和张毕来的《新文学史纲(第一卷)》(作家出版社1955年)，便尽量加强政治性、思想化，以作家的政治态度作为评价作家作品的标准，不少作家受到批评或批判，但在具体评述某些文学现象时还是提出了一些精辟的见解，给人以启迪。

刘先生的《初稿》写于1953年至1955年，1956年出版。这正是新中国成立后政治文化思想斗争日益高涨的年代。1951年讨论与批判电影《武训传》，1954年批判《红楼梦研究》和胡适的主观唯心主义，1955年展开对所谓“胡风反革命集团”的斗争及肃反斗争。同丁著、张著一样，在这种政治氛围下产生的《初稿》，自然也存在着加强政治思想性，以政治态度考量作家及其作品的弊病。但由于《初稿》比较注重探讨新文学发展的历史经验与规律，阐释作家的艺术成就和作品的艺术特色，内容较充实，因而在当时人们的眼中，它虽有一些毛病，却比新中国成立后出版的另外几部新文学史著作要好，故有不少高校用它作教材。20世纪60年代中期，人民文学出版社准备将其再版，因“文革”爆发而作罢。粉碎“四人帮”后，1978年教育部在恢复高考不久就指定《初稿》为高等学校的文科教材，受教育部委托，人民文学出版社于1979年11月出版。

《初稿》之所以后来被看重，是因为在同类著作中它具有明显的优点与特色，比较符合时人对这门课程的要求。其特色主要有：

一、布局合理，结构完整。《初稿》开篇为《绪论》，分“目的和任务”、“几个基本观念”、“分期”三小节，主要阐明本书撰写的指导思想和原则，这就是以马列主义、毛泽东《新民主主义论》的有关论述为指导，认定新文学是受无产阶级思想影响和领导的新民主主义的文学，揭示新文学历史的发展规律，总结其战斗经验，深入研究和评析各个历史时期的重要作家和作品。关于新文学史的分期，《初稿》依据新文学运动是中国新民主主义革命的有机组成部分，它的发生和发展同整个革命进程相一致的观点，将新文学的历史分为五个时期。即五四运动时期（1917—1921），第一次国内革命战争时期（1921—1927），第二次国内革命战争时期（1927—1937），抗日战争时期（1937—1945），第三次国内革命战争时期（1945—1949）。这种按革命史的分期来划分文学史发展阶段的方法，是新中国成立初出版的几部新文学史著作普遍采用的。但在具体阶段的划分上却不尽相同，其他几部著作都以毛泽东 1942 年发表的《讲话》为界限，分为抗战前期、抗战后期与解放战争时期，以突显《讲话》的价值与地位，而《初稿》则严格按照革命史的分期来划分，不将抗日战争时期分为前后两个阶段。80 年代前后，有人提出这种分期法没有充分考虑文学自身的发展情况，不太科学，但从以后出版的多种新文学史看，虽有人试图做某些改变，但都未能突破原有的总格局，说明这种分期法还是有其合埋性的。

《初稿》将五个时期分设五编，每编下设若干章节，分别对该时期的文学运动、重要作家和各种体裁的文学作品加以阐述。在具体阐述中，注意突出重点，对主要作家作品做了历史的科学的评价。《初稿》用三个专章来论述鲁迅，对他的思想和创作，做了深入的介绍与评析，从而突出了鲁迅作为新文学的旗手和主将的历史地位。对郭沫若、茅盾、闻一多、朱自清、郁达夫、巴金、老舍、曹禺、田汉、蒋光慈、丁玲、艾青、赵树理、周立波诸多重要作家，都以足够的篇幅加以充分的论述和肯定。同时，也十分关注各个时期文学发展的新情况，尽量使所述内容全面而充实。比如，“五四运动”时期尚无纯粹文学性质的社团与刊物，随着新文学运动的迅速发展，“五四”后涌现了许多文学团体和期刊，因此《初稿》便在第二编中设专章讲述文学社团的情况，详细介绍文学研究会和创造社的组成情况、成立经过、文学主张和出版的书刊等，并予以充分的肯定。1931 年“九一八”事变，日本侵略者占领东北三省后，全国抗日爱国热情普遍高涨，快速反映现实生活的报告文学大量产生，在第三、第四、第五编中都设专节对报告文学的成绩加以介绍和评析。第三编还用专章介绍井冈山革命老根据地的文艺运动及戏剧、歌谣创作的情况。以上几个方面，在其他新文学史著作中有的完全没有论及，有的也只做了简略的介绍。

总之，由于《初稿》编章安排较为合理，结构比较完整，叙述繁简适度，因而能将纷繁复杂的新文学发生、发展的情况，具体而生动地呈现在读者面前。

二、宏观概括与微观分析相结合。从已出的新文学史著作看，大致存在两种不同的状况：一种是注重宏观概括，能用简洁的语言，阐明某一个作家、作品或流行的特点，但对具体作品则缺乏细微的艺术分析。另一种则是对作品的故事情节、人物关系介绍得十分详细，但对作家、作品及流派的特点则缺少综合论析，读后不能给人留下鲜明的总体印象。《初稿》则能将宏观概括与微观分析很好地结合起来，既能让读者了解某一作家、作品或流派的特点，又能从细微的艺术分析中得到艺术的享受。这是它的第二大特色。

《初稿》非常注重概括与总结，各编首章都要对该时期文学运动的特点或文学发展状况进行概述，在分别讲述各种文体创作的发展情况后，一般还要对各个文体在这一时期所表现出的特点、优点或不足加以总结。比如，在第二编第四章中，不仅讲述了郭沫若、闻一多、朱自清、蒋光慈等重要诗人的诗歌创作，而且对本时期新诗创作的总体状况做了相当精当的总结，认为与“五四运动”时期相比，本时期的新诗创作有了相当重大的进步与发展。一方面诗歌中的社会主义思想因素迅速壮大、发展了，反抗旧势力，追求光明的战斗精神大为增加；另一方面在形式上摆脱了旧诗的不良影响，开始建立了一种完全革新的诗歌。同时认为本时期的新诗创作也存有缺点：一是诗人大都缺少生活上的实际体验，许多歌唱革命的诗篇，仅凭作者的热情和理想写出，便显得空洞而概念化，减却了诗的艺术感染力；二是创建新诗的形式方面，忽略了我国传统诗歌优美、精炼的长处和人民口头创作新鲜、活泼的特色，专门从西洋诗歌中去找出路，因而在相当长的时期内，使新诗严重地脱离了民族传统和人民爱好。(《初稿》上卷第165～166页①)应该说上述总结评断是比较符合历史实际的。

第五编在讲述解放区小说创作情况时，也对它的特点从三个方面进行了总结。一、解放区小说创作“是与现实生活和斗争紧密地联系在一起的”，取材“非常广泛”，因而“我国解放战争期间的历史面貌，在小说中得到了真切而深刻的反映”。二、“在创造正面的典型形象

① 本文据以评介的是1956年由作家出版社出版的《中国新文学史初稿》，引文及页码亦依据此版本。——编者注。

上”，“由于作家有了相当丰富的生活体验，对于英雄人物有了一定程度的熟悉和理解”，所以“能够比较成功地塑绘正面人物形象”，取得了相当高的成就。三、“在语言和形式上，都具有着‘新鲜活泼’的、为中国老百姓所喜闻乐见的中国作风和中国气派”。(《初稿》下卷 第261～262 页)这是在通观新文学发展全局后做出的结论，既切合历史实际，又具有启迪意义。

《初稿》不仅注重概括和总结，而且重视并长于微观艺术分析。鲁迅是刘先生最尊崇的现代作家，对鲁迅的每一篇作品都有深入的研究，并作了细致而精当的分析。《阿 Q 正传》是鲁迅的代表作，也是现代文学中最杰出的作品。《初稿》通过对阿 Q 这个旧中国农村流浪雇农在辛亥革命前后的生活遭遇及其与未庄不同阶层人们的关系的精细分析，认为《阿 Q 正传》的突出成就是“塑造了阿 Q 这样一个栩栩如生的典型形象”，“从他的思想和言行中，不徒展示了阿 Q 的生理和性格上的显著特征，而且，更其重要的是，充分地、尖锐地表现了一定社会力量的本质的事物，具现了人物的形成和发展的典型的社会生活环境”。可以说，这篇作品，“为我们留下了一个永远不朽的典范”(《初稿》上卷第 64 页)。

对鲁迅其他作品中塑造的艺术形象，《初稿》也做了细致的分析和充分的肯定。《祝福》中的祥林嫂是一位朴质、勤劳、善良的农村妇女，在封建制度和理教的束缚摧残下，悲苦一生，最后悄悄地死在鲁镇人们庆贺新年的祝福声里。《伤逝》中的子君是由“五四”新思潮唤醒的知识女性，大胆追求恋爱自由，并争得了与涓生共同生活的一段美好时光，但无法冲出旧社会的网罗，生路断绝，只有返回曾经决然离开的父亲的“家”，在威严与冷眼中走向死灭。《孤独者》中的魏连殳是留学归国的“新党”，在县城中学教书时常发表没有顾忌的言论，后被校长辞退。长久失业，生活穷困，精神荒凉，为生计他背弃了先前的理想，做了杜师长的顾问，虽然换来了浮华的生活，但他却感到异样的孤独，最终在孤寂与痛苦中走向消亡。《初稿》通过细致的分析，不仅加深了人们对鲁迅塑造的众多鲜活的人物的认识，而且透过这些人物的命运，让我们看清了在黑暗的旧中国唤起人们觉醒的极端重要性，同时还告诉我们仅靠少数觉醒者个人的反抗是无法动摇旧社会统治的根基的，个人的自由也无法取得，只有彻底推翻旧社会的统治，才能获得个人的自由与解放，这正好表明鲁迅作品所蕴涵的思想具有极大的广度与深度。

刘先生年轻时喜爱写作新诗，对新诗的感悟和评析也就格外深切。在分析郭沫若的代表作《女神》时，他不仅对其中的重要诗篇做了细致的剖析，而且充分揭示了它的思想价值和艺术特色。指出：诗人"是祖国和人民忠实的儿子"，憎恶黑暗，追求光明，诗中洋溢着"一种高昂的反抗的、叛逆的呼声"，与同时代的其他诗人不同，在他早期的诗里，"我们找不着伤感和绝望的情绪"，"有的是朝气，有的是信心和力量"。因此读《女神》，"我们感到一种奔腾的力量和磅礴的气势，感到诗的急骤的旋律在摇撼着我们的心灵，扩大着我们的胸襟。在郭沫若的诗歌中，情感的节拍与诗律的节拍达到了和谐一致的境界；而那些不拘一格的多样的形式，也正好表达了作者的丰富而多彩的思想与情感"(《初稿》上卷第 149 ~ 151 页)。这评断无疑是极其精当的。

《初稿》对茅盾的创作作了较充分的评述与肯定，认为《子夜》"是继鲁迅《阿 Q 正传》之后出现的一部杰出的现实主义巨著"(《初稿》上卷第 352 页)。20 世纪 60 年代初，刘先生去北京参加教育部组织的《中国现代文学史》统编教材的编写工作，负责撰写有关茅盾的章节，因而对茅盾的创作又重新加以研读，认识也更加全面而深刻。1963 年他曾为武汉大学中文系现代文学研究生和高年级本科生讲授《茅盾研究》专题课，提出了许多新的见解。课后刘先生将《论茅盾的〈蚀〉和〈虹〉》、《论〈子夜〉》两个部分整理成文，后收入 1982 年由上海文艺出版社出版的《刘绶松文学论集》(以下简称《论集》)中。《蚀》包括《幻灭》、《动摇》、《追求》三个中篇，《动摇》中的胡国光一般不为评论者所重视，刘先生在仔细分析这个人物在大革命前后的所作所为后，深刻指出："在胡国光身上就集中地体现了大革命期间一切反革命分子的巧于伪装和阴险毒狠的性格特点，甚至于包括了他们的最高层人物。"能将胡国光这样的反革命两面派刻画得如此"生动逼真的，除了《动摇》而外，实在很难找到第二部这样的作品”(《论集》第112页)。刘先生提出的这一新见解是极有说服力的，像《初稿》所做的许多概括和总结一样，都是在细致分析的基础上提出来的，一般都相当精准，为人们所接受。

三、积极探讨中国新文学的创作方法的历史发展进程。在《初稿》的《绪论》中谈到什么是新文学时，刘先生就明确指出：“我们所说的新文学，实质上就是指的那种符合于中国人民的革命利益、反帝反封建、具有社会主义的因素，而且是随着中国革命形势的发展，不断地沿着社会主义现实主义的方向前进的文学。”(《初稿》上卷第9页)进而认定：“中国新文学的历史，也就不能不是社会主义现实主文学的发生和发展的历史。”(《初稿》上卷第16页)。

在具体分析作家作品时，刘先生发现新文学的旗手和主将鲁迅的创作实践正好体现了这一历史发展进程。他说：“鲁迅的创作方法，在其开始创作的时候，就是现实主义的，而且因为十月革命和共产主义思想的激荡和影响，在他的早期创作里，又自然地包含了社会主义现实主义的因素。”(《初稿》上卷第96页)经过艰苦的战斗与探索，1927年后鲁迅思想发生了转变，“从一个进化论者成为一个马克思主义者，从一个革命的小资产阶级的作家成为一个无产阶级的战士”(《初稿》上卷第266页)，因为“鲁迅后期杂文是真实地、具体地在革命的发展中反映了当时的社会生活和历史特征，而且是用社会主义的思想、精神教育和鼓舞了中国人民的，而这正是社会主义现实主义文学艺术的最基本的特色”(《初稿》上卷第274~275页)。以历史与神话为题材创作的《故事新编》也“具有着社会主义现实主义作品的特质”(《初稿》上卷第277页)。

从新文学发展的总体情况看，20世纪30年代初中国左翼作家联盟的成立，“无产阶级现实主义或新现实主义(实际上就是社会主义现实主义)的创作方法被明确地提了出来，而且成了所有进步作家的一致要求和共同努力的方向”(《初稿》上卷第220页)。《初稿》在论述蒋光慈、茅盾、丁玲、张天翼、沙汀、艾芜、吴组缃、叶紫、萧红等一批进步作家时，称他们为“沿着社会主义现实主义的方向前进”

的作家，尤其是茅盾的《子夜》，更“是我们新文学史上稀有的重要收获之一，在我国社会主义现实主义文学向前发展的道路上，它是尽了很重要的开辟作用的”(《初稿》上卷第255页)。

1942年延安文艺座谈会以后，“我国社会主义现实主义的文学艺术，在毛主席的文艺方针的指导下，在‘五四’革命传统的基础上，取得了更巨大更辉煌的成就和成绩”(《初稿》下卷第37页)。通过对艾青、田间、柯仲平、何其芳等诗人诗作的评析，刘先生指出：“随着战争形势的发展，诗人生活领域和政治视野的不断扩大，以及诗人与人民大众血肉相连的关系的日益加深和巩固”，因而抗战时期的“诗歌在沿着社会主义现实主义前进的道路上取得了新的更为巨大的发展和成绩”(《初稿》下卷第80页)。而赵树理的《小二黑结婚》、《李有才板话》、《李家庄的变迁》等作品的发表，更“被视为我国社会主义现实主义文学发展历史上的一桩大事”(《初稿》下卷第127页)。刘先生对于解放区文学是十分看重的，对李季的长诗《王贵与李香香》、丁玲的长篇小说《太阳照在桑干河上》、周立波的长篇小说《暴风骤雨》等给予很高的评价，认为这一时期的解放区文学，包括诗歌、小说、戏剧、通讯报告，都是“社会主义现实主义文学的巨大收获”(《初稿》下卷第226页)。

以上就是刘先生对新文学的创作方法的历史发展进程所作的探索与评述，应该说，这对加深对新文学史的认识是有益的，能给人以启迪。但是在新文学的发展过程中，曾出现过多种创作方法，除社会主义现实主义外，还有现实主义、浪漫主义、现代主义、唯美主义、象征主义、新感觉主义等等。不少作家运用这些方法进行创作，同样写出了许多优秀的有价值的作品。如鲁迅的《呐喊》、《彷徨》，郭沫若的《女神》这样伟大的作品，并不是用社会主义现实主义写成的。只肯定、突出社会主义现实主义一种方法，必然会导致对新文学史认识与评价的片面性。

上述三个方面是《初稿》的主要特色，也是它对中国新文学史学科建设所作的重大贡献，在“文化大革命”前和恢复高考后，它之所以被教育部定为高等学校文科教材，为许多大学所采用，其原因就在这里。

但也毋庸讳言，产生于20世纪50年代中期的《初稿》是存有明显的缺点的。其中最突出的就是把政治标准放在首位，即根据作家的政治思想表面及当下的政治地位境遇来判定作家及其作品的价值。在评析革命作家及倾向革命的进步作家时，既充分肯定他们的成绩，也能指出存在的缺点，评断还是比较公允可信的。而对那些在新文学发展进程中起过积极作用，但在历史上或当下遭到批判的作家，则加以严厉批判，甚至全盘否定。比如，胡适是五四文学革命的倡导者，他的《文学改良刍议》是第一篇反对旧文学、提倡新文学的文章，并带头尝试写新诗，但由于他后来在政治上亲近蒋介石，1949年去了美国，新中国成立初又遭到全国性批判，因而《初稿》就对他全盘否定，说胡适是“披着学者外衣的臭名昭著的反革命分子”，“在开始参加新文化运动的时候，就是作为美帝国主义的代言人，企图投机取巧，以达到其个人野心和反动的政治目的的”(《初稿》上卷第41页)。他发表《文学改良刍议》一文，“提出改良主义的主张，其目的就是为了反对文学革命”(《初稿》上卷第42页)。对胡适的创作也是一概否定，认为《尝试集》“仅仅是诗集改良方面的尝试”，“内容上存在着很浓厚的属于没落阶级的腐旧的意境和情调”(《初稿》上卷第69页)。从《终身大事》一剧为女主角“中国娜拉”安排的“出路”是“坐了陈先生汽车”走的，而不是“彻底反抗旧社会秩序”，就认定作者“险毒的用意是想把日益觉醒起来的中国女性引向妥协投降的道路上去。他的为帝国主义和中国统治阶级服务的反动企图，是非常显而易见的”(《初稿》上卷第80页)。这些评判都是出于政治考量，完全否认胡适在“五四”时期的历史作用，也是与史实不相符的。

胡风也是在新文学的发展进程中起过积极作用的，由于《初稿》写作时正在开展对所谓“胡风反革命集团”的大批判，因而对胡风的批判就更加严厉。在谈到20世纪30年代发生的“国防文学”与“民族革命战争的大众文学”两个口号论争时，《初稿》认为引发这场论争的原因是“由于混进我们革命文艺阵营来的蒋介石特务匪徒胡风，他竭力破坏我们文艺界的抗日民族统一战线，从中挑拨鲁迅与党的文艺工作者(如周扬、夏衍、冯雪峰)之间的关系，制造革命文艺阵营内部的分裂，为他的主子——帝国主义与蒋匪帮——忠诚服务”(《初稿》上卷第237页)。《初稿》还多次指出：“胡风反革命集团是长期伪装革命、潜伏在革命文艺阵营内的阴险毒恶的敌人。”那些受“胡风事件”株连的作家，自然都“成为了党和人民的最凶恶的敌人”(《初稿》下卷第70~70页)。对于他们的创作成绩，不仅不予肯定，而且根本不作评介。

同样，对那些在历史上受到革命文艺阵营批判的作家，如梁实秋、徐志摩、沈从文等，《初稿》也加以批判，认为抗战初期梁实秋提出的“与抗战无关”和沈从文提出的“反对作家从政”的论点，其目的“实质上就是反对文艺为抗战服务”(《初稿》下卷第62页)。这种评断显然是与梁、沈的本意不一致的。对于他们的创作成绩，一般也是不作评价的。

现在看来，上述缺点或错误是异常明显的，究其产生的原因，就是由于《初稿》所做评断与历史事实有出入，甚至违反了历史事实。忠于史实是史学家应该坚守的原则，对此刘先生自然是知道的，也是愿意遵守的。但是处在20世纪50年代中期那种异常特殊的政治思想斗争环境里，又正在开展批判所谓“胡风反革命集团”的高潮中，发生这样的错误是可以理解的。人们无法逃避或超越那种特殊的政治环境，因而我们既要看到并指出那些缺点或错误，也应充分考虑产生那些错误的具体原因，对前人不应作脱离历史实际的苛求。尽管《初稿》存在明显的缺点，但由于它注意从艺术的角度分析作品及有关问题，使分析本身带有艺术性，语言又生动活泼，富有文采，因而读起来就有相当大的吸引力，绝无枯燥乏味之感，这就在一定程度上弥补了太注重从政治角度评价作家所造成的缺憾，也是它在相当长的时间里受到人们重视、欢迎的一个原因。

刘先生是著名的中国新文学史专家，对中国古代文学也颇有研究，对中国古代文学理论的研究更是下过一番苦功，20世纪50年代中期曾发表几篇论析刘勰《文心雕龙》的论文，如《〈文心雕龙〉初探》、《刘勰论文学批评》、《飞腾吧，想象的翅膀——读〈文心雕龙·

神思〉》及《古典文学理论中关于风格问题的论述》等，引起普遍关注，并获得好评。

刘勰的《文心雕龙》成书于1500年前，是一部博大精深的古代文学理论巨著。它在充分吸取前人理论成果的基础上，创造性地对文学的源泉、内容与形式，文学的体制、源流，写作的原理、方法，作家的素养以及各历史阶段的重要作家和代表作品，都有较为系统的理论阐述。千百年来，一直受到人们的重视和赞赏，研究者也代不乏人。但是以往的研究多是对它进行校勘、注释、评点或撰写序跋，虽然提出了不少精妙的见解，却未见全面系统的论述。“五四”以后，随着西方理论思潮的传入，研究有了深入，但真正从理论的高度对它进行系统论述的论著在新中国成立后才出现，刘先生的《〈文心雕龙〉初探》就是最早从理论高度系统论析这部巨著的文章之一。

刘先生以现代文学理论为指导，紧密联系《文心雕龙》产生时的历史背景，对它所论及的问题进行全面深入的分析与阐述，从而揭示了它在我国文学理论批评史上继往开来的地位和不朽价值。刘先生指出“《文心雕龙》首先接触到了文学的源泉和文学与现实的关系的问题”，而刘勰对这一问题的认识，是“基本上符合现实主义的美学原则的”。在刘勰看来，“文学是人类社会生活的真实反映”，“真实是艺术的生命，离开了真实，也就是没有了艺术”。同时也肯定文学“对于读者的巨大的认识意义和教育意义”。刘先生还指出，刘勰“在讨论文学的内容与形式的关系的时候，也是持着比较科学的辩证的看法的”。刘勰认为“文学的内容优先于文学的形式，而且后者总是决定于前者的”。他既竭力反对“离开艺术内容的需要，而不适当地对艺术形式作过分的追求，或者用华丽的形式来掩盖腐朽空虚的内容”，也反对“只看重作品的内容，而不讲求形式的完美”。因此刘勰“在注重文学内容的同时，丝毫也不忽略艺术形式方面的问题”。刘先生指出，“在《文心雕龙》——特别是自《神思》以下的二十篇中，有不少关于写作艺术技巧方面的独到的见解”。比如对作家的虚构和想象、作家的独特艺术风格、选择和锤炼词句、作品的组织和结构、艺术夸张等问题，刘勰都作了既生动形象又无比精妙的论述。刘先生则站在现代文学理论的高度，联系当时的历史实际，对刘勰的论述加以系统的阐发和肯定，从而极有说服力地揭示了《文心雕龙》的理论贡献和不朽价值。他认为：《文心雕龙》的不朽价值是“宣扬了属于现实主义范畴的进步的文学思想，反对和驳斥了当时由于统治阶级竭力提倡而风行一时的颓废主义和唯美主义的文学倾向”（上引几段文字均见《〈文心雕龙〉初探》）。虽然刘先生的文章力图用新的文学理论观点来分析《文心雕龙》，有时不免使人感到存在将古人现代化的毛病，但对人们认识这部巨著的理论内涵与价值是非常有效的，因而受到学术界的长期重视与好评。著名《文心雕龙》研究专家牟世金在 1984 年撰文说：“刘绶松的《〈文心雕龙〉初探》，可说是《文心雕龙》理论研究的奠基石。它第一次向读者揭示了《文心雕龙》的主要成就，使读者认识到《文心雕龙》确是我国古代极为珍贵的一部文学理论遗产。（牟世金：《〈文心雕龙〉研究的回顾与展望——祝〈文心雕龙〉学会成立并序〈文心雕龙〉研究论文选》，载《文心雕龙学刊》第二辑，齐鲁书社 1984 年出版。）

刘先生还撰写了《旧民主主义革命时期文学简述》，作为“附编”收入《初稿》中。20 世纪 60 年代中期，他曾计划对近代文学进行深入研究，写出新的《中国近代文学史》。当时刘先生精力旺盛，学识渊博，是完全能够取得更优异的学术成果的。但是十年浩劫开始了。这场浩劫不仅残害了这位令人尊敬的教授的宝贵生命，而且扼杀了他将会取得的学术成果。这是令人万分痛心的。这一深刻的历史教训，值得我们和我们的后代永远记取。敬愿刘绶松先生永远安息。

（原载于《长江学术》2009 年第 4 期）

目　录

第四编　抗日战争时期的文学

（一九三七—一九四五）

第五编　第三次国内革命战争时期的文学

（一九四五——一九四九）

附编　旧民主主义革命时期文学简述
（一八九八—一九一七）

绪　论

一

在阶级社会的任何时代里被写下来的历史书籍，都是一定阶级给予过去时代的社会制度、社会生活和社会思想的一种叙述、解释和总结，里面贯串着这一阶级观察问题和处理问题的立场、观点和方法，体现着这一阶级在这一时代的特定的、具体的历史要求：维护什么和反对什么。毫无疑问，在任何时代被写下来的历史书籍，都是阶级斗争的产物，都是为某一阶级的经济利益和政治利益服务的。

在过去的时代里，我们也曾有过一些公正的、有才能的历史学家，他们所叙述、解释和总结出来的历史事实比较地接近于历史真实；但从现在所有的大部分历史记载说来，我们过去任何时代的历史是很少得到公允合理的看待和处理的。统治阶级及其御用的历史学家们曾经使用多种多样的手段和方法来篡改与歪曲历史的真实面貌，以求符合于本阶级的强暴的利益和要求。因此，在过去，由统治阶级及其御用的历史学家们所写下来的历史书籍是大大地违背了历史的真实，违背了历史发展的规律和道路的。

这种情形，在关于文学史的写作方面，也是毫无例外地存在过的。

旧中国的统治者们是充分地懂得文艺的武器作用的。他们不仅横暴地长期地掠夺过广大劳动人民的物质财富，而且也横暴地长期地掠夺过广大劳动人民的精神财富。他们长期地占有文学艺术，同时也长期地歪曲和篡改过中国文学艺术历史的真实情况，抹煞了广大劳动人民在文学艺术方面的光辉的创造和成就；而且更其重要的是，抹煞了广大劳动人民运用文艺武器与统治阶级进行坚决斗争的历史事实。

资产阶级的论客们就曾经这样歪曲过我国新文学运动的真实历史。他们有的把从五四运动时期开始的新文学运动说成是明朝“公安派”和“竟陵派”的继承或“复活”，企图把我们的从古典现实主义文学中创造性地发展出来的，具有社会主义因素而且继续沿着这个方向猛勇前进的革命的新文学，与封建时代的文人学士们的“风雅”、“性灵”等腐朽思想混为一谈①。有的认为五四新文学运动是“以市民为盟主的”，“是市民社会突起了以后的，积累了几百年的世界进步文艺传统底一个新拓的支流”②，妄图否认我国新文学运动是在无产阶级的领导和马克思列宁主义的影响之下发生和发展起来的这个铁的事实，否认十月社会主义革命和苏联文学对我国新文艺的巨大深刻的影响。他们还有的把新文学运动说成仅仅是文字工具上和形式上的一种改良或革新运动，而抹煞了新的文学形式所表现出来的新的思想内容与新文学在我国革命史上所发生的巨大的武器作用③。他们这样涂抹和曲解新文学历史的真实情况，不仅由于他们对于文学历史的无知，而且也因为他们具有这样一个难以告人的目的和企图：多方篡改历史的真实面貌，来维护旧中国统治者的利益，为帝国主义、封建地主阶级和资产阶级服务。

但是在目前，我们已经不仅有必要而且也有可能运用科学的马克思列宁主义的观点和方法，来从事于中国新文学运动历史的研究和探讨的工作了。由于中国共产党和毛泽东主席的正确领导，中国革命获得了伟大的胜利，广大劳动人民已经成了我们国家的主人，也成了文学艺术的真正的主人。我们在政治和经济上推翻了旧的反动统治力量，在思想认识上也逐渐摆脱旧的影响，能够运用马克思列宁主义来作为观察问题和处理问题的有力武器了。应该指出的是，一九四〇年

① 周作人：《中国新文学的源流》。

② 胡风：《论民族形式问题》。

③ 胡适：《五十年来之中国文学》。

毛泽东同志的伟大论著《新民主主义论》的发表和一九四二年《在延安文艺座谈会上的讲话》的发表，使得我们整理和研究新文学历史的工作有了极其明确的理论指导。而在一九五三年九月间召开的中国文学工作者第二次代表大会上关于“历史评价”问题的讨论和总结，又使得我们从事中国新文学历史研究工作的人们得到了许多非常有益的启示。同时，在这里，我们还应该着重地指出，解放十年来，我国文艺界在党和毛主席的领导下面，经历了一系列的政治运动和思想改造运动，在文艺思想战线上也展开了两种思想和两条道路的斗争。文学史上的许多大是大非辨清了；我们的思想认识提高了，眼睛擦亮了，视野扩大了；我们比较能够运用马克思主义的文艺理论和美学原则来阐述文学历史事实，评价作家作品和探讨文学历史的发展道路了。这一切，都为文学史的研究工作准备了十分有利的条件。

我们必须明确这样一个目的：廓清一切蒙蔽文学历史真实的谬论邪说，阐明文学历史的发展规律，使中国新文学运动的产生、发展和它在中国革命运动中所起的巨大作用——这些真实的历史事实，能够呈现在读者的面前。

因此，中国新文学史必须担负起如下几个任务。

第一，中国的新文学运动是受了俄国十月社会主义革命的影响，在共产主义思想的启示和领导之下产生和发展起来的一种崭新的、革命的文学运动。从其开始的时候(五四运动时期)起，它就是彻底地反帝、反封建的。而到了后来(左联时期)，则是在中国共产党的直接领导之下，在共产主义者鲁迅的指导之下，公开地宣称“我们的艺术是反封建阶级的，反资产阶级的”，“我们不能不援助而且从事无产阶级艺术的产生”①的。鲁迅说：“中国的无产阶级革命文学在今天和明天之交发生，在诬蔑和压迫之中滋长，终于在最黑暗里，用我们的同志的鲜血写了第一篇文章。”②由此可见，中国新文学运动是在旧中国反动统治者的血腥迫害之下，经过了许多先驱者的英勇的斗争

① 《左翼作家联盟理论纲领》。

② 《二心集·中国无产阶级革命文学和前驱的血》。

和牺牲，才能够成长和壮大起来的。这种艰巨的斗争一直继续到中华人民共和国成立的时候。新文学运动的历史，在这以前，一直是与反动统治者进行坚决斗争的历史。因此，叙述五四以来许多先驱者使用文艺武器——有时候是呈献血和生命——与统治阶级进行不屈不挠的斗争的实况，便成了新文学史所必须担负的首要任务。

第二，与叙述先驱者们英勇斗争的史实的同时，还要总结新文学运动各个历史时期的战斗经验，指出新文学运动四十年来所走过的道路，明确今后文学发展的方向——社会主义现实主义的方向，更坚决地实践毛泽东同志所指示给我们的为工农兵服务的文艺思想。四十年来，新文学运动，不是没有经过剧烈的思想斗争，就可以一帆风顺地发展和旺盛起来的。这种剧烈的斗争，有时是朝向各种反动的和唯心的文艺思想，是一种敌对的斗争。例如五四运动时期对于封建复古主义者的斗争，左联时期对于“新月派”、“民族主义文学”和“第三种人”的斗争，以及抗日战争时期对于托派王实味的斗争等等都是。但在革命文学的内部也不是没有斗争的，这些斗争有时虽然不免夹杂了些宗派和门户的私见，但也包含了相当重要的原则性的意义，有重新加以研究和总结的必要。这种情形，在文学研究会和创造社的论争，以及“左联”成立前创造社和太阳社一度把批判的矛头指向鲁迅和茅盾中，可以清楚地看出来。把各个历史时期的战斗的史实和经验，加以正确的叙述和总结，就可以使在新的现实和新的任务下沿着社会主义方向继续前进的新文学取得更多的丰富经验，得到更健康、更迅速的进步和发展。这便是新文学史所应该担负的第二个任务。

第三，恩格斯曾经这样说过：“每一个时代的哲学作为分工的一个特定的领域，都具有由它的先驱者传给它而它便由以出发的特定的思想资料作为前提。”①恩格斯的这段话，对“作为分工的一个特定的领域”的文学说来，也是完全适用的。一种文学思潮的产生和发展，某些文学作品的出现和繁荣，除了它“是经济高涨的结果”而外，它又是在“该领域本身所限定的那些条件的范围内”才显现出来的。这

① 恩格斯：《致康·施米特》(1890年10月27日)。

就是说，文学的历史有它的领域本身的传承的关系，有它本身所特有的发展的规律。而这种关系和规律是我们研究文学历史所不应该忽视的。在前面已经提到，具有社会主义因素的五四运动时期的新文学是从我国古典现实主义文学中创造性地发展出来的；而后来各个历史时期日益蓬勃地进展的革命文学，则又是在它过去已有的基础上，随着革命形势的发展而一天比一天地趋于成熟和日臻完整的。没有问题，我国社会主义现实主义的文学，正是从理论上和创作上承继和接受了我国过去的优良文学传统，而且是创造性地发展和发扬了它的。因此，摆在新文学史面前的第三个任务，就不能不是全面地深入地考察和研究各个历史时期的重要作家和作品，指出其优点和缺点，说明他们之间的继承的和互相影响的关系。而这样，也就是使今天日益发展和上升的社会主义的文学能够得到十分有益的借鉴与滋养，帮助今天的作家创作出更多更优秀的作品来。

以上是研究新文学史的目的和任务。

二

为了使正在开始的新文学史研究工作能够达到预期的效果，能够完成它所应该完成的任务，有几个重要的基本观念是我们在叙述文学运动的历史以前所必须弄明确的。

首先，必须搞清楚这样一个问题：怎样的文学才是我们所说的新文学？它在思想内容上和艺术形式上具有着哪些和旧文学基本不同的地方？它的最本质的主要特征是什么？——这是一个很重要的问题，非得首先解决它不可。

形式主义者们是从这些方面来理解这个问题的：他们把问题的重点放在文学的工具和形式方面，以为凡是用白话文（或叫做语体文）写作出来的作品就是新文学；而用文言文（或叫做古文）写出来的东西则是旧文学。五四运动时期新文化运动的右翼——资产阶级知识分子就是这样简单而表面地来看待新文学的。他们因为从中国资产阶级的先天里所带来的软弱和妥协的根性，使他们不肯也不敢触及作为意识形态的文学的实质，于是只好把表现工具的差异当成是区别新、旧文学的唯一标准，而完全忽略(或者说是有意掩盖)了更重要的一面——工具所表现的文学的思想内容。自然，我们也不否认表现工具是很重要的，从五四运动时期起白话文的普遍流行，也应该是新文学运动的重要收获之一。但是，不要忘记了，在文学作品中更重要的是文字这个工具所表达出来的作家的思想情感和他对于现实生活的认识，也就是作品的思想内容；而作为表现工具的语言文字则是严格地服从着作品内容的支配和要求的。形式主义者们的这一看法，无疑地是一种舍本逐末的非常错误的看法，只能把我们对于新文学的理解引导到错误道路上去。

除了以表现工具的不同来区别文学的新旧这一错误观念外，形式主义者们还单纯地从文学的表现形式上来区分文学的新与旧。他们以为利用新形式(他们指的是从西欧搬运来的形式)来写作的就是新文学，而利用中国的旧有形式来写作的则是旧文学。他们所看到的仅仅是单纯的、脱离了思想内容的艺术形式，而新、旧艺术形式之间是并无任何继承和发展的关系的。他们的错误表现在以下几点上：第一，他们不懂得文学的内容与形式是有机的统一的关系，而且这个统一的决定因素是内容——内容决定形式。他们妄想把文学的内容与形式机械地割裂开来，而且把形式的重要性驾凌在思想内容上面。这正好说明了他们，形式主义者们，对于文学艺术的知识是如何的贫乏，如何的浅薄。第二，把从西欧资产阶级国家硬搬过来的文学形式，当成是我国新文学的唯一形式，而不管我国文学的特殊传统，不管我国人民对这种外来的形式是否喜闻乐见，这正反映了一般资产阶级知识分子盲目崇拜西洋的心理。第三，他们不懂得新的文学形式正是从旧的形式中发展出来的。鲁迅说：“旧形式是采取，必有所删除，既有删除，必有所增益，这结果是新形式的出现，也就是变革。”①正好阐明了文学的新、旧形式之间的科学的辩证的关系。这个道理，是形式主义者们所完全不能了解的。

① 《且介亭杂文·论“旧形式的采用”》。

我们对于新文学的理解与以上所提到的形式主义的看法是丝毫没有共同之处的。我们知道："文学是社会的阶级和集团底意识形态——情感、意见、企图和希望——之形象化的表现"，而它又"是这种或那种思想底宣传之最普遍和有效的方法"①；文学的形式是经常地决定于文学的内容的。因此，新、旧文学的划分决不能单纯地以作家所运用的表现工具和艺术形式作为标准，而是应该以那作为文学的决定性的东西——思想内容——为划分标准的。当然，新的思想内容，也是不可能不要求新的表现形式的。

五四以后的新文学与过去时代的文学究竟有着什么本质上的不同之点呢？我们是这样来理解和回答这个问题的：因为在五四运动时期开始的新民主主义革命是在伟大的十月社会主义革命的影响和激荡之下发生的，它属于世界无产阶级社会革命的一部分。而从五四运动时期开始的中国新文学运动，则从来就是中国新民主主义革命的一部分，以彻底的不妥协的反帝反封建的英勇姿态出现在中国革命思想战线的最前线上的；而在中华人民共和国成立以后，则又是我国社会主义革命事业的有机组成部分，是我们党以社会主义思想和共产主义思想教育人民的强有力的思想武器。这是一个方面。另外，中国的新民主主义革命既然为无产阶级所领导，属于世界社会主义革命的一部分，则"新民主主义的政治、经济、文化，由于其都是无产阶级领导的缘故，就都具有社会主义的因素，并且不是普通的因素，而是起决定作用的因素"②。中国的新文学运动是五四以来新文化运动的有力的一翼，因此，它也就不可能不在思想内容上具有社会主义的因素，而在创作方法上则也不可能不是沿着社会主义现实主义的方向前进的。

总起来说，我们所说的新文学，实质上就是指的那种符合于中国人民的革命利益，反帝反封建、具有社会主义的因素，而且是随着中

① 高尔基：《〈俄国文学史〉序言》，载《苏联的文学》第96页，新文艺出版社1953年版。

② 毛泽东：《新民主主义论》。

国革命形势的发展不断地向着社会主义现实主义的方向前进的文学。

紧接着新、旧文学划分标准而来的，便是新文学史上的“敌、我”和“主、从”的划分问题。必须在新文学史的研究工作中，划清敌、我，分别主、从。这一问题，已经因为上一问题的解决，而比较容易解决了。

关于如何划清敌、我界限问题，毛泽东同志《在延安文艺座谈会上的讲话》这一辉煌的论著中已经很明确地指示给我们了：“诚然，为着剥削者压迫者的文艺是有的。文艺是为地主阶级的，这是封建主义的文艺。中国封建时代统治阶级的文学艺术，就是这种东西。直到今天，这种文艺在中国还有颇大的势力。文艺是为资产阶级的，这是资产阶级的文艺。象鲁迅所批评的梁实秋一类人，他们虽然在口头上提出什么文艺是超阶级的，但是他们在实际上是主张资产阶级的文艺，反对无产阶级的文艺的。文艺是为帝国主义者的，周作人、张资平这批人就是这样，这叫做汉奸文艺。在我们，文艺不是为上述种种人，而是为人民的。我们曾说，现阶段的中国新文化，是无产阶级领导的人民大众的反帝反封建的文化。真正人民大众的东西，现在一定是无产阶级领导的。资产阶级领导的东西，不可能属于人民大众。新文化中的新文学新艺术，自然也是这样。”

在新文学史的研究工作中，我们就要遵照毛主席这一英明剀切的指示来划分敌、我的界限。凡是为人民的作家，就是“我”，就要给他们以主要的地位和篇幅，指出他们作品中的思想性和艺术性方面的成就（自然，也要指出历史和时代所给予他们的限制），叙述和评价他们在文艺战线上的战斗的实绩，号召大家更好地学习他们，继承他们。凡是为着剥削者和压迫者的反人民的作家就是“敌”，就要给他们的作品以无情的揭露和批判，指出他们思想的反动性，不把我们主要的篇幅花在他们身上。

为人民的，也就是反帝反封建的文艺思想，是我国新文学运动当中一切进步作家和作品的共同倾向，我们所有的好作家和好作品都是属于这一个范畴的。那些反人民的，为帝国主义和其他反动阶级的利益服务的作家和作品，只是新文学运动历史上的几股反动的逆流，而且是很快地就被时代的洪流所淹没了的。我们就以此作为新文学史划分敌、我界限的标准。

还有分别主、从的问题。我们说社会主义现实主义的方向是“五四”以来新文学运动发展的方向，但是不是说从“五四”以来——特别是在延安文艺座谈会以后，一切具有进步倾向的文学作品都是属于社会主义现实主义的呢？很显然不是这样的。在一些为人民的，也就是反帝反封建的作家当中，由于思想和生活的限制，他们有的还不可能很快地就接受和掌握社会主义现实主义的创作方法，在他们的作品中还不可能预示出中国人民革命力量的必然的胜利，还不能以社会主义思想教育和鼓舞广大的读者。但是他们正视了而且在作品中反映了旧的不合理的现实，暴露和谴责了旧中国统治者的罪行，在一定程度内有助于中国革命的进展。他们是无产阶级革命文学的一支有力的同盟军。在全国解放的胜利形势下，他们受到了党的教育与培养，认真地学习马克思列宁主义，深入工农兵的斗争生活，也很快地走上了社会主义现实主义的正确道路。没有疑问，社会主义现实主义的文学，是我国新文学运动的主流，它的发展和壮大的道路将是我们叙述新文学历史的主要线索；而其他具有进步倾向的作家和作品，则是这个主流的一支同盟的力量，而且最终将汇合到主流中来。这就是我们新文学运动历史上的主、从问题。

最后，还必须把对于鲁迅的研究工作提到我们新文学史研究工作的首要地位上来。

鲁迅的文学活动贯串了中国新文学史的很长一段时间，而且在他逝世以后，他所留下的不朽的遗著，也仍然照耀着新文学运动前进的道路。从一九一八年起，鲁迅就以他的光芒万丈的作品——《狂人日记》——揭开了中国新文学运动历史的第一页。他的在内容上是爱国主义的，在创作方法上是现实主义的作品，开辟了中国新文学向前发展的道路。他的“从进化论进到阶级论，从绅士阶级的逆子贰臣进到无产阶级和劳动群众的真正的友人，以至于战士”①的发展道路，和

① 瞿秋白：《鲁迅杂感选集序言》。

他在各个时期运用杂文这个犀利的武器来进行“韧性战斗”的辉煌业绩，都曾经是中国新文学向前进军的嘹亮的号角，是中国人民的教育者和鼓舞者。

毛泽东同志在《新民主主义论》中，曾经给鲁迅以非常崇高的评价。他说：“鲁迅是中国文化革命的主将，他不但是伟大的文学家，而且是伟大的思想家和伟大的革命家。”又说：“鲁迅的方向，就是中华民族新文化的方向。”但是我们过去对于鲁迅的研究工作是做得非常不够的。他所留下的一份宝贵而丰富的遗产，我们还没有很好地去探索并接受下来。对于他一生所经历过的战斗的道路，也还缺少系统的科学的分析。这样，一方面妨害了我们很好地学习鲁迅，同时，对于整个新文学史的整理、研究的工作，自然也有相当大的影响。

因此，比较仔细而全面地研究这位先驱者和导师的卓越的战斗业绩，探索他的锲而不舍的前进的道路，学习他的勇猛而坚韧的战斗精神，便成了研究中国新文学史所必须从事而且应当首先从事的工作。

以上是我们研究中国新文学史所必须具有的三个基本观念。具备了这三个基本观念，才有可能正确地理解新文学史上的许多问题，才有可能很好地总结各个时期文艺战线上的斗争经验，也才可能批判地接受近四十年来的宝贵的文学遗产，进一步丰富和提高我们的文学创作和文学研究工作。

三

新文学发展的各个历史时期的划分也是一件很重要的工作；我们是否能够正确地叙述、解释和总结新文学的历史，与我们是否能够恰当地划分它的各个历史时期有很密切的关系。在前面已经讲过，作为社会意识形态或上层建筑的文学，有它自己的内在的发展规律；但另一方面，这种特殊的内在的发展规律，又和文学所由产生的社会基础和时代背景不可分割地联系着。因为“上层建筑是由基础产生的”，而且，“上层建筑一出现后，就要成为极大的积极力量，积极帮助自己基础的形成和巩固，采取一切办法帮助新制度来摧毁和消灭旧基础与旧阶级”①。这是一切上层建筑——不管它是法律、政治、宗教或是哲学、文学、艺术——的共同的性质，毫无例外。因此，文学历史的分期，就不能不以社会发展的历史为主要依据，自然也应该考虑文学本身的内在的发展规律。

如所周知，中国的新文学运动，在中华人民共和国成立以前，是中国新民主主义革命的有机的部分，它的发生和发展是与整个革命运动的发生和发展相一致的。所以，中国新文学史上各个时期的划分，就应该主要依据中国革命史各个历史时期的划分来进行。这样的分期，才符合于中国新文学运动的历史实际，才能够科学地说明新文学历史上所发生的许多问题。

中国新文学运动的历史——从五四运动时期起，到中华人民共和国成立的时候——大致可以分成五个时期：五四运动时期、第一次国内革命战争时期、第二次国内革命战争时期（即左联时期）、抗日战争时期、解放战争时期。从整个历史进程来看，又可以划成两个阶段，即延安文艺座谈会以前是一个阶段，延安文艺座谈会以后又是一个阶段。毛泽东同志的天才的论著——《在延安文艺座谈会上的讲话》是这两个阶段划分的显著的里程碑。从这一伟大论著发表以后，中国社会主义现实主义的文学运动，因为有了正确的指导方针，得到了空前巨大的发展。这一点是应该特别指出的。下面是新文学运动五个时期的发展概况：

第一个时期是五四运动时期——包括从一九一七年到一九二一年的这一段时间。这是中国新文学运动的开始时期，也是中国社会主义现实主义文学的萌芽时期。在这时期里，国内的和国际的新的形势向中国人民提出了新的历史任务——在中国工人阶级的领导之下进行彻底的不妥协的反帝反封建运动。于是一个包括着共产主义的知识分子、革命的小资产阶级知识分子和资产阶级知识分子的统一战线形成

① 斯大林：《马克思主义与语言学问题》。

了。“五四运动在文化方面的口号，是要求民主和科学，但是五四运动中的左翼，因受俄国十月革命的影响而具有初步的共产主义思想的革命知识分子，却同时传布了中国必须实现社会主义的观点，传布了必须用马克思列宁主义来指导中国革命的观点。”①在文学上这时提出了“文学革命”的口号，向封建复古主义者展开了剧烈的斗争。鲁迅的许多短篇小说(后来收在《呐喊》中)和郭沫若《女神》集中的诗歌，深刻地暴露了半封建半殖民地旧中国社会的腐朽黑暗，以高度的爱国主义思想和对于光明的将来的肯定和期望，教育了广大的读者。鲁迅在这时期写下的杂感——《随感录》，向那些“现在的屠杀者”投出了锐利的致命的一击。各种新的文学形式在开始产生和成长着。

第二个时期是第一次国内革命战争时期——包括从一九二一年到一九二七年的这一段时间。这是中国新文学运动的开展和深入的时期，也是中国社会主义现实主义文学逐渐发展的时期。在这时期里，中国革命的坚强正确的领导者、中国工人阶级的政党——中国共产党成立了。党的成立标志着中国革命形势的巨大发展，标志着马克思列宁主义思想影响的迅速扩大，同时也标志着中国新文学运动的进一步的开展和深入。新文学运动的阵营发生了第一次分化，作为运动右翼的资产阶级知识分子，投向了帝国主义和封建军阀的怀抱，走向了反动的道路。鲁迅在这时期，对于旧中国统治者所提出的抗议和抨击，仍然是很猛烈的。他在不停的战斗中探索着前进的道路。写实主义的文学研究会和浪漫主义的创造社同时并存着，对中国新文学的发展起了很大的推动作用，而后来都统一在“革命文学”这一共同的要求和口号上。

第二个时期是第二次国内革命战争时期——包括从一九二七年到一九三七年的这一段时间。这是中国新文学运动空前高涨的时期，也是中国社会主义现实主义文学迅速发展的时期。在这个时期里，中国革命遭受了第一次的挫折，但仍继续深入地发展着。在党的领导之下，领导新文学运动的革命作家的组织——“中国左翼作家联盟”成

① 胡乔木:《中国共产党的三十年》。

立了。以上海为中心的无产阶级革命文学成为了中国革命运动中有力的一翼。鲁迅从一个革命民主主义者发展成为一个坚强的共产主义战士，成为了中国无产阶级革命文学运动的最伟大的导师。他在本时期写下的近十本杂文，为中国社会主义现实主义文学打下了巩固的基础，开辟了广阔的道路。在与各种反动思想的剧烈斗争中，他的犀利精悍的笔锋，扫开了革命文学前进道路上的障碍。其他作家们的产品的质量也显著地提高了。我们有了像《子夜》这样规模巨大的作品。报告文学也开始蓬勃地产生着。在这时期里，中国文学界和中国人民一起，承担了丧失鲁迅的无比重大的损失。由于中国人民一致的抗日要求和党的正确号召，文学界的抗日民族统一战线初步地成立了。

第四个时期是抗日战争时期——包括从一九三七年到一九四五年的这一段时间。在这时期里，因为中国共产党的坚决主张和人民的一致要求，全国规模的抗日战争爆发了。这个战争，在党的正确领导之下，在艰苦的环境中坚持了八年之久，终于获得了全面的最后的胜利。抗战期间，为了团结文艺界一切抗日力量，成立了“中华全国文艺界抗敌协会”（简称“全国文协”），这是一次广泛的文艺界的统一战线。虽然当时因为强调了团结而忽略了批评和斗争，但就其主要倾向来说，本时期的文艺运动仍是在党的领导之下，是以社会主义现实主义为其主流的。文艺界有过“下乡”、“入伍”的运动，展开过关于大众化问题和民族形式问题的论争；对于“抗战无关论”和“为艺术而艺术”的腐朽的文艺思想进行过斗争。在一九四二年，毛泽东同志发表了他的天才的论著——《在延安文艺座谈会上的讲话》，正确地圆满地解决了中国新文学运动史上许多不曾解决的重要问题，向作家们提出了极其辉煌、完整的社会主义现实主义纲领。从此以后，中国新文学运动跨进了一个崭新的年代。群众性的文艺运动热火朝天地展开着。在长期的实际斗争中，作家们改造了自己，也丰富了自己，创造出了许多能够反映社会生活，鼓舞和推动革命斗争，而又为广大人民群众所喜闻乐见的作品。贺敬之、丁毅的《白毛女》，赵树理的《李有才板话》和《李家庄的变迁》，就是其中优秀的例子。国统区作家们的作品，在争取民族战争的胜利与为民主自由而进行的长期斗争中，也发挥了巨大的战斗作用。

第五个时期是解放战争时期——包括从一九四五年到一九四九年的这一段时间。在这时期里，中国人民在党和毛主席的英明、正确的领导之下，经历了三年的解放战争，在大陆上消灭了国民党蒋介石的反动势力，摆脱了近百年来半封建半殖民地社会的悲惨生活，成为了自己国家的真正主人。中国新文学运动，遵循着毛泽东同志《在延安文艺座谈会上的讲话》中所指示的为工农兵服务的正确方向，继续向前飞跃地进展着，取得了巨大的成就。在创作上，我们有了比上一时期更为丰盛的收获：周立波的《暴风骤雨》以及李季的《王贵与李香香》等，真实具体地反映了这一历史时期社会生活中的主要矛盾和斗争——在广大农村中所进行的翻天覆地的伟大变革，显示了人民革命的日益广阔与日益辉耀的胜利前途。这是我国社会主义现实主义文学的伟大胜利，也是毛泽东文艺思想的伟大胜利。

从以上各个时期文学发展的历史看来，可以很清楚地认识到两点：第一，中国的新文学运动，是始终地在中国共产党和马克思列宁主义的领导和影响之下，伴随着中国革命形势的进展而逐步地生长和壮大起来的，它反映了各个历史时期的人民的生活、愿望和他们在党的领导之下所进行的剧烈的革命斗争；因此，第二，中国新文学的历史，也就不能不是社会主义现实主义的发生和发展的历史。

四十年来的历史证明，中国新文学，正如我们的整个革命事业一样，是一种不可战胜的力量。在我国民主革命时期，它曾经是我们党的革命事业不可分割的一部分，在团结人民，打击敌人方面，做了许多工作，发挥了巨大的战斗作用。以鲁迅为代表的革命作家的作品，是那样光芒万丈地辉耀了现代中国的文学史册。在民主革命完成之后，我们的社会主义文学，在党和毛主席的关怀和教导下面，同我们整个社会主义事业一样，也取得了史无前例的伟大胜利。今天，新的时代生活向文学艺术提出了新的历史任务：以更多更好的、既具有革命的思想内容又具有完美的艺术形式的文艺作品来满足人民群众的日益高涨的文化要求，以社会主义思想和共产主义思想教育广大人民，并把我们的社会主义文学推向一个更新更高的发展阶段。这就要求我们继续遵循党和毛主席所指示的文艺方向，坚定不移地以文学艺术服务于无产阶级的政治，在深入工农群众生活的过程中彻底改造自己，清除资产阶级文艺思想的影响和流毒；同时，还要根据毛主席所指示的革命的现实主义和革命的浪漫主义相结合的创作方法，创造出深刻反映我们这个伟大时代的优秀作品。因此，总结五四以来新文学的历史经验，更好地继承和发扬五四以来的革命文学的战斗传统，就成了我们一项非常迫切而重要的任务。我们的文学事业是有着无限光辉灿烂的前途的。我们的作家应该无愧于“人类灵魂工程师”这个崇高的称号。

第一编

五四运动时期的文学

（一九一七—一九二一）

第一章　彻底的不妥协的反帝反封建的文化革命

一　新文化运动产生的历史条件和社会基础

在一九一九年发生的五四运动，是中国近代历史上一个重大的转折点，它标志着中国人民大众的反帝反封建的革命运动已经发展到了一个新的阶段。在“五四”以前和“五四”以后，构成了中国政治革命和文化革命两个不同的历史时期：从五四运动起，中国的革命就已经不是旧民主主义的革命，而是新民主主义的革命了。

在“五四”以前，中国的革命，无论是政治上的或者是文化上的，都是由中国资产阶级所领导的，是“属于旧的世界资产阶级民主主义革命的范畴之内的，是属于旧的世界资产阶级民主主义革命的一部分”①。这个革命，它虽然在一定时间内和一定程度上也把中国的历史向前推进了一步，在中国人民的民主革命思想的觉醒上做了一部分启蒙工作，但是由于中国资产阶级所特有的软弱性和狭隘性的限制，它不可能把这个革命引向胜利和成功。因此，在“五四”以前，旧民主主义的政治革命是失败了的，旧民主主义的文化革命也是失败了的。

在“五四”以后，中国的革命，就不再是由中国资产阶级所领导的，而是由中国无产阶级所领导的人民大众的革命了。这个革命，是“属于新的资产阶级民主主义革命的范畴，而在革命的阵线上说来，

---

① 毛泽东：《新民主主义论》。

则属于世界无产阶级社会主义革命的一部分”①。近三十多年来，中国历史上翻天覆地的大变革，是以五四运动为其起点的。这个革命，是在中国工人阶级及其先锋队——中国共产党的领导之下和科学的马克思列宁主义的理论指导之下进行的，所以它能够获得伟大的胜利：在政治革命上是完全胜利了的，在文化革命上也是完全胜利了的。这是我们的新民主主义革命。毛主席说：“一定的文化是一定社会的政治和经济在观念形态上的反映。”而文化革命则“是在观念形态上反映政治革命和经济革命，并为它们服务的”②。由此可见，从五四运动时期开始的中国新文化运动(包括新文学运动)，是中国人民大众反帝反封建的民主革命运动的一种表现形式，是中国新民主主义革命的有机组成部分。它是“属于世界无产阶级的社会主义的文化革命的一部分”的③。

中国的新文化运动，发生于五四运动前夜，以《新青年》杂志为主要阵地而逐渐扩展开来。它提出了“民主”和“科学”的口号。它“以反对旧道德提倡新道德、反对旧文学提倡新文学，为文化革命的两大旗帜，立下了伟大的功劳”④。它在思想上为五四运动作了一番酝酿和准备的工作；而同时，当五四运动在全国各地掀起了反帝反封建的革命斗争以后，它就和五四运动的主流汇合，成为中国新民主主义革命运动思想战线上有力的一翼了。

新文化运动在其开始的时候既是中国新民主主义革命的开端——五四运动思想战线上的有力的一翼，它和五四运动就必然地是一个不可分割的整体；因此，发生五四运动的历史条件和社会基础，也就必然地是产生新文化运动的历史条件和社会基础。

五四运动是在这样特定的历史条件和社会基础之上发生的：

第一，五四运动是发生在第一次世界大战(一九一四——九一

---

① 毛泽东：《新民主主义论》。
② 毛泽东：《新民主主义论》。
③ 毛泽东：《新民主主义论》。
④ 毛泽东：《新民主主义论》。

八)之后，而且直接地受到它的影响的。从鸦片战争以后，中国就逐渐地变成了一个半封建、半殖民地的社会，中国人民日益加甚地走入贫困和悲惨的生活境地，反帝反封建成为了中国人民的普遍的、一致的要求。特别是中国广大的农民，为了摆脱自己身上双重的锁链，从一八四〇年以来，他们曾经举行过无数次大小规模的革命运动，向帝国主义显示了中国人民的伟大力量，加速了封建统治阶级的崩溃。这样一支强大的革命队伍，如果得到正确坚强的领导，一定可以在很短的时间内，"冲决一切束缚他们的罗网，朝着解放的路上迅跑。一切帝国主义、军阀、贪官污吏、土豪劣绅，都将被他们葬入坟墓"①。但是中国的资产阶级是一个先天不足的胎儿，它依赖帝国主义，同时也害怕群众的力量，它没有能力担负起领导中国革命的历史任务。因此，中国近百年历史上的旧民主主义革命，就不可能得到胜利、得到成功。在一九一四年八月一日爆发的第一次世界大战，是帝国主义为了重分世界和抢夺势力范围而进行的一次不义的战争，所有帝国主义国家都先后卷入了战争漩涡，暂时放松和减轻了对于中国的侵略。这样，中国的民族工业就得到了一个"千载一时"的发展的好机会。中国的纺织工业、面粉工业和丝织业等各方面，暂时都呈露出欣欣向荣的景象。伴随着中国资本主义的一度迅速发展，中国现代无产阶级(它比中国的资产阶级有着更悠久的历史)也就空前地强盛和壮大起来了。当时虽然没有精确统计，但一般估计产业工人大约有二百五十万至三百万之多。他们"是中国新的生产力的代表者，是近代中国最进步的阶级"②。中国无产阶级不仅具有一般工人阶级所共有的优秀品质，即与先进的大生产相联系，因而具有高度的组织性、纪律性，大公无私，是最有远大前途的革命阶级；而且，还由于身受外国帝国主义、本国封建主义和资本主义三重压迫和剥削，因而特别富于对一切剥削者压迫者的反抗性，在革命斗争中比任何阶级都特别坚决和彻底。历史证明：只有这样的阶级才能领导中国革命走向胜利。由于自

① 毛泽东：《湖南农民运动考察报告》。

② 毛泽东：《中国社会各阶级的分析》。

己的长成和俄国十月革命的影响，中国无产阶级很快地变成了一个觉醒了的独立的政治力量，成为了中国政治革命和文化革命的真正领导者。因为有了中国无产阶级的坚强领导，所以五四运动能够以彻底的不妥协的崭新姿态出现在中国人民反帝反封建运动的历史上，能够成为中国新民主主义革命的伟大开端。

第二，五四运动又是发生在俄国十月社会主义革命(一九一七)之后，而且也是直接地受到了它的伟大影响的。斯大林在一九一八年所作的《十月革命和民族问题》一文中，曾经这样明确地指出十月革命的伟大的世界意义，他说：

> 十月革命的伟大的世界意义主要在于：
>
> (一)它扩大了民族的问题范围，使民族问题从欧洲反对民族压迫的局部问题变为各被压迫民族、各殖民地和半殖民地从帝国主义压迫下解放出来的总问题；
>
> (二)它给这一解放开辟了广泛的可能性和现实的道路，这就大大地促进了西方和东方被压迫民族的解放事业，把他们汇总到胜利的反帝国主义斗争的巨流中去；
>
> (三)它从而在社会主义的西方和被奴役的东方之间，架起了一座桥梁，建成了一条从西方无产者经过俄国革命到东方被压迫民族的新的反对世界帝国主义的革命战线。

斯大林这一段话，为我们说明了俄国十月革命给与全世界被压迫民族解放事业的巨大影响。他在同一年所作的《不要忘记东方》一文中，更具体指出："俄国革命第一个唤起了东方被压迫民族去反对帝国主义。波斯、印度、中国的代表苏维埃的成立是东方工人和农民从数百年来的沉睡中醒过来的鲜明标志。"这样，就把十月革命和东方各被压迫民族——特别是中华民族的反帝国主义斗争之间的密不可分的关系，更明确地告诉我们了。十月革命展开了人类历史的一个新的时代。

毛泽东同志在《论人民民主专政》一文中说：

> 中国人找到马克思主义，是经过俄国人介绍的。在十月革命以前，中国人不但不知道列宁、斯大林，也不知道马克思、恩格斯。十月革命一声炮响，给我们送来了马克思列宁主义。十月革命帮助了全世界的也帮助了中国的先进分子，用无产阶级的宇宙观作为观察国家命运的工具，重新考虑自己的问题。走俄国人的路——这就是结论。一九一九年，中国发生了五四运动。一九二一年，中国共产党成立。……

这一段话，就更其明确地指出了俄国十月社会主义革命与我国五四运动之间的密切关系。五四运动是在十月革命的影响之下，在中国人民找到了马克思列宁主义之后，才能够胜利地产生和展开的。在五四运动以后，马克思列宁主义照亮了中国人民革命的道路，中国革命便成了世界无产阶级革命的一个组成部分，成了世界无产阶级社会主义革命的一支强大的同盟军。

俄国十月革命的巨大影响，在中国的新文化运动上，特别是在新文学运动上，更可以显明地看得出来。

中国新文学运动的导师——鲁迅，在其早年的文学活动里，就与俄国文学发生了非常密切的关系。他自己说："那时就知道了俄国文学是我们的导师和朋友。……我们岂不知道那时的大俄罗斯帝国也正在侵略中国，然而从文学里明白了一件大事，是世界上有两种人：压迫者和被压迫者！"他接着说："从现在看来，这是谁都明白，不足道的，但在那时，却是一个大发现，正不亚于古人的发见了火的可以照暗夜，煮东西。"①鲁迅的这段文章是在一九三二年写下的，而文中所说的"那时"却是指的十九世纪末的情况。在这里，就完全可以看出，俄国的进步文学给予中国文学的影响是如何地源远流长了。

为了说明俄国和苏联文学对五四运动时期中国新文学的深刻影响，苏联社会主义现实主义文学的奠基人高尔基的作品在中国翻译的

① 鲁迅：《南腔北调集·祝中俄文字之交》。

历史和其为广大读者所爱好的情况，是一个很好的例证。下面引录戈宝权的《高尔基作品中译本编目》①前《引言》中的两段话：

> 茅盾先生在《高尔基和中国文坛》一文中，曾经这样写道："高尔基对中国文坛影响之大，只要举一点就可以明白：外国作家的作品译成中文，其数量之多，且往往一书有两三种的译本，没有第二个人是超过了高尔基的。三十年前，中国的新文学运动刚刚开始的时候，高尔基的作品就被介绍过来了。抢译高尔基，成为风尚；从日文重译，从英文、法文、德文，乃至世界语重译。……高尔基的作品之所以能在中国受到广大读者的爱好，是因为它抨击了黑暗，指示了光明，它虽然是为俄国人民而呼喊，但在中国读者(不但是中国，全世界被压迫的人们亦同具此感)看来，觉得都是自己心里要说的话。而这实在也不足怪，因为真理只有一个。"

从这一段文字中，我们就不难看出高尔基的作品当年即在中国普遍流行的情况。

> 高尔基的作品，远在清末就被介绍到中国来，据寒峰在《中译高尔基作品编目》(见《光明》第一卷第二号，民国二十五年六月二十五日出版)中说：高尔基的作品之被译为中文，"大约是始于周国贤一九一七年之译《大义》(The Traitor's Mother)，后来胡适之译《他的情人》"。但后来《时代周刊》第二十四期(民国三十一年四月五日)中所发表的《高尔基与中国》一文(未署名)，又指出远在一九〇七年时，就有人译过高尔基的《忧患余生》，直到现在为止，这也许是我们所知道的最早的高尔基作品的中译了。这篇最早的中译，出自吴梼之手，是根据长谷川二叶亭的日译重译的，载《东方杂志》第四年第一期，题名为种族小说：《忧

① 罗果夫、戈宝权合编：《高尔基研究年刊》(1947年)。

患余生》，原名《犹太人之浮生》，其实这就是《该隐》(Каин)的中译。……

从上面所引的两段文字，我们可以知道：高尔基的作品在新文化运动之前就已被介绍到中国来了，而且到了新文化运动开始以后，中译本就一天天地多了起来。高尔基用他对于黑暗的反抗和对于光明的热爱，也就是用生活的真理教育了中国的读者。这样，我们不就很清楚地看到以高尔基为代表的俄国进步文学对于中国新文学运动的深刻影响了吗！经过了震撼全世界的十月革命以后，马克思列宁主义在中国的传播范围日益扩大，中国人民就不只是从俄国和苏联文学得到愤怒和反抗的启示，而且还要根据马克思列宁主义这个放之四海而皆准的普遍真理来从事政治上和文化上的反帝反封建的革命运动了。以新文学运动为其主要内容的新文化运动，发生在五四运动的前夜，这原因是丝毫不难理解的。

以上我们说明了一下新文化运动所由产生的历史条件和社会基础，也就是说明了新文化运动的产生，正是由于中国社会在第一次世界大战期间有了显著的重要变化，而俄国的十月革命又给中国人民送来了马克思列宁主义的缘故。这个运动与五四运动是一个不可分割的整体，它是伴随着五四运动一同展开和深入的。当五四爱国运动掀起以后，新文化运动就和它合了流，获得了广大的群众基础，在全国各地澎湃地发展起来。刊物除《新青年》外，北京有《新潮》、《每周评论》、《新生活》，上海有《星期评论》，湖南有《湘江评论》(毛泽东同志主编)，成都有《星期日》等，都是鼓吹新文化的刊物。有人估计，在一九一九年这一年中，全国刊行的白话报当在四百种以上。其“声势之浩大，威力之猛烈”，就可以想见了。

二　统一战线和领导思想

这个声势浩大、威力猛烈的新文化运动，它是由哪些人物所领导的？同时，又是一种什么样的思想把这个运动引向高涨和胜利的呢？

毛泽东同志在《新民主主义论》中说："文化革命是在观念形态上反映政治革命和经济革命，并为它们服务的。在中国，文化革命，和政治革命同样，有一个统一战线。"又说："五四运动时期虽然还没有中国共产党，但是已经有了大批的赞成俄国革命的具有初步共产主义思想的知识分子。五四运动，在其开始，是共产主义的知识分子、革命的小资产阶级知识分子和资产阶级知识分子(他们是当时运动中的右翼)三部分人的统一战线的革命运动。"

毛泽东同志的这些论断，为我们说明了下面一系列重要问题：(一)五四运动时期的新文化运动是一个统一战线的运动，统一战线由三部分人组成：共产主义的知识分子、革命的小资产阶级知识分子和资产阶级知识分子；(二)资产阶级的知识分子只是新文化运动中的右翼，并不是什么"主将"或"领导"；(三)因此，新文化运动的领导思想，也就不能不是共产主义的文化思想，也就是共产主义的宇宙观和社会革命论，而不是其他的任何思想。

当时具有初步共产主义思想的知识分子以李大钊为杰出的代表人物。李大钊是中国新民主主义革命的伟大的导师和先驱者，也是马克思主义在中国最早的传布者。在新文化运动时期，他在《新青年》上发表过许多文章，成为运动中最有影响的领导者。远在一九一六年，他就在二卷一期的《新青年》上发表过一篇题作《青春》的文章。在这篇文章里，他说：

> 吾族青年所当信誓旦旦以昭示于世者，不在龈龈辩证白首中国之不死，乃在汲汲孕育青春中国之再生。

又说：

> 青年之自觉，一在冲决过去历史之网罗，破坏陈腐学说之囹圄，勿令僵尸枯骨，束缚现在活泼泼地之我，进而纵现在青春之我，扑杀过去青春之我，促今日青春之我，禅让明日青春之我。……进前而勿顾后，背黑暗而向光明，为世界进文明，为人

类造幸福，以青春之我，创建青春之家庭，青春之国家，青春之民族，青春之人类，青春之地球，青春之宇宙……

李大钊这篇文章，虽然还没有具体地指出再生的青春中国是一种什么样的国家，但新兴阶级所特有的那种勇猛创造、坚强乐观的精神已洋溢在字里行间了。除开《青春》这篇文章外，《新青年》的三卷二期(一九一七年四月)上有他的《青年与老人》一文，四卷四期(一九一八年四月)上有他的《今》一文。这些文章都是中国革命史上的重要文献，从其中我们可以看出中国革命的先驱者早期初步的辩证唯物主义思想来。

当一九一八年第一次世界大战结束，协约国帝国主义国家(包括它们的鹰犬——中国反动政府)高呼庆祝的时候，李大钊又在《新青年》(五卷五期)上发表《庶民的胜利》(演说词)和《Bolshevism 的胜利》两篇文章。在《庶民的胜利》中，他说：

民主主义战胜，就是庶民的胜利。社会革命的结果，是资本主义失败，劳工主义战胜。……劳工主义的战胜，也是庶民的胜利。

在《Bolshevism 的胜利》中，他又说：

对于德国军国主义的胜利，不是联合国的胜利；更不是我国徒事内争托名参战的军人，和那投机取巧卖乖弄俏的政客的胜利；是人道主义的胜利；是平和思想的胜利；是公理的胜利；是自由的胜利；是民主主义的胜利；是社会主义的胜利；是 Bolshevism 的胜利；是赤旗的胜利；是世界劳工阶级的胜利；是二十世纪新潮流的胜利。

没有问题，李大钊这两篇十分卓越的文章，是应用马克思列宁主义的观点来观察和分析问题的。他在帝国主义及其走狗们正在欢呼庆祝的时候，指出了社会主义也就是布尔塞维克主义的必然的胜利，他认为俄国十月革命是“联合世界的无产庶民，拿他们最大最强的抵抗力，创造一自由乡土”。这种思想是五四运动前夜的最革命、最先进的思想。这种思想的影响是非常的巨大的（中国反动政府曾经为了这两篇文章下令逮捕刊物的主编人），它推动和领导了五四运动时期的新文化运动。除此以外，在流传到现在的不多的几篇有关文学的文章中，也显露了李大钊对于文学艺术某些问题的正确见解。例如在《什么是新文学?》一文中，他就认为“刚是用白话作的文章，算不得新文学”；他说，“我们所要求的新文学，是为社会写实的文学，不是为个人造名的文学”。这也是当时最先进的文学思想，对于当时的文学运动，无疑地起了很大的指导作用。在这以后，李大钊经常地发表介绍马克思列宁主义的文章。一九一九年五月《新青年》（六卷五期）出版“马克思研究号”，他写的《我的马克思主义观》一文，是中国系统地介绍马克思主义的最早的文章。

毛泽东同志是当时具有初步共产主义思想的知识分子的又一个杰出的代表。一九一八年，他在湖南长沙倡导和组织了革命团体“新民学会”，一九一九年，创办了革命刊物《湘江评论》。他所发表的《民众的大联合》等论文，阐述了建立革命统一战线的观点，热情地歌颂了马克思列宁主义和十月社会主义革命的胜利。毛泽东同志的革命活动，为传播马克思主义，促进革命知识分子与工农群众相结合以及鼓舞人民大众反帝反封建的斗争，起了非常重要的作用。不久，《共产党宣言》的最初的中译本也出版了。中国信奉马克思列宁主义的人，从此就一天比一天地多了起来，在思想上和干部上准备了中国共产党的成立。

以上我们说明了共产主义思想是五四运动时期新文化运动的领导思想，介绍了具有初步共产主义思想的知识分子的最杰出、最优秀的代表人物。正是因为有了这样人物和这样思想的领导，中国新文化运动才能以雷霆万钧的力量反对和摧毁封建文化而取得辉煌巨大的胜利。

在五四运动时期，与共产主义知识分子并肩作战，而且发挥了勇猛精悍的战斗力量的，是当时的革命的小资产阶级知识分子。这种知识分子以鲁迅为最杰出的代表人物。正如瞿秋白在《鲁迅杂感选集序言》中所指出的："鲁迅在'五四'前的思想，进化论和个性主义还是他的基本。他热烈的希望着青年，他勇猛的袭击着宗法社会的僵尸统治，要求个性的解放。"鲁迅在热切地追求救国救民的真理的过程中，从俄国十月革命的胜利看到了"新世纪的曙光"①，看到了中国民族解放的新希望，因而自觉地遵奉"革命的前驱者的命令"，以崭新的战斗姿态投入了反帝反封建的伟大斗争。这样，从"五四"前夜开始的鲁迅的文学活动，无论是他的小说或杂感，就都呈现出那种前所未有的坚强的战斗气势和力量。在整个五四运动时期，鲁迅的作品强有力地暴露了封建社会的黑暗和腐败，打击了封建复古主义者的国粹主义思想，成为了新文化运动中一支最强大的力量。

除了鲁迅外，陈独秀在五四运动时期也是革命的小资产阶级知识分子的代表人物。在这个时期内，陈独秀是一个急进的民主主义者，他高张着文学革命的大旗，在与封建文化的斗争中，态度是比较坚决的，因此，对新文化运动也起过一定程度的推动作用。

作为新文化运动右翼的是资产阶级的知识分子，他们的代表人物是胡适。当时，胡适作为统一战线中的一个盟员，在一定程度上也是向封建旧文化进攻的一分力量，起过一点作用。但是，胡适的思想，一方面，始终严格地受着中国资产阶级所特有的软弱妥协的性格的限制，另一方面，又深受美国资产阶级哲学家杜威的实用主义的影响。因此，他根本就不可能有坚决的反封建的思想和行动；他那时的文学主张也始终停留在改良主义的范围内，而且不久，他就从新文化阵营里分裂出去，逐渐地站到反动方面去了。

这里简略地叙述了一下五四运动时期新文化（包括新文学）运动的统一战线和领导思想。这个统一战线是有着它的缺点的：它的组成部分还只限于知识分子，没有工人和农民参加。但由于新文化运动是在俄国十月革命的伟大影响之下发生的，又是在具有初步共产主义思

---

① 《热风·随感录五十九·圣武》。

想的知识分子的领导之下进行的，所以它就具有社会主义的因素，而且是决定性的因素；同时，也就能够“以新的装束和新的武器，联合一切可能的同盟军，摆开了自己的阵势，向着帝国主义文化和封建文化展开了英勇的进攻”①，在五四运动时期形成了一个彻底地不妥协地反帝国主义和反封建主义的文化革命。

三 文学革命的倡导及其主要内容

一九一五年九月，正当袁世凯利用“筹安会”进行帝制宣传时，《青年杂志》(第二卷起改名《新青年》)创刊。它高举反封建的旗帜，批判旧礼教，打倒“孔家店”，猛烈地攻击专制政治和封建道德，宣传民主政治，介绍西方的思想文化，提出了“拥护德谟克拉西(Democracy)和赛因斯(Science)”即民主和科学的口号，并且指出：“要拥护那德先生，便不得不反对那孔教，礼法，贞节，旧伦理，旧政治；要拥护那赛先生，便不得不反对那旧艺术，旧宗教；要拥护德先生又要拥护赛先生，便不得不反对国粹和旧文学。”②以《新青年》为主要阵地的新文化运动，在反对旧道德，提倡新道德的同时，也必然要反对旧文学，提倡新文学。因此，文学革命运动，作为反对封建文化的一项重要内容，在当时便跟民主和科学的运动一同发生和发展起来。

一九一五年底，陈独秀即在《新青年》倡导文学改革，主张中国文艺“今后当趋向写实主义”，以“挽今日浮华颓败之恶风”③。一九一六年十月，胡适在《寄陈独秀》信中表示赞同，并首次公开提出“文学革命”的口号及具体的“八事”：

年来思虑观察所得，以为今日欲言文学革命，须从八事入

① 毛泽东：《新民主主义论》。
② 陈独秀：《本志罪案之答辩书》。
③ 见《青年杂志》第一卷第四号《通讯》。

手。八事者何?

一曰不用典。

二曰不用陈套语。

三曰不讲对仗。(文当废骈诗当废律)

四曰不避俗字俗语。(不嫌以白话作诗词)

五曰须讲求文法之结构。

此皆形式上之革命也。

六曰不作无病之呻吟。

七曰不摹仿古人。语语须有个我在。

八曰须言之有物。

此皆精神上之革命也。①

第二年一月，胡适又在《新青年》上发表了《文学改良刍议》一文，将上述“八事”逐一论证发挥；但也明白宣言他的主张只是“文学改良”，意见也仅是“刍议”，态度十分软懦。后来他曾半遮半掩地承认是“胆子变小了”，“所以此文标题但称‘文学改良刍议’，而全篇不敢提起‘文学革命’的旗子”。②

当时勇敢地高张着文学革命的旗帜的是陈独秀。一九一七年二月，他在《新青年》上发表《文学革命论》，正式地提出了“文学革命”的口号和比较鲜明的主张。他说：

余甘冒全国学究之敌，高张“文学革命军”大旗，以为吾友之声援。旗上大书特书吾革命军三大主义：

曰，推倒雕琢的阿谀的贵族文学，建设平易的抒情的国民文学；

曰，推倒陈腐的铺张的古典文学，建设新鲜的立诚的写实

① 载《新青年》第二卷第二号。

② 胡适：《逼上梁山·四十自述》的一章，录自《中国新文学大系·建设理论集》。

文学；

曰，推倒迂晦的艰涩的山林文学，建设明了的通俗的社会文学。

在这篇文章里，陈独秀虽然只提出了“国民文学”，“写实文学”和“社会文学”三个口号，关于这三个口号所包含的具体内容并没有予以充分的详细的说明；但是他的态度和主张，到底要比胡适坚决得多，鲜明得多。第一，他触及到了文学的思想内容。他认为旧文学的内容是“目光不越帝王权贵、神仙鬼怪，及其个人之穷通利达，所谓宇宙，所谓人生，所谓社会，举非其构思所及”。因此，他把文学革新同反对封建专制统治的政治革新联系起来，认为“今欲革新政治，势不得不革新盘踞于运用此政治者精神界之文学”。这种见解，较之专注重文字形式的革新的改良主义者们，是前进了一步。第二，他的战斗精神是比较的旺盛的。他认为在文学改革“当以白话为文学正宗”这一点上，“是非甚明，必不容反对者有讨论之余地，必以吾辈所主张者为绝对之是，而不容他人之匡正”①。这种坚决的态度，也实在不是那种“决不敢以吾辈所主张为必是，而不容他人之匡正”②的改良主义者胡适所能够赶得上的。

陈独秀及胡适的文章发表以后，刘半农、钱玄同等人撰文响应，攻击“桐城谬种”、“选学妖孽”；《新青年》又陆续刊载有关文学革命的通信，逐步展开了热烈的争辩和讨论。接着，鲁迅、郭沫若和其他作者们又以其具有新的内容和新的形式的作品，充实和丰富了文学革命的实际内容，构成了中国新文学发展历史上最优良的革命传统。

文学革命的具体内容大致包含下列三个主要方面：

第一，它是以反对封建主义为其主要内容的；而在中国，由于历史的特殊规定，反对封建主义与反对帝国主义是没有方法可以分割开

① 陈独秀：《答胡适之》，录自《中国新文学大系·建设理论集》。

② 胡适：《寄陈独秀》(1917年4月9日)，录自《中国新文学大系·建设理论集》。

来的，所以实际上，它又是以反对帝国主义和反对封建主义为其主要内容的。

我们在前面已经提到，五四运动时期思想革命的口号是科学和民主，这个口号正反映了中国人民大众反帝反封建的革命要求。而文学革命之所以要提倡新文学，反对旧文学，则主要地是因为新文学是反映科学和民主的要求，而旧文学(封建主义的文学)则是反映封建的旧伦理和旧政治的。封建思想正是科学和民主的死敌。钱玄同在《〈尝试集〉序》里说：

> 现在我们认定白话是文学的正宗，正是要用质朴的文章，去铲除阶级制度里的野蛮款式；正是要用老实的文章，去表明文章是人人会做的，做文章是直写自己脑筋里的思想，或直叙外面的事物，并没有什么一定的格式。对于那些腐臭的旧文学，应该极端驱除，淘汰净尽，才能使新基础稳固。

这里所说的“阶级制度”，指的就是封建社会里的等级制度，而旧文章中的“野蛮款式”则正是反映这种野蛮的等级制度的。在同一篇文章中，他曾把这个意思说得非常清楚。他说中国的语言、文字之所以相去很远，不能够“言文一致”，原因之一就在于：“那独夫民贼，最喜欢摆架子。无论什么事情，总要和平民两样，才可以使他那野蛮的体制尊崇起来；象那吃的，穿的，住的，和妻妾的等级，仆役的数目，都要定得不近人情，并且决不许他人效法。对于文字方面，也用这个主义……”因此，文学革命就“要用质朴的文章，去铲除阶级制度里的野蛮款式”。由此可见，五四运动时期文学革命的提倡白话，反对文言，是与反封建主义的根本精神紧密地联系着的。钱玄同在“五四”初期，态度是颇为勇猛积极的。他在这时期的许多文章，都透露了一种比较坚决的反封建主义的精神。但可惜后来就离开了文学革命的战线，躲向故纸堆里去了。

当时以犀利无比的笔锋，给予封建宗法社会和封建复古主义者以无情暴露和抨击的，是鲁迅。他在本时期所写的许多小说和杂感，无不体现着很强烈的反封建主义的战斗精神。关于他的小说，详细评叙，打算留在下章；这里只谈谈他在本时期写下的杂感。他在《热风·题记》中说："我在《新青年》的《随感录》中做些短评，还在这前一年(指一九一八年)，因为所评论的多是小问题，所以无可道，原因也大都忘却了。但就现在的文字看起来，除几条泛论之外，有的是对于扶乩，静坐，打拳而发的；有的是对于所谓'保存国粹'而发的；有的是对于那时旧官僚的以经验自豪而发的；有的是对于上海《时报》的讽刺画而发的。"总起来说，鲁迅在五四运动时期所写下的《随感录》中的短评，都是以反对封建主义的"僵尸统治"为其主要任务的。

下面引录《现在的屠杀者》(随感录五十七)一文说明鲁迅在当时的反封建主义的精神：

> 高雅的人说，"白话鄙俚浅陋，不值识者一哂之者也。"
>
> 中国不识字的人，单会讲话，"鄙俚浅陋"，不必说了。"因为自己不通，所以提倡白话，以自文其陋"如我辈的人，正是"鄙俚浅陋"，也不在话下了。最可叹的是几位雅人，也还不能如《镜花缘》里说的君子国的酒保一般，满口"酒要一壶乎，两壶乎，菜要一碟乎，两碟乎"的终日高雅，却只能在呻吟古文时，显出高古品格；一到讲话，便依然是"鄙俚浅陋"的白话了。四万万中国人嘴里发出来的声音，竟至总共"不值一哂"，真是可怜煞人。
>
> 做了人类想成仙；生在地上要上天；明明是现代人，吸着现在的空气，却偏要勒派朽腐的名教，僵死的语言，侮蔑尽现在，这都是"现在的屠杀者"。杀了"现在"，也便杀了"将来"。——将来是子孙的时代。

"朽腐的名教"就是封建主义的思想；"僵死的语言"，就是那已不合民众需要了的文言，而这些正是封建统治阶级用来屠杀"现在"、屠杀"将来"的主要工具。要用"四万万中国人嘴里发出来的声音"来写文章，便是要打倒“朽腐的名教”和“僵死的语言”，而这也就是向那屠杀“现在”和“将来”的封建统治阶级宣战。

与封建主义作斗争，以文艺服务于人民和社会的利益，是鲁迅毕生的重大工作，而这种工作，他在五四前后便开始了，而且一开始就表现得那样的坚决和猛烈。这种坚决、猛烈的反封建主义的精神，便是文学革命的主要内容之一。

这里，我们还要说明两点：一、如我们前面所已经指出的，封建主义乃是帝国主义统治中国的坚固的“墙脚”，对于封建主义的攻击，也正是在摇撼着帝国主义在中国的统治基础。反封建主义的斗争与反帝国主义的斗争，原是紧密地联系着，无法分割开来的。这是现代中国革命的历史特点，也是文学革命的历史特点。二、我们还必须看到，这种反封建主义精神之所以能够如此猛烈、坚决，显然地是受了俄国十月革命和马克思列宁主义思想的深刻影响的。鲁迅是如此，整个文学革命运动也是如此。例如在《热风》中，鲁迅曾讲过这样的话：“看看别国(按指苏联)，抗拒这‘来了’的便是有主义的人民。他们因为所信的主义，牺牲了别的一切，用骨肉碰钝了锋刃，血液浇灭了烟焰。在刀光火色衰微中，看出一种薄明的天色，便是新世纪的曙光。”①鲁迅和整个文学革命运动那种坚决、猛烈地反封建主义的精神，正是从十月革命给予人类社会的“新世纪的曙光”的照耀中所获得的。

第二，文学革命又是以文艺大众化的最初倾向为其重要内容的。文学革命的重要口号是提倡白话文，而且在这方面取得了巨大的胜利。但我们应当这样理解：白话文的提倡是反映了(在某种程度内)中国人民对于文艺的迫切要求的。它是文艺大众化运动的一个起点，也可以说是文艺大众化的最初倾向。

文学革命既是新民主主义革命的一个组成部分，因此，它就不可能不要求广大的读者，不可能不要求把反帝反封建的思想带到更广大的人民群众中去。这就规定了新的文学首先在思想内容上，因而也在

---

① 《热风·随感录五十九·圣武》。

表现形式上，应该具有着一定程度的大众化倾向。正是在这一点上，提倡白话文和争取白话文的彻底胜利，才有其重大的意义。

这一点，也可以从鲁迅本时期文艺活动上得到非常清楚的说明。鲁迅这时对于文艺的理解和在创作实践上都充分地代表了文学革命的这一正确的倾向。他说他之所以要提倡文艺运动，原因是要改变国民的精神，而"善于改变精神的……当然要推文艺，于是想提倡文艺运动了"①。可以看到，鲁迅开始创作的动机就是为了要唤醒中国人民的反帝反封建的思想意识，要把文艺当成宣传教育的有力武器。因此，他的创作在思想内容上就反映了当时广大人民的革命要求，而在表现工具和表现形式上也都是服务于这样一个崇高的创作目的的。

本时期其他作家的作品，也有些是以农村生活为题材，为农民抗议的。这也表明文学革命时期的文艺作品在思想内容上的大众化倾向。而那时大家所努力提倡的白话文，也就是在文字形式上适应这一要求和倾向的。这是文学革命的另一个重要内容。

自然，我们在这里所说的文艺大众化，仅仅是一个最初的倾向，是一个起点，并不是说文学革命时期所提倡的白话文，就已经是大众化的文艺了。毛泽东同志在《新民主主义论》中曾指出：五四运动的缺点，"在只限于知识分子，没有工人农民参加"，文化运动，"当时还没有可能普及到工农群众中去"。这是整个五四运动的缺点，自然也是文学革命运动的缺点。这样的缺点，在当时的历史条件下还是难以避免的。当时中国共产党还没有成立，缺少坚强正确的领导，政治上的革命运动和文化上的革命运动都还没有扩展到工农群众中去，知识分子在生活上和思想感情上都还不可能与工农群众结合起来，这样，一个广泛的为工农群众服务的文艺大众化运动，自然是不可能发生的。

第三，文学革命时期的文学是以现实主义为其主要的创作方法，而且是和革命的浪漫主义结合在一起的。现实主义与浪漫主义的结合是有着悠久历史的我国文学的最优良的传统，而这正是我国劳动人民

① 《呐喊·自序》。

朴素、勤劳的性格和丰富、大胆的幻想在文艺领域内的反映。文学革命便是这种优良文学传统的继承和发展。同时，正如我们在前面所指出的，文学革命是适应中国人民反帝反封建的革命要求而产生出来的一种运动，它又是在俄国十月革命和世界进步文学——特别是俄国和苏联文学——的影响之下，在共产主义思想的领导之下发生和发展的。因此，作为文学革命实绩的文学创作，就不能不包含着社会主义的因素，不能不以革命的现实主义和革命的浪漫主义为其主要的方法。

这一点在鲁迅和郭沫若本时期的创作特色上，可以分明地看得出来。鲁迅是一位伟大的现实主义作家。他曾经这样提到他开始创作小说时的动机："……说到'为什么'做小说罢，我仍抱着十多年前的'启蒙主义'，以为必须是'为人生'，而且要改良这人生。……所以我的取材，多采自病态社会的不幸的人们中，意思是在揭出病苦，引起疗救的注意。"①这就决定了他要面向着旧社会的血淋淋的现实，而且还要用高度的现实主义艺术方法把它真实地描画下来，作为向旧中国统治者进攻的主要武器。但在他真实地揭露不幸人们的病苦的同时，他又热情洋溢地宣扬了中国人民对于未来生活的美好理想和愿望。他在本时期所写的作品，一方面真实地、具体地反映了农民与封建地主阶级之间的不可调和的尖锐的矛盾，同时也指出了（虽然是不很明确的）中国人民向将来迈进的道路，具有着较为强烈的革命的浪漫主义的因素。

郭沫若是中国的第一位新诗人。他以他的激情的富有浪漫主义色彩的诗歌开辟了中国诗歌的新的广阔的道路。他在本时期所写的著名的诗集《女神》中，以那样高昂的响彻云霄的声音咒诅了那像"屠场"和"囚牢"一般的旧世界，歌颂了世界无产阶级革命的导师，他祈求太阳把他"全部的生命照成道鲜红的血流"，他说"新中华的改造正赖吾曹"。他的热情是那样喷涌，他的想象是那样葱茏，而他的笔调又是那样的奔放不羁。革命的浪漫主义是郭沫若诗歌的主要倾向。但是

① 《南腔北调集·我怎么做起小说来》。

郭沫若的诗歌又包含了很显著的现实主义的因素。它是那样真实地反映了五四运动时期中国人民的反帝反封建的革命要求，和在封建军阀宰割下的中国人民的苦难生活。

现实主义和浪漫主义是两种互相对立而又统一的创作倾向。现实主义离开了浪漫主义，往往会陷于自然主义的泥坑；而浪漫主义如果不和现实主义相结合，也就难免产生浮夸和空喊的结果。在文学史上，真正伟大作家的作品，常常是现实主义和浪漫主义结合在一起的。鲁迅和郭沫若在五四运动时期的作品充分地证明了这一点。

以上简略地说明了一下五四运动时期文学革命的主要内容的三个方面，同时这也是中国新文学运动的最优良的战斗传统。这三个方面是互相联系着，不可分割的。“五四”文学革命“是中国文学史上的第一次真正伟大的革命。可以毫不夸张地说，没有这个文学革命，也就没有我们今天人民的文学艺术运动”①。但五四运动时期的文学革命，也有缺点或消极因素。毛泽东同志在《反对党八股》中说：

> 五四运动时期，一班新人物反对文言文，提倡白话文，反对旧教条，提倡科学和民主，这些都是很对的。在那时，这个运动是生动活泼的，前进的，革命的。……但五四运动本身也是有缺点的。那时的许多领导人物，还没有马克思主义的批判精神……他们对于现状，对于历史，对于外国事物，没有历史唯物主义的批判精神，所谓坏就是绝对的坏，一切皆坏；所谓好就是绝对的好，一切皆好。这种形式主义地看问题的方法，就影响了后来这个运动的发展。

毛泽东同志所指出来的这个缺点，在五四运动时期的文学革命运动中，特别表现为一般人对于中国旧文学的全盘否定和对于外国文学的全盘肯定。那时期，对我国古典文学中的人民性和现实主义精神，

---

① 周扬：《发扬“五四”文学革命的战斗传统》，载《人民文学》1954年5月号。

是认识得很不够的，还不能以马克思主义的方法来批判地继承我国的古典文学遗产，去其糟粕，取其精华；而另外，对于外国文学中的各种流派和各种形式，又往往不问其是否适合我国文学的需要，不加分别地予以介绍和翻译。这种形而上学的和形式主义的观点、方法，对于我国新文学运动的发展，自然是产生了不良影响的。

四　文学改良主义者的主张

关于“五四”文学革命运动中的消极因素，我们还需要对胡适的改良主义思想和文学主张，作一些必要的历史的分析和批判。

在“五四”新文化运动中，以胡适为代表的资产阶级知识分子，也反对文言文，提倡白话文，攻击旧文化。一九一八年六月，《新青年》出版“易卜生专号”，译载了挪威剧作家易卜生的剧本《娜拉》(至第三幕)、《国民之敌》和《小爱友夫》(各第一幕)；胡适发表了《易卜生主义》一文，借介绍易卜生的剧作和思想，攻击旧社会的法律、宗教、道德及家庭、婚姻等问题，提倡个性解放，鼓吹写实主义，在当时的知识界影响颇大，对于反对封建主义文化起了一定的积极作用。自然，我们也应当指出，其中介绍和宣扬的个性解放和极端个人主义的思想，在青年思想上也有不良影响，而且随着革命的深入发展，愈到后来就愈加消极反动了。至于胡适提倡白话，主张“文学改良”，在当时的影响也比较大。但是，胡适毕竟是新文化运动中右翼的资产阶级知识分子的代表。中国资产阶级所固有的软弱性、妥协性，在胡适身上有突出的表现，使他早在文学革命的倡导时期，就显明地暴露出了资产阶级改良主义的面貌；他所提出的“文学改良”的主张，也大多是拘限在形式主义和改良主义范围之内的一些货色。

后来，胡适却竟然“不辞汗颜”地自吹自捧，把自己说成是文学革命运动的领导者。他说：

> 至于我们几个发难的人，我们也不用太妄自菲薄，把一切都归到那“最后之因”。陆象山说得最好：“且道天地间有个朱元晦

陆子静，便添得些子。无了后，便减得些子。”白话文的局面，若没有“胡适之陈独秀一班人”，至少也得迟出现二三十年。这是我们可以自信的。①

我们且不提他如何荒谬地将“白话文的局面”来代表整个文学革命，也不提他如何错误地过高估计了个人在历史上所起的作用，我们只举出这位自命文学革命的“发难者”在文学革命运动当中所提出来的主张，来看看他的“不用妄自菲薄”的根据到底是什么。

前面已经指出，胡适在一九一七年一月发表的《文学改良刍议》一文中，根本不敢提文学革命，而且一再表明自己“末学不文，何足以言此?”连提出“文学改良”也深恐“矫枉过正”，要请别人来“匡纠是正之”。这就充分表明胡适的改良主义是何等地软弱无力了。

胡适的文学改良主义所包含的内容，归纳起来就是所谓“国语的文学”。他在《建设的文学革命论》里说：“我的‘建设新文学论’的唯一宗旨只有十个大字：‘国语的文学，文学的国语。’”并说这是他的“根本主张”。应该怎样来实行呢？胡适说有三步：(一)工具，(二)方法，(三)创造。通篇大谈了一通“白话文字”的工具和“文学的方法”以后，结尾说：

工具用得纯熟自然了，方法也懂了，方才可以创造中国的新文学。至于创造新文学是怎样一回事，我可不配开口了。我以为现在的中国，还没有做到实行预备创造新文学的地步，尽可不必空谈创造的方法和创造的手段，我们现在且先去努力做那第一第二两步预备的工夫罢！

可见胡适的所谓“文学改良”也好，“国语的文学”也好，只不过是文字工具的改革和文学方法的改进罢了，完全是一种讳言文学思想内容的形式主义论调。

① 胡适：《中国新文学大系·〈建设理论集〉导言》。

胡适关于文学形式改良的主张，主要地见于他的所谓“八不主义”中。“八不主义”原为“八事”，最初在他的《寄陈独秀》信中提出，《文学改良刍议》里仍为“八事”，仅文字和排列有些变动，以后在《建设的文学革命论》里始改为“八不”。“八不主义”中，“不作言之无物的文字”，“不作无病呻吟的文字”和“不摹仿古人”三条，据胡适自己说，“都是文学内容的问题”①。在这三条中最主要的要算是第一条——“不做言之无物的文字”。所谓“物”指的是思想和感情，但到底是哪一个阶级的思想感情，他却没有指出来。抽去文学的阶级的、社会的内容，标榜文学的“超阶级”，也是资产阶级惯于玩弄的一种鬼把戏。现在我们专来看看他在“改良”文学形式上的主张：(一)主张“不用典”，但他又把典分成广狭二义，广义之典不算是典，“可用可不用”，狭义之典，他虽主张不用，但又说“工者偶一用之，未为不可”。这样的主张，正如李何林在《近二十年中国文艺思潮论》中所说的，“直把‘不用典’变成为不是反对用典，反而主张用典了”。(二)他一面主张“文须废骈，诗须废律”，但一面又说，“即不能废此两者，亦当视为文学末技而已，非讲求之急务也”。这样又轻轻地取消了自己的主张。(三)胡适是主张白话文学即所谓“国语文学”的，但这个国语文学却仅仅是“不避俗话俗字”②。可见他的“八不主义”也是自相矛盾，不能自圆其说。

胡适的形式主义的文学改良主张，是以他的“历史进化论”的思想为基础的。他在《文学改良刍议》中说：

> 文学者随时代而变迁者也。一时代有一时代之文学：周秦有周秦之文学，汉魏有汉魏之文学，唐宋元明有唐宋元明之文学。此非吾一人之私言，乃文明进化之公理也。……吾辈以历史进化之眼光观之，决不可谓古人之文学皆胜于今人也。……唐人不当作商周之诗，宋人不当作相如子云之赋，——即令作之，亦必不

① 胡适：《中国新文学大系·〈建设理论集〉导言》。

② 见胡适的《白话解》。

工。逆天背时，违进化之迹，故不能工也。

除了这段文字外，胡适还有一篇《历史的文学观念论》，认为“古人已造古人之文学，今人当造今人之文学”。这些文章宣扬的都是文学形式的历史进化论。大家知道，胡适在提倡美国资产阶级哲学家杜威的实用主义的同时，又标榜所谓的“历史的态度”的。据他说，这种“历史的态度”，是来自达尔文的进化论。但他恰好阉割了进化论这一科学学说的革命的进步的精神，把它歪曲为一种庸俗的进化论，用来支持和散播他的改良主义和形式主义的思想。“历史进化”的原动力是什么，“历史进化”应该朝着什么方向前进，他是完全懵然无知的，所以他对于文学“进化”的看法，就不能不专从形式上着眼。所谓“一时代有一时代之文学”，这些文学在胡适眼中就只成了一些不同的形式与体裁而已。至于文学与时代真正的关系，胡适不仅没有丝毫了解，而且还处心积虑地加以歪曲和掩盖。从这样庸俗的进化论出发，所以胡适便不能不歪曲历史，把文学的“历史进化”只表面地理解成为形式工具的变异和革新。他在《逼上梁山》一文中说：“历史上的‘文学革命’全是文学工具的革命。……欧洲各国的文学革命只是文学工具的革命。中国文学史上几番革命也都是文学工具的革命。”也正是从这庸俗的进化论出发，胡适歪曲“五四”文学革命运动，胡说“这一次的文学革命的主要意义实在只是文学工具的革命”①，而抹煞掉文学革命反对封建主义的战斗的思想内容。

其实，胡适这种“历史进化论”的思想，远在戊戌政变的时候，黄遵宪等(他们也是一些改良主义者)就已经提出过②。胡适的见解实在没有超出他们多少。但是必须指出：在旧民主主义革命时期，黄遵宪等的见解，显然还有一定程度的进步意义，而到了新民主主义革命时代，这种改良主义的思想，就只能是和以社会主义思想为领导的文化革命相敌对的了。

---

① 胡适：《中国新文学大系·〈建设理论集〉导言》。

② 可参阅黄遵宪的《日本国志》卅二《学术志》记日本文学。

随着革命的深入发展，新文化运动的统一战线开始分化。当马克思主义在中国广泛传播，五四运动走向高潮的时候，胡适于一九一九年七月发表《多研究些问题，少谈些“主义”》，挑起了“问题与主义”的论争，企图阻挡马克思主义在中国传播；一九二〇年底又在《新青年》内部挑起分裂，认为“《新青年》色采过于鲜明”，提出要“注重学术思想艺文的改造，声明不谈政治”，妄图改变《新青年》的方向①。这些，都理所当然地遭到了李大钊、鲁迅等人的抵制和驳斥。随后，胡适便退出了《新青年》，另办《努力周报》、《国学季刊》，鼓吹“整理国故”，提倡“好政府主义”，一步步地完全投入帝国主义和封建军阀的怀抱，成了无耻的买办文人和民族败类。

五　与封建复古主义者的斗争

文学革命不是没有经过斗争就能获得胜利的。当中国的封建地主阶级在政治上还握有统治权力的时候，当帝国主义还在通过中国的封建统治阶级来进行对中国广大人民的残酷掠夺的时候，封建士大夫阶级在思想阵线上是一定要坚守着复古保守的沟垒，反对科学和民主，反对文学上的一切改革主张的。于是，文学革命阵营，以当时三种知识分子的统一战线为基础，展开了一次对封建复古主义者的斗争。

封建复古主义者曾经采用了种种不同的方式来进行颠覆文学革命的活动：有的人以轻蔑不屑的态度来对付新文学，想让新文学在沉默的窒息中死亡下去②；有的人以折衷调和的姿态出现，想把文学革命引向死路上去③；有的人出版刊物，作拥护古典文学的运动④；也有的人挺身而出，对文学革命运动肆意谩骂，或托为小说，以泄个人的

① 见胡适一九二〇年底答陈独秀书及次年一月致李大钊、鲁迅等人的信。

② 《严复书札》六十四：“革命时代，学说万千；然而施之人间，优者自存，劣者自败，虽千陈独秀，万胡适、钱玄同，岂能劫持其柄，则亦如春鸟秋虫，听其自鸣自止可耳。林琴南辈与之较论，亦可笑也。”

③ 如曾毅、方宗岳等在《新青年》上的主张。

④ 黄侃和北大一部分主张复古的学生创办《国故》。

“幽愤”。但是这些反对都没有发生丝毫效果，文学革命运动反而日益蓬勃地开展着。

在当时，第一个跳出来，以卫道自任，反对新文学的是林纾。

林纾(琴南)先在《新申报》上发表了两篇小说——《妖梦》和《荆生》，痛骂当时提倡白话文学的人。在《荆生》中，他幻想有一个“伟丈夫”如荆生者能够出来以武力消灭新文学运动。林纾写这篇小说是“大有深意”的，小说中的“伟丈夫”荆生，指的就是当时安福系的军阀徐树铮①。他希望当时的封建军阀能够兴起“文字狱”来，把提倡新文学运动的人物一网打尽。封建复古主义者如何仇视新文学运动，从这里我们可以完全看到了。

“荆生将军”们在当时虽然拥有武力，但是他们也害怕人民的力量。他们的所谓“国务会议”虽然通过了“取缔新思想”的议案，但是新思想却仍然如火如荼地扩大着。这正是林纾辈所痛心疾首的事。在这篇小说的附论中，他说：“如此混浊世界，亦但田生狄生足以自豪耳，安有荆生!”荆生不可得，于是只好由林纾本人亲自出马了。他先作过一篇《论古文之不当废》，后来又作《论古文白话之相消长》。这两篇文章都没有说出什么道理来。在《论古文之不当废》中，他说：

> 知拉丁之不可废，则马、班、韩、柳亦自有其不宜废者。吾识其理，乃不能道其所以然，此则嗜古者之痼也。

在《论古文白话之相消长》中，他更不胜感喟地说：

> 吾辈已老，不能为正其非，悠悠百年，自有能辨之者。

这简直就是当时复古主义者的无可奈何的哀鸣了。

林纾反对新文学的文章，最有名的要算是他的《致蔡鹤卿太史书》。这书原文很长，这里只举出他的四点主要意见：(一)孔孟不可

① 见阮无名《新文学初期的禁书》，载《中国新文学大系·史料·索引》。

复，伦常不可铲，西人文字中亦未见有违忤五常之语。——这是针对着新文化运动反对旧礼教的口号而发的。(二)若云死文字有碍新学术，则科学不用古文，古文亦无碍科学。——这是说古文与科学可以并行不悖。(三)如用土语为文字，则都下引车卖浆之徒所操之语，按之皆有文法，据此，则京津之稗贩，均可用为教授矣。——这是反对白话文，认为“引车卖浆之徒”所操的语言不能够用来写文章。(四)《水浒》、《红楼》作者均为博览群书之人，非读破万卷书，不能为古文，亦不能为白话。——这是说要做白话，也须要多读古书，多做古文，与他说的“古文者白话之根柢，无古文安有白话”的话是同一个意思。

蔡元培的答书主要地只申辩了两件事：(一)在北京大学中并无复孔孟、铲伦常之说，《新青年》杂志中偶有对于孔子学说之批评，然亦对于“孔教会”等托孔子学说以攻击新学说者而发，初非直接与孔子为敌；(二)当时提倡白话文的人均“博极群书”，“能作古文”，“文笔之古奥非浅学者所能解”。这种答复当然显得软弱无力；但是，在当时军阀政府残暴统治、禁锢言论的环境下，蔡元培以北京大学校长的地位，能公开声明并实行“对于学说，仿世界各大学通例，循‘思想自由’原则，取兼容并包主义”①，对于新思潮的传播和文学革命的发展，起了庇荫与促进的作用，这是应该充分肯定的。

在当时给复古主义者以坚决答复的，要算是鲁迅。他在一九一八年发表的《随感录三十五》中就这样有力地驳斥了那些主张复古的国粹主义者：

> 倘说：中国的国粹，特别而且好；又何以现在糟到如此情形，新派摇头，旧派也叹气。
>
> 倘说：这便是不能保存国粹的缘故，开了海禁的缘故，所以必须保存。但海禁未开以前，全国都是“国粹”，理应好了；何以春秋战国五胡十六国闹个不休，古人也都叹气。

---

① 蔡元培：《答林琴南书》。

倘说：这是不学成汤文武周公的缘故；何以真正成汤文武周公时代，也先有桀纣暴虐，后有殷顽作乱；后来仍旧弄出春秋战国五胡十六国闹个不休，古人也都叹气。

我有一位朋友说得好："要我们保存国粹，也须国粹能保存我们。"

保存我们，的确是第一义。只要问他有无保存我们的力量，不管他是否国粹。

这就是给予林纾之流的最扼要也最坚决的答复；而这答复的理由，正是建筑在鲁迅的爱国主义和革命民主主义思想的基础之上的。在《随感录》的另一则（四十七）中，鲁迅还这样非常形象地说明了反对文言文，提倡白话文的道理：

有人做了一块象牙片，半寸方，看去也没有什么；用显微镜一照，却看见刻着一篇行书的《兰亭序》。我想：显微镜的所以制造，本为看那些极细微的自然物的；现在既用人工，何妨便刻在一块半尺方的象牙板上，一目了然，省却用显微镜的工夫呢？

张三李四是同时人。张三记了古典来做古文；李四又记了古典，去读张三做的古文。我想：古典是古人的时事，要晓得那时的事，所以免不了翻着古典；现在两位既然同时，何妨老实说出，一目了然，省却你也记古典，我也记古典的工夫呢？

内行的人说：什么话！这是本领，是学问！

我想，幸而中国人中，有这一类本领学问的人还不多。倘若谁也弄这玄虚：农夫送来了一粒粉，用显微镜照了，却是一碗饭；水夫挑来用水湿过的土，想喝茶的又须挤出湿土里的水：那可真要支撑不住了。

鲁迅的这段话，不用说，也正是对林纾之流的人物说的，他们正好是"有这一类本领学问的人"。这样的答复才真是致敌死命的一击。

同时从这段话里，我们更可以看出鲁迅具有何等卓越的识力。他认为白话文就是中国广大人民所日常用的语言，而那种"高古品格"的古文，却只是少数所谓有本领学问的人才能做，能懂的东西。这样才算真正理解了白话文的价值和提倡白话文的重大意义。这样的见解与胡适辈的形式主义的见解是迥然不同的。

除鲁迅外，当时陈独秀在《本志罪案之答辩书》中，关于"铲伦常、复孔孟"的话，也作过强硬的答复：

> 这几条罪案(指破坏孔教、礼法、国粹、贞节等)，本社同人当然直认不讳。但是追本溯源，本志同人本来无罪，只因为拥护那德谟克拉西(Democracy)和赛因斯(Science)两位先生，才犯了这几条滔天的大罪。要拥护那德先生，便不得不反对礼教，礼法，贞节，旧伦理，旧政治。要拥护那赛先生，便不得不反对旧艺术，旧宗教。要拥护德先生，又要拥护赛先生，便不得不反对国粹和旧文学。大家平心细想，本志除了拥护德、赛两先生外，还有别项罪案没有呢？若是没有，请你们不用专门非难本志，要有气力有胆量来反对德、赛两先生，才算是好汉，才算是根本的办法。

这种答复也是比较理直气壮的。林纾之流自然是无话可说，只好说"吾辈已老，不能为正其非，悠悠百年，自有能辨之者"了。

继林纾之后，主张古文，反对白话文的还有"学衡派"。

《学衡》杂志出版于一九二二年一月，其中坚人物为胡先骕、梅光迪、吴宓诸人。在《学衡》杂志出版之前(一九一九年)，胡先骕就写过一篇《中国文学改良论》诋毁新文学运动。后来在《学衡》上，梅光迪发表了《评提倡新文化者》、《评今人提倡学术之方法》，吴宓发表了《论新文化运动》等几篇文章。他们的论点不外下列几个：(一)反文学进化论——梅光迪在《评提倡新文化者》中说："文学进化至难言者。西国名家多斥文学进化论为流俗之错误。而吾国人乃迷信之。……一若后派必优于前派。后派兴而前派即绝迹者。然此稍读西洋文学史。稍闻西洋名家诸论者。即不作此等妄言。何吾国人童骇无知。颠倒是非如是乎。”(二)白话不能代替文言——胡先骕在《中国文学改良论》里说：“用白话以叙说高深之理想，最难剀切简明。”又说，“诗家必不能尽用白话，征诸中外皆然。……且无论何人，必不能以俗语填词”。(三)语文不应合一——胡先骕在《中国文学改良论》中说：“语言若与文字合而为一，则语言变而文字亦随之而变。……向使以白话为文，随时变迁，宋元之文，已不可读，况秦汉魏晋乎。”(四)主模仿——吴宓在《论新文化运动》中说：“文章成于模仿。古今之大作者，其幼时率皆力效前人，节节规抚，初仅形似，继则神似，其后逐渐变化，始能自出心裁，未有不由模仿而出者也。”

“学衡派”反对新文学的重要论点，不外以上四个。他们以“学贯中西”来自我标榜，其实都是一些代表封建思想的文人，所以他们的理论与林纾的只是大同小异；他们又都是西洋留学生，所以在他们的文章里，除了地道的封建思想以外，还摭拾了一些外国陈腐的论调。除此以外，实在再没有别的东西了。关于他们，鲁迅曾有过这样的评断：

> 总之，诸公掊击新文化而张皇旧学问，倘不自相矛盾，倒也不失其为一种主张。可惜的是于旧学并无门径，并主张也还不配。倘使字句未通的人也算是国粹的知己，则国粹更要惭惶煞人！“衡”了一顿，仅仅“衡”出了自己的铢两来，于新文化无伤，于国粹也差得远。①

这种估价，对于“学衡派”真算得是精确允当了。

本时期的文学论争，基本上是白话文与文言文的论争。它是在中国人民反对封建文化和封建的士大夫维护封建文化的剧烈斗争之中产生的。这些封建复古主义者虽然在论争中没有显示出多大的力量，但他们的态度是相当顽强的。他们不愿封建文化从此“寿终正寝”，因

---

① 《热风·估学衡》。

此起而以“卫道”自任，起而作最后的努力。但是历史的发展是不留情面的，经过了五四运动浪涛的撞击，封建文化之在中国，也正如封建统治力量之在中国一样，逐渐地走向没落和灭亡，已经成了不可避免的命运了。因此，这些封建复古主义者为保卫封建文化所付出的气力，是没有得到多大效果的；他们的言论，只能算是中国封建文化垂死前的挣扎罢了。

第二章　文学革命的实绩
——鲁迅早期的创作

毛泽东同志在《新民主主义论》中说：

> 鲁迅是中国文化革命的主将，他不但是伟大的文学家，而且是伟大的思想家和伟大的革命家。鲁迅的骨头是最硬的，他没有丝毫的奴颜和媚骨，这是殖民地半殖民地人民最可宝贵的性格。鲁迅是在文化战线上，代表全民族的大多数，向着敌人冲锋陷阵的最正确、最勇敢、最坚决、最忠实、最热忱的空前的民族英雄。鲁迅的方向，就是中华民族新文化的方向。

这是对鲁迅终生事业的最崇高也最恰当的评价。鲁迅于一八八一年诞生于浙江绍兴县城的一个日就衰落的“士大夫阶级”家庭里。幼年时和农村小孩的交往，使他在很早时候就与中国的劳动人民有了比较密切的联系。十三岁后，“从小康人家而坠入困顿”的境地，又叫他看见了“世人的真面目”。因为父亲的病死和“日本维新是大半发端于西方医学的事实”，二十二岁(一九〇二)到日本后，“学籍列在日本一个乡间的医学专门学校里”。当日俄战争的时候，他在影片中忽然会见了久违的许多中国人——“一个绑在中间，许多站在左右，一样是强壮的体格，而显出麻木的神情”。于是想到：“凡是愚弱的国民，即使体格如何健全，如何茁壮，也只能做毫无意义的示众的材料和看客”①；所以第一要着，是在用文艺来改变他们的精神。从此以

① 上引均见《呐喊·自序》。

后，他就放弃了医学研究工作，决定把文艺当成是自己的终身事业，而且就开始运用文艺这项武器来向封建社会的黑暗顽固的堡垒进攻了。这样的一个决定，对于鲁迅本人和中国文学发展的历史说来，都是非常地重要的。在最早的论文里，他竭力介绍和赞扬了那些“立意在反抗，指归在动作，而为世所不甚愉悦”的富有革命精神的诗人们①，尖锐地批判了那些“掩自利之恶名，以福群之令誉”的维护垂死封建统治的改良主义者和洋务主义者们②。另外，他还从事于外国文学——偏重俄国、东欧、北欧的文学——的翻译和介绍的工作，出版了《域外小说集》(一九〇九年)。虽然在当时，鲁迅的思想在基本上还是属于民主主义的，但他的为人民的利益与自己的理想而坚决战斗的意志与锋芒，已经很清楚地显露出来了。他在一九一一年所写的短篇小说《怀旧》③，就爱憎分明地刻画了两类人物：一类是封建地主阶级(如何墟三大人，金耀宗)及其利益的维护者(如秃先生)，一类是属于被压迫阶层的穷苦人民(如王叟、李媪)。对于前者，他无情地剥露和嘲笑了他们的丑恶的本质；对于后者，则生动地揭示了他们的善良和质朴的灵魂。以简括、洗炼的笔墨深刻完整地塑绘出人物的精神面貌，这原是鲁迅作品的最大特色。而这种特色，在《怀旧》这篇小说中就得到比较充分的显露了。到了五四运动时期，鲁迅是作为一个革命的民主主义者和彻底的不妥协的反帝反封建的斗士出现在中国新文化运动的思想战线上的。他的战斗实绩，主要地表现在小说的创作上；在这时期，他是以小说为主要的战斗武器，“代表全民族的大多数，向着敌人冲锋陷阵”的。他在这时期写下的许多小说，成了中国新文学的第一座纪念碑，永远在我国和世界文学史上闪耀着不灭的光芒。

鲁迅以自己的创作小说揭开了现代中国文学历史的崭新一页。他在五四运动时期的第一篇小说是《狂人日记》，作于一九一八年四月，

① 《坟·摩罗诗力说》，1907 年作。

② 《坟·文化偏至论》，1907 年作。

③ 载《集外集拾遗》。

发表在同年五月出版的《新青年》上。后来在《〈中国新文学大系〉小说二集序》中，他这样地说到那时的情况：

> 凡是关心现代中国文学的人，谁都知道《新青年》是提倡“文学改良”，后来更进一步而号召“文学革命”的发难者。但当一九一五年九月中在上海开始出版的时候，却全部是文言的。苏曼殊的创作小说，陈嘏和刘半农的翻译小说，都是文言，到第二年，胡适的《改良文学刍议》发表了，作品也只有胡适的诗文和小说是白话。后来白话作者逐渐多了起来，但又因为《新青年》其实是一个论议的刊物，所以创作并不怎样著重，比较旺盛的只有白话诗；至于戏曲和小说，也依然大抵是翻译。
>
> 在这里发表了创作的短篇小说的，是鲁迅。从一九一八年五月起，《狂人日记》，《孔乙己》，《药》等，陆续的出现了，算是显示了“文学革命”的实绩，又因那时的认为“表现的深切和格式的特别”，颇激动了一部分青年读者的心。

《狂人日记》的出现，标志着鲁迅创作事业的伟大开端，也标志着中国新文学运动的伟大开端。一九一八年是俄国十月社会主义革命的第二年，也是五四运动发生的前一年。中国人民为解放自己而斗争的决定时期快来临了，文化上的革命运动也已经开始了。历史向作家提出了新的任务。《狂人日记》担负了这个任务，以深切的表现和特别的格式，在青年读者中燃起了熊熊的反封建主义的火焰。

《狂人日记》借一个精神病患者的自白，揭露出封建社会里“人吃人”的悲惨事实，来反对封建社会的腐朽的传统和因袭的罪恶。这一主题思想与新文化运动彻底地不妥协地反对封建主义的精神是完全一致的。大多数人民在吃人社会里被少数人所吃掉的这一悲惨事实，是鲁迅的伟大心灵所不能容忍的。鲁迅的一生完全呈献给了推翻吃人社会的这一庄严神圣的事业，而《狂人日记》便是他最初向吃人社会投出的致命一击。后来在一九二五年所写的《灯下漫笔》中，他这样说：“大小无数的人肉的筵宴，即从有文明以来一直排到现在，人们就在这会场中吃人，被吃，以凶人的愚妄的欢呼，将悲惨的弱者的呼号遮掩，更不消说女人和小儿”；他看到了“这人肉的筵宴现在还排着，有许多人还想一直排下去”；于是他希望大家起来，“扫荡这些食人者，掀掉这筵席，毁坏这厨房”。《狂人日记》形象地、真实地揭露了剥削阶级统治的社会制度吃人的本质，体现了中国人民反封建的正义要求。鲁迅是属于中国人民的伟大作家，《狂人日记》是属于中国人民的伟大作品。

《狂人日记》对于封建社会的抨击是异常地猛烈的：

> 凡事总须研究，才会明白。古来时常吃人，我也还记得，可是不甚清楚。我翻开历史一查，这历史没有年代，歪歪斜斜的每叶上都写着“仁义道德”几个字。我横竖睡不着，仔细看了半夜，才从字缝里看出字来，满本都写着两个字是“吃人”！

> 黑漆漆的，不知是日是夜。赵家的狗又叫起来了。
>
> 狮子似的凶心，兔子的怯弱，狐狸的狡猾……

这真是非常深刻的暴露。旧社会的统治者正是以表面的“仁义道德”来掩盖吃人的本质。他们全都具有着“狮子似的凶心，兔子的怯弱，狐狸的狡猾”。在这里，我们可以看到，鲁迅揭露社会矛盾的才能是如何地惊人。鲁迅曾说，他的这篇小说“意在暴露家族制度和礼教的弊害，却比果戈理的忧愤深广”①。这深广的忧愤，全部地表现在鲁迅对于整个封建社会制度的不可调和的愤恨，和对于生活在这种古老的不合理的社会制度下的广大人民的无限热爱和同情上。

尤其应该指出来的是，鲁迅在《狂人日记》中，不仅对于吃人的现存制度表示了强烈的愤怒，同时，对于未来的新的社会也透露了无限的希望和憧憬。“你们要晓得将来是容不得吃人的人。”在这一句话中，我们可以看出我们的导师和先驱者在五四运动时期思想认识上所

① 《且介亭杂文二集·〈中国新文学大系〉小说二集序》。

已经达到了的高度，而且他也就开始以这种美好的理想给予了广大读者以深刻的启示和教育。在小说的最后，鲁迅喊出了“救救孩子”的呼声，这呼声是强大的，是足以震撼广大读者的心灵的。

《狂人日记》只是十三则不记月日的日记，但人物，情节和主题思想表现得十分鲜明，十分完整。这一方面说明鲁迅的创作承继了我国古典现实主义文学的严谨、洗炼的特色，而且给了它以创造性的发展；同时，《狂人日记》这个标题是采自俄国作家果戈理在一八三四年所写的一篇小说的篇名，这也说明了俄罗斯现实主义文学是如何深刻地影响了中国的新文学运动，而把这种重要影响首先带到中国文学上来的，正是我们最伟大的现实主义大师——鲁迅。

接着《狂人日记》，鲁迅在一九一九年三月写下了他的第二篇小说——《孔乙己》。这依然是一篇暴露封建社会罪恶的作品。主人公孔乙己是辛亥革命前后受封建地主迫害的贫苦知识分子的典型。他无能而怯懦，有着不少的缺点，但他是善良的。这篇小说以同情的笔调，在短短的篇幅里刻画了这么一个“站着喝酒而穿长衫的”、“满口之乎者也”的不幸的人物。通过这个人物，鲁迅猛烈地抨击了冷酷无情的封建社会和在封建社会里横行霸道的丁举人之类的地主豪绅。它的描写手法是非常地经济的，结构异常紧凑，字里行间弥漫着半封建、半殖民地社会的冷郁阴暗的气氛，感人力量是十分强烈的。

《药》是鲁迅的第三篇小说。它写在一九一九年的四月间。在这篇小说里，鲁迅一方面谴责了群众的吃人血治病的落后愚昧的迷信思想，另一方面也写下了为民族解放而牺牲的革命志士。故事是这样的：茶馆老板华老栓因为儿子小栓生肺病，据说人血可以作为治疗的药剂，于是出钱购买浸染了人血的馒头。而这血却是牺牲了的革命者夏瑜所流的。患肺病的小栓后来自然是死了，而当夏瑜的母亲来凭吊儿子的荒冢的时候，却在坟头上发现了不知是谁送来的一个花环。

从《药》这篇小说，我们更可以看出鲁迅的深广的忧愤。革命者用自己的血和生命来拯救民族的危亡和灾难，但迷信落后的群众却用革命者的血染的“人血馒头”来医治儿子的肺病。作品接触了民主革命必须启发群众觉悟的重大问题，反映出尚未觉悟的群众与革命先驱者之间存在着可悲的隔阂。这是一个时代的悲剧。把这样的悲剧写下来，作为对于革命者的崇敬的献礼，同时也沉痛地揭露了群众的愚昧落后的迷信思想（自然也抨击了那造成群众愚昧落后的封建社会制度）。这在鲁迅，是不胜其苦痛愤激之情的。

然而鲁迅对于中华民族的解放斗争，是并未失去信心的。对于夏瑜，鲁迅虽然没有从正面来表现他的坚贞不屈的革命意志和英雄事迹，但从刽子手康大叔的话里，却也非常清晰地呈露出了一个为中华民族解放事业献身的革命者的感人的形象。他"关在牢里，还要劝牢头造反"。当他因为对红眼睛阿义宣传革命而遭到毒打时，他想到的不是自身的痛苦，而是可怜红眼睛阿义的无知。像这样的人物，在广大群众还没有觉醒的时候，他虽然没有获得人们的理解和支持，但这样的时间是不会过于长久的。所以在故事的最后，鲁迅终于用了在夏瑜坟上出现的花环，来暗示人民群众的逐渐觉醒和中国革命日益广阔的前途。他曾经这样提到当时进行创作的情况，他说：

> 在我自己，本以为现在是已经并非一个切迫而不能已于言的人了，但或者也还未能忘怀于当日自己的寂寞的悲哀罢，所以有时候仍不免呐喊几声，聊以慰藉那在寂寞里奔驰的猛士，使他不惮于前驱。至于我的喊声是勇猛或是悲哀，是可憎或是可笑，那倒是不暇顾及的；但既然是呐喊，则当然须听将令的了，所以我往往不恤用了曲笔，在《药》的瑜儿的坟上平空添上一个花环，在《明天》里也不叙单四嫂子竟没有做到看见儿子的梦，因为那时的主将是不主张消极的。至于自己，却也并不愿将自以为苦的寂寞，再来传染给也如我那年青时候似的正做着好梦的青年。①

鲁迅虽然认为在夏瑜坟上添上一个花环，是用的"曲笔"，是"听将令"，"因为那时的主将是不主张消极的"；但他后来又曾经这样讲到他的小说："这些也可以说是'遵命文学'。不过我所遵奉的，是那

① 《呐喊·自序》。

时革命的前驱者的命令，也是我自己所愿意遵奉的命令，决不是皇上的圣旨，也不是金元和真的指挥刀。”又说：“我的作品在《新青年》上，步调是和大家大概一致的，所以我想，这些确可算作那时的‘革命文学’。”①这些都很确实地说明了：在夏瑜坟上添上花环，正是鲁迅自己当时对革命前途的认识；而同时，也是真实地、具体地反映了革命发展中的现实生活的。革命的理想和现实生活的密切结合，正是一切伟大艺术创作的最基本的特色。

据说，作品中的革命者夏瑜，鲁迅是用来影射秋瑾的。秋瑾是绍兴人，她被杀在一九〇七年，那时鲁迅正留学日本，很可能给他思想上以强烈的激动。因此，当鲁迅从事创作的时候，用夏瑜这样一个名字来暗地纪念这位为革命而牺牲的志士，是完全可能的事。但我们不能说小说里夏瑜的故事就是写的秋瑾的真实事迹。

在小说《明天》(作于一九二〇年六月)里，鲁迅刻绘了像单四嫂子这样一个女性：她守寡，生活在愚昧和无助里，受尽了人间的愚弄和凌辱，结果是送掉了自己的唯一爱子(宝儿)的幼小的生命。通过这篇小说，鲁迅对旧社会又投下了沉重的一击。

作于同年七月的《一件小事》，是鲁迅在五四运动时期对于中国劳动人民的一首热烈的赞歌。作品写一个知识分子在一件极其微小的事件上，发现了劳动人民的崇高品质，因而对自己的知识分子的自大与自私心理作了深刻无情的批判。当车夫扶着跌倒的女人，向巡警分驻所的大门走去的时候，作品这样写道：“我这时突然感到一种异样的感觉，觉得他满身灰尘的后影，刹时高大了，而且愈走愈大，须仰视才见。而且他对于我，渐渐的又几乎变成一种威压，甚而至于要榨出皮袍下面藏着的‘小’来。”在故事最后，又说：“……这一件小事，却总是浮在我眼前，有时反更分明，教我惭愧，催我自新，并且增长我的勇气和希望。”作品中的“我”，虽然不能看作就是作者自己，但作品所表现出来的这种对劳动人民的热情的向往和深刻严峻的自我批评的精神，正是伟大的鲁迅和中国劳动人民结合的坚实基础。相信

① 《南腔北调集·〈自选集〉自序》。

“只有新兴的无产者才有将来”的我们的导师，在其开始创作的时候，就从中国劳动人民的身上吸取战斗的勇气和对于战斗前途的希望和信心了。

《故乡》(作于一九二一年一月)是一篇反映旧中国农民生活的作品，字里行间流露着作者对于广大农民的深厚感情。在这篇作品里，鲁迅塑造了闰土这样一个勤劳、朴质然而为贫困所折磨的旧中国农民的典型人物。他一方面用回忆中的闰土和眼前的闰土前后迥异的形象，具体地说明了农民在封建地主阶级残酷剥削下的惨痛、阴郁的生活，显示了作者对于封建社会制度的强烈愤恨；但另一方面，鲁迅又在作品里，透露了他对于“为我们所未经生活过的”新的生活的希望和向往之情。他写道：

> 我想：我竟与闰土隔绝到这地步了，但我们的后辈还是一气，宏儿不是正在想念水生么。我希望他们不再象我，又大家隔膜起来……然而我又不愿意他们因为要一气，都如我的辛苦展转而生活，也不愿意他们都如闰土的辛苦麻木而生活，也不愿意都如别人的辛苦恣睢而生活。他们应该有新的生活，为我们所未经生活过的。

自然，这种“新的生活”到底是一种什么样的生活，在《故乡》里，鲁迅是并没有也不可能明确地告诉我们的；但鲁迅却确实地告诉了我们，这种“新的生活”经过了许多人继续不断的奋斗，是一定会要实现的。“其实地上本没有路，走的人多了，也便成了路。”在这句话里，我们可以看到鲁迅对于光明的未来有着怎样坚强乐观的信念。“五四”新文学的一个最鲜明的特点，就是把理想主义和现实主义结合起来。鲁迅的作品是这一时代精神最杰出的代表。

《阿Q正传》是鲁迅最伟大的一篇作品，也是现代中国文学史和世界文学史上耸立的一座丰碑。这篇小说完成于一九二一年十二月至一九二二年的二月间，但在小说第一章(序)中，鲁迅说：“我要给阿Q做正传，已经不止一两年了”，足见它的酝酿和孕育，是在很早前就开始了的。《阿Q正传》，应当说是高度地表现了鲁迅前期思想特点和艺术特点的。

在《阿Q正传》里，鲁迅创造了阿Q这样一个有名的典型人物。阿Q是旧中国农村里一个流浪的雇农，他的性格被塑造得十分真实而具体，他以一个活生生的人物形象展示在读者的眼前。关于阿Q这个人物所体现出来的深刻的历史社会意义，周扬作了十分透辟的分析："几千年来，农民被封建的经济剥削和政治压迫、宗法制度和宗法思想、迷信观念以及农村的各种保守落后习惯所层层束缚，不解脱这些束缚，农民是不能够彻底翻身的。而作为启蒙主义者的鲁迅所最感痛心的是封建统治者对农民的精神上的奴役，正是这种奴役造成了农民的精神麻木状态或行动起来时的盲目性和自发性。他在他的关于农民的小说，特别是杰出的、著名的《阿Q正传》中，最深刻地、集中地批判了农民的消极的、落后的、不觉悟的方面。辛亥革命没有给农民以真正的利益，没有依靠农民，启发他们的觉悟性和积极性，引导他们走上革命的道路，这就注定了辛亥革命的必然失败。在这里，鲁迅对于农民的弱点方面的批评，同时也正是对于辛亥革命的一个严正的历史的评判。鲁迅把占我国人口最大多数的农民的精神上的弱点也是当作国民性的弱点来批判的，他要求国民性的改革。当然这些弱点是不能代表我们民族性格的真正的特点的。……农民的不觉悟，不团结，都是封建统治者所造成的，这种情形是鲁迅所深切了解的，因而也就是他所最感痛心的。"①周扬在这一段话中所概括地指出来的，正是鲁迅在《阿Q正传》中所要反映而且已经完满地反映了出来的几个主要的方面。

鲁迅运用现实主义的创作方法，把阿Q这样一个典型性格，安置在典型的环境里面来刻画。通过阿Q这个人物和他在未庄里的一切社会关系和社会生活，鲁迅十分深刻地、具体地反映了旧中国农村社会的阶级关系和辛亥革命前后整个中国社会的面影。在《阿Q正传》中，鲁迅十分卓越地表现了旧中国农村里尖锐地对立着的阶级关

① 周扬：《发扬"五四"文学革命的战斗传统》。

系，而且在人物的塑造上，也充分地体现了作者的强烈的正义的爱憎。他刻绘了阿Q、王胡和小D们一群。饱受剥削和损害的旧中国农民的形象，也塑造了像赵太爷、钱太爷、假洋鬼子之流的地主阶级的人物。鲁迅对于阿Q的态度和对于赵太爷、钱太爷一流人物的态度有着绝大的不同。对于阿Q，鲁迅指出来的是他由于地主阶级的统治而造成的愚昧和落后，是他的精神上的某些个弱点；对于赵太爷、钱太爷和假洋鬼子们，指出来的则是他们的残忍、狡猾和卑贱的自私。对于阿Q，鲁迅是谴责的，但在谴责里满含着温情和希望，是想“揭出病苦，引起疗救的注意”；而对于赵太爷、钱太爷和假洋鬼子们，则是无情的暴露，深恶痛绝的讨伐，是要给以毁灭性的打击，而“毫不可惜它的溃灭”。指出这一点是非常地重要的。这是一个伟大的现实主义者在面向了旧社会血淋淋的现实之后，在对现实生活作过不断的探索和剖析之后，所必然地要具有的看法和态度。基于这个看法和态度，鲁迅在《阿Q正传》中，除了通过阿Q和其他人物形象批判了中国“国民性”的共同弱点外，他还给我们暴露了旧中国农村的暗无天日的真实，提出了一连串的急待解决的农民问题。而在这一点上，《阿Q正传》是达到了异常惊人的深广程度的。

对于蕴藏在中国农民身上的强烈的革命要求和力量，我们从阿Q身上也可以感触得出来。阿Q对于来临在他面前的这个革命，很显然地还缺乏真正明确的理解，但从自己的不合理的生活遭遇和切身感受里，他是那样朴素而简单地理解了这个革命，而且迫切地需要着这个革命。他是这样想的：“革命也好罢，”“革这伙妈妈的的命，太可恶！太可恨！……便是我，也要投降革命党了。”阿Q的这个想法，对于辛亥革命前后的中国农民来说，是有着很深刻的典型意义的。但由于中国近百年的特定历史条件，中国资产阶级是没有可能担负起领导农民革命的历史任务的；因此，在辛亥革命时，这一股蕴藏在农民身上的强大的革命力量就不可能投入到革命的洪流中去。一方面既没有坚强正确的领导，另一方面，又得不到广大农民的参加和支持，辛亥革命就不得不悲惨地失败了。阿Q的始而“革命”，继而“不准革命”，终于是不明不白地把性命送在把总和举人老爷手里，这一悲惨的事实，异常鲜明地反映出了辛亥革命时期的真实情况及这次革命的失败原因。历史证明：只有在工人阶级及其政党——中国共产党的领导之下，中国农民的潜在的革命力量才能够充分地发挥出来，中国的农民才能够永远地从屈辱、卑贱、困乏的生活里翻过身来，成为自由、富裕和幸福的人民。鲁迅在《阿Q正传》中对于辛亥革命的严正批判，使我们重新深刻地认识了这样一个无可争辩的历史事实。

《阿Q正传》在艺术技巧——特别是在塑造典型和运用语言方面，有着极为卓越的成就，达到了世界现实主义文学的最高峰顶。自然，鲁迅不是一个"艺术至上"论者，他不是离开生活，离开作品的思想内容，而来孤立地、本末颠倒地讲究艺术技巧的；他的注重艺术技巧，是从生活的真实性和历史的具体性的基础上出发的。因此，《阿Q正传》就能够集中地、生动地反映出他所处的历史时代的生活的全部真实性，具有无可比拟的说服和感染的力量。在《阿Q正传》中，鲁迅塑造了阿Q这样一个栩栩如生的典型形象。从阿Q这个人物身上，从他的思想和言行中，不仅展示出了性格上的显著特征，而且具现了使性格形成和发展的典型的社会生活环境。《阿Q正传》在这一方面，为我们留下了一个永远不朽的典范。

《阿Q正传》的语言，具有着非常准确、明了和简洁的特色。鲁迅是从来不能容忍文学语言中的一切芜杂混乱和冗长拖沓等恶劣现象的。他运用和提炼了人民口头的语言，同时从古代作家和外国作家的作品中采用了恰当的、适用的词汇，这样来构成和丰富自己的文学语言。在人物对话方面，他十分注意每一个人物不同的阶级地位、个性特点和时间、环境的限制与区别，使读者"看了对话，便好象目睹了说话的那些人"。这种情形，在《阿Q正传》中是如此，在其他的作品中(包括他的许多小说和杂文)也全都如此的。鲁迅正是我国文学史上善于运用语言的一个最杰出的巨匠。

总起来说，收在《呐喊》里的鲁迅的早期创作，不只是现代中国文学史上不朽的杰作，也是世界文学宝库中稀有的伟大作品。当我国新文学运动还正在倡导、发轫的时候，我们就有了这样在思想内容上和在艺术形式上都已经达到异常卓越、成熟的境界的作品，来作为我们前进途中的鼓舞和范例，这实在是我国现代文学的一件最值得夸耀的事。鲁迅早期的创作，以反对封建主义为它的主要内容，作品的题材多半取自旧中国的农村或是封建势力很大的城镇，人物主要是些“不幸的小人物”——农民和小市民。通过这些作品，鲁迅给予了旧中国社会以无情的揭露和猛烈的抨击，但也经常地透露出作者对于新的社会和新的生活的热望和信心，鼓舞了广大青年为未来而战斗的勇气。这些特色，一方面使鲁迅不同于欧洲十九世纪的那些旧的批判的现实主义作家；另一方面，也就预示了鲁迅向着社会主义现实主义方向发展的更宽广的前途。

鲁迅而外，本时期的小说作者，还有《新潮》上的一群。这些作者，除欧阳予倩后来致力于剧本的创作，和叶绍钧在小说上更有着远大的发展，我们将在下面叙述外，其他如俞平伯、杨振声后来就没有写小说了；汪敬熙后来在《现代评论》上还发表过小说，而且还在一九二五年选印过一本《雪夜》，但又以为自己的作品“并无什么批评人生的意义”，而忘却本时期的战斗精神了；至于罗家伦，则又极端堕落，成为中国人民的敌人了。这些人在本时期的作品，“技术是幼稚的，往往留存着旧小说上的写法和语调，而且平铺直叙，一泻无余；或者过于巧合，在一刹时中，在一个人上，会聚集了一切难堪的不幸。然而又有一种共同前进的趋向，是这时的作者们，没有一个以为小说是脱俗的文学，除了为艺术之外，一无所为的”。①

关于这些作家，我们在这里就不再加以论述了。

① 《且介亭杂文二集·〈中国新文学大系〉小说二集序》。

第三章　倡导时期的诗歌与戏剧

一　新诗的奠基作——郭沫若的《女神》

我国的新的诗歌，是在与反对者的战斗中成长起来的，是像“洪水猛兽”一样地出现在反对者面前的①。新诗之所以要遭到猛烈的反对，那原因是很多的：(一)旧诗是我国古典文学中最有光彩的一个部门，旧诗的形式和格律，在一般人心目中，已成了不可摇撼、不可变更的“金科玉律”，因此，当本时期的新诗以从来未有的新姿态出现的时候，许多人囿于传统、因袭的观念，就很自然地不容易接受它了；(二)其他文学样式，例如小说，在我国古典文学中，已经出现了许多白话作品，而且这些作品已经取得了很高的评价，在诗歌方面，虽然在旧民主主义革命时期，有过所谓的“诗界革命”，但黄遵宪一般人并未以自己的作品来实践“我手写我口”的主张，他们所写的依然是“旧诗”而不是“新诗”，因此，在本时期出现的新诗，便好像成了“绝无依傍”的东西，一般人不理解传统与革新的正确关系，自然认为是“离经叛道”，要竭尽全力来反对它了。

但上述两点，还不是主要的原因，更重要的原因是：(三)新诗之所以“新”，并不全在于表现形式方面；而是在于本时期出现的新诗，已经开始具有着新的思想内容了。我们在前面已经指出过，五四运动时期的文学革命，是以反对帝国主义和封建主义、大众化的最初

① 郎损(茅盾)：《驳反对白话诗者》，载《中国新文学大系·文学论争集》。

倾向、革命的现实主义和革命的浪漫主义的创作方法为其主要内容的；同时，由于文学革命是受了俄国十月革命和马克思列宁主义思想的伟大影响和推动，又是在具有初步共产主义思想的知识分子的实际领导和影响之下发生和发展的，所以，从五四运动时期起，我们的新文学又不能不具有着社会主义的因素，而且还是沿着社会主义现实主义的方向继续向前发展的。这种情形，在新诗方面也是毫不例外的。本时期的新诗，在内容方面说，反帝、反封建的思想是其最主要的方面。而“怎样从旧镣铐里解放出来，怎样学习新语言”，则是在表现工具和形式上的大众化的最初倾向。本时期许多人提倡诗的“平民化”，主张“恢复诗的共和国”，就是反映和代表这种倾向的。同时，从新诗运动开始，就出了一些具有社会主义倾向的诗。虽然“初期新诗人大约对于劳苦的人实生活知道的太少，只凭着信仰的理论或主义发挥，所以不免是概念的，空架子，没力量”①。所有这些，都是直接地违反着统治阶级的利益，而且动摇着它的统治基础的。本时期新的诗歌之所以被封建复古主义者目为“洪水猛兽”而遭到猛烈反对，这便是最真实、最主要的原因。

本时期的诗歌，我们应当首先提起新诗的奠基作——郭沫若的《女神》来。郭沫若(一八九二——一九七八)在文学创作上，致力的方面是很广的，但他的作品，无论小说或戏剧，全部洋溢着强烈的诗的情趣；我们可以这样说，郭沫若主要地是以一个诗人的身份出现在我国现代文学的历史上的。如果说鲁迅以他的深入刻画的现实主义的小说奠定了现代中国小说的坚实基础，那么，郭沫若就以他的热烈的、反抗的、充满着浪漫主义激情和理想的诗歌开辟了现代中国诗歌的广阔天地。他虽然不是中国第一个写新诗的人，但他却是中国第一个新诗人。他的《女神》带着我国诗歌前所未有的丰富的情感、想象和色彩，第一个歌唱了中国人民的希望和理想，愤怒和反抗。

《女神》出版于一九二一年，是“五四”时代的产物，其中的诗歌大都写作于一九一九年至一九二一年的三年里。《女神》代表了诗人

① 朱自清：《新诗的进步》，载《新诗杂话》。

早期勇猛的、狂暴的、反叛的精神和诗人对于大自然的热情颂赞，也充分体现了五四运动时期对于旧的不合理的社会制度和腐朽思想的冲击反抗，以及对于新的社会理想的热烈追求的时代精神。

《女神》的出现，显示了诗人无比丰富的创作才能，确立了他作为诗人的不朽的地位。作者曾经这样说到他自己："我是一个偏于主观的人……想象力比观察力强。……我又是一个冲动性强的人。……我便作起诗来，也任我一己的冲动在那里跳跃。我一有了冲动的时候，就好象一匹奔马，我在冲动窒息了的时候，又象一只死了的河豚。"①他又曾经这样说到他自己对于诗的理解："诗不是'做'出来的，只是'写'出来的。""只要是我们心中的诗意诗境底纯真的表现，命泉中流出来的 Strain，心琴上弹出来的 Melody，生底颤动，灵底喊叫，那便是真诗，好诗，便是我们人类底欢乐的源泉，陶醉的美酿，慰安的天国。"②这里说明的正是诗人和他的诗的特点：诗是诗人真情实感的自然流露，是诗人的理想和人格的完整体现。在这一点上，《女神》这本诗集对于郭沫若早期的思想和创作就具有了非常重要的代表意义。然而《女神》的意义和价值，还不仅在于他体现和代表了作者在某一时期的思想特点，而更重要的是，在于它所体现和代表的作者的思想，是与时代共同着脉搏，与人民共同着忧乐的，达到了前所未有的深度和广度。在《女神》前面，有一首《序诗》，我们是可以把它当作全集的主旨来看的：

《女神》哟！
你去，去寻那与我的振动数相同的人；
你去，去寻那与我的燃烧点相等的人。
你去，去在我可爱的青年的兄弟姊妹胸中，
把他们的心弦拨动，
把他们的智光点燃吧！

① 见《文艺论集》。
② 见《三叶集》(郭沫若、田汉、宗伯华合著)。

这就告诉了我们，《女神》的产生是为了“要去创造些新的光明”，“要去创造些新的温热”，“要去创造个新鲜的太阳”(《女神之再生》)。这就是作者“心中的诗意诗境底纯真的表现”，这就是作者的“生底颤动”和“灵底喊叫”。《女神》的思想上的价值是从这里产生出来的；《女神》的美学上的光辉也主要地是从这里产生出来的。

诗人首先把他的诗奉献给了他的多灾多难的祖国，奉献给了他的饥寒交迫的人民：

不愿久偷生，
但愿轰烈死。
愿将一己命，
救彼苍生起！

(《棠棣之花》)

这是聂嫈的激昂慷慨的声音，也应当就是作者衷心的呼声。在另一首诗——《炉中煤》中，作者更在扶桑岛上对遥远的祖国诉说着他的燃烧着的心灵；在《晨安》中，作者遥望他的“年青的祖国”、“新生的同胞”、“浩荡荡的南方的扬子江”、“冻结着的北方的黄河”、“万里长城”和“雪的旷野”道着亲切的晨安；当归国的轮船驶近黄浦江口的时候，他歌唱着“平和之乡”，“我的父母之邦”(《黄浦江口》)；但当他踏上祖国的土地，看见满街“游闲的尸”和“淫嚣的肉”的时候，他又感觉着“从梦中惊醒”的“Disillusion 的悲哀”(《上海印象》)。诗人的情感没有一刻离开过他的祖国，他的人民，他与祖国和人民共同着命运和呼吸，他是祖国和人民的忠实的儿子，因此，他的诗也就是祖国和人民的真实的声音，能够震动广大读者的心弦，点亮广大读者的智光。在这里，我们才真正找到了《女神》这本诗集的重大意义和不朽价值。爱国主义精神像一条鲜明的红线贯串在郭沫若早期的所有诗歌里。

然而诗人所热爱着的祖国，在那时却是一个“苍生久涂炭，十室无一完”的地方，是一个“富者余粮食，强者斗私兵”的地方，是一个乌烟与乱草的世界(《棠棣之花》)，所以诗人的爱国主义精神，首先就不能不形成为一种高昂的反抗的、叛逆的呼声：

宇宙呀，宇宙，
我要努力地把你咒诅：
你脓血污秽着的屠场呀！
你悲哀充塞着的牢囚呀！
你群鬼叫号着的坟墓呀！
你群魔跳梁着的地狱呀！
你到底为什么存在？

(《凤凰涅槃》)

于是，在《匪徒颂》中，他歌颂了“古今中外的真正的匪徒们”，特别值得我们注意的是，他在歌颂“政治革命的匪徒们”、“宗教革命的匪徒们”、“学说革命的匪徒们”、“文艺革命的匪徒们”、“教育革命的匪徒们”的同时，歌颂了“亘古的大盗，实行‘波尔显维克’的列宁”，和“西北南东去来今，一切社会革命的匪徒们”；在《胜利的死》中，他赞美了爱尔兰的志士、自由的战士——马克司威尼的“悲壮的死”、“金光灿烂的死”、“凯旋同等的死”、“胜利的死”；在《太阳礼赞》中，他祈求太阳把他“全部的生命照成道鲜红的血流”，他请求太阳永远倾听他“心海中的怒涛”，他恨不得把他“眼前的障碍一概刻平”；在《浴海》中，他更这样召唤他的“弟兄们”：

趁着我们的血浪还在潮，
趁着我们的心火还在烧，
快把那陈腐了的旧皮囊
全盘洗掉！
新中华的改造
正赖吾曹！

就这样，诗人的精神“为反抗的烈火燃得透明”，诗人的作品也“为反抗的烈火燃得透明”。这种反叛的火炬照亮了旧社会的黑暗的夜空，也点燃了青年们心灵中的反抗的火把。

《女神》出版后，闻一多曾指出：“若讲新诗，郭沫若君的诗才配称新呢，不独艺术上他的作品与旧诗词相去最远，最紧要的是他的精神完全是时代的精神——二十世纪底时代的精神。有人讲文艺作品是时代的产儿。《女神》真不愧为时代的一个肖子。”①作为一个革命的民主主义者，郭沫若以他的诗集《女神》，体现了时代的精神和人民的呼声。

不同于同时代其他诗人，在郭沫若早期诗歌里，我们找不到伤感和绝望的色彩。他有的是朝气，有的是信心和力量。他以强烈的积极浪漫主义的精神，鼓舞着我们向前迈进。也不同于同时代其他诗人，他不把他的歌奉献给夜莺与无边的静夜，他歌唱的是“日出”，是“春之胎动”，是“大都会的脉搏”，是二十世纪的动的精神。读《晨安》、《笔立山头展望》和《立在地球边上放号》等诗的时候，我们从作品中那些浪漫主义的大胆的想象，奇特的比拟和极度的夸张所构成的诗的意境和形象中，会感到一种奔腾的力量和磅礴的气势，感到诗的急骤的旋律在摇撼着我们的心灵，扩大着我们的胸襟。在郭沫若的诗歌中，情感的节拍与诗律的节拍达到了和谐一致的境界；而那些不拘一格的多样的形式，也正好表达了作者的丰富而多彩的思想与感情。

当然，《女神》中的作品，也不是没有缺点的。例如说，在他的许多歌唱自然的诗歌里，过分神往于人和自然统一的“物我无间”的境界(有时候还露出对于原始生活的向往之情来)，而没有把自然看成是人类斗争的对象；在赞美近代物质文明的诗歌中，他歌颂了“二十世纪的名花”——“近代文明的严母”，而没有看出在资本主义文明外衣掩盖下的阶级矛盾和斗争，在诗的语言方面，采用了过多的外国字，影响了语言的自然的节奏，也损害了诗的民族的风格。所有这些缺点，与作者写作《女神》时的思想是有着密切关系的。不过，这些

① 闻一多：《女神之时代精神》，载《创造周报》1923年6月3日第4号。

缺点，并没有损伤《女神》的巨大价值。《女神》在我国现代文学史上，以它崭新的思想内容和艺术形式开启一代诗风，对新诗的发展有着深远的影响。

二　其他诗人的作品

胡适的《尝试集》出版于一九二〇年。据他在《自序》里说，在文学革命运动未发生以前，他已经开始尝试着作新诗了。但这些诗并没有被收录下来，集中最早的诗是一九一七年八月间的作品。胡适到底是一个改良主义者，他在新诗方面的主张也是改良主义的，而且改良的范围仅仅拘限于体裁和形式方面。他关于新诗的主张，具见于他的《谈新诗》一文中。他认为"中国近年的新诗运动可算得是一'诗体的大解放'。因为有了这一层诗体的解放，所以丰富的材料，精密的观察，高深的理想，复杂的感情，方才能跑到诗里去"。在这里，他关于诗的内容与形式的关系的理解，仍然是本末颠倒的。根据这个本末颠倒的理解，所以他又认为诗体解放的要点，不外下面三项：（一）打破五言七言的格式，（二）打破平仄，（三）废除押韵。这种主张，不用说，是完全拘限在表现形式方面，关于诗的思想内容的革新，他是不敢触及的。这正是改良主义者最本质的特色，而这种特色，便很自然地反映到诗的创作上来。因此，胡适关于新诗的"尝试"，主要是诗体改良方面的尝试。他的《尝试集》虽然是最早出版的一个新诗集，在我国新诗发展的萌芽时期，对于打破旧诗的格律束缚，提倡用白话写诗等方面，有过较大影响；但是，在内容上多是宣扬个性主义和个人自由的思想，而且还存在着很浓厚的属于没落阶级的腐旧的意境和情调，而在形式上则"很象一个缠过脚后来放大了的妇人……的放脚鞋样"①。例如《赫贞旦答叔永》一诗：

"赫贞旦"如何？听我告诉你：昨日我起时，东方日初起，

① 胡适：《〈尝试集〉四版自序》。

返照到天西，彩霞美无比。赫贞平似镜，红云满江底。江西山低小，倒影入江紫。朝霞渐散了，剩有青天好。江中水更蓝，要与天争姣。休说江鸥闲，水冻捉鱼难，日日寒江上，飞去又飞还。何如我闲散，开窗面江岸，清茶胜似酒，面包充早饭。老任倘能来，和你分一半。更可同作诗，重咏“赫贞旦”。

像这样的诗，从内容方面说，仍是旧式文人的“流连景物”之作，从形式方面说，也还没有超出五言诗的格式。《尝试集》中像这样的诗还不少，我们不再举例了。现在举他的一首《人力车夫》，来看看他的所谓以“实地的观察和个人自己的经验”做根柢的诗：

“车子！车子！”
车来如飞。
客看车夫，忽然心中酸悲。
客问车夫：“你今年几岁？拉车拉了多少时？”
车夫答客：“今年十六，拉过三年车了，你老别多疑。”
客告车夫：“你年纪太小，我不坐你车；我坐你车，我心惨凄。”
车夫告客：“我半日没有生意，又寒又饥。你老的好心肠，饱不了我的饿肚皮。我年纪小拉车，警察还不管，你老又是谁？”
客人点头上车，说：“拉到内务部西。”

这首诗，以对于劳动人民的浅薄的同情为幌子，但骨子里却充满了毒素。它所起的是模糊阶级意识、缓和阶级斗争的反动作用。如果我们拿鲁迅的《一件小事》来和它比较一下，就可以发现当中的差别实在是不可以道里计量的。

李大钊是五四运动时期的思想领导者，他发表的诗很少。但就拿他在《新青年》上发表的两首诗——《山中即景》和《欢迎独秀出狱》——看来，在内容方面说，是进取乐观的，充分地具现着无产阶级的蓬勃坚强的战斗精神；在语言方面说，也是新鲜、精炼，足以表现诗人的这种战斗精神的。下面引录《欢迎独秀出狱》的第一段：

你今出狱了，
我们很欢喜！
他们的强权和威力，
终竟战不胜真理。
什么监狱什么死，
却不能屈服了你；
因为你拥护真理，
所以真理拥护你。

这种诗正代表了文学革命时期新诗人们对于旧社会统治力量的强烈的反抗精神。它的情感是热烈的，意志是坚定而乐观的，它给读者以一种永远向前的战斗的勇气和力量。这种诗，就远非《尝试集》中任何一首诗所可比拟的了。

刘半农(复)本时期所作的诗歌，后来都收入《扬鞭集》卷上①中。他对于新诗的建立，是有过一些贡献和功绩的。他关于新诗，最早在《我之文学改良观》②一文中，已经有所主张；但具体的改革意见，则主要地包含在他一九一七年七月间发表的《诗与小说精神上之革新》③一文里。在这篇文章中，他主张诗的精神应该以“真”为主，他说那些假情假意、言不由衷的“诗人”们，或自命为山林逸客，或装做颓唐衰老，或侈谈空虚玄妙，无非“不真”二字在那里捣鬼，这样的文学是虚伪的文学，要提倡新诗，唯一的要素就在“真”。这种主张，较之胡适的专门从事于形式体裁的改良，已经进步得多了。因为他反对旧诗人们的某些超现实的态度而主张“真”是诗的要素，所以

---

① 1926年北京北新书局印行。
② 载《新青年》第三卷第三号。
③ 载《新青年》第三卷第五号。

他在本时期所写的许多诗就不能不具有着一定程度的现实主义的长处。他每每用不同阶级生活的对照来揭露旧社会中一些不平的现象，透露着自己的人道主义的精神。鲁迅在《忆刘半农君》①一文中，曾称许他“是《新青年》里的一个战士。他活泼，勇敢，很打了几次大仗”。在新诗的主张和创作方面，他在本时期也是具有着这种活泼、勇敢的精神的。

关于诗的形式改革方面，刘半农也表现了一定程度的创造精神。他在《扬鞭集》的《自序》里说：“我在诗的体裁上是最会翻新鲜花样的。当初的无韵诗，散文诗，后来的用方言拟民歌、拟‘拟曲’，都是我首先尝试。至于白话诗的音节问题，乃是我自从一九二○年以来无日不在心头的事。”他主张“增多诗体”，而且提出了“创造”和“输入”两个办法②。在语言方面，他运用了北京和江阴两地的方言入诗。这种尝试，因为所运用的语言不是作为最高形式的统一的民族语言，所以大大地局限了作品的流通范围。但是作者努力使新诗走上口语化、大众化道路的企图，是显然可见的。

下面举《相隔一层纸》一诗为例来说明刘半农本时期诗歌中的现实主义精神：

屋子里拢着炉火，
老爷吩咐开窗买水果，
说“天气不冷火太热，
别任他烤坏了我。”

屋子外躺着一个叫化子，
咬紧了牙齿对着北风喊“要死”！
可怜屋外与屋里，
相隔只有一层薄纸！

① 载《且介亭杂文》。
② 见《我之文学改良观》。

作者在这首诗里所表现出来的思想，虽然还只是停留在对于旧社会中不幸人们的一点局外的同情，但因为把不同的阶级生活作了尖锐的对照(这种描写手法，是我国古典现实主义作家所常用的，例如杜甫的“朱门酒肉臭，路有冻死骨”)，所以也就比较有力地暴露了旧社会里的黑暗和不合理的现象。此外如《学徒苦》一诗描叙了“食则残羹不饱；夏则无衣，冬衣败絮”的学徒的苦痛，《铁匠》一诗赞颂了“飞射在漆黑的地上”的“几点火花”，散文诗《饿》诉说了陷在饥饿状态中的穷困的幼小者的不幸生活，都是具有着比较明显的社会意识的。

刘大白本时期的诗歌，后来都收集在诗集——《旧梦》①里。本时期以后的作品，则收在诗集——《邮吻》②里。在《旧梦付印自记》中，他说他“用笔太重，爱说尽，少含蓄”。这正说明了他的诗的特点。在他的几个诗集中，值得我们特别提起的是《卖布谣》。《卖布谣》一共收诗二十二首，分为两组：《卖布谣之群》十首，《新禽言之群》十二首，其中具有着很明显的反帝反封建的精神。在《卖布谣》一诗里，他唱出了洋货侵入、手工业破产后中国广大农民的饥饿生活：

土布粗，
洋布细。
洋布便宜，
财主欢喜。
土布没人要，
饿倒哥哥嫂嫂！

这里面蕴藏着作者对于帝国主义和封建地主阶级的憎恶和愤怒。

---

① 《旧梦》原由商务印书馆出版，后经过重编，分为《丁宁》、《再造》、《秋之泪》、《卖布谣》四个集子，由开明书店印行。

② 1926 年开明版。

上城卖布，
城门难过：
放过洋货，
捺住土货。

更是画出了旧中国官吏为帝国主义帮凶的卑污刻毒的面目，说明了帝国主义与封建地主阶级对于中国人民所造成的深重灾难。作者的表现手法是很好的，往往在生动、具体的社会生活的画幅里体现着个人的主观爱憎，给读者以巨大的感染和说服的力量。

在《田主来》一诗里，他这样地描写了地主阶级的凶狠和贪婪以及农民对于地主阶级的强烈的憎恨：

一声田主来，
爸爸眉头皱不开。
一声田主到，
妈妈心头毕剥跳。
…………
贼是暗地偷，狗是背地咬，
都是乘人不见到。
怎象田主凶得很，
明吞面抢真强盗！

可以看出，刘大白的这些诗歌，正是在俄国十月社会主义革命和共产主义思想的激荡和影响之下写下来的。他的《劳动节歌》、《五一运动歌》和《红色的新年》①等诗，歌唱了劳动人民创造世界的伟绩和无产阶级革命的胜利，虽然显得有些空洞而概念，但也显示了五四运动时期小资产阶级知识分子对于革命和社会主义胜利前途的向往之

① 此诗作于1919年12月，收在《旧梦》的《红色》组诗中，后来重编分集，由开明出版的时候，将此诗删去，故今《卖布谣》集中不见此诗。

情，和那些专门唱着“他也许爱我——也许还爱我”的“诗人”们的作品比起来，那是不可以“同年而语”的。

从以上几个诗人的诗作看来，它们在一定程度内反映了半封建半殖民地社会的黑暗悲惨的景象，具有着比较明显的社会意识和积极的现实的精神；在形式上，正在逐渐地从旧诗词的格律里解放出来，探索着新的表现方式；在语言上，是颇为接近人民的口头语言的，诗的“平民化”正是这时期多数诗人们的一致要求。这些与整个文学革命运动的精神是完全一致的；同时，这也是我们现代诗歌中的主要的趋向和潮流。但是，这些诗歌仍然有着如下两个缺点：(一)诗人们采取社会生活作为诗的题材，具有着一定程度的人民性和进步作用，但从诗中所体现的主观情感来说，则多半是“隔岸观火”的旁观态度，多的是微温的同情，缺少的是鲜明的爱憎；有些歌颂“劳工神圣”和十月革命的诗(例如刘大白的《红色的新年》)，则又流于空洞、概念，不易使读者发生强烈感动。这充分地说明了时代环境和阶级立场所给予作者们的深刻影响。(二)因为这些作者，大半都有一个时期从事过旧诗词的写作，所以他们的作品也就有些地方承继了我国古典诗歌中的某些优良的传统(例如关心人民生活和不脱离现实的创作态度)；但旧诗词的表现方法和格律形式也给了本时期作者以较多的限制。古典文学中的某些过了时的、不适用了的东西，仍然残存在许多诗人们的作品中，所以就难免要妨害到新的内容的确切表现，因为新的思想如果用僵硬了的文学手法来表现，是会损害它的新颖性和感染力量的。

三　戏　　剧

要谈本时期的戏剧，我们有必要把时代上溯得远一点。

远在十九世纪末叶，当梁启超亡命日本，创办杂志，鼓吹他的“变法维新”的改良主义主张的时候，他就想借戏曲和小说来做宣传教育的工具，以求达到他的政治上的企图和目的。在小说方面，如《官场现形记》、《二十年目睹之怪现状》等书，就在不同程度上对那时社会作了一些暴露和谴责的工作；在戏剧方面，这种有社会目的的剧本创作与演出，则是从旧剧当中开始的。当时旧剧演员汪笑侬编了几个剧本，如《哭祖庙》（写刘阿斗投降的故事）、《六军怒》（写唐明皇宠用杨国忠的故事）、《桃花扇》（写奸佞误国的故事）、《张松献地图》（写奸邪出卖祖国的故事），虽然没有主张政治上或社会上的革命，但影射了当时政治情势，对于投靠帝国主义、迫害国内人民的封建统治者，是给了一些讽刺和打击的。汪笑侬所采用的完全是旧剧形式。比汪稍后，企图改良旧剧的，还有上海的夏月润、潘月樵等几个旧剧演员。

旧剧方面这种改良工作，虽是竭力想求进步，想使戏剧艺术和政治斗争密切联系起来，但始终不敢完全背叛北剧的规矩，始终不曾突破北剧的范围。那勇敢而毫不顾虑地去革旧有戏剧的命，另行建设新剧的先锋队，不是中国的戏剧界，而是在日本的一部分留学生。辛亥革命前，中国在日本的一部分留学生——曾孝谷、李哀（息霜、又名叔同）等组织了一个春柳社，后来欧阳予倩、陆镜若（扶轩）等也参加进去了。他们先后在日本演出过《茶花女》、《黑奴吁天录》等剧。以后欧阳予倩、陆镜若和谢抗白等另组申酉会，演出过《热泪》①一剧。欧阳予倩后来这样追叙这次演出的结果，他说："这个戏演了之后，许多人都说我们为革命宣传……这出戏在一个时期总算成功，表演也还忠实，演完以后，许多人到后台来恭维我们……"②他们演出的这些剧有着全新的面目：完全废除了歌唱，只用对话；没有上下场，只用幕布与布景。辛亥革命后，春柳社回到中国，在上海演出，大受观众欢迎。于是新组织的表演团体，日益增多起来。这就是当时所说的"文明戏"。

---

① 法国 Victorien Sardon 著的 La Tosca。故事是这样的：流落罗马的法国名画家，与女优杜司克发生恋爱，为警察总监所妒。适画家拯救一革命少年，总监遂入画家于罪，并科以死刑。杜司克知不可救，遂乘间刺总监而遁，至刑场，画家已死，杜遂投崖以殉（详欧阳予倩：《自我演戏以来》）。

② 欧阳予倩：《自我演戏以来》。

“文明戏”在当时何以会受到群众热烈欢迎呢？洪深在《〈中国新文学大系〉·戏剧集导言》中曾经这样分析它的原因，他说：“在一个政治和社会大变动之后，人民正是极愿听指导，极愿受训练的时候。他们走入剧场里，不只是看戏，并且喜欢多晓得一点新的事实，多听见一点新的议论。……那满清的威权，令人侧目，将及三百年了，一旦推翻，凡是描写满清宫闱的戏，都是人们所要看的。那官僚的腐败，人民无可如何的，也长久了，凡是攻击官僚的戏，也是人们所要看的。那旧时的道德观念，人民不象从前这样尊重或怕惧了，凡是发挥爱情，如取材于《红楼梦》诸戏，也是人们所要看的。那时才经了一番政治奋斗；第一次革命（按指辛亥革命），好容易成功，凡是可以激发爱国心，如译自法国的《热血》（按即《热泪》）等戏，也是人们所要看的。那时人民兴高望奢，正欲与世界大国，较长争强，凡是叙说外国的情形，如《不如归》《空谷兰》等戏，也是人们所要看的。在看戏的人，正热忱的希望着文明戏成功。即使偶有幼稚粗糙不妥的地方，也都原谅了。”①洪深这段分析，是有道理的。当时“文明戏”之所以能够获得大多数观众的爱好和欢迎，除了它在舞台装置和表演艺术上的革新以外，最主要的原因还是因为它的比较现实和新颖的内容能够适当地满足许多观众的政治要求的缘故。后来因为演员们把演“文明戏”看得太容易，渐渐失却了表演的严肃性，专靠情节和噱头来迎合某些观众的低级趣味，所编演的大抵只是《珍珠塔》、《珍珠衫》、《三笑姻缘》一类毫无社会意义的剧本。这样一来，“文明戏”便失却了广大观众的喜爱而逐渐没落了。

从以上的叙述中，我们可以看到，旧民主主义革命时期的戏剧运动，有两个特别值得注意的地方：第一是它的积极、现实的作用，从事戏剧运动的人，大抵都是把戏剧看成是宣传教育的工具，不专是为了娱乐的；第二是它对于传统旧剧的彻底否定的精神，这种精神自然有它好的一面，但也有它坏的一面。

---

① 洪深这段话是引自洪的《从中国的新戏说到话剧》一文，该文载 1929 年 2 月广州《民国日报》。

在五四运动时期开始萌芽生长的话剧(当时叫做新剧)运动，便是在中国人民的彻底的、不妥协的反帝反封建的历史要求之下，承继和发展了旧民主主义革命时期的戏剧遗产而新兴起来的一种运动。它一方面具有着非常明显的社会的和政治的倾向，另一方面又完全是从西洋戏剧寻取创作和表演的形式，而这二者，在当时又是互相关联着的。周扬在《表现新的群众的时代》里，曾这样说：

> 话剧是最现代的进步的戏剧形式，但它是从西洋输入，并且作为中国旧剧的彻底否定者而兴起来的(这个否定在五四当时是有革命作用的)，而且又完全是在都市生长起来的，它在内容上和小市民血缘极深，它的形式是欧化的，始终没有完全摆脱洋教条的束缚。

这一段话对于从五四运动时期开始的中国话剧运动的评价，是异常地恰中肯要的。五四运动时期的话剧运动，主要地做的是否定中国旧剧和介绍西洋戏剧两项工作；创作的剧本，在当时是很少的。当时话剧的提倡者大抵"以为吾国旧剧，脚本恶劣，于文学上无丝毫之价值，于社会亦无移风易俗之能力。加以刺耳取厌之锣鼓，赤身露体之对打；剧场之建筑，既不脱中古气象；有时布景，则类东施效颦，反足阻碍美术之进化；非屏弃一切，专用白话体裁之剧本，中国戏剧，将永无进步之一日"①。根据这样一个看法，所以他们认为"如其要中国有真戏，这真戏自然是西洋派的戏，决不是那'脸谱'派的戏"②。关于易卜生(Ibsen)的介绍，在当时更是不遗余力。《新青年》四卷六期出过"易卜生专号"，易卜生的许多剧很快地被译成了中文。为什么这时期这样推崇和介绍易卜生呢？鲁迅说："……因为要建设西洋式的新剧，要高扬戏剧到真的文学底地位，要以白话来兴散文

① 宋春舫：《戏剧改良平议》。宋氏是主张保留旧剧的，这一段话，是他概述当时主张废弃旧剧者的看法。

② 钱玄同：《随感录》，载《新青年》第五卷第一号。

剧，还有，因为事已亟矣，便只好先以实例来刺戟天下读书人的直感：这自然都确当的。但我想，也还因为 Ibsen 敢于攻击社会，敢于独战多数……”①这也就是说因为易卜生戏剧中的反传统和因袭的思想，正与五四运动时期的反抗封建礼教、要求个性解放的精神在某些地方有些一致的缘故。

胡适的剧本——《终身大事》，很显然地是在易卜生的影响之下产生的。剧中的女主角田亚梅就是娜拉的化身。这种反映青年婚姻问题和妇女问题的剧本看起来虽然也有一定程度的反封建的意义，但在半封建、半殖民地的中国社会，像娜拉一样的女性，除了彻底反抗旧社会秩序、做一个革命者而外，是无路可走的。田亚梅是“坐了陈先生的汽车”走的，这不过是从封建家庭的牢笼里走出来，重新投入资产阶级的家庭——一个新的牢笼而已。陈绵的《人力车夫》②是一个短短的独幕剧，以劳动人民的贫困生活为题材。但是写作的技巧是粗糙而稚弱的，缺乏一种感人的艺术力量。

总起来说，本时期的戏剧运动，理论的探讨和争辩颇为热烈，但剧本的创作则是很少的。对于旧剧的彻底否定，虽然在当时起了比较显著的革命作用，但旧剧是中国民族艺术的一项重要遗产，它和广大群众有着密切的联系，为群众所熟悉、爱好；给与它以彻底的否定，而不以科学的批判的精神，去其糟粕，取其精华，这样，就很自然地造成了中国话剧后来拘限于都市知识分子和小市民的狭小圈子，长期地脱离广大工农群众的不好结果。这种“洋教条”的害处，在我国戏剧运动的历史上，是表现得特别明显的。

① 鲁迅：《集外集·奔流编校后记三》。

② 载《新青年》第七卷第五号。

第二编

第一次国内革命战争时期的文学

（一九二一—一九二七）

第一章　中国共产党成立后的国内形势与文学概况

一　党成立后的国内形势

本时期包括从一九二一年中国共产党成立至一九二七年蒋介石叛变革命前的这一段时间。

从五四运动起，中国人民大众反帝反封建的革命斗争便进入了一个新的历史阶段：它把中国革命扩大成为无产阶级世界革命的一部分；同时它又“在思想上和干部上准备了一九二一年中国共产党的成立，又准备了五卅运动和北伐战争”①。

中国共产党的成立是中国革命中一件无比重要的历史事实。它标志着中国工人阶级的日益强盛与壮大，标志着中国人民反帝反封建革命要求的日益迫切，同时也标志着中国革命形势的更新更高的发展。它在中国社会各方面都引起了巨大而深刻的变化。本时期的文学运动，在党的领导和影响之下，承继了五四运动时期的革命传统，一方面反映了这个急遽变化的社会生活，同时也在一定程度内推动和加速了这个变化。本时期的文学运动是较之五四运动时期更为扩大和深入了。

党成立后国内形势的发展是这样的：

第一次世界大战结束后，帝国主义国家又卷土重来，重新对中国

---

①　毛泽东：《新民主主义论》。

进行了比战前更为疯狂的掠夺；特别是美、英、日三帝国主义更把中国当成了角逐、宰割的对象。它们各自在中国利用一部分封建军阀作为它们的爪牙，进行频仍不已的内战，以遂其掠夺和宰割中国人民的野蛮血腥的企图。于是中国人民——特别是广大的劳动人民——日益陷于水深火热的生活之中。

另一方面，由于中国工人阶级在五四运动中得到政治斗争的锻炼与俄国十月革命的影响，已经形成了一支强大的觉醒了的独立政治力量。在本时期的开始，出现了完全新式的、以共产主义为目的、以马克思列宁主义为行动指南的、统一的工人阶级的政党——中国共产党。从此以后，中国工人阶级更其英勇坚强地领导着全国人民反帝反封建的斗争，把中国的革命形势推向了更高更新的阶段。一九二二年香港海员大罢工揭开了中国工人阶级反帝斗争的新的一页。一九二三年的“二七运动”，更是中国工人阶级反帝反军阀的伟大政治运动。在“二七运动”中，中国工人阶级显示了它的最先进、最革命的阶级特性，而且从此走上了世界的政治舞台。一九二四年，在党的帮助下，孙中山改组了国民党，确立了“联俄、联共、扶助农工”三大政策。党的统一战线政策，很快地加速了中国革命的步伐。一九二五年五卅惨案发生，在全国各地激起了反帝反军阀的汹涌怒潮，为一九二六年的北伐战争奠下了胜利的基础。但是由于陈独秀的右倾机会主义的领导，不敢依靠正在兴起的工农群众，对国民党中的地主分子和资产阶级分子采取了妥协让步的方法，以致反动力量日益猖狂。一九二七年四月，中国大资产阶级的代表蒋介石背叛革命，大举屠杀革命的共产党员和工农群众，中国革命受到了第一次大挫折，而转入到一个更艰苦、更深入地发展的新的阶段。——这是本时期革命形势发展的大概情形。

根据以上简略的叙述，我们明白了以下几点：(一)第一次世界大战后帝国主义与封建军阀互相勾结的结果，造成了中国社会空前的混乱局面，中国人民的生活日益加深地陷入贫困和饥饿的状态，因而反帝反封建的革命要求也更加强烈、更加迫切了；(二)自从中国共产党成立后，中国革命因为有了英明正确的领导，发展得特别迅速；

党成立后所订出的反帝反封建的政纲，是以工人和农民为骨干的，而在本时期的最初，则是主要地由工人阶级以自己的英勇行动来唤醒和领导着广大的人民；（三）党建立了中国人民的反帝反封建军阀的统一战线，这个统一战线具体表现为中国共产党和孙中山领导下的中国国民党的合作。因为共产党的正确领导和各地群众运动蓬勃开展的结果，所以北伐战争能够取得胜利；但是由于陈独秀的错误领导和蒋介石的阴谋叛变、篡夺革命果实，所以中国革命才受到第一次的挫折，而转到另一个新的历史时期。

二　本时期文学运动的特点

本时期的文学运动反映了它所由产生的社会基础，打上了时代的深刻烙印，它较之五四运动时期的文学有着更新的发展和特点。

首先，我们所应该注意到的，是这时期的文学运动，已不同于五四运动时期的文学运动：它不但是受到广泛意义的马克思列宁主义思想的影响和领导，而且受到了具体的马克思列宁主义文学理论的影响和领导了。党在成立后不久，就开始注意到整个革命事业中有机组成部分的文学事业，要求革命的文学事业为革命的政治运动服务。几位早期的共产党人如瞿秋白、邓中夏、恽代英、萧楚女等，在《中国青年》①上对当时的文学工作者提出了一些正确的意见和号召。对于当时日益扩张和深入着的文学运动，这些意见和号召起了重要的作用，对于后来“革命文学”的提出和展开无疑地也发生了深刻的影响。

在《贡献于新诗人之前》(《中国青年》第十期)一文中，邓中夏提出了他的关于文学的见解和主张。他说：

> 我们承认人们是有感情的动物。我们承认革命固是因生活压迫而不能不起的经济的政治的奋斗，但是儆醒人们使他们有革命的自觉，和鼓吹人们使他们有革命的勇气，却不能不首先要激动

① 当时中国社会主义青年团的机关刊物，由恽代英主编。

他们的感情。激动感情的方法，或仗演说，或仗论文，然而文学却是最有效用的工具。

这种对于文学的看法和对于文学为革命服务的要求，是从科学的马克思列宁主义理论出发的。他们认识到：在阶级社会里，文学是阶级斗争的工具，是某一社会集团和阶级为某种理想和生活方式而进行斗争的特殊手段和工具。因此，他们要求文学成为为革命服务的有效工具。他们主张诗人和作家必须担负起如下的创作任务："第一，须多做能表现民族伟大精神的作品"；"第二，须多作描写社会实际生活的作品"；"第三，新诗人须从事革命的实际活动"。他们批判了当时流行的"为艺术而艺术"和"为人生而艺术"的两种不同的文学主张（自然对于这两种主张的批判是不同程度的），指出了"少数遨游于高山流水之间，或躺在沙发上，闭着眼睛讴歌爱和美"，或者"有意于解决社会问题"，但很少反映"中国现在这种说不出的痛苦，难堪的人生"的诗人和作家们的不正确的创作倾向①。他们反对像八股一样无用的，不能激发国民精神以有助于民族独立与民主革命运动的文学，公开地宣称："现在的新文学若是能激发国民的精神，使他们从事于民族独立与民主革命的运动，自然应当受一般人的尊敬；倘若这种文学终不过如八股一样无用，或者还要生些更坏的影响，我们正不必问它有什么文学上的价值，我们应当象反对八股一样地反对它。"②他们主张以工、农、兵的利益为基础结成文艺界的统一战线。他们认为："现在还没有进煤窑的文学家"，"是文学家的耻辱"。他们指出："'雅人'是真文学家的仇敌，真俗人才是真文学家。"③他们要求青年作家们"诚心去寻实际运动的路径，脚踏实地一步一步走下去"④，

① 秋士：《告研究文学的青年》，载《中国青年》1923 年 11 月第 5 期。
② 恽代英：《八股》，载《中国青年》1923 年 12 月第 8 期。
③ 秋士：《告研究文学的青年》，载《中国青年》1923 年 11 月第 5 期。
④ 秋士：《告研究文学的青年》，载《中国青年》1923 年 11 月第 5 期。

在实际运动中“去涵养自己的人格和思想”①。

本时期的文学运动，应该说就是在这种初步的马克思主义文学主张的领导和影响之下展开和深入的。对于当时从事新文学运动的文学团体——文学研究会和创造社，这些文章曾经发生过深刻的影响。文学研究会的主持人沈雁冰在这些文章发表后不久，就写过《读代英的八股》一文②，而创造社在这时所写的比较重要的论文（如郭沫若的《我们的文学新运动》），也分明地呈现着这种影响的痕印。当时许多爱好文艺的青年受到了这样的启示和号召，也通过不同的途径渐渐地走到革命的道路上来。而“革命文学”思想的萌芽，始于一九二三年，固然还有着其他更重要的原因，但与早期共产党人所提出来的这些文学主张应该是有密切关系的。

其次，我们应该注意到的是，新文学运动发展到了本时期，它的阵营发生了一次分化。在前面我们已经提到，五四运动时期的新文学运动是一次统一战线的运动。这个统一战线是由共产主义知识分子，革命的小资产阶级知识分子和资产阶级的知识分子三部分人组成的。由于国际帝国主义“卷土重来”后的加紧侵略与国内封建军阀的疯狂内战，加深了中国人民的苦痛和贫困，也加强了中国人民反帝反封建的革命要求，中国社会的阶级关系和阶级斗争日益复杂和尖锐起来，于是这个统一战线，到本时期开始，就势所必然地发生了第一次分化。

分化的情况是这样的：

五四运动时期新文学阵营中具有初步共产主义思想的革命知识分子，到了本时期，差不多都已成为实际革命运动的领导者了，他们较之前一个时期是更为进步和更加革命化了。他们之中只有少数的人还兼顾到文学运动方面，例如瞿秋白和上面提到的邓中夏、恽代英等。

作为运动右翼的资产阶级知识分子，到了本时期，因为运动日益深化，斗争日益尖锐，大部分都与敌人妥协，作了帝国主义和封建军

① 远定：《诗人与诗》，载《中国青年》1924年2月第17期。

② 《文学周报》第101期。

阀们的可耻的辩护者了。例如胡适一面主张“少谈些主义多研究些问题”，以反对马克思列宁主义的研究和介绍；另外又提出“整理国故”的口号，想把青年们拉往故纸堆中去。又例如《西滢闲话》的作者陈源表面上装出和平中正的样子，实际跟在国内外的主子后面，对于进步力量作种种可耻的污蔑。又例如“诗人”徐志摩则干脆认为“打倒帝国主义的口号是猜忌与分裂的现象”，对中国人民的反帝运动极尽污蔑破坏的能事。这些人到了本时期，事实上都成了中国买办资产阶级的代言人，成了新文学运动中的反动和后退的力量了。

本时期坚持新文学运动，在不同的战斗道路上继续前进的，主要地是许多革命的小资产阶级的作家。这些作家在这样一个充满苦痛和灾难的时代里感到苦闷和不安，但党成立后革命形势的迅速发展，群众运动的蓬勃展开，也给了他们以很大的激励和鼓舞。他们不肯投靠污浊黑暗的旧势力，他们的革命要求是很强烈的，各自在不同的道路上，一面战斗，一面前进。他们有的主张艺术是为人生的，作家应该着眼社会的病苦，应该描写社会的黑暗，同情被压迫的人物；有的“本着内心的要求”，在作品里诉说着自己和广大人民的不幸和苦痛。他们的主张虽然不同，但是同样地坚持了新文学，发展了新文学，并以文艺为战斗武器，攻击了旧社会的黑暗统治。而在最后，这些不同的见解和主张终于统一到“革命文学”的共同要求上来。没有疑问，他们在社会主义思想的传播方面，在社会主义现实主义创作方法的提倡方面，是立下了不小功劳的。

最后，我们还可以看到，本时期的新文学运动，在文学思想斗争方面，较之五四运动时期也有了显著的不同和发展，它已经不只是与封建复古主义者作斗争，而是有着更深刻更丰富的内容了。

封建复古主义者并未放弃他们对于封建文学的保卫工作。继林琴南和“学衡派”之后，封建势力在文化上的代表章士钊（他那时是段祺瑞政府的司法总长兼教育总长）在一九二五年创办了《甲寅周刊》，集中力量反对新文学。虽然这时候白话文的地位已经完全确定，文言白话之争事实上已近尾声，但是打倒《甲寅周刊》“这只拦路虎”的工作仍然是必要的，因为它不只是一个有关文字形式的论争，而是有着与封建势力作斗争的重要意义的。这是斗争的一个方面。

此外，与洋奴买办文化思想作斗争，也是本时期文学思想斗争的一个重要方面。鲁迅与“现代评论派”的斗争，就是属于这一种性质的。“鲁迅当时反对这些欧化绅士的战斗，虽然隐蔽在个别的甚至私人的问题之下，然而这种战斗的原则上的意义，越到后来就越发明显了。统治者不能够完全只靠大炮机关枪，一定需要某种‘意识代表’。这些代表们的虚伪和戏法是无穷的。暴露这些‘做戏的虚无主义者’，也就必须有持久的韧性的斗争。”①这是斗争的另一个方面。

还有在小资产阶级知识分子的作家和团体中，也有着比较持久的争论。这主要是创造社与文学研究会的论争。论争中虽然存在着一些门户私见，但也代表着各种不同文艺思想的斗争，主要的是“为人生而艺术”的文艺思想与“为艺术而艺术”的文艺思想之间的斗争。这两种文艺思想虽然在当时都有其产生的社会基础，但苦难的中国既没有所谓的“象牙之塔”，则专求文学上的“美”与“全”，也就成为不可能的事实了。这种论争，正反映了当时小资产阶级的知识分子对于时代的感受及其对于文学的不同理解。到了一九二六年，创造社提出了“革命文学”的口号，彼此间仍然不免有着分歧的意见。这又是本时期文学思想斗争的第三个方面。

总观本时期的新文学运动，可分前后两期：在五卅运动以前是摸索前进的时期；在五卅运动以后，因为党所领导的群众运动与革命浪潮的激荡，许多重要作家，如鲁迅、郭沫若、茅盾等都先后参加了革命行列，到了一九二六年，郭沫若发表了《革命与文学》一文，“革命文学”的思想才由萌芽状态而逐渐普遍起来。我们的新文学运动也就开始向下一个时期——“左翼十年”时期——进军了。

三　本时期的文学团体

在五四运动时期，没有纯粹文艺性质的团体，也没有纯粹文艺性

① 瞿秋白：《鲁迅杂感选集序言》。

质的刊物。即以《新青年》而论，它那时自然是新文学运动的主要阵地，但它究竟是一个综合性的刊物，新青年社的主要人物，也很少是专门从事文学工作的。到了本时期，情形就显著地不同了：文学社团逐渐多了起来，文艺刊物像雨后春笋一般在全国各地纷纷出现了，新文学创作和翻译书籍的出版也日渐增多了。据统计：这时在全国范围内，大大小小的文艺团体先后共计有一百多个；出版的文艺刊物，大小包括在内，约在三百种以上；创作和翻译的单行本也约在千种以上。我们可以从这一点看出当时新文学运动发展的情况来。

下面简略地介绍一下当时几个比较著名的文学团体：

在本时期，承继着《新青年》的战斗传统，第一个出现的文学团体是文学研究会。该会以一九二一年一月正式成立于北京。发起人有沈雁冰、郑振铎、叶绍钧、朱希祖、耿济之、瞿世英、王统照、郭绍虞、孙伏园、许地山等十二人。一九二一年文学研究会接编商务印书馆出版的《小说月报》①，由沈雁冰（茅盾）主编。这个已有十几年历史的刊物，这时才得到了全部的革新。同年五月，由沈雁冰、叶圣陶、谢六逸、郑振铎等成立上海分会，并发行《文学旬刊》，最初附在《时事新报》上，自八十一期起改为周刊，半独立发行，但仍附于《时事新报》上。自一百七十二期起（一九二五年五月）收归独立发行，由开明书局出版。第八卷起，改在远东书店刊行。第九卷起，再独立发行，一直出到九卷四号。一共出了四百多期。此外还有《诗刊》一种，于一九二二年一月一日创刊，主持人是朱自清、郑振铎、叶绍钧、俞平伯、刘延陵等，由中华书局出版。出到二卷二期（一九二三年五月）停刊。文学研究会的工作，除发刊定期刊物外，还编印了文学丛书。在新文学运动上的影响很大。单就翻译言，他们翻译了俄国、法国及北欧的名著，介绍了托尔斯泰、屠格涅夫、高尔基、安特列夫、易卜生以及莫泊桑等人的作品。这些给与当时和后来的影响是

① 《小说月报》创刊于1909年（清宣统二年），1921年革新（自十二卷起），卷首有《革新宣言》。十二卷起由沈雁冰主编，十四卷起由郑振铎主编。至1932年，因“一·二八”事变停刊。

相当巨大的。

在本时期，有着与文学研究会不同的文艺主张，给与了当时文艺界和青年知识分子以巨大影响的是创造社。该社在一九二一年夏天成立，主持人是郭沫若、郁达夫、成仿吾、郑伯奇、陶晶孙、田汉等。先在泰东书局出版《创造社丛书》①。一九二二年五月一日出版《创造季刊》（一九二四年一月停刊）。一九二三年五月出版《创造周报》（一九二四年五月停刊）。同年七月又在《中华新报》上出《创造日》，一共出了一百期。一九二五年，创造社主持人纷纷南下，参加革命行列。一九二六年春郁达夫回上海，又主编《创造月刊》，提倡"革命文学"，这已是创造社的后期了。一九二九年二月创造社被国民党查封。创造社的人们以后大半都参加了左翼作家联盟，有了更远大的发展。

语丝社、未名社和莽原社都是由鲁迅所领导或支持的文学团体。语丝社于一九二四年成立，出版《语丝周刊》，撰稿人除鲁迅外，尚有钱玄同、刘半农等。作者的意见和态度各不相同，但他们要"催促新的产生，对于有害于新的旧物，则竭力加以排击"②的态度却是相同的。一九二五年五卅运动以后，语丝社的人们因为革命暴风雨的呼唤，有的更加猛勇前进（如鲁迅），有的却躲避畏缩，成了时代的绊脚石了（如周作人）。未名社是因鲁迅所主编的《未名丛刊》而得名的。一九二四年鲁迅为北新书局主编两种丛书：一为《乌合丛书》，专收创作；一为《未名丛刊》，专收翻译。《未名丛刊》后由韦素园、李霁野、曹靖华等接办，未名社就是这样成立的。鲁迅在《忆韦素园君》③一文中说："未名社的同人，实在并没有什么雄心和大志，但是，愿意切切实实的，点点滴滴的做下去的意志，却是大家一致的。"未名社在鲁迅的领导下，翻译和出版了许多俄国和苏联的文学书籍，给与了中国新文学以巨大影响。莽原社是一九二五年四月成立

① 共收四个集子：郭沫若的《女神》、郁达夫的《沉沦》、郭沫若翻译的《少年维特之烦恼》、郑伯奇翻译的《鲁森堡之一夜》。

② 鲁迅：《我和〈语丝〉的始终》，载《三闲集》。

③ 载《且介亭杂文》。

的，出版《莽原周刊》，附于《京报》印行，由第五期起，改为半月刊，由未名社印行。《莽原》作者有韦素园、李霁野、韦丛芜、高长虹、尚钺等。一九二六年鲁迅因受北洋政府迫害离京，《莽原》遂停刊。后来高长虹等另组狂飙社，以“超人”自居，宣传尼采思想，提倡“狂飙运动”，并且攻击鲁迅，但不久也就没有声息了。

在戏剧运动方面，本时期成立的团体发生较大影响的，有民众戏剧社。该社于一九二一年五月由沈雁冰、郑振铎、陈大悲、欧阳予倩、汪仲贤、熊佛西等十三人发起组织。在宣言中这样说明他们的主张和态度：“当看戏是消闲的时代现在已经过去了。戏院在现代社会中确是占着重要的地位，是推动社会前进的一个轮子，又是搜寻社会病根的X光镜；他又是一块正直无私的反射镜，一国人民程度的高低，也赤裸裸地在这面大镜子里反照出来，不得一毫遁形。这种样的戏院正是中国目前所未曾有，而我们不量能力薄弱，想努力创造的。”他们出有一种月刊——《戏剧》①，一共出了十期，介绍新的戏剧理论和艺术，对我国戏剧运动的开展，起过比较大的推动作用。

本时期的文艺团体很多，上面所举出的仅仅是几个有过比较重大影响的，其余的我们便不在这里一一列举了。

① 1921年创刊，中华书局出版。

第二章　在战斗中前进的鲁迅

一　战斗的特色和历程

当一九二六年短篇小说集《彷徨》出版的时候，鲁迅引录了《离骚》中的两节诗作为它卷首的题词：

> 朝发轫于苍梧兮，夕余至乎县圃；
> 欲少留此灵琐兮，日忽忽其将暮。
>
> 吾令羲和弭节兮，望崦嵫而勿迫；
> 路漫漫其修远兮，吾将上下而求索。

鲁迅选择这两节诗作为《彷徨》的题词，很显然地是含有深刻寓意的。这两节诗不只是鲁迅在写作《彷徨》集中那些小说时心境的写照，同时也异常恰当地说明了鲁迅本时期思想上和创作上的独特精神。在本时期，鲁迅一方面以更加顽强的姿态，代表全民族的大多数，继续执行着思想战线上反帝反封建的战斗任务，另一方面，他又在不停地作着"无情地解剖自己"①的工作，探索着个人的战斗力量与中国人民大众的革命主力紧密结合的正确道路。在本时期，探索与战斗，在鲁迅，是一个密切而不能分割的实践的整体：他是一面战斗，一面探索；在战斗中探索，同时也在探索中战斗的。这是鲁迅本

① 《坟·写在〈坟〉后面》，1926年11月作。

时期战斗历程上最主要的特色，我们对于鲁迅本时期文学事业的研究和探讨的工作，也就是以这样一个特色作为重要线索来进行的。

上一个时期（五四运动时期）由三种知识分子所组成的新文化运动的统一战线，到了本时期，开始逐步地走上了分裂的道路。五四运动时期作为新文化运动右翼的资产阶级知识分子，在本时期，开始公开地妥协投降，倒在帝国主义和封建军阀的怀抱里了。表面上，他们虽然还披着所谓“五四化”的外衣，而实质上，他们已经完全是五四运动时期彻底的不妥协的反帝反封建革命精神的可耻的背叛者了。这种分裂的过程，实际上就是一个斗争的过程。而这个斗争，在当时，是有着它的长期性和复杂性的，同时，它又是与中国人民本时期反帝反封建的激烈斗争紧密地联系在一起的。在这个长期而复杂的分裂的也是斗争的过程中，鲁迅始终是站在思想战线前哨上的一个不屈不挠的战士，始终是在运用文艺武器来进行反对帝国主义、封建主义及其走卒们的长期而艰巨的工作。因为“揭穿这些卑劣，懦怯，无耻，虚伪而又残酷的刽子手和奴才的假面具，是战斗之中不可少的阵线”①，所以，鲁迅在本时期的著作，就不仅对于中国新文学发展的历史，而且对于中国人民革命的历史，都有着不可磨灭的重大的意义。

但是鲁迅在本时期执行的战斗任务，又是和他的不断的自我批判和艰苦探索的精神始终结合在一起的。我们在前面曾经提到，五四运动时期的鲁迅，在思想上主要地是一个进化论者，而他所致力的，则是对于中国“国民性”的批判和改造的工作；同时，我们也指出了，鲁迅的创作方法，在其开始创作的时候，就是现实主义的。他的现实主义的创作方法使他不能不正视旧中国的血淋淋的现实，不能不要求他全面地本质地揭露旧中国社会的日益尖锐地对立着的阶级关系。在他的早期创作里，社会的病苦是被揭露了的，但是指出怎样来疗救这个病苦，也就是在作品里更明确具体地指示中国社会向前迈进的方向，他的进化论的宇宙观是给予了他以很大限制的。这是一种情况。此外，离开了正确的科学的阶级观点，而来抽象地进行对于所谓“国

---

① 瞿秋白：《鲁迅杂感选集序言》。

民性”的批判和改造的工作，也不可避免地会陷入这样的结果——往往把统治阶级的罪恶和被统治的人民因黑暗腐朽的社会制度而形成的某些病态和缺点，统统都归纳到“国民性”的问题上来，因此，反不容易看见在新的历史条件下所可能掀起甚至于已经掀起来了的人民群众的“转移乾坤”的伟大力量，而产生一种“怀疑群众的倾向”，认为自己是在“孤军作战”，使思想上蒙上一层苦闷、彷徨的暗影。这又是一种情况。

这种情况，在鲁迅上一时期，本来是已经存在着的，但并不怎样显著。到了本时期，因为中国共产党成立后中国革命形势的迅速发展，因为燃烧在鲁迅内心的日益强烈的革命要求，思想中的矛盾和斗争，在鲁迅身上，就越来越显著了。为了使自己更清晰地看见中国社会发展的前途，为了使自己的工作能够发挥出更多更大的效力，于是鲁迅在本时期，就不能不在与各种各色的敌人艰苦斗争的同时，不断地探索着中国历史前进的方向和动力，探索着个人的战斗力量与中国人民革命的主力相结合一致的途径。这样，他在本时期的战斗中，就从来没有停止过探索，而探索也就是为了更好地战斗。战斗和探索，正是本时期鲁迅文学事业上的最大特色。因为有了本时期长期探索的基础，所以一九二七年以后的鲁迅，受到了党的教育和帮助，在中国革命形势深入发展的客观要求之下，认真地深入地学习了马克思列宁主义，进一步地进行了自我批判和思想斗争，“从进化论进到阶级论，从绅士阶级的逆子贰臣进到无产阶级和劳动群众的真正的友人，以至于战士”①，而且宣言：“原先是憎恶这熟识的本阶级，毫不可惜它的溃灭，后来又由于事实的教训，以为唯新兴的无产者才有将来。”②

以上我们指出了鲁迅本时期战斗的特色，下面简略地叙述一下他本时期战斗的历程。

五四运动以后，“卷土重来”的国际帝国主义者在中国一方面加

① 瞿秋白：《鲁迅杂感选集序言》。

② 《二心集·序言》。

紧了它们的强盗式的掠夺，另一方面又因为它们之间的越来越尖锐的利益冲突，于是各自培养一个封建军阀作为它们剥削和统治中国人民的工具，而且在幕后操纵这些军阀在中国的土地上进行频繁不已的内战。北京在这时成了这些军阀们争夺的场所。而叭儿狗式的文人们又各自仗着枪杆和指挥刀的威风，到处狺狺狂吠，想在文化思想上为他们的主子们尽一些把守门户的职责。这时候的北京，较之过去是更加乌烟瘴气了。但是鲁迅就在这乌烟瘴气的局面下，从不休止地与各种反动势力进行着一种无比激烈的韧性战斗，以他的许多优秀作品——特别是他的杂文和小说——显示了中国人民对于黑暗腐朽的旧社会的有力的反抗和抨击。

从一九二〇年起，鲁迅就开始在北京各大专学校兼课，与广大青年们保持了生活上和思想上密切的接触，在文艺理论和创作方面给了广大青年们以正确具体的指导，把中国的新文艺运动推向了更深入更远大的阶段。这时候的鲁迅，的确成了“青年叛徒的领袖”，是李大钊以外，最为青年们所热烈爱戴的思想领导者。一九二三年，包括着《狂人日记》、《故乡》、《阿Q正传》这些不朽作品的短篇小说集——《呐喊》出版了。《呐喊》的出现给了中国文艺界以巨大的震动，它奠定了中国新文学的巩固基础。在同年和第二年(一九二四)先后印出的两卷《中国小说史略》，是我国研究和整理古典文学的一部具有典范性的重要著作。从一九二四年起，他开始在《语丝》上发表他的许多精悍、犀利的杂文。散文诗集《野草》中的许多作品，也是在这时候开始写作，而且陆续地在《语丝》上发表的。也就在这一年，鲁迅开始写作那些后来收集在《彷徨》中的许多有名的小说，在各个不同的方面无情地剖析和剥露了旧中国社会的黑暗和阴郁的面貌。一九二五年“五卅”惨案发生，鲁迅把他的匕首似的杂文，投向了屠杀中国人民的帝国主义者，认为“我们就早该抽刃而起，要求‘以血偿血’”，同时主张要“设法增长国民的实力，还要永远这样的干下去”①。这一年，北洋政府教育总长章士钊非法解散了北京女子师范大学，鲁迅

① 《华盖集·忽然想到(十)》。

提出了他的强硬的抗议，以他的正义的同情，支持和鼓舞了青年们的斗争情绪，而且揭穿了那些污蔑青年的“正人君子”们的卑鄙龌龊的丑态。一九二六年三月十八日，段祺瑞政府开枪屠杀了大批徒手请愿的青年们，鲁迅以极端愤激的心情指出了这是一件“不但在禽兽中所未曾见，便是在人类中也极少有的”残虐阴狠的行为①。因为鲁迅在这一连串的斗争中，始终是一个英勇无畏的斗士，以实际行动支援和加强了中国人民的战斗力量，于是反动派的迫害就越来越严重了。“三一八”惨案后，鲁迅一直避难在北京的几个外国医院里，五月间才回到寓所，到了八月底，终于不能不离开北京而到厦门大学去教书了。当时的厦门大学，买办文化思想是非常浓厚的，人物各式俱有，也是乌烟瘴气的地方。到了第二年（一九二七）一月，鲁迅就辞职往广州中山大学了。广州那时虽然是北伐革命战争的根据地，但由于代表大地主、大资产阶级的蒋介石阴谋叛变革命，夺取政权，在一九二六年就发动了“广州政变”，以打击共产党，限制革命的发展，到了一九二七年的四月，他更公开在上海和广州发动了反革命政变，大举屠杀共产党员和革命群众。鲁迅这时在广州的处境是非常危险的，但他还是冒着危险去出席中山大学的系主任会议，设法营救被捕的青年学生。因为营救无效，于是他就愤而辞去学校职务，于十月间离开广州，来到了上海。从此以后，鲁迅一直没有离开过上海。下一个时期的鲁迅，达到了他的生命中更高、更光辉的境界，而他在革命阵地上作为思想斗士和文学作家的战斗实绩，较之五四运动时期和本时期，也就更加卓越和伟大了。

二　战斗的武器之一——杂文

鲁迅本时期的杂文著作，计有：《热风》和《坟》中的一部分、《华盖集》、《华盖集续编》，还有一部分收在《集外集》中。从量上说，不徒较之五四运动时期大为增加，而且也超过了他本时期他种著作的数

① 《华盖集续编·无花的蔷薇之二》。

量；在质方面说，则这些杂文的战斗作用，较之本时期鲁迅的其他著作，也显得更为犀利，更为精悍。在中国现代文学发展的历史上，也在中国人民争取自由与解放的斗争历史上，这些杂文，都将要放射着永不熄灭的光耀。

在《鲁迅杂感选集序言》中，瞿秋白对于当时以鄙视不屑的态度，称鲁迅为"杂感专家"的"蚊子苍蝇"之类的人物，给与了非常有力的回答，同时，也非常正确地分析和解答了鲁迅为什么要大量地写作杂文的真正原因。瞿秋白说：

> 鲁迅在最近十五年来①，断断续续的写过许多论文和杂感，尤其是杂感来得多。于是有人给他起了一个绰号，叫做"杂感专家"。"专"在"杂"里者，显然含有鄙视的意思。可是，正因为一些蚊子苍蝇讨厌他的杂感，这种文体就证明了自己的战斗的意义。鲁迅的杂感其实是一种"社会论文"——战斗的"阜利通"(feuilleton)。谁要是想一想这将近二十年的情形，他就可以懂得这种文体发生的原因。急遽的剧烈的社会斗争，使作家不能够从容的把他的思想和情感镕铸到创作里去，表现在具体的形象和典型里；同时，残酷的强暴的压力，又不容许作家的言论采取通常的形式。作家的幽默才能，就帮助他用艺术的形式来表现他的政治立场，他的深刻的对于社会的观察，他的热烈的对于民众斗争的同情。不但这样，这里反映着"五四"以来中国的思想斗争的历史。杂感这种文体，将要因为鲁迅而变成文艺性的论文(阜利通—feuilleton)的代名词。自然，这不能够代替创作，然而它的特点是更直接的更迅速的反应社会上的日常事变。

这就把鲁迅在本时期杂文产量丰富的原因很清楚地为我们解答出来了：本时期急遽剧烈的社会斗争，已经没有更多的充裕时间使鲁迅

① 《序言》作于1933年4月，从1918年发表《狂人日记》算起，恰为15年。——引者注。

能够专门地从事于创作，把他的思想和情感熔铸到那些不朽的典型和形象里了。为了更灵便地“制强敌的死命”，则短小犀利的杂文正是一种非常恰当有效的形式。鲁迅自己就这么说过：“也有人劝我不要做这样的短评。那好意，我是很感激的，而且也并非不知道创作之可贵。然而要做这样的东西的时候，恐怕也还要做这样的东西，我以为如果艺术之宫里有这么麻烦的禁令，倒不如不进去，还是站在沙漠上，看看飞沙走石，乐则大笑，悲则大叫，愤则大骂，即使被沙砾打得遍身粗糙，头破血流，而时时抚摩自己的凝血，觉得若有花纹，也未必不及跟着中国的文士们去陪莎士比亚吃黄油面包之有趣。”①这就是现实主义者的鲁迅为什么要写杂文的真正原因。而同时，因为他的杂文更直接更迅速地反应了社会上的日常事变，具现了作者的真实的愤怒和叫喊，担负了向着敌人冲锋陷阵的战斗任务，所以这些杂文又必然永远地闪耀着革命现实主义文学作品的灿烂光辉。

在本时期的杂文中，鲁迅继续进行着与封建复古主义者的战斗。本时期的封建复古主义者(例如“甲寅”派的章士钊)，不只是封建地主阶级在文化思想上的代言人，而且也是封建地主阶级在政治权力上的代理人。同时，本时期的封建复古主义者已经不再像上一个时期的势单力薄了，那些披着欧化外衣的洋绅士们(例如陈源即西滢)，在这时早已经和封建复古者串通一气，此唱彼和，来反对新文学运动了。因此，鲁迅在本时期与封建复古主义者的战斗就显得更为艰苦，而战斗的意义也就更为巨大了。在《答 KS 君》一文中，鲁迅这样锋利地戳穿了封建复古主义者的可怜面目，宣布了复古运动气绝的讣闻：

> 你这样注意于《甲寅周刊》，也使我莫明其妙。《甲寅》第一次出版时，我想，大约章士钊还不过熟读了几十篇唐、宋八大家文，所以模仿吞剥，看去还近于清通。至于这一回，却大大地退步了。关于内容的事且不说，即以文章论，就比先前不通得多，

① 《华盖集·题记》。

> 连成语也用不清楚，如“每下愈况”之类。尤其害事的是他似乎后来又念了几篇骈文，没有融化，而急于挦扯，所以弄得文字庞杂，有如泥浆混着沙砾一样。即如他那《停办女子师范大学呈文》中有云，“钊念儿女乃家家所有良用痛心为政而人人悦之亦无是理”，旁加密圈，想是得意之笔了。但比起何栻《齐姜醉遣晋公子赋》的“公子固翩翩绝世未免有情少年而碌碌因人安能成事”来，就显得字句和声调都怎样陋弱可哂。何栻比他高明得多，尚且不能入作者之林，章士钊的文章更于何处讨生活呢？况且，前载公文，接着就是通信，精神虽然是自己广告性的半官报，形式却成了公报尺牍合璧了。我中国自有文字以来，实在没有过这样滑稽体式的著作。这种东西，用处只有一种，就是可以借此看看社会的暗角落里，有着怎样灰色的人们，以为现在是攀附显现的时候了，也都吞吞吐吐的来开口。至于别的用处，我委实至今还想不出来。倘说这是复古运动的代表，那可是只见得复古派的可怜，不过以此当作讣闻，公布文言文的气绝罢了。

这种文章，真是所谓“因为从旧垒中来，情形看得较为分明，反戈一击，易制强敌的死命”①。鲁迅之所以这么坚决地反对复古，主要地还是为了要革新，为了要使新的正在发展着的东西来代替那些旧的腐朽了的东西，而封建复古主义者却正好是要使旧的腐朽了的东西来妨害和扼杀新的发展着的东西。因为这样，所以鲁迅要坚决反对复古，坚决主张“目下的当务之急，是：一要生存，二要温饱，三要发展。苟有阻碍这前途者，无论是古是今，是人是鬼，是《三坟》《五典》，百宋千元，天球河图，金人玉佛，祖传丸散，秘制膏丹，全都踏倒他”②。

除了反对封建复古主义者的斗争而外，还有反对洋奴买办文化思想的斗争。这两种斗争原来是联系在一起的。帝国主义的奴才们与封

① 《坟·写在〈坟〉后面》。

② 《华盖集·忽然想到（六）》。

建势力互相勾结，互相依存，正是半封建、半殖民地社会的一个特点。“中国的原始积累式的商业资本，在乡村之中和封建统治的地主有一种特别形式的结合。中国的军阀和一切残酷无情抢劫民众的文武官僚，都是中国这种特别形式的结合的上层建筑。帝国主义和它们所有的一切财政上军事上的力量，就在中国维持并且推动这些封建残余以及它们的全部军阀官僚的上层建筑，使它们欧化，又使它们守旧。”①这就是这两种反动力量——欧化的与复古的——在中国互相勾结依附的最实质的原因。而与这两种反动力量的坚决斗争，也就自然地成了鲁迅本时期杂文中的两种不可分割的内容。当“现代评论”派的陈西滢在他的《闲话》中这样地来诽谤中国人民——“打！打！宣战！宣战！这样的中国人，呸！”——的时候，鲁迅就指出，这是在“证明着中国人该被打而不作声”，同时给予了他以严厉的呵斥：“这样的中国人，呸！呸！！！”②当“诗哲”徐志摩在《晨报》副刊上说“打倒帝国主义是分裂与猜忌的现象”的时候，鲁迅就提出了这样的疑问：“莫非从‘诗哲’的眼光看来，罗兰先生的意思，是以为新中国应该欢迎帝国主义的么？”③特别是当一九二六年三月十八日段祺瑞反动政府屠杀了大批徒手请愿的青年，而它的走狗——“现代评论”派的论客们却说这些青年是“自蹈死地”，而且说“群众领袖应负道义上的责任”的时候，鲁迅在他的杂文中对于这种凶残和无耻的现象更表现了绝大的愤怒，而对于那些从容就义的死难青年，则奉献了他的最大的哀痛和崇敬。

鲁迅为“三一八”惨案所写的许多杂文，是我们研究鲁迅思想发展历史不可少的重要材料。经过了这一次混和着青年的鲜血和“正人君子”们的“流言”的战斗之后，鲁迅在思想上是有了显著的发展，而他的混凝着愤怒和战斗的作品，也更加闪耀着悍利、晶莹的光彩了。

---

① 瞿秋白：《鲁迅杂感选集序言》引斯大林语。

② 《华盖集·并非闲话（二）》。

③ 《华盖集续编·无花的蔷薇》。徐志摩的话见于他介绍罗曼·罗兰的文章（《晨报副镌》一二九九）中，故鲁迅云云。

就在惨案发生的当天，他写了如下的名句：

> 如果中国还不至于灭亡，则已往的史实示教过我们，将来的事便要大出于屠杀者的意料之外——
>
> 这不是一件事的结束，是一件事的开头。
>
> 墨写的谎说，决掩不住血写的事实。
>
> 血债必须用同物偿还。拖欠得愈久，就要付更大的利息！①

在四月二日，鲁迅又写下了他的深刻感人的不朽名篇——《纪念刘和珍君》。在这篇文章中，鲁迅对死难者之一的刘和珍，这样表示着他的悲哀与尊敬："她不是'苟活到现在的我'的学生，是为了中国而死的中国的青年。"在文章的最后，又说："苟活者在淡红的血色中，会依稀看见微茫的希望；真的猛士，将更奋然而前行。"在这些文句里，我们可以很清楚地看到，面对着漫天的黑暗和青年们的血痕，鲁迅的战斗意志是更加高昂，更加猛勇了。

然而，鲁迅的伟大，不徒表现为对敌斗争中斗志的高昂，态度的勇猛，尤其难能可贵的是，他善于在斗争中学习，总结出阶级斗争的宝贵经验与教训，不断地提高了斗争的自觉程度和斗争艺术。比如在"三一八"惨案这次有计划的大规模的屠杀中，鲁迅不仅对屠杀者提出了他的强硬的抗议，也不仅对死者奉献了他的深沉的悲哀，他还从中汲取了极其宝贵的经验教训，教给继续战斗者以"壕堑战"的战斗方法。他说：

> 改革自然常不免于流血，但流血非即等于改革。血的应用，正如金钱一般，吝啬固然是不行的，浪费也大大的失算。我对于这回的牺牲者，非常觉得哀伤。
>
> 但愿这样的请愿，从此停止就好。

---

① 《华盖集续编·无花的蔷薇之二》。

又说：

> 至于现在似的发明了许多火器的时代，交兵就都用壕堑战。这并非吝惜生命，乃是不肯虚掷生命，因为战士的生命是宝贵的。在战士不多的地方，这生命就愈宝贵。所谓宝贵者，并非“珍藏于家”，乃是要以小本钱换得极大的利息，至少，也必须买卖相当。……
>
> 这回死者的遗给后来的功德，是在撕去了许多东西的人相，露出那出于意料之外的阴毒的心，教给继续战斗者以别种方法的战斗。①

鲁迅提示出来的这种战斗方法，毫无疑问，对于中国人民当时正在进行着的反帝反封建的革命斗争，是非常宝贵而重要的。

鲁迅的许多杂文，是长期实际的阶级斗争经验的深刻总结。本时期的这类杂文中，最值得提出的自然要推《论“费厄泼赖”应该缓行》一文。一九二五年五卅运动前后，全国人民反帝反封建军阀的斗争出现了高潮。十一月，北洋军阀政府头子段祺瑞被迫躲到天津，声言要下野；教育总长章士钊也被迫下台。当时尚混迹于进步文化阵营的资产阶级文人周作人和林语堂，就大肆叫嚷“费厄泼赖”，鼓吹“对于失败者不应再施攻击”②，胡说“打落水狗也是不大好的事”，“有点无聊，卑劣”③。鲁迅在《论“费厄泼赖”应该缓行》这篇光辉论文中，坚决驳斥了这种有害的骗人的论调，指出“狗性总是不大会改变的”，坚决主张“打落水狗”，对敌人决不“姑息”和“宽容”，并且深刻揭露了所谓“费厄泼赖”精神亦即中庸之道的反动本质，也无情地戳穿了胡适、陈源一类叭儿狗的无耻面目。这篇文章深刻地总结了长期的阶

---

①　《华盖集续编·空谈》。

②　林语堂：《插论语丝的文体——稳健，骂人，及费厄泼赖》，载《语丝》第57期。

③　周作人：《失题》，载《语丝》第56期。

级斗争，特别是辛亥革命以来血的经验教训。正如鲁迅自己所说："这虽然不是我的血所写，却是见了我的同辈和比我年幼的青年们的血而写的。"①文章发表后不久，段祺瑞反动政府制造"三一八"惨案的血的事实以及中国革命的长期实践，都充分证明了鲁迅所提出的"痛打落水狗"这一对敌斗争的重要原则的科学性和深刻性。鲁迅关于阶级斗争经验和战斗方法的总结的许多杂文，无疑地是我国革命历史和文学历史上极其珍贵的文献和成绩，是我们所应该特别重视，格外认真地来探讨和学习的。

虽然如我们在前面所指出来的，本时期鲁迅的思想仍是以进化论为其根柢的，而他在本时期对于中国人民的将来和前途，还只能"依稀看见微茫的希望"。但作为一个真正的勇士，他没有一天停止过为实现这个"微茫的希望"而进行的艰苦战斗；而且这个"微茫的希望"，在他的心目中，却又是一种不可摇撼、不可变更的理想和信念。他在女子师范大学学生会举行的毁校周年纪念会上的演说词中，曾经以这个理想和信念来教育和鼓舞年轻的一代。他说：

> 我们所可以自慰的，想来想去，也还是所谓对于将来的希望。希望是附丽于存在的，有存在，便有希望，有希望，便是光明。如果历史家的话不是诳话，则世界上的事物可还没有因为黑暗而长存的先例。黑暗只能附丽于渐就灭亡的事物，一灭亡，黑暗也就一同灭亡了，它不永久。然而将来是永远要有的，并且总要光明起来；只要不做黑暗的附着物，为光明而灭亡，则我们一定有悠久的将来，而且一定是光明的将来。②

就是为了这个光明的将来，鲁迅不吝惜他生命中的一切来与暗夜肉搏；也就是为了这个光明的将来，鲁迅无情地解剖着自己，批判着自己，从先进的苏联文学的榜样里，探索着中国新文艺和自己向将来

① 《坟·写在〈坟〉后面》。

② 《华盖集续编·记谈话》(培良记)。

迈进的正确道路。他说：

> 革命时代总要有许多文艺家萎黄，有许多文艺家向新的山崩地塌般的大波冲进去，乃仍被吞没，或者受伤。被吞没的消灭了；受伤的生活着，开拓着自己的生活，唱着苦痛和愉悦之歌。待到这些逝去了，于是现出一个较新的新时代，产出更新的文艺来。
>
> 中国自民元革命以来，所谓文艺家，没有萎黄的，也没有受伤的，自然更没有消灭，也没有苦痛和愉悦之歌。这就是因为没有新的山崩地塌般的大波，也就是因为没有革命。①

可以知道：在亲历了统治阶级的凶残暴行和它的奴才们的无耻谰言之后，鲁迅对于山崩地塌般的革命的大波有着怎样热烈的向往之情，而同时，他也就带着异常明确的信念在这两段话中把他对于日益迫近的革命暴风雨的预感显示给广大的读者了。从这里，我们不难看出，鲁迅的主观的战斗力量和中国人民革命的战斗主力是在逐渐地靠拢以至于结合一致了。我们的无产阶级革命文学的奠基者和导师，是在我们党所领导的革命斗争与群众运动的激荡鼓舞之下，在他的长期战斗和探索的历程之中，不断地剖析中国社会，也不断地剖析自己，坚实而牢靠地一步步地走向他的思想上和文学上的最崇高的峰顶的。

从鲁迅本时期所写的几本杂文中，我们很清楚地看出了他在各方面斗争的辉煌的实绩，同时也看出了他的艰苦而顽强的探索的精神。这样一个历程，是他达到下一个时期，第二次国内革命战争时期，成为共产主义文化巨人那样的伟大成就，所必须经历的一个路程。谁要是不注意这样一个发展的过程，而认为在五四运动时期和本时期的鲁迅就已经在思想上是一个马克思列宁主义者，在文学上也已经是一个社会主义现实主义者，自然是错误了的；但如果认为鲁迅在成为共产

① 《华盖集续编·马上日记之二》。

主义者以前、也就是在五四运动时期和本时期的一切战斗成绩，都无关紧要，不足重视，毫无疑问，这种看法也是错误的。

鲁迅本时期的杂文，在表现艺术上具有着如下的三个特色；自然，这些特色，无一不是与它的高度的思想内容密切联系，而且主要地是从它的思想内容得到生命和光彩的。

首先应该提到的是它的刻画人物形象的特色。我们曾经说过，鲁迅是我国文学史上最善于塑造人物形象的巨匠之一；但他不徒是在小说中，而且是在杂文中，也同样具有着这样一个鲜明的特色。在他的杂文中，往往着墨不多，在淡淡的几笔中就勾绘出了某些人物的丑恶嘴脸；同时，因为他是“砭锢弊常取类型”①的，所以刻绘出来的某些个别人物的形象，又往往具有广泛的典型意义。瞿秋白在《鲁迅杂感选集序言》中，就提到它这样的一个特点：“现在的读者往往以为《华盖集》正续编里的杂感，不过是攻击个人的文章，或者有些青年已经不大知道陈西滢等类人物的履历，所以不觉得很大的兴趣。其实，不但陈西滢，就是章土钊(孤桐)等类的姓名，在鲁迅的杂感里，简直可以当做普通名词读，就是认做社会上的某种典型。他们个人的履历可以不必多加考究，重要的是他们这种‘媚态的猫’，‘比它主人更严厉的狗’，‘吸人的血还要预先哼哼地发一阵议论的蚊子’，‘嗡嗡地闹了半天，停下来舐一点油汗，还要拉上一点蝇矢的苍蝇’……到现在还活着，活着!”这段话，一方面非常具体地说明了鲁迅杂文的刻画形象的特色，同时也把怎样来读鲁迅杂文的方法指示给我们了。

鲁迅杂文的第二个特色，是它的烈火似的讽刺的锋铓。他说：“我自己也知道，在中国，我的笔要算较为尖刻的，说话有时也不留情面。但我又知道人们怎样地用了公理正义的美名，正人君子的徽号，温良敦厚的假脸，流言公论的武器，吞吐曲折的文字，行私利己，使无刀无笔的弱者不得喘息。倘使我没有这笔，也就是被欺侮到赴诉无门的一个；我觉悟了，所以要常用，尤其是用于使麒麟皮下露

① 《〈伪自由书〉前记》。

出马脚。"①他的杂文为什么常常那样不留情面，而且显得非常"尖刻"，其道理，我们从这段话中可以完全明白了。鲁迅之所以要运用讽刺，正因为社会上有必须讽刺的东西。他的讽刺的锋铓，是对准着整个不合理的旧社会制度和反动统治阶级的。"他所讽刺的是社会，社会不变，这讽刺就跟着存在。"②在鲁迅，他的强烈分明的爱憎常常使他不能容忍社会上一切邪恶和不合理的现象(提起他的嫉恶如仇的不妥协的精神，我们很容易记起他的有名的文章——《论"费厄泼赖"应该缓行》来)，因此，他就不能不予以毁灭性的讽刺，使"麒麟皮下的马脚"暴露在中国人民的面前。这是鲁迅之所以"好用反语，每遇辩论，辄不管三七二十一，就迎头一击"③的真正原因，而这也就构成了他的杂文的最显著的特色。

语言的凝炼和悍泼，是鲁迅杂文的第三个特色。鲁迅的每一篇杂女，都是针对当时的时事而发出的意见和议论，既具有着明显的政治目的，又包含着丰富深刻的思想内容，而这些，都是通过凝炼又悍泼的语言表现出来的。因此，对于敌人来说，它们是那样锋利有力，往往击中要害，而制强敌的死命；对于广大读者来说，则富有启发和教育的力量。鲁迅在浩如烟海的词汇中，选择了那最能表情达意的语词来准确、鲜明而又生动地表现他的战斗的思想内容，这一方面可以看出他的一丝不苟的创作态度，但更重要的是，显示了他对于社会生活的无比敏锐的洞察能力和对于生活真理的坚持和保卫的战斗者的高贵品质。鲁迅本时期杂文之所以能够出色地完成历史所交托给他的政治任务，而且永远值得我们珍视和学习，原因决不是偶然的。

三 战斗的武器之二——小说

鲁迅本时期的创作小说，仍同五四运动时期一样，都是短篇的，

① 《华盖集续编·我还不能带住》。
② 《伪自由书·从讽刺到幽默》。
③ 《两地书·一二》。

计有收在《呐喊》集中的五篇:《端午节》、《白光》(均作于一九二二年六月)、《兔和猫》、《鸭的喜剧》、《社戏》(均作于一九二二年十月);收在《故事新编》中的三篇:《补天》(一九二二年十一月作)①、《奔月》(一九二六年十二月作)和《铸剑》(一九二七年四月作);以及收在《彷徨》集中的全部共十一篇(一九二四年二月至一九二五年十一月作)。在这丰收的创作小说中,自然是《彷徨》集中的作品更能集中地代表鲁迅本时期的思想和战斗的特色。

《彷徨》出版于一九二六年八月。在《自选集自序》中,鲁迅曾经这样提到《彷徨》集中的小说:“后来《新青年》的团体散掉了,有的高升,有的退隐,有的前进,我又经验了一回同一战阵中的伙伴还是会这么变化,并且落得一个‘作家’的头衔,依然在沙漠中走来走去……得到较齐整的材料,则还是做短篇小说,只因为成了游勇,布不成阵了,所以技术虽然比先前好一些,思路也似乎较无拘束,而战斗的意气却冷得不少。新的战友在那里呢?我想,这是很不好的。于是集印了这时期的十一篇作品,谓之《彷徨》,愿以后不再这模样。——‘路漫漫其修远兮,吾将上下而求索。’”这段话对写作《彷徨》时的战斗与探索的心情和《彷徨》集中小说的特点,都是分析得十分正确的。在这里,我们只就《彷徨》集中五篇特别重要的作品——《祝福》、《在酒楼上》、《孤独者》、《伤逝》和《离婚》进行一些分析,借以理解鲁迅在本时期揭露和剖析中国社会的现实主义的创作特点。

这五篇小说,依据它们的题材,大致可以分成两组:一组是《祝福》、《离婚》和《伤逝》,是从各个不同的生活角度来反映当时中国社会的妇女问题的;另一组是《在酒楼上》和《孤独者》,是对于那些屈服和跌落在旧社会现实生活的深渊中的知识分子的描写。这两组作品有一个共同的地方,就是通过许多不同阶层的不幸人物,来反映和剥穿旧中国统治阶级的凶残和腐朽的面貌,渗透着作者对于制造广大人

① 原名《不周山》,收在《呐喊》集中,第二版时抽出,改题《补天》,编入《故事新编》。

民的灾祸和苦难的旧社会制度的极端愤怒和憎恶。

《祝福》是鲁迅继《阿Q正传》之后的一篇特别有力的作品，是我国现代文学史上重要的遗产之一。在这篇小说中，鲁迅非常精细而深刻地刻画了祥林嫂这样一个朴质、勤劳而且十分善良的农村妇女的形象，通过对于她的被侮辱与被损害的一生的描绘，把旧中国妇女在封建地主阶级统治之下的非人生活，全部地、真实地揭露在广大读者的面前。在这篇小说中，鲁迅的惊人的思想才能与艺术才能异常完满地表现了出来。

故事是简单又平凡的：祥林嫂在她大约二十六七岁的年纪，死了比她小十岁的"当家人"之后，就做了"一个讲理学的老监生"——鲁四老爷家的女工。虽然鲁四老爷当她来的时候，因为她是寡妇而皱过眉头，但她到底以她的"食物不论，力气是不惜的"的优点，博得了鲁四老爷全家的满意。可是不久，当她到河边淘米的时候却被她婆家来的人拖进白篷船里，到家后以八十千的代价卖给了深山墺里的一户人家。到了年底她生了一个孩子，男人有的是力气，会做活，房子又是自家的，她似乎是交了好运了。但有一年的秋季(大约是过了两三年之后)，她又颊上消失血色，眼角带着泪痕，再度在鲁四老爷皱眉不满的情况之下，做了鲁宅的女工。原来她的第二个丈夫断送在伤寒病上，而她的小孩又给狼衔去了。第二次到鲁四老爷家，情况与前一次大不相同：她自己是手脚不及以前灵活，脸上终日失去笑影，而鲁四老爷又因为她再嫁是败坏风俗，祭祀时候不许她沾手，鲁镇的人们也对她冷冰冰的，并且把她额上的疤痕作为嘲笑的资料。于是她的精神和肉体就开始加速地崩溃和衰颓下去。为了避免死后到阴司时两个死鬼男人争她，而阎罗大王要把她锯开来分给他们的苦痛，于是她花了大钱十二千，到镇西头的土地庙捐了一条门槛，当作她的替身，给千人踏，万人跨，来赎罪免苦。回来后，她自以为从此卸去耻辱的重担，神气很舒畅，眼光也分外有神了，但是当冬至祭祖时节，鲁四婶装好祭品，和阿牛将桌子抬到堂屋中央，她坦然地去拿酒杯和筷子的时候，却又意外地遭受到轻蔑和阻拦了：

“你放着罢，祥林嫂！”四婶慌忙大声说。

她象是受了炮烙似的缩手，脸色同时变作灰黑，也不再去取烛台，只是失神的站着。直到四叔上香的时候，教她走开，她才走开。这一回她的变化非常大，第二天，不但眼睛窈陷下去，连精神也更不济了。而且很胆怯，不独怕暗夜，怕黑影，即使看见人，虽是自己的主人，也总惴惴的，有如在白天出穴游行的小鼠；否则呆坐着，直是一个木偶人。不半年，头发也花白起来了，记性尤其坏，甚而至于常常忘却了去淘米。

这样一来，鲁四老爷家当然不再雇用她了。于是她只好在饥饿困苦的乞丐生活中，肩负着有无地狱的精神重担，悄悄地死在鲁镇万家鞭炮的一片新年祝福声里。

就是这么一个简单而平凡的故事，却集中地具体地反映了弥漫着封建统治势力的旧中国农村的整个面影，表现了旧中国农民——特别是农村妇女——的可怖的悲惨命运。毛泽东同志在其重要著作——《湖南农民运动考察报告》中指出：“中国的男子，普通要受三种有系统的权力的支配，即：(一)由一国、一省、一县以至一乡的国家系统(政权)；(二)由宗祠、支祠以至家长的、家族系统(族权)；(三)由阎罗天子、城隍庙王以至土地菩萨的阴间系统以及由玉皇上帝以至各种神怪的神仙系统——总称之为鬼神系统(神权)。至于女子，除受上述三种权力的支配以外，还受男子的支配(夫权)。这四种权力——政权、族权、神权、夫权，代表了全部封建宗法的思想和制度，是束缚中国人民特别是农民的四条极大的绳索。”又说：“地主政权，是一切权力的基干。”《祝福》的主题思想，正是要反映和暴露中国农民——特别是农村妇女在这四种权力束缚下的非人生活和悲惨命运，把这种生活和命运展示在广大人民的面前。对于这一点，《祝福》这篇小说是完全地做到了。从人们日常习见的平凡事迹，揭示了不平凡的真理，通过一个不幸人物的一生，体现了大多数人的共同遭遇；于是《祝福》这篇小说就以其思想上绝大的深度和广度，确立了它在我们文学史上罕与伦比的不朽的地位。

鲁迅的具有绝大广度和深度的思想，是体现在典型人物形象的塑造上的。在《祝福》中，塑造祥林嫂这样一个人物，鲁迅倾注了他对人民苦难热烈共鸣的崇高感情。对于这个“比勤快的男人还勤快”的农村女性，鲁迅用了极其简要然而又极其精细的笔致描述了她一生的路程，对于她性格中的某些主要的东西，作了非常突出而鲜明的刻绘。他不仅刻画了她的朴质、勤劳和善良，而且还表现了她的倔强和在她的思想里逐渐生长起来的反抗的要求。祥林嫂这个形象在读者面前是如此明确而真实，带有着一种无法抗拒的感人力量。

与塑造祥林嫂这个人物的同时，鲁迅也刻画了另一个人物——鲁四老爷。(当然也写了另一个帮工柳妈，但柳妈的思想实际上是受了鲁四老爷之流人物的思想的影响，她的嘲弄祥林嫂，只能说是由于愚昧和无知。)在小说的开头，鲁迅就通过作品中的“我”在鲁家所得的印象，勾画出了鲁四老爷的可憎的思想面貌；随后又在每一个决定性的场合，写出了他的杀人不见血的假道学的嘴脸。鲁四老爷所代表的权力，正是旧中国支配人民命运——特别是农民命运的四种权力中的基干。鲁迅是用了祥林嫂这个人物的不幸和死亡，来作为以鲁四老爷为代表的封建地主阶级之必须推翻和消灭的有力证明的。

《伤逝》是鲁迅作品中唯一的以青年男女的恋爱生活为题材的小说。表现方法也比较特别，它不是鲁迅所惯用的那种冷静刻画的方法，而代之以激越的抒情的笔调。在这篇小说中，鲁迅异常尖锐地提出了中国近代社会生活中一项重要的问题：中国的妇女要怎样才能够获得真正的自由？如果我们说《祝福》中祥林嫂的遭遇说明了勤朴善良然而无知的旧中国农村妇女的必然命运，那么，《伤逝》中的子君，就为我们证明了另外一点：在半封建半殖民地的旧中国社会里，一个具有近代知识而又勇敢无畏的城市知识妇女，如果她所要求的仅仅是个人性爱自由的权利，即令靠了她的挣扎与奋斗，也依然冲不出旧社会的网罗，依然得不到个人的自由和幸福。

恩格斯曾经这样说过：“我们从过去的社会关系中继承下来的两性的法律上的不平等，并不是妇女在经济上受压迫的原因，而是它的结果。”又说：“结婚的充分自由，只有在消灭了资本主义生产和它所造成的财产关系，从而把今日对选择配偶还有巨大影响的一切派生的经济考虑消除以后，才能普遍实现。”①鲁迅的《伤逝》就以涓生和子君——特别是子君的不幸结局，做了恩格斯这两段话的具体有力的实证。

我是我自己的，他们谁也没有干涉我的权利！

子君就是这样一个具有觉醒意识，要求和争取个人恋爱自由的女性，她的呼声正说明了她的坚决无畏的意志。而他们——涓生和子君——也真的争取到了一段“最为幸福、也是最为忙碌的时光”。他们以“骄傲和反抗”回答了“在路上时时遇到的探索、讥笑、猥亵和轻蔑的眼光”。在吉兆胡同一所小屋的两间南屋里，他们有过许多“宁静而幸福的夜”。显然，鲁迅对青年男女主人公反叛封建的精神是同情的。但是，“人必生活着，爱才有所附丽”。而他们“却只为了爱——盲目的爱——而将别的人生的要义全盘疏忽了”；而且，也因为了爱，社会竟完全斩断了他们维持日常生活的一切经济来源。于是这样的爱，就不能不逐渐地褪色、冰冷，而子君却也只有垂翅回到她所曾经决然离开的她的父亲的“家”，“负着虚空的重担，在严威和冷眼中走着所谓人生的路”，而且，终于“在无爱的人间死灭了”。

写这样一个故事，鲁迅是怀着悲愤的激情的。这个故事很清楚地告诉了我们，在旧的社会制度和秩序没有被彻底推翻以前，也就是在妇女没有取得在政治经济上和男子完全平等的权利以前，希图以“个人奋斗”冲出封建家庭及整个社会的牢笼，去孤立地追求所谓“恋爱自由”，是根本不可能实现的幻想。同时，它也就告诉了我们，如果要获得真正的自由恋爱的幸福，除了用剧烈的集体的战斗推翻旧中国的统治秩序，就再没第二条道路可走这样一个颠扑不破的真理。《伤逝》所表达的这一主题思想，较之于当时许多描写婚姻自由和妇女解放问题的同类作品所肯定和宣扬的资产阶级个性解放的思想，无疑是

① 恩格斯：《家庭、私有制和国家的起源》。

深远得多，也实际得多。

其实，《伤逝》这篇小说的主题思想，在鲁迅思想中是早已孕育着的，一九二三年十二月鲁迅就以《娜拉走后怎样》①为题，在北京女子高等师范学校文艺会作过讲演，指示过作为中国的娜拉的真正出路。他说：

>……从事理上推想起来，娜拉或者也实在只有两条路：不是堕落，就是回来。因为如果是一匹小鸟，则笼子里固然不自由，而一出笼门，外面便又有鹰，有猫，以及别的什么东西之类；倘使已经关得麻痹了翅子，忘却了飞翔，也诚然是无路可以走。还有一条，就是饿死了，但饿死已经离开了生活，更无所谓问题，所以也不是什么路。

又说：

>所以为娜拉计，钱，——高雅的说罢，就是经济，是最要紧的了。自由固不是钱所能买到的，但能够为钱而卖掉。人类有一个大缺点，就是常常要饥饿。为补救这缺点起见，为准备不做傀儡起见，在目下的社会里，经济权就见得最要紧了。第一，在家应该先获得男女平均的分配；第二，在社会应该获得男女相等的势力。可惜我不知道这权柄如何取得，单知道仍然要战斗；或者也许比要求参政权更要用剧烈的战斗。

鲁迅这两段话，虽然说他还不知道妇女的经济权柄如何才可以取得，但是它已经接触到妇女问题中最根本的问题了。根本问题如果不用剧烈的战斗来解决，则其他问题是无法解决的。这正是小说《伤逝》所要说明的主要思想。此外，对于涓生和子君的沉溺于“盲目的爱”而“全盘疏忽”了“别的人生的要义”，小说也作了深刻有力的批判。这

---

① 载《坟》。

样的爱，只是小资产阶级知识分子的一种脱离实际的空想，它使人忘却了现实里的战斗而拘囚在狭小空虚的天地里，同时也不可避免地要导致爱情本身的破灭。由于饱和着作者对于旧社会制度的憎恨和对于子君的混合着惋惜和同情的谴责，这样的思想是特别清楚有力地表现出来了。

《离婚》中的爱姑代表了另一个类型的农村妇女，她带着毫无惧色的反叛姿态出现在弥漫着封建统治力量的暗无天日的世界里。她的身上透露了中国农民对于封建地主阶级的反抗的火光。

> “我倒并不贪图回到那边去，八三哥！”爱姑忿忿地昂起头，说，“我是赌气。你想‘小畜生’姘上了小寡妇，就不要我，事情有这么容易的？‘老畜生’只知道帮儿子，也不要我，好容易呀，七大人怎样？难道和知县大老爷换帖，就不说人话了么？……”

> “要撇掉我，是不行的。七大人也好，八大人也好。我总要闹得他们家败人亡！……”

但是爱姑虽然倔强，到底是“孤掌难鸣”的。“打官司打到府里，难道官府就不会问问七大人么?”“公婆说‘走!’就得走。莫说府里，就是上海北京，就是外洋，都这样。”爱姑和他的兄弟又有什么办法呢！于是：

> 她打了一个寒噤，连忙住口，因为她看见七大人忽然两眼向上一翻，圆脸一仰，细长胡子围着的嘴里同时发出一种高大摇曳的声音来了。
>
> “来~~~~兮！”七大人说。
>
> 她觉得心脏一停，接着便突突地乱跳，似乎大势已去，局面都变了；仿佛失足掉在水里一般，但又知道这实在是自己错。
>
> 立刻进来一个蓝袍子黑背心的男人，对七大人站定，垂手挺腰，象一根木棍。

> 全客厅里是“鸦雀无声”。七大人将嘴一动，但谁也听不清说什么。然而那男人，却已经听到了，而且这命令的力量仿佛又已钻进了他的骨髓里，将身子牵了两牵，“毛骨耸然”似的；一面答应道——
>
> “是。”他倒退了几步，才翻身走出去。

这真是一段“惊心动魄”的文章，它把旧社会里封建地主阶级的威风，真是描写得“淋漓尽致”了。在这样的一种“局面”之下，爱姑除了“后悔”，除了“专听七大人吩咐”，另外还有别的什么办法呢？爱姑是失败了的。她只想到用个人的力量来反抗整个封建社会的统治秩序，而且她还幻想着像七大人之类的人物会来“主持公道”，这就是她失败的根源。不过，从爱姑身上，读者到底是看见中国农村妇女新的一代反抗的萌芽了。只有出现了这种新型的勇敢的女性，而且有了工人阶级和它的先锋队——中国共产党的领导，整个推翻旧的统治力量和秩序，中国的祥林嫂们、子君们和爱姑们才有可能免于灾难和死亡，中国的妇女才有可能得到彻底的自由和解放。这一条道路，在鲁迅本时期小说中虽然还不能够明白地指出来，但他却以小说中人物的注定的死亡和失败，为我们证明了只有这一条道路才是中国妇女和中国人民的唯一的正确道路。

《在酒楼上》和《孤独者》，是两篇以知识分子为题材的小说。字里行间流露着作者本时期所特有的那种愤激和苦闷的心情，但也不缺少对于整个社会的辛辣讽刺和对于跌倒在生活面前的人们的深切惋惜。同本时期作者的其他小说（例如我们在前面提到的三篇）一样，这两篇小说都以它的主人翁的跌落和失败显示了重大而深刻的社会意义。

《在酒楼上》中的吕纬甫曾经是这么一个知识分子：他很有些反抗和改革封建社会的理想，他“到城隍庙里去拔掉神像的胡子”，而且喜欢“议论些改革中国的方法”，但是后来却为了每月二十元的生活费，不得不抛弃往日的愿望，而到一个人家去教“子曰诗云”了；他的行动也“变得格外迂缓，很不象当年敏捷精悍的吕纬甫了”。他带着一点嘲弄和苦痛的心情，这样地说到重来S城的他自己："我在少年时，看见蜂子或蝇子停在一个地方，给什么来一吓，即刻飞去了，但是飞了一个小圈子，便又回来停在原地点，便以为这实在很可笑，也可怜。可不料现在我自己也飞回来了。"《孤独者》中的魏连殳，原来是一位"出外游学的学生"，"是'吃洋教'的'新党'"，"所以从村人看来，他确是一个异类"。他本来在S城的一个中学堂当历史教员，因为常常"发些没有顾忌的言论"，于是"渐渐地，小报上有匿名人来攻击他，学界上也常有关于他的流言"，而最后是"被校长辞退了"。接着是长久的失业，是生活的穷困和精神的荒凉。他(同他死去的祖母一样)"亲手造成孤独，又放在嘴里去咀嚼"。但为了"得活几天"，用他的话说——"偏要为不愿意我活下去的人们而活下去"，于是他躬行先前所憎恶、所反对的一切，拒斥先前所崇仰、所主张的一切，而"做了杜师长的顾问"了。于是在他的客厅里出现了"新的宾客，新的馈赠，新的颂扬，新的钻营，新的磕头和打拱，新的打牌和猜拳，新的冷眼和恶心，新的失眠和吐血……"而他的生命也就消亡在这样的生活里了。

鲁迅怀着巨大的愤怒为我们描写的这两个知识分子，他们曾经具有过五四运动时期青年们所特有的觉醒意识，他们想以个人的力量来反抗封建社会的愚妄和血腥的统治。然而旧的统治却是一个根深蒂固的东西，只有在工人阶级领导之下的人民力量才可能来推翻它，个人式的反抗是丝毫无能为力的。这就注定了这两篇小说中的主人翁的必然失败的命运。他们在反动势力的强大压力下，由孤身挣扎而至于绝望、悲观、动摇。吕纬甫变成了"敷敷衍衍，模模胡胡"的生活旁观者，随波逐流地向旧势力妥协了；魏连殳则以玩世不恭，自暴自弃的态度，来排遣他所感觉到的精神上的寂寞和空虚。然而，这寂寞和空虚到底又是无法彻底排遣的，假如他们还不曾完全麻木的话；有时候，表面的热闹和繁华反而会酿成更大更深的寂寞和空虚，于是死亡就不可避免地来结束了他们的"真的失败"了的命运。在这里，魏连殳走完了他的"孤独者"的人生路程，而吕纬甫，如果他不改弦更张、重新有所抉择，他也会达到同一的终点。魏连殳和吕纬甫的生活道路，从客观上不是可以让人们看出什么才是中国知识分子的真正出路吗？不彻底投身于人民大众的翻天覆地的革命斗争的洪流，不在思想和感情上与工农群众有着真正的结合，小资产阶级的知识分子是毫无疑问地会一事无成的。当然，本时期的鲁迅在思想认识上还没有达到如此的高度（他正在探索这一条道路），因此他的小说还不可能通过对于积极的正面的人物（这种人物，在当时是已经出现了的）的描写，来明确地反映出这样一个真理，而且，还随时流露出作者当时在"上下求索"的历程中所产生的寂寞和愤激的心情来。但是鲁迅刻画了这些跌落在冷酷的现实生活里的人物，用他们的失败和不幸控诉了旧社会的杀人不见血的罪恶，也教给了青年们应该以别的更正确、更有效的方法来进行战斗。

鲁迅本时期的小说，在表现技巧方面说，较之五四运动时期是更加成熟和圆融了。这主要地表现在下面两点上：（一）外国小说影响的显著的痕印这时已逐渐消失，中国古典现实主义作品的优良传统得到了进一步的继承和发扬；（二）在刻画人物方面，心理的刻绘更为复杂而细致，因而也更能显示出典型人物（他们是被安置在典型环境中的）的性格的发展。通过这些小说，我们看见了鲁迅目光如炬地洞察生活的卓越识力，看见了他塑绘典型形象的巨大艺术才能，同时也亲切地感受到了他永不疲倦地与旧社会斗争的革命精神。《彷徨》集中这些小说，将永远地受到新中国读者的热烈爱好。

四 战斗的武器之三——散文诗、散文

散文诗集——《野草》，是一九二四年至一九二六年间的作品，其中除卷首《题词》外，共收散文诗二十三篇。虽然只是薄薄的一本集子，但它却具有着非常重大的意义。在这本集子里，鲁迅以他的沉郁、优美的笔调，抒写了他在本时期探索和战斗的历程上所特有的那种思想和感情。（过去也有人——例如刘半农——写过散文诗，但把散文诗这种文学样式提到如此高度的，却只有鲁迅。）

写在一九二五年三月的《过客》，是《野草》集中具有代表意义的

一篇作品。它不只流露了鲁迅本时期彷徨、寂寞和苦闷的心情，但更重要的，也表现了鲁迅本时期顽强不屈的战斗意志。作品中的“困顿倔强”的过客应当就是鲁迅本人的写照，而作品中的“荒凉破败”的背景也应当就是病态中国社会的缩影。这个过客强烈地憎恨他从那里走过来的地方，那里“没一处没有名目，没一处没有地主，没一处没有驱逐和牢笼，没一处没有皮面的笑容，没一处没有眶外的眼泪”。他“憎恶他们”，他决“不回转去”。他“不愿意喝无论谁的血”。从他还能记得的时候起，他“就在这么走，要走到一个地方去，这地方就在前面”。“前面是怎么样一个所在”，过客是不大清楚的，而且，在这时的过客看来，他是“支着等身的竹杖”，“只一个人”在走着这样的路途的，所以也就不免流露出一些孤独和寂寞的感觉来。但是过客是不肯停留的，他没法休息下来，因为前面还有一种声音在催促他，叫喊他。多谢了老翁和女孩的劝告，他终于“昂了头，奋然向西走去”了。

《过客》中的深刻寓意，经过了如上叙述，是很清楚地呈现在我们的眼前了。从《过客》里，我们可以看得到鲁迅对于封建地主阶级所统治的社会，是多么深恶痛绝；而他的不舍昼夜的探索前进的精神，又是如何地坚决、顽强！在前面催促、召唤着他的声音，除了在共产党领导下的中国人民争取自由和解放的呼声，还能够是什么呢！不管自己是否完全成为“散兵游勇”，鲁迅是依然“偏要留几片铁甲在身上”，坚持着他的永不休止的韧性战斗的。这就是《过客》一文所包含的主要精神。

而这样的战斗精神，在他的另一篇作品——《这样的战士》里，是表现得更为鲜明和突出的：

> 要有这样的一种战士——
>
> 已不是蒙昧如非州土人而背着雪亮的毛瑟枪的；也并不疲备如中国绿营兵而却佩着盒子炮。他毫无乞灵于牛皮和废铁的甲胄；他只有自己，但拿着蛮人所用的，脱手一掷的投枪。
>
> 他走进无物之阵，所遇见的都对他一式点头。他知道这点头

就是敌人的武器，是杀人不见血的武器，许多战士都在此灭亡，正如炮弹一般，使猛士无所用其力。

那些头上有各种旗帜，绣出各样好名称：慈善家，学者，文士，长者，青年，雅人，君子……。头下有各样外套，绣出各式好花样：学问，道德，国粹，民意，逻辑，公义，东方文明……。

但他举起了投枪。

当时的作者鲁迅，就正是“这样的战士”；而他的那些无比锋利的杂文，不正就是那一掷中的，致敌于死命的“投枪”吗？不仅不屈服在敌人的枪弹和刀尖的有形淫威之下，而且也不屈服在敌人的点头问好式的无形武器的面前，不肯一时一刻放弃自己的战斗任务，这正是鲁迅不屈不挠的伟大战斗精神的真实体现。但是，因为在“这样的战士”的身上还没有显示出人民的集体的力量，他所进行的依然是个人的战斗而不是群众的排山倒海的革命运动，所以“他终于不是战士，但无物之物则是胜者”。在这里，我们读出了鲁迅当时的寂寞和苦痛的心情，也看出了他对于具有强大革命威力的集体斗争生活的渴切想望与要求。

在一九二六年四月八日写的《淡淡的血痕中》，是为“记念几个死者和生者和未生者”而写的一首不朽的诗篇，我们是可以拿它来和《纪念刘和珍君》等那些同时写下的文章一起来读的。在这首诗的最后，鲁迅这样歌颂了“叛逆的猛士”：

叛逆的猛士出于人间；他屹立着，洞见一切已改和现有的废墟和荒坟，记得一切深广和久远的苦痛，正视一切重迭淤积的凝血，深知一切已死，方生，将生和未生。他看透了造化的把戏；他将要起来使人类苏生，或者使人类灭尽，这些造物主的良民们。

造物主，怯弱者，羞惭了，于是伏藏。天地在猛士的眼中于是变色。

这样的猛士才算是真的猛士，因为他“洞见一切已改和现有的废墟和荒坟，记得一切深广和久远的苦痛，正视一切重迭淤积的凝血”，而且，更重要的是，他还“深知一切已死，方生，将生和未生”。这样的猛士，除了掌握马克思列宁主义思想武器的无产阶级战士而外，谁还能有这么洞彻的识见和使天地变色的猛烈威力呢！这样的猛士，正是鲁迅日夜在探索着和向往着的，而最后，待到找到了马克思列宁主义这样一个放之四海而皆准的普遍真理，因而使自己的战斗力量与中国人民革命主力相结合一致的时候，鲁迅也终于成为这样的猛士了。

当然，我们这么地评述《野草》，并不是说《野草》中就完全没有流露鲁迅当时寂寞和苦痛的心情的文章，那是有的，而且它的数量并不少。但是我们认为，这种寂寞和苦痛的心情的产生，正是由于：(一)这时鲁迅还没有成为一个马克思列宁主义者，他还不能很清楚地望见中国社会发展的正确趋向；(二)他还不知道自己的战斗与当时正在迅速进行着的人民革命运动在客观上是完全一致的，而认为他是在“孤军作战”，是“荷戟彷徨”的“一卒”；(三)在“六面碰壁”的情况下面，他发现了他旧有的思想武器——进化论——已无力解决中国社会最根本的问题，而新的科学的思想武器又暂时还没有取得。因为这样，所以鲁迅在当时不能不具有着苦痛、寂寞甚至于感到虚空的情绪，而这种情绪，也很自然地不能不反映到他的作品——特别是散文诗集《野草》中来。当时“整个中国正沸腾在大矛盾，大分裂中，鲁迅的苦痛是与整个时代相关连着的。这不是引导向退婴萎缩的失败主义者的心情，恰恰相反，倒是向前跨进更大一步的新生因素，虽然里面包含着悲观绝望的成分。鲁迅的伟大就在于他能够通过大悲观而走向真实的大希望，通过绝望而开始去学习‘别种方法的战斗’”①。而这也就构成了散文诗集——《野草》的不朽价值。

文字的沉郁和精炼，是《野草》的一个显著的艺术特色。但也有好几篇文字比较隐晦，主旨不易为读者所理解。而这是与鲁迅写作这

① 胡绳：《鲁迅思想发展的道路》，载《大众文艺丛刊》之《批评论文选集》。

些散文诗时的险恶处境大有关系的。鲁迅自己曾经说过：“这二十多篇小品……大抵仅仅是随时的小感想。因为那时难于直说，所以有时措辞就很含糊了。”①从这几句话，不难窥见《野草》中某些文章之所以写得比较难懂的原因。

散文集——《朝华夕拾》，共收散文十篇，是鲁迅一九二六年在北京和厦门两地的作品②。鲁迅在卷首《小引》中说：“我有一时，曾经屡次忆起儿时在故乡所吃的蔬果：菱角、罗汉豆、茭白、香瓜。凡这些，都是极其鲜美可口的；都曾是使我思乡的蛊惑。后来，我在久别之后尝到了，也不过如此，惟独在记忆上，还有旧来的意味留存。……这十篇就是从记忆中抄出的，与实际容或有些不同，然而我现在只记得是这样。”这十篇追忆少年时代生活的作品，文笔是优美的，每篇都晶莹如珠玉；在追叙父亲、保姆、师友的同时，也渗透着作者伟大的爱、憎，闪烁着反封建主义的锋铓。如在《阿长与山海经》里，写出了他的保姆阿长的朴厚、仁慈的心灵；在《二十四孝图》里，一方面给予自己和同窗小友们的枯寂的童年以“一个悲哀的吊唁”，另外，又对于那些“以不情为伦纪，诬蔑了古人，教坏了后人”的宣扬封建伦理观念的拙劣的图画，投出了无情的毁灭性的讽刺；在《父亲的病》里，控诉了某些愚蒙、迷信和欺诈的医生的罪行，也叙述了作者所曾经走过的颠困的生活道路；在《范爱农》里，作者更用满腔的愤怒和同情描绘了一个倔强的、不容于旧社会的不幸人物的一生。总起来说，收在《朝华夕拾》中的十篇散文，决不是那些带着不健康的惆怅情调，专门在回忆里咀嚼着过去的生命的作品，它们仍然“是匕首，是投枪，能和读者一同杀出一条生存的血路的东西”③。在《朝华夕拾》中，我们仍然可以看得见鲁迅一贯的战斗的意气和精神。作为现实主义文学大师的鲁迅，是从来没有而且也不肯离开充满了灾难和斗争的旧中国的社会生活来进行创作的。

---

① 《二心集·〈野草〉英文译本序》。

② 原发表于《莽原》半月刊，1928年9月北京未名社初版。

③ 《南腔北调集·小品文的危机》。

第三章　文学研究会、创造社的文学主张与“革命文学”的提出

一　文学研究会的主张

茅盾在《〈中国新文学大系〉小说一集导言》中，曾经这样说到文学研究会这个团体的性质，他说：文学研究会这个团体自始即不曾提出集团的主张，后来也永远不曾有过。它不像外国各时代文学上新运动初期的一些具有确定的纲领的文学会，它实在正像宣言所“希望”似的，是一个“著作同业公会”。在文学研究会的宣言①中，也说他们发起这个会，只有三种意思：(一)联络感情，(二)增进知识，(三)建立著作工会的基础。但是文学研究会到底还是一个有共同主张的文学团体(至少大部分会员的主张是一致的)，郑振铎说：

> 文学研究会活跃的时期的开始是一九二一年的春天。这时候，《小说月报》，一个已经有了十几年的历史的文学刊物，在文学研究会的会员们的支持之下，全部革新了；几乎变成了另一种全新的面目。和《小说月报》相呼应着的有附刊在上海《时事新报》的《文学旬刊》，这旬刊由郑振铎主编，后来刊行到四百余期方才停刊。这两个刊物都是鼓吹着为人生的艺术，标示着写实主义的文学的；他们反抗无病呻吟的旧文学；反抗以文学为游戏的鸳鸯蝴蝶派的“海派”文人们。他们是比《新青年》派更进一步的

① 载《小说月报》第12卷第1期。

> 揭起了写实主义的文学革命的旗帜的。他们不仅推翻传统的恶习，也力拯青年们于流俗的陷溺与沈迷之中，而使之走上纯正的文学大道。①

这一段话关于文学研究会的文学主张，是说得很扼要的。文学研究会的确是继《新青年》派之后的一个进步的文学团体。它的进步意义就在于，他们在文学思想上提出了为人生的目的和要求，而在创作方法上则提出了写实主义(即现实主义)的主张；同时在某种程度上，给与了这二者以比较切实、具体的内容，把中国的新文学运动向前推进了一步。他们认为“将文艺当作高兴时的游戏或失意时的消遣的时候，现在已经过去了”，而且相信文学也是一种“于人生很切要的一种工作”②。这在当时，是有其积极、进步的作用的。

但是文学研究会的文学主张，在我国现代文学发展史上，到底提出和解决了什么问题呢？我们现在试以茅盾在一九二〇年至一九二五年几年中所写的几篇论文为代表来研究和分析一下。

茅盾(沈雁冰)是文学研究会的领导人物之一，他的创作生活开始于下一个时期(一九二八)，在本时期，他是一个文学理论家和弱小民族文学的主要介绍人和翻译者。他的文学主张，在文学研究会中，是最具有代表性的一个。他在本时期，先后发表了《什么是文学》、《文学与人生》、《新文学研究者的责任与努力》、《大转变时期何时来呢?》、《自然主义与中国现代小说》、《社会背景与创作》等文。在这些文章里，他提出了对于文学的主张和看法。

他是反对在当时流行的颓废主义、唯美主义和伤感主义的文学作风的。在《什么是文学》一文中，他指出了当时一部分文学工作者如下的病态：(一)不拘小节，喜欢挥霍而又自叫穷苦，有意做成名士行径；(二)痛骂文学的社会倾向，崇拜无用的美，崇拜天才，与古代名士并无二致；(三)一般青年的作品多含着绝望的悲观，中国本

① 见《中国新文学大系·〈文学论争集〉导言》。

② 见《文学研究会宣言》。

是感伤的时代，感伤已成为社会的色彩；但青年中了感伤之毒，往往神经过敏。感伤心理与感伤作品互为循环，文学元气就要损伤了。

在消极方面他既然是这种颓废、感伤、唯美的文学流派的反对者，因此在积极方面，他就主张为人生的和写实主义的文学，而且首先就指出了时代和文学的关系，特别是时代和作家的关系。在《文学与人生》中，他说：

> 一个时代有一个环境，就有那时代环境下的文学。环境本不是专限于物质的；当时的思想潮流，政治状况，风俗习惯，都是那时代的环境，著作家处处暗中受着他的环境的影响，决不能够脱离环境而独立的。

在《社会背景与创作》中，他更进一步主张文学作品应该反映作家所处的时代背景和社会生活。他说：

> 真的文学也只是反映时代的文学。我们现在的社会背景是怎样的社会背景？应该产生怎样的创作？由浅处看来，现在社会内兵荒屡见，人人感着生活不安的苦痛，真可以说是“乱世”了；反映这时代的创作应该怎样的悲惨动人呵！如再进一层观察，顽固守旧的老人和向新进取的青年，思想上冲突极厉害，应该有易卜生的《少年社会》和屠格涅夫的《父与子》一样的作品来表现他……总之，我觉得表现社会生活的文学是真文学，是于人类有关系的文学，在被迫害的国里更应该注意这社会的背景……

沈雁冰在这里所提出的，就不仅是文学与时代的广泛的关系，不仅是“一个时代有一个时代的文学”了，而是说文学应该反映社会生活，已经快接触到文学的本质的认识了。这就较之五四运动时期《新青年》的文学主张更前进了一步。从这种认识出发，所以他主张“被迫害的国里更应该注意这社会的背景”。在《自然主义与中国现代小说》一文里，他更主张“注意社会问题，爱被损害者与被侮辱者”。这是沈雁冰在当时的文学主张，也是文学研究会大部分会员的共同宣言。从这一点里，我们可以很显明地看得出来，在党成立以后，社会主义思想对于我国文学运动的领导和影响，是更为显著和重要了。革命形势的巨大发展，马克思列宁主义的广泛传播，以及早期共产党人在《中国青年》上对文学工作者所发出的号召，是这一历史时期文艺运动向前发展的主要推动力量。

文学既与时代背景和社会生活有如此密切的关系，所以作家就不能不注意文学的社会效果。沈雁冰认为“新文学作品重在读者所受的影响，对于社会的影响，不将个人意见显出自己文才”①。这种见解也不只是沈雁冰个人的见解，而是文学研究会许多人共同的见解。耿济之在《前夜》的《序》中，就说：“文学一方面描写现实的社会和人生，他方面从所描写的里面表现出作者的理想。其结果：社会和人生因之改善，因之进步，而造成新的社会和新的人生。这才是真正文学的效用。”——文学不只是反映社会和人生，而且要改进社会和人生，这样，就快把文学的效果提到它所应有的高度了。

但是文学怎样来发挥它的社会效果呢？沈雁冰在《大转变时期何时来呢?》一文中就积极主张提倡“激励民气的文艺”。他认为“文学不仅是供给烦闷的人们去解闷，逃避现实的人们去陶醉；文学是有激励人心的积极性的。尤其在我们这时代，我们希望能够担当唤醒民众而给他们力量的重大责任”。他又引巴比塞的话说：“和现实人生脱离关系的悬空的文学，现在已经成为死的东西；现代的活文学一定是附着于现实人生的，以促进眼前的人生为目的了。”

以上是沈雁冰个人对于文学的见解和主张，同时也是文学研究会大部分会员共同的见解和主张。这些主张是属于现实主义的，而且其中含有比较显著的社会主义思想的影响。他们继承和发展了五四时代文学革命的现实主义传统，认识了文学和时代的关系，把文学的思想内容和教育作用，看得非常重要。于是进一步以文艺为斗争的武器，暴露和抨击了旧的不合理的社会，在当时起了相当巨大的进步作用。

① 见《什么是文学》。

不过他们虽然指出了文学和时代的关系，但没有认识到文学的阶级的本质，作家的创作是它的阶级存在的反映；他们虽然肯定了文学的社会效果，但没有指出文学在阶级斗争上所起的作用；他们批判了旧的不合理的社会，但是没有明确地指出新的光明的未来。所有这些，都是本时期还不可能得到解决的问题，须待下一个时期来解决的。

最后，我们还要叙述一下沈雁冰对于翻译和介绍西洋文学的见解。他在这方面的见解，同样是可以代表文学研究会大部分会员的见解的。他在《新文学研究者的责任与努力》一文中，关于西洋文学的介绍翻译，提出了两点意见：（一）介绍或翻译西洋作品，应该艺术与思想并重，而思想更应注意；因此，（二）介绍或翻译西洋文学应加选择，“如漫不经意的介绍过来，委实是太不经济的事”。这种见解，就在现在看来，也还是非常允当的。文学研究会的翻译工作做得很有成绩，给了中国新文学以良好影响，与这种正确慎重的对于翻译工作的见解是很有关系的。

二　创造社的主张

关于与文学研究会同时存在然而有着不同文学主张的创造社，向来都以为他们是主张“为艺术的艺术”，是提倡浪漫主义的文艺运动的；而对于浪漫主义，又仅从它的消极的、颓废的、逃避现实的一方面来理解。因此，对于创造社的主张和创作在当时所起的巨大作用，就未免估计得十分不够，甚至于有人认为创造社的主张浪漫主义，是完全代表资产阶级的思想意识，而创造社这个文学团体则是肯定地属于资产阶级性的①。这种看法，无疑问地，不是公允、正确的。

如果要对创造社的文学活动在现代文学历史上所起的作用，作一个正确的估计和分析，我想有三个问题首先得弄清楚。第一，浪漫主义与现实主义并不是什么互相排斥的两种水火不相容的文艺思想。浪漫主义有消极的和积极的区别，而积极的浪漫主义，在精神上则是与

① 王丰园：《中国新文学运动述评》。

现实主义相通而且二者是常常结合在一起的。高尔基说："在浪漫主义中，我们必须区别出两个完全不同的倾向。一个是被动的浪漫主义——粉饰现实，努力使人与现实相妥协，或使人避开现实，在自己内心世界中作无益的躲匿，使人沉溺于'人生命运之谜'、爱、死等思想中，把人牵引到不能用'思辨'直观所能解决，而必须由科学来解决的谜里。积极的浪漫主义，则企图强固人们对生活的意志，在人们的心中，唤醒对现实及现实的一切压迫的反抗心。"他又说："优秀的艺术家中，现实主义和浪漫主义是常常结合在一起的。"①我们对于创造社所倡导的浪漫主义，就应该根据这样一个准则来考察和评述。第二，创造社的文学主张，并不是十分统一、一致的，即使是同一作家在同一时期所写的文章，甚至于在同一篇文章中，都有这种情况。他们一方面主张"艺术的本身无所谓目的"，但同时又强调文学的"时代的使命"；一方面认为文学上所应该追求的是"美"与"全"，同时又主张"艺术之社会的意义"；他们有时候难免露出一点逃避现实的思想，但更多的是对于不合理的现实的抗击和叛逆。这就说明了在创造社的文学主张中，积极的、富有反抗精神的浪漫主义是其主要的一面，而这种浪漫主义的精神，则是植根于现实生活之上，而且服务于和推动了当时的正在迅速地发展着的革命运动的。第三，创造社的文学主张，有前后期的区别。萌芽于本时期的"革命文学"运动的口号，是后期创造社所提出的。这一方面是在党领导下愈来愈扩大的胜利的革命形势和战无不胜的马克思列宁主义教育和鼓舞了这一群小资产阶级的作家；但另一方面，也是前期创造社文学主张中的积极的浪漫主义精神，在胜利地进展着的革命现实中发展的必然结果。因此，我们对于创造社前期主张中的反抗的叛逆的精神和由它所发生的文学上和社会上的巨大影响，就不能不予以足够的重视，并给以恰当而平允的评断。

一九二五年二月郭沫若在他的创作集——《塔》的前面，写下了如下几句话：

① 高尔基：《我的文学修养》，载《文学论集》。

无情的生活一天一天地把我逼到了十字街头，象这样幻美的追寻，异乡的情趣，怀古的幽思，怕没有再来顾我的机会了。

啊，青春哟！我过往了的浪漫时期哟！我在这儿和你告别了！

我悔我把握你得太迟，离别你得太速，但我现在也无法挽留你了。

以后是炎炎的夏日当头。

这几句话，是郭沫若在他到宜兴去①调查了战绩，和惨酷的现实有了比较深入的接触以后所写下的，对于个人的青春的"浪漫时期"的诀别，虽然怀着低徊、怅恋的情绪，但也有着非常坚决的意志。同时，他后来在《郭沫若选集》的《自序》②中，也说："我在一九二四年的春夏之交，便下了两个月的苦工夫，通过日本河上肇博士的著作《社会组织与社会革命》来研究马克思主义。这书我把它翻译了。它对于我有很大的帮助，使我的思想分了质，而且定型化了。我自此以后便成为了一个马克思主义者。"一九二四年至一九二五年是郭沫若个人思想发展的一个重要关键，同时也是整个创造社文学思想和文学主张向前发展的一个重要关键。关于"革命文学"的提出和开展，下节当作较详细的叙述，这里仅就早期创造社（也就是一九二五年以前的创造社）的文学主张评叙一下。

早期创造社的重要文学论文，计有郭沫若的《我们的文学新运动》、《文艺之社会的使命》，成仿吾的《新文学之使命》、《艺术之社会的意义》、《写实主义与庸俗主义》，郁达夫的《艺术与国家》、《文学上的阶级斗争》等篇。我们现在就根据这几篇文章来谈。

在早期创造社的文学理论中是不是有着否认文艺是一种社会现象，把文艺看做是一种脱离社会生活的作家内心活动的表现这样一种

① 郭沫若有《到宜兴去》一文，载《水平线下》。

② 1950年10月作。

主张呢？在上述几篇文章中，我们是可以找到这样的主张的。郭沫若在《文艺之社会的使命》①中就曾经讲到“艺术的本身是无所谓目的”，他说：“文艺也如春日的花草，乃艺术家内心之智慧的表现。诗人写出一篇诗，音乐家谱出一个曲，画家绘成一幅画，都是他们天才的自然流露：如一阵春风吹过池面所生的微波，是没有所谓目的。”成仿吾在《新文学之使命》中也说：“文学上的创作，本来只要是出自内心的要求，原不必有什么预定的目的。”又说：“如果我们把内心的要求作一切文学上创造的原动力，那么艺术与人生便两方都不能干涉我们，而我们的创作便可以不至为它们的奴隶。”还说：“文学既是我们内心的活动之一种，所以我们最好是把内心的自然的要求作它的原动力。”所有这些说法，都是认为文学仅仅是由作家的内心活动所产生的，都是作家天才的自然流露，除此以外，再没有别的什么产生它的依据和根源，同时也没有别的什么目的和用途了。

此外，在上述的文章中，我们是不是可以找到这样的论调——一个作家除了追求艺术上的“美”与“全”，此外，便没有而且不应该有更高更大的职责和任务了呢？这样的论调，我们也是可以找到的。成仿吾在《新文学之使命》中说：“至少我觉得除去一切功利的打算，专求文学的全 Perfection 与美 Beauty 有值得我们终身从事的价值之可能性。而且一种美的文学，纵或它没有什么可以教我们，而它可给我们的美的快感与慰安，这些美的快感与慰安对于我们日常生活的更新的效果，我们是不能不承认的。……我们要追求文学的全！我们要实现文学的美！”郁达夫在《艺术与国家》中也说：“我虽不同唯美主义者那么持论的偏激，但我却承认美的追求是艺术的核心。自然的美，人体的美，人格的美，情感的美，或是抽象的悲壮的美，雄大的美，及其他一切美的情愫，便是艺术的主要成分。”这些说法，也都是忽视了作品的最主要的东西——思想内容，而把它的艺术形式的“全”与“美”的价值强调到不应有的高度上来了。

所有这些，都说明了在早期创造社的文学主张中，是包含着“为

① 系1923年5月在上海大学的讲演词。

艺术而艺术”的主张在内的。这种主张，自然是错误的，而且显然地是受了欧美资产阶级的“艺术至上”文学思想的影响。但当时，创造社在中国提出这样的文学主张，不是没有它的主观上和客观上的原因的：(一)当时中国正处在帝国主义与封建主义双重压迫之下，而封建主义的压迫更为一般小资产阶级知识分子所深切地感觉到，因此，所谓伸张个性与本着内心的活动来从事创作，便成为他们最初的觉醒和要求，而这种觉醒和要求，也在一定程度上具有着反封建主义的意义和作用；(二)当时的中国，内战频仍，封建地主阶级与买办资产阶级的黑暗势力到处横行，弄得民不聊生，社会的精神道德，日趋堕落，真是一个所谓“丑化了的国家”，这般小资产阶级的作家，一时没有找到正确解决中国社会问题的途径，于是想用艺术的力量来提高人们的精神，来“使个人的内在的生活美化”，所以“觉得要挽救我们中国，艺术的运动是决不可少的事情”①，这样，就不能不强调艺术的“全”与“美”了；(三)创造社的人们大半都是日本留学生，他们在国外所接触到的，差不多都是欧美资本主义的文学思想，自然受了很深影响，而这种影响，也就不可能不带到自己的文学主张中来。

但是那时的中国社会，既没有为创造社的人们准备着“象牙之塔”，“他们依然是在社会的桎梏之下呻吟着的‘时代儿’”，党领导下的群众革命运动和日益广泛传播的马克思主义不能不给他们以深刻的影响和教育。所以在他们的文学主张中，不能不更多地而且是更主要地“显示出他们对于时代和社会的热切的关心”②，显示出他们的积极的、反抗的浪漫主义精神。而这种精神是同时存在于上述几篇文章中的。

在成仿吾的《新文学之使命》一文中，除了“把内心的自然的要求”当作是文学的原动力和“追求艺术的‘全’与‘美’”这种“为艺术而艺术”的主张而外，他也曾这样提到文学与时代的关系，而且还强调了文学家应当有意识地去表现时代，应当担负起“一种重大的使命”。

① 郭沫若：《文艺之社会的使命》。

② 郑伯奇：《〈中国新文学大系〉小说三集导言》。

他说：

> 我们是时代潮流中的一泡。我们所创造出来的东西，自然免不了要有它的时代的彩色。然而我们不当止于无意识地为时代排演，我们要进而把住时代，有意识地将它表现出来。我们的时代，它的生活，它的思想，我们要用强有力的方法表现出来，使一般的人对于自己的生活也有一种回想的机会与评判的可能。所以我们第一对于现代负有一种重大的使命。

这样，文学就不仅是文学家“内心活动的结果”，不是“无所谓目的”，而是文学家应当有意识地以文艺来表现时代，使一般人从文艺作品的阅读中去回想和评判自己的生活。这是文学家的重大使命，同时也是他从事文学事业的重大目的。文学家应该怎样才能担负起这种使命、达到这种目的呢？成仿吾接着又说：

> 现代的生活，它的样式，它的内容，我们要取严肃的态度，加以精密的观察与公正的批评，对于它的不公的组织与因袭的罪恶，我们要加以严厉的声讨。
>
> ……一个文学家，爱慕之情要比人强，憎恶之心也要比人大。文学是时代的良心，文学家便应当是良心的战士，在我们这种良心病了的社会，文学家尤其是任重而道远。
>
> 我们的时代是一个弱肉强食，有强权无公理的时代，一个良心枯萎，廉耻丧尽的时代，一个竞于物利，冷酷残忍的时代，我们的社会的组织，既与这样的时代相宜，我们的教育又是虚有其表，所以文学家在这一方面的使命，不仅是重大，而且是独任的。我们要在冰冷而麻痹了的良心，吹起烘烘的炎火，招起摇摇的激震。
>
> 对于时代的虚伪与它的罪孽，我们要不惜加以猛烈的炮火。我们要是真与善的勇士，犹如我们是美的传道者。
>
> 我们的时代已经被虚伪，罪孽与丑恶充斥了！生命已经在浊

气之中窒息了！打破这现状是新文学家的天职！

成仿吾这几段文章，虽然没有找出时代的病根到底是什么（他说社会组织与时代相宜，而不知道那样的时代正是那样的社会组织所造成的），但他对于那个充斥着虚伪、罪孽与丑恶的时代，已经是深恶痛绝，而且大声疾呼，要以文艺的猛烈的炮火来轰击它了。这种主张，正是创造社文学主张的根本精神所在，我们无论如何不该忽视它的。在这几段话中，更重要的是，成仿吾指出来了两点：第一，反映现代的生活（包括它的样式和内容），一个文学家须要采取严肃的态度，对于生活应该“加以精密的观察与公正的批评”；第二，他指出了“文学是时代的良心”（这种说法当然是比较含混笼统的），而一个文学家应该有过人的鲜明的爱、憎。这样的主张，和文学研究会的主张，就没有根本的差异和距离了。

郭沫若在《文艺之社会的使命》中一方面认为艺术是作家“天才的流露”，但同时也认为“艺术有统一群众的感情使趋向于同一目标的能力”。在《我们的文学新运动》中，他更这样首先指出了中国人民当时的悲惨境遇：

> 中国的政治生涯几乎到了破产的地位。野兽般的武人之专横，没廉耻的政客之蠢动，贪婪的外来资本家之压迫，把我们中华民族的血泪排抑成黄河扬子江一样的赤流。
>
> 我们暴露于战乱的惨祸之下，我们受着资本主义这条毒龙的巨爪的蹂弄。我们渴望着平和，我们景慕着理想，我们喘求着生命之泉。

他说中国社会这样的现状，指给了文学家们两条道路：一条是“不染于污泥，遁隐山林，与自然为友而为人生之逃避者”；另一条是“彻底奋斗，做个赳赳的人生之战士，与丑恶的社会交绥”。前一条道路是根本不存在的，而他们的精神则教他们择取了后一条道路，而且“在目下浑沌之中，要先从破坏做起”，他们的精神也因之“为

'反抗'的烈火燃得透明"，而迸发出下列有力的呼声来：

> 我们反抗资本主义的毒龙。
> 我们反抗不以个性为根底的既成道德。
> 我们反抗否定人生的一切既成宗教。
> 我们反抗藩篱人世的一切不合理的畛域。
> 我们反抗由上种种所派生出的文学上的情趣。
> 我们反抗盛容那种情趣的奴隶根性的文学。
> 我们的运动要在文学之中爆发出无产阶级的精神，精赤裸裸的人性。
> 我们的目的要以生命的炸弹来打破这毒龙的魔宫。

郭沫若这篇文章，是在一九二三年五月间写的，发表在《创造周报》第三期上。这是一篇非常重要的文章。我们试想，当时封建军阀的统治，是多么残暴、严酷；在那样的情况之下，发出如此激烈反抗的呼声，需要何等的勇气与毅力！而同时，又在当时的社会上发生了如何巨大深刻的影响！在同期的《创造周报》上，郁达夫还发表了《文学上的阶级斗争》一文，更"把对现实怀着的不满的心思，和对社会感得的热烈的反抗，都描写在纸上"了。这篇文章，虽然只是一些热情的、空洞的呼喊，而且其中还包含了许多不正确的观念，但他提起了研究马克思的学说，提起了伟大的俄国人已经创建了"庄严伟大的泊洛来塔利亚 Proletariat 的王国"，提起了"二十世纪的文学上的阶级斗争，几乎要同社会实际的阶级斗争取一致的行动"；而且，在文章的最后，还"学了马克斯和恩及耳思 Engels 的态度，大声疾呼的说"：

> 世界上受苦的无产阶级者，
> 在文学上社会上被压迫的同志，
> 凡对有权有产阶级的走狗对敌的文人，
> 我们大家不可不团结起来，
> 结成一个世界共同的阶级，百屈不挠的来实现我们的理想！

我确信“未来是我们的所有”。

郭沫若、郁达夫两人的文章，没有疑问，已经是后来“革命文学”运动倡导的前奏了。这样的对于社会和文学的认识和主张，正是创造社的积极的、反抗的浪漫主义精神的发展所必然要达到的结果。这些文章，都是在一九二三年五月间所写的。这时候，中国工人阶级在自己的政党——中国共产党的领导之下，开展和坚持了对于反动统治阶级的英勇的斗争——“二七运动”，表示了工人阶级组织力量和革命积极性的迅速增长，因而也大大提高了工人阶级和中国共产党在全国人民中的政治威信。时代的暴风雨已经向这一群苦闷、彷徨然而富有反抗精神的小资产阶级的作家们作着有力的召唤，而党也通过《中国青年》上的许多重要论文对这些作家们指示了文学运动的正确的方向和途径。因此，创造社就逐渐地批判和扬弃了他们的消极的、颓废的、唯美主义的一面，而发扬了他们的积极的、创造的、反抗的精神，以至于要求文学艺术有意识地为无产阶级的政治斗争服务。这在我国现代文学发展的历史上说来，实在是一个可喜的重要进展。

三 “革命文学”的提出

从以上叙述中，我们可以看出，无论是鲁迅也好，文学研究会也好，或者是创造社也好，在他们的文学主张中，革命文学思想的萌芽都已经在发生着了。一九二五年九月，创造社创办《洪水》半月刊，郭沫若在上面一连发表了几篇有关社会思想、宣传马克思主义的文章（如《盲肠炎与资本主义》、《共产与共管》、《新国家的创造》等文），一九二六年三月《创造月刊》刊行，到了五月（第三期），郭沫若发表了《革命与文学》，同时在《洪水》（第十六期）上发表了《文艺家的觉悟》；接着成仿吾在《创造月刊》（第四期）上发表了《革命文学与它的永远性》，响应和支持了郭沫若的主张。“革命文学”的口号，就正式地被提了出来。

与此同时，蒋光慈在《新青年》上发表过一篇《无产阶级革命与文化》，一九二五年在《觉悟》新年号上发表过《现代中国与革命文学》，并且在一九二四年办过一个《春雷周刊》，专门提倡革命文学。可见革命文学的提倡，这时已经是许多革命的小资产阶级作家们在时代暴风雨和革命理论的教育、启示之后共同的要求和主张了。

"革命文学"的提出，标志着我国新文学运动历史上的一个重要进展。瞿秋白说："新兴阶级的文艺思想，往往经过革命的小资产阶级作家的转变，而开始形成起来，然后逐渐的动员劳动民众和工人之中的新的力量，集中新的队伍，克服过去的'因袭的重担'，同时，扩大同路人的阵线。……创造社的转变，太阳社的出现，只在这方面讲来，是有客观上的革命意义的。"①"革命文学"的口号提出来以后不久，北伐战争开始，很多作家都去参加实际的革命运动去了，没有展开讨论。"革命文学"形成为一种广泛的文艺运动，是下一个时期的事。

但是"革命文学"口号对当时的文学运动还是发生了深刻影响的。通过"革命文学"口号的提出，他们首先批判了早期创造社的脱离现实生活、强调个性自由以及崇尚天才的不正确的文艺观点。郭沫若在《文艺家的觉悟》中说："在现代的社会没有什么个性，没有什么自由好讲，讲什么个性，讲什么自由的人，可以说就是在替第三阶级说话。……你要主张你的个性，你要主张你的自由，那请你先把阻碍你的个性，阻碍你的自由的人打倒。而且你同时也要不阻碍别人的个性，不阻碍别人的自由，不然你就要被人打倒。象这样要人人能够彻底主张自己的个性，人人能够彻底主张自己的自由，这在有产的社会里面是不能办到的。那末，朋友，你既是有反抗精神的人，那自然会和我走在一道。我们只得暂时牺牲了自己的个性和自由去为大众人的个性和自由请命了。"在《革命与文学》中，他说："大凡的人以为文学是天才的作品，所以能够转移社会。这样的话太神秘了，我是不敢附和的。"又说："彻底的个人的自由，在现代的制度之下是追求不到的。你们不要以为多饮得两杯酒便是甚么浪漫的精神，多做得几句歪

① 《鲁迅杂感选集序言》。

诗便是甚么天才的作者。”——郭沫若的这些话，虽然只是就当时文艺界一般不正确的倾向而言，实际上是把包括他个人在内的早期创造社的文艺思想一块儿批判了的。

其次，是“革命文学”这个口号，已经初步地具有了实际内容，而这个内容是由作为上层建筑的文学的特性所决定的。郭沫若在《革命与文学》中说：“每逢革命的时期，在一个社会里面，至少是有两个阶级的对立。有两个阶级对立在这儿，一个要维持它素来的势力，一个要推翻它。在这样的时候，一个阶级当然有一个阶级的代言人，看你是站在那个阶级说话。你假如是站在压迫阶级的，你当然会反对革命；你假如是站在被压迫阶级的，你当然会赞成革命。你是反对革命的人，那你做出来的文学或者你所欣赏的文学，自然是反革命的文学，是替压迫阶级说话的文学；这样的文学当然和革命不两立，当然也要被革命家轻视和否认的。你假如是赞成革命的人，那你做出来的文学或者你所欣赏的文学，自然是革命的文学，是替被压迫阶级说话的文学；这样的文学自然会成为革命的前驱，自然会在革命时期产生黄金时代了。”又说：“为我们所要求的革命文学，其内容与形式是很明了的。凡是表同情于无产阶级而且同时是反抗浪漫主义的便是革命文学。……无产阶级的理想要望革命文学家点醒出来，无产阶级的苦闷要望革命文学家实写出来。要这样才是我们现在所要求的真正的革命文学。”在《文艺家的觉悟》中，他更明白地说出了自己的主张：“我们现在所需要的文艺是站在第四阶级说话的文艺，这种文艺在形式上是写实主义的，在内容上是社会主义的。”——在这几段话里，如仅仅说“表同情于无产阶级”，如对于浪漫主义的无区别的否定，自然是不正确的地方；但他到底是从文艺的阶级的本质来划分革命与反革命文艺的界限的，而且把当时所要求的革命文学的实际内容也初步地（当然还是笼统而概念地）提出来了。“形式上是写实主义”、“内容上是社会主义”，这也就是说革命文学应当是真实地、具体地反映现实生活，应当以社会主义的思想教育广大人民了。这种提法，一方面代表了一部分革命的文学作家们在大革命浪潮中最初的觉醒，同时也是我国从“五四”以来沿着社会主义现实主义的方向继续前进的新文学的一个重大发展。

革命文学既然包含了如此重要的内容，所以摆在作家面前的，就不能不是以工农大众为主要的对象和作家怎样参加工农兵的实际斗争生活的问题。这一问题，在一九二三年邓中夏等同志在《中国青年》上所发表的文章中，就开始被接触到了。在《贡献于新诗人之前》一文中，邓中夏就指出“新诗人须从事革命的实际活动”；而秋士在《告研究文学的青年》中，更主张文学家们应该深入到工人群众中去。郭沫若在《革命与文学》中，更这样对青年们说：“你们要把自己的生活坚实起来，你们要把文艺的主潮认定！应该到兵间去，民间去，工厂间去，革命的漩涡中去，你们要晓得我们所要求的文学是表同情于无产阶级的社会主义的写实主义的文学，我们的要求已经和世界的要求是一致，时代昭告着我们，我们努力着向前猛进！”——这里初步接触到的实质上就是为群众与如何为群众的问题。对于这些问题，他们仅仅是接触到了，正确解决的方法，在当时是没有也不可能提出来的。就是到了下一个时期，这些问题也同样没有得到很好的合理解决。一直到一九四二年，毛泽东同志发表了《在延安文艺座谈会上的讲话》，这才在理论上解决了这些问题。

在提出革命文学的几篇文章中，除了不可能解决上述问题外，还对革命文学作了一些不正确的理解。例如郭沫若在《革命与文学》中说“文学的本质是始于感情终于感情的”，又认为文学作品之所以能够“转移社会”，是由于“人类的气质是各有不同的”，“文学家只是神经过敏的一种特殊的人物罢了”；又例如成仿吾在《革命文学与它的永远性》中说：“革命文学究不过在一般文学之外，多有一种特别有感动力的热情”，而且竟由此得出下列的公式来：(真挚的人生)+(审美的形式)+(热情)=(永远的革命文学)。这些地方，都表明倡导初期对革命文学还存在着一些错误的理解。

第四章　本时期的诗歌与小说

一　诗　歌

党成立后人民革命运动的高涨，首先在诗歌领域里得到了迅速而鲜明的反映。在觉醒了的工农群众当中，一种歌唱自己的生活和斗争、充满着革命激情和理想的民歌开始产生出来了。这是诗歌园地里最值得珍视的奇花异果。但这些民歌中的绝大部分，因为缺少及时的搜集和记录，没有被保存下来。这实在是深可惋惜的事。当时党的某些杰出的革命理论家和实际活动家，他们往往把自己在艰苦斗争生活里的真实感受写成诗歌。虽然流传到现在的为数不多，但是它们思想上的光辉和艺术上的成绩，是值得后人珍视的。下面引录的邓中夏的《渡洞庭》①诗两首，就是明显的例证：

莽莽洞庭湖，五日两飞渡。
雪浪拍长空，阴森疑鬼怒。
问今为何世？豺虎满道路。
禽猕歼除之，我行适我素。

莽莽洞庭湖，五日两飞渡。
秋水含落晖，采霞如赤炷。

① 这两首诗最早见于作者《贡献于新诗人之前》一文中，没有题目。现在的诗题是根据诗意加上去的。

问将为何事？共产均贫富。
惨淡经营之，我行适我素。

这两首诗以中国诗歌传统的形式，表达了诗人为共产主义事业献身的崇高的理想，表达了诗人对于“豺虎满道路”的旧世界的强烈的愤怒。在谨严完整的格律里，诗人的革命感情得到了较好的体现。诗人自己说：这两首诗之所以能具有感人的力量，最重要的原因是他当时投身实际活动，有了真情实感的缘故①。邓中夏是一九三三年十月在南京壮烈牺牲的。他所留下的这两首短诗，是早期中国无产阶级诗歌重要的收获。

上一时期以诗集《女神》为中国新的诗歌开辟了道路的诗人郭沫若，在本时期又有了新的贡献。继《女神》之后，出版了《星空》(一九二三年)，收入诗人一九二一年至一九二二年间的诗作②；一九二三年以后的诗歌，则收在诗集《前茅》和《瓶》里。

收在《星空》里的诗歌是郭沫若回到祖国倾饮了人生的“苦味之杯”后又返回日本这一段时期的作品。虽然也有着“凄寂的”“飘蓬”的悲哀(《夜别》)，而且也有时候还神往于“那恬淡无为的泰古”(《南风》)，但是里面仍然有着与《女神》一脉相承的那种进取的浪漫主义精神。他这样地赞美“把地上的狂涛驱回大海”的夏禹：

你伟大的开拓者哟，
你永远是人类的夸耀！
你未来的开拓者哟，
如今是第二次的洪水时代了！

(《洪水时代》)

他歌唱“阳光中波涌着的松林”，他这样地鼓舞着自己：

---

① 见《贡献于新诗人之前》。
② 《星空》为诗歌散文集，除卷首《献诗》外，共收诗三十一首。

我的灵魂哟！阳春已到！
你请学着那森森的林木高标！
自由地，刚毅地，稳慎地，
高标出，向那无穷的苍昊！

（《春潮》）

《星空》中的诗歌，正如诗人在卷首《献诗》中所说的，它“有的是鲜红的血痕”，它“含蓄了多少深沉的苦闷”，它是一个“受了伤的勇士”的痛苦而愤激的歌声，在里面自然也传达出了时代的音响。

《瓶》，是一本歌颂爱情的诗集，共收诗四十二首。其中的第十六首《春莺曲》，充满了浪漫主义的激情和遐想。在意境和风格上有着比较浓厚的我国古代民间创作的气息，但也残留着唯美主义的某些影响。

郭沫若在本时期的诗歌中，值得特别重视的是诗集《前茅》，其中的大部分诗歌作于一九二三年①。当一九二八年《前茅》出版的时候，诗人在卷首写了一首《序诗》。这是它的第一节：

这几首诗或许未免粗暴，
这可是革命时代的前茅。
这是我五六年前的声音，
这是我五六年前的喊叫。

《前茅》集里的诗歌，标志着郭沫若思想上和艺术上的重大发展，标志着他从一个泛神论者走向唯物主义者的显明进程。如果说《女神》和《星空》的作者主要地是一个大自然的膜拜者，那么，《前茅》的作者就是城市的充满矛盾和不安的生活的歌唱者了；如果说在《女

① 除《黄河与扬子江对话》和《哀时古调》写于1922年，《暴虎词》写于1921年外，其余均1923年作。

神》和《星空》里弥漫着的反抗的、进取的精神是建筑在作者的"个性自由"与"自我解放"的"内在要求"上，那么，在《前茅》里洋溢着的愤怒的呼声便是植根于作者"把人们救出苦境"、"使新的世界诞生"的革命思想和革命要求之上了；如果说《女神》和《星空》中的诗篇还存在着非常显著的外国诗歌的影响①，那么，《前茅》中的诗篇这种外在的显著的影响就已经逐渐减退，而在形式和格律上也渐渐地接近中国作风和中国气派了。郭沫若诗歌发展的痕迹，反映了郭沫若思想发展的过程，同时也代表了本时期中国诗歌前进的方向和道路。

在《前茅》中，作者首先诀别了他早期的"低徊的情趣"和"虚无的幻美"(《力的追求者》)。他不再迷恋于那"矛盾万端的自然"的"冷脸"，而要以"人世间的难疗的怆恼"，为他"今日后酿酒的葡萄"了(《怆恼的葡萄》)。他在"马路旁的树荫下傲慢行走"，而感觉到"赴工的男女工人们分外和我相亲"，他相信"就在这静安寺路的马路中央，终会有剧烈的火山爆喷"(《上海的清晨》)。当他离开日本的时候，他这样告别"邪马台的兄弟们"：

可怜呀，邪马台的兄弟！
我的故乡虽然也是一座监牢，
但我们有五百万的铁槌，
有三亿二千万的镰刀。
我们有一朝爆发了起来，
不难把这座世界的铁牢打倒。

(《留别日本》)

---

① 郭沫若曾经这样说到他所受的外国诗人的影响："我的短短的做诗的经过，本有三四段的变化。第一段是太戈尔式，第一段时期在五四以前，做的诗是崇尚清淡、简短，所留下的成绩极少。第二段是惠特曼式，这一段时期正在五四的高潮中，做的诗是崇尚豪放、粗暴，要算是我最可纪念的一段时期。第三段便是歌德式了，不知怎的把第二期的情热失掉了，而成为韵文的游戏者。我开始做诗剧便是受了歌德的影响。……"(见《创造十年》，《沫若文集》第七卷)

这首诗是一九二三年写下的，在今天看来，诗人满怀信心的预言，是毫不走漏地完全实现了！

轰轰的龙车之音
已离黎明不远，
太阳哟，我们的师哟，
我们在赤光之中相见！
（《我们在赤光之中相见》）

在这些雄壮的、充满无限热情与无限自信的诗句中，我们不是隐约地听见中国人民在向胜利进军的步伐声了吗？我们不是也在诗中仿佛地看见那逐渐走近来的熹微的晨光了吗？诗人选择诗的形式表现了他的高度的政治理想与生活感情，传达出了人民共同的愿望与要求，在广大读者心灵中散播了战斗与坚信的种子，因此，诗人的声音就很自然地带着一种令人鼓舞和信服的力量，预告了人民胜利的明天。我们读《前茅》集中的这些诗篇，是深深地、强烈地感到这样一点了。

蒋光慈（一九〇一——一九三一）的诗集《新梦》，出版于一九二五年，其中收集的是作者旅居莫斯科时的作品。作者在自序中说："'诗人'这个名词本身上原没有什么好坏之可言。我以为诗人之伟大与否，以其如何表现人生及对于人类的同情心之如何而定。"又说："我的年龄还轻，我的作品当然幼稚。但是我生适值革命怒潮浩荡之时，一点心灵早燃烧着无涯际的红火。我愿勉力为东亚革命的歌者！俄国诗人布洛克说：'用你的全身，全心，全意识——静听革命啊！'我说：'用你的全身，全心，全意识——高歌革命啊！'"这里说的正是诗人对于诗的理解和他的热情的自白，同时也比较全面地概括了诗集《新梦》的内容。蒋光慈是不只用了他的关于革命文学的理论和主张推动了中国新文学运动的进展，而且也是以他的热情澎湃的作品（诗和小说）激动和鼓舞了广大青年的革命情绪的。

作者是抱着会见"多少年梦见的情人"的心情来到莫斯科的，因此，他首先就把他的诗篇献给了当年为全世界劳动人民所热烈关怀和密切注视着的赤色首都。他爱“莫斯科的雪花白，莫斯科的旗帜红”(《莫斯科吟》)；他说“莫斯科的旗帜把我的血液染红了”(《新梦》)。他这样歌唱了十月革命：

> 十月革命，
> 又如通天火柱一般，
> 后面燃烧着过去的残物，
> 前面照耀着将来的新途径。
> 哎！十月革命，
> 我将我的心灵贡献给你罢，
> 人类因你出世而重生。
>
> (《莫斯科吟》)

他以如此清新动人的诗句颂赞了这个在世界上第一个出现的社会主义国家：

> 十月的红雨，
> 好生洒润这美丽的花木；
> 俄罗斯，
> 红色的俄罗斯啊！
> 你是蕃殖美丽的花木的新土。
>
> (《十月革命的婴儿》)

作者看见了太平洋上的汹涌的波涛，他说：在阴惨惨的太平洋上“隐隐跃现着的，那不是美利坚假人道旗帜的招展，英吉利资本主义战舰的往来，日本帝国主义魔王的狂荡?”他说：“远东被压迫的人们起来罢，我们拯救自己命运的悲哀，快啊！快啊！……革命!”(《太平洋中的恶象》)他不能一刻忘记他的多灾多难的祖国和人民，他把反抗和破坏的道理教给了他的读者。他说：“破坏旧的，新的就昂起了；打碎锁环，自由就来到了。”(《暴动》)他说：“我们高举鲜艳的红旗，努力向那社会革命走；这是我们自身的事情，快啊，快啊，快动手！”（《中国劳动歌》）诗集《新梦》渗透了作者的爱国主义精神，而这种精神完全不同于狭隘的民族主义的自大自私心理，而是与国际主义、与作者对于祖国和人民的爱，尤其是与作者的革命和反抗的精神紧密地结合在一起的。因为这样，诗集《新梦》出版在五卅运动的前夜，就有了它的重大的历史和时代的意义——它在一定程度内反映而且鼓动了本时期中国人民的反帝反封建的革命要求和斗争情绪。

《哀中国》共收诗二十三首，它是蒋光慈的第二个诗集①。载在集子后面的《鸭绿江上自序诗》，我们同样是可以把它当作《哀中国》的序诗来看的。在这首诗中，诗人这样地告白着他自己：

是的，我明白了我是为着什么而生存，
我的心灵已经被刺印了无数的伤痕，
我不过是一个粗暴的抱不平的歌者，
而不是在象牙塔中曼吟低唱的诗人。

从今后这美妙的音乐让别人去细听，
这美妙的诗章让别人去写我可不问；
我只是一个粗暴的抱不平的歌者，
我但愿立在十字街头呼号以终生。

的确，粗暴的、激情的旋律是诗集《哀中国》的主调；而且，因为这些诗都是作者回到中国以后，亲历了“这现在的、真实的悲景”以后的作品，所以它的歌声就较之《新梦》集中的诗要显得深沉一些。当我们读到《血花的破裂》、《我要回到上海去》和《在黑夜里》等诗的时候，很自然地受到强烈的感动。但其中的某些诗也流露着一个小资产阶级知识分子在大变革期间的那种彷徨苦闷、感伤忧郁的心情。在《我本是一朵孤云》中，他说：“我是矛盾的结晶；过去的——失望

① 1927年在汉口出版。

了，将来的——还未定；我真是矛盾啊！”在《海上秋风歌》中，他慨叹着：“海上秋风起了，吹薄了游子之衣；到处都是冷乡啊，我向何方归去？”在《怀都娘》中，他遥念着：“秋风渐渐凉起来了，使我更忆起那已到深秋的莫斯科：树叶想早已落尽了，但是都娘你还是从前一样的康健么？”——在这些诗句中所流露出来的情绪，显然不是健康的，它很浓厚地存在着旧社会里才子佳人式的“感怀时序”和“自伤身世”的那种感情。蒋光慈这种不健康的思想感情之所以产生，其主要原因是：他出身在“中产”之家，早年虽曾参加“五四”时期学生运动，不久又出国到苏联去学习过，但回国以后，没有参加过实际的革命斗争(除了曾做短时期的翻译以外，就是在上海大学教书)，对于劳动人民的生活既了解得很少，对于群众工作也完全缺乏经验，因此，他的思想就没有得到很好的锻炼和改造，一方面包涵着最进步的马列主义思想，同时又还残存着相当浓厚的个人主义意识和旧社会才子佳人的趣味。这种非工人阶级的思想意识的存在，自然不可能不反映到他的作品中来，而且使他的作品在思想和艺术上都受到了很大的损害。

一九四六年被美蒋特务匪徒所暗杀的民主战士闻一多(一八九九——一九四六)，是我国“五四”以来一位卓杰的爱国主义诗人。他在新诗形式、格律的探索和建立上曾有过重要贡献，并给我们遗留下了两本诗集：《红烛》和《死水》。爱国主义的激情像一条奔腾的河流贯穿在闻一多这两个写于不同时期的诗集里，而且各自有其独特的内容。

《红烛》集中大部分诗篇，写于闻一多留学美国的时候(一九二二——一九二五)。这时候，在我们国家里，由于党的成立，革命的洪流正在以逐渐增大的威力冲击着帝国主义和封建主义的统治营垒。一种深刻、巨大的变化正在腐朽崩溃的旧社会内部迅速地进行着。然而这一切，置身于美洲大陆的闻一多是完全不知道的。他带着一个从所谓“书香世家”出身和在清华园里度过了十年“世外桃源”的读书生活的知识青年的特点，来到了这个以国内和殖民地人民的血汗养肥自己的帝国主义国家。他是那样对于世事缺乏真正的理解，但他又是那样纯真而富于正义感。他一方面被刚接触到的西方文艺思潮和文艺作品深深地吸引着，但另一方面他又是那样强烈地眷怀着具有悠久历史的祖国文化。他一方面对展开在他面前的新的环境和个人学习前途满怀希望，但从亲身遭遇和敏锐的观察里，他对于美帝国主义的血腥野蛮的侵略政策和种族歧视又有了初步的感性认识和深深的厌恶。他没有像某些资产阶级知识分子一样，很容易就拜倒在那满涂着血污的黄金的威力下面。他丝毫没有沾染上“美国的月亮比中国的圆”的可耻的洋奴买办思想。他在美国是生活得那样忧悒而不安。他怀念着中国的山川，中国的草木，中国的鸟兽，中国的屋宇，中国的人(《全集·年谱》)。他把自己比成“是个年壮力强的流囚”(《我是一个流囚》)。他说“皎皎的白日”，“永远照不进的是——游子的漆黑的心窝坎”(《晴朝》)。他因为怀念他的祖国而产生了如此瑰奇的幻影：

太阳呵——神速的金乌——太阳！
让我骑着你每日绕行地球一周，
也便能天天望见一次家乡！

(《太阳吟》)

他这样赞颂着祖国的美丽的自然景物；

我要赞美我祖国的花！
我要赞美我如花的祖国！

(《忆菊》)

不能认为《红烛》中许多怀念乡土的诗篇，仅仅是诗人的“怀乡病”的流露；而这，应当说是和诗人对美国这个国家的认识和态度是分不开的。一九二三年一月，诗人在他的家书中说：

一个有思想之中国青年，留居美国之滋味，非笔墨所能形容。俟后年年底我归家度岁时，当与家人围炉絮谈，痛哭流涕，以泄余之积愤。我乃有国之民，我有五千年之历史与文化，我有何不若美人者？将谓吾人不能制杀人之枪炮遂不若彼之光明磊落乎？①

这段话里，对于喝血自肥的美国，既充满了愤怒，又满含着轻蔑。而这种感情，是那样鲜明地体现在他后来收入《死水》集中的《洗衣歌》里。《洗衣歌》可能是诗人初回国时的作品，因为它的形式、风格既和《红烛》中的诗篇迥不相侔，而从诗前小序看来，也带着明显的追叙口吻。但不管怎样，它总是非常真实地表达出了闻一多对于美国资产阶级的“罪恶”、“贪心”、“欲火”的鄙视与讽刺，呈露了诗人的高洁的心灵和对于资本主义世界的公正的裁判。应当这样认为，《红烛》中许多对祖国充满眷念情感的诗篇，正是这种爱憎分明的情感的一种极其自然的流露，而且正是这种感情凝结成了《红烛》集中某些诗篇的璀璨耀目的艺术光辉，使得闻一多和某些专门以细心琢磨的艺术形式装饰着空虚颓废的内容的“新月派”诗人们，有着根本的歧异。

然而，不可否认的是，在写作《红烛》时(还有后来一大段时间)，闻一多的世界观是属于资产阶级的思想体系的，而在文学艺术上也存在着资产阶级的“为艺术的艺术”的错误见解，这些都不可能不反映到他的诗歌创作上来，不可能不在他的早期某些诗作(例如长诗《李白之死》和《剑匣》)里烙上唯美主义的不健康的印记。

《死水》共收诗二十八首，是闻一多一九二五年回国后所写。这是一个较之《红烛》集有着更为巨大影响的诗集。它不同于《红烛》的地方，最重要的一点，就是它消褪了《红烛》中那种虚幻的色彩，有了更为深沉和更为真实的内容。诗人回到了他怀想多年的祖国，发现了它不是自己过去所想象的那样花一样的美丽，他会见的是“噩梦”，是“恐怖”，他所得到的是“一场空喜”，他禁不住要发出这样激越而沉痛的呼声：

我来了，我喊一声，迸着血泪，

① 《闻一多全集·庚集》。

"这不是我的中华，不对，不对！"

(《发现》)

于是我们在他的诗里开始听见了"四邻的呻吟"，看见了寡妇孤儿抖颤的身影，战壕里的痉挛，疯人咬着病榻，和各种惨剧在"生活的磨子下"。诗人愿意舍弃"墙内尺方的和平"，走出"灯光漂白的四壁"。他说：

幸福！我如今不能受你的私贿，
我的世界不在这尺方的墙内。
听！又是一阵炮声，死神在咆哮。
静夜！你如何能禁止我的心跳？

(《心跳》)

于是在《荒邨》一诗里，我们读出了旧中国农村的破败荒凉的画幅——一百八十里路完全断绝人烟的悲惨景象。对于因为军阀混战而逃出家园的农民，诗人倾注了他的最大的关怀与热情。在《天安门》一诗里，诗人又展示了时代的另一幅真切的画像：旧中国统治者在天安门前对爱国青年所进行的残暴的屠杀。诗人没有对这一事件作正面的叙述，也没有把自己的情感很明显地表露出来，但是通过一个"拉车的"的张皇的叙述，读者却十分亲切地接触到了诗人的因为愤怒而剧烈地跳动着的心。

读着《死水》集中这一部分具有丰富和深沉的内容的诗，我们感到诗人仿佛就要离开他的"贤良的桌椅"和"古书的纸香"而走到乌云密布、雷声隆隆的革命大风暴中来。因为在诗人所生活的那个年代里，只有我们党所领导的新民主主义革命才能够把中国从诗人所说的"恐怖"和"噩梦"里拯救出来，只有工农大众的旋转乾坤的力量才能够恢复"这民族的伟大"，才能够保证"五岳的庄严"，才能够使"大江黄河又流着和谐"(《祈祷》)。但是诗人并没有走出来。他的资产阶级的世界观限制住了他。他害怕共产主义，他希望通过"国家主义"的道路来解决中国的问题。他憎恶丑恶的现实，但又看不见应该走的正确的道路。他只好在房门上“加上一把锁”，他让他的“累倒了”的心安静地“睡着”。他说：“你莫惹我！不要想灰上点火。”(《你莫怨我》)而在《死水》一诗里，诗人更唱出了这样绝望的调子：

这是一沟绝望的死水，
这里断不是美的所在，
不如让给丑恶来开垦，
看他造出个什么世界。

就这样，闻一多差不多有二十年之久，把自己关在一个狭小的天地里，在古籍的整理、研究工作上悄悄地消耗着自己的生命。他在这一方面取得了成绩，但我们却失掉了一个可能出现的更卓越、更有成绩的人民的诗人！一直到抗日战争后期，由于我们党和马克思列宁主义的教育，由于目睹了国民党反动派的祸国殃民的罪行，闻一多这才惊悟起来，毅然跨出了书斋，用自己的血和生命完成了一首永不朽灭的伟大诗篇！

闻一多对于新诗的形式和格律，曾做过探索和尝试的工作。他主张“节的匀称”、“句的均齐”，主张“音尺”、重音、韵脚。他对于创作持着十分严谨的态度。他善于运用比喻。这些，在同时代的诗人中都是很少见的。

闻一多对于格律诗的提倡，不能说他没有受西洋诗特别是英国诗的影响；而他的某些诗(例如《收回》、《你指着太阳起誓》等)也的确离开民族传统远了一些。但是，因为他早年曾对我国古典诗歌发生过强烈的爱好，他继承了我国古代杰出的诗人们爱祖国、爱人民的优良传统。他不是为了个人的休戚和哀乐而歌唱的。他这样地写道：

最好是让这口里塞满了沙泥，
如其它只会唱着个人的休戚！
(《心跳》，即《静夜》)

因此，从闻一多的诗作里，我们感受到了燃烧在字里行间的火一样的爱国主义热情，和他对于污浊丑恶的现实世界的不满和愤怒。这些诗歌，在我国现代诗歌发展史上占有着很显著的重要地位。

正如闻一多一样，朱自清(佩弦，一八九八——一九四八)的一生也贯串着诗人、学者和民主斗士的三个时代。但在本时期，他却是以诗人著称的。他的诗集《踪迹》出版于一九二四年，是当时具有相当大影响的一个诗集。后来收在《踪迹》集中的长诗《毁灭》，最初发表在《小说月报》(第十四卷第三号)上，即刻引起了当时诗坛上的广泛注意。这是新文学运动开始以来，运用中国传统诗歌技巧写下的第一首长诗。诗人的现实主义精神在这首诗里得到了有力的表现。他这样地规定着自己所应该走的道路：

> 什么影象都泯没了，
> 什么光芒都收敛了，
> 摆脱掉纠缠，
> 还原了一个平平常常的我！
> 从此我不再仰眼看青天，
> 不再低头看白水，
> 只谨慎着我双双的脚步；
> 我要一步步踏在泥土上，
> 打上深深的脚印！

摆脱一切的纠缠，立足在现实的泥土上，谨慎着自己的脚步，缓慢地然而是不停地前进着的，正是朱自清执着于现实的精神的特色。他忘不了这“灰色的世间”。他认为“只有在生之原上”，才是他所“熟悉的”。在《送韩伯画往俄国》一诗里，他赞美了那照彻黎明的天空的“鲜明美丽”的“红云”；他对于“从大路上向红云跑去”的“绘画的学徒”说出了他的真诚的“祝福”和期待：

> 你将在红云里

偷着宇宙的密意，
放在你的画里；
可知我们都等着哩！

而在《赠 A. S.》一诗里，他更描绘了一个“手象火把”、“眼象波涛”、“言语如石头”的革命英雄的难忘的形象。

你飞渡洞庭湖，
你飞渡扬子江；
你要建红色的天国在地上！
地上是荆棘呀，
地上是狐兔呀，
地上是行尸呀；
你将为一把快刀，
披荆斩棘的快刀！
你将为一声狮子吼，
狐兔们披靡奔走！
你将为春雷一震，
让行尸们惊醒！

在这首诗里，朱自清对这个“要建红色的天国在地上”的革命者，不仅给予了热情洋溢的颂赞，而且也露出了他自己的倾慕之情。虽然他也像闻一多一样，没有很快地走上革命的道路，也在“古书的纸香”里度过了悠长的岁月，但这种对于现实的执着精神和对于革命的向往，正是他晚年成为民主战士的坚实基础。

作为一个倾向进步的小有产者的知识分子，朱自清不缺乏对于黑暗现实的憎恶和对于弱小者的爱；但长期的资产阶级教育和生活趣味也给了他很深的影响。他没有大踏步地靠拢革命队伍，他的进步显得有些迟缓。不过，他自始至终没有走为旧中国统治阶级帮凶帮闲的道路，特别是到了他的晚年，他要求着进步和改造，他死在贫病交迫的生活里，他至死不肯叫家属接受"美援"的物资。这种坚贞不拔的精神，对于当时多数知识分子的进步和转变，给了比较巨大的鼓励，同时也使我们看到旧中国的知识分子是通过怎样艰苦的历程才能够走向人民的。

总起来说，本时期的诗歌运动，较之五四运动时期，有了相当重大的进步和发展。这种进步和发展，主要表现在以下两个方面：第一，我们在前面已经指出过，从五四运动时期开始的中国新诗歌，就是显著地受了无产阶级思想的影响和领导的，到了本时期，因为党成立后中国革命形势的迅速进展，以及马克思列宁主义思想在中国传播范围的迅速扩大，我们诗歌中的社会主义思想因素也迅速地壮大、发展了。诗人对旧的丑恶的一切发出了强烈的咒诅和反抗的声音，对新的光明的未来也产生了热烈的理想和愿望。这样，本时期的多数诗人们就不徒运用他们的诗篇歌唱和反映了人民的生活和情感，同时，也以他们的诗篇对中国人民进行了比较深刻的思想教育，加强了中国人民战斗的要求和意志。第二，本时期的诗歌，不同于五四运动时期，不是把主要的工作摆在旧的形式格律的破坏上，而是多方面地去寻求和创造新的表现形式和格律。因为这样，本期诗歌就较之上一时期有了比较显著的不同面貌，在我们新诗歌运动历史上向前跨进了一步。

当然，本时期诗歌在上述两个方面，也是存在着比较严重的缺点的。首先，我们知道，一切艺术必须植根于生活的沃土上，然后才可能开出鲜丽、丰满的花朵来。诗也毫不例外。本时期的诗人们，大都缺少生活上的实际体验，许多歌唱革命的诗篇，都不是从实际革命斗争中、而仅仅是从作者的热情和理想中产生出来的，因此，有时显得空洞而概念，减弱了诗的艺术感染力量。其次，在诗的形式格律的建立方面，某些诗人往往忽略了我国传统诗歌的优美精炼的长处和人民口头创作的新鲜活泼的特色，而专门地从西洋诗歌中去找出路，结果使得我们的新的诗歌走了一段弯路，在相当长的时期内，严重地脱离了民族传统和人民爱好。这都是本时期诗歌运动所存在的缺点，要在以后各个时期中，费了很大力量才慢慢地克服过来的。

二　小　　说

鲁迅本时期那些不朽的小说，我们在第二章中已经作了一些分析，这里所要评介的主要是隶属于文学研究会和创造社的几个比较重要的小说作家，还有蒋光慈在本时期写下的几本作品。

在文学研究会的许多作家中，怀着追求“人生究竟”的热忱，而却以细致的笔触来刻画和批判了旧社会灰暗阴郁的人生的，我们首先要提到叶绍钧(圣陶)。

叶绍钧本时期的小说，计有短篇集：《隔膜》、《火灾》、《线下》、《城中》和《未厌集》(他的长篇小说——《倪焕之》，是下时期的作品，这里不打算提到它)；另外，还有童话集——《稻草人》。这些作品的取材，多半是小城镇中小市民的生活。暴露和谴责是作品的主调。据作者说，他的作品并不是怎么纯客观的，他很有些“主观见解”“寄托在不着文字的处所”①。但他同本时期许多小资产阶级的作者一样，他的“主观见解”只是“以为‘美’(自然)和‘爱’(心和心相印的了解)是人生的最大的意义，而且是‘灰色’的人生转化为‘光明’的必要条件。‘美’和‘爱’就是他的对于生活的理想。这是唯心的去看人生时必然会达到的结论”②。这样唯心的理想，不能不粉碎在铁样冰冷的现实生活里；因此，他就进一步面向现实，分析和反映现实，而他的作品的现实主义色彩也就逐渐地浓厚了起来。这个发展是非常可喜的。

他不是一个空想的作家，他写不来空想的东西，他的作品的题材来自个人实际生活的体验。他说：“我在城市里住，我在乡镇里住，看见一些事情，我就写那些。我当教师，接触一些教育界的情形，我就写那些。中国革命逐渐发展，我粗浅的见到一些，我就写那些。小说里的人物差不多全是知识分子跟小市民，因为我不了解工农大众，

① 《叶圣陶选集自序》，1951 年 2 月作。

② 茅盾：《中国新文学大系·〈小说一集〉导言》。

也不了解富商巨贾跟官僚，只有知识分子跟小市民比较熟悉。”①因此，他的作品里的人物就具有相当高度的真实性质和某种程度的典型意义。例如，《潘先生在难中》，以潘先生为代表画出了某些知识分子的卑怯和自私心理，和那种张皇失措的忙乱神态；《阿凤》里的阿凤，写出了封建社会童养媳的悲惨生活和她的未曾全然被扼杀的童心；《苦菜》里的农民福堂做梦也不愿种田的苦痛心理，也是旧中国农民在地主阶级残酷剥削下生动逼真的形象。作者笔下出现的人物和生活，据钱杏邨统计，在一九二七年前写的六十八篇小说中，写教育界的就有二十篇，这实在是因为他“做过将近十年的小学教员，对于小学教育界的情形比较知道得清楚点”②的缘故。

叶绍钧的创作，对于语言，是相当留意的。修整朴素，接近口语，是他运用语言的特色。他的语言的欧化成分是很少的。这都是值得我们学习的地方。

叶绍钧的童话，就《稻草人》中所收的二十三篇说，如《稻草人》借稻草人一夜所见，写出了旧中国农村的惨苦景象，《画眉鸟》要“为发抒自己对于一切不幸东西的哀感而歌唱”，都说明了作者对于旧社会的厌恨和反抗的心理。但因为作者当时对于中国社会的出路没有明确认识，所以难免将自己的成人的悲哀传给了幼小的一代，而且作品中有许多成人的体会和见解也恐怕不是小孩子们所能够理会得到的。

王鲁彦(一九〇一—一九四四)是文学研究会的重要小说作家，同时也是外国文学作品的译介者。他翻译了《波兰小说集》、《世界短篇小说集》、《世界的尽头》、《显克微支小说集》和果戈理的《肖像》等书。他在本时期的创作计有《柚子》、《黄金》、《童年的悲哀》三个集子。关于鲁彦的作品，周立波有一段很扼要的评述：“鲁彦的作品，有一些受着鲁迅的影响，特别是对于现实的忠实描写这一点，他是受了鲁迅的现实主义的熏陶的，他所接受的近代西洋文学的影响，也很显著。除了《兴化大炮》以外，他的所有的小说都是采用近代西

---

① 《叶圣陶选集自序》，1951 年 2 月作。

② 叶绍钧：《随便谈谈我的写小说》(附《叶圣陶选集》后)。

洋小说的手法。故事性不强，日常生活描画很细腻，人物心理分析很深刻，这些西洋小说的特点，构成了鲁彦小说的主要的部分。”①

的确，鲁彦的小说是受了鲁迅很大影响的，这首先表现在作品题材的选择上。正如鲁迅一样，鲁彦的作品也是以半封建半殖民地社会的人民的不幸生活为其主要题材的。在作品里，他谴责了封建军阀屠杀人民的罪行(《柚子》)，他描绘了从充满了天灾人祸的农村里流落到上海来当“娘姨”的不幸的劳动妇女(《李妈》)，他也倾诉了一个聪明正直的雇工的悲惨的遭际(《童年的悲哀》)。对于这些苦难的人们，他有着深厚的同情，他感同身受地向不合理的旧社会制度提出了他的激越的控诉。在《童年的悲哀》里，他说：“我过的艰苦和烦恼的日子太多了。我看不见幸福的一线微光。”在《小小的心》里，他说：“这是这里最流行的事：用一二百元钱买一个小女孩做丫头，或一个男孩做儿子，从小当奴隶使用着……这就是人家不许阿品和我接近的原因了。可怜的阿品！”——在这些句子里透露出来的，正是一个现实主义作家在现实生活里的实际感受和他的强烈的主观爱憎。

鲁彦虽然看出了社会的不幸和灾难，但怎样把社会从不幸 和灾难里拯救出来，使之走向自由幸福的明天，他却没有找着这条道路。他“咒诅着社会，又翻不过这世界，厌恨着生活，又跳不出这地球”(《秋夜》)。这样就构成了他的最大苦恼，也限制了他的写作的更远大的发展。因为他没有发现改变这世界的伟大力量，于是在生活上也就有了很大的局限，他不可能接触到广大人民群众的生活。于是，政治和生活视野的窄狭，就不能不影响到作品反映的深度和广度了。他自己说：“使我的创作少，最大的原因是觉得生活少。虽然从十七八岁起，我就踏入了紧张的生活的战场，尝尽了许许多多的滋味，看见了各色各样的人，遇到了各色各样的事，一直到现在还不曾有过片刻的休息，总觉得还不够，觉得入世还不深。”②正是“生活少”，“入世

① 见《鲁彦选集序》。

② 见《关于我的创作》。该文作于1933年5月，现附在《鲁彦选集》(开明版)后面。

还不深”，造成了鲁彦内心的苦恼，也局限了他的作品的战斗的作用。他把他的烦怨和苦恼一部分献给了“离开了天上的自由的乐土”，他愿意回到那“可爱的童年时代，回到那梦幻的浮云的时代”(《童年的悲哀》)。他追忆着儿时在故乡河畔钓鱼的乐趣，而说自己“尝遍了太多的苦味，有了老人的思想，对一切都感到空虚”(《钓鱼》)。他怀念着“父亲的玳瑁”，他“舍不得父亲，舍不得父亲所住过的房子，走过的路，以及手所抚摸过的一切”(《父亲的玳瑁》)。这种伤感的、愤懑的情绪，来自他对现实生活的不满，同时也因为他没有看清自己所应走的正确道路。他同情那些“被侮辱与损害的”人们，但他没有看见工农群众胜利的曙光；他摸索自己前进的道路，但他没有把自己投进正在日益热烈地展开着的革命斗争。

在描写手法方面，鲁彦的小说具有自然和朴素的特点。人物形象也刻绘得鲜明生动。这些都是鲁迅小说所给予鲁彦的显著影响。但鲁迅作品中所特有的那种明快与机智，在鲁彦的小说中是没有的。他的作品里常常出现着大段的议论和教训；而且人物的对话欧化的气息太重，往往不合人物的身分。这些缺点自然减少了他的作品的感人的力量。

短篇集《缀网劳蛛》的作者落华生(许地山，一八九三——一九四一)，也是文学研究会一个相当重要的作家。

由于小资产阶级知识分子的特性和他对于佛教哲学的长期沉浸，作者早期的思想很明显地存在着虚无主义和自然主义的倾向。《缀网劳蛛》里的女子尚洁，虽然“不信史夫人用定命论的解释来安慰她”，然而她认为“事情怎样来，我就怎样对付，毋庸在事前预先谋定什么方法”。——这正是一种逆来顺受、乐天安命的看法。“世间没有一个不破的网”，这种人生观实际上也还是定命论的。尚洁有一段话，是值得注意的：

> 我象蜘蛛，命运就是我的网。蜘蛛把一切有毒无毒的昆虫吃入肚里，回头把网组织起来。他第一次放出来的游丝，不晓得要被风吹得多么远；可是等到粘着别的东西的时候，他的网便成

> 了。他不晓得那网什么时候会破，和怎样破法。一旦破了，他还暂时安安然然地藏起来，等到有机会再结一个好的。……人和他的命运又何尝不是这样？所有的网都是自己组织得来，或完或缺，只能听其自然罢了。

这是尚洁的人生观，但也可以把它当做作者的人生观来看待。因为这样，所以早期的许地山，虽然没有让自己在“云封雾锁”的人生路程上坠落到颓唐感伤以至于绝望的深渊中去，而还能继续地“往前走”下去；但他仍然是“从渺茫中来，在渺茫中住，望渺茫中去”的。支持和鼓舞着他的不是对前途的“乐观”的信心，而是一种听自然安排的“达观”的想法。这正反映了当时一部分知识分子对人生和社会的探索与逃避交织的矛盾心理。

以上是许地山早期思想和作品倾向的一个方面。另一方面，在许地山早期作品里也显露着他对于劳动人民的朴素深厚的感情。他赞美落花生，说“无论何等人都可以用贱价买它来吃，都喜欢吃它，这就是它的好处”，因此，他希望人们“要做有用的人，不要做伟大体面的人”①。在《缀网劳蛛》里，尚洁到土华以后，便在珠船里工人们身上去探求“那些灵性的珠子”。《春桃》中拾垃圾的女人在旧社会各种各样的迫害和折磨下，依然没有向生活低下头来。这都可以说明作者早期思想中进步的成分。以这种思想感情为基础，他的创作才能够逐渐地向现实主义的道路发展下去；而作者后来在抗日战争期间坚持救亡工作的爱国主义精神，也可以从这里找出它的发展根源来。

文学研究会的小说作者，我们应当提到的还有王统照和黄庐隐。王统照（剑三）本时期的创作，长篇有《黄昏》、《一叶》，短篇集有《春雨之夜》、《霜痕》。他写的多半是青年男女的苦闷，虽然他以为“美”和“爱”才是人生的真谛，但也显示了一定程度反封建的意义。庐隐的长篇小说有《女人的心》和《象牙戒指》，短篇有《海滨故人》、《曼丽》、《灵海潮汐》和《玫瑰的刺》。在她的作品中，我们也看到了

① 《空山灵雨·落花生》。

同文学研究会其他作者一样的对于“人生问题”的苦索，不过她却穿了恋爱的外衣。她笔下的人物，多是要求着“自我发展”的苦闷的青年，她大胆地描写了他们的烦闷的心理，因此，也就多少反映了时代的面貌。

郭沫若是一位杰出的诗人，作为小说家来看，他也是具有着较多的诗人气息的。不同于鲁迅和文学研究会的许多作家，他的小说缺少冷静而细致的社会生活的描写，而是用热情的自白代替了这些。他的作品中的主人翁常常就是作者本人。他以自己的“被幸福遗弃了的囚人”(《歧路》)的愤懑和不平，向旧社会提出了猛烈的控诉和抨击。同他的诗歌一样，他的小说的主要精神也是积极的、反抗的、破坏的。

郭沫若本时期的小说计有《落叶》、《塔》、《橄榄》三部。作于一九二五年的《落叶》是一部书信体的中篇小说，是“一个可怜的女子只倚赖着你的爱情把一切都抛弃了”以后，写给她的爱人的四十二通热情的书信。这部小说，作者是写来纪念他和他的日本爱人的一段艰苦坚贞的恋爱经过的。在书的前面，作者借用垂危时的洪师武的口，说出了下面的话：“我回到中国来并没有什么意思，只是想拜托一位可信仰的友人替我把我爱人的生命永远留传下去。我虽然不能如象但丁一样，由我自己来使我爱人永生，但我也心满意足了。”这里说的正是作者写作《落叶》的真正动机。在小说《歧路》中，他这样追叙他和他的爱人结婚的情形：“他的女人是日本的一位牧师的女儿，七年前和他自由结了婚，因此竟受了破门的处分。”当他因了生活艰窘，不得不让他的爱人带着三个孩子返回日本的时候，他说：“我的爱人哟！你是我的 Beatrice！……Dante 为他的爱人做了一部《神曲》，我是定要做一篇长篇的创作来纪念你，使你永远不死。”这是《落叶》这部小说在作者思想中孕育的开始。《落叶》便是这样地写下来的，但它却包含了比较深刻的反封建的意义。主人翁菊子姑娘是一个顽强的女性，她背叛了自己的家庭，执拗地走着自己的颠顿的道路。她说，“我依然还是不能不背弃父母走我自己所走的路”，虽然她也知道，“我如回家，我的一生是最安全的，这是了如指掌的事情”。这样坚决的反叛精神，应该是《落叶》这部小说的主要一面。

《塔》共收短篇小说七篇，是郭沫若在一九二三——九二四年间的作品。等到一九二六年本书出版的时候，作者已经向着他的“过往了的浪漫时期的‘幻美的追寻、异乡的情趣、怀古的幽思’作了永远的告别”了。因此，收藏在《塔》里的这七篇小说，我们是可以把它当成作者“青春时期的残骸”①来看待的。这是郭沫若早期思想的一个方面，唯美主义的倾向，消极的浪漫主义的气息，在《塔》里面比较明显地存在着。不过，其中《万引》一篇，写出了在“连书籍也成了商人所垄断的商品”的资本主义社会中的穷苦知识分子的悲哀，《阳春别》一篇写的是两个不同国籍的知识分子在旧中国社会无路可走，终于要远适他国的故事，都对现实投出了无情的讽刺，也还是有着它的积极的意义的。

《橄榄》(初版于一九二八年)中的《漂流三部曲》(包括《歧路》、《炼狱》、《十字架》三篇小说)和《行路难》，都是作者本时期贫困和漂流生活的写照。作品中的主人翁爱牟就是作者自己。在这些小说中，我们可以看出在旧社会里一个正直的文艺工作者所忍受的压迫与损害。作者不止一次地在小说中倾吐着如下悲愤的话：“我们真正是牛马！我们的生活是值不得一些儿同情，我们的生活是值不得一些儿怜悯！我们是被幸福遗弃了的人，无涯的痛苦便是我们所赋与的世界！……我们是什么都被人剥夺了，什么都失掉了，我们还有什么生存的必要呢！”(《十字架》)作者本来是学医的，但他拒绝了 C 城红十字会的邀请，退回了送来的旅费，他宁肯在贫困中坚持自己的文艺事业。他认为：“医学有什么！我把有钱的人医好了，只使他们更多榨取贫民。我把贫民的病医好了，只使他们更多受几天富儿们的榨取。”他又认为：“医学有甚么！能够杀得死寄生虫，能够杀得死微生物，但是能够把培养这些东西的社会制度灭得掉吗?”(《歧路》)作者对旧社会制度的憎恨是强烈的，呼声是激越的。《橄榄》集中的这些小说正好代表了作者本时期精神的积极的、反抗的一面。无疑问地，这些小说所表现的积极反抗的思想，在当时能给予社会的影响是相当

---

① 《塔》卷首题词，1925 年 2 月作。

大的。

郭沫若主要地是一个诗人，而且是一个抒情的诗人。他在小说创作上的成就远远地赶不上他的诗歌。他的小说只能算是一种介乎抒情散文与小说之间的东西。他的生活天地是不广阔的，题材不外两种：个人的遭际与空渺的幻想；也缺乏那种作为小说的谨严的结构。他在《郭沫若选集》的《自序》中说："……由于耳朵有毛病的关系，于听取客观的声音不大方便，便爱驰骋空想而局限在自己的生活里面。因而在文学的活动中，也使我走出了偏向——爱写历史的东西和爱写自己。"又说："我在文艺写作上，大抵是一个即兴诗人。连我所写的几个多幕的史剧，也都是即兴地写成的。趁兴之所之，几天工夫就写它一部。"这些话，对于研究郭沫若本时期的小说是很有帮助的。

郁达夫(一八九六—一九四五)的短篇小说集——《沉沦》①，共收小说三篇：《沉沦》、《南迁》、《银灰色的死》。其中《沉沦》一篇，以它的"惊人的取材与大胆的描写"②，博得了当时广大青年的注意和共鸣，但也存在着比较严重的缺点。

《沉沦》的主人公是一个留学日本的中国青年。他一方面因为在日本国土上受尽了欺侮凌辱而热烈地想望着一个富强的祖国；另一方面，又因为青春期性的觉醒而渴求着一种"真心真意"的爱情。这两种想望成为了这位青年主人公的生活和心理的主宰，也代表了"五四"初期一般知识青年的共同苦闷和要求。作者以酣畅的笔墨大胆地描绘了主人公的这种想望，以及由这种想望的不能实现而日益走向孤独颓废以至投海自杀的生活道路，比较强烈地显示了对于帝国主义与封建礼教的不满和反叛的精神。这是《沉沦》这篇小说的积极的值得肯定的一个方面。

但是，《沉沦》也有缺点，必须予以指出。小说过分渲染了主人公的感伤忧悒的病态心理，以及由这种心理所造成的慢性自戕的生活方式。出现在作品里的青年主人公，不是一个英勇抗争的生活的"闯

---

① 1921年泰东书局出版，后收入《全集》之《鸡肋集》中。

② 成仿吾：《〈沉沦〉的评论》。

将”(当然更不是一个献身革命的集体主义的战士，但在写作《沉沦》的那个时代，我们不应当对作者作这样的苛求)，而只是一个“循环性的忧郁症”的患者，一个漂泊异国的生活的“零余者”。他没有采取任何一种有效的方式来实现他的梦想——把他的祖国从衰败变成富强，而是相反地，正如小说题目所显示的，日益加甚地走向了沉沦的境地。小说以主要篇幅描写了这位主人公的急遽沉落的自我戕贼的生活，不适当地渲染了某些猥亵的场面。因此，读者从小说中所得到的就不仅是对于帝国主义和封建礼教的愤怒和反抗，而与此同时也会受到一些不健康的有害的影响。

其实，不仅《沉沦》这篇小说如此，写在同时期的《南迁》和《银灰色的死》(还有后来的大部分作品)也都是以“零余者”为其主人公的。这些人物大抵具有同一的性格，同一的对社会人生的态度，同样也都遭遇到了贫病以至于死亡的命运。人物与旧社会的矛盾冲突，以及由这种矛盾冲突而形成的心灵上的苦闷和对旧的社会制度的愤懑与诅咒，使得这些人物在某种程度内具有了典型的意义，也使得作品在某种程度内符合了当时人民的愿望和要求。但是，这些人物，对于旧社会的统治力量又仅仅是一些消极的不合作者，他们远远离开了人民和尖锐剧烈的社会斗争，以纵酒买笑、颓废自戕的生活方式作为对黑暗现实的逃避。人们从郁达夫的小说中，很难像在郭沫若的诗歌中一样，汲取到一种乐观进取的力量。

时代培育着作家。一九二三年前后，郁达夫受了社会主义思想的影响，在思想上有比较显著的变化和发展。在文艺创作方面，作为这种变化和发展的标志的，是《春风沉醉的晚上》和《薄奠》两个短篇①。

《春风沉醉的晚上》和《薄奠》都是以劳动人民的生活为题材的作品。主人公都有着善良而正直的灵魂，但贫困的生活和悲惨的遭遇，却是他们从社会所得到的唯一报酬。从生活的“零余者”的描写到对劳动人民的塑绘和赞美，这是作者的思想感情与生活视野都在那儿变化、发展的一种结果。如果郁达夫能够在这个觉醒的基础上，投身革

① 均收在《全集》之《寒灰集》中。

命，进一步与工农群众相结合，他在文艺事业方面将会放出更大的光辉来的。

在这以后，郁达夫经历了五卅运动和一九二六—一九二七年大革命的风暴，亲眼看见了蒋介石国民党对于共产党员和革命群众的血腥屠杀，在他的思想上也曾引起过一些愤怒和反抗的火花①，但并没有根本改变他的人生态度和生活行径。他一度徘徊在斗争和逃避、革命者和隐士的歧路，而最后所选择的道路则是后者而不是前者。当下一时期白色恐怖笼罩全国，而左翼文化运动在党领导下坚持斗争的时候，他却成了一个"避席畏闻文字狱，著书都为稻粱谋"②的遁世的文人。一九三二年在杭州写出的短篇小说《迟桂花》，以那样激赏的心情和纯熟的技巧所刻画出来的两个人物——翁则生兄妹，不能不说是郁达夫那一时期隐遁思想的反映。而他的那些以优美细致的笔触摹写祖国山河的游记，则更是那时生活的直接产品。

关于郁达夫的思想和创作，我们认为应该指出主要的两点：第一，他有积极反抗的一面，也有消极颓废的一面。从后者出发，所以他在阶级斗争空前尖锐的第二次国内革命战争时期成了现实斗争的逃避者；从前者出发，所以他始终不满于现实，而在抗日战争期间，终于为祖国贡献出了他的血和生命。第二，郁达夫的小说，差不多全是他个人生活和感情的实录（说是实录，并不是说它就全无夸张和概括）。他曾经说过这样的话，每一部作品都是作家的自叙传。这正是浪漫主义作家所常有的写作态度。而在这一点上，郁达夫与郭沫若两人的小说是完全一致的。

蒋光慈本时期的小说有《少年漂泊者》（中篇）、《鸭绿江上》（短篇）、《短裤党》（中篇）三个集子。在题材的选择范围上，在革命意识的强烈鲜明上，这些小说都超过了同时期其他作家的作品，因此，它们在当时社会上（特别是在知识青年中）所起的作用是非常巨大的。

① 可参看《日记九种》。

② 这原是清代诗人龚自珍的一联诗句，郁达夫曾将它写成对联，悬挂在杭州寓所书斋中。

《少年漂泊者》完稿于一九二五年一月，是蒋光慈的第一篇小说。在这篇小说中，作者通过汪中这个人物的一生，反映了从“五四”以后一直到“五卅”前后的中国社会的动荡不安的面影，同时也写出了青年汪中如何在旧社会的迫害摧残下逐渐觉醒，而最后终于献身于革命事业的发展道路。汪中是一个佃农的儿子，当他的父母被地主阶级逼死后，他做过乞丐、学徒、店员、工人，而最后是在革命战争中英勇地牺牲了。虽然，作者笔下的汪中，还不是那么真实的，还是带有很多的小资产阶级知识分子的思想意识的；但是，当大多数作家都以小市民和知识分子的生活为写作题材的时候，蒋光慈却在作品中描写了这样一个人物，不能不说是一个大的进步。小说用的是第一人称的书信体裁，情感是激越而高昂的。作者在《自序》中说：“……读者绝勿误会我是一个完全粗暴的人！我爱美的心，或者也许比别人更甚一点；我也爱幻游于美的国度里。但是，我所耳闻目见的，都不能令我起美的快感，更那能令我发美的歌声呢？……倘若你们一些文明的先生们说是粗暴，则请你们莫要理我好了。我想，现在粗暴的人们毕竟占多数，我这一本粗暴的东西，或者不至于不能得着一点儿同情的应声。”从这段话里，我们可以想见作者当时写作的态度，而这本小说的出现，也的确是给了当时广大青年读者以许多有益影响的。

《鸭绿江上》收集的是作者在一九二六年七月以前写下的八个短篇：《鸭绿江上》、《碎了的心》、《弟兄夜话》、《一封未寄的信》，《徐州旅馆之一夜》、《橄榄》、《逃兵》、《寻爱》。这些小说中的主人翁大都是被压迫的革命党人或者是辗转在穷困生活里的“底层”人物。作品的主题思想是很鲜明的，充满对于旧世界的愤怒和反抗。《弟兄夜话》中的江霞这样对他的大哥说：“……现在的世界也真是太不成样子了！有钱的人不做一点事，终日吃好的，穿好的，而穷人累得同牛一样，反而吃不饱，衣不暖，这是什么道理？……什么公理，什么正义，统统都是骗人的，假的！谁个有钱，谁个就是王，谁个就是对的！你想想，这样下去还能行吗？”这正是《鸭绿江上》八个短篇所要表现的共同思想。正如作者在书前《自序》中所说的，这些小说的出现，在当时是担负了一些“为光明而奋斗的鼓号”的任务的。

中篇小说《短裤党》，是蒋光慈本时期一部重要的作品。它完成于一九二七年四月间，正是蒋介石阴谋叛变革命、大举屠杀中国革命群众的前夜。它所反映的是上海工人阶级在中国共产党的领导下，为了响应北伐军而举行三次起义的重要史实。在这部小说中，作者以他的急骤的热情描绘了中国工人阶级无坚不克的艰苦斗争的英勇姿态，同时也显示出了工人阶级在中国革命运动中无可怀疑的领导力量与智慧。杨直夫、史兆炎、李全贵、邢翠英等人物作为共产党员的高贵品质，在某些场合上刻画得较为真实感人。书中的人物很多，我们很难找出谁是真正的主角。人物的思想情感有时也还是小资产阶级式的(这自然与作者的思想水平和生活实践有着很密切的关系)。结构也显得有些涣散。虽然存在着这些缺点，但这部小说仍然要算是本时期一部出色的作品，它在一定程度内反映了大革命时代的真实面貌。

蒋光慈的作品(包括他的诗和小说)，在当时曾遭受到许多非难和批评。这些非难和批评，有好多地方是不公允的。当然我们不否认在蒋光慈的思想上和创作上存在着很多缺点，这些缺点限制了他在政治上更大的进展，同时也限制了他在文学上更高度的成就。但是我们也不应当忽视他在本时期(还有下一个时期的开始两三年)中国新文学运动上的重要贡献。他曾经提倡过革命文学，但他的提倡，不仅在理论主张上，而且更重要的，他以他的许多作品实践了他自己的主张，因而也更使革命文学有了比较实际具体的内容。在以革命思想教育广大人民这一点上，同时也在革命文学的发展历史上，蒋光慈是有过一些比较重要的贡献的。

以上是对于本时期几个重要小说作家的简略评述。总起来说，本时期的小说承继了五四运动时期的革命传统，随着党成立后革命形势的发展，有了较新的面貌和特点：(一)本时期新文学阵营的作家，不管他们所隶属的文学团体和文学主张是怎样，但他们有一个共同的特点，即对于当时帝国主义和封建地主阶级所统治的旧社会是一致地不满的。虽然他们之中的大多数，这时还找不着中国社会的正确出路，但他们通过不同的方法和途径，用他们的小说暴露了这个社会的黑暗，谴责了这个社会的罪恶。因此，这些小说就必然地是打击旧的统治者的有力武器，是符合于中国人民的革命利益的。(二)作家们的表现技巧是显著地提高了。虽然这时期还很少出色的长篇小说出现，但许多短篇小说，已经可以算是比较完整和接近成熟的作品了。上一时期小说中的粗糙稚弱的现象，在这时期的小说中是很少见到了。(三)本时期的小说也有着这么一个共同的缺点，就是由于作者思想和生活的局限，还不能本质地揭露社会生活中的矛盾和斗争。有些作家因为生活的不足，往往以空想代替实际，作品中人物的思想和言行就常常显得不真实，或者根本就是作者本人化装的出现。在创造社的人们及蒋光慈的作品中，这种缺点显得更突出一些。

第五章　本时期的戏剧与散文

一　戏　　剧

五四运动时期的戏剧运动，主要地是理论的探讨与不同主张的争辩，剧本创作是很少的。到了本时期，这种情况是逐渐地改变过来了。从事戏剧运动的社团和刊物增多，同时也有了较多的剧本创作。虽然在本时期剧作者当中，有不少的人专门追求作品的情节和趣味，而忽略了它的真实反映社会生活，教育观众与读者的重要任务①；但从本时期戏剧创作的主要趋向看来，它还是承继着五四运动时期的战斗传统，在一定程度内反映了本时期日益复杂和日益尖锐地对立着的阶级关系，而且也在一定程度内教育了中国人民的。

郭沫若的剧本——《三个叛逆的女性》，出版于一九二五年，同他的诗集《女神》一样，是一部具有狂暴的叛逆精神的作品。通过关于中国历史上三个著名女性——聂嫈、王昭君、卓文君——的故事和性格的描绘，作者进行了对于封建社会与封建道德的大胆抨击。而这，最为鲜明突出地表现在《卓文君》一剧中。卓文君是我国历史上一个有名的女性，她生活在古老的封建社会里，不顾礼教的束缚，大胆地冲出了家庭的牢笼，而和司马相如有了自由的结合。剧本以热情横溢的笔墨刻画了这样一个女性，赋予了她以强烈感人的舞台形象。

① 如熊佛西、陈大悲等都是这一类型的作者。熊佛西在《戏剧与趣味》一文中说："任何派别的剧本，只要其中蕴蓄着无穷的趣味，即是上品。"很可以代表他们的看法和主张。

从作者的想象中所虚构出来的另一人物——红箫，也具有这样一种性格上的特点，带着十分动人的艺术魅力。作为反面形象出现的卓王孙和程郑，作者也以满腔的憎怒描摹和嘲笑了他们的趋炎附势、道德败坏的精神特点。卓文君、红箫和卓王孙、程郑之间的斗争所代表的是两种不同的社会势力和道德观念之间的斗争。下面是《卓文君》中的一段对话：

卓：你这说的是什么话？你在向什么人说话？

文：我以前是以女儿和媳妇的资格对待你们，我现在是以人的资格来对待你们了。

卓：啊，不得了，不得了！造反了，造反了！

文：你们一个说我有伤风教，一个叫我寻死，这是你们应该对着你们自己说的话。

卓：造反了，造反了！

文：我自认我的行为是为天下后世提倡风教的。你们男子们制下的旧礼制、你们老人们维持着的旧礼制，是范围我们觉悟了的青年不得，范围我们觉悟了的女子不得！

从卓文君口中说出的这些斩钉截铁的话，正是觉悟了的中国女性对于整个封建秩序与封建礼教的反叛宣言。这个剧本发表以后，立刻引起了封建统治阶级的震恐（浙江省教育会通过了一个议案，禁止中学以上的学生表演这个剧），同时也博得了广大青年的热烈共鸣。有人说："《女神》放在我桌上时，偏能使我的血管膨胀而欲裂；《孤竹君之二子》和《卓文君》出世后，才能使我悲愤填膺，才能使我欲把只手杀死罪恶的人类。"①这种情况是不难理解的。

能否认为郭沫若的《三个叛逆的女性》是在完全"写历史"呢？这个问题是应该弄清楚的。作者在诗剧《孤竹君之二子》的《序话》中说："我要借古人的骸骨，另行吹嘘些生命进去。"在《写在〈三个叛逆的女

① 见工以仁.《沫若的戏剧》。

性〉后面》中，作者也曾经这样说："卓文君的私奔相如，这在古时候是认为不道德的，就在民国的现代，有许多旧式的道德家，尤其是所谓教育家，也依然还是这样。……我的完全是在做翻案文章。……本来她嫁的是什么人，她寡了为什么又回到了卓家，这些事实我在历史上是完全不能寻到，我说她是嫁给程郑的儿子，而且说程郑是迷恋着她的，都是我假想出来的节目。"从这些话中，可以显然地看出作者的原意并不在于以戏剧的形式来复述历史上的一些故事，而是"借他人酒杯，浇自己块垒"（所谓"借古人的骸骨，另行吹嘘些生命进去"正是这个意思），假借"历史剧"的形式来发挥自己的见解，使自己对于旧的统治阶级的憎恨和反抗，能够巧妙地掩饰在历史故事的外衣下面。懂得这个理由，对于剧本中的人物常常说着现代的语言，或者剧本中的故事常常与记载中的故事有些出入，我们也就一点不觉得什么奇怪和不合理了。（这样情况，不徒是《三个叛逆的女性》是如此，就是作者所有的历史题材的小说和剧本也都是如此的。）

《三个叛逆的女性》有些地方很受了西洋文学特别是唯美主义文学的影响。《卓文君》结尾时红箫杀死秦二后的独白和《王昭君》结尾汉元帝捧着毛延寿首级时的独白，都分明呈露着王尔德的《莎乐美》的影响。但这种影响不是很重要的；《三个叛逆的女性》最主要的地方应当是它的积极的反帝反封建的精神（反帝精神主要表现在《聂嫈》一剧中，作者曾说："没有五卅惨剧，我的《聂嫈》的悲剧不会产生。"），和充满在整个剧本中的动人心弦的高昂的热情。而这一点，与诗歌《女神》的精神是完全一致的。

田汉是本时期我国从事戏剧工作最努力也最有成绩的一个。他的努力和成绩不仅表现在戏剧运动的倡导上①，而且也表现在剧本创作上。他在本时期创作的剧本，应该着重提到的有三个：《咖啡店之一

① 田汉最初参加创造社，不久即因故退出，先后主编过《南国半月刊》、《南国特刊》，并先后组织和主持过南国电影剧社、上海艺术大学的文科、南国艺术学院、南国社等戏剧团体。这些刊物和团体在中国戏剧运动史上，都曾起过较大的作用。

夜》、《午饭之前》和《获虎之夜》。他自己后来这样叙述到写作这些剧本时的情况："《南国半月刊》之发刊，正当一面帮着编辑由中华书局出版的《少年中国》，一面与创造社底关系渐疏的时候。这时我对于社会运动与艺术运动持着两元的见解。既在社会运动方面很愿意为第四阶级而战，在艺术运动方面却仍保持着多量的艺术至上主义。那时印度的诗人泰戈尔到中国来，国内文坛对于他的态度分做两派，右翼的研究系的文士们大大的欢迎他，而左翼的文士们尤其社会运动的少年斗士们反对欢迎他。……我对于他们的社会运动很有同情，独至此举甚不谓然。我觉得泰戈尔的艺术有他自己的价值，不能因为他不革命而反对他，并且觉得它们对于他太不理解了。因为这种小市民的文学见解，所以《南国半月刊》第一期有一简单的宣言，即'欲在沈闷的中国新文坛鼓动一种清新芳烈的艺术空气'。所谓空气自然也是模糊的感觉，而无一定的明确的创作的意识。"①这一段话，对于理解田汉本时期的戏剧创作，是非常重要的。所谓"对于社会运动与艺术运动持着两元的见解"，正反映了小资产阶级知识分子"情感的因素倾向于过去，理智的因素倾向于未来"②的矛盾、犹豫的思想情况。而这种思想情况自然不能不影响到他本时期的剧本创作上来。

被收在《田汉戏曲集》第一集中的首篇独幕剧《咖啡店之一夜》，并不是田汉的第一篇作品③，但作者却是用它来纪念他的"剧曲创作生活的发轫"，而且认为它"事实上是比较能介绍自己的'出世作'"④的。这个作品创作于一九二〇年，后来曾经过重大的删削。剧本通过咖啡店侍女白秋英被一个私盐商的儿子李乾卿所遗弃的故事，说明了"穷人的手和阔人的手终始是握不牢的"的道理，反映出了旧社会里所谓爱情和婚姻是建筑在什么基础上的。这就显示了作品的积极进步

① 田汉：《我们的自己批判》，《南国月刊》二卷一期。

② 高尔基：《论社会主义的现实主义》。

③ 他在《自序》中说："我的处女作应该是《瓌珴璘与蔷薇》（五幕剧，曾发表于《少年中国》），但那个作品实在太不成熟……所以只好弃置不顾了。"

④ 《田汉戏曲集》第一集《自序》。

的意义。可是白秋英与青年林泽奇结为兄妹的事实，却到底“完全是没落的小布尔乔亚的感伤”心理的表现。虽然白秋英后来说出了“旧的是没有什么可留恋的，鼓起勇气，开始新的生活罢”，但新的生活是一种什么样的生活，而且怎样来开始它，剧本是没有解答的。伤感和颓废形成了整个作品的主调。这正是一个作家在社会运动与艺术运动上抱持两元见解，在生活上和情感上没有与工农群众结合时在创作上所呈露出来的必然结果。

《午饭之前》一名《姊妹》，是田汉在一九二一年写作的一个独幕剧本。关于这个剧本，作者在《田汉戏曲集》第一集的《自序》中的一段话，是值得我们引录一下的：“……这作品幼稚的地方到今日念起来也使人汗颜，然而我不能舍掉它实因它毕竟含有比《获虎之夜》较重大的社会意义。第一，写这作品的动机是因为当时湖南军阀赵恒惕为华实纱厂的年关斗争的严重惨杀了黄爱、庞人铨两人。黄爱是由黄素兄的介绍刚和我做朋友的，我非常悼惜他，在这剧本中就成了那二姐所爱的纱厂男工林三哥。第二，写这剧本的时候正是国内反宗教运动高涨的时候，赞成反对两派争辩甚烈，《少年中国》杂志为着这个出了三期专号。这剧中的大姊（基督教徒）与二姊（革命女工）便体现了这个斗争，而结果是大姊的转变。第三，这剧中的姊妹三个是以我们小时随母亲居长沙北门外伍家岭时所见一张姓老太婆的三个女儿做模型的。她们母亲无子，靠她们三个在该地和丰火柴公司做工为生活，她们和我们很熟，实在是我所最初接触的近代女工。由她们才引起了我对于劳动妇女生活的兴趣，虽说当时所见的还是非常的浅薄。发表在这里是经过可能的改订的。在赵恒惕式的屠杀，伊牧师式的欺骗还存在的中国劳动运动界，这剧本在相当好的舞台装置与表演人材的条件下相信还有它的意义和效果。”

这一段话很清楚地说明了剧本《午饭之前》的主题思想和其中所揭示出来的社会生活中的矛盾和斗争。这个剧显示作者的思想较之写《咖啡店之一夜》时已经有了很大的进步。剧中的人物因为是从实际生活中摄取得来的，所以显得鲜明而真实。弥漫在《咖啡店之一夜》中的伤感颓废的情调，在这个剧本中也没有了。剧本中的主角二姊说："我们要拼命和这个不合理的社会制度斗争，我们不能被人家打了右边脸又让左边脸给人家去打。我们不能爱我们的敌人。"因为自己的妹妹惨遭杀害而觉悟了的大姊也说："上帝！你夺去了我们的父亲，现在又把我的姊妹拆散了吗！我的母亲这样的好人，竟非饿死不可了吗？上帝！不，你这恶魔，滚到地狱里去吧。我要复仇！我要踏着她们的血前进，二妹，你的姊姊来了！"因为人物思想的发展和现实斗争有着密切的联系，所以这些话没有空洞、概念的毛病，具有相当巨大的感染力量。

不过，这个剧本还有着下列的缺点。首先，关于剧本中的主要矛盾和斗争——工人阶级与封建军阀和资本家之间的矛盾和斗争，作者没有从正面来处理它，我们只能从人物的对话中得到关于它的一些暗示。这样自然是不够的。其次，剧中人物之一的林三哥应当是一个很主要的人物(作者说他是用来纪念革命烈士黄爱的)，但他却没有得到应有的表现，他只是一个没有登场的人物。这就使读者和观众难以从剧中了解这位英雄人物的高贵的道德品质，而作品的教育意义也就不能不因之减低了。最后，这个剧本的结尾是没有力量的，它没有显示出工人阶级的集体力量与其必然胜利的前途来。

另一个剧本——《获虎之夜》也是一九二一年(作者刚回国那一年)写下的作品，发表在《南国半月刊》第二期上。这个剧本发表后，上演的地方很多。关于它，作者后来说："我事实上有多少年也不曾重念过这个剧本了。到一九三二的现在再检阅一过，觉得不必十分改动也可以的还算这一篇。因为尽管有幼稚的伤感的地方，而纯朴的青春时代的影象还可以从作品中追寻出来，这就是使人难舍的地方了。并且这作品在题材上也接触了婚姻与阶级这一社会问题，一个浮浪儿童爱上了一个富农的女儿，在当时必然地会产生这种悲剧。在现在我们不免有些不满的是这浮浪儿童就那么自杀了，莲姑娘是那么父权底下宛转哀啼着，不曾暗示半点光明……"①这是作者自己在十年后给予剧本的正确评价。《获虎之夜》值得我们重视的地方，就是它多少

① 《田汉戏曲集》第二集《自序》。

从阶级的观点上接触了青年的婚姻问题。但它的真正的缺点却不仅在于“不曾暗示半点光明”，而是在于剧本中的传奇色彩和伤感颓废的情调过于浓厚了。像剧本结尾时黄大傻的一段话，就带有一种消极的浪漫主义的情趣。

除上述三剧外，田汉在本时期还写了《乡愁》和《落花时节》两个剧本。一九二五年又写下了他的有名的剧本——《顾正红之死》。这个剧本以五卅运动时中国工人阶级英勇斗争的史实为题材，反映了中国人民对于帝国主义的强烈仇恨和百折不挠的斗争精神，是本时期影响较大的一个作品。

洪深(一八九五—一九五五)也是我国戏剧运动史上有重大贡献的一位倡导者和剧作家。他从小就喜欢戏剧。远在学生时代，他就从事过剧本创作，并和劳动人民有所接触①。他的剧本《赵阎王》是在一九二二年冬天写下的。那时正是中国封建军阀不停地进行内战的时候，《赵阎王》这个剧本通过主要人物赵阎王的一生经历，多多少少地暴露了军阀的罪恶。他自己说写这出戏的经过是这样的：“记得六年以前的春天，在第一次奉直战争后，我上北方去，在火车里听得兵士谈说，吴佩孚战胜的军队，将长辛店阵线上，受有微伤而不碍性命的奉军，多数活埋了。因为奉军身边，都有几十块钱，吴军很穷，不活埋，不能夺取奉军的钱。我当时听了，情感上起了极大的冲动，好几天不能自然，后来慢慢的联想到北方军阀和兵士一切的罪恶。慢慢的对于受虐害的民众发生无量的同情。慢慢的对那作恶的兵士，也会发生同情了。但我是一个从事戏剧的人，别无能力。所以只得费了几个月的工夫，在那年冬间，完成了《赵阎王》这部剧本。”②可以看出，《赵阎王》这个剧本的创作，虽然有它的一定的现实基础，但作者对于当时兵士们的生活与思想情感丝毫没有接触，也自然不会有什么深刻理解。因此，赵阎王这个人物就不能不纯粹是出于作者的想象和虚构。同时，作者当时创造这样一个人物，只是想由他来说明“世上没

① 可参阅洪深的《戏剧的人生》一文，《洪深文集》第一卷。

② 《洪深戏曲集》代序——《属于一个时代的戏剧》。

有所谓天生好人或天生恶人，好人恶人都是环境造成的；也没有所谓完全好人或完全恶人，人的行为是相当复杂的；他可能在某些事情上表现得很好而在某些事情上表现得很恶，甚至在同样事情上某些时候表现得很好而某些时候表现得很恶”①。这也是离开人物的阶级特性而来抽象地理解人物的性格的。像这样塑造出来的人物，他的真实性就不能不发生问题了。人物不真实是《赵阎王》最主要的失败所在。因为人物不够真实，所以他不可能表现出“四十年黑暗社会对于他的决定作用”，同时也不可能从剧本中得出它所“应有的结论”②来了。从第二幕起，作者借用了欧尼尔《琼斯皇》中的背景和事实——如在林中转圈，神经错乱而见幻景，众人击鼓等，徒然增加了作品的神秘气氛，减少了题材的现实意义。

本时期的戏剧创作，上述三个作家成绩较好，影响较大。此外，欧阳予倩写过两个剧本——《回家以后》和《泼妇》，题材不外是青年的恋爱与婚姻问题。这两个剧本，以它轻松的笔调和较为严谨的结构，也曾获得不少人的爱好；但是缺少强烈的社会意义，给读者和观众的教育是非常微弱的。欧阳予倩在剧本创作方面的成绩远不及他从事戏剧运动方面的成就。胡也频的剧本《鬼与人心》(包含三个剧)和《别人的幸福》(包含四个独幕剧和一个两幕剧)，都是在五卅运动后写的。其中除了《洒了雨的蓓蕾》是属于“人生愉快的这一面”③以外，其余都是揭示人生的苦痛和悲哀的。郑伯奇的剧本《抗争》写于一九二七年，其中很明显地表现了中国人民反对帝国主义的高昂情绪。洪深在《〈中国新文学大系〉戏剧集导言》中说：“十六年(一九二七)的唯一的反抗时代的戏剧，是郑伯奇的《抗争》。在这个剧本以前，还没有人在戏剧里显露出这样直接的明白的反帝意识。”《抗争》一剧的战斗意义由此可见了。

① 《洪深选集自序》。
② 《洪深选集自序》。
③ 胡也频：《别人的幸福序》。

二 散 文

在本时期散文作家当中，鲁迅的那些不朽的杂文和散文，已经在前面介绍过了，这里首先应当提起的是有名的散文著作——《饿乡纪程》、《赤都心史》和许多精悍锋利的杂文的作者瞿秋白（一八九九—一九三五）。

瞿秋白的一生主要从事实际的革命活动和关于政治、社会问题的探讨；而在文学事业方面也有卓著的成绩。《饿乡纪程》和《赤都心史》是他在本时期留给我们的两本思想深刻、文笔清新的散文著作①。《饿乡纪程》出版于一九二二年（出版时由作者友人改题为《新俄国游记》）。这不是一本普通的游记，而是一个伟大的心灵为了探索真理与祖国光明的未来而经过的一段艰苦历程的实录。它“着手于一九二〇年，其时著者还在哈尔滨。这篇中所写，原为著者思想之经过；具体而论，是记‘自中国至俄国’之路程，抽象而论，是记著者‘自非饿乡至饿乡’之心程。因工作条件的困难，所以到一九二一年十月方才脱稿。此中凡路程中的见闻经过，具体事实，以及心程中的变迁起伏，思想理论，都总叙总束于此（以体裁而论为随感录）”②。

作者在书前《绪言》中叙述了他为什么要到“饿乡”去的原因。他说他有生以来一直住在“阴沉沉，黑魆魆，寒风刺骨，腥秽污湿的所在”，他“直到如今还不知道阳光是什么样的东西”。但是“阴沉沉，黑魆魆的天地间，忽然放出一线微细的光明来了”，虽然只是一线，但他相信它“必渐渐的发扬，快照遍我们的同胞，我们的兄弟”。因此，他要往“饿乡”——“那红艳艳光明鲜丽的所在”去，他要“为大家辟一条光明的路”。这就是瞿秋白决然暂时舍离他的祖国和人民、家

① 《饿乡纪程》1922年9月作为《文学研究会丛书》之一，由上海商务印书馆出版。《赤都心史》1924年6月出版。现二书均收入《瞿秋白文集》（人民文学出版社版）第一卷中。

② 1921年11月23日作者在书后自志，见《文集》第1卷第92页。

庭和战友，通过许许多多的困难，去到世界上第一个社会主义国家——苏联的唯一原因。从这里，可以清楚地看出，“从非饿乡至饿乡”的路程，同时也是一个具有革命民主主义思想的青年在伟大的十月革命的光辉照耀下接受共产主义思想影响的思想发展的路程。

在《饿乡纪程》中，作者写出了“在颠危簸荡的社会组织中破产的‘士的阶级’之一”的自己的家族和自己少年时代心灵中的矛盾和苦闷，写出了反映在中国边境城市——哈尔滨社会生活中的新旧两党(就是革命与反革命两派)之间的尖锐、复杂的斗争；写出了他在整个旅途中所见到的“无产阶级革命的伟力”在人们经济生活和社会心理上所引起的深刻变化；写出了他初到赤都莫斯科的“深切的印象”，并坚决选择了自己的道路：“灯塔已见，海道虽不平静，拨准船舵，前进！前进!”一部《饿乡纪程》，以它所反映的历史和社会生活所达到的深度和广度，成为我国现代文学史上杰出的散文名著。

《赤都心史》也是本时期一部重要的散文著作。作者在书前序文中说：“《赤都心史》将记我个人心理上之经过，在此赤色的莫斯科里，所闻所见所思所感。于此时期，我任北京《晨报》通讯记者的职务；所以一切赤国的时事自有继续的通信，一切赤国的制度另有系统的论述，不入《赤都心史》内。只有社会实际生活，参观游谈，读书心得，冥想感会，是我心理记录的底稿。我愿意读者得着较深切的感想，我愿意作者写出较实在的情事，不敢用枯燥的笔记游记的体裁。我愿意突出个性，印取自己的思潮，所以杂集随感录，且要试摹‘社会的画稿’，所以凡能描写如意的，略仿散文诗。材料的来源，都在我莫斯科生涯中。约略可以分作几种：杂记，散文诗，‘逸事’，读书录，参观游览记。‘我心灵的影和响，或者在宇宙间偶然留纤微毫忽的痕迹呵！——何况这本小小的册子是我努力了解人生的印象’。”这段话很扼要地说明了《赤都心史》这部散文著作的具体内容以及它在思想上和艺术上的特点。《赤都心史》的四十六则诗、文，真实地摄取了新俄社会生活各方面的面影，同时也是作者“心弦上乐谱的记录”。史的特色与诗的情趣，交织地构成了本书的壮丽风貌。

瞿秋白在本时期还留下了为数不多的杂文①。这些杂文，都是作者在一九二三年由俄归国以后写下的。其中有对于“狗彘食人的中国”的强烈憎恨(《最低问题》)，有对于社会主义俄国的深切的眷念(《赤俄之归途》)，有关于“二七”惨案的曲折而真实的反映(《涴漫的狱中日记》)，有对于“荒漠里”的中国文学的深刻的批评(《荒漠里》)，也有对于所谓“东方文化”的辛辣的嘲讽(《猪八戒》、《鞘声》)。这些文章，都具有强烈的巨大的战斗作用。

郭沫若本时期的散文，《橄榄》集中收了一部分。其中有些是介乎散文与小说之间的作品，但《路畔的蔷薇》六章则全是一些美丽而清新的散文诗：有的寄托着作者个人的凄寂飘零的感怀，有的是对于逝去的青春的依恋，有的是如画的大自然的描绘，“欢愉的音波”也时常流荡在字里行间。这是作者本时期生活和思想一个方面的写照。《水平线下》是更应该受到重视的一部作品。其中收集的散文全是作者在五卅运动前后写下的。作者在《序引》中说：“这儿是以‘五卅’为分水岭。第一部的《水平线下》是‘五卅’以前一九二四年与一九二五年之交的我的私人生活及社会对于我的一种轻淡的，但很痛切的反应。……第二部的《盲肠炎》便大多是‘五卅’以后的关于社会思想的论争。……在这部书里面具体地指示了一个 intellegentia 处在社会变革的时候，他应该走的路。这是一个私人的赤裸裸的方向转换。但我们从这一个私人的变革应该可以看出他所处的社会的变革——‘个’的变革只是‘全’的变革的反映。鸟雀要飞跃的时候，它总要把身子放低。这儿是飞跃的准备。飞跃吧！我们飞向自由的王国!”这部作品在作者思想发展过程中的重要性，从这一段话是完全可以明了了。

朱自清本时期的散文除《背影》集外，一部分收在《踪迹》集中(第二辑)。他在《背影》的《序文》中说：“……中国文学向来大抵以散文

① 《瞿秋白文集》第一卷中收有短文二篇。第二卷中收有《文艺杂著》十二篇，其中除少数诗歌外，皆为杂文。

学①为正宗，散文的发达，正是顺势。而小品散文的体制，旧的散文学里也尽有；只精神面目，颇不相同罢了。”这几句话，一方面指出了现代散文与古代散文之间的继承和发展的关系，同时也说明了作者自己的散文的独立特色。不同于郭沫若的散文的奔放恣肆，朱自清的散文是以清新简约见长的；也不同于郭沫若的散文的较浓厚的外国文学的色彩，朱自清的散文是具有更显著的民族风格的。在内容上，朱自清的散文除了一部分自叙个人经历和感想的以外，也有一部分是战斗性比较明显的。例如在《生命的价格——七毛钱》②一文中，他叙述了“一条最贱的生命”的故事，而且最后还不胜悲愤地说：“唉！七毛钱竟买了你的全生命——你的血肉之躯竟抵不上区区七个小银元么？生命真太贱了！生命真太贱了！因此想到自己的孩子的运命，真有些胆寒！钱世界里的生命市场存在一日，都是我们孩子的危险！都是我们孩子的侮辱！您有孩子的人呀，想想看，这是谁之罪呢？这是谁之责呢？”作者的对于侮辱孩子和践踏人类尊严的不合理的旧世界的憎恨是显而易见的。又例如在《航船中的文明》一文里，作者也对于所谓的东方“精神文明”，投出了辛辣的讽刺。《背影》集中的《背影》一文，向来被称为最好的散文，但其中显然存在着比较浓厚的小资产阶级知识分子的感伤情调。《旅行杂记》暴露了当时中国教育界的落后情况，《海行杂记》讥弹了帝国主义的某些罪行，是两篇值得注意的作品。

叶绍钧的散文集《剑鞘》和《脚步集》，具有和朱自清的散文近似的风格，朴素而凝炼，正是它们共同的地方。作者曾说：“一个耕田的农妇或是一个悲苦的矿工的生活，比较一个绅士先生的或者充实得多，因而诗的泉也比较的丰盈。”③注意于生活的充实，正是作者写作一贯的态度，而这也就保证了他的散文“决没有虚伪浮浅的弊病”。

---

① 作者自注：“读如散——文学与纯文学相对，较普通所谓散文，意义广些——骈文也包括在内。”

② 收在《踪迹》集中，为《温州的踪迹》的第四篇。

③ 《剑鞘》：《诗的泉源》。《剑鞘》系与俞平伯合著。

冰心的散文集——《寄小读者》，是她于一九二三年秋赴美留学期间写的书信体散文的集结。这些作品以清丽柔和的抒情笔调，讴歌大自然的“神秘”，母爱的“圣洁”和童心的美妙，在当时小资产阶级知识青年读者中有相当大的影响。然而，冰心作品中的“爱”的幻想，不仅容易把读者引导到脱离尘世的梦境，也使作者的创作受着束缚而影响了它的远大发展。

第三编

第二次国内革命战争时期的文学

（一九二七—一九三七）

第一章　在白色恐怖下向前迈进的无产阶级革命文学

一　政治形势与文学发展概况

本时期包括从一九二七年蒋介石匪帮叛变革命一直到一九三七年抗日战争爆发前的这一段时间。这是中国革命力量遭受了挫败而后又继续深入地发展的时代；这是党在极端困难的条件下达到政治上的成熟并推动革命的新高涨的年代；这是中国的反动统治者以白色恐怖残酷地镇压中国革命，大规模地屠杀广大革命群众的年代；这是日本帝国主义勾结中国的卖国政府，强占了我国的东北，并想进而席卷全中国的年代；同时，这也是我们新文学的伟大的奠基者和导师——鲁迅在党的领导之下号召和领导全国革命的文艺工作者，向反动统治者及其帮凶、帮闲的走狗们进行坚韧不屈的战斗的年代。在这一段时间里，从五四运动时期起就是以社会主义现实主义为基本方向，而且后来一直是沿着这个方向前进的新文学运动，有了非常显著的进一步的发展。“在鲁迅领导下的左翼文艺运动时期，愈来愈多的革命作家走向社会主义现实主义的文学道路上来。在这同时，全国各地工农民主政权地区中也开始产生了工人和农民自己的文艺运动。这就为后来抗日战争时期中社会主义现实主义更进一步的发展准备了基础。”①

为了更深刻地了解本时期文学发展的概况，简要地叙述一下本时

① 邵荃麟：《沿着社会主义现实主义的方向前进》，载《人民文学》1953年11月号。

期的国内政治形势是完全必要的。

自从一九二七年四月十二日蒋介石在上海公开进行了反革命的大叛变，同年七月十五日，汪精卫集团的武汉政府举行了反共会议，革命的武汉这时也变成了反革命的根据地。宁汉合流以后的国民党反动统治，依然是城市买办阶级(一些民族资产阶级的代表，因为反对人民而参加了反革命，并把自己转化为买办资产阶级，转而充当了买办资产阶级的代表)和乡村豪绅阶级的统治，它比以前的反动统治者——北洋军阀——更加彻底地投靠帝国主义和更加残酷地剥削和迫害中国人民。血腥的大屠杀在全国各大城市里大规模地展开着。他们的口号是："宁可枉杀千人，不可走漏一个。"根据下面几个不完全的统计，就可以想见当时反动统治者对于中华民族的菁华——共产党员和革命群众所进行的屠杀，是如何地残忍和灭绝人性了。一九三五年十一月，清华大学等十一校的《救亡通电》说："奠都以来(按即一九二七年四月蒋介石建立南京反动政府以来)，青年之遭杀戮者，报纸记载至三十万人之多，而失踪监禁者更不可胜记。杀之不快，更施以活埋，禁之不足，复加以毒刑。地狱现形，人间何世！……"又据中国红色救济会统计：从一九二七年北伐革命失败到一九二九年的这两三年内，工农群众、革命青年和共产党员被杀害的约有四十五万人。又据另一材料说，从一九二八年一月到八月，最少有十万的工人和农民遭到了反革命派的残害。一九二八年以后，被国民党反动政府所杀害的革命者更是没有方法统计了。这一个时期，反动统治下的中国，正如毛泽东同志所说的"生气蓬勃的中国大革命就被葬送了。从此以后，内战代替了团结，独裁代替了民主，黑暗的中国代替了光明的中国"。

但是毛泽东同志也这样地告诉了我们："中国共产党和中国人民并没有被吓倒，被征服，被杀绝。他们从地下爬起来，揩干净身上的血迹，掩埋好同伴的尸首，他们又继续战斗了。他们高举起革命的大旗，举行了武装的抵抗，在中国的广大区域内，组织了人民的政府，实行了土地制度的改革，创造了人民的军队——中国红军，保存了和发展了中国人民的革命力量。”①就这样，党一方面向中国人民指出了继续革命斗争的必要，同时并领导中国人民走上了恢复革命斗争的正确道路。

一九二七年八月一日在南昌举行了中国现代史上有名的“八一”起义。同年十月，毛泽东同志率领新成立的一支工农革命军，在井冈山区域成立了湘赣边区工农政府。以井冈山为中心的革命根据地，在各地起义武装先后会合后，逐步地扩大了起来。在这个期间，党所领导的江西、福建、湖南、湖北、广西等地区的游击战争和土地斗争，也都有了发展，陆续成立了几支红军和几处革命根据地。一九二九年，毛泽东同志与朱德同志所领导的红军向江西南部和福建西部进发，并以江西瑞金为中心建立了中央革命根据地。

“毛泽东同志在一九二七年冬天开始创建的革命根据地和他所领导进行的革命战争，以及其他同志在其他地区创建的革命根据地和他们所领导进行的革命战争，成了新时期中国革命斗争的主要内容，成了全国政治生活中的重要势力，成了蒋介石反革命统治的最大威胁和全国劳动人民的最大希望。”②从一九三〇年起，在毛泽东同志领导之下的中国红军连续粉碎了蒋介石四次疯狂的进攻。十年革命与反革命的国内战争过程，就是蒋介石反动统治集团的反革命“围剿”与毛泽东同志领导下中国红军与革命解放区的人民的反“围剿”斗争的过程。当一九三一年九月十八日，日本帝国主义大举进攻中国东北，而且迅速地扩大它的侵略范围的时候，党首先主张武装抵抗，并且领导了或积极参加了全国人民的抗日运动和东北人民的抗日游击战争。一九三三年一月，中国工农红军宣言愿在停止进攻红军、保证人民民主权利和武装民众的三个条件下，与全国各军队停战议和，以便共同抗日。一九三四年十月，中央红军退出了江西根据地，在毛泽东同志的领导之下，以一年的时间，进行了而且完成了二万五千华里的长征，到达陕西北部，与陕北红军部队会合。“中国工农红军长征的胜利，是中

① 毛泽东：《论联合政府》。

② 胡乔木：《中国共产党的三十年》。

国革命转危为安的关键。它使全国人民对于革命前途和抗日救国运动的前途有了希望。它使全中国全世界相信了中国共产党和中国红军是不可战胜的力量，相信了为着战胜当时在中国得寸进尺的日本帝国主义，非要依靠中国共产党不可，非停止反共的内战不可。"①一九三五年十二月九日，北京学生举行了抗日救国大示威的"一二·九"运动。抗日救亡成为了全国人民最迫切的共同要求。中国共产党的抗日民族统一战线的政策得到了全国人民的支持和拥护，收到了巨大的效果，而且迅速地促进了全面抗日战争的实现。在一九三七年七月七日，当日本帝国主义以芦沟桥事变为借口，对中国实行新的进攻的时候，全国规模的抗日战争终于爆发了。

这就是从一九二七年到一九三七年这十年内的国内政治形势。我国无产阶级革命文学就是在这样的政治形势之下进行着和发展着，而且是作为一种宣传、教育的武器，紧密地配合了而且有力地推动了中国人民的革命斗争，成为整个革命斗争不可缺少的一翼。

首先应当指出来的是，本时期的革命文学运动是在反动统治者多方面迫害和摧残之下，经过了许多革命文艺工作者的艰苦奋斗和英勇牺牲，才获得伟大的胜利成果的。毛泽东同志在《新民主主义论》中这样地指出了本时期文化革命的特点："这一时期，是一方面反革命的'围剿'，又一方面革命深入的时期。这时有两种反革命的'围剿'：军事'围剿'和文化'围剿'。也有两种革命深入：农村革命深入和文化革命深入。这两种'围剿'，在帝国主义策动之下，曾经动员了全中国和全世界的反革命力量，其时间延长至十年之久，其残酷是举世未有的，杀戮了几十万共产党员和青年学生，摧残了几百万工农人民。从当事者看来，似乎以为共产主义和共产党是一定可以'剿尽杀绝'的了。但结果却相反，两种'围剿'都惨败了。作为军事'围剿'的结果的东西，是红军的北上抗日；作为文化'围剿'的结果的东西，是一九三五年'一二·九'青年革命运动的爆发。而作为这两种'围剿'之共同结果的东西，则是全国人民的觉悟。这三者都是积极的结果。……而共产主义者的鲁

① 胡乔木：《中国共产党的三十年》。

迅，却正在这一‘围剿’中成了中国文化革命的伟人。”可以知道，作为文化革命之一环的革命文学运动，在本时期，也是在反动统治者的反革命文化“围剿”之下逐步深入和壮大起来的。

反革命的文化“围剿”是多种多样的。首先是对于革命文艺工作者的拘捕、监禁以至于屠杀。正如鲁迅所说，中国的无产阶级革命文学，是“在今天和明天之交发生，在诬蔑和压迫之中滋长，终于在最黑暗里，用我们的同志的鲜血写了第一篇文章”的①。当时反动统治者对于革命文艺工作者的屠杀和迫害无所不用其极。一九三〇年秋天优秀的人民演员、中国左翼戏剧家联盟的会员宗晖被杀于南京。一九三一年二月七日在上海，国民党反动统治者秘密杀害了我们的革命作家、左联会员柔石、胡也频、白莽、李伟森、冯铿（他们都是优秀的共产党员）。此后，先后在北京、上海和天津等地被杀的，还有洪灵菲、应修人、潘漠华②等。他们也都是优秀的共产党员，国内知名的诗人和作家。瞿秋白同志（他也是左联会员），是一九三五年六月十八日在福建长汀被国民党匪帮杀害的。鲁迅也是时时处在险恶的境地，随时有在敌人卑鄙的暗算下失去生命的可能。其余各地作家和爱好文艺的青年被拘捕和杀害的更是不可以数计。当时的革命文学运动，正是在党的领导之下，踏着烈士们的血迹，艰苦而英勇地向前迈进的。

国民党反动政府除了进行最卑劣最残酷的屠杀、拘捕而外，它还利用了特务匪徒捣毁进步的文艺团体和书店、查禁进步文艺书籍的方法来摧残和压迫革命文艺运动。鲁迅在《中国文坛上的鬼魅》③一文中曾经这样详细地叙述这方面的实况：

一九三三年十一月，上海的艺华影片公司突然被一群人们所

---

① 《二心集·中国无产阶级革命文学和前驱的血》。

② 应修人、潘漠华两人都是湖畔诗社的诗人，诗集《湖畔》（1922 年出版）和《春的歌集》（1923 年出版）的作者。应修人牺牲前任中共江苏省委宣传部长。潘漠华被捕前任中共天津市委宣传部长。

③ 1934 年 11 月作，载《且介亭杂文》。

> 袭击，捣毁得一塌胡涂了。他们是极有组织的，吹一声哨，动手，又一声哨，停止，又一声哨，散开。临时还留下了传单，说他们的所以征伐，是为了这公司为共产党所利用。而且所征伐的还不止影片公司，又蔓延到书店方面去，大则一群人闯进去捣毁一切，小则不知从那里飞来一块石子，敲碎了值洋二百的窗玻璃。那理由，自然也是因为这书店为共产党所利用。高价的窗玻璃的不安全，是使书店主人非常心痛的。几天之后，就有“文学家”将自己的“好作品”来卖给他了，他知道印出来是没有人看的，但得买下，因为价钱不过和一块窗玻璃相当，而可以免去第二块石子，省了修理窗门的工作。

以上是捣毁进步影片公司和书店的情况。关于查禁进步文艺书籍，鲁迅继续写道：

> 压迫书店，真成为最好的战略了。
>
> 但是，几块石子是还嫌不够的。中央宣传委员会也查禁了一大批书，计一百四十九种，凡是销行较多的，几乎都包括在里面。中国左翼作家的作品，自然大抵是被禁止的，而且又禁到译本。要举出几个作者来，那就是高尔基(Gorky)，卢那卡尔斯基(Lunacharsky)，斐定(Fedin)，法捷耶夫(Fadeev)，绥拉斐摩维支(Serafimovich)，辛克莱(Upton Sinclair)，甚而至于梅迪林克(Maeterlinck)，梭罗古勃(Sologub)，斯忒林培克(Strindberg)。

除了大批查禁书籍，另外还有大批刊物(计有七十六种)被禁止发行，而由左联主编刊行的文艺杂志如《大众文艺》、《南国月刊》、《拓荒者》、《北斗》、《现代小说》等也都先后遭到了查禁①。反动统

① 1931年被国民党反动政府查禁的书刊有228种，1934年被查禁的文艺书籍有149种，1936年被查禁的社会科学书刊有676种。以上仅是一个不完全的统计。

治者对于革命文艺运动的摧残和防范，真是无所不用其极了。

但是仅管这样，我们的革命文艺运动，不唯没有因之动摇和低落下去，相反地，它在反动统治者的种种迫害和摧折之下，是更加旺盛和壮大起来了。

一九二八年，文艺界展开了关于革命文学的论争，鲜明地提出了无产阶级革命文学的口号，把革命的新文学运动向前推进了一步。同年三月，代表中国买办资产阶级的思想和利益的《新月》月刊出版了，他们的那种“山羊式”的“文学无阶级”的腐朽理论，马上遭到了革命文学阵营的有力驳斥。马克思主义的文艺理论，经过鲁迅、瞿秋白等的翻译而被介绍了进来。一九三〇年三月二日，在党的领导之下，在鲁迅、茅盾和创造社、太阳社的团结基础上，成立了中国左翼作家联盟。同年六月，中国封建法西斯的走狗“文人”们发表了《中国民族文艺运动宣言》，主张“文艺的最高意义就是民族主义”。这种甘心为其主子——帝国主义和中国法西斯统治者——服务的可耻面目，也立刻受到了鲁迅和左翼作家的无情揭露，而他们终于也销声匿迹了。一九三二年展开了与“第三种人”的斗争，批判和驳斥了苏汶一流人物的超阶级的“文艺自由”论，指出了这种主张的虚伪性及其反动实质。当日本帝国主义得寸进尺地侵占中国的土地，而国民党反动政府高唱“安内”然后“攘外”的时候，我们的文艺工作者响应了党的团结一切可能的反日力量的民族统一战线的号召，在一九三六年十月，发表了《文艺界同人为团结御侮与言论自由宣言》，初步地形成了中国文艺界的抗日民族统一战线。

在这十年内，我们有了鲁迅的那些具有高度的思想价值与艺术价值的杂文著作，作为现代文学史上不朽的丰碑；我们有了《子夜》和其他许多反映时代的真实面貌、以革命的思想教育人民的著名作品。在这十年内，在国民党所统治的广大区域内，在党的领导、扶助之下，革命的文艺运动始终是前进着的，而且是带着一种不可克服的力量在胜利地前进着的。

在毛主席所直接领导的老革命根据地，在工人、农民、劳苦知识分子自己的革命政权下面，文艺运动也开始了它的新阶段——第一次初步和工农兵结合起来了。它配合了而且影响了蒋介石统治区域内的革命文艺运动，并且为从“五四”以来的新文学运动指示和开辟了一条新的光明的道路。在老革命根据地，革命文艺运动也是胜利地进展着的。

这就是本时期文艺运动的大概情形。

二　左联成立前关于革命文学的论争

鲁迅在《上海文艺之一瞥》①中说：“革命文学之所以旺盛起来，自然是因为由于社会的背景，一般群众，青年有了这样的要求。当从广东开始北伐的时候，一般积极的青年都跑到实际工作去了，那时还没有什么显著的革命文学运动，到了政治环境突然改变，革命遭了挫折，阶级的分化非常显明，国民党以‘清党’之名，大戮共产党及革命群众，而死剩的青年们再入于被压迫的境遇，于是革命文学在上海这才有了强烈的活动。所以这革命文学的旺盛起来，在表面上和别国不同，并非由于革命的高扬，而是因为革命的挫折。”这一段话很确切地说明了革命文学运动乃是在中国革命遭受了挫折，反动派对革命的群众大举疯狂屠杀的艰苦情况下，开始展开和旺盛起来的。也就是说，是因为革命的挫折(实际上是革命的深入)，这才“把在这以前在青年和先进的工农群众中激荡着的，对于革命理论，对于生活和现实社会及历史的理解等等的思想问题和要求，正式作为主要的课题提到文化和文艺运动的日程上来了”②。

革命文学口号的再度被创造社提出，而且还展开了一次比较激烈的论争，便是适应着现实情势和思想运动的新的发展而产生出来的。

一九二八年，创造社的主要成员，除郭沫若、成仿吾等外，又加入了新回国的李初梨、冯乃超、彭康、朱镜我诸人。除出版《创造月刊》、《洪水》外，又出了一种刊物《文化批判》。一直到一九二九年二

① 载《二心集》，1930年作。

② 雪峰：《论民主革命的文艺运动》。

月被国民党封闭以前，创造社一直是提倡革命文学的有力的团体。与创造社同时提倡革命文学的，还有太阳社。它的主要成员是蒋光慈、钱杏邨、孟超等。出版过《太阳月刊》、《海燕周刊》，《太阳月刊》停刊后又创办过《新流月刊》，一九三〇年还出版过月刊《拓荒者》。这些刊物，在革命文学的提倡上也有过相当巨大的影响。

革命文学的倡导和论争，是第二次国内革命战争时期的左翼文艺运动的开端。创造社和太阳社最大的功绩，就是他们最先提出了无产阶级革命文学这一口号，倡导了无产阶级革命文学运动。正如鲁迅指出的："提出这一名目来，使大家注意了之功，是不可没的。"①他们的另一个功绩，是积极宣传了马克思主义理论，特别是在现代文学史上第一次比较系统地介绍了马克思主义文艺思想。

革命文学倡导者力图使文学运动与马克思主义结合起来。但是由于他们大多是小资产阶级知识分子，世界观还没有得到真正的改造，加上受到国内和国际"左"的错误倾向的影响，因而在提倡革命文学的过程中，也表现出缺点和错误。首先，是他们对现阶段中国革命的性质、任务和当前的形势缺乏正确的了解，从而在文艺运动的性质、任务和策略等问题上，都有一些不符合客观实际的错误认识。其次，他们在宣传马克思主义文艺思想的同时，也暴露了一些非马克思主义的观点。鲁迅后来指出，他们"对于中国社会，未曾加以细密的分析，便将在苏维埃政权之下才能运用的方法来机械地运用了"②。

而这，是更显著地表现在创造社和太阳社两个团体把鲁迅、茅盾当成是革命文学的假想的共同"敌人"，而集中力量来进行攻击上。

创造社和太阳社对于鲁迅的攻击，一方面不免纠缠在籍贯、年龄和态度等许多不相干的问题上，而失却了论争的原则性的意义，另一方面则又是夹杂着意气的没有实际内容的近乎谩骂的词句。这些，没有疑问地，都是从狭隘的宗派主义情绪出发的。

其实，鲁迅当时不唯没有诋毁革命和嘲笑革命文学，相反地，他

① 《鲁迅书信集·致曹靖华》(1930年9月20日)。

② 《二心集·上海文艺之一瞥》。

还对当时的革命文学运动提出了许多非常有益的意见和建议，这些意见和建议的高度实事求是的精神和它所具有的深刻丰富的思想性，是越到后来越发可以明显地看出来了。鲁迅在一九二八年所发表的与创造社论战的文章①，都可以看出他的作为“浪漫谛克的革命家的诤友”②的一贯精神来。鲁迅固然也嘲笑了革命文学的追随者中的某些个人的言行，但没有“嘲笑革命文学的本身”。而且鲁迅的革命现实主义者的根本精神，也是显露在他的文章中的：他对于那些“杀人如草不闻声”的官僚和军阀始终抱着不妥协的战斗精神；同时他又主张严格地批判自己（他说“革命者决不怕批判自己”）。而这二者正是鲁迅在后期思想上向科学的共产主义伟大跃进的坚实基础。如果我们结合他在前一年——即一九二七年所说的“我以为根本问题是在作者可是一个‘革命人’，倘是的，则无论写的是什么事件，用的是什么材料，即都是‘革命文学’。从喷泉里出来的都是水，从血管里出来的都是血。‘赋得革命，五言八韵’，是只能骗骗盲试官的”③一段话来看，则鲁迅当时对革命文学与作家思想改造的重要性的认识，是已经达到如何可惊的高度了。这些话对于“翻着筋斗的小资产阶级”，是会有着很大好处的。

在《文艺与革命》一文中，鲁迅这样有力地说明了文艺与革命的正确的关系：

> 斗争呢，我倒以为是对的。人被压迫了，为什么不斗争？正人君子者流深怕这一着，于是大骂“偏激”之可恶，以为人人应该相爱，现在被一班坏东西教坏了。……我是不相信文艺的旋乾转坤的力量的，但倘有人要在别方面应用他，我以为也可以。譬如“宣传”就是。
>
> 美国的辛克来儿说：一切文艺是宣传。我们的革命的文学者

① 均收在《三闲集》中。

② 瞿秋白：《鲁迅杂感选集序言》。

③ 《而已集·革命文学》。

曾经当作宝贝，用大字印出过；而严肃的批评家又说他是“浅薄的社会主义者”。但我——也浅薄——相信辛克来儿的话。一切文艺，是宣传，只要你一给人看。即使个人主义的作品，一写出，就有宣传的可能，除非你不作文，不开口。那末，用于革命，作为工具的一种，自然也可以的。

但我以为当先求内容的充实和技巧的上达，不必忙于挂招牌。“稻香村”，“陆稿荐”，已经不能打动人心了，“皇太后鞋店”的顾客，我看见也并不比“皇后鞋店”里的多。一说“技巧”，革命文学家是又要讨厌的。但我以为一切文艺固是宣传，而一切宣传却并非全是文艺，这正如一切花皆有色（我将白也算作色），而凡颜色未必都是花一样。革命之所以于口号，标语，布告，电报，教科书……之外，要用文艺者，就因为它是文艺。

这不只是很生动圆满地为我们说明了文艺的武器（宣传）的作用，同时也说明了作为武器的文艺的内容与形式的正确关系。对于当时正在大力倡导着的无产阶级革命文学运动来说，这也是一种非常有益的意见。而这和当时那些反对革命文学的人的意见是很明显地有着原则上的区别的。瞿秋白说：“《三闲集》以及其他杂感集之中所保留着的鲁迅批评创造社的文章，反映着二七年以后中国文艺界之中这两种态度，两种倾向的争论。自然，鲁迅杂感的特点，在那时特别显露那种经过私人问题去照耀社会思想和社会现象的笔调。然而创造社等类的文学家，单说真有革命志愿的（象叶灵凤之流的投机分子，我们不屑去说到了），也大半扭缠着私人的态度，年纪，气量以至酒量的问题。至少，这里都表现着文人的小集团主义。这时期的争论和纠葛转变到原则和理论的研究，真正革命文艺学说的介绍，那正是革命普罗文学的新的生命的产生。而还有人说，那是鲁迅‘投降’了。现在看来，这种小市民的虚荣心，这种‘剥削别人的自尊心’的态度，实在天真得可笑。”①这应该是创造社、太阳社与鲁迅这一次论战的最正确

① 瞿秋白：《鲁迅杂感选集序言》。

的结论。

创造社和太阳社对于茅盾的攻讦，也含有宗派主义倾向。茅盾并没有反对革命文学，他对革命文学运动的意见，虽然有不正确的因素，但也有很中肯的部分。他对于创造社和太阳社来说，也应该算是有益的“诤友”的。

创造社和太阳社与鲁迅和茅盾的争论，后来因为发现了共同的敌人(“新月派”)而终止了下来。新月社是由中国买办资产阶级思想的代理人徐志摩、胡适、梁实秋等人组织的，他们在一九二八年创刊《新月》月刊，主张“文学是没有阶级性的”，反对革命文学运动。有了这个外部的真正的共同敌人，彼此才开始感到有化除一切成见，在共同目标下团结作战的必要，这才停止了这一次论争。

关于革命文学的论争，虽然有着上述的缺点；但总起来说，这一次的论争也还是有着不少收获的。第一，通过这一次论争，关于革命文学的实质是认识得比以前更为清楚了；上一时期提出的笼统的革命文学口号改成了鲜明的无产阶级革命文学运动，革命作家的阶级立场和文艺主张，较之上一时期更为明确起来了。第二，经过了这一次论争，大家对于革命文学运动中的许多问题——特别是统一战线问题，因为发现了共同的敌人而感觉到有特别深切的需要了。瞿秋白在《鲁迅杂感选集序言》中说：“真正的革命文艺思想正在这一时期开始深入的发展。在这新阶段上，革命文艺思想经过内部的斗争而逐渐的形成新的阵营。这种不可避免的斗争提出了新的问题，这已经不是父与子的问题，也不仅是暴露指挥刀后的屠伯们的问题。这是关于革命队伍的战略的争论。”指的也正是这一方面的收获。最后，第三，是通过这次论争，大家都认识了认真学习和译介马克思主义的社会科学和文艺理论的重要性。即以鲁迅而论，他说他在这时期“看了几种科学底文艺论，明白了先前的文学史家们说了一大堆，还是纠缠不清的疑问。并且因此译了一本蒲力汗诺夫的《艺术论》，以救正我——还因我而及于别人——的只信进化论的偏颇”①。他在一九二九年译出了

① 《三闲集·序言》。

片上伸的《无产阶级文学的理论与实际》、卢那卡尔斯基的《艺术论》，在一九三〇年，除译出了蒲力汗诺夫的《艺术论》外，还译出了卢那卡尔斯基的《文艺与批评》、苏联的《文艺政策》和雅各武莱夫的长篇小说《十月》。此外，创造社的人们在此时期也翻译和介绍了一些科学的社会科学书籍。这种理论上的译介工作，对于无产阶级革命文学运动的向前发展，起了很大的推动和指导的作用。

所有这些收获，都为一九三〇年中国左翼作家联盟的成立打下了基础。

三　左联的成立和理论纲领

在一九三〇年三月间成立的中国左翼作家联盟和它成立后所进行的一连串艰巨的斗争，是在中国共产党的直接领导和支持之下，依靠着鲁迅的战斗和领导，然后才可能胜利地进行着的。中国左翼作家联盟的成立，标志着中国新文艺运动的进一步的深入和高涨，标志着中国革命作家以文艺为武器来配合整个革命步调的战斗要求的加强，同时也标志着马克思列宁主义文艺思想在中国新文艺运动上的重大的指导作用和胜利收获。

如前所述，当革命文学阵营内部正在进行着关于革命文学的论争的时候，代表中国买办资产阶级思想和利益的“新月派”，却对论争的双方都表示了敌对的态度，对于革命文学极尽反对和攻击的能事。共同敌人的发现，大大地促进了大家紧密团结、共同为革命文学运动而斗争的一致要求。于是中国左翼作家联盟这个革命的文学团体，就经过酝酿、筹备的阶段而终于成立了。

成立的经过是这样的：在党的领导下，一九三〇年二月十六日，鲁迅、沈端先（夏衍）等邀集在上海的一部分文艺工作者开了一个讨论会，一方面“清算过去”，一方面“确立目前文学运动的任务”。关于过去的文学运动，大家认为有四个缺点是应该指出和纠正的，即：（一）小集团主义乃至个人主义；（二）没有应用科学的文艺批评的态度和方法来进行批评；（三）对于真正的敌人——反动的思想集团和普遍全国的遗老遗少——没有予以足够的注意；(四)把文学提得太高，而忘却了文学的促进政治运动的任务，成为为文学而文学的运动。关于目前文学运动的任务，大家认为最重要的有下列三点：(一)严厉的破坏旧社会及其一切思想的表现；(二)宣传新社会的理想和促进新社会的产生；(三)建立新的文艺理论。讨论结果，大家都认为必须团结所有革命作家来从事这个运动，成立了一个国内左翼作家组织的筹备委员会，负责进行左翼作家联盟的筹备工作。

经过了两周的筹备工作，到了三月二日，中国左翼作家联盟便宣告成立了。当时参加联盟的有：鲁迅、郁达夫、沈端先、画室(冯雪峰)、钱杏邨、蒋光慈、冯乃超、田汉、李初梨、柔石等五十余人。大会上通过了筹备委员会拟定的纲领，成立了常务委员会，通过了“成立马克思主义文艺理论研究会”、“成立国际文化研究会”、“成立文艺大众化研究会”、“发生左翼文艺的国际关系”、“发动左翼艺术大同盟的组织”、“确定各左翼杂志的计划”等十七件提案。首先出版的杂志是《世界文化》，以后为左联盟员陆续主编的有《萌芽》、《拓荒者》、《现代小说》、《大众文艺》、《北斗》、《文学月报》、《文艺新闻》、《新文艺讲座》等刊物。盟员数量后来日渐增加，全国各重要地区都建立了分部。

左联成立大会上通过的理论纲领全文如下：

> 社会变革期中的艺术，不是极端凝结为保守的要素，变成拥护顽固的统治之工具，即倾向进步的方向勇敢迈进，作为解放斗争的武器。也只有和历史的进行取同样的步伐的艺术，才能够焕发它的明耀的光芒。
>
> 诗人如果是预言者，艺术家如果是人类的导师，他们不能不站在历史的前线，为人类社会的进化，清除愚昧顽固的保守势力，负起解放斗争的使命。
>
> 然而，我们并不抽象的理解历史的进行和社会发展的真相。我们知道帝国主义的资本主义制度已经变成人类进化的桎梏，而其“掘墓人”的无产阶级负起其历史的使命，在这“必然的王国”

中作人类最后的同胞战争——阶级斗争，以求人类彻底的解放。

那么，我们不能不站在无产阶级的解放斗争的战线上，攻破一切反动的保守的要素，而发展被压迫的进步的要素，这是当然的结论。

我们的艺术不能不呈献给“胜利，不然就死”的血腥的斗争。

艺术如果以人类之悲喜哀乐为内容，我们的艺术不能不以无产阶级在这黑暗的阶级社会之“中世纪”里面所感觉的感情为内容。

因此，我们的艺术是反封建阶级的，反资产阶级的，又反对“失掉社会地位”的小资产阶级的倾向。我们不能不援助而且从事无产阶级艺术的产生。

我们的理论要指出运动之正确的方向，并使之发展，常常提出新的问题而加以解决，加紧具体的作品批评，同时不要忘记学术的研究，加强对过去艺术的批判工作，介绍国外无产阶级艺术的成果，而建设艺术理论。

我们对现实社会的态度，不能不参加世界无产阶级的解放运动，向国际反无产阶级的反动势力斗争。

从这个理论纲领，我们可以很清楚地看出：中国的新文学运动到了本时期——特别是左联成立以后——是大大地向前迈进了。首先，不同于上一时期的“表同情于无产阶级”的笼统含糊的提法，左联成立后的新文学运动是坚决而鲜明地表示要“站在无产阶级的解放斗争的战线上”了；其次，我们所要求的革命文学，也不再仅是“替被压迫阶级说话的文学”，而是以“无产阶级在这黑暗的阶级社会之‘中世纪’里面所感觉的感情为内容”的文学了；最后，关于理论指导的重要性，这时也有了充分的认识和必要的注意了，如“加强对过去艺术的批判工作，介绍国外无产阶级艺术的成果”，在建设艺术理论的工作上，在文艺运动的正确发展上，这都是非常重要的。所有这些，都说明了我们的新文学运动沿着社会主义现实主义的方向又向前跨进了一大步。

但是，左联成立时所通过的理论纲领，仍是有着缺点乃至错误的。除把“失掉社会地位”的小资产阶级作为对象来反对，表现了“左”倾错误外，主要缺点是：没有把作家的深入生活和思想改造提到无产阶级革命文学运动的日程上来，同时，也没有号召和策动更多的作家们来参加革命文学阵营，因之也削弱了战斗的力量。而这些，鲁迅在当时便已经看出和指出来了。在左联成立会上，鲁迅作了非常重要的讲话，他说：

> 我以为在现在，“左翼”作家是很容易成为“右翼”作家的。为什么呢？第一，倘若不和实际的社会斗争接触，单关在玻璃窗内做文章，研究问题，那是无论怎样的激烈，“左”，都是容易办到的；然而一碰到实际，便即刻要撞碎了。关在房子里，最容易高谈彻底的主义，然而也最容易“右倾”。西洋的叫做“Salon的社会主义者”，便是指这而言。“Salon”是客厅的意思，坐在客厅里谈谈社会主义，高雅得很，漂亮得很，然而并不想到实行的。这种社会主义者，毫不足靠。……
>
> 第二，倘不明白革命的实际情形，也容易变成“右翼”。革命是痛苦，其中也必然混有污秽和血，决不是如诗人所想象的那般有趣，那般完美；革命尤其是现实的事，需要各种卑贱的，麻烦的工作，决不如诗人所想象的那般浪漫；革命当然有破坏，然而更需要建设，破坏是痛快的，但是建设却是麻烦的事。所以对于革命抱着浪漫谛克的幻想的人，一和革命接近，一到革命进行，便容易失望。……
>
> 还有，以为诗人或文学家高于一切人，他底工作比一切工作都高贵，也是不正确的观念。……不待说，知识阶级有知识阶级的事要做，不应特别看轻，然而劳动阶级决无特别例外地优待诗人或文学家的义务。①

① 《二心集·对于左翼作家联盟的意见》。

鲁迅在这里指出的，正是说一个小资产阶级的作家必须深入实际生活，必须在艰苦斗争中克服自己浪漫谛克的幻想，必须全心全意地为劳动人民服务，而不是想得到劳动阶级的“从丰报酬、特别优待”；一句话，必须首先成为一个革命的人，然后才可以成为一个革命的作家。这种见解完全是从马克思列宁主义的观点出发的，而且，也是与一九四二年毛泽东同志《在延安文艺座谈会上的讲话》的根本精神完全一致的。

关于左联成立后的工作，鲁迅在讲话中也指出了几点：“第一，对于旧社会和旧势力的斗争，必须坚决，持久不断，而且注重实力。旧社会的根柢原是非常坚固的，新运动非有更大的力不能动摇它什么。并且旧社会还有它使新势力妥协的好办法，但它自己是决不妥协的。在中国也有过许多新的运动了，却每次都是新的敌不过旧的，那原因大抵是在新的一面没有坚决的广大的目的，要求很小，容易满足。……第二，我以为战线应该扩大。在前年和去年，文学上的战争是有的，但那范围实在太小，一切旧文学旧思想都不为新派的人所注意，反而弄成了在一角里新文学者和新文学者的斗争，旧派的人倒能够闲舒地在旁边观战。第三，我们应当造出大群的新的战士。……如果人多了，则翻译的可以专翻译，创作的可以专创作，批评的专批评；对敌人应战，也军势雄厚，容易克服。……我们急于要造出大群的新的战士，但同时，在文学战线上的人还要‘韧’。……最后，我以为联合战线是以有共同目的为必要条件的。……我们战线不能统一，就证明我们的目的不能一致，或者只为了小团体，或者还其实只为了个人，如果目的都在工农大众，那当然战线也就统一了。”

鲁迅的这种具有指导性的讲话，没有疑问，对于左联成立后的无产阶级革命文学运动，是起了巨大作用的。左联是领导我国无产阶级革命文学运动的第一个全国性的群众性的革命文学团体。它建立了不可磨灭的功绩：一、它在中国最黑暗的年代，领导革命的和进步的作家，与国际左翼作家一道，同帝国主义及其走狗——国民党反动派，同文艺战线上的形形色色的敌人，进行了坚决的、持久不断的、艰苦卓绝的斗争，并且取得了斗争的胜利；二、在无产阶级革命文学理论建设上和文学创作上，左联的成员，作出了卓越的贡献；三、培养了大批新作家。

从一九三〇年左联成立，到一九三六年初左联解散，这期间，左联所领导的“无产阶级的革命的文艺运动，其实就是惟一的文艺运动”。但是，由于我党在此期间先后经历了李立三、王明的左倾机会主义路线的统治，这不能不对前进中的年青的左翼文艺运动发生影响；此外，苏联的“拉普”也对左联起了不好的作用。因此，左联在建立了巨大功绩的同时，在一些问题上也有“左”的毛病，如宣传辩证唯物主义的创作方法，主张文艺全盘彻底大众化，搞飞行集会等，至于组织上的宗派主义和关门主义，冯雪峰在《论民主革命的文艺运动》一书中，曾作过这样的分析：

> 但一九二八年至一九三六年期间的形成左翼阵线的思想和文艺运动，也还是统一战线的；不过一则受着当时分裂政局的直接的影响和当时特别险恶的情势的压制，客观的困难很大，使一般不很坚定的进步分子和自由主义者发生动摇、妥协和消沉的普遍现象，甚至有不少人屈服于反动势力了。二则由于这种困难，由于这种在一般文艺思想界存在的畏怯的现象，由于当时内战的政治形势的影响和险恶的压制，反映到我们主观上，我们便屡屡接受了机械唯物论的思想影响，对于中国社会关系和革命发展形势便常有不正确的分析和理解，在我们所领导的文艺运动和论理上当时便有了著名的所谓宗派主义和关门主义了，这在后要再谈到的。——由于以上的两种原因，这时期的文艺运动和思想斗争上的统一战线，便大大地缩小，首先，我们除了显明地同情我们运动的人以外，便很少去策动广泛的一般作家振作起精神，来与我们共同奋斗了。那时留在左翼之外的文学者和作家就有很多，他们虽然有些消沈，对于斗争采取旁观的态度，但他们并不属于反动的文化阵营，他们也都深刻地不满于反动的政治和文化，其实都在苦闷里的，不过战斗的意志不很强；但我们当时没有怎样去策动他们战斗，以致没有造成更广大的统一战线。

这是一段很重要的分析。它首先指出了左联和由左联所领导的文艺运动都是统一战线的；但这个统一战线却并不是广泛的，它没有策动和团结一切战斗的力量，它还存在着宗派主义和关门主义的不正确的倾向和作风，这自然影响了和减削了思想战线和文艺战线上的对敌斗争的力量。其次，它也指出了造成这种宗派主义和关门主义的原因：一是在白色恐怖下一般小资产阶级作家的消沉、动摇甚至于向反动势力妥协的情况，使得左联采取一种比较狭隘的宗派主义和关门主义的作风；一是受了机械唯物论和教条主义的不良影响，错误地分析和估计了中国当时的社会关系和革命发展的形势。而这二者自然是互相关联，互相影响的。

总之，左联的功绩是巨大的，主要的；它虽然也有缺点和错误，但这是次要的方面。

四 关于大众化的讨论

我们曾经指出：五四运动时期提倡白话文，实质上反映了广大人民对于文学艺术的共同要求，是文艺大众化运动一个最初的起点。因为伴随着中国革命形势的扩展、深入，伴随着中国工农群众革命意识的迅速觉醒，同时也伴随着革命文学运动的方向和道路的日益明确，文艺大众化的要求也一天比一天更加迫切和普遍起来。在一九二八年展开的关于革命文学的论争中，成仿吾在《从文学革命到革命文学》一文里就说过："我们要使我们的媒质接近农工大众的用语，我们要以农工大众为我们的对象。"克兴在《小资产阶级文艺理论之谬误——评茅盾君底〈从牯岭到东京〉》一文里也说："以后革命文艺是应该推广到工农群去。那末，文句应该通俗化，应该反映工农的意识。"这些话都很显然接触到了这么一点：革命文学必须反映工农群众的思想和要求，它必须具有比较通俗的形式和为工农所容易了解的语言，然后才有可能普及到工农群众中去。文艺大众化的问题，是革命文学运动中一个带根本性质的问题。

一九三〇年左联成立时，在大会上通过了成立"文艺大众化研究会"的议案。这时对大众化的重要性有了比较充分的估计，把它作为无产阶级革命文学运动的中心口号，作为无产阶级革命文学运动的基本路线和创作方向而提出来了。同年三月和四月出刊的《大众文艺》(第二卷第三、四两期)上，鲁迅、郭沫若、沈端先、冯乃超等都发表了关于文艺大众化的意见，就这个问题展开了首次讨论。这次讨论也提出了关于旧形式的利用的问题。

一九三一年十一月在左联执行委员会的决议——《中国无产阶级革命文学的新任务》中，这样强调了"大众化问题的意义"："为完成当前的迫切的任务，中国无产阶级革命文学必须确定新的路线。首先第一个重大的问题，就是文学的大众化。……此问题之解决实为完成一切新任务所必要的道路。在创作，批评，和目前其他诸问题，乃至组织问题，今后必须执行彻底的正确的大众化，而决不容许再停留在过去所提起的那种模糊忽视的意义中。"这个决议，重视文学的大众化，无疑是正确的；但其中要求"执行彻底的正确的大众化"，却是一种脱离实际，因而在当时不可能实现的空想。一九三二年，瞿秋白发表了《普洛大众文艺的现实问题》一文①，又在《文学月报》创刊号上发表了《大众文艺的问题》一文②，接着便在《文学月报》和《北斗》等刊物上再次展开了热烈的讨论。这一次的讨论，除了进一步明确大众化是无产阶级革命文学运动的首要任务而外，还鲜明地提出了"大众文艺应当写什么东西"的问题。而把这个问题阐释得比较清楚的，要算是瞿秋白的《大众文艺的问题》一文。他说：

> 革命的大众文艺应当写什么东西？这问题应当分两方面来说：
>
> 第一是形式方面。首先要说明的是：革命的先锋队不应当离

① 现收在《瞿秋白文集》第三卷中。本文最初发表于1932年3月左联出版的小册子《文学》上，署名史铁儿。

② 现收在《瞿秋白文集》第三卷中。最初发表时署名宋阳。在《文学月报》上发表的另一篇文章《再论大众文艺答止敬》，也是用的这个笔名。

开群众的队伍，而自己单独去成就什么“英雄的高尚的事业”。笼统的说什么新的内容必须用新的形式，什么只应当提高群众的程度来鉴赏艺术，而不应当降低艺术的程度去迁就群众——这一类的话是“大文学家”的妄自尊大！革命的大众文艺必须开始利用旧的形式的优点，——群众读惯的看惯的那种小说诗歌戏剧，——逐渐的加入新的成分，养成群众的新的习惯，同着群众一块儿去提高艺术的程度。旧式的大众文艺，在形式上有两个优点：一是它和口头文学的联系，二是它是用的浅近的叙述方法。这两点都是革命的大众文艺应当注意的。……

因此，革命的大众文艺，应当运用说书，滩簧等类的形式。自然，应当随时创造群众所容易接受的新的形式。……这在实际工作开始之后，经验还会告诉我们许多新的方法，群众自己会创造许多新的形式。完全盲目的模仿旧的形式，那就要走到投降的道路上去。

第二是内容方面。革命的大众文艺和一般的普洛文学运动一样，现在，创作的中心口号，应当是：“揭穿一切种种的假面具，表现革命战斗的英雄。”可是特别要注意的，是明了真正大众之中的革命敌人的意识上的影响在什么地方。这是文艺战线上革命斗争的重要任务。……现在，必须深刻的了解革命文艺的任务，是要看清了当前的每一次事变之中敌人用什么来迷惑群众，要看清了群众的日常生活经常的受着什么样的反动意识的束缚，而去揭穿这些一切种种的假面具；要去反映现实的革命斗争，不但表现革命的英雄，尤其要表现群众的英雄，这里也要揭穿反动意识以及小资产阶级的动摇犹豫，揭穿这些意识对于群众斗争的影响，要这样去赞助革命的阶级意识的生长和发展。

革命的大众文艺因此可以有许多种不同的题材。最迅速的反映当时的革命斗争和政治事变，可以是“急就的”，“草率的”，大众文艺式的报告文学，这种作品也许没有艺术价值，也许只是一种新式的大众化的新闻性质的文章。可是这是在鼓动宣传的斗争之中去创造艺术。可以是旧的题材的改作……可以是革命斗争

> 的"演义"……可以是国际革命文艺的改译。可以是暴露列强资产阶级帝国主义的侵略的作品，可以是"社会新闻"的改编……革命的大众文艺也应当去描写劳动民众的家庭生活，恋爱问题，去描写地主资产阶级等等给大众看。这最后一点，值得特别提起大家的注意：因为直到如今，革命文艺还是不能够充分的执行这个文艺斗争的特殊任务。

瞿秋白的文章，从形式和内容两方面说明了大众文艺应当写什么东西的问题。一方面给予了旧形式的利用问题以比较正确的说明；另一方面，更重要的，正确地规定了大众文艺的主要任务和它所应该表现的内容，并指出了"革命的大众文艺发展的前途，应当成为反动的大众文艺的巨大的强有力的敌人，应当成为'非大众的革命文艺'的真正的承继者。"

其次，这一次的讨论，也提出了革命的知识分子应该"向大众去学习"的问题。这是一个很重要的问题：是作家熟悉大众生活的问题，也是作家的思想改造的问题；不解决这个问题，文艺大众化始终是一个好听的口号名词而已。当然，这一个问题的彻底解决，在本时期是不可能的；但提出了它，而且还在某种程度内适当地解决了或者是着手去解决它，这就说明了革命文学的巨大进步。瞿秋白在《普洛大众文艺的现实问题》中这么说："'向群众去学习'——就是'怎样把新式白话文艺变成民众的'问题的总答复。"又说："这需要到群众中间去学习。在工作的过程之中去学习。……不是群众应该给文学家服务，而是文学家应该给群众服务。……'不跳下水去是学不会游水的'。这里，将要有真正的机会去观察，了解，体验那工人和贫民的生活和斗争，真正能够同着他们一块儿感觉到另外一个天地。要知道：单是有无产阶级的思想是不够的，还要会象无产阶级一样的去感觉。"起应（周扬）在《关于文学大众化》①一文中也指出了这一点，他说："中国的革命文学作品到现在还是充满着'革命'的词藻的生硬堆

① 《北斗》二卷三、四期合刊。

砌，‘突变式’的英雄的纯粹概念的描写，对于被压迫者（很少是真正的无产者）的肤浅的人道主义的同情，对于没落的小资产阶级的含泪的讽刺。要肃清这些残余的要素，只有到大众中去，从大众去学习，产生健全的大众作品。”

这样的提法，已经触及问题的核心了。这是把作家的生活和思想的大众化当成是文艺大众化的首要条件。只有这样才能够创造出那种既具有革命的思想内容，而在艺术形式上又能为人民大众所喜闻乐见的作品。作为运动和创作的基本方向来看，这是完全正确的。

再其次，这一次大众化的讨论，也提出了几个实行的方案，即：（一）举办工人夜校，（二）建立工人读书会，和（三）发展工农通讯运动。而这三者当中，发展工农通讯运动又是最主要的一项。它是要以工农通讯员为新的群众的文艺团体的骨干，使“工人和农民自己，在这里可以学习到运用自己的言语的能力。而一般‘文学青年’，才能够学习到大众文艺所需要的知识。普洛文学将要在这种集体工作之中产生出自己的成熟的作品”①。但这种运动的展开，在当时不能不遇到很大的困难。在反动政权下面，想在工农大众中进行启蒙教育的工作，是会遭到无理的禁止和迫害的。例如夜校和工人识字运动，在当时只能冒险秘密进行，而参加工作的作家和文艺青年，也有因此遭到反动政府逮捕的。

最后，这一次讨论，当然也不能不接触到大众文艺的语言问题。瞿秋白在他的两篇文章（即《普洛大众文艺的现实问题》和《大众文艺的问题》）中都着重地提到了这一问题。他说：“现在我们需要的是彻底的俗话本位的文学革命。没有这一条件，普洛大众文艺就没有自己的言语，没有和群众共同的言语。”他主张：大众文艺应该用“现代中国普通话”来写，因为“在五方杂处的大都市里，在现代化的工厂里面，他们的言语事实上已经在产生着一种中国普通话（不是官僚的所谓国语）……这种大都市里，各省人用来互相说话演讲说书的普通

① 瞿秋白：《普洛大众文艺的现实问题》。

话，才是真正的现代中国语。”①关于大众文艺语言问题的讨论，在一九三四年，因为主张文言的“沉滓的泛起”（汪懋祖发表《禁习文言与强令读经》一文）而得到了进一步的开展，而且很自然地接触到了汉字的难易和以拉丁化新文字代替汉字的问题。提倡汉字拉丁化形成为一种广泛的社会文化运动。虽然当时因为反动派的压迫和禁止，同时文字改革也是一种长期的艰巨工作，想一下得出正确结论和显著成效是不大可能的事；但这一次的讨论，总算是提出了这个问题，而且引起了广大的注意，对于今后研究中国文字改革问题，是尽了开辟道路的作用的。

这次关于文艺大众化的讨论，一方面遭到了反动派的压迫和反动文人的破坏，而另一方面，在论争中也暴露出某些混乱思想和一些错误论调。除了前面提到过的那种脱离实际的“彻底”“全部”大众化之类的空谈以外，还有人在提倡“大众化”的时候，否定“五四式白话”，说白话文也是大众所不懂的，应该与文言文一起抛弃。这里，有必要着重指出瞿秋白的几篇文章中的这类错误。他在《学阀万岁》②、《普洛大众文艺的现实问题》、《大众文艺的问题》等文章中，混淆文字改革与文学革命的关系，片面强调只有废除汉字，改用拼音文字，实行了“文字革命”，才算真正实现了文学革命，才算有真正的大众化的文艺。从这种形式主义的观点出发，瞿秋白就几乎全盘否定了五四文学革命及五四以后新文学的成就。他说“这次文学革命……差不多等于白革”，“是失败了，是没有完成它的任务，是产生了一个非驴非马的新式白话”；他把新式白话的新文学说成是一种“‘不战不和，不人不鬼，不今不古——非驴非马’的骡子文学”。瞿秋白的这种观点，实质上只不过是五四文学革命中的形式主义理论从“左”的方面的一种发展罢了。此外，瞿秋白在论“大众文艺”的语言问题上，有某些字句很可能使人误解为语言是有阶级性的。同时，对于民族统一语（汉语）的发展过程的分析，也有个别地方存在着偏向。

---

① 《文集》第三卷：《再论大众文艺答止敬》。

② 载《文集》第三卷。

在这次关于大众化的讨论中，鲁迅针对某些混乱思想和错误观点，以马克思主义的观点作了精辟的论述。他在一九三〇年发表的《文艺的大众化》①一文中便提出了一些比较切实可行的步骤和办法。他说："在现下的教育不平等的社会里，仍当有种种难易不同的文艺，以应各种程度的读者之需。不过应该多有为大众设想的作家，竭力来作浅显易解的作品，使大家能懂，爱看，以挤掉一些陈腐的劳什子。但那文字的程度，恐怕也只能到唱本那样。"鲁迅指出，那种"此刻就要全部大众化"的观点，"只是空谈"。因为当时还只是"使大众能鉴赏文艺的时代的准备"，若要大规模的实现文艺大众化，"就必须政治之力的帮助，一条腿是走不成路的"。他是把文艺大众化问题与现实的政治斗争紧密地联系起来加以考察，而得出切合实际的正确结论的。以后，鲁迅在一九三四年所写的《论"旧形式的采用"》、《门外文谈》②等文章中，进一步提出了一系列科学的见解：(一)告诫从事大众语文的人，应当把自己当作"大众中的一个人"，"这才可以做大众的事业"，即是说要置身于人民群众之中，而不能站在人民群众之外，更不能高踞于人民群众之上。这是文艺大众化的一个带根本性的问题。(二)指出"改革，是向来没有一帆风顺的"③，文艺大众化及大众语文的提倡也必定会有斗争；鲁迅深刻地指出："文言的保护者，现在也有打了大众语的旗子的了，他一方面，是立论极高，使大众语悬空，做不得；别一方面，借此攻击他当面的大敌——白话。"④(三)指出在剥削阶级统治的社会里，"一面有消费者的艺术，一面也有生产者的艺术"⑤，这两种艺术既相互对立，又互相影响。因此，注意于大众的艺术家，应该充分重视劳动群众创造的优秀文艺，而在采用时也"仍要加以提炼"。(四)针对讨论中涉及的旧形式的利用问

① 见《集外集拾遗》。
② 载《且介亭杂文》。
③ 《且介亭杂文·中国语文的新生》。
④ 《且介亭杂文·答曹聚仁先生》。
⑤ 《且介亭杂文·论"旧形式的采用"》。

题，阐明了新与旧、采取与革新之间的辩证关系："旧形式是采取，必有所删除，既有删除，必有所增益，这结果是新形式的出现，也就是变革。"①(五)指出讨论中否定"五四式白话"的谬论的形"左"实右的实质："虽然好象很急进，其实是在替敌人缴械。"②鲁迅以历史唯物主义的观点，充分肯定了五四以来白话文的成就，同时也指出它仍然存在的缺点是未能"明白如话"，因而主张"竭力将白话做得浅豁，使能懂的人增多"③。此外，鲁迅还特别强调实践，反对空谈高论，他说："单是话不行，要紧的是做。"④又说，"即使艰难，也还要做；愈艰难，就愈要做"⑤，"目的只是一个：向前"。鲁迅的这些精辟见解，代表了这次关于大众化问题的讨论在当时所可能达到的高度。

五　文艺界的抗日民族统一战线运动

自从一九三一年九月十八日日本帝国主义大举进攻我国东北后，由于蒋介石反动政府对外坚持不抵抗、对内实行他的"剿共"的血腥的法西斯政策，于是日本的侵略范围在短时期内很迅速地扩大着：一九三一年占领东北全境，一九三二年一月进攻上海，一九三三年占领热河和察哈尔的北部，一九三五年占领河北的东部。"日本帝国主义的进攻根本改变了中国的政治状况。抵抗日本的进攻成为全国人民紧急的任务和普遍的要求。"⑥一九三五年八月一日，党发表了《为抗日救国告全国人民书》，这就是组织抗日民族统一战线的有名的"八一宣言"。同年十二月二十五日，党中央政治局通过了《关于目前政治形势与党的任务的决议》，对当时中国社会的阶级关系和政治形势作了正确的分析："反日的民族革命高潮，不但推醒了全国工人阶级与

① 《且介亭杂文·论"旧形式的采用"》。
② 《鲁迅书信集·致徐懋庸》(1934年8月3日)。
③ 《且介亭杂文·答曹聚仁先生信》。
④ 《且介亭杂文·门外文谈》。
⑤ 《且介亭杂文·中国语文的新生》。
⑥ 胡乔木：《中国共产党的三十年》。

农民中更落后的阶层，使他们积极参加革命斗争，而且广大的小资产阶级群众与知识分子，现在也转入革命。……在反革命营垒中，是新的动摇分裂与冲突，一部分民族资产阶级，许多乡村的富农与小地主，甚至一部分军阀，对于目前开始的新的民族运动，是有采取同情中立以至参加的可能的民族革命阵线是扩大了。”在这种情形之下，党的决议明确指出：“团结一切可能的反日力量，是党的最广泛的民族统一战线策略的总路线。”十二月二十七日毛泽东同志在《论反对日本帝国主义的策略》的报告中，更系统地提出了建立抗日民族统一战线的问题，指出“党的任务就是把红军的活动和全国的工人、农民、学生、小资产阶级、民族资产阶级的一切活动汇合起来，成为一个统一的民族革命战线”。

全国人民热烈地响应了党和毛泽东同志的组织抗日民族统一战线的号召。团结抗日，成为全国人民的一致要求和奋斗目标。而这种情况，也很自然地反映到新文艺运动上来。文艺界本身也深切地感到用文艺的武器、团结从事抗敌救亡工作的迫切需要。当时，上海文艺界党组织，失去了和党中央的联系。一九三五年冬，从《国际通讯》、《救国时报》上获知共产国际关于建立全世界反法西斯统一战线的主张，于是提出了“国防文学”的口号。一些文艺家从一九三五年十一月开始发表文章，阐明“国防文学”的主张，并于一九三六年初，解散了中国左翼作家联盟。

应该说，中国文艺界的抗日民族统一战线运动，是从“国防文学”口号的提出开始的。（在“国防文学”的口号之下，还有“国防诗歌”、“国防戏剧”等方面的应用。）周扬在《现阶段的文学》中说：“华北事变以后，中国的形势起了一个新的基本的变化。远东帝国主义并吞了整个华北，又在准备并吞全中国，亡国的危惧把一切不愿做亡国奴和卖国贼的中国人逼上了一条唯一的道路，就是一致向侵略者展开神圣的民族革命斗争。全民族救亡的统一战线正以巨大的规模伸展到一切的领域内去，文学艺术的领域自然也不能例外。国防文学就是配合目前这个形势而提出的一个文学上的口号。它要号召一切站在民族战线上的作家，不问他们所属的阶层，他们的思想和流派，都来创造抗敌救国的艺术作品，把文学上的反帝反封建的运动集中到抗敌反汉奸的总流。”

在“国防文学”口号之下，于一九三六年六月七日成立了中国文艺家协会，参加的有王任叔、王统照、艾芜、朱自清、茅盾、郭沫若等一百二十余人。成立宣言中说：

> 文艺作家有他特殊的武器。文艺作家在全民族一致的救国阵线中有他自己的岗位。中国文艺家协会在今日宣告成立，自有它伟大的历史的使命。
>
> 是全民族救国运动中的一环，中国文艺家协会坚决拥护民族救亡阵线的最低限度的基本的要求：团结一致抵抗侵略，停止内战，言论出版自由，民众组织救国团体的自由。
>
> 是文艺家的集团，中国文艺家协会要求作家们切身权利的保障，要求同一目标的作家们的集体的创作和集体的研究。
>
> 中国文艺家协会特别要提议：在全民族一致救国的大目标下，文艺上主张不同的作家们可以是一条战线上的战友。文艺上主张的不同，并不妨碍我们为了民族利益而团结一致；同时，为了民族利益而团结一致，并不拘束了我们各自的文艺主张，向广大民众声诉而听取最后判词。

这时，文艺界的抗日民族统一战线运动，除了“国防文学”这个口号外，另外又提出了“民族革命战争的大众文学”的口号。鲁迅在病中发表了《论现在我们的文学运动》，对这个口号作了如下的说明：“民族革命战争的大众文学，是无产阶级革命文学的一发展，是无产阶级革命文学在现在时候的真实的更广大的内容。……新的口号的提出，不能看作革命文学运动的停止，或者说‘此路不通’了。所以，决非停止了历来的反对法西主义，反对一切反动者的血的斗争，而是将这斗争更深入，更扩大，更实际，更细微曲折，将斗争具体化到抗日反汉奸的斗争，将一切斗争汇合到抗日反汉奸斗争这总流里去。决非革命文学要放弃它的阶级的领导的责任，而是将它的责任更加重，更放大，重到和大到要使全民族，不分阶级和党派，一致去对外。这个民族的立场，才真是阶级的立场。托洛斯基的中国的徒孙们，似乎糊涂到连这一点都不懂的。但有些我的战友，竟也有在作相反的‘美梦’者，我想，也是极糊涂的昏虫。但民族革命战争大众文学，正如无产阶级革命文学的口号一样，大概是一个总的口号罢。在总口号之下，再提些随时应变的具体的口号，例如‘国防文学’‘救亡文学’‘抗日文艺’等等，我以为是无碍的。不但没有碍，并且是有益的，需要的。自然，太多了也使人头昏，浑乱。”①

从鲁迅所发表的谈话中，很显然地可以看出，他并不是把两个口号看成是根本对立的；认为“民族革命战争的大众文学”与“国防文学”的关系，应该是“总的口号”与“随时应变的具体的口号”的关系；同时，理论上特别强调不能停止阶级斗争，不能放弃无产阶级的领导权。接着鲁迅、曹靖华、巴金、靳以、以群、杨晦、田间、吴组缃等六十七人签名发表了《中国文艺工作者宣言》。宣言中说：

我们，文艺上的工作者，目光从来没有离开过现实，工作从来没有放松过争取民族自由的奋斗。……所以到现在当民族危机达到了最后关头，一只残酷的魔手扼住我们的咽喉，一个窒闷的暗夜压在我们的头上，一种伟大悲壮的抗战摆在我们的面前的现在，我们绝不屈服，绝不畏惧，更绝不彷徨，犹豫；我们将保持我们各自固有的立场，本着我们原来坚定的信仰，沿着过去的路线，加紧我们从事文艺以来就早已开始了的争取民族自由的工作。我们决不忽视或是离开现实，反之，我们将更加紧紧地把握住现实。我们不敢过大的估计自己的力量，但我们将为着目标的伟大，忘却自身的渺小。我们相信各部门的文化工作在任何时期都没有一刻可以中断的，我们以后将更加沉着而又勇敢地在这大动乱的时代中，担负起我们的艰巨的任务。我们愿意接受同意我们的工作的人的督促和指导。我们愿意和站在同一战线的一切争

① 载《且介亭杂文末编·附集》。

取民族自由的斗士热烈的握手！

部分“国防文学”主张者认为，文艺界已有“国防文学”的口号，不应再提出“民族革命战争的大众文学”这个新口号，他们对“民族革命战争的大众文学”提出了责难(部分文章对鲁迅提出了严厉批评)。于是，双方就两个口号展开了一次热烈的论争。八月间，鲁迅发表了《答徐懋庸并关于抗日统一战线问题》的长文。他说：

> ……中国目前的革命的政党向全国人民所提出的抗日统一战线的政策，我是看见的，我是拥护的，我无条件地加入这战线，那理由就因为我不但是一个作家，而且是一个中国人，所以这政策在我是认为非常正确的……其次，我对于文艺界统一战线的态度。我赞成一切文学家，任何派别的文学家在抗日的口号之下统一起来的主张。……我对于“文艺家协会”的态度，我认为它是抗日的作家团体……但不能以为有了“文艺家协会”，就是文艺界的统一战线告成了，还远得很，还没有将一切派别的文艺家都联为一气。那原因就在“文艺家协会”还非常浓厚的含有宗派主义和行帮情形。……我以为文艺家在抗日问题上的联合是无条件的，只要他不是汉奸，愿意或赞成抗日，则不论叫哥哥妹妹，之乎者也，或鸳鸯蝴蝶都无妨。但在文学问题上我们仍可以互相批判。……我很同意郭沫若先生的“国防文艺是广义的爱国主义的文学”和“国防文艺是作家关系间的标志，不是作品原则上的标帜”的意见。我提议“文艺家协会”应该克服它的理论上与行动上的宗派主义与行帮现象，把限度放得更宽些。……自然，我还得说一说“民族革命战争的大众文学”这口号的无误及其与“国防文学”口号之关系。……这口号，也不是我一个人的“标新立异”，是几个人大家经过一番商议的，茅盾先生就是参加商议的一个。郭沫若先生远在日本，被侦探监视着，连去信商问也不方便。……但问题不在这口号由谁提出，只在它有没有错误。如果它是为了推动一向囿于普洛革命文学的左翼作家们跑到抗日的民

族革命战争的前线上去，它是为了补救“国防文学”这名词本身的在文学思想的意义上的不明瞭性，以及纠正一些注进“国防文学”这名词里去的不正确的意见，为了这些理由而被提出，那么它是正当的，正确的。

鲁迅在这篇文章中，一方面纠正了许多人对于这两个口号含义的不正确的理解，同时也指出了这种不正确理解的产生根源是残存在某些作家中的宗派主义和关门主义。

两个口号的论争，是在革命为适应新的形势而实行大转折的时刻进行的。革命文艺阵营内部的这次争论，是必然的，有益的。论争的双方都主张抗日救国、反帝反汉奸，建立抗日民族统一战线。在两个口号论争过程中，宣传“国防文学”的部分文章，存在着一些缺点和错误，主要是：在正确地强调建立统一战线的同时，却对无产阶级的领导权有所忽视；正确地注意到民族矛盾比重的上升，但有些忽视阶级矛盾。其次，表现了宗派主义情绪。鲁迅对革命文艺队伍内部（包括“国防文学”论者和部分拥护“民族革命战争的大众文学”口号的人）各种错误思想的批评，是为了更好地在文艺界贯彻党的抗日民族统一战线的政策。

在鲁迅的《答徐懋庸并关于抗日统一战线问题》发表后，论争近于尾声。一九三六年十月初，由巴金、王统照、包天笑、沈起予、洪深、周瘦鹃、茅盾、陈望道、郭沫若、夏丏尊、张天翼、叶绍钧、郑振铎、郑伯奇、赵家璧、鲁迅、谢冰心、丰子恺等二十一人签名发表了《文艺界同人为团结御侮与言论自由宣言》，“主张全国文学界同人应不分新旧派别，为抗日救国而联合”，“主张言论的自由，急应争得”，因为“唯有言论自由，然后能收全国上下一致救国的效果”。

这样，就初步地形成了中国文艺界的抗日民族统一战线，为抗战时期开始时中华全国文艺界抗敌协会的成立，打下了基础。

第二章　思想战线上的对敌斗争

一　与“新月派”的斗争

如所周知：文学领域内思想和理论的斗争，从来就是社会生活中阶级斗争的反映，是阶级斗争的一种表现形式；而文学上新的、进步的思想和理论，则从来就是在与各种落后的、腐朽的、反动的文艺思想和流派的激烈斗争中建立和发展起来的。我国新文学运动，在五四运动时期，与封建复古主义者进行过斗争，在第一次国内革命战争时期，与“甲寅派”和“现代评论派”的欧化绅士们进行过斗争，就在和这些敌人的不断的猛烈战斗中，新文学运动获得了巨大的胜利和长足的进展。

本时期文艺战线上的思想斗争是更为复杂而尖锐了，而这，是反映了本时期阶级斗争的复杂性和尖锐性的。在本时期，“有两种反革命的‘围剿’：军事‘围剿’和文化‘围剿’。也有两种革命深入：农村革命深入和文化革命深入”①。本时期文艺思想上的斗争，就是与反动统治者所发动的反革命文化“围剿”的坚决斗争的一个主要的方面。冯雪峰在《论民主革命的文艺运动》中说：“这个时期，思想斗争，批判现实，是无产阶级革命文学运动的中心工作；所批判的对象仍是广阔的，几及现实社会各方面的所有现象，而以反动文化，帝国主义和法西斯主义，及日本帝国主义的更进侵略和统治阶级的懦怯，荒唐，腐烂，不抵抗日本的侵入中国而进行‘剿共’的内战，与对要求抗日

---

①　毛泽东：《新民主主义论》。

的人民及革命群众的残酷的高压和屠杀，为主要的批判对象。这时期，批判旧社会和各种反动思想，所站的立场是最进步的人民的立场，即无产阶级的立场；所依据的思想的观点，是史的唯物论和唯物辩证法，是企图以战斗的唯物论的观点分析中国社会现象和思想现象。”当然，在本时期与各种反动文艺思想和流派所展开的战斗中，正如同任何时期的战斗一样，革命文学是胜利了的；而且，正在揭破和粉碎敌人的反动、堕落的文艺思想的战斗中，革命文学运动得到了深入的开展，担负和执行了教育广大人民的神圣任务。

在本时期开始，当革命文学阵营内部正在展开关于革命文学的论争的时候，“新月派”的人们就想以反动的理论来证明文学艺术在社会生活中没有任何实践的意义，反对无产阶级革命文学运动，想使文学艺术永远成为少数人消闲的工具，从而巩固他们的主子的血腥野蛮的统治。这种反动的理论立刻受到了我们革命文学阵营——特别是鲁迅的有力驳斥。而我们的革命文学运动，也因为在这一次的战斗中，认识了谁是革命文学的真正敌人，促进了内部团结，因而大大地向前跨进了一步。

新月社是一个代表中国买办资产阶级的思想和利益的反动文学团体，原成立于一九二三年，与一九二四年出现的“现代评论派”有着极密切的关系。它的主持人是胡适、徐志摩、梁实秋等。他们在一九二八年出版《新月》月刊。在创刊号上，他们就站在反动立场上表示了对于革命文学的敌视和反对，这样地说明了“新月的态度”①：他们首先说他们“正逢着一个荒歉的年头，收成的希望是枉然的。这又是个混乱的年头，一切价值的标准，是颠倒了的”。其次，他们把思想比做一个市场，而在这个市场上这时“至少有十来种行业，各有各的色彩，各有各的引诱”，这些“行业”是：一、感伤派，二、颓废派，三、唯美派，四、功利派，五、训世派，六、攻击派，七、偏激派，八、纤巧派，九、淫秽派，十、热狂派，十一、稗贩派，十二、标语派，十三、主义派。所有这些派别大都是些“不正当的营业”。

① 《新月的态度》一文，系由徐志摩执笔。

再其次，他们标榜出来这两个条件：(一)不妨害健康的原则，(二)不折辱尊严的原则，而“一部纯正的思想是人生改造的第一个需要”。最后，他们认为不能“碍着一个迷误的自由观念，顾着一个容忍的美名”，而“忘却思想是一个园地，它的美观是靠着我们随时的种植与铲除”；因此，他们“不能不醒起，不能不奋争，尤其在人生的尊严与健康遭受凌辱与侵袭的时日”。

“新月派”的语意是显而易见的，他们对于革命文学运动是采取了势不两立的态度的，是要起而“奋争”的。他们把当时文坛上的派别分成为十三种，这一方面说明了他们思想的混乱不清(这样的分法就在形式逻辑上也是说不通的)，同时也说明了他们虽然列举了这些派别，而他们所要反对的，所要起而“奋争”的，则仅仅是以马克思列宁主义为指导思想的无产阶级革命文学。装出“和平、中正”的样子来掩盖他们的丑恶、卑贱的本性，这正是一切“山羊式”的欧化绅士们所惯用的手法。当时彭康在《什么是“健康”与“尊严”》(“新月的态度”底批评)①一文中就揭穿了他们这种险诈的面目，而且也指出了无产阶级革命文学必然胜利的前途：第一，彭康指出了徐志摩、胡适之流的人们所说的“收成希望枉然”，“价值标准颠倒”，正是在社会变革、被压迫阶级自图解放的时代的必然的结果。“这是因为社会的支配权要移到一个新的主体，现在的支配阶级无论怎样的用尽巧妙而且辛辣的手段，总不能阻止历史的进展，‘收成的希望是枉然的’。而新的主体对于一切事物和现象的评价，当然有它自身的标准，所以从前‘一切的价值标准，是颠倒了的’。”第二，彭康也指出了“新月派”的人们之所谓“尊严”和“健康”，只是少数人的东西，而且他们是无法维持他们的“尊严”和“健康”的。因为“历史的进展不惜把一切冠冕堂皇的，神圣不可侵犯的东西都要消灭下去，它是不容许有所谓永久的存在的”；而且，“‘折辱’了他们的‘尊严’，即是新兴的革命阶级获得了尊严，‘妨害’了他们的‘健康’，即是新兴的革命阶级增进了健康”。第三，彭康更指出了“新月派”的人们在思想战线上为统治

① 《创造月刊》一卷十二期。

者服务、替统治者说话的丑恶的本质，而这个本质，他们是企图装出纯洁、中立的外貌来加以掩盖的。彭康说："在现在正要因斗争而获得思想和言论的自由的时候，'新月'的先生们却叹着气，以为是太自由了，因而要来扫除那些'邪说'，'异端'，将思想从'无政府的凌乱'救出，定于一尊，一统天下。你看这是什么一种实践的要求！是替谁说话！"这样，"新月派"的本来面目就彻底地被揭露出来了。

然而，"新月派"并没有停止他们的荒谬的反动论调；相反地，更露骨地表示了他们对于革命文学的敌视和反对的态度。梁实秋的《文学与革命》①一文，便是他们这种反动的买办资产阶级思想和言论的代表。在这篇文章中，梁实秋以为："一切的文明，都是极少数的天才的创造，科学、艺术，文学、宗教、哲学、文字以及政治思想、社会制度，都是少数的聪明才智过人的人所产生出来的"；而"伟大的文学乃是基于固定的普遍的人性"，"人性是测量文学的唯一的标准"，"外在的事实如革命运动复辟运动都不能借用做衡量文学的标准"。根据这样一个论点，所以梁实秋又主张：文学家"对于民众并不是负着什么责任与义务，更不曾负着什么改良生活的担子，所以文学家的创造并不受着什么外在拘束，文学家的心目当中并不含有固定的阶级观念，更不含有为某一阶级谋利益的成见。文学永远不失掉他的独立。"根据这样一个论点，梁实秋更悍然地宣称："文学是个人的文学，是少数人的文学，不是大多数的文学！""大多数就没有文学，文学就不是大多数的。"因此，他认为"'无产阶级的文学'或'大多数的文学'……是不能成立的名词"。

梁实秋和新月社的人们为其主子——反动统治者服务，敌视革命文学的险恶用意，在这些文章中是"昭然若揭"了。对于这种反动的唯心的论点，革命文学阵营立刻展开了一次猛烈的反击，而且很快地就粉碎了这种披着"为艺术而艺术"的外衣的堕落的、陈腐的"理论"。冯乃超写了一篇《冷静的头脑》(评驳梁实秋的《文学与革命》)②，尖

① 《新月》一卷四号。
② 《创造月刊》二卷一期。

锐地撕穿了梁实秋说的“大多数就没有文学，文学就不是大多数的”，正是“说尽‘阶级性’支配到文学上来的秘密，因为他所能晓得的是奉侍上流阶级的文学”。而鲁迅在这次战斗中，更以他的犀利的科学的论文说明了敌人的卑劣，捍卫了当时正在困难中前进的无产阶级革命文学运动。

鲁迅在左联成立前后写的驳斥“新月派”的文章，计有：《新月社批评家的任务》①、《“硬译”与“文学的阶级性”》、《“丧家的”“资本家的乏走狗”》②等篇。在这些文章中，鲁迅用马克思主义的观点，对文学的阶级性，作了精辟的论述；对于“新月派”的人们和他们的主张作了无情的剖析，使他们“替新的反动去装点一下摩登化的东洋国故和西洋国故”③的走狗面貌，毫不走漏地揭露在广大读者的面前。

鲁迅首先就很正确而生动地驳倒了梁实秋的“文学基于人性”和“文学无阶级性”的“矛盾而空虚的”说法：

譬如原质或杂质的化学底性质，有化合力，物理学底性质有硬度，要显示这力和度数，是须用两种物质来表现的，倘说要不用物质而显示化合力和硬度的单单“本身”，无此妙法；但一用物质，这现象即又因物质而不同。文学不借人，也无以表示“性”，一用人，而且还在阶级社会里，即断不能免掉所属的阶级性，无需加以“束缚”，实乃出于必然。自然，“喜怒哀乐，人之情也”，然而穷人决无开交易所折本的懊恼，煤油大王那会知道北京捡煤渣老婆子身受的酸辛，饥区的灾民，大约总不去种兰花，象阔人的老太爷一样，贾府上的焦大，也不爱林妹妹的。……倘以表现最普通的人性的文学为至高，则表现最普遍的动物性——营养，呼吸，运动，生殖——的文学，或者除去“运动”，表现生物性的文学，必当更在其上。倘说，因为我们是

① 载《三闲集》，1929年作。
② 载《二心集》，1930年作。
③ 瞿秋白：《鲁迅杂感选集序言》。

人，所以以表现人性为限，那么，无产者就因为是无产阶级，所以要做无产文学。①

鲁迅更进一步地揭穿了梁实秋之流的东西原不过是资本家的走狗，而且还是“丧家的”“资本家的乏走狗”。当梁实秋狺狺地争辩，他因为不知道他的主子是谁，所以他不是资本家的走狗的时候，鲁迅就锋利地指出：

> 这正是“资本家的走狗”的活写真。凡走狗，虽或为一个资本家所豢养，其实是属于所有的资本家的，所以它遇见所有的阔人都驯良，遇见所有的穷人都狂吠。不知道谁是它的主子，正是它遇见所有阔人都驯良的原因，也就是属于所有的资本家的证据。②

这样，以梁实秋为代表的“新月派”的可耻的嘴脸，就无所逃于中国人民的眼前了。沉重地打击了“新月派”的“艺术至上”的谬论，揭穿了他们的阴险无耻的用心，也就是打败了反动统治者在文化领域内的猖狂进攻，也就是保卫了革命文学的胜利前途和中国人民的革命利益。

二　与所谓“民族主义文学”的斗争

一九三〇年六月，也就是中国左翼作家联盟成立后的三个月，有一批以国民党特务为骨干的法西斯“文人”发表了所谓《“民族主义文艺运动”宣言》，提倡所谓“民族主义文学”。参加的有范争波、李赞华、朱应鹏、王平陵、叶秋原、黄震遐、傅彦长、邵洵美、汪倜然等人。出版的刊物有《前锋周报》、《前锋月刊》、《文艺月刊》、《开展

① 《“硬译”与“文学的阶级性”》。
② 《二心集·“丧家的”“资本家的乏走狗”》。

月刊》。在《宣言》中，他们认为“那自命左翼的所谓无产阶级的文艺运动”又是那样的嚣张，把艺术拘囚在阶级上，是中国文坛当前的危机。他们主张“文艺底最高的使命，是发挥它所属的民族精神和意识。换句话说，文艺的最高意义就是民族主义”。可以看出，所谓“民族主义文学运动”，正是在反动统治者的指挥刀的直接指挥之下，来反对和迫害革命文学，借以维持它的主子的血腥统治的。

但是这些提倡“民族主义文学”的，却是一些无文的“文人”们，他们的活动并没有收到他们和他们的主子所预期的效果。鲁迅在《黑暗中国的文艺界的现状》①中说：

> 然而统治阶级对于文艺，也并非没有积极的建设。一方面，他们将几个书店的原先的老板和店员赶开，暗暗换上肯听嗾使的自己的一伙。但这立刻失败了。因为里面满是走狗，这书店便象一座威严的衙门，而中国的衙门，是人民所最害怕最讨厌的东西，自然就没有人去。喜欢去跑跑的还是几只闲逛的走狗。这样子，又怎能使门市热闹呢？但是，还有一方面，是做些文章，印行杂志，以代被禁止的左翼的刊物，至今为止，已将十种。然而这也失败了。最有妨碍的是这些“文艺”的主持者，乃是一位上海市的政府委员和一位警备司令部的侦缉队长，他们的善于“解放”的名誉，都比“创作”要大得多。他们倘做一部“杀戮法”或“侦探术”，大约倒还有人要看的，但不幸竟在想画画，吟诗。这实在譬如美国的亨利·福特(Henry Ford)先生不谈汽车，却来对大家唱歌一样，只令人觉得非常诧异。

这里画出的正是这批法西斯“文艺家”的真实面目，而这种所谓“文艺家”，是“早已腐烂到连所谓‘为艺术的艺术’以至‘颓废’的作品也不能生产”的，他们原不过“是上海滩上久已沉沉浮浮的流尸，本来散见于各处的，但经风浪一吹，就漂集一处，形成一个堆积，又

① 载《二心集》，1931年作。

因为各个本身的腐烂，就发出较浓厚的恶臭来了”①。

但是“民族主义”的“文艺家”们，还是生产过“作品”的，那就是黄震遐的《陇海线上》和《黄人之血》。关于前者，瞿秋白曾经一针见血地指出：“不过在那四六电报宣言布告之外，替军阀添一种欧化文艺的宣传品，去歌颂这种中世纪式的斗争”，“是绅商地主高利贷资产阶级的杀人的号筒。”②石萌（茅盾）在《“民族主义”的现形》中也作了有力的揭露：“他们干干脆脆地鼓吹‘屠杀’！用机关枪，大炮，飞机，毒气弹，屠杀遍中国的不肯忍受帝国主义及国民党层层宰割的工农群众！屠杀普罗文学作家！这屠杀文学就是他们宣传得极厉害的陇海线上和国门之战。”③关于后者，鲁迅在《“民族主义文学”的任务和运命》一文中，曾经作了非常严正而犀利的评断：

> 这剧诗的事迹，是黄色人种的西征，主将是成吉思汗的孙子拔都元帅，真正的黄色种。所征的是欧洲，其实专在斡罗斯（俄罗斯）——这是作者的目标；联军的构成是汉，鞑靼，女贞，契丹人——这是作者的计划；一路胜下去，可惜后来四种人不知“友谊”的要紧和“团结的力量”，自相残杀，竟为白种武士所乘了——这是作者的讽喻，也是作者的悲哀。
>
> ……
>
> 这德皇威廉因为要鼓吹“德国德国，高于一切”而大叫的“黄祸”，这一张“亚细亚勇士们张大”的“吃人的血口”，我们的诗人却是对着斡罗斯，就是现在无产者专政的第一个国度，以消灭无产阶级的模范——这是“民族主义文学”的目标；但究竟因为是殖民地顺民的“民族主义文学”，所以我们的诗人所奉为首领的，是蒙古人拔都，不是中华人赵构，张开“吃人的血口”的是“亚细亚勇士们”，不是中国勇士们，所希望的是拔都的统驭之下的

① 《二心集·“民族主义文学”的任务和运命》。

② 《狗样的英雄》，《瞿秋白文集》第二卷。

③ 《文学导报》一卷四期。

> "友谊"，不是各民族间的平等的友爱——这就是露骨的所谓"民族主义文学"的特色，但也是青年军人的作者的悲哀。
>
> …………
>
> ……现在日本兵"东征"了东三省，正是"民族主义文学家"理想中的"西征"的第一步，"亚细亚勇士们张大吃人的血口"的开场。不过先得在中国咬一口。……所以，这沈阳事件，不但和"民族主义文学"毫无冲突，而且还实现了它们的理想境，倘若不明这精义，要去硬送头颅，使"亚细亚勇士"减少，那实在是很可惜的。

鲁迅在这篇文章中所指出的，正是所谓"民族主义文学"的最本质的内容：拥护帝国主义和国民党反动派在中国的横暴的利益，宣传反共、反苏、反人民的法西斯反动思想，希望主子和奴才都能"同存共荣"。但是这种希望是落空了的，历史发展的必然法则粉碎了他们的空幻的狂想。就在当时，因为本身的腐烂和广大人民的唾弃，所谓"民族主义文学"，即使在主子的指挥刀的保护之下，也因为没有读者而不能不很快地就偃旗息鼓了。正如鲁迅在同一文章中所说的："他们将只尽些送丧的任务，永含着恋主的哀愁，须到无产阶级革命的风涛怒吼起来，刷洗山河的时候，这才能脱出这沉滞猥劣和腐烂的运命。"

三　与"第三种人"的斗争

早在一九〇五年，列宁在《党的组织和党的文学》的伟大论著中，就曾经这样地说：

> 资产阶级个人主义者先生们，我们应当告诉你们说：你们那些关于绝对自由的话不过是一种伪善而已。在以金钱势力作基础的社会中，在劳动群众作乞丐而一小撮富人作寄生虫的社会中，不可能有真正的和实在的"自由"。作家先生，你离得开你的资

产阶级出版家而自由吗？你离得开那要求你作春宫画、描写卖淫来“补充”“神圣”舞台艺术的资产阶级观众而自由吗？要知道这个绝对自由是资产阶级或无政府主义的空话（因为无政府主义作为世界观是翻转过来的资产阶级思想）。生活在社会中却要离开社会而自由，这是不可能的。资产阶级的作家、艺术家和演员的自由，不过是戴着假面具的（或者戴着伪善的假面具的）对于钱袋的依赖、对于收买的依赖、对于豢养的依赖。

而我们社会主义者揭露这种伪善，撕破这个假招牌，不是为了弄出非阶级的文学和艺术（这只有在社会主义的没有阶级的社会中才有可能），而是为了使真正自由的、和无产阶级公开联系着的文学去对抗假装自由的而事实上和资产阶级联系着的文学。①

列宁在这里撕穿的正是那些在阶级社会里而主张超阶级的所谓“文艺自由”的人们的真实面目，同时也指出了这些戴着假面具的伪善的人们，在无产阶级文学的发展过程中，必然会举着“自由”的假招牌来出头露面地反对、破坏，而无产阶级文学则必须在“揭露这种伪善，撕破这个假招牌”的坚决斗争中，才能够巩固和发展起来。

在一九三二年展开的关于“文艺创作自由”的论争，在性质上就是这样的一次斗争，是一次和那些假借“自由”招牌来反对无产阶级革命文学的“自由人”和“第三种人”的斗争。

一九三一年十一月，在左联执行委员会的决议——《中国无产阶级革命文学的新任务》中，就提到了关于“理论斗争和批评”的问题，认为“必须即刻在大众中开始理论斗争和批评的活动”，“在敌人的文学领域，不仅只注意到民族主义文学和‘新月派’就够，还必须注意到其他各种各样的反动的现象和集团，也必须注意到那在各种遮掩下——‘左’或灰色遮掩的反动性和阴谋性。”在这不久，就出现了“站在自由人的立场”上，扯着“创作自由”的纸旗，来诋毁和反对无产阶

① 引自《马克思、恩格斯、列宁、斯大林论文艺》，曹葆华译。

级革命文学的胡秋原和苏汶之流的人物。

在一个叫作《文化评论》的反动刊物的创刊号上，胡秋原发表了一篇《阿狗文艺论》，在其中的第一节——《艺术非至下》中，他借批判“民族主义文艺”为幌子，这样地提出了他的荒谬主张，他说：“文艺虽然不是‘至上’，然而决不是‘至下’的东西。将艺术堕落到一种政治的留声机，那是艺术的叛徒。”在《文化评论》的第四期上，他又发表了一篇《勿侵略文艺》，进一步地露出了他的反对无产阶级革命文学的反动面貌。他说：“我并非否定民族文艺，同时，我更没有否定普罗文艺。……但是我并不能主张只准某种艺术存在而排斥其他艺术，因为我是一个自由人。”接着，他又在《读书杂志》二卷一期上发表了《钱杏邨理论之清算》一文。这一次却是更进一步地打着“真正马克思主义者应当注意马克思主义的赝品”的招牌，向无产阶级文学猖狂进攻，他的取消派真面目完全暴露出来了。

洛扬在致《文艺新闻》信中严正地指出了胡秋原的反动面貌和狡诈手段。指出了胡秋原是普列汉诺夫的“最坏的歪曲者，最恶劣的引用者”，指出了“胡秋原的主义，是文学的自由，是反对文学的阶级性的强调，是文学的阶级的任务之取消”，而且还指出了胡秋原“在现在，反对普洛革命文学已经比民族主义文学者站在更‘前锋’了。对于他及其一派，现在非加紧暴露和斗争不可”。

然而就在这个时候，就在洛扬的《“阿狗文艺”论者的丑脸谱》发表后不久，有自称“死抱住文学不肯放手”的“第三种人”的苏汶(即杜衡)出来响应胡秋原，同时对左联所领导的无产阶级革命文学运动，投出了恶毒的嘲讽和攻击。他在《现代》杂志一卷三号上发表了《关于文新与胡秋原的文艺论辩》一文，“非常巧妙”地散播着他的反对革命文学的谬论：(一)他说：左联是不管“什么真理不真理，他们只看目前的需要”，“你假使真是一个前进的战士，你便不会再要真理，再要文艺了”，“终于，文学不再是文学了，变成连环图画之类；而作者也不再是作者了，变成煽动家之类”。——这是反对把文艺作为阶级斗争的一种武器，是将文艺、真理跟革命、文艺的武器作用对立起来的一种“为艺术而艺术”的陈腐看法。(二)他说：像连环图画和唱本一类"低级的形式还生产得出好的作品吗？确实，连环图画里是产生不出托尔斯泰，产生不出弗罗培尔来的"，"但是，他们要弗罗培尔什么用呢？要托尔斯泰什么用呢?"——这是针对当时正在热烈地展开着的文艺大众化运动而发的，一方面认为从大众文艺不能产生出伟大的作家和作品(这和梁实秋的"一切的文明都是极少数的天才的创造"的话的意思，根本没有两样)，同时也诬蔑左联是根本不要伟大的作家和作品的。(三)他说："在'智识阶级的自由人'和'不自由的，有党派的'阶级争着文坛的霸权的时候，最吃苦的，却是这两种人之外的第三种人。这第三种人便是所谓作者之群。作者，老实说，是多少带点我前面所说起的死抱住文学不肯放手的气味的……他们还在恋恋不舍地要艺术的价值。……在人人都不肯让步的今日，诚哉，难乎其为作家!"——这是说所谓"作者之群"，原是超然独立于社会的阶级斗争之外的"第三种人"，当阶级斗争日趋尖锐，而资产阶级和无产阶级(实际上指的仅是无产阶级)都要霸占文艺作为武器的时候，于是"第三种人"的作家便要为难，便只好"搁起了笔"了。

苏汶的用意和居心是非常明显的(虽然他"说的话是委宛的、转弯摸角的")。他是企图假借"创作自由"的名义，在作家当中煽起一股反对左联的火焰，帮助国民党反动派执行反革命的文化"围剿"。在论争的进程当中，他后来还写过《第三种人的出路》、《论文学的干涉主义》等文，但是，他的最基本的思想和意图，实际上都包括在上述几点里了。

瞿秋白的《文艺的自由和文学家的不自由》一文①，一方面驳斥了"万花撩乱"的胡秋原的"变相的艺术至上论"，同时揭破了"难乎其为作家"的苏汶的"革命与文学不能并存"的荒唐论调，而且也庄严地宣布了左联的革命立场和左联对于文学艺术的理解和态度。他说：

第一，真正科学的文艺理论，还是革命的国际主义的新兴阶级建立起来的。只有这个阶级，在革命的行动之中，才真正能够

---

① 署名易嘉。发表在《现代》一卷六号，现收在《瞿秋白文集》第三卷。

建立，能够发展科学的文艺理论。……中国的新兴阶级，受着封建残余的文化上的束缚特别厉害。他们不能够希望统治阶级去"提高"什么民众文化，他们极艰难的向世界各国的无产阶级学习，尤其是向俄国的无产阶级。……他们努力的在行动之中学习着，研究着，应用着理论。他们决不肯说"行动就是理论"，因此，"只要行动不要真理"。他们更不能够说：先要理论，然后再要行动。他们不会感觉到理论和行动是分离的，不能并存的。

第二，……新兴阶级要革命，——同时也就要用文艺来帮助革命。这是要用文艺来做改造群众的宇宙观和人生观的武器。固然，并不是个个"前进的战士"都来做文艺的工作。但是，为什么既然"真是前进的战士……便不再会要文艺了"呢？……谁要劝告新兴阶级不要去拿这种武器，他自然客观上是抱着"某种政治目的"的，——虽然他自己都觉得"并没有丝毫政治臭味"。

第三，新兴阶级站在消灭人剥削人的制度的立场上，所以能够真正估定艺术的价值，能够运用贵族资产阶级的文艺的遗产。他们决不是什么"目前主义的功利论者"。他们在文艺战线上，一样是为着创造整个的新社会制度——整个的新的宇宙观和人生观而斗争的。一切统治阶级的，以至于小资产阶级的文艺，他们都要批判，都要分析。……

第四，新兴阶级固然运用文艺，来做煽动的一种工具，可是，并不是个个煽动家都是文学家——作者。文艺——广泛的说起来——都是煽动和宣传，有意的无意的都是宣传。……总之，文艺只是煽动之中的一种，而并不是一切煽动都是文艺。……新兴阶级不但要普通的煽动，而且要文艺的煽动。

这里宣布的正是左联对于文学和革命关系的正确理解；并且左联正是根据这样的理解来运用文艺这项武器，在白色恐怖下进行英勇斗争的。瞿秋白在同一文章中更明白地告诉了苏汶之流的人：作者或者文学家，"本来就不是什么'第三种人'"。"每一个文学家，不论他们有意的，无意的，不论他是在动笔，或者是沉默着，他始终是某一阶级的意识形态的代表。在这天罗地网的阶级社会里，你逃不到什么地方去，也就做不成什么‘第三种人’。”而一个“真正肯替群众服务的作家，只有欢迎正确的文艺理论。努力去了解一切错误，要求日益进步的批评”的。

针对着苏汶的错误的论点和主张，周扬发表了《到底谁不要真理，不要文艺?》①一文。除了指出苏汶的目的“是要在意识形态上解除无产阶级的武装”而外，还有力地批驳了苏汶所说的马克思列宁主义是“目前主义的功利论”的谰言。而更扼要、更深刻地抓住问题的本质，给反对者以特别有力的答复的，则是鲁迅的《论“第三种人”》②一文。

在这篇文章中，鲁迅首先指出了苏汶所说的“第三种人”的作家惧怕“左翼批评的严酷”，其实只是一个“心造的幻影”：“左翼作家还在受封建的资本主义的社会的法律的压迫，禁锢，杀戮。所以左翼刊物，全被摧残，现在非常寥寥，即偶有发表，批评作品的也绝少，而偶有批评作品的，也并未动不动便指作家为‘资产阶级的走狗’，而且不要‘同路人’。左翼作家并不是从天上掉下来的神兵，或国外杀进来的仇敌，他不但要那同走几步的‘同路人’，还要招致那站在路旁看看的看客也一同前进。”

其次，鲁迅指出了“第三种人”的“搁笔”，真实原因还是因为做不成“第三种人”：“生在有阶级的社会里而要做超阶级的作家，生在战斗的时代而要离开战斗而独立，生在现在而要做给与将来的作品，这样的人，实在也是一个心造的幻影，在现实世界上是没有的。要做这样的人，恰如用自己的手拔着头发，要离开地球一样，他离不开，焦躁着，然而并非因为有人摇了摇头，使他不敢拔了的缘故。”

最后，鲁迅也指出了左翼作家联盟是需要伟大的作家的，但不要“努力去创造一些属于将来的东西”的伟大的作家；而且在连环图画和唱本当中是可以产生出伟大的艺术来的：“左翼作家诚然是不高超

① 署名起应。载《现代》一卷六期。

② 《现代》二卷一期，后收在《南腔北调集》中。

的，连环图画，唱本，然而也不到苏汶先生所断定那样的没出息。左翼也要托尔斯泰，弗罗培尔。但不要‘努力去创造一些属于将来(因为他们现在是不要的)的东西’的托尔斯泰和弗罗培尔。他们两个，都是为现在而写的，将来是现在的将来，于现在有意义，才于将来会有意义。……左翼虽然诚如苏汶先生所说，不至于蠢到不知道‘连环图画是产生不出托尔斯泰，‘产生不出弗罗培尔来’，但却以为可以产出密开朗该罗，达文希那样伟大的画手。而且我相信，从唱本说书里是可以产生托尔斯泰，弗罗培尔的。”(在另一篇文章——《“连环图画”辩护》①中，鲁迅还“举出事实，证明了连环图画不但可以成为艺术，并且已经坐在‘艺术之宫’的里面了”。我们的伟大导师对于大众文艺的爱护和支持真是无微不至的。)

鲁迅的有力的驳斥和科学的论证，给予了“第三种人”苏汶以无可反驳的答复。关于所谓“文艺自由”的论争，这时实际上已经接近了尾声。等到第二年(一九三三年)六月，因为戴望舒从法国寄回的一封通信，继续对左联有所诋毁，鲁迅又写了《又论“第三种人”》②一文，主张“左翼理论家就必须更加继续这内战，而将营垒分清，拔去了从背后射来的毒箭”，这绵延了一年半之久的关于所谓“文艺自由”问题的论争，才以革命文学的胜利和敌人的败退而真正告一结束。

总起来说，这一次的论争，革命文学阵营是完全胜利了的，而且是取得了重大收获的：通过这一次论争，无产阶级革命文学以马克思列宁主义为武器，再一次深刻地说明了文艺作为阶级斗争武器的重大作用，同时也再一次地揭穿和粉碎了“艺术至上”和“为艺术而艺术”的一切超阶级、超政治的荒谬的理论，在斗争中捍卫而且推进了以文艺教育广大人民的神圣的工作，扩大了科学的社会主义思想的传播和影响。这不仅是无产阶级革命文学的胜利，同时也是我们党所领导的整个文化革命的一个巨大的胜利。

---

① 载《南腔北调集》。

② 《文学》一卷一号，后收入《南腔北调集》中。

本时期文艺战线上，除了与“新月派”、“民族主义文学”和“第三种人”进行过激烈的斗争，另外，还批判过“将屠户的凶残，使大家化为一笑”①的提倡幽默小品的“论语派”②。所谓“论语派”，自命为袁中郎的“性灵”和“语录体”的继承者。他们着笔的范围与态度是：“两脚踏东西文化，一心评宇宙文章”③，而他们的打算则是“据牛角尖负隅以终身”④。他们这种“以自我为中心，以闲适为格调”的“小摆设”的文字，正好为反动统治者尽着麻醉与欺骗人民的作用。因此，对于他们的批判和斗争，也具有很重大的意义。

① 《南腔北调集·论语一年》。
② 林语堂于1932年主编《论语》，提倡所谓幽默的小品文。
③ 林语堂：《与陶亢德书》。
④ 林语堂：《〈我的话〉序》。

第三章　成为伟大共产主义者的鲁迅

一　从革命民主主义到共产主义

关于鲁迅，曾经有过一种荒谬反动的论调，以为在五四运动时期和在第一次国内革命战争时期，鲁迅在思想上就已经是一个彻底的共产主义者，在文学上就已经是一个社会主义现实主义者，而他的思想和创作的道路是无所谓前后期之分的。这种说法之所以是荒谬反动的，是因为它忽略了作为思想家、革命家和文学家的鲁迅的思想进展的道路，抹杀了中国共产党和马克思列宁主义对于鲁迅思想发展的重大影响，也掩盖了鲁迅的“上下求索”和要求思想改造的革命精神，因而，它也就会影响和妨碍我们对于鲁迅的正确理解和学习。

鲁迅在上一时期的战斗和探索的道路，对于旧社会的无情的批判和抨击，和在探索历程中所特有的彷徨苦闷的心情，前边已经有所论述。现在要讲的是，在一九二七—一九二九这几年中间，鲁迅的思想又经历了一段极其深刻的、具有本质意义的发展过程。由于党的教育和现实生活不断的教训，鲁迅进一步地学习了马克思列宁主义，认识到了他过去“只信进化论的偏颇”。从此以后，他把自己的一切都贡献给了无产阶级所领导的人民革命事业，他对中国历史发展的看法，已经不再是从革命的小资产阶级的立场观点以及进化论的观点出发，而是一个科学的马克思主义者的看法了；他对于中国人民大众革命的力量和前途，已经没有丝毫的怀疑，而是坚信“惟新兴的无产者才有将来”了；因此，从这时候起，他在前期战斗中曾一度存在过的那种苦闷彷徨的情绪，也已经不再留有丝毫的阴影，而是因为战斗在中国共产党的旗帜之下，而具有无限坚强的信心与力量，更加坚决地把自己的文学作品当成是中国革命的有力的宣传鼓动的武器了。

这样一个发展，无论是就鲁迅本人，或是就中国革命文学运动前进的历史看来，都是非常重要的。正是在这个期间，鲁迅的思想向科学的共产主义作了伟大的跃进，他才从进化论走到了马克思主义，从一个革命民主主义者成为了一个伟大的共产主义者。这样一个发展，一方面标志了作为思想家的鲁迅的前后期思想本质上的变化；另一方面，也标志了作为文学家的鲁迅在创作方法上前后期的显著不同的面貌。他成为了我国社会主义现实主义文学的伟大的奠基人。

重视这样一个发展，和探讨这样一个发展路径，在我们，是完全必要的。

这里，应当首先提到，一九二七年前后空前残酷的阶级斗争的事实，对鲁迅的思想发展是一种非常巨大的启示和推动的力量。这时候，“活人和死人的斗争，灭亡路上的阶级的挣扎和新兴阶级领导的群众的反抗，经过一番暴风雨的剧变而进到了新的阶段”①，反动统治者的凶残屠杀和在党领导下的革命群众的英勇斗争，不能不在鲁迅的思想上引起深刻而巨大的变化。在这尖锐复杂的阶级斗争实践中，他不能不要求更正确更有效的思想武器，他不能不发见他过去“反对剥削制度的朦胧的理想，只有同着新兴的社会主义的先进阶级前进，才能够实现，才能够在伟大的斗争的集体之中达到真正的‘个性解放’”②，这样，他也就不可能不批判和救正他过去只信进化论的偏颇，他的某些因为没有发见人民伟大力量而产生的怀疑苦闷的倾向，而成为马克思主义的阶级论的信奉者，成为一个共产主义的斗士了。

这种思想发展的痕印，很明显地保留在他这几年所写的两本杂文——《而已集》和《三闲集》③中。在《而已集》的卷首《题辞》中，鲁

① 瞿秋白：《鲁迅杂感选集序言》。

② 瞿秋白：《鲁迅杂感选集序言》。

③ 《而已集》中收的是 1927 年的作品，《三闲集》中收的是 1927 年至 1929 年这三年的作品。

迅说他这半年“又看见了许多血和许多泪”，在“泪揩了，血消了”之后，“用钢刀的，用软刀的”“屠伯们逍遥复逍遥”，然而他“只有杂感而已”。在《三闲集》的《序言》中，他也说到写作《而已集》中那些杂文时的心情，他说：“我是在二七年被血吓得目瞪口呆，离开广东的，那些吞吞吐吐，没有胆子直说的话，都载在《而已集》里。”这里透露的是鲁迅对于反动统治者的血腥屠杀的极端憎恨和愤激的心情。在同一篇文章中，他还说过这样的话：“我一向是相信进化论的，总以为将来必胜于过去，青年必胜于老人。对于青年，我敬重之不暇……然而后来我明白我倒是错了。……我在广东，就目睹了同是青年，而分成两大阵营，或则投书告密，或则助官捕人的事实！我的思路因此轰毁……”在《而已集》内的《答有恒先生》中，也说：“我的一种妄想破灭了。我至今为止，时时有一种乐观，以为压迫，杀戮青年的，大概是老人。这种老人渐渐死去，中国总可比较地有生气。现在我知道不然了，杀戮青年的，似乎倒大概是青年，而且对于别个的不能再造的生命和青春，更无顾惜。”这里说的都是因为目睹了阶级斗争的铁的事实，而逐渐地发见了过去“只信进化论的偏颇”。而这个发见，自然是要引起鲁迅在思想上的深刻的自我批评和自我斗争来的。因为，在鲁迅，他是“知道我自己，我解剖自己并不比解剖别人留情面”①。

关于这一类的话，鲁迅在别的文章中还屡次提起过。总之，一九二七年后国民党反动派对于共产党员和革命群众的疯狂屠杀，鲁迅是怀着特别巨大的愤怒的。这个愤怒在鲁迅思想上所引起的变化，较之一九二六年段祺瑞反动政府在北京屠杀爱国青年所引起的变化，其剧烈和深刻的程度是无法形容和比拟的。就在这一次血的教训中，鲁迅不是变得消沉和退缩了，而是“觉得中国现在是一个进向大时代的时代”②，他的世界观也就开始一个伟大的跃进了。

从进化论到阶级论这样一个跃进，体现了时代和历史对于一个伟

---

① 《答有恒先生》。

② 《而已集·〈尘影〉题辞》。

大的现实主义作家的客观要求，也说明了共产主义者的鲁迅正是在中国革命的剧烈的斗争过程中得到锻炼和发展的。永远地正视现实，不断地改造自己的主观世界来适应客观现实的要求，这正是鲁迅伟大的地方。

其次，鲁迅思想的这样一个发展，是与我们党所给予他的教育和影响分不开的。还在第一次国内革命战争时期，在一九二六年他离开北京以前，在鲁迅所接近的人里面就有共产党员；特别是李大钊同志，给了他相当深刻的影响。虽然他们两人之间的接触并不频繁，但李大钊的“诚实、谦和、不多说话”和大公无私的崇高品质，已经给了鲁迅很深很好的印象①。一九二七年在广州中山大学的时候，与鲁迅接近的也差不多全是共产党员、共青团员，或者是倾向革命的青年积极分子。和这些优秀的共产党员与革命青年接触，不能不影响到鲁迅当时对于社会和政治的看法。而不久，当蒋介石国民党叛变革命，大肆屠杀共产党员和革命人民的时候，这些人又以自己坚贞不屈、英勇牺牲的革命行动给了鲁迅更为巨大的教育，在鲁迅的思想上引起了极其深刻的变化。

在上海的最后十年，特别是当鲁迅参加了左联而且成为了左联的主要领导人物的时候，他在思想和创作上所放射出的不灭的光辉，更是和他这时无条件地接受党的领导，全身心地为党和人民工作的伟大共产主义精神有不可分割的联系。关于这一点，冯雪峰在《党给鲁迅以力量》一文中曾经提供过不少资料，并确切地指出：“在这最后的十年，鲁迅先生毫无保留地承认我们党是唯一能够领导中国人民革命到胜利的党；这信念，鲁迅先生不曾有一分钟动摇过，即使在革命遇到挫折，我们党遇到十分困难的时候，例如红军主力退出江西而开始艰巨的长征的时候，又如在全国我们地下党到处遭到破坏而国民党法西斯特务却特别嚣张的时候。因此，在这最后十年，鲁迅先生也就非常信任地接受我们党对他的领导，承认我们党是他应该和愿意服从的唯一的领导者。由于马克思列宁主义的真理，由于我们党对人民的忠

① 《南腔北调集·〈守常全集〉题记》。

实和革命的坚决，也由于鲁迅先生自己为人类真理和中国人民革命的斗争的坚决，以及他对我们党的高度的诚恳态度，在他最后这十年，他就成为我们党在文化战线上的一面伟大的旗帜了。”①党对于鲁迅的关怀爱护与鲁迅对于党的始终如一的忠诚，是鲁迅后期文艺事业的不朽价值所由产生的根源。

在这里还应当提一下瞿秋白和鲁迅的关系以及他所给予鲁迅的影响。据杨之华后来的回忆，当一九三三年瞿秋白住在上海日照里的时候，鲁迅几乎每天都去看他们，和瞿秋白“谈论政治、时事、文艺各方面的事情，乐而忘返”。“他们两人都丢开了个人的利益，为革命紧紧地团结在一起，肩并肩地对共同的敌人战斗。”②从以上寥寥几句话，不难看出他们之间深厚的革命友谊和相互影响。

总之，正因为有了党的领导和教育，所以鲁迅在一九二七年后能够从一个革命的民主主义者发展成为一个共产主义者；也正因为有了党的领导，所以鲁迅在整个左联时期能够作出那样出色的战斗，正如毛主席所说的，他成了“中国文化革命的伟人”。

最后，还应当提到：鲁迅在本时期思想上的巨大跃进，和因为思想上的巨大跃进而带来的文学事业上的不朽光辉，与他的认真研究马克思主义，和对国际无产阶级——尤其是苏联的革命的文学理论的辛勤译介工作，有着非常密切而不可分割的关系。

鲁迅一生的文学活动，用在译介俄罗斯和苏联文学上的，差不多占了他全部工作时间的四分之一。到了本时期开始的几年，他在这方面更是勤恳而忘倦，其翻译和介绍的数量，也较其他时期为多。这些翻译和介绍的工作，鲁迅一则是为了“转移性情，改造社会”，“私运军火给造反的奴隶”；二是把它当成是建立和丰富中国革命文学的必要途径；同时，鲁迅也是深刻地联系着自己的思想来进行自我改造的工作，而把它当成“是一种很好的发汗剂”来看待的。

很显然，鲁迅后期思想发展的动力，除了党在各方面所给予他的

① 见《论文集》第一卷，原载《文艺报》1951年第4卷第5期。

② 《〈鲁迅杂感选集序言〉是怎样产生的》，载《语文学习》1958年1月号。

领导和支持以及一九二七年大革命失败后的血的教训，除了他自己的坚定不移的为人民服务的意志和愿望，此外，对于马克思主义文艺理论的研究和翻译的工作，应当也是他的重要动力之一。鲁迅在一九二四年前后，就开始学习马克思主义著作。一九二七年大革命失败，鲁迅以进化论观察，思考社会问题的思路因此“轰毁”。为了正确地解决现实斗争所提出的许多迫切需要回答的问题，特别是为了弄清“革命文学”论争中所提出的一系列问题，他热情地、认真地学习、研究了马克思主义。他自己在《三闲集·序言》中所说的，因为看了几种科学底文艺理论和译了一本蒲力汗诺夫的《艺术论》，因此纠正了他“只信进化论的偏颇”的话，就非常有力地证明了这一点。这也就是说，鲁迅在他思想发展的过程中，正是根据了马克思列宁主义的普遍真理，深入地严格地分析自己和要求自己，即使打着自己的“伤处”，也要“忍疼”前进，这样，才能从一个进化论的信奉者向科学的共产主义作伟大的跃进的。而这，也是作为一个不朽的思想家、革命家和文学家的鲁迅的伟大的地方。

总起来说，研究鲁迅后期思想上和文学上的不朽的战斗意义，一九二七年至一九二九年这几年是一个很重要的阶段。在这里，清晰地刻镂着他的思想进展的痕印。这一个进展，应当说是一个具有本质意义的进展。通过这样一个进展，鲁迅从一个进化论者成为一个马克思主义者，从一个革命的小资产阶级的作家成为一个无产阶级的战士，在国民党十年反动“围剿”中，他“成了中国文化革命的伟人”。他的思想进展的过程深深地反映了而且紧紧地结合了中国人民革命的曲折前进的道路，体现了马克思列宁主义和毛泽东思想在中国的伟大胜利，同时也把我们的新文学运动推向了更新更高的发展阶段。

二　后期作品中的社会主义现实主义精神

鲁迅在本时期所写下的杂文著作和为数不多的历史题材的短篇小说，带着比前两个时期更为巨大的光彩和价值，永远遗给我们以战斗和创作的不朽典范。

在后期，鲁迅是以杂文这种独特的文学样式为其主要战斗武器的。从一九二七年起到一九三六年十月逝世前止，他的杂文计有《而已集》(一九二七年在广州和上海作，一九二八年十月出版)、《三闲集》(一九二七——一九二九年在广州、上海作，一九三二年九月出版)、《二心集》(一九三〇——一九三一年作，一九三二年十月出版)、《南腔北调集》(一九三二——一九三三年作，一九三四年三月出版)、《伪自由书》(一九三三年一月至五月间作，同年十月出版)、《准风月谈》(一九三三年六月至十一月间作，一九三四年十二月出版)、《花边文学》(一九三四年作，一九三六年六月出版)、《且介亭杂文》、《二集》、《末编》(一九三四——一九三六年间作，前二集先生亲自编定，末编由许广平补编，一九三七年七月同时出版)，另外还有一部分收在《集外集》和《集外集拾遗》里。

可以看出，鲁迅杂文写得最多的几年，正是国民党的残暴压力最大的几年，也是社会斗争和思想斗争最为剧烈的几年。在这几年当中，无产阶级革命文学运动遭到了反动统治者的各种迫害和摧残，鲁迅的生命也时时处在危殆当中。然而就在这样的艰苦年代里，他却坚持了左联的领导工作，以他的锐利的、光芒四射的杂文，作了旧社会的掘墓的锄锹，同时也预告了新社会的胜利的曙光。鲁迅后期的杂文，可以说是革命的现实主义和革命的浪漫主义相结合的典范作品。

虽然旧中国的反动统治者曾经残暴地剥夺了鲁迅接近广大工农群众的可能，虽然他们想一手扼杀我们这位杰出的导师的创作生命，虽然鲁迅因为失去了进行创作所必需的生活泉源，而不得不暂时地放下他的创作小说的如椽大笔来，但是鲁迅却还是非写作不可，非战斗不可的。因为正在深入地发展着的中国革命形势需要他写，他的革命思想认识迫促他写，而他的对于腐朽黑暗的旧中国社会制度的无比愤恨和他对于中国革命前途的暂时艰苦而到底一定要胜利的坚强信念，也在时时刻刻地要求和鼓舞他写。于是鲁迅，在左联时期，就不得不以杂文这种文艺样式来作为他战斗的主要武器；同时，他在本时期所写的杂文，也就不能不具有他前期小说的那种真实而具体地剖析和描绘中国社会生活，反映中国革命历史特点的思想上和艺术上的伟大特色。而且，更其重要的是，在他后期杂文中，随处洋溢着强烈分明的阶级爱憎，以及他的不怕困难、无视危险的大无畏精神，对于中国人民，特别是广大青年，是一种强大的教育鼓舞的力量。

鲁迅后期杂文所暴露和进攻的社会对象是非常地广泛的。他"站在无产阶级与民族解放的立场，为真理和自由而斗争"，他"朝着他所经历过来的腐败的社会进攻，朝着帝国主义的恶势力进攻。他用他那一支又泼辣，又幽默，又锋利的笔，去画出了黑暗势力的鬼脸，去画出了丑恶的帝国主义的鬼脸，他简直是一个高等的画家"①。这样，鲁迅后期的杂文，便真实而具体地反映了第二次国内革命战争时期的社会生活面貌和它的最本质的特征，并以此教育和鼓舞了中国广大的人民。

从五四运动时期起，鲁迅一直坚持了与"吃人"的统治者的斗争，一直以他的杂文来揭露从有阶级社会以来的"大小无数的人肉的筵宴"，反映"凶人的愚妄的欢呼"和"悲惨的弱者的呼号"，而且还要唤醒广大青年们来"扫荡这些食人者，掀掉这筵席，毁坏这厨房"。这样的工作，到了本时期，是显得更为坚实而有力了。他主张"对于旧社会和旧势力的斗争，必须坚决，持久不断，而且注重实力"。他的后期杂文便切实地执行了这样的战斗任务。他揭露了存在于半封建、半殖民地的旧中国社会里的尖锐的矛盾和斗争，刻画了反动统治者的凶残无耻的嘴脸，同时又反映了当时中国劳动人民的苦难生活和中国革命的必然要胜利的前途。他看到："我们的劳苦大众历来只被最剧烈的压迫和榨取，连识字教育的布施也得不到，惟有默默地身受着宰割和灭亡。"②他看到："在事实上……只有从帝国主义国家运到杀戮无产阶级的枪炮。"③他说："我在中国，看不见资本主义各国之所谓'文化'；我单知道他们和他们的奴才们，在中国正在用力学和化学的方法，还有电气机械，以拷问革命者，并且用飞机和炸弹以屠杀革

① 毛泽东：《论鲁迅精神》(在陕北公学鲁迅逝世周年纪念会上的讲话)。

② 《二心集·中国无产阶级革命文学和前驱的血》。

③ 《二心集·黑暗中国的文艺界的现状》。

命群众。”①但是他更看到：“我们从古以来，就有埋头苦干的人，有拼命硬干的人，有为民请命的人，有舍身求法的人……虽是等于为帝王将相作家谱的所谓‘正史’，也往往掩不住他们的光耀，这就是中国的脊梁。”②而且，他看出了“惟新兴的无产者才有将来”，同时更加坚信“无阶级社会一定要出现”③了。在这里，鲁迅不仅指出了旧的腐朽的事物之凶残的面貌与其必然的溃灭，更加重要的是，他也显示了新的革命的力量之逐渐地壮大，而且必然会获得胜利。这是他后期杂文中最显著的特色；而这样的一个特色，正是由于他真实而具体地反映了本时期最本质的历史特征而产生出来的。

鲁迅到了后期，因为反动统治者剥夺了他接近工农群众的机会而失掉了创作的生活源泉，他不得不放弃他的致力创作的愿望，因此，在他后期作品中，也就不可能看到更多的具有正面典型的特质的人物形象。但是当以共产党员和左联会员的身分被国民党杀害了的五位革命作家(关于他们，在下一章中将要详细谈到)第一次以他们的鲜血“证明了无产阶级革命文学和革命的劳苦大众是在受一样的压迫，一样的残杀，作一样的战斗，有一样的运命，是革命的劳苦大众的文学”的时候，鲁迅怀着巨大的哀痛和愤怒，写下了他的不朽的哀悼和抗议的文章，而且在其中，塑造和再现了这些先烈的宁死不屈的英雄的形象，永远示给我们以模仿和学习的崇高典范，“永远在显示敌人的卑劣的凶暴和启示我们的不断的斗争”④。鲁迅在当时发表在《前哨》的《纪念战死者专号》上而后来收在《二心集》中的著名文章——《中国无产阶级革命文学和前驱的血》是我们所已经熟知的。这篇文章，真可以算是漫天黑暗中的战斗的号角。而他后来在一九三三年写下的收在《南腔北调集》中的《为了忘却的记念》一文，则更是在叙述这五位先烈的生平和遇难经过的同时，刻绘了作为共产党员和革命作

① 《且介亭杂文·答国际文学社问》。

② 《且介亭杂文·中国人失掉自信力了吗》。

③ 《且介亭杂文·答国际文学社问》。

④ 《二心集·中国无产阶级革命文学和前驱的血》。

家的他们的无比高贵的品质和英勇牺牲的精神。他不仅倾吐了他的悲哀和愤怒，而且还告诉了我们，先烈流下的血迹，正是为后来者铺下了走向胜利和光明的道路。在这篇文章最后，鲁迅这样地写着：

> 前年的今日，我避在客栈里，他们却是走向刑场了；去年的今日，我在炮声中逃在英租界，他们则早已埋在不知那里的地下了；今年的今日，我才坐在旧寓里，人们都睡觉了，连我的女人和孩子。我又沉重的感到我失掉了很好的朋友，中国失掉了很好的青年，我在悲愤中沉静下去了，不料积习又从沉静中抬起头来，写下了以上那些字。
>
> 要写下去，在中国的现在，还是没有写处的。年青时读向子期《思旧赋》，很怪他为什么只有寥寥的几行，刚开头却又煞了尾。然而，现在我懂得了。
>
> 不是年青的为年老的写记念，而在这三十年中，却使我目睹许多青年的血，层层淤积起来，将我埋得不能呼吸，我只能用这样的笔墨，写几句文章，算是从泥土中挖一个小孔，自己延口残喘，这是怎样的世界呢。夜正长，路也正长，我不如忘却，不说的好罢。但我知道，即使不是我，将来总会有记起他们，再说他们的时候的。……

而现在，正是我们再说起他们、再纪念他们的时候了，鲁迅的充满革命理想和胜利信心的预言，到了今天，是完全地彻底地实现了！

在鲁迅后期杂文里，也刻画了中国统治阶级的卑贱无耻的面貌：对日本帝国主义奴颜婢膝的投降丑态。这种丑态，正好与反动统治者迫害屠杀中国劳动人民和革命群众的狰狞面貌成为了一个强烈的对照。在《文章与题目》①一文中，鲁迅十分尖锐地撕开了所谓“攘外必先安内”论者的最实在的思想，乃是“安内而不必攘外”、“不如迎外以安内”和“外就是内，本无可攘”这三种无耻之尤的思想。在《“友邦

① 载《伪自由书》。

惊诧"论》①里，鲁迅对国民党反动政府为了媚外而屠杀徒手请愿的青年学生的罪行，提出了极其强烈的抗议；同时也指出了国民党的所谓"友邦人士"，原是与日本帝国主义一伙的强盗。在中国人民抵抗日本侵略的道路上，鲁迅以他的锋利的笔端，把侵略者及其奴才们的穷凶极恶、卑贱无耻的面貌揭露在中国人民大众的面前，激发了他们对于敌人的强烈仇恨；同时，鲁迅也以他的深厚的爱国主义思想感情，深深地教育了中国人民大众，使他们知道怎样在自己的领导者——中国共产党的英明正确的领导之下团结起来，为中华民族的彻底自由与解放而顽强斗争。毛主席在《新民主主义》论中，说"鲁迅是在文化战线上，代表全民族的大多数，向着敌人冲锋陷阵的最正确、最勇敢、最坚决、最忠实、最热忱的空前的民族英雄"，这种崇高的推崇和评价，我们可以在鲁迅后期杂文中得到完全真实的证明。

鲁迅在后期，又以他的杂文表现了中国人民与当时斯大林领导下的社会主义苏联之间的深厚友谊。他说：苏联十月社会主义革命的成功，是"一个簇新的，真正空前的社会制度从地狱底里涌现而出，几万万的群众自己做了支配自己命运的人"；又说：资本主义国家之所以要进攻苏联，是因为"工农都象了人样，于资本家和地主是极不利的，所以一定先要歼灭了这工农大众的模范。苏联愈平常，他们就愈害怕"②。在新、旧两个世界的剧烈斗争中，他这样鲜明地宣布了中国人民的正义的立场和态度：

> 帝国主义和我们，除了它的奴才之外，那一样利害不和我们正相反？我们的痈疽，是它们的宝贝，那么，它们的敌人，当然是我们的朋友了。……我们反对进攻苏联。我们倒要打倒进攻苏联的恶鬼，无论它说着怎样甜腻的话头，装着怎样公正的面孔。
>
> 这才也是我们自己的生路！③

---

① 载《二心集》。

② 《南腔北调集·林克多〈苏联闻见录〉序》。

③ 《南腔北调集·我们不再受骗了》。

这种划清敌友界限、充满国际主义精神的思想和主张，教给了中国人民在前进的道路上，怎样来辨别谁是自己的朋友或敌人。同时，鲁迅也就以他的辛勤的工作来证实和支持了自己的主张。他对于苏联文艺理论和创作的大量翻译和介绍，我们在前面已经讲过了。这种翻译和介绍，一方面以新的精神道德教育了中国广大的读者，并且也使中国年青的社会主义现实主义文学艺术，在苏联革命文学的灌溉与影响之下，日益滋长和壮大起来。他说：

> 可祝贺的，是在中俄文字之交，开始虽然比中英，中法迟，但在近十年中，两国的绝交也好，复交也好，我们的读者大众却不因此而进退；译本的放任也好，禁压也好，我们的读者也决不因此而盛衰。不但如常，而且扩大；不但虽绝交和禁压还是如常，而且虽绝交和禁压而更加扩大。这可见我们的读者大众，是一向不用自私的“势利眼”来看俄国文学的。我们的读者大众，在朦胧中，早知道这伟大肥沃的“黑土”里，要生长出什么东西来，而这“黑土”却也确实生长了东西，给我们亲见了：忍受，呻吟，挣扎，反抗，战斗，变革，战斗，建设，战斗，成功。①

鲁迅不仅说明了“中俄两国文字之交”的过去的发展历史，而且也预示了“中俄两国文字之交”的日益辉煌的将来。虽然，由于赫鲁晓夫、勃列日涅夫等篡夺了苏联党和国家的领导权，使国变色，党变修，从而破坏了中苏两国人民的友谊和文字之交，但是，我们坚信，这种情况决不会长期继续下去的。

鲁迅在他的后期，以他的杂文，教给了广大青年们以正确的创作方法，告诉了他们如何重视自己的创作，搞好自己的创作，因而就进一步提高了自己创作的战斗的作用和效能。鲁迅老早就是创作的公式

① 《南腔北调集·祝中俄文字之交》。

主义的倾向、“洋八股”的倾向的坚决反对者。① 他叫青年作者们“留心各样的事情，多看看，不看到一点就写”，“写不出的时候不硬写”。他要青年们严格地对待自己的创作：“写完后至少看两遍，竭力将可有可无的字，句，段删去，毫不可惜。宁可将可作小说的材料缩成Sketch(速写)，决不将Sketch材料拉成小说。”②他说：“作者写出创作来，对于其中的事情，虽然不必亲历过，最好是经历过。”③他主张：“就自己现在能写的题材，动手来写”，“不过选材要严，开掘要深。”④这种切实而亲切的教导，不只是在当时，而且将要永远地成为哺育青年作家们的最好养分，永远地引导他们沿着社会主义现实主义的道路稳步前进。

想把鲁迅后期杂文作一个全面而深入的考察，在这里是绝不可能的。以上只是一个粗略而概括的叙述。但这样一个叙述，却清楚地说明了一个问题：鲁迅后期杂文既是真实地具体地反映了在革命发展中的社会生活和历史特征，同时又洋溢着革命的激情和理想，它用社会主义的思想精神给予中国广大人民以极为深刻的教育和巨大的鼓舞力量。

鲁迅后期杂文所达到的思想上和艺术上的高度，代表了中国无产阶级革命文学在第二次国内革命战争时期所可能达到的高度。

在后期杂文中，鲁迅坚持而且体现了列宁所提出的文学的党性原则，在中国人民与反动统治者作殊死斗争的时候，这些杂文发挥了无比强烈的战斗作用。贯串在鲁迅后期全部杂文中的主要精神只有一个，就是：与党和人民的革命事业有利的，他竭力地拥护；与党和人民革命事业有害的，他竭力地反对。他一方面“横眉冷对千夫指”；另一方面又“俯首甘为孺子牛”。他一方面无情地揭露和打击了在社

① 毛泽东同志说：“党八股也就是一种洋八股。这洋八股，鲁迅早就反对过的。”(《反对党八股》)

② 《二心集·答北斗杂志社问》。

③ 《且介亭杂文二集·叶紫作〈丰收〉序》。

④ 《二心集·关于小说题材的通讯》。

会中遇到的种种无耻、愚昧和不合理的现象；另一方面也写出了那些为人民和革命的利益而英勇牺牲的英雄人物的光辉灿烂的形象。他永远以他的作品服务于党和人民的利益而不计其他。这就是鲁迅后期杂文之所以能够达到社会主义现实主义的高度的最重要因素。

在后期杂文中，鲁迅天才地继承了而且创造性地发展了我国古典现实主义文学的优良传统，并继续发扬了他前期杂文中的革命现实主义精神。在鲁迅的全部作品里，非常突出而鲜明地体现了新、旧现实主义之间的传承和发展的关系。而他在向古典作家学习、接受古典文学遗产这一重要工作上，也为我们提供了极其辉煌的范例。鲁迅自己曾经说过："其实'杂文'也不是现在的新货色，是'古已有之'的。"①鲁迅的杂文（无论前后期的）正是从我国具有高度思想性和艺术性的古典散文传统发展而来的。在与政治的紧密结合上，在表现人民生活的愿望上，在以高度的艺术技巧反映现实矛盾和斗争上，也在艺术风格的坚实而朴素上，都非常显著地证明了鲁迅是如何善于接受我国古典文学中的宝贵遗产。他不但是我国古典文学的最优秀的继承者，而且也是我国文学史上一个最有天才的革新者。瞿秋白说："杂感这种文体，将要因为鲁迅而变成文艺性的论文的代名词。"这句话深刻地说明鲁迅的革新的才能赋予了杂文这一文艺样式以不朽的内容和生命。这种内容和生命，到了鲁迅的晚年，是发展到更新更高的程度了。

对于鲁迅杂文的深刻钻研和勤勉学习，无论现在和将来，都是我们一件十分必需的重要工作！

鲁迅后期，除了为我们遗留下了大量辉煌的杂文外，他还写下了收在《故事新编》（一九三六年出版）中的五篇寓言式的短篇小说：《非攻》（一九三四年八月作）、《理水》（一九三五年十一月作）、《采薇》、《出关》、《起死》（均一九三五年十二月作）。这些作品同样是鲁迅后期的一种战斗武器，无论在主题的积极性上，在抨击旧社会的猛勇强烈上，都是具有着社会主义现实主义作品的特质的。

---

① 《且介亭杂文·序言》。

鲁迅这五篇小说，不同于一般所说的“历史小说”。作者在《故事新编》的《序言》中说，这些作品并不是“博考文献，言必有据”的“历史小说”，他只是取古代历史上的“一点因由，随意点染，铺成一篇”。所以“叙事有时也有一点旧书上的根据，有时却不过信口开河”。这说明了：鲁迅在那样艰苦斗争的年代里，原意本不在于写古人，而只是运用“历史小说”的“形式”，向反动统治阶级和黑暗腐朽的旧社会举起自己的投枪。革命的浪漫主义是《故事新编》最主要的特色。在这一点上，《理水》一篇具有非常明显的代表意义。《理水》是在一九三五年十一月间写下的。那时候，日本帝国主义在占领了我国东北之后，想继续侵占我国华北；全国人民在生活上日益走向贫困和饥饿；抗敌救亡成为了全国一致的呼声。但是，国民党反动政府对外是卖国投降，对内则是残酷镇压。与此相适应，北方一部分“官场学者”又高唱把北京划为“文化城”的无耻论调，妄想在全国陆沉的情况之下，依靠英、美帝国主义的卵翼，来苟延他们的所谓“学者生活”；这些“官场学者”，对于劳动人民是看不起的，同时也不知道在我国广阔的土地上，广大劳动人民正在自己的革命政党和革命领袖的领导之下，进行着轰轰烈烈的斗争。《理水》这篇小说便是借用了古代历史关于大禹治水的传说，以那样强烈的浪漫主义的艺术构思和表现方法把它点染成篇，一方面反映和讽刺了反动统治者及其走狗们的种种丑态，另一方面也刻绘和赞颂了劳动人民及其代表人物的过人智慧和优美品德。因此，《理水》这篇小说，就它的主题思想的积极意义和战斗作用的巨大猛烈来说，都应当是鲁迅作品中一篇比较重要的作品。

其余四篇：《采薇》借用伯夷、叔齐饿死首阳山的故事说明了脱离社会生活、“遗世独立”的不可能；《非攻》以我国古代的一位革命思想家墨翟的传说为素材，进行了对侵略主义者的嘲讽；《出关》和《起死》所批判的对象则是老、庄的虚无主义的哲学。所有这些小说，虽然多少根据了我国历史上的一些事实和传说，但更主要的，是它们对于现实的强有力的剥露和讽刺。同运用他的杂文一样，鲁迅运用了这些小说（虽然它为数不多）作为进攻旧社会的武器。把《故事新编》

完全看成是“历史小说”，而不注意到它与现实斗争的密切联系，那无疑地是错误的。

三　永恒的光辉

一九三六年六月十八日，中国人民和苏联人民一起，承担了丧失世界文化巨人——高尔基的重大悲哀和损失。在这不久之后，就在同年十月十九日，另一位世界文化巨人，中国新文学的奠基者和导师——鲁迅又永远地离开我们了。这对于中国人民来说，真是一件不可估计的损失。这正是全面抗日战争将要爆发的前夜，文艺界的民族统一战线刚刚打下了初步基础，从各方面来说，都是最需要鲁迅领导的时候，但正好在这个时候，我们却永远失去了这位杰出的战士和导师。全国人民立刻沉浸在巨大深沉的悲哀里。

中国工人阶级的政党——中国共产党和中国人民的领袖——毛泽东主席，对于鲁迅的逝世，致予了沉重的悼念和崇高的敬意。毛泽东主席的名字被列在治丧委员会的名单里（此外是宋庆龄、蔡元培、沈钧儒、茅盾等）。党中央代表全国人民向南京国民党政府发去了一个电报，要求国葬鲁迅，并且要他们明令撤销对于鲁迅著作的禁令。这个电报没有得到公开的发表。国民党反动政府以派遣特务分子监视鲁迅丧事的法西斯行动回答了党的正义的声音。对于鲁迅著作的禁令，也始终未曾撤销过。

从十月二十日起，上海数万市民冒着国民党迫害和拘捕的危险，到胶州路万国殡仪馆瞻仰了鲁迅的遗容。二十二日下午，上海市民，带着全中国和全世界进步人士的敬仰和哀悼，以雄伟的行列伴送着鲁迅的灵柩，把他安葬在万国公墓里。关于当时的情形，王士菁在《鲁迅传》中有着比较详细的记载：

> 走在行列的先头的，是由欧阳山、蒋牧良两位先生以及别人交换地执掌着“鲁迅先生丧仪”一幅特大的横额。接着是挽联队，花圈队，挽歌队，遗像，灵车，家属车，执绋者，徒步送葬者，

送殡汽车。为了行进时的便利，序列有时也略有更换。

在租界区域内，巡逻在行列两边的是驾着卡车或是骑着大马的外国巡捕，也有徒步的巡捕，他们耀武扬威地挂着枪。走到了中国界的虹桥路，便由黑衣白缠腿的中国警察接替了。他们的长枪也全都装上了刺刀，短枪也挂好了把子。然而，这送丧的行列却是镇静的。在这行列里，不仅是有经过战斗的男女工人、学生、以及文化工作者们，此外，还有须发苍白的老头子们，也有天真纯洁的小孩子们，他们心里都明白，为什么要向这位民族的巨人，致他们的最后的敬意。他们连绵不绝地合唱着送葬歌，歌声在沉痛的空气里低哑而又阴沉地流动着。在四点半钟到达了墓地。

由蔡元培、沈钧儒、宋庆龄、邹韬奋、内山完造……诸位先生们作了关于安葬的演说；由上海民众代表献“民族魂”白地黑字的旗子一面，覆在棺上；由……巴金、黄源、欧阳山、曹白、鹿地亘……诸位先生们抬棺入穴。在一片沉重哀痛的歌声里，鲁迅的灵柩，轻轻地落进穴里。

就这样，中国文艺界和中国人民永别了他们敬爱的作家、战士和导师。十月十九日永远地成为最值得我们纪念和哀悼的日子。但是，鲁迅是没有死的。他永远活在我们心里，活在他的不朽的战斗精神和文学事业里。他永远指给我们以前进的方向和道路。

关于鲁迅一生的事业，毛主席在《新民主主义论》中，如我们前面已经引录过的，对鲁迅作了最崇高也最精确的评价。毛主席在他的论著和演说中，还不止一次地论及过鲁迅，而且号召我们认真努力地来学习他。毛主席教导我们：“纪念鲁迅先生，首先要认识鲁迅先生，要懂得他在中国革命史中所占的地位。我们纪念他，不仅因为他是一位优秀的作家，而且是因为他站在民族解放的前列，他把自己全部力量都献给了革命斗争。”①

在上海文化界纪念鲁迅逝世十周年的大会上，周恩来总理以《鲁

① 毛泽东：《论鲁迅精神》（在陕北公学鲁迅逝世周年纪念会上的讲话）。

迅先生的立场》为题发表了一个简短的演说，告诉我们"应该站在鲁迅所站的立场，朝着鲁迅所走的方向，象牛一样的为人民去努力奋斗"。周总理说："鲁迅先生曾说：'横眉冷对千夫指，俯首甘为孺子牛。'这里就说出了鲁迅先生的方向，也即是鲁迅先生的立场。鲁迅先生最痛恨的是反动派，对于反动派所谓之'千夫所指'，我们是只有'横眉冷对'的，不怕的，我们要'以眼还眼，以牙还牙'。可是对于人民，我们就要如对孺子一样的为他们做牛，要诚诚恳恳老老实实的为人民服务。……鲁迅、闻一多都是最忠实、最努力的牛，我们要学习他们的榜样，在人民面前发誓：做人民的奴隶，受人民的指挥，做一条牛。"①

关于鲁迅的文学事业，萧三在《纪念鲁迅逝世一周年》②一文中，认为在中国新文学的建立上，鲁迅作了普希金对于俄国新文化所作的事业；而鲁迅对于整个中国文化的贡献则只有高尔基对于苏联文化的贡献可以相比。萧三说："鲁迅奠下了中国新文学的基础，写实主义的基础。鲁迅是中国新文艺的创立者和鼻祖。他的最高的艺术给予中国新文化以极大的贡献，——在这一点上，他作了普式庚——高尔基对于俄国的新文化所作的事业。"又说："中国的人民称鲁迅为'中国的高尔基'。的确，在世界伟大的作家中间，我们只有将鲁迅比之高尔基为最适当。如同高尔基，鲁迅善于恨，亦善于爱；如同高尔基，鲁迅充满着对于人民的抚爱，对于新辈、新社会的热望；如同高尔基，鲁迅奠下了中国新文学之新的基础，领导着中国文学和文化的生活，如同高尔基，鲁迅教育了，培养了无数的青年作家；如同高尔基，鲁迅是一向词严义正，一丝不苟的；如同高尔基，鲁迅的工作能力伟大，好学，博学，无时或懈；如同高尔基，鲁迅指示了青年的道路，擎举了中华民族解放斗争的旗帜，唤醒了中国民众齐心合力为抗日救国而前进。在高尔基死去几个月后，又死去鲁迅，这是全人类莫大的损失！"

---

① 演说词见 1946 年 10 月 20 日上海《文汇报》。

② 《人物纪念》（作家出版社出版）。

鲁迅是真正地属于中国人民的一位最伟大的思想家和作家，但他同时又是属于全人类的一位天才的思想家和天才的作家。他所遗留下来的辉煌的著作，不仅是中国文化的宝藏，而且也是全世界文化领域内最伟大的成绩和最珍贵的收获。苏联著名作家和批评家法捷耶夫这样指出了鲁迅作品的世界的意义："鲁迅的创作对于我们俄罗斯作家的亲切，是除开我们祖国作家以外的其他国家作家的创作所仅能享有的那样亲切。他是和柴霍夫及高尔基并列的。我们对俄罗斯读者愈广泛地介绍鲁迅——我们将这样作，——那末这种对于鲁迅的亲切感觉在俄罗斯人民中就愈为普遍……鲁迅是真正的中国作家，正因为如此，他才给全世界文学贡献了很多民族形式的不可模仿的作品。他的语言富有民间的形象性。他的讽刺幽默虽然具有人类共同的性格，但也带有不可模仿的民族特点。虽然翻译鲁迅作品是非常困难的，但如果没有这些特点，那就不成其为鲁迅了。鲁迅是中国文学的光荣，而且是世界文学的著名代表人物。"①

所有这些革命领袖、作家和苏联友人的文章与演说，非常扼要地总结了鲁迅的战斗的一生，给予了他的战斗成绩以十分恰当的评价，因而也为我们学习鲁迅提供了极其明确的指示。

第一，鲁迅是文学家、思想家，而且也是革命家。但他的作为文学家和思想家的特质，是统一在革命家的特质上的。他的勇猛无畏的革命精神赋予了他的思想和文学以无限的光辉。因此，鲁迅一生的事业和著作，不仅为现代中国文学尽了奠基和开路的作用，同时也是中国人民革命的有力武器和忠实记录。

第二，鲁迅的一生始终与中国人民保持了血肉相连的密切关系。他从来没有离开过中国人民的生活与愿望来进行他的写作，他的作品永久反映而且是服务于旧中国人民的充满了苦难的生活和对革命最迫切的愿望。鲁迅是中国人民最忠诚的儿子。这就使得他的作品具有不可磨灭和不可更代的显著的民族特色。

第三，鲁迅的一生没有一时一刻停止过对于旧中国社会的顽强战

① 法捷耶夫：《论鲁迅》。译文载 1949 年 10 月 19 日《人民日报》。

斗，但也没有一刻停止过对于自我的严格要求和思想斗争。鲁迅的思想发展的道路，体现和代表了旧中国小资产阶级知识分子作家在党的领导和教育下通过自我改造而成为工人阶级战士的艰苦历程。他战斗着，探索着，前进着。他从中国共产党和马克思列宁主义获取了力量和智慧。到了晚年，他的天才更得到了无限量的发挥，而他的文学著作也更放出了巨大的异彩。

第四，鲁迅是中国古典文学现实主义传统最优秀的继承者，他又是外国进步文学的最勤恳的翻译者和介绍者。他的文学著作植根于人民生活的沃壤，根须吸取着我国古代文学的泉流，枝叶承接着外国文学的雨露。他的名字应当和屈原、杜甫、曹雪芹、施耐庵等并列，他继承而且创造性地发展了他们的宝贵的传统。他善于学习，而又善于革新。他带着我国"五四"以来的新文学，走进了世界文学的园地，而且以他的特异的光彩丰富了世界文学的宝库。

鲁迅是属于中国人民的，也是属于全世界进步人类的。鲁迅的作品永恒地以日月丽天的光彩照耀在中国文学和世界文学的史册上。

鲁迅永远地指给我们以前进的方向和道路！

第四章　中国无产阶级革命文学和前驱的血

一　瞿秋白(一八九九—一九三五)

作为实际政治斗争方面的一个战斗者，也作为一个革命作家和新文学运动重要领导者之一的瞿秋白烈士，是在一九三五年六月十八日被国民党匪帮在福建长汀杀害的。死的时候正当三十六岁的盛年。

瞿秋白早年文学事业，特别是他的那些著名的散文著作，我们已经作过了一些论述。这里所要比较详细地说及的，是他在本时期文化战线上的战斗成绩。当然，在本时期，瞿秋白的主要活动，仍然是在实际革命斗争上的；但他在文学方面的严肃而勤勉的工作所遗留下来的巨大成绩，也依然在我国现代文学历史上占有重要的地位。

瞿秋白在本时期，也是中国左翼作家联盟的一个重要领导者。他从一九三一年下半年开始和左联发生关系，并且直接参加领导工作。从这时候起，一直到一九三三年末离开上海止，这两年半时间，瞿秋白对于中国无产阶级革命文学，做了很多有意义有价值的工作。

我们不想再谈瞿秋白在倡导大众文艺、语文改革和在思想战线上与敌人作斗争时所写的那些晓畅、锋利的论文，因为这些，在前面已经有所引录和叙述了。至于他在老解放区中央人民革命政府任教育部长兼管艺术局时对于为工农兵服务的文艺运动的推动工作，则留待下章再说。这里所要着重谈的，主要是他本时期的许多杂文，与他对俄国和苏联文学理论及创作的翻译和介绍工作。

瞿秋白的杂文，尖锐、悍泼，而艺术风格上，则有着明白晓畅的特色。他对于杂文，也正同鲁迅一样，是把它当成是一种精悍而灵便的武器来使用的。他的那篇著名的《鲁迅杂感选集序言》，已经对杂文的独特的形式和作用，作了极其精到的科学分析。这篇文章，无论是在中国文艺批评发展的历史上，或者是对鲁迅杂文的正确估价上，或者是在他们两人的交谊史上，都是一篇十分重要的文献。他说鲁迅的杂文"是一种'社会论文'——战斗的'阜利通'(Feuilleton)"，他的杂文也正具有这样的特色。

瞿秋白本时期的杂文，最初发表于一九三一年秋到一九三二年夏初的《北斗》月刊上，后来收在《乱弹及其他》一书中；另外还有一部分在一九三一年至一九三三年之间所作而尚未收集的残稿(除杂文外，还有诗和小说)。所有这些杂文，现在一并收存在《瞿秋白文集》第二卷中。作者在《乱弹(代序)》中说："……这个年头，总有一天什么都要'乱'。咱们'非绅士'的'乱'不但应当发展，而且要'乱'出个道理来。于是乎，咱们不肖的下等人重新再乱弹起来，这虽然不是机关枪的乱弹，却至少是反抗束缚的乱谈。"反抗旧社会的束缚，掀开旧社会的丑态，同时也加速新社会的早日出现，这便是瞿秋白所有杂文的共同的思想和目的。

当时呈露在作者眼前的是这样的一个中国：

> 天总是皱着眉头。太阳光如果还射到地面上，那也总是稀微的淡薄的。至于月亮，那更不必说，他只是偶然露出半面，用他那惨淡的眼光看一看这罪孽的人间，这是孤儿寡妇的眼光，眼睛里含着总算还没有流干的眼泪。受过不止一次封禅大典的山岳，至少有大半截是上了天，只留一点山脚给人看：黄河，长江……据说是中国文明的父母，也不知道怎么变了心，对于他们的亲生骨肉，都摆出一副冷酷的面孔，从春天到夏天，从秋天到冬天，这样一年年的过去，淫虐的雨，凄厉的风和肃杀的霜雪更番的来去，一点儿光明也没有。这样的漫漫长夜，已经二十年了。这都是一种云在作祟。那云为什么这样屡次三番的摧残光明？那云是从什么地方来的？这是太平洋上的大风暴吹过来的，这是大西洋

上的狂飚吹过来的。还有那些模糊的血肉——榨床底下淌着的模糊的血肉蒸发出来的。那些会画符的人——会写借据会写当票的人，就用这些符箓在呼召。那些吃田地的土蜘蛛——虽然死了也不过只要六尺土地葬他的贵体，可是活着总要吃住这么二三百亩田地，——这些土蜘蛛就用屁股在吐着。那些肚里装着铁心肝铁肚肠的怪物，又竖起了一根根的烟囱在喷着。狂飙风暴吹过来的，血肉蒸发出来的，符箓呼召来的，屁股吐出来的，烟囱喷出来的，都是这种云。这是战云。

难怪总是漫漫的长夜了！

什么时候才黎明呢？

看那刚刚发现的虹。祈祷是没有用的了。只有自己去做雷公公电闪娘娘。那虹发现的地方，已有了小小的雷电，打开了层层的乌云，让太阳重新照到紫铜色的脸。如果是惊天动地的霹雳，那才拨得开满天的愁云惨雾。这可只有自己做了雷公公电闪娘娘才办得到。要使小小的雷电变成惊天动地的霹雳！

（《一种云》）

用抒情的诗的语言，瞿秋白描绘了中国人民当时“愁云惨雾”的生活；他憎恶眼前的“漫漫的长夜”，呼唤着阳光照临的日子；他赞美着雷电的闪光与轰响，“要使小小的雷电变成惊天动地的霹雳”。读过这篇杂文，一种说不出的强烈激动震撼着我们。可以这样说，瞿秋白一生所致力的就是与“黑暗的长夜”搏斗的艰巨工作，而他遗留下来的这些杂文(包括上一时期的)便是他进行搏斗的一种武器。这里，产生了他的杂文的摧枯拉朽的思想威力，同时也产生了他的杂文的不易磨灭的艺术价值。

瞿秋白的文章所批评和抨击的社会对象是异常广阔的。他分析了某些人的“世纪末的悲哀”；他画出了“狗样的英雄”和“猫样的诗人”的可笑的嘴脸；他指出了某些人的所谓“叫醒民族的灵魂”只是“为着巩固奴婢制度”；他暴露了反动统治者欺骗人民的“流氓把戏”——“流氓尼德”；他对那些“学着人话”、“花言巧语”的鹦哥儿式的“学者名流"们想为统治阶级"救火"的苦心，给予了毁灭性的讽刺；他告诉我们："暴风雨快来了"，"跟着就要有真正震动世界的霹雳"。

瞿秋白的杂文在对旧世界的嘲笑、暴露上，具有猛烈的威力；而它，对于新世界出生的渴望又怀着诗人的激情。瞿秋白的作为革命家和诗人的素质，统一地体现在他的杂文中了。

瞿秋白在很早时候，就开始了关于俄国文学的翻译和介绍的工作。他的著名史稿——《十月革命前的俄罗斯文学》①作于一九二一年至一九二二年的旅俄期间，很扼要地叙述了俄国文学与俄国社会运动的关系。在这前后，他还写过一些评介有关俄国和苏联文学的文章。而他的翻译果戈理、托尔斯泰、契诃夫、高尔基的作品，则是从一九二〇年起便开始了的。这些翻译和介绍，对于刚刚产生不久的中国新文学，没有问题，是发生过相当巨大的影响的。

到了本时期，特别是在上海的两年半时间里，瞿秋白关于苏联文学的译介工作，就做得更为勤勉了。这些翻译和评介的文章，后来都收存在他的战友——鲁迅所编、校和出版的《海上述林》里。在这个期间，他翻译了高尔基的不少作品，他编译了许多重要的马克思主义文艺论文(其中如《马克思恩格斯和文学上的现实主义》、《恩格斯论巴勒札克》、《恩格斯和文学上的机械论》、《文艺理论家的普列哈诺夫》、《拉法格和他的文艺批评》等都是十分重要的文章)，他也翻译了列宁论托尔斯泰的文章②。这些著名作品，尤其是那些经典式的科学文艺理论的翻译，适应了革命文学运动的战斗需要，推动和加速了它的发展。应当这样说：瞿秋白在本时期所留下来的巨量译著，对于我国社会主义现实主义文学艺术的贡献，是非常值得我们珍视的。

瞿秋白的译笔是忠实而流畅的。在与鲁迅讨论翻译的通讯里③，

---

① 现载《瞿秋白文集》第三卷。原名《俄国文学史》。1927 年经蒋光慈删改后，作为蒋光慈著的《俄罗斯文学》之下篇出版。

② 翻译论著现收在《瞿秋白文集》第四卷中，高尔基创作现收在《文集》第六卷中。

③ 原信与鲁迅回信发表在《十字街头》的第一、第二期(1931 年 12 月)上。后鲁迅又收入《二心集》中。现载《瞿秋白文集》第三卷。

保留着他的关于翻译的许多正确的见解。他认为“翻译——除出能够介绍原本的内容给中国读者之外——还有一个很重要的作用：就是帮助我们创造出新的中国的现代言语”（在这里，他对于中国语言的看法，当然是有些偏颇的）。因此，“我们对于翻译，就不能够不要求：绝对的正确和绝对的中国白话文”。他反对用一个“雅”打消了“信”和“达”的严几道式的翻译，又反对某些人的“宁错而务顺，毋拗而仅信”的“愚民政策”的主张，同时也不赞成有些同志提出的“宁可正确而不通顺”的说法。他说：“我们在翻译的时候，输入新的表现法，目的就在于要使中国现代文更加精密，清楚和丰富。”因为瞿秋白对于翻译有着这样正确的理解和严肃不苟的工作精神，所以他的译文，不仅在思想上，同时也在语言艺术风格上，丰富而且提高了中国新文学。

研究瞿秋白的遗著，固然应该注重那些战斗的杂文和科学的论著，就是他的有关外国文学的翻译和介绍的文章，也是我们所不应该忽视的。

二　方志敏（一八九九——一九三五）

方志敏是党的优秀的儿子，是一个为了共产主义事业而永不倦乏地工作的杰出的革命家，同时也是一个为中国人民所衷心崇敬和永志不忘的革命烈士。在仅仅三十六岁的生命中，他毫无保留地把自己的一切贡献给了中国工农大众的解放事业。当他还是江西省立第一甲种工业学校的学生的时候，他就以满怀的爱国主义热情参加了一九一九年的五四运动。随后，他就很快地接受了马克思主义的影响，成为了中国革命的有力的宣传者和组织者。一九二二年在上海参加了社会主义青年团。一九二三年三月在江西南昌正式加入了中国共产党。正如他后来在回忆中所写的：“从此，我的一切，直至我的生命都交给党去了。”①一九二五年，五卅运动爆发，他废寝忘食地参加和领导了南

① 转引自缪敏《方志敏战斗的一生》第 32 页。

昌、九江等地的反帝斗争，并到各县去组织活动，使反帝斗争能够深入到广大群众中去。一九二六——一九二七年大革命期间，他成为了江西农民运动的一位出色的领导者，担任了全省农民协会的常委与秘书长等职务。第一次大革命失败后，潜回弋阳进行土地革命运动，建立了赣东北革命根据地。一九三〇年二月，党调他担任了赣东北军委会主席；同年八月，又当选为赣东北革命委员会主席。一九三一年三月又奉调至红十军工作，暂代政治委员。在粉碎蒋介石的四次反革命“围剿”中，他所领导的红十军建立了辉煌的战绩，受到了党中央和毛泽东同志的奖励。一九三三年十月，蒋介石在帝国主义的指挥和援助之下，向我革命根据地展开了疯狂的第五次“围剿”。方志敏所领导的红十军奉党中央命开赴皖南，北上抗日。在皖南谭家桥战役中，敌人以七倍于我的兵力包围了我军。方志敏为保存实力计，决定返回根据地。中途被俘。在狱中，他一直坚持斗争，不受敌人的利诱、威胁；同时，在随时都准备牺牲的情况下面，写下了一些有名的散文著作。一九三五年八月六日壮烈就义，表现了一个共产党员的坚贞不屈、视死如归的伟大革命精神。

更为重要和更为艰巨的实际革命斗争不容许方志敏有更多的创作时间，同时也很可能有一些作品因为散佚了而没有被保存下来，所以，现在我们所能读到的方志敏的作品是不多的。但是就在他留下的不多的作品中，我们依然可以亲切地接触到一个伟大革命先行者的崇高的灵魂，窥见了他所生活的那个充满了苦难和斗争的时代的面影。我们受到了强烈的感动，也受到了深刻的教育。

早在第一次国内革命战争时期，当方志敏开始献身革命事业的时候，他就开始运用诗歌这种文学样式来抒写自己的燃烧着革命火焰的胸怀了。在这些被珍重保存下来的很少的诗篇①中，方志敏以那样不可调和的憎恨，诅咒了那个不公平的世界：

① 这几首诗，还有几篇短文，是方志敏同志的爱人缪敏同志搜集保存下来的，发表在《红旗飘飘》第九集上。

把快要饿死的孩子底口中的粮食挖去，
来喂自己的狗和马；
把雪天立着的贫人底一件单衣剥下，
抛在地上践踏；
他人的生命当膳飧；
他人的血肉当羹汤；
啮着喝着，
还觉得平平坦坦，
……

（《同情心》）

这是何等深刻的揭露！在这样力透纸背的诗句里所展示出来的，岂不是那个一去不复返了的“吃人”的旧时代的真实的画幅！在这样的时代里，作为一个革命者，方志敏不能不分担着人民的苦痛和灾难，不能不和人民共同着命运和呼吸。

挖出我的心来看吧！
我相信有鲜血淋漓，
从彼的许多伤痕中流出！

（《我的心》）

在这些诗行里流露出来的，不是属于个人的愁苦和愤懑，而是对整个旧时代的强有力的控诉。没有苦心经营的艺术构思，也没有千锤百炼的美丽词句，这些诗只是朴素而真实地表达了一个革命者为人民而苦痛的高尚的心灵。它是如此地感人肺腑，具有着永不朽灭的艺术生命。

而这样的特色，是更鲜明地表现在方志敏就义前在狱中所写的几篇散文中。

作为一个“共产主义的殉道者记述”的《死》，是一篇带有自传性质的小说。它作于一九三五年五月。这正是“死神……象一只猛鸷的鹰一样，正在张开它的巨爪，准备一下子就把他们四个人的生命攫了去”的时候，但是主人公祥松和他的三个同志却以那样不折不挠、坚毅忠贞的高大的形象，挺立在敌人和死神的面前。他们对革命的胜利前途，是那样满怀信心；对于敌人的卑鄙的利诱和威胁，是那样不屑一顾；而对于那即将来临的死亡，又是那样毫无惧色。即使是在敌人的监牢里，他们也没有放弃斗争。他们决定越狱，在“万死中去求一生”，以便争取更长的时间来为党工作，祥松(还有他的三个同志)是共产党员的光辉的形象。他们“能舍弃一切，但是不能舍弃党，舍弃阶级，舍弃革命事业”；他们“有一天生命”，就“为它们工作一天”。方志敏在《死》中所刻绘出来的这些革命者(特别是祥松)的形象，永远留给我们以学习和仿效的榜样。

《狱中纪实》是一篇明净而翔实的报导文章。它暴露了国民党反动统治者残害共产党员和劳动人民的滔天罪行，也描写了国民党监狱中暗无天日的悲惨景象。通过对于作为社会一个角落的监狱的描画，方志敏揭露了整个国民党法西斯政权的残暴与腐朽。在文章的结尾，他发出了这样庄严有力的战斗号召：“我们不能希望敌人的良心发现，不能希望敌人的仁慈，怜悯和改良，我们自己是有力量的，我们要用拼命战斗的精神，拿起枪炮去消灭卖国国民党的黑暗统治，以便连同消灭他的黑暗监狱!”这样的号召是足以激发人心，而且使敌人闻之胆寒的。①

《清贫》是一篇精悍而泼辣的短文。它十分尖锐地嘲讽了国民党匪军贪婪无厌的可耻可鄙的行为，也显示了无产阶级战士的“清贫，洁白朴素”的革命本色。幽默与讽刺，是这篇短文的特色，而这也正是坚强而乐观的无产阶级的特色。因为这个阶级是如此地富有战斗力量和胜利信心；它比起敌人来，有着无比的优越。

《可爱的中国》是一篇最值得我们珍视和学习的散文著作，同时也是一首洋溢着爱国主义热情的优秀诗篇。对于祖国的沦肌浃髓的爱与对祖国敌人的握拳透爪的恨，是这个诗篇最深刻的主题。作者没有

① 《死》和《狱中纪实》，均收在工人出版社出版的《狱中纪实》一书中。

广征博引地来说明祖国的可爱，他只是通过他自己亲身的遭遇和见闻，说明了他的祖国正处在一个怎样危险、悲惨的境地，他说“一个青年学生的爱国，真有如一个青年姑娘初恋时那样的真纯入迷”。他把他的可爱的祖国比作是自己的可爱的母亲。而在方志敏所生活的那个年代里，我们的母亲却过着无限屈辱又悲苦的生活。于是作者，祖国的忠实的儿子，不能不发出这样激昂慷慨的呼声了：

> 听着！朋友！母亲躲到一边去哭泣了，哭得伤心得很呀！她似乎在骂着：“难道我四万万的孩子，都是白生了吗？难道他们真象着了魔的狮子，一天到晚的睡着不醒吗？难道他们不知道自己伟大的团结力量，去与残害母亲、剥削母亲的敌人斗争吗？难道他们不想将母亲从敌人手里救出来，把母亲也装饰起来，成为世界上一个最出色、最美丽、最令人尊敬的母亲吗？”……

这是多么沉痛又多么动人心弦的语言啊！几十年后，我们读着这样的文章的时候，真不能不深深地感到作者爱国热情的深厚，不能不回想起祖国——我们的可爱的母亲——的过去的苦难的岁月，更不能不热爱祖国的光明灿烂的今天。今天，在我们党和毛泽东同志的英明正确的领导之下，祖国已经从屈辱和悲苦的境地里站立起来了！依靠党的领导与人民的忘我的劳动，我们的母亲已一天比一天地变得更为出色、更为美丽、也更令人尊敬了！这正是《可爱的中国》的作者方志敏以及无数先烈所衷心渴望和奋力追求的理想。我们试读：

> ……我们相信，中国一定有个可赞美的光明前途。……到那时，到处都是活跃的创造，到处都是日新月异的进步，欢歌将代替了悲叹，笑脸将代替了哭脸，富裕将代替了贫穷，康健将代替了疾苦，智慧将代替了愚昧，友爱将代替了仇杀，生之快乐将代替了死之悲哀，明媚的花园，将代替了凄凉的荒地！这时，我们民族就可以无愧色地立在人类的面前，而生育我们的母亲，也会最美丽地装饰起来，与世界上各位母亲平等的携手了。

这真是世界上最崇高最美妙的幻想，也是文学史上最清新最动人的诗章。这是一个共产主义者站在真理的峰顶上对自己的祖国和民族作辽远的眺望，预言着黑夜的逝去和旭日的来临。这不是一个缥缈而空幻的悬想，而是社会发展客观规律与乐观进取的理想主义最紧密的结合。在第二次国内革命战争时期，它还只是一种属于革命浪漫主义的理想，而在今天看来，它已经是我们的丰富多彩、充满着劳动和欢乐的社会主义时代的真切写照了。《可爱的中国》是一篇革命的政治内容和完美的艺术形式高度统一的作品，是方志敏留下的一项十分珍贵的文学遗产。

三 柔石(一九○一——一九三一)

一九三一年二月七日，国民党匪帮秘密杀害了我们的五位革命作家。柔石就是其中的一个。关于他的生平，鲁迅的《柔石小传》是一篇扼要而又翔实的记载：

柔石，原名平复，姓赵，以一九○一年生于浙江省台州宁海县的市门头。前几代都是读书的，到他的父亲，家景已不能支，只好去营小小的商业，所以他直到十岁，这才能入小学。一九一七年赴杭州，入第一师范学校；一面为杭州晨光社之一员，从事新文学运动。毕业后，在慈溪等处为小学教师，且从事创作，有短篇小说集《疯人》一本，即在宁波出版，是为柔石作品印行之始。一九二三年赴北京，为北京大学旁听生。

回乡后，于一九二五年春，为镇海中学校务主任，抵抗北洋军阀的压迫甚力。秋，咯血，但仍力助宁海青年，创办宁海中学，至次年，竟得募集款项，造成校舍；一面又任教育局局长，改革全县的教育。

一九二八年四月，乡村发生暴动。失败后，到处反动，较新的全被摧毁，宁海中学既遭解散，柔石也单身出走，寓居上海，研究文艺。十二月为《语丝》编辑，又与友人设立朝华社，于创作之外，并致力于绍介外国文艺，尤其是北欧，东欧的文学与版画，出版的有《朝花》周刊二十期，旬刊十二期，及《艺苑朝华》五本。后因代售者不付书价，力不能支，遂中止。

一九三〇年春，自由运动大同盟发动，柔石为发起人之一；不久，左翼作家联盟成立，他也为基本构成员之一，尽力于普罗文学运动。先被选为执行委员，次任常务委员编辑部主任；五月间，以左联代表的资格，参加全国苏维埃区域代表大会，毕后，作《一个伟大的印象》一篇。①

一九三一年一月十七日被捕，由巡捕房经特别法庭移交龙华警备司令部，二月七日晚，被秘密枪决，身中十弹。

柔石有子二人，女一人，皆幼。文艺上的成绩，创作有诗剧《人间的喜剧》未印，小说《旧时代之死》、《三姊妹》、《二月》、《希望》，翻译有卢那卡尔斯基的《浮士德与城》，戈理基的《阿尔泰莫诺夫氏之事业》及《丹麦短篇小说集》等。

鲁迅在《为了忘却的记念》一文中，还有很多关于柔石怎样在贫困的环境中努力从事文艺运动的事实的叙述。总之，柔石的革命文学事业正在刚开头的时候，他的年轻的生命就被反动派残酷地谋害了！

柔石遗留给我们的作品是不算太多的。但就在这不多的作品中，作者选择了广泛而有现实意义的题材，运用了明朗而简练的语言；他的高度的概括能力和艺术才能，是在这些作品里显露着的。其中如《二月》（中篇小说）展示了现实社会一个角落里的种种面相，刻画了大革命前后的苦闷、忧悒而又摸索前进的青年知识分子的形象。在《二月》里，我们可以看到：“冲锋的战士，天真的孤儿，年青的寡妇，热情的女人，各有主义的新式公子们，死气沉沉而交头接耳的旧社会”②；而主人翁萧涧秋，则是在“浙江大战，甘肃地震，河南盗

① 据魏金枝《柔石小传补遗》，柔石参加中国共产党，也是在1930年5月间。——引者注。

② 鲁迅：《柔石作〈二月〉小引》，载《三闲集》。

匪，山东水灾”的动荡不宁的时代里，“风萍浪迹，跑过中国底大部分的疆土”，因为“感到生活上的厌倦”，所以终于来到这“世外桃源”的芙蓉镇上，想呼吸一下“美丽而自然底新清空气”的。但事实上，“世外桃源”在现实世界上却是从未存在过的，这个“寻求安静的青年”不能不卷入现实社会生活的漩涡中。同情与嫉妒，爱情和仇恨，谣诼和污蔑，他越躲避，他越陷落在纷纭的蛛网中而不能自拔。结果他只有偷偷离开这块并非“世外”的“桃源”，重新开始另一个人生的跋涉。虽然萧涧秋在这一次的纠纷和失望里，并没有窥见社会人生的真相，而他的另一次跋涉是走的怎样的路，我们也无从得知；但是他的结局我们还是可以推测得到的：他不是在旧社会里“变成为润泽齿轮的油”，便要成为新社会理想的一个勇敢的播种者和垦植者。鲁迅在《〈二月〉小引》中说：

> 浊浪在拍岸，站在山岗上者和飞沫不相干，弄潮儿则于涛头且不在意，惟有衣履尚整，徘徊海滨的人，一溅水花，便觉得有所沾湿，狼狈起来。这从上述的两类人们看来，是都觉得诧异的。但我们书中的青年萧君，便正落在这境遇里。他极想有为，怀着热爱，而有所顾惜，过于矜持，终于连安住几年之处，也不可得。他其实并不能成为一小齿轮，跟着大齿轮转动，他仅是外来的一粒石子，所以轧了几下，发几声响，便被挤到女佛山——上海去了。
>
> 他幸而还坚硬，没有变成润泽齿轮的油。
>
> 但是，瞿昙(释迦牟尼)从夜半醒来，目睹宫女们睡态之丑，于是慨然出家，而霍善斯坦因以为是醉饱后的呕吐。那么，萧君的决心遁走，恐怕是胃弱而禁食的了，虽然我还无从明白其前因，是由于气质的本然，还是战后的暂时的劳顿。
>
> 我从作者用了工妙的技术所写成的草稿上，看见了近代青年中这样的一种典型，周遭的人物，也都生动，便写下一些印象，算是序文。大概明敏的读者，所得必当更多于我，而且由读时所生的诧异或同感，照见自己的姿态的吧？那实在是很有意义的。

诚如鲁迅所说，当时的读者是会从萧涧秋所走的路途“照见自己的姿态的”；而我们却也从他的身上，看见了旧中国一个正直的青年所遭受到的不合理的待遇，和他们在前进过程中所走的弯曲的道路。在这一点上，《二月》给了我们很多的启示和教育。

《为奴隶的母亲》是柔石短篇小说中最优秀的一篇。它作于一九三〇年一月，这正是柔石的思想飞跃进展的时期。《为奴隶的母亲》以它的反映社会生活中阶级矛盾的深刻性和创造人物形象的真实性，显示了作者在政治思想上和表现艺术上的巨大进步。在短短篇幅中，作者以极其精简的笔墨，塑绘了旧中国农村的一个没有自己名字的“妇人”。她同旧中国许多农村妇女一样，诚朴、忠厚、顺从是她们的属性，也是她们长期苦难、屈辱生活的烙痕。作者把她放在生活的尖端上来处理，在她的身上，一个由于社会阶级的矛盾而造成的家庭骨肉的悲剧被生动而沉痛地表现了出来。

“她底丈夫是一个皮贩”，“有时也兼做点农作”，是一个劳动的好手；“然而境况总是不佳，债是年年积起来了”。他变成了一个吸烟、喝酒、赌钱，而且性情“非常凶狠而暴躁的男子”。他害着黄疸病，打骂他的老婆和儿子——五岁的春宝，有一次还用沸水杀死了刚生下地的女儿。因为要还债和活命，他把他的老婆，这个诚朴、忠厚的“妇人”，“出典”给三十里外的一个村子的地主家里。“妇人”怀着刀割似地苦痛的心肠，做了地主家里的临时的（期限三年至五年）生儿子的机器，从过去的奴隶生活落到另一种奴隶生活里。为地主生了一个儿子，三年后又被赶回到自己的老家来，带着一颗离开另一个儿子的眷念的心。丈夫、孩子、病和贫困，依旧地包围着她。“沉静而寒冷的死一般的长夜，似无限地拖延着，拖延着……”

这真是旧中国农民——特别是农村妇女的一篇混合着血泪的生活记录。在这里，我们看见了一个勤劳的农民怎样在贫困的折磨下变得暴厉而堕落，看见了地主阶级的贪婪自私的面貌，同时也看见了一个“为奴隶的母亲”的难堪的撕裂的心。所有这些，被作者写得如此地细腻，如此地真实，如此地充满着生活的原有的暗澹色彩，在好些地方，都叫我们想起鲁迅的著名小说《祝福》来。

自然，这篇小说也有这样一个缺点，就是：作者写这篇小说的时候，中国农村革命烈火正在到处燃烧，就在作者的故乡宁海县，也曾发生过群众的革命暴动。但这样的迹象，在这篇小说中，不容易发现出来，而同时，小说中的人物又似乎缺少反抗的性格。人物性格和生活环境都缺少时代的特征，这是这篇小说的主要缺点。也就是在这一点上，《为奴隶的母亲》还没有达到社会主义现实主义的高度。

不过，从《为奴隶的母亲》看来，作者这时是已经开始了他的创作的新方向的。《为奴隶的母亲》应该是作者从旧的现实主义迈向新的现实主义的一个起点。但刚好在起点的地方，他就为了中国的革命贡献出自己的生命，用自己和其他同志的鲜血写下了中国无产阶级革命文学的"第一篇文章"了！

四　殷夫(一九〇九——一九三一)

一九三一年二月七日殉难的青年革命诗人殷夫，姓徐，名祖华，一名柏庭，常用殷夫、白莽、文雄白、沙菲、徐白、洛夫等笔名。一九〇九年生于浙江省象山县的乡下，被杀害时年仅二十二岁。父业医，早逝。母亲很和善，于殷夫特别关心。殷夫小时很聪明，九岁时能读各种小说，十三四岁时开始写诗。十九岁时到上海读书，参加革命运动。一九二七年四月，因一个国民党员的告密而被捕，几被枪决，囚禁三月后释出。旋入同济大学读书。一九二九年脱离学校，专心搞革命工作，特别是青年工人运动。九月在丝厂罢工中再度被捕，并被毒打，出狱后，仍致力青年工人运动，不稍懈。从一九二八年至一九二九年，开始认真写作，尤其是诗，感情既丰厚，技术上亦渐臻精美。抒情诗投寄《奔流》等著名文学杂志，红色鼓动诗则投给当时秘密发行的工人运动刊物，如《列宁青年》等。除写诗外，在一九二九年至一九三〇年这两年中，他还写了不少有价值的关于青年工人运动的论文，因发表时用各种笔名，故很少为世所知，一九三〇年春，参加左翼作家联盟，为左联的杂志《萌芽》、《拓荒者》、《巴尔底山》等杂志写诗甚勤，偶然也写些小说和随笔。一九三一年一月十七日，与左联其他几位同志一同被捕，也同在二月七日夜，被秘密杀害于龙华警备司令部，就义时异常壮烈。①

殷夫的诗集，计有《孩儿塔》、《伏尔加的黑浪》、《一百〇七个》，另外还有《诗集》，里面包括着一些译诗。这些诗作都是在一九二八年到一九三〇年写的。这时写作的小说、随笔、戏曲，则收在《小母亲》中。此外，尚有一些翻译作品。殷夫这些作品，现在已经散佚不全了。但是，就在这些不多的作品中，可以很清晰地看见诗人当时的燃烧着愤怒的烈火的崇高心灵，和他的浩瀚无垠的创作才能。不过这种才能，在其刚开始萌芽生长的时候，就被一只黑色的魔手残暴地摧折了！

鲁迅在《〈孩儿塔〉序》②中说："这《孩儿塔》的出世并非要和现在一般的诗人争一日之长，是有别一种意义在。这是东方的微光，是林中的响箭，是冬末的萌芽，是进军的第一步，是对于前驱者的爱的大纛，也是对于摧残者的憎的丰碑。一切所谓圆熟简练，静穆幽远之作，都无须来作比方，因为这诗属于别一世界。"鲁迅的推崇，对于殷夫的诗说来，一点也没有过分。诗人以他留给我们的不多的诗篇，全部呈献给了混合着愤激和血泪的斗争。

诗人号召我们前进：

我们把旗擎高，
号儿吹震天穹，
只是，走前去呵，
我们不能不动！
（《Pionier》，德语，即"拓荒者"）

诗人歌唱了由于紧密团结所产生的集体力量：

---

① 有关叙述，系根据阿英写的《殷夫小传》。

② 载《且介亭杂文末编》。序文系受一个叫做史济行的欺骗而作，实际上该书当时并未出版。事详《续记》中。

在幽暗的油灯光中，
我们是无穷的多——合着影。
我们共同地呼吸着臭气，
我们共同地享有一颗大的心。

（《议决》）

诗人这样赞美了中国革命史上光荣的一页——五卅运动：

“五卅”哟！
立起来，在南京路走！
把你血的光芒射到天的尽头，
把你刚强的姿态投映到黄浦江口，
把你的洪钟般的预言震动宇宙！

今日他们的天堂，
他日他们的地狱，
今日我们的血液写成字，
异日他们的泪水可入浴。
我是一个叛乱的开始，
我也是历史的长子，
我是海燕，
我是时代的尖刺。

（《血字》）

诗人以暴风雨般的诗的旋律摇撼着人民的心灵，呼唤着决战与胜利：

最高，最强，最急的音节！
朝阳的歌曲奏着神力！

力！力！力！大力的歌声！
死，胜利，决战的赤心！
朝阳！朝阳！朝阳！
憧憬的旋律到顶点沸扬，
金光！金光！金光！
手下生出了伟大翅膀，
旋律离了键盘，
直上，直上天空飞翔，飞翔！飞翔！

（《意识的旋律》）

殷夫是我国无产阶级革命的一位出色的歌手。他的诗是那样热情喷涌地歌唱了他的时代，他的人民和斗争，是黎明的号角，也是战斗的鼓声。在诗的急骤奔腾的旋律里，读者听见了革命暴风雨震撼大地的呼啸的声音，感到激动，感到说不出的喜爱，同时也感到说不出的对于诗人的尊敬的心情。

殷夫的作品除了大部分诗歌外，也还写过一些随笔和小说。这些，同他的诗歌一样，仍然是充满强烈的战斗气氛的作品，是剥露旧社会的锋锐的匕首，赞美革命和理想的颂歌。殷夫的二十二岁的短促的生命，将会永远地在我国文学史上放射着异彩。

五　胡也频《一九〇四——一九三一)

在一九三一年二月七日殉难的五个革命作家之中，胡也频是一个在多方面努力，而且具有优异的创作才能的作家。

胡也频在少年时，家中境况并不怎么宽裕，曾在一家金银首饰店当过学徒，生活在责骂和欺侮里。在一九二〇年的春天，他离开故乡，只身来到了上海，在海军学校(免费的)度过了一个时期的学生生活。海军学校停办后，他到了北京。没有学校，也没有工作，他流落在一些小公寓里。穷得没有办法，于是跑到烟台，去找一个在那里做官的他的同学的哥哥，做了一个时期极不受欢迎的客人。不久，他带着主人送他的二三十元的旅费，重又回到北京。开始跑旧书摊，读外国作品。一九二四年，开始从事文艺活动。一九二八年春天，到上海，生活和写作都慢慢走上了新的道路。他读马克思主义的文艺理论和社会科学书籍。后来又去济南省立高中教书。成天宣传马克思主义与普罗文学，深得学生拥护。因受当地国民党政府迫害，仍回上海。一九三〇年春，参加左联，被选为执行委员，担任工农兵文学委员会主席。这年冬天，他在左联的全体会上，被选为出席苏维埃第一次代表大会的代表，不久，即参加中国共产党。一九三一年一月十七日夜被捕，二月七日晚上，同其他烈士们一起壮烈牺牲。

胡也频在一九二七年大革命以前，曾一度致力于剧本创作，更多的时间则是用在写诗上。对于人生的诅咒和对于爱情的讴歌，是他的诗的两个主要的主题。此外，还写了一些短篇小说。①

在上海的时候，胡也频写得更多的是小说。最能代表他后期思想的两篇小说——《到莫斯科去》②和《光明在我们的前面》，便都是他在思想上有了显著进步，在认真学习和工作的短短间歇中争取时间写下来的。

中篇小说《到莫斯科去》，完成于一九二九年五月。作者在《序》中说："……对于我自己底以前的作品，也是深切地感到不满的。要使我们文坛开展一种新局面，第一，我们不根本地改变过去生活，是没有希望的。换句话说，如果献身为新文学工作的我们，不完全弃掉资产阶级和小资产阶级的意识，要创造新文学是不行的。再显明地说，如果我们不着实地抓住这斗争底时代的现实，也就是我们如果不深入于无产阶级的社会而经历他们的生活和体验他们的意识，那我们的新文学是无从产生的。我自己，我希望我将来的作品能够作为这种主张的实践。"

① 剧本有《鬼与人心》(包括三个剧)和《别人的幸福》(包括四个独幕剧和一个两幕剧)。诗大都收在《诗稿》(1933年上海现代书局印行)中。小说收在《也频小说集》(1936年大光书局印行)中。

② 一名《一个女性的转变》。

《到莫斯科去》就是作者以他的作品实践他的主张的开始。这篇小说主要地写了这样三个人物：一个是共产党员施洵白，“从他身上的任何部分都隐现着一种高尚的人格”；一个是“现代新妇女中的一个特色女人”、“未来新女性的典型”——素裳女士；另一个是素裳的丈夫——徐大齐，一个从所谓“学者”出身的阴毒险狠的国民党官僚。因为施洵白的影响，素裳逐渐地憎恶她所处的环境，有了革命的要求。他们互相爱恋着，打算一块儿到莫斯科去。结果，因为素裳的丈夫偷看了她的日记，发见她与施洵白的关系，就用极其卑污的手段杀害了洵白，于是素裳就一个人离开北平，独自设法到莫斯科去。

作者用丰富的热情为我们塑绘了这样三个人物，写下了这样一个故事。因为作者这时还缺少革命实践的经验，所以人物和故事很显明地呈露着虚构的痕印，作品还没有那么饱满而亲切的生活实感。但是作者的深厚的热情在某种程度内弥补了这个缺陷，他对于旧世界的憎恨和对于革命理想的热爱深深地感染着我们。作为作者思想进程的一个标志来看，也作为作者创作方向的一个新的开始来看，《到莫斯科去》都要算是一篇重要的作品。

《光明在我们的前面》完稿于一九三〇年十一月。它是胡也频在紧张的实际活动当中挤出时间来写的，也是他留给我们的最后一部作品。这部作品以五卅运动时北京市民的汹涌的反帝怒潮为背景，刻画了青年布尔塞维克主义者刘希坚的明朗的形象，也写出了刘希坚的爱人白华怎样在实际斗争里逐渐认识了安那其主义者的真实面貌，而转变成为一个真正的共产主义战士。作品反映了无产阶级的政党怎样坚决而正确地领导北京市民的反帝斗争，描绘了在那样的大时代里的青年们的各种面影，也表现了政治与爱情、个人感情与阶级意识，特别是唯心的空幻的建筑在个人主义基础上的无政府主义思想与唯物的科学的建筑在集体行动和纪律上的共产主义思想之间的尖锐的矛盾和冲突，而最后，则是共产主义的必然胜利。

作者把他的人物安放在生活的激流里，安放在剧烈的矛盾和斗争里，他们斗争着，行动着。因此，作品中人物的性格具有较高的真实性，显得比较鲜明而活跃。作品的结构也是相当绵密而自然的。比起

《到莫斯科去》来，在这些点上，这部作品有了很显著的进步。贯注在全书中的澎湃的政治热情，对于读者的心灵形成了一种巨大的摄取和感染的力量。

这部作品发表后，当时的批评界给予了很高的评价。张秀中在《读〈光明在我们的前面〉》①一文里说："胡氏底《光明在我们的前面》是生长在五卅运动以后的文学作品中的一种新的姿态开展在读者面前的，因了其生活内容的充实，意识的正确，技巧的熟练，无疑的，在中国文坛上是一部划分时代的作品，表现了中国'五卅'以后的新的阶段的开始，至少，它是负起了这个伟大的历史的任务。"这部作品在当时影响之大，在这段批评中完全可以看出来。

① 现附在《胡也频选集》（开明书店版）后面。

第五章　老根据地的文艺运动

一　文学与工农兵的初步结合

从一九二七年大革命失败后，毛泽东同志和朱德同志领导他们所亲手创建起来的工农红军，向国民党反动派进行武装斗争，实行土地革命，迅速地扩大了革命根据地。到了一九二九年，在江西的南部（包括闽西，粤北的一小部），一个包括几十个县份和近千万人口的广大地区上，出现了中国第一个人民政权——苏维埃政权。这里人民在政治上和经济上得到解放之后，对于文化生活也有了很迫切的要求。于是在党的培养下，在毛泽东同志的直接指导下，老根据地就出现了崭新的人民文艺：文艺与工农兵有了初步的结合，成为了无产阶级革命事业的有力的战斗武器。当然，这种文艺在当时不能不是属于萌芽状态的，而且，我们今天也非常缺乏关于它的研究资料，但是，有一点我们是可以肯定的，那就是：老根据地的文艺运动所代表的方向是正确的，它发展了五四运动时期新文学运动的革命传统；对于本时期在国统区内进行的无产阶级革命文学运动，起了配合和影响的巨大作用，而同时，也为延安文艺座谈会后为工农兵服务的文学创造了经验，打下了基础。

一九二九年十二月，红四军在福建古田召开了第九次代表大会，毛泽东同志亲自起草了具有历史意义的大会决议。这个决议，确立了建党建军的完整的理论与原则，同时也“根据教育士兵的需要，发动群众斗争的需要和争取敌方群众的需要，指示了很多为当时条件所能实现的文艺工作方法”①。

《决议》首先指出了红军宣传工作的重要性：“红军的宣传队是红军宣传工作的重要工具，宣传队若不弄好，红军的宣传任务就荒废了一个大的部分。因此关于宣传队的整理训练问题，是目前党要加紧努力的工作之一。这个工作的第一步，就是要从理论上纠正官兵中的一般对宣传工作及宣传队轻视的观点，‘闲杂人’‘卖假膏药的’等等奇怪的称呼，应该从此取消掉。”在宣传的技术和方法上，则“规定要很艺术的编制士兵教育课本，要把革命故事、歌谣、图、报当作教材，要提倡打花鼓、演剧、游戏、出壁报等类活动”，要“把红军中的艺术股充实起来，出版石印、油印画报，要宣传队化装，宣传股组织和指导化装宣传，要士兵会里面建设俱乐部，另外还要各政治部负责征集并编制表现各种群众情绪的革命歌谣”②。

毛泽东同志在古田会议《决议》中的这些指示，明确了作为宣传工具之一的文艺的武器作用，而且还指出了怎样来使它得到尽量的发挥。这个决议中关于红军宣传工作的指示，无疑问地，应当是我国为工农兵服务的文艺运动之最初的重要指导文件。从古田会议以后，红军部队中的文艺工作，就有了新的重大发展。“从那时起，文艺工作就是部队政治工作的一个组成部分，就是必须要有而不是可有可无的一种部队工作形式和生活形式。从那时起，文艺活动就广泛地表现于广大指战员的各种活动之中。在部队中，往往紧跟着工作任务或战斗任务而来的，就有文艺活动的协同动作。”③老根据地的文艺运动，在其刚开始的时候，就是在毛泽东同志的正确领导之下进行的。

老根据地中央工农民主政府对于文艺运动，也是非常重视的。当时任教育部长兼管艺术局（隶属教育部）的，就是优秀的文艺理论家和散文作家——瞿秋白。他在一九三一年被第一次全国工农兵代表大会选为当时人民政府的教育部部长。一九三三年他由白色区域来到红

---

① 引自傅钟《关于部队的文艺工作》（在第一次全国文代大会上的报告）。
② 引自傅钟《关于部队的文艺工作》（在第一次全国文代大会上的报告）。
③ 引自傅钟《关于部队的文艺工作》（在第一次全国文代大会上的报告）。

色区域的中心瑞金。他患着很重的肺病，但是工作繁重，经常是带病工作。由于瞿秋白的推动，老根据地的群众性的文艺活动，得到了活跃和开展。

李伯钊在她的文章①中这样追述当时的情况：老根据地当时群众性的文艺工作中心是在红军大学。红军大学先后由叶剑英同志和刘伯承同志任校长。他们都很重视文艺工作对教育工作所起的辅助作用。当中央创办第一所戏剧学校的时候，瞿秋白就提议学校应该以"高尔基"来命名。他说："高尔基的文艺是为大众的文艺，应该是我们戏剧学校的方向。"他推荐了高尔基的小说《母亲》和戏剧《下层》，说"那真正是表现劳动人民的小说和戏剧"。他对戏剧学校的学生说："你们天天在唱工农剧社的社歌：'我们是工农革命的战士，艺术是我们的武器，为苏维埃而斗争！'我问你们大家一个问题，艺术这个武器你们究竟拿到没有？"

当高尔基戏剧学校讨论教学方针计划时，瞿秋白强调了两点：第一，学校要附设剧团，组织到火线上去巡回表演，鼓励士气，进行作战鼓动。平时按集期到集上流动表演，保持与群众的密切联系，搜集创作材料。他说："闭门造车是不能创造出大众化的艺术来的。"第二，他认为戏剧学校如果不为红军部队培养艺术干部，就失掉了创办的重要意义。他建议把各个工农剧社社长调来训练，开设地方班，半年毕业。他说"没有戏剧工作骨干，就谈不到什么工农戏剧运动"。

当剧校所属中央剧团演出了《无论如何要胜利》一剧以后，他召开了作者、导演、演员的会议，称赞这个剧的成功，并说"这一出戏应当到边沿区到处去演，解决群众斗争最尖锐的矛盾，暴露白军的残暴，鼓励群众如何同白军作斗争，增加边沿区群众胜利的信心"。同时，他也指出了剧本中有些台词显得生硬、抽象、听起来不入耳的毛病，他说："要用活人口里的话来写台词，不要硬搬书上的死句子。务要使人一听就懂，愿意听，欢喜听。让群众闭上眼睛听，也能听出来是什么样的人，在什么样的环境下讲话。语言艺术是戏剧成功必不

① 《回忆瞿秋白同志》，1950年6月18日《人民日报》。

可少的条件。”

瞿秋白还鼓励大家搜集民歌来填词。他对大家说：“通俗的歌词对群众教育作用大，没有人写谱就照民歌曲谱填词。好听，好唱，群众熟悉，马上能流传，比有些创作的曲子还好些！”

根据李伯钊上面的叙述，可以看出：瞿秋白当时对文艺工作各种意见，是对老根据地文艺运动发生了重大影响的。在瞿秋白的所有意见中，很显明地指出了下面几点：（一）为苏维埃而斗争的文艺战士，必须掌握艺术这个武器；（二）大众化艺术的创造者必须深入生活，到斗争最尖锐的地方去，与群众紧密联系，绝不能闭门造车；（三）开展大众化艺术运动，必须培养工作骨干；（四）大众化的艺术必须为群众所喜闻乐见，特别在语言上应该性格化，而且为群众所容易听懂。所有这些，都是与毛泽东同志后来提出的为工农兵服务的文艺方针相符合的。

因为有了毛主席在古田会议决议中关于部队宣传工作的重要指示和瞿秋白在文艺工作各方面的实际领导，同时也由于斗争的需要和解放区人民对于文化生活的要求，于是在广大革命根据地区域内，在红色的人民政权底下，一个真正地属于人民、为人民服务的文艺运动第一次出现在我国文学的历史上。

二　老解放区的戏剧运动

戏剧运动，在老解放区最受重视。因为戏剧鼓动性最大，最为群众所容易接受，是教育群众的有效武器，所以在老解放区，党一直很注重戏剧工作的开展。由于部队政治工作与群众工作的需要，话剧运动首先在部队中成长起来。无论是在战争中或者休整中，话剧都成了部队政治工作不可缺少的构成部分。在开始时，既没有剧团机构，也没有专门演员；指挥员战斗员，特别是担任政治工作的同志们，都是经常的业余演员。

一九三〇年冬，红军主力一、三军团回到江西革命根据地，粉碎了蒋介石的三次反革命“围剿”，以瑞金为中心建立了巩固的后方根据地，同时召开了第一届全国苏维埃代表大会，成立了中央工农民主政府。就在瑞金，将一、三军团的随营学校和闽西彭杨步兵学校，合编为工农红军学校。校政治部下成立了俱乐部，下设文化、体育、戏剧等管理委员会。戏剧管理委员会，由素来热心从事话剧工作的同志(如伍修权、李伯钊、赵品三等)组成。有一个时期，每周都举行晚会表演话剧，剧目有《父与子》、《破牢》、《阶级》等。话剧演出时，周围群众都来观看，远在十几里外的叶坪的中央负责同志也赶来参加。红校俱乐部成了当时瑞金的“文化中心”。

八一剧团是老解放区成立的第一个剧团。那是在粉碎了蒋介石的第四次反革命“围剿”以后，福建省的漳州也得到了解放。在胜利的形势下面，更需要话剧作为宣传教育的工具，同时这时话剧力量也有了新的扩充，于是在校政治部负责同志的鼓励推动之下，八一剧团就成立了。

八一剧团的成立标志着老解放区话剧运动进一步的开展，受到了老解放区部队、机关和人民群众的热烈欢迎。后来因为形势发展，政治工作须大力开展，中央对话剧工作更加重视，需要成立单独组织来领导全区话剧工作。经过筹备委员会的多次会议，并经中央同意，成立了工农剧社总社。总社附设有高尔基戏剧学校和蓝衫团①，专门培养话剧演员和干部，由李伯钊任校长并兼任团长。剧校学员定期毕业后，分配在地方和部队中工作，话剧运动得到了蓬勃的发展。

蓝衫团的话剧演出受到了观众的喜爱。成立晚会并有中央负责同志参加，对老解放区话剧运动的展开起了很大的鼓舞作用。当时演出的剧本，主要有下面几个：《我——红军》是集体创作的多幕剧，描写一个便衣红军战士隐蔽在白区农民家里，进行响应红军的活动。《海上十月》也是集体创作，写苏联十月革命时海军起义的情形。《松鼠》系三幕剧，胡底作，写一个红军战士机警幽默，当过“列宁室”主任，奉命打入白军中，被匪官信任，后响应红军袭击，带领全班起

① 蓝衫团每人备有一身蓝衫，三角形的上襟，里红外白。登台时不用多事化妆，翻出红的代表革命人物，白的代表反动人物。

义。《活菩萨》，也是胡底所作，描写地主和残余分子在根据地利用迷信，制造谣言，进行反革命活动，被一革命青年揭破，终于破获。《北宁路上的退兵》，是一个宣传抗日的剧本，写东北军撤退关内，士兵激于爱国热情，起来反对国民党的投降主义，起义回去抗日。《朱德在美国》，写美国人民景仰中国革命，偶然得到朱德总司令的一张相片，便秘密地传开了。《非人生活》，郑贻周作，写国民党白军内士兵受虐待的情况。《沈阳号炮》也是宣传抗日的剧本，写东北人民在沈阳起义，响应抗日义勇军。《武装起来》，沙可夫作，写白区农民纷纷参加游击队的故事：一个老农民见他的女儿是游击队员，他也要武装起来。《富农婆》，写富农残酷剥削农民，虽然地方上已解放很久，她还阴谋活动，破坏革命。此外，还有《为谁牺牲》、《人肉贩子》、《阶级》等剧。

以上所说的剧本，远非全部。就是这些剧本，现在也只剩下剧目，详细内容已无从知道了。在剧作者当中，写得较多的，是胡底、沙可夫、李伯钊等，而胡底的剧本，更其具有曲折、幽默的特点。

粉碎敌人四次“围剿”后，为了“扩大红军一百万”，原红军学校扩大为红军大学。红大俱乐部即原红校俱乐部，原有话剧力量仍被保存着，演出范围更加扩大。遇有较大晚会，则与工农剧社共同组织。这两个团体，在发展老解放区话剧运动上，都作出了很重大的贡献。一九三四年春，召开第二届工农兵代表会议，那盛大的晚会，即是由工农剧社和红大俱乐部组织演出的。这一次的演出，受到了大会和会后首长们的嘉奖，毛泽东同志并亲自招待他们吃了饭。从这里，可以看出，党和毛泽东同志对于中国人民的文艺事业是何等地关怀与爱护！

为了击破敌人的第五次“围剿”，中央提出了“一切为了革命战争的胜利”的口号，工农剧社响应党的号召，组织了野战剧团，到广昌一带的前线上进行慰问，并做瓦解白军的工作，收到了很大的效果。

一九三四年秋，我主力红军出动长征，留下一部分兵力与机关坚持中央革命根据地工作。这时候，瞿秋白在极其艰难的环境下，领导并提高了老解放区的话剧运动。他提出了“话剧要大众化，通俗化，采取多样形式，为工农兵服务”的方针，并发动了全体社员开展集体创作。他认为：“集体创作不但能多产生剧本，同时能很快地提高每个同志的写作水平。”他要创作者体验各种生活。他说：“没有丰富的社会体验，就不可能产生好的作品。高尔基就有极丰富的社会体验，所以他的作品质量很高。”在瞿秋白的指导之下，产生了很多剧本①，同时还创造了我国革命戏剧最早的舞剧。这些剧本，同上面提到的一样，现在是完全失传了。②

上面叙述的系中央老解放区戏剧运动的大概情形。根据这个粗略的不完全的记载，也多少可以知道一些关于老解放区戏剧运动的一般情况和它的特点：第一，它是在党的培养和领导之下进行的，是当时艰巨的革命斗争中一个有力的武器；第二，它是从人民的现实斗争生活中产生出来的，它属于人民，服务于人民，与人民有着血肉相连的关系；第三，当时负责剧运工作的同志们，态度是严肃、刻苦、认真的，他们是真正的艺术工作者，同时又是人民的忠诚的勤务员。所有这些，都说明了老解放区戏剧运动的方向，是我国新的戏剧运动最正确的方向。它不是少数文艺工作者的专利品，它的观众也不是都市里要求消闲和娱乐的小市民们，它真正地是一个群众性的活动。它的形式不免幼稚和粗糙，但它是健康而活泼的。没有疑问，解放区的戏剧运动正是在毛泽东同志的关怀和指导之下产生和进展着的，它影响而且推进了白色区域内的左翼戏剧运动，同时也为延安时代的戏剧普及工作创造了许多有益的经验。我们应该好好地继承和发扬这种优良的文艺传统。

---

① 当时由集体和个人创作的剧本，曾由秋白同志编、校，成为一个剧本集《号炮集》，他还写了序文。曾油印三百多份，发给全区；并曾设法带到上海去，但未成功。

② 以上叙述，系根据赵品三《关于中央革命根据地话剧工作的回忆》一文写成。该文载《中国话剧运动五十年史料集》(第一辑，中国戏剧出版社 1958 年版)。

三　老解放区的歌谣

老解放区的人民从来就是爱唱山歌的。在土地革命以前，他们利用山歌来诉说自己的苦难，歌唱自己的爱情。到了土地革命时期，他们翻了身，做了主人，更爱唱山歌了。这时的山歌注满了新的内容——新的生活、思想和感情。他们以无产阶级集体主义的精神和豪迈的气势来颂赞革命，歌唱斗争。在这些山歌里保存了不少宝贵的革命史实。我们现在念起来，还为它的高度的思想内容与优美的艺术形式而感到激动和惊讶。

当时的人民政府对于人民自己创作的歌谣是非常注意的。他们很重视对于民间歌谣的搜集和运用的工作。李伯钊在《回忆瞿秋白同志》一文中说："秋白同志鼓励大家搜集民歌来填词。庆祝二苏大会上，云集区的俱乐部唱了几个歌子，很好听，后来打听出来都是江西老百姓中最流行的《竹片歌》、《砍柴歌》、《十骂反革命歌》。他笑着对我们说：'通俗的歌词对群众教育作用大，没有人写谱就曲谱填词。……'"

于是，在人民热爱山歌政府又积极鼓励帮助的情况之下，老解放区就出现了很多很好的山歌。这些山歌，情感是真挚而充沛的，腔调是自然而铿锵的，真是一些朴素而优美的诗篇。

歌唱爱情，从来就是山歌的传统；但这时，爱情与革命在山歌中很自然地结合在一起了。因为革命使人民得到了美好的生活，同时也使爱情充满了光彩，把革命与爱情联系起来歌唱，原是一件十分自然的事。例如在江西埒乌流行的两首山歌①：

山歌不打不风流，
共产不行不自由；
行起共产郎先去，

① 引自贾芝：《老苏区的山歌》，载《民间文艺集刊》。

唱起山歌妹带头。
（《共产不行不自由》）

山歌不光靠声音，
总爱革命意义深，
革命不是取人貌，
总爱勇敢杀敌人。
（《勇敢杀敌人》）

扩大红军是当时根据地的首要运动。人民热爱自己的队伍，渴望它的生长和壮大，把它的生长和壮大当成是自身彻底解放与自由幸福的有力保障。因此，踊跃参军，或者是鼓舞自己亲属参军，成为了根据地人民一桩最普遍流行的事，而这也成了老解放区人民山歌中的一个主要内容。例如兴国在反国民党第五次“围剿”的时候，就流行着这样的山歌①：

嗳呀来！工农团结一条心，
紧急动员莫留停！
冲锋杀敌齐努力，
同志妹，后方工作靠你们。
嗳呀来！选举运动要完成，
个个加入赤卫军，
大家武装上前线，
同志妹，配合红军杀敌人！
嗳呀来！扩大百万铁红军，
红军英勇有名声，
五次“围剿”快粉碎，
同志妹，江西胜利先完成。

① 引自欣秋：《老苏区的山歌》，载《文艺工作研究》第一集。

嗳呀来！江西胜利先完成，
　　　　红旗插上南昌城。
　　　　帝国主义无路跑，
　　　　同志妹，反革命他活不成。
嗳呀来！反革命他活不成，
　　　　我们工农做主人，
　　　　红旗插遍全中国，
　　　　同志妹，最后胜利归我们！

（《参军别妹》）

这首歌气魄雄伟，充满了革命的乐观主义精神，当时老解放区人民对于帝国主义及其走狗们的仇恨和蔑视与对于革命胜利的信心，非常有力地被表现了出来。重叠的篇章结合着回旋的气势。今天读起来，还很亲切地感到它的动人的力量。

当老解放区人民在共产党领导下翻了身，过着幸福日子的时候，他们常常会回忆过去受苦的日子，更加理解了团结和战斗的必要。例如《五更曲》①：

一更里来进妹房，妹在房中说短长，米谷满仓人量走，
一日三餐光粥汤，半饥半饱饿断肠。
二更里来进妹房，妹在房中补衣裳，苎麻有纺棉有绩，
自己衣裳茅(没)春光；这条道理难分详。

三更里来进妹房，妹在房中泪茫茫，棉被当了茅(没)钱赎，霜雪又大夜又长，寒冷唔(不)得到天光。

四更里来夜更深，细细穷苦到如今，穷苦唔(不)系命注定，完全白匪茅(没)良心，想得起来泪淋淋。

五更天来天大光，妹妹可爱有主张，大家穷人联合起，联合起来势力强，杀得白匪一扫光。

① 引自骆文、徐一等编的《革命故乡的山歌》。

是谁领导人民赶走了白匪，是谁给他们以富裕而自由的生活，他们永远不会忘记党、红军、毛主席、朱总司令的恩情。他们在山歌里唱着自己心坎的话：

爹在娘在莫如共产党在
爹亲娘亲莫如毛主席亲

青青竹筒节节通
红军最喜我工农
我们要反恶霸主
好得领袖毛泽东①

太阳出来照井岗，
山沟山坳野花香，
苏区风光无限好，
红色山歌献给党。

苏区遍地刮春风，
红色山歌满山垅，
句句都把红军赞，
声声感谢毛泽东。

禾水河，入赣江，
朱毛人马到井岗，
好似苦井落蜜糖，
又象东方出太阳。
哎呀呐！

① 引自骆文《政策加山歌、唱开来传出去!》，载《文艺工作研究》第一集。

又象东方出太阳。①

这些山歌深刻地反映了当时老解放区人民的日益改善着的物质生活，也深刻地反映了他们的丰富深厚的革命感情。它们是那样欢乐而激情地歌颂了战斗和劳动，是那样清晰地体现了我们人民的创造才能。读这些山歌的时候，叫你恍如置身在老解放区的山间水涯，你仿佛看见了红旗飘扬，你仿佛听见了战斗的号角。它们的音节是如此地响亮，风格是如此的雄伟，全部充满了鲜明的不可代替的民族特色。这种山歌，不只是土地革命时期老解放区人民生活的最忠实的记录，而且也是我国诗歌工作者所必须重视和学习的伟大诗篇。

① 引自《井岗山斗争时期红色歌谣选》，江西师范学院中文系编。

第六章　本时期的诗歌

一　两股逆流——"新月派"和"现代派"的诗

从表面上看，"新月派"和"现代派"的诗曾经有一度泛滥在本时期的诗坛上。他们那种颓废的、粉饰和逃避现实生活的艺术至上主义的诗歌，也曾经给予许多诗歌工作者和诗歌爱好者以恶劣影响。不过，从总的方向来看，现实主义的诗歌始终是本时期诗歌的主流，它承继了"五四"以来诗歌的战斗传统，适应着急遽变化的时代和社会的战斗要求，又沿着社会主义现实主义的方向和道路向前跨进了一步。

"新月派"和"现代派"的诗歌，只能算是本时期现实主义诗歌洪流中的两股逆流。

前面已经指出过，在一九二八年出版的《新月》月刊，它是代表半封建半殖民地旧中国社会买办资产阶级的思想和利益的。在《新月》上刊载的一些诗歌，或者说属于新月社的部分人，就不能不在不同程度内反映和代表了这种反动的思想意识。新月社的人们，除了原来属于《北京晨报诗刊》的徐志摩、饶孟侃、朱湘等人而外，这时还加上了陈梦家、方玮德等。他们写了很多的诗。陈梦家后来选了一本《新月诗选》，把他们的具有代表性的作品都选录了进去。

"新月派"的人们在诗歌方面的主张是属于形式主义的，他们主张诗必须有匀称的节奏，整齐的诗行，必须讲究"音尺"、重音和韵脚，一句话，必须有完美的格律形式。他们脱离了诗的思想内容而来进行对于诗的形式的苦心探索和琢磨。因此，格律诗（或者是豆腐干诗、方块诗)便成了"新月派"诗歌的一个最显著的特点。

"新月派"的人们为什么这样着力于格律诗的提倡，而且把诗的格律形式的重要性驾凌在诗的思想内容之上呢？这一个问题，是应该追究一下的。首先我们想到，作为"新月派"最重要的首脑人物的徐志摩，在最初虽然着重于格律诗的提倡，但他后来似乎懂得了专门提倡诗的格律形式将会发生怎样的流弊。他在一九二六年六月《诗刊放假》① 一文中，就曾经说过这样一段话："谁要是拘拘的在行数字句间求字句的整齐，我说他是错了。行数的长短，字句的整齐或不整齐的决定，全得凭你体会得到音节的波动性；这种先后主从的关系在初学的最应得认清楚，否则就容易陷入一种新近已经流行的谬见，就是误认字句的整齐(那是外形的)是音节(那是内在的)的担保。实际上字句间尽你去剪裁个整齐，诗的境界离你还是一样的远着，你拏车辆放在牲口的前面，你那还赶得动你的车？我们还可以进一步说，正如字句的排列有恃于全诗的音节，音节的本身还得起源于真纯的'诗感'。再拏人身作比，一首诗的字句是身体的外形，音节是血脉，'诗感'或原动的诗意是心脏的跳动，有它才有血脉的流转。要不然'他戴了一顶草帽到街上去走，碰见一只猫，又碰见一只狗'一类的谐句都是诗了！我不惮烦的疏说这一点，就为我们，说也惭愧，已经发现了我们所标榜的'格律'的可怕的流弊。"

既然在一九二六年徐志摩就发现了专门提倡诗的格律形式所已经和将要发生的弊病，那么为什么到了本时期，他们在《新月》月刊上，还要变本加厉地再来加以提倡呢？这问题，是要从"新月派"人们的思想意识——也就是他们的诗的思想内容上来寻求正确解答的。

还是以徐志摩的诗为例来说明这个问题吧。徐志摩曾经写过这么几句诗：

我不知道风

① 《诗刊》是附在北京《晨报》上的一个周刊，由徐志摩、饶孟侃等主编。从 1926 年 4 月至 6 月，总共出了十六期。

是在哪一个方向吹——
我是在梦中，
黯淡是梦里的光辉。
（《我不知道风是在哪一个方向吹》）

这首诗载在《猛虎集》中，共六章，这里节录的是最后一章。在这首诗中，徐志摩把前面三行重复了六遍，尽“低徊往复”之能事；而同时，据胡适在《追悼志摩》一文①里说，徐志摩在生时，很喜欢念前面两行。这都不是偶然的，因为这几行诗正好是当时徐志摩和“新月派”人们思想感情的最真实的流露。

前面提到过的刊登在《新月》创刊号上的《新月的态度》一文，据说就是出自徐志摩的手笔。在这篇文章中，“新月派”人们曾经这样慨叹于他们自己所遭逢的时代——一个“荒歉”和“混乱”的时代，也是“收成的希望”“枉然”和“价值标准”“颠倒”的时代。这正好作为这首诗最可靠的注脚。因为他们尚在梦想于他们和他们主子的黄金般的岁月，但是历史太无情了，人民的力量太壮阔了，社会以不可抗拒的力量在变革着。他们“不知道风（这是时代的风）是在哪一个方向吹”，不能不感到惶惑和凄迷，即使是生活在梦里，而梦里也只有黯淡的光辉。这样，就规定了徐志摩一流人的作品，在思想内容上一定是空虚而贫弱的。他歌唱着“今天的希望变作明天的怅惘”，歌唱着“人生是浪花里的浮沤”（《翡冷翠的一夜·三月十二深夜大沽口外》），而最后，则是乞灵于空幻的“解脱”：

脱离了这世界，飘渺的，
不知到了那儿。仿佛有
一朵莲花似的虚拥着我，
（她脸上浮着莲花似的笑）
拥着到远极了的地方去……

① 载《新月》月刊，“纪念志摩号”。

唉，我真不希罕再回来，
人说解脱，那许就是吧！

（《云游·爱的灵感》）

悲观和失望，怀疑和颓废，成了徐志摩本时期诗的主要内容，也成了徐志摩精神和思想的最大磨难，诗的产量是在与日俱减（他说是在“向瘦小里耗”），于是艺术至上主义，也就是诗的形式格律的研求，就不能不成为徐志摩逋逃的渊薮了。以貌似完整的格律形式来粉饰和遮盖诗的空虚的内容，这就是徐志摩和“新月派”人们努力提倡所谓“格律诗”的真正原因。

不过，如果谁以为“新月派”的诗歌仅仅是在追求一种完美的技巧，而它的空虚贫弱的内容并不会给读者以若何毒素，那是完全错误的。陈梦家曾经有过这样两句诗：

我挝碎我的心胸掏出一串歌——
血红的酒里渗着深毒的花朵。

（《自己的歌》）

这应当是“新月派”诗歌的一个共同“特色”：在血红的酒里渗着深毒的花朵，从被挝碎了的心胸里掏出了一串串的颓废透顶的歌诗，来麻醉和消蚀青年们的战斗意志。他们在诗里描绘了“生活”的阴沉和绝望，说：“这魂魄，在恐怖的压迫下，除了消灭更有什么愿望？”（徐志摩：《生活》）他们在诗里颂赞着坟墓和死亡，说：“我贪图的是永静的国度，在那里人再也没有嫉妒；我坦然将末一口气倾吐，静悄悄睡进荒野的泥土。”（陈梦家：《葬歌》）他们把一切希望寄托在“上帝”身上，宣称自己“是一个牧师的好儿子”（陈梦家：《我是谁》）。他们歌唱没有希望的爱情。他们咏叹生命的飘忽。这一切正是一个绝望的阶级在历史暴风雨下的恐惧、绝望的感情。他们把这种感情放在他们细心琢磨和装饰的诗的形式格律里，以眩眼的打扮遮掩着散发毒素的腐朽的形体。这就是“新月社”大部分人们的最本质的面貌。你看，他们不是这样公开地宣传了他们的道理和主张吗？

尽管有我们
自己梦想的世界，
但总要安分，
“自然”是真的主宰。

（《梦家诗集·序诗》）

意思是很明显的，人们都要“安分”地放下斗争武器来，逆来顺受，做统治阶级的驯服的奴隶，那样，“价值标准”便不会“颠倒”，而他们的“收成”也就大有希望了。在“血红的酒里渗着”的原来是这样“深毒的花朵”啊！

“现代派”的诗大多发表于一九三二年出刊的《现代》杂志上，而且是以此得名的。《现代》杂志是由施蛰存、杜衡等人主编的。施蛰存在《又关于本刊中的诗》①一文中，这样说明了他们对于诗的态度和见解：“《现代》中的诗是诗。而且是纯然的现代的诗。它们是现代人在现代生活中所感受的现代的情绪，用现代的词藻排列成的现代的诗形。……《现代》中有许多的作者曾在他们的诗篇中采用一些比较生疏的古字，或甚至是所谓文言文中的虚字，但他们并不是有意地在‘宣扬古董’。对于这些字，他们没有古的或文言的观念。只要适宜于表达一个意义，一种情绪，或甚至是完成一个音节，他们就采用了这些字。所以我们说它们是现代的词藻。……《现代》中的诗，大半是没有韵的，句子也很不整齐，但他们都有相当完美的肌理(Textnre)，它们是现代的诗形，是诗！”

施蛰存这段话，有两点是值得注意的：第一，它说明了“现代派”诗的内容是“现代人在现代生活中所感受的现代的情绪”；第二，它说明了“现代派”诗的诗形是“用现代的词藻排列成的现代的诗形”，而且与“新月派”诗的格律形式的匀齐相反，它们“大半是没有韵的，

① 载《现代》四卷一期。

句子也很不整齐，但它们都有相当完美的肌理”。这段话，在某程度以内，是概括了“现代派”诗的特点的。

但是，值得追问的是，所谓“现代人在现代生活中所感受的现代的情绪”，到底是现代的什么人、在现代的什么生活中、所感受到的又是一种什么样的现代情绪？这个问题，在施蛰存的文章中没有触及，但它对于我们正确理解“现代派”的诗是十分重要的。我们且从“现代派”诗人的作品中来找寻这一问题的答案吧。

“现代派”最主要的诗人是戴望舒。他的第一个诗集《我的记忆》，里面的诗所表露的思想感情虽然也是不健康的，但是，诗意还比较显明，没有走上晦涩的道路。等到一九三三年《望舒草》出版的时候，《我的记忆》中的所有诗篇，却因为跟作者这时对于诗的主张不协调的缘故而全部被删却了。在《望舒草》的卷尾，附有《诗论零札》十七则，作者这时关于诗的主张差不多都包含在里面。在书的前面，又有杜衡作的序文一篇，也详细地叙述了戴望舒写诗的经过和他前后不同的主张。这两篇东西(当然，更主要的是他的诗)，对于分析《望舒草》中的诗是有重大帮助的。

在《诗论零札》中，戴望舒说：“诗是由真实经过想象而出来的，不单是真实，亦不单是想象。”在《望舒草》的序文中，杜衡把这句话作了如下的说明：“‘不单是真实，亦不单是想象’，这句话倒的确是望舒诗底唯一的真实了。它包含着望舒底整个做诗的态度，以及对于诗的见解。……我们差不多把诗当做另外一种人生，一种不敢轻易公开于俗世的人生。……一个人在梦里泄漏自己底潜意识，在诗作里泄漏隐秘的灵魂，然而也只是象梦一般地朦胧的。从这种情境，我们体味到诗是一种吞吞吐吐的东西，术语的来说，它底动机是在于表现自己与隐藏自己之间。”介乎真实与想象之间，带着梦一样的色彩与情调，在读者面前吞吞吐吐地泄漏着自己“隐秘的灵魂”和“一种不敢轻易公开于俗世的人生”——这正是戴望舒以及“现代派”人们对于诗的共同理解和态度。

这样的理解和态度是怎样产生的呢？换句话说，为什么他们既要表现自己又要隐藏自己呢？这叫我们很自然地想起戴望舒的一首题名

《烦忧》的诗来：

说是寂寞的秋的清愁，
说是辽远的海的相思。
假如有人问我的烦忧，
我不敢说出你的名字。

这不是一首普通的"情诗"，这里"泄漏"的正是戴望舒个人的"隐秘的灵魂"——一种不敢告人的无名的"烦忧"，这种烦忧，充塞在戴望舒的生活和思想里，也充塞在他所刻意经营的诗篇里。他厌弃了那充满着"半边头风"和"不眠之夜"的尘世，他"渴望着回返到那个天，到那个如此青的天"(《对于天的怀乡病》)；他生活在古旧的记忆里，他倾听着"记忆"的"夹着眼泪，夹着太息"的"没有气力的声音"(《我的记忆》)；"绛色的沉哀"是他的"好时光的纪念"(《林下的小语》)；他说"我们只是被年海的波涛挟着飘去的可怜的沉舟"(《夜》)；他说"我是一个寂寞的夜行人，而且又是一个可怜的单恋者"(《单恋者》)。——从这些诗句里，不是很清楚地看见了一个资产阶级个人主义者想置身于纷纭斗争的现实生活之外而终于无法达到的那种忧悒、苦恼的情绪了吗！这就是施蛰存所说的"现代人在现代生活中所感受的现代的情绪"。

诗，对于戴望舒，不是别的什么，而是他的灵魂逃亡的小天地，杜衡说："从一九二七到一九三二去国为止的这整整五年之间，望舒个人的遭遇可说是比较复杂的。……在苦难和不幸底中间，望舒始终没有抛下的就是写诗这件事情，这差不多是他灵魂底苏息、净化。从乌烟瘴气的现实社会中逃避过来，低低地念着'我是比天风更轻，更轻，是你永远追随不到的'(《林下的小语》)这样的句子，想象自己是世俗的网所网罗不到的，而借此以忘记。诗，对于望舒差不多已经成了这样的作用。"因为戴望舒是以诗为逃避，所以所谓"意境"、"想象"就都成了他所竭力捕捉和制造的对象，而朦胧与晦涩也就不能不成为他的诗的特点了。① “现代派”认为诗不应要有整齐的格律形式，似乎和“新月派”的主张是相反的，但是他们要用巧妙的笔触，以取喻为诗的生命，追求微妙的情境，所有这些，都是要以外形的眩目的奇丽来粉饰内容的空洞和病态，在这一点上，这两派却是“并无二致”的，这也就是施蛰存所说的“用现代的词藻排列成的现代的诗形”。

“现代派”的诗受法国象征派诗的影响很大。杜衡的序文中，就曾经提到戴望舒读过 Verlaine，Fort，Gourmont，Jammes 诸人的作品，而且受到他们巨大的影响。同时他们(现代派)也正是以“象征派”或者是“意象派”来互相标榜的。这是毫不足奇的。因为在十九世纪九十年代出现在法国诗坛上的“象征主义，在本质上不外是唯美主义的印象主义之抒情诗的表现罢了。所以象征主义者们，一面也是纯粹的唯美主义者和‘纯艺术’的口号之支持者。他们在自己的诗中，不曾向着自身要求任何‘功利的’课题。社会的、政治的动机，全然是与他们的诗无缘的。他们只努力于发现自己的‘我’，但他们的‘我’，却完全是个人主义的，是社会之一切的阶级都离开了的典型的流浪者的‘我’”。“象征主义者们，是除了艺术以外，任何事物都不承认的无条件的唯美主义者，而且同时也是印象主义者。他们诗底任务，是在乎将神经系统底不明了的瞬间的感觉和心境等，拿来表现在言语上面。这些不明了的瞬间的而极个人式的经验，当然是不能够以明了的形象及概念等来自然地表现出来的。”②象征派诗的这些特点，对于一心想逃避现实，而且以诗为逃避渊薮的“现代派”人们说来，正是非常地适合的，因此，把象征派的诗搬运到中国来，加以提倡，也成为不难理解的事实了。

---

① 抗战时期，戴望舒出了另一诗集——《灾难的岁月》，其中《元旦题诗》、《狱中题诗》、《我用破损的手掌》等诗，有着比较强烈的爱国主义，感情、诗风也较为健康。

② 引自弗理契著《欧洲文学发展史》(沈起予译)第七章《十九世纪末资产者社会底文学》。

“现代派”诗对于本时期中国新诗的影响，是较之“新月派”更为广阔的。其原因是当时的时代和社会在急变着，许多青年知识分子（特别是诗歌爱好和诗歌写作者）不满意于眼前的现实而又一时没有找到正确出路，因此，彷徨、忧郁形成了他们心灵浓重的阴影。“现代派”的颓废感伤而又带一点神秘、享乐的情绪和“唯美主义”的形式，就很容易适合他们的口味，作了他们灵魂的逋逃的王国。这就是“现代派”诗一度在本时期“风靡一时”的真正原因。但当这些知识青年在现实生活的启发教育下，终于发现了自己的正确道路，而向过去个人主义的烦恼低徊的心情作了坚决的告别时，他们也就逐渐摆脱这一切不良影响而跨上战斗的健康的现实主义的大道上来了。

这情形，从《汉园集》的三位作者——何其芳、李广田、卞之琳——的创作发展道路可以明显地看得出来。

《汉园集》出版于一九三六年，其中包含何其芳的《燕泥集》、李广田的《行云集》、卞之琳的《数行集》。何其芳与李广田除写诗外，另外还致力于散文的写作。卞之琳则是把全力放在诗歌创作上的。何其芳的诗（从一九三一年到一九三七年的）后来都收在一九四五年作为《文季丛书》出版的诗集《预言》中。关于《预言》中的诗，作者后来这样写道：“我的第一个诗集即工作社预告过的《预言》。……其中一部分曾编入《汉园集》，一部分曾收入《刻意集》而三版时又删去了，还有一部分则是抗战前不久，我思想上开始有些改变时的作品。把那些古老的东西编成一个集子已经是四年以前的事了，那时的动机也不过一是为了自己保存陈迹，二是为了爱好我的作品者了解我的思想发展，总之没有什么更充分的理由。……我想给它另外取个名字，叫做《云》。因为那些诗差不多都是飘在空中的东西，也因为《云》是那里面的最后一篇。在那篇诗里面，我说我曾经自以为是波德莱尔散文诗中那个说着‘我爱云，我爱那飘忽的云’的远方人，但后来由于看见了农村和都市的不平，看见了农民的没有土地，我却下了这样的决心：

从此我要叽叽喳喳发议论：

情愿有一个茅草的屋顶，
不爱云，不爱月亮，
也不爱星星。

作者接着又说："抗战以前，我写那些《云》的时候，我的见解是什么也不为，只为了抒写自己，抒写自己的幻想、感觉、情感。后来由于现实的教训，我才知道人不应该也不可能那样盲目地、自私地活着，我就否定了那种所谓为艺术而艺术（实际上是为个人而艺术）的见解。"①从作者给予自己作品的评价来看，我们可以知道作者本时期诗作是一度与"现代派"的"诗风"很相类似的（《预言》中有些诗就曾发表在《现代》杂志上）。但不久，作者就跨过了"艺术至上"的泥潭，在思想上和艺术上都有了长足进展了。

李广田本时期的诗作，虽然也歌唱了个人的寂寞而空惘的心情，说：

我则独对了苍白纱窗，而沉默，
怅望向窗外：一点白云和一片青天。

（《窗》）

却也透露了他的朴质浑厚的农民的气息：

但我的脚却永踏着土地，
我永嗅着人间的土的气息。

（《地之子》）

而这也成为了他前进道路上的坚实的基础。

卞之琳的诗曾被选进《新月诗选》里。但他大部分的诗，无论内容和风格，都是更接近于注重"意象"的"现代派"的。他在一九三三

① 《夜歌后记一》，1944年11月在重庆作。

年印行过诗集《三秋草》，以后又出版过《鱼目集》。他在他的诗里，以貌似平静的笔调具体地描绘着他的感伤和忧郁，将零乱的诗境联结成一个复杂的有机体。例如他的《距离的组织》一诗，就是“将时间空间的远距离用联想组织在短短的午梦和小小的篇幅里”①。他竭力追求着想象的微妙和结构的经济，晦涩成了他的诗的最触目的特点。在内容上也在艺术形式上，卞之琳本时期的诗都是属于少数人的。

“新月派”和“现代派”的诗，虽然有一度先后泛滥在本时期的诗坛上，但由于其内容的贫乏和空虚，终于在历史长流的冲洗下，逐渐失却了广大青年的注意而走上了衰歇的道路。我国新的诗歌是始终以现实主义为其主流，而且是沿着社会主义现实主义的方向向前迈进的。

二　为生活和战斗而歌

在本时期开始几年中，承继着上一时期诗歌的战斗传统，以巨大的愤怒和壮阔的气势，反映了蒋介石叛变后的黑暗景象而且显露了永不屈服的反抗精神的，我们首先该想到诗人郭沫若。

郭沫若在大革命失败后，并没有立刻脱离斗争生活。他在《郭沫若选集》的《自序》中说：“我……参加了一九二七年的‘八一’起义。但大革命终于遭受了挫折，使我的活动又受了限制。‘八一’起义失败后，我由汕头附近的神泉浮海逃到香港，又逃回上海。在上海不幸又害了一次斑疹伤寒。这又一次可痛恨的斑疹伤寒，虽然没有把我害死，但却把我的后半生改换了一种行径。在一九二七年底本来已经决定到苏联去的，就因为害病错过了船期，没有去成。耳朵是更加聋了，国内是不能呆的，结果只好又逃到日本。陷在日本又足足十年。”诗集《恢复》就是在他病愈以后、去国以前这一段时间内写下的诗篇。

《恢复》虽然是在革命遭受到挫折，作者又经历了一次危险病患

① 朱自清：《解诗》，载《新诗杂话》。

而失去了健康的时候写下的，但诗集《前茅》中那种排山倒海式的波澜仍然在回荡着，澎湃着。

> 我所希望的是狂暴的音乐，
> 犹如鞳鞑的鼙鼓声浪喧天。
>
> （《对月》）

《恢复》中的诗作正是“鞳鞑的鼙鼓”，“狂暴的音乐”，是鼓舞人们向前进军的雄壮的声音。病魔并没有磨损作者的意志，他是“复活了，复活了，复活在这混沌的但有希望的人寰”（《恢复》）。诗人的诗思是“永远不涸的流泉”，他“要唤起我们的颓废的邦家，衰残的民族”，“要歌出我们新兴的无产阶级的生活”（《述怀》）。他认为在工人阶级领导之下的农民暴动“是我们的救星，改造全世界的力量”（《我想起了陈涉吴广》）。白色恐怖不能使诗人畏惧或屈服，他说“我们已经是视死如归，我们大踏步地走着我们的大路”（《如火如荼的恐怖》）。他号召人民继续向反动派作无情的斗争：

> 对于猛兽哪里还容得着片刻的容忍，
> 我们快举起我们的炬火烧灭山林！
> 把我们一切的耻辱，因循，怀疑，苦闷……
> 投向那火中，不然，我们是永远不能再生！
>
> （《血的幻影》）

他要以诗歌作为号召人民斗争的宣言：

> 我的诗，这便是我的宣言，
> 我的阶级是属于无产；
> 我虽然还软弱了一点，
> 我还要经过锻炼一番。
>
> （《诗的宣言》）

从《恢复》里，我们读出了诗人的坚决不移的革命意志和以诗歌服务于革命斗争的一贯精神。尽管有些人反对郭沫若这种写诗的方法，说这是“自我表现的说法”，是“通行狂叫，通行直说，以坦白奔放为标榜”。① 我们十分懂得说这种话的人深心里包藏着什么用意。因为《恢复》中的诗篇是诗人在经历了革命斗争和大革命失败后的腥风血雨时所写下的，所以它们具有强烈的生活实感，而那样朴素鲜明的表现方法，又增加了诗的激动人心的力量。在这一点上，《恢复》较之《前茅》具有更高的思想价值与艺术成就。革命的现实主义与革命的浪漫主义在《恢复》集里有了更为紧密的结合。我们完全首肯冯乃超对于郭沫若诗的评价：“郭沫若先生在中国新诗的劳作上，是成就最高，贡献最大的人。三十年代以降的青年学生，都是他底读者，他用琳琅新颖的诗句，有如一位伟大的教师，熏陶着年青的一代……他二十五年间②在中国新文学运动中的辛劳，无限地丰富了中国民族语汇的宝藏，同时，也培养了我们中国人奔放的革命热情。他底如火如荼的语言，澄净了古老中国陈年的霉气，同时，也为新的中国贮藏了无数珠玑，为革命为民族解放胜利而歌唱。”

这篇评论丝毫没有过誉。郭沫若的确要算是中国新文学运动以来首屈一指的革命诗人。他的诗跟祖国和人民的命运有着难以分割的密切关联。他为人民的最美好的理想而歌唱，以他的充塞着战斗精神的诗篇推动了为实现这种美好理想而进行的斗争。他在本时期开始时写下来的这些作品，是这个艰苦年代的忠实记录，在里面永远响着中国人民英勇前进的脚步声。从《女神》到《恢复》，这里刻画着中国历史十年来进展的迹印，刻画着作者思想十年来进展的迹印，同时也刻画着作者在文学创作上十年来进展的迹印。《恢复》这本诗集，在诗歌产量较少的本时期开始几年中，应该算是一本最重要的作品。

---

① 杜衡：《望舒草序》。

② 这是冯乃超在1942年重庆文艺界纪念郭沫若创作生活二十五周年时所写的一篇文章，题名《发聩震聋的雷霆》，载《抗战文艺》七卷六期。

蒋光慈到了本时期，他的生命在反动派的摧折和迫害下，已经剩下不多的年月了(他于一九三一年夏在贫病交迫的情况下死在上海)，但他仍没有停止创作活动。写得较多而且成绩也较大的是小说(下一章当加评述)，诗歌出过两个集子——《乡情集》和《哭诉》。同上一时期一样，不缺少感伤和忧悒的调子，但粗暴的反抗呼声仍是诗中最主要的东西。例如：

咒诅那凶狠的刽子手，
我的祖国不是他们的窝巢。
祝福那反抗的贫苦者，
我和他们永远在一道。

(《我应当归去》)

诗人对于反动统治者的憎恨和劳动人民的热爱是显而易见的。

《乡情》是一首长达百行的叙事诗，它反映了第一次大革命前后中国农村的巨大变化。诗中的主人公原来是一个外号"黄牛"的贫苦孩子——一个轿夫的儿子，在农村里受尽了欺侮凌辱。大革命的风暴卷进了农村，他觉醒和站立起来了："从前为人所鄙弃的黄牛，现在做了农民协会的执委"；"从前是轿夫的儿子，现在变成了穷人的大哥"。但是当蒋介石举行了反革命政变，"豪绅们又重新弹冠相庆"的时候，这个为农民所拥戴的青年终于在敌人的屠刀下牺牲了生命。通过对于一个人物的描写来揭示整个时代的面貌，这无疑地是一件十分有意义的工作。从整个诗篇看来，诗人对于一九二七年后反动力量在农村的重新抬头，的确也倾注了他的最大的愤怒。但可惜的是，主人公的形象没有得到生动有力的塑绘，诗的结尾也显得有些低沉，这些都影响了诗篇反映时代的深刻的程度。

在艺术形式方面，蒋光慈的诗没有"晦涩为深、雕削取巧"的毛病，明白晓畅是它的特点。他也没有为了过分追求形式格律的完整而形成"削足适履"的现象。这都是难能可贵的地方。但是与明白晓畅同时，蒋光慈的诗也有不够精炼和不耐人寻味之处：有时热情有余，而形象的描摹则有所不足。这些缺点的存在，不能不减低诗的感染力量。

诗人艾青在一九三三年以《大堰河》一诗(他的第一个诗集《大堰河》于一九三六年出版)走上中国的诗坛，而且以他的朴素、浑厚的风格获得了广大读者的爱好。关于自己的生活历史和所受的文学教育，艾青曾作过如下的叙述：

> 我出身于中国东南部的一个地主家庭，在一个贫苦的农妇家里抚养到五岁，感染了农民的忧郁回到父母家里，在被冷漠与被歧视的空气里长大，受过五四思想启蒙运动与文学革命的影响，在中学的最后一个学期，看见一九二七年的昙花一现的大革命，在艺术学校学了一学期绘画，到资本主义国家流浪了几年，乱七八糟地读了一些哲学和文学的书。日本侵略东北后回到中国来，很快就被送进了监狱，过了几年黑暗的不自由的生活，出狱后，在国民党白色恐怖所统治的上海一直到国共合作……我所受的文学教育多半是五四新文学和外国文学。我是在一种缺乏指导与帮助的情况中，进行自由阅读的。因此，所受的影响也是复杂的。十九世纪俄罗斯旧现实主义的大师们揭开了我对现实社会认识的帷幕。从诗上说，我是喜欢过盔特曼、凡尔哈仑，和苏联十月革命时期的大诗人玛耶可夫斯基、布洛克的作品的；由于出生在农村，甚至也曾喜欢过对旧式农村表示怀恋的叶遂宁。法国诗人，我比较欢喜兰波。我是欢喜比较接近我们自己时代的诗人们的。①

诗人的自述，对于我们了解诗人作品是有重大助益的。长诗《大堰河》——诗集《大堰河》中第一首——是作者在狱中写下来的。它是一首带有自传性质的诗，作者幼年时的生活境遇和他的与中国农民之间所结成的第一道情感的纽带，作了这篇诗的最重要的主题。这是一

① 《艾青选集·自序》。

首属于个人的诗，但又是属于时代和社会的诗。作者背叛了他所出身的地主阶级，以自己的思想感情完全呈献给了中国的勤劳朴质却又受苦受难的广大农民：

> 我是地主的儿子；
> 也是吃了大堰河的奶而长大了的
> 大堰河的儿子。
> 大堰河以养育我而养育她的家，
> 而我，是吃了你的奶而被养育了的，
> 大堰河啊，我的保姆。

多么真挚强烈的感情包含在这种“迸发式”的诗句里！我们可以这样说，大堰河的形象，在诗里，是作为旧中国农民的一种典型形象而出现在读者眼前的，它在很多地方都使我们想起在涅克拉索夫笔下塑造出来的旧俄农村的女性。她有着一双劳动的手，一颗善良的心和一些美丽的天真的梦想，但是她“在她的梦没有做醒的时候已死了”，“同着四十几年的人世生活的凌侮，同着数不尽的奴隶的凄苦，同着四块钱的棺材和几束稻草，同着几尺长方的埋棺材的土地，同着一手把的纸钱的灰，大堰河，她含泪的去了”。

“而我，我是在写着这不公道的世界的咒语。”在这里，我们听见了诗人对于旧世界的握拳透爪的绝顶的愤恨。在这里，我们不徒找到了《大堰河》这首诗的抒情的意义，同时也找到了它的作为一首现实主义诗歌的积极战斗的意义。不同于一些别的诗人，艾青没有把他的抒情的基础建筑在个人主义的虚无缥缈的超现实的梦幻上，而是建筑在丰富广阔的现实生活上。他说过他曾经喜欢过某些“象征派”诗人(譬如兰波)的诗，但他没有让自己沉溺在想象的境界里，他不是“感觉的摄影师”，而是“把对于外界的感觉与自己的情感和思想融合起来的艺术家”。

在表现艺术方面，这首诗采取了很多重叠的手法，来加强情感和音节的旋律，语言是清新而朴素的，具有着异常鲜明的形象的力量。

凭借语言的力量，诗人对于旧世界的愤怒的火焰在我们心里燃烧了起来，它号召我们为摧毁这个不合理的世界而斗争。在这些点上，艾青的《大堰河》是具有着它的独特的艺术风格的。

其余的几篇：《透明的夜》是一幅透明的夜的画图，是“从各个角落来的夜的醒者”的“痛苦、愤怒和仇恨的力”的画图；《一个拿撒勒人的死》颂赞了牺牲者的伟大，而且还坚信着理想的胜利；《画者的行吟》描绘了诗人在塞纳河畔的流浪心情，说他要：

在最古旧的世界上
唱一支锵锵的歌，
这歌里
以溅血的震颤祈祷着：
愿这片暗绿的大地
将是一切流浪者们的王国。

作者在他的诗里“朝向那白里安和俾士麦的版图”、“那在眼角里充溢着贪婪，卑污的盗贼的欧罗巴”吐上了他的“轻蔑的唾液”(《芦笛》)，对于叫嚣的马赛和淫荡的巴黎唱出了他的憎恨和咒诅，也还混杂着爱和依恋(《马赛》、《巴黎》)。作者的笔调充满着愤怒，但也抹上了一层浓厚的忧悒。不过这种忧悒并不是从对人生的厌弃，而是从对朽腐世界的悲愤与憎恨中产生出来的，所以给予读者的并不是一种消极逃避的情绪，而是反抗和战斗的要求。艾青的诗集《大堰河》的出现，是这一时期值得珍视的新的收获。

臧克家的第一个诗集——《烙印》(共诗二十二首)出版于一九三三年，接着，《罪恶的黑手》、《自己的写照》(长诗)、《运河》等诗集陆续出版。这位青年诗人的出现，正当“现代派”颓废的诗风开始疲弱的时候，他的诗以较健康结实的思想内容和朴素谨严的艺术风格，得到了广大读者的爱好，也引起了文学界广泛的注意和重视。

闻一多在《烙印》的序文中说：“克家在《生活》里说：‘这可不是混着好玩，这是生活。’这不啻给他的全集下了一道案语，因为克家的诗正是这样——不是‘混着好玩’，而是‘生活’。……克家的诗，没有一首不具有一种极顶真的生活的意义。”这是的确的，正视现实生活，既不加以粉饰，也不企图逃避的以千锤百炼的语言来塑绘它，歌咏它，这正是臧克家诗的一个重要特色。

从旧中国的农村里生长起来，臧克家对农民有着牢不可破的深厚情感。他说“我深深地同情他们，为他们的不幸而悲愤，我情愿和他们共有一个命运”①。他的诗较多的篇幅是歌唱乡村和农民的。因此，他博得了人们给他的“农民诗人”的称号。

他用了这样沉重的笔触来刻画旧中国农民的命运：

总得叫大车装个够，
它横竖不说一句话，
背上的压力往肉里扣，
它把头沉重的垂下！

这刻不知道下刻的命，
它有泪只往心里咽，
眼里飘来一道鞭影，
它抬起头来望望前面。

（《老马》）

这不是一首普通“咏物”的诗，而是混合着血泪的歌唱，它有作者十几年的农村生活做根柢，又渗透了作者火热的感情。在语言的运用上，也显露着苦心推敲的痕印。作者曾说：“下一个字象下一个棋子一样，一个字有一个字用处，决不能粗心的闭着眼睛随便安置。敲好了它的声音，配好了它的颜色，审好了它的意义，给它找一个只有它才适宜的位置把它安放下，安放好，安放牢，任谁看了只能赞叹，

① 《我的诗生活》，读书出版社 1947 年版。

却不能给它掉换。”①这些话，在这首诗里完全得到了实践的证明。

然而作者并没有描写农民的永恒的驯服，他也为他们描绘了“失掉了平静”的乡村。他写了“古镇上”穿着“满染征尘的破烂的服装”、带着“一张一张兜着阴影的脸皮”、转徙异乡没有安身地方的“难民”：

一步一步，这群人走过了大街，
离开了这异乡，
小孩子的哭声乱了大人的心肠。
铁门的响声截断了最后一人的脚步，
这时，黄昏爬过了古镇的围墙。

（《难民》）

诗人告诉人们，“不久有这么一天，宇宙扪一下脸，来一个奇怪的变”，“在暗夜的长翼底下，伏着一个光亮的晨曦”（《不久有那么一天》）。诗人也预告了反动统治者的灭亡的命运：

不过，到了那时你得去死，
宇宙已经不是你的，
那时火花在平原上灼，
你当惊叹：“奇怪的天火！”

（《天火》）

而在《罪恶的黑手》里，诗人更喊出了这样大胆的叛逆宣言：

等这群罪人饿瞎了眼睛，
认不出上帝也认不清“真理”，
用有力的手撕毁万年的积卷，
来一个伟大彻底的反叛！

① 《臧克家诗选·后记》。

那时，这教堂会变成他们的食堂或是卧室，
他们建造了它终于为了自己，
那时这儿也有歌声，
可不再是神秘，不再是耶稣的赞颂；
那是一种狂欢的声响，
太阳落到了罪人的头上。

《罪恶的黑手》(共收诗十六首)这本诗集，标志着作者的一个相当巨大的进步。因为在写《罪恶的黑手》里这些诗的时候，作者在“内容方面”是“竭力想抛开个人的坚忍主义而向着实际着眼”，所以“在外形上”这时也能渐渐“脱开过分的拘谨”而“向博大雄健处走”了①。《运河》中的二十四首诗正是沿着这么一条宽坦的道路发展下去的。“勇敢的去碰现实”(《自序》)，“心上叫着一万种不平”(《闲》)，这两句话说尽了《运河》集的主要精神。

臧克家本时期的诗，在内容上有丰富的血肉，而不是空架子；在表现艺术上是严肃认真的，它能“深入浅出”，通过暗示和比喻(虽然有时失之纤巧)来感染读者。这些诗，对于作者来说，是一个很好的开始；就整个诗歌运动来说，它们出现于“现代派”诗正发生不良影响的时候，也就起了相当重要的“挽回颓风”的作用。

田间的诗最初出现于一九三四年前后出版的《新诗歌》杂志上，以农村生活为题材，形式是排列得比较整齐的，句子也相当长。一九三五年，他的第一个诗集《未明集》出版，在形式上也还没有显著的不同。后来他的诗集《海》、《中国牧歌》和《中国农村的故事》(共分三部，第一部《饥饿》发表最早，第二部《扬子江上》，第三部《去》)陆续出版，这才以他的充满战斗气息的内容、简短跃动的诗行、紧张急骤的旋律和遒劲有力的语言给予了当时诗坛以巨大影响，也给诗人带来了“毁誉参半”的批评。

田间出生于安徽省的一个农村里，他是田野的孩子。在他的诗

① 《罪恶的黑手·自序》。

里，他这样叙述了自己的“身世”：“我，生长在南方的村野，城市，又给我浪荡了十年，我没有在她怀中哭泣过，也没有流过泪！在世界上，在中国，我养育着弱小的自己！”(《我怎样写诗的》)就因为诗人是在旧中国多难的土地上被养育长大起来的，所以他是“结实”而“健康”，是“战斗的小伙伴”(《我是海的一个》)。而这样战斗的精神也就弥漫在诗人作品的每一个行列里。

没有比旧中国农村更值得诗人倾注他的热情，昂扬他的斗志的了。同其他诗人一样，田间也把他的诗篇呈献给了走向战斗和反叛的饥饿的原野。他在长诗《中国农村的故事》的《序言》中说：“一九三六年五月，我重回到生我的土地那故乡的扬子江，在小河的流水上，在痛苦的船舶上，在麻木的农场上，在南方的路上，我更清楚认识粗黑的人类，从他们不安的生活中，干枯的言语中，吐着生之渴望和不断地思想着生之和平与生之温暖，这使我一年来想写的一部关于中国农村的诗，便迅速地开始了。”这段话阐释了出现在作者笔下的充满着希冀和郁怒的农村图画的现实基础。

一九三六年左右，是中国人民抗日救亡的要求最为炽热的时候，是阴沉的黑云低压而狂暴的风雨将要开始咆哮的时候。激怒、苦闷、骚动构成了时代的特征，也构成了刚在诗坛出现的田间诗作的“前无古人”的独特风格。他歌唱着“斗争的火焰”，呼啸着“战斗”与“射击”。他的诗没有和软的色彩，没有轻柔的音波。如果我们说，田间的诗受了马雅可夫斯基很大的影响，而这种影响的形成，首先就不能不归因于时代对于诗人的培育和诗人对于战斗的要求。你听：

在中国，
养育吧
斗争的火焰！

(《走向中国田野的歌》)

田间的诗正是在燃烧着斗争火焰的中国被养育起来的。当然，田间本时期的诗歌，还不能算是成熟和完美的作品。他感情奔放，但缺少精炼和形象的长处(长诗《中国农村的故事》正是这样);在形式方面,还不能做到运用自如的境地,句子也间或有些生拗的毛病。这些,都不能不是存在于田间本时期诗歌中的缺点。到了下一个时期,在实际战斗的锻炼中,作者的“年青的笔”是得到了更充分的养育,而他的诗歌也就具有更巨大的社会影响了。

下面,我们还要简略介绍一下中国诗歌会和属于中国诗歌会的诗人蒲风。

中国诗歌会是由左联领导的一个群众性文艺团体,一九三二年九月在上海成立。蒲风、杨骚等是它的发起人。第二年(一九三三)二月创刊《新诗歌》旬刊。在成立之初,发起人在《缘起》中说:“在次殖民地的中国,一切都浴在急风狂雨里,许许多多的诗歌的材料,正赖我们去摄取,去表现。但是,中国的诗坛还是这么的沉寂;一般人在闹着洋化,一般人又还只是沉醉在风花雪月里。”又说:“把诗歌写到和大众距离十万八千里,是不能适应这伟大的时代的。”因此,他们强调:诗歌应该反映社会现实,推动社会前进,具备时代意义。在宗旨方面,除开完成新诗歌运动这一总目标之外,其主要任务为:研究诗歌理论,创造大众化诗歌,以及介绍世界各国的新诗歌;就中,创造大众化诗歌,更被认作是最迫切的使命。他们提出了“新诗歌谣化”的口号,并在《新诗歌》上出过“歌谣专号”。他们注意诗作的音节流畅、容易上口,要使在当时几乎完全变成了视觉艺术的诗歌慢慢还原为听觉的艺术,因此,也非常注意于诗歌的朗诵问题,为抗战开始后的诗歌朗诵运动打下了基础。

中国诗歌会最活跃的时候,是在一九三二——一九三四年之间,后来因为受到反动政治的迫害,一部分作者陆续离开上海,会务受到影响,《新诗歌》也被迫停刊。但大众化诗歌运动并未因而衰歇,它仍在全国各地照常发展着。一九三五年,当“国防诗歌”这一口号被当作“国防文学”之一部门而提出来的时候,中国诗歌会的会员也都热情地致力于“国防诗歌”的创作,以后还出版过《国防诗歌丛书》(丛书总序系请郭沫若写的),仅仅印出四本,即因“八一三”沪战爆发而中止下来。

蒲风(一九一一—一九四三)是中国诗歌会一位最努力的工作者，同时也是诗歌大众化的实践者。在不算是长的创作生涯里，他写出了很多的诗篇。出版的诗集，有：《茫茫夜》、《生活》、《钢铁的歌唱》、《六月流火》、《摇篮歌》、《可怜虫》、《抗战三部曲》等。

现实的生活和斗争——特别是旧中国农村里的生活和斗争，是蒲风歌唱的主要内容。他摄取了时代的骚动不安的面影，写出了农民困苦无告的生活，以及在革命风暴下逐渐咆哮起来了的土地。这是旧中国农民的沉重而愤怒的声音：

曾有谁能摆脱那饥饿的厄难？
那饥饿呀！
挥起了钢鞭，
昼昼夜夜
敲打着我们的心田！

(《六月流火》)

这是觉醒了的劳动者的充满着乐观和自信的坚强的声音：

农田里我们使用犁耙，
工厂里我们转动机车，
木匠，泥水……我们一群，
谁说不是有力的创造者？
靠着我们的手，
什么也能够进行；
母亲，母亲，不要惊！

(《茫茫夜》)

当日本帝国主义占领了我国广大肥沃的土地，而反动统治者则以血腥的屠杀镇压人民的爱国主义行动的时候，在蒲风的诗里，我们看见了从劳动人民手里“射出”的“第一颗子弹”，看见了“燎原的火”和

“早就在燃烧着了”的“中国”：

田野里早就诞生了火的洪流：
众多田野的火
　　汇合着，
　　响应着；
中国的农村，
到处射出了第一颗子弹，
中国早就在燃烧着了啊！

（《第一颗子弹》）

这是一幅多么鲜明、又多么壮丽的时代的画幅。这个画幅之所以是动人的，是因为它注满了诗人的正义的爱憎，是因为涂在它上面的是那样不可混淆的时代的色彩。它把读者带进了那个“北方早已卷起了云潮”，“四方的雷电同在响奏”的“狂风和暴雨”的年代：

我归来，我正迎着狂风和暴雨，
怒吼吧，祖国，
这正是时候！

（《我迎着狂风和暴雨》）

读了蒲风写在一九三六年的这些诗篇，我们是那么亲切地感到抗日战争的火焰已经快在中国的土地上燃烧起来了。它们是那个多灾多难的时代的反映，也是中国人民在那时向帝国主义和反动统治阶级进攻的有力武器。

朴素明朗，刚健有力，是蒲风诗作的艺术特色；但是因为产量过多，有些作品缺少熔炼，显得有些粗糙。蒲风于一九四三年死在皖南，对于我国新诗运动来说，是一个相当巨大的损失。

总起来说：本时期的诗歌，虽然受过“新月派”和“现代派”的不良影响，但革命现实主义的诗歌仍然是一条奔流不息的江水，贯穿在中国新诗运动的本时期的历史上。它承继着上一时期的战斗传统，沿着社会主义现实主义的大道又有了新的重大发展，为下一时期的更繁荣的诗歌创造了条件，打下了基础。几位青年诗人的出现标志出了新诗更远大的前途。在题材方面，较之上一时期是更为广阔而丰富了：反抗暗无天日的反动统治，描写穷困和叛逆的农村，和喊出全体人民抗敌救亡的愿望，这三者成为了本时期诗歌的主要内容。感伤的情绪未能尽免，因为诗人正是处身于这样一个艰苦的年代。概念化的毛病也依然存在，因为有的诗人还没有或不可能投身于火热的斗争生活。在诗的语言上，大众化是它的主要的倾向和趋势，但也缺少成功的范例。——这一切自然是与历史环境和诗人的生活面貌紧紧地联系在一起的。

第七章　本时期的小说

一　沿着社会主义现实主义的方向前进

在本时期开始几年中，也就是当无产阶级革命文学运动刚刚展开不久的时候，很多革命作家并不缺少真挚强烈的政治热情，他们的作品起了比较巨大的教育鼓舞的作用；但因为革命热情没有和现实生活紧紧结合起来，作品中的人物多凭作家的主观想象来创造，因此，抽象、概念，缺乏血肉，削弱了作品感染说服的艺术力量。一九三二年以后，这种情况逐渐地得到改变，而好的作品也才逐渐地繁荣起来。在左翼作家联盟的直接领导和影响下，本时期的小说取得了巨大的成果。

蒋光慈继小说《短袴党》之后所写的作品，代表了本时期最初几年中创作的一般倾向。

蒋光慈在本时期写的小说，计有：《野祭》（一九二七）、《菊芬》、《最后的微笑》（一九二八）、《丽莎的哀怨》（一九二九）、《冲出云围的月亮》、《田野的风》（一九三〇）。在这些小说中，《丽莎的哀怨》过分强调了一个白俄贵妇在海参崴和上海一带流浪的身世和感怀，使读者失却了对于在十月革命之后走向没落和灭亡的旧俄贵族的憎恨和厌弃，反而产生了不应该有的同情心理。这篇小说受到了当时批评界的严正指摘。它说明了：一个作家（从小资产阶级出身的）如果他脱离政治，脱离实际斗争生活，仅仅凭他的虚幻的想象与脆弱的感情来进行创作，该是一件多么危险的事！《野祭》和《菊芬》纠缠在当时所流行的庸俗的“革命与恋爱”的一般公式里，而且往往将次要的恋爱问题和浪漫情节掩盖了革命的重要的意义。《野祭》中的陈季侠，《菊芬》中的江霞，实际上都是作者的化身，作者的小资产阶级的不健康的感情，时常从这些人物身上流露了出来。

《冲出云围的月亮》是蒋光慈一九二九年至一九三〇年留居日本东京时的作品。它以女子曼英在一九二七年前后的始而投身革命，继而流落、颓废，终于重回革命队伍的曲折的故事，反映和刻画了大革命失败后三种不同类型的知识分子：第一种类型以李尚志为代表，他在艰苦环境中坚持了革命的地下工作；第二种类型以柳遇秋为代表，他经不起革命失败的挫折而投降叛变，做了国民党的反动官僚；第三种类型则曼英本身作了最好的代表，她在革命失败后，彷徨苦闷，厌世嫉俗，但是她“不投降、也不悲哀”，而最后还是重新走上了革命的大道。此外，作者也描写了像周诗逸一类的“酒囊饭袋”式的诗人和艺术家们。通过这些人物的描写，作品告诉了读者什么是他们应走的正确道路。在这一点上，《冲出云围的月亮》有了它的积极现实的意义。但是，这本小说也还存留着作者创作中一贯的缺陷：人物不够真实，给人以虚浮之感；而此外，则是一些不健康的情绪的无节制的宣泄。

《田野的风》是蒋光慈最后的也是最好的一部作品。它不仅描写了具有重大意义的生活题材，而且更重要的是，它在真实具体地塑绘艺术形象这一点上，较之作者过去的作品有了显著的进步。

《田野的风》以一九二七年大革命前后农村中尖锐的阶级斗争为背景，写出了中国农民怎样在党的领导下起来组织农会，进行斗争，随后当地主阶级企图凭借反动武装来颠覆革命势力的时候，又怎样在党的领导下组织革命武装来进行反抗的英勇史实。当一九二七年大革命失败以后，地主阶级的疯狂报复和广大农民的起义反抗，成为了旧中国农村中的主要矛盾和斗争。《田野的风》反映了这样一个富有历史意义的事变，以巨大的激情歌颂了在广大农村里升起的永不熄灭的革命的火焰，展开了较为广阔和壮烈的斗争的场景。故事的后半部虽然是在最艰难的环境下进行的，但弥漫在作品中的却是更为昂扬的斗争的意志，而不是低沉悲凉的气息。

矿工张进德和叛变地主家庭而参加革命的青年李杰，是小说中着墨最多、刻画较好的两个主要人物。张进德，这个矿工出身的共产党员，他全心全意干革命，他聪明、正直、勇敢、机智。当“革命军”尚未来到的时候，他在农村里散播了革命的种子；当“革命军”来到以后，他领导农民组织农会，对地主阶级进行斗争，而当这个“革命军”变成了反革命的武器，白色恐怖笼罩了城镇和农村的时候，他又领导农民夺取反动队伍的枪枝，在最艰苦的环境下进行武装斗争，并且准备把这一小支力量和“那百里以外的邻县境内的一带蜿蜒着的山岭”里的革命队伍汇合起来。张进德的活动贯串着故事的全部，成为了故事进行的主要推动力量。

关于李杰，这个虽然出身地主阶级但走上了革命道路的青年，当他接受了组织的委派来到自己的故乡领导农民斗争的时候，他不被群众所信任。他在斗争中承受着严重的考验。他在斗争的烈火中得到锻炼，得到成长。小说第十七节写李木匠要去烧李家老楼（李杰的家）时那一幕，就是李杰在斗争前面所通过的最剧烈的思想斗争。在这里，李杰的性格获得了鲜明的揭示。

老农王荣发，虽然不是重要人物，但也是刻画得较好的一个。他对革命不了解，对于他的儿子（王贵才）的“叛逆的思想”怀着恐怖的心情。但是“就在那枯老了的骨髓里，或是心灵里，总还不时冒出一点不平静的浪沫；使他本能地感到他的儿子的思想，符合着一种什么到现在还未被承认的真理”。对人物进行这样细腻而深刻的心理刻画，在蒋光慈作品中是不多见的。后来王荣发在儿子被反动派杀害后，跑上三仙山参加了张进德他们的游击队伍，这一发展是合乎生活本身的逻辑的。

因为人物是被安置在生活的激流里，受到考验，得到发展，所以都具有相当程度的真实性。过去作品中所有的那种不健康的思想情绪也有了初步的克服。结构和语言虽然还存在着不够谨严和不够精炼的地方，但比起《短袴党》等作品，其进步是很明显的。这些，都标志了蒋光慈的创作在现实主义道路上可喜的迈进。假如他不在反动统治者的残酷的政治迫害和经济封锁①的情况下匆匆地结束了他的三十岁的生命，他的创作前途是会有更加辉煌的发展的。

茅盾是“五四”以来我国文学战线上一位杰出的作家和战士。他的文学活动，开始时主要是从事理论工作和译介外国文学作品。一九二五年至一九二七年，他参加了革命斗争，并担任了实际工作。这对于作家革命人生观的形成与巩固，对现实生活的观察与体认，有着很重要的关系，同时也为他的即将开始的创作事业，在生活和思想上作了很好的准备。

一九二七年大革命失败后，茅盾开始从事文学创作。第一部作品就是题名《蚀》的三部曲，其中包括了《幻灭》、《动摇》、《追求》三个略带连续性质的中篇小说。《蚀》的主题是描写大革命前后小资产阶级知识青年的生活和思想动态。用作者的话说，《蚀》所反映的是“青年在革命壮潮中所经历过的三个时期：(1)革命前夕的亢昂与兴奋和革命既到面前时的幻灭。……(2)革命斗争剧烈时的动摇。(3)幻灭动摇后不甘寂寞尚思作最后之追求”②。

女主人公章静(静女士)的生活道路和心理变化是《幻灭》的主要线索。章静是一个意志薄弱而又富于幻想的女性。她憎恶丑恶，而缺乏斗争的勇气；她追求革命，而没有坚定不移的意志和立场。她带着浓厚的小资产阶级的幻想，不断地寻求个人心灵的安慰和寄托，但又不断地感到幻灭。这就是章静给予读者的总的印象。

《动摇》写的是正处在革命洪流激荡中的武汉附近一个小县城的生活面貌。方罗兰所代表的是这样的一些人物：他们在严峻的阶级斗争前面，不是坚定不移而是动摇妥协，助长了反革命的气焰。他害怕人民群众的力量，同情那些以停业威胁店员的店东。当上游的叛军逼近，而李克准备把童子团和纠察队都带到南乡去与农军会合，准备坚持武装斗争的时候，他却打算从南乡到沙市去以求得租界的保护。这

① 作品全被反动政府禁止发行。《田野的风》刚打好纸型，就被禁止，它是在作者死后将近一年时才出版的。

② 茅盾：《从牯岭到东京》，《小说月报》十九卷十期。

便是这一类人物所必然要走上的离开革命以至于反革命的道路。胡国光是反动地主豪绅的一个典型人物，他的阴险、狡诈、毒恶的性格，在小说中得到了颇为充分的刻画。

三部曲的最后一部《追求》，写的是一部分知识分子在大革命失败后的病态和迷惘。他们虽然都不满意于现状而各有所追求，但因为离开了革命的正道，所以追求的结果不能不都是失望。笼罩在他们面前的，是"灰色，满眼的灰色"。主人公之一张曼青，走的是教育救国的道路，但努力的结果，不能不承认他原有计划的彻底破产。另一女主人公章秋柳，以追求刺激和享乐作为自己精神的寄托；她毁灭了自己，也在毁灭着别人。还有史循这个人物，则由怀疑、颓废而终于走上了要自杀的道路。就是"相信人们因为有希望在将来，才能生出勇气来执着于现在"的主张"新闻救国"的王仲昭，他所"追求的憧憬(恋爱)虽然到了手"，但也"在到手的一刹那间改变了面目"。这便是这一群人"不甘寂寞尚思作最后之追求"的结果。

可以看出，《蚀》这部小说，通过这些人物的活动，虽然多少反映了大革命的时代面影，但是由于作者当时对历史动向缺乏正确的分析和认识，对革命前途有了悲观失望的情绪，所以在这部作品中，没有刻画一个正面的积极的人物(《动摇》中的李克，应该是一个正面人物，但没有得到应有的充分的塑绘)，对小资产阶级知识分子的那种不正确的思想感情也没有进行有力的批判。结果是让悲观失望的情绪充满了作品，损害了作品反映时代的真实性。关于这部作品，作者在一九五二年所作过的自我批判①，是非常恳切而中肯的。就因为《蚀》这部作品存在着如此重要的带有根本性质的缺点，所以它里面虽然也显露了作者过人的创作才能，但究竟是"瑜不掩瑕"的。《蚀》发表后曾经引起一度大的争论，当时的批评者的态度和论点，虽然有着不够客观和全面的地方，但《蚀》不能算是一部成功的现实主义作品，也是无可讳言的事实。

继三部曲之后，茅盾除写了收集在《野蔷薇》中的《创造》等五个

---

① 《茅盾选集·自序》(开明版)。

短篇外，还写了长篇小说《虹》(一九二九年四月至七月作)。作者在《跋》中说："当时颇不自量棉薄，欲为中国近十年之壮剧，留一印痕。八月中因移居搁笔，尔后人事倥偬，遂不能复续。"①作者宏大的计划虽然没有在《虹》中得到完成，但是从一九一九年的五四运动一直到一九二五年的五卅运动(它只写到了五卅运动)时期的时代面貌和青年思想发展的情况，都通过书中主要人物——梅女士艰苦曲折的经历而显现了一个粗略的轮廓。

《虹》中的女主人公梅行素(梅女士)是一个有着"虹一样性格"的人，她"喜欢走自己所选择的道路"。她在"五四"新思潮的激荡下觉醒起来，摆脱了不自主的、没有爱情的家庭生活，冲出了旧社会摆下的层层密密的网罗来到上海，而最后，终于在革命者梁刚夫的影响和帮助之下，投入了波澜壮阔的五卅运动。很显然可以看得出来，梅行素是一个和章静有着不同性质，也走着不同生活道路的青年女性。她的成长的历程与时代前进的步伐基本一致。在她的身上体现出来的是一种蔑视困难、乐观进取的精神，因而整个作品没有《蚀》里面所有的那种消沉失望的情绪。这是作家的世界观和现实主义创作方法都在那儿进步、发展的结果。

在一九三二年底完成的长篇名著《子夜》，是本时期革命文学最重要的收获，是继鲁迅《阿Q正传》之后出现的一部杰出的现实主义作品。《子夜》的写作，正是茅盾参加了左联，并为无产阶级革命文学的发展而积极斗争的时候。与革命斗争的密切联系，使得作家有可能对现实生活作正确深入的观察和分析；同时，作家的广阔丰富的社会经验，也为作家提供了现实主义创作所必不可少的生活源泉②。

《子夜》对二十世纪三十年代的中国社会作了深刻的艺术的反映。那是一个不平凡的年代：正处于经济恐慌中的帝国主义，以加紧掠夺殖民地和半殖民地来挽救自己的危机；以帝国主义为其背景的军阀混

① 《跋》作于1930年2月，系作者旅居东京时所写。

② 可参阅茅盾的《〈子夜〉是怎样写成的》一文，原载1936年6月1日《新疆日报》副刊《绿洲》，巴人的《文学初步》第四篇第七节曾引录全文。

战在我国广大土地上连续不断地进行着。民族工业受到了日益严重的威胁，农村社会日益贫穷和破产，于是，城市里的资本家不得不依靠高度压榨工人来维持自己的利润；而地主豪绅则凭借对农民的残酷剥削来苟延他们的腐朽荒淫的生活。另一方面，由于中国共产党的领导，城市里的罢工运动风起云涌，农村里的武装斗争如火燎原。这些，共同构成了一九三〇年左右惊心动魄的时代风貌。《子夜》的作者以细致而明快的笔触，按着生活的本来面目，摹描下了一幅色泽鲜明而又波澜壮阔的历史画图。它形象地说明了民族资产阶级的两面的性质：它与帝国主义和在帝国主义卵翼之下的买办金融资本家之间存在着矛盾，而又与中国工人阶级之间存在着矛盾。半封建半殖民地中国的民族资产阶级是永远无法抬头的，半封建半殖民地的中国社会不可能走向资本主义，这是历史发展的铁的法则。揭示了这样一个法则，就给了当时托派匪徒们的荒谬言论以沉重打击，也就是给了当时中国人民以深刻有力的教育。

民族工业资本家吴荪甫和买办金融资本家之间的矛盾和斗争，像一根鲜明的红线贯串在全书的始终。环绕着这根主线，作品展示了一系列的既深刻烙上了阶级印记而又各自具有其独特个性的人物形象。

成功地塑绘了民族工业资本家吴荪甫的典型形象，是《子夜》作为一部现实主义巨著的主要关键所在。通过吴荪甫的创造，作品圆满地完成了它对中国民族资产阶级以及整个半封建半殖民地社会形态的深刻批判；同时也正是通过了吴荪甫的复杂的社会关系和企业活动，作品才能够那样鲜明地展示了在旧中国社会里进行着的新生的与腐朽的两种社会力量的尖锐斗争。作家渲染了吴荪甫的雄心勃勃和精明强干的一面，显示了在这场斗争中一败涂地，终于走上了投降帝国主义和买办金融资产阶级的可耻道路的，不是一个庸庸碌碌的人物而恰好是这个“刚强坚忍而富有自信力”的吴荪甫，这就更加证明了半殖民地的中国不可能走向资本主义这一条历史法则，是不可改变或动摇的。然而吴荪甫是生活在我国阶级斗争最为尖锐的三十年代，革命的主力是广大的工农群众。这就使得这个和封建经济有着血缘关系，和帝国主义有着千丝万缕的联系，而与工农群众特别是工人群众存在着深刻的阶级矛盾的民族资本家，不能不暴露出他的反动丑恶的本性。小说在错综复杂的生活描画中，着重地刻绘了吴荪甫性格的这一个方面。他对于农民起义采取了势不两立的态度；对于工人运动更是竭尽全力来破坏。吴荪甫是一个喝血自肥者的卑劣的形象，在他的每一个细胞里都饱含了对于劳动人民的仇恨。作家还从吴荪甫的家庭生活和周围人物的描写上，烘托出了资产阶级的由贪心和利欲所形成的冷酷无情的灵魂。在他们，人与人之间的关系就是赤裸裸的金钱关系。父亲的死亡没有使吴荪甫感到丝毫悲痛，反而促成了他组织益中信托公司计划的实现；他的妻子林佩瑶满怀幽怨地过着豪华而空虚的生活；杜竹斋不顾“至亲”的情面，背弃吴荪甫而和赵伯韬联合起来；还有像李玉亭、范博文等一类靠着资本家的钱袋过活的所谓“教授”、“诗人”。透过这些，读者如临其境地看见了一个日暮途穷的阶级的腐烂透顶的生活，他们不能不在“死的跳舞”中来接受他们无法逃避的失败的命运。

除了吴荪甫外，工贼屠维岳、地主冯云卿，以及帝国主义卵翼下的金融资本家赵伯韬的形象，也是刻画得较为成功的。塑造了众多的人物，而许多主要的人物都具有不可混淆的鲜明的个性，这是《子夜》在我国现代文学史上最值得重视的地方。

作者用不少篇幅（十三、十四、十五章）描写了党领导下的上海罢工运动。这也是作品的一个重要组成部分。但是因为革命者和工人群众的形象不够真实，所以这一部分的描写不能算是成功的。作者后来在《选集自序》中分析到了这一点，他说：“《子夜》的写作过程给我一个深刻教训：由于我们生长在旧社会中，故凭观察亦就可以描写旧社会的人物，但要描写斗争中的工人群众则首先你必须在他们中间生活过；否则，不论你的‘第二手’材料如何多而且好，你还是不能写得有血有肉的。”作者这一段话，说明了《子夜》缺点产生的根本原因，也给作家们以非常亲切有益的教训。

总之，《子夜》这部小说，尽管它本身还有着一些缺点，但它的出现还是这一时期最值得重视的事，它在我国社会主义现实主义文学向前发展的道路上，是尽了很重要的开辟作用的。

茅盾还是本时期一位异常优秀的短篇小说的作者。他的短篇小说，除《野蔷薇》中的五篇外，后来写的都收在《春蚕》、《泡沫》和《茅盾短篇小说集》中。其中最著名的是《春蚕》、《林家铺子》等篇。作者在《子夜》的《后记》中说："我的原定计划比现在写成的还要大许多。例如农村的经济情形，小市镇居民的意识形态……以及一九三〇年的《新儒林外史》，——我本来都打算连锁到现在本书的总结构之内……可是都因为今夏的酷热损害了我的健康，只好马马虎虎割弃了，因而本书就成为现在的样子——偏重于都市生活的描写。"因此，反映农村生活的《春蚕》和反映小市镇经济生活的《林家铺子》，我们是可以把它们当作《子夜》的补编来看的。《春蚕》以老通宝一家人的勤劳的然而不免贫困的生活为主要题材，集中地反映了帝国主义——特别是日本帝国主义深入侵略，外货畅销，小手工业完全破产，作为主要生产原料的农业产品没有出路，因而使农民在地主阶级高利贷的残酷剥削之下日益走向穷苦的血腥事实。作品中的人物阿多(多多头，老通宝的儿子)显示了农民的青年的一代，他大胆而乐观，"老通宝那种忧愁，他是永远没有的。他永不相信靠一次蚕花好或是田里熟，他们就可以还清了债，再有自己的田；他知道单靠勤俭工作，即使做到背脊骨折断也是不能翻身的"。从阿多身上我们看见了中国农民正在觉醒成长的重要因素。《林家铺子》写的是"一·二八"前后某市镇的一家百货商店——林家铺子，在农村破产、农民购买力锐减、国民党反动官僚肆行敲诈和债务加重的情况之下，不得不倒闭的故事，而某些贫苦的小市民(如陈老七、朱三阿太、张寡妇)被欺诈凌侮的悲苦无告的生活，也在其中展示着。在这篇小说中细致而生动地描绘出来的，正是旧中国灰暗阴郁的社会生活的一个角落。

分析一下茅盾创作的艺术特点，对于我们是一件十分有益的事。茅盾的作品取材的范围异常宽广，他从社会各个不同阶层和不同角落汲取创作的素材。他的大多数作品都是取材于现实生活，但有时他的笔触也伸展到历史题材的领域中去。他成功地塑造了像吴荪甫那样的民族资本家的典型，但像老通宝那样的老一代农民的形象也有着很高的真实性。处于社会变革过程中的青年知识分子(特别是女性)的形象在他的作品中占了颇为重要的位置，小市镇中小市民的生活动态也吸引了作家的密切注意。他描写了现实生活中的重大政治斗争，并带着辛辣的嘲讽勾勒出了某些可憎可笑的人物和事件。生活中的丑与美，善与恶，以及作家自己的阶级立场和正义爱憎，都强烈地体现在栩栩如生的人物身上。茅盾是我国文学史上为数不多的最擅长塑绘艺术形象的巨匠之一。

茅盾笔下的人物总是饱满鲜明的，阶级的共性和人物的个性是那么有机地统一在一起。他没有把人物从错综复杂的社会生活的联系中分割开来，而是按照人物自身在生活中多方面的联系和表现来加以描写。他的人物的性格是复杂的，但又是完整的统一体。吴荪甫这个人物的创造可以充分地说明这一点。他写了吴荪甫发展企业的"雄心大志"，写了他与赵伯韬之间勾心斗角的斗争，写了他对于工农群众的仇视。但是，作者的笔锋没有局限在这个范围以内，它伸展到了吴荪甫的冷酷无情的家庭生活方面，伸展到了因为投机失败而追求新奇刺激的糜烂腐朽的精神世界。人们从吴荪甫身上，接触到了一个有血有肉的资产阶级的典型形象。

茅盾善于将丰富广阔的生活现象，组织在规模宏大的艺术结构中。《蚀》、《虹》、《子夜》，即是明显的例子。他也善于以短小的篇幅展示社会生活的某一角落，而借此显示出时代精神的某些重要方面。这一点，也可以从《春蚕》、《林家铺子》等短篇找到恰当的证明。

茅盾的作品在语言方面也具有简洁、生动的特点。它的叙述者的语言，往往和人物感情的变化融合无间；而人物的语言也非常明晰地衬托出人物自身的身份、经历、性格，以及说话的处境和心境。因为这样，所以作品里的人物总是那么生动逼真，活跃纸上。

茅盾之所以在塑造人物上获得成功，与他对于生活的深入观察和分析，有着不可分割的联系。他在《〈子夜〉是怎样写成的》一文中，曾经说明《子夜》产生的生活基础。而他的善于向我国古典作家特别是向明清以来的古典现实主义作家学习，也是他成功的重要保证。同鲁迅一样，茅盾也是我国古典现实主义传统的一位杰出的继承者。

丁玲的文艺创作也是从一九二七年开始的。她后来在《一个真实人的一生》一文中，曾经这样说到她开始从事创作时的思想感情：

> 直到一九二七年，大革命失败，四一二、马日事变等等才打醒了我。我每天听到一些革命的消息，听到一些熟人的消息，许多我敬重的人牺牲了，也有朋友正在艰苦中坚持，也有朋友动摇了，我这时极想到南方去，可是迟了，我找不到什么人了。不容易找人了。我恨北京！我恨死的北京！我恨北京的文人！诗人！形式上我很平安，不大讲话，或者只象一个热情诗人的爱人或妻子，但我精神上苦痛极了！除了小说我找不到一个朋友，于是我写小说了，我的小说就不得不充满了对社会的卑视和个人的孤独的灵魂的倔强。

这样一段话有助于我们对于她最初作品的理解。她的第一篇小说《梦珂》、第二篇小说《莎菲女士的日记》(均收在短篇集《在黑暗中》)，很真实地体现了作者这时期的思想感情。作品中的人物——梦珂和莎菲，都是具有着一颗苦闷的然而是倔强的、向前追求的心灵的女性。她们之所以苦闷，是因为她们不满意于社会而又看不到应有的出路。充塞在她们心灵中的，是由五四运动所唤醒起来的青年的自由恋爱的热情，然而这种热情，在那样的时代，却永远只给人们带来幻灭与空虚的感觉，永远是一个无法满足和无法实现的理想的泡沫，因此，尽管她们是那样勇猛而大胆，但不可避免地，这种热情，会给她们带来苦闷，也带来感伤。这种情形，毫无例外地出现在梦珂和莎菲的生活境遇中。从《梦珂》到《莎菲女士的日记》，一方面显露了作者创作才华的进展，另一方面，书中人物的(也可以说就是作者的)苦闷和感伤也一步步地濒近了绝望的深渊。在日记的结尾，莎菲是如此地告白了她自己的心情："莎菲生活在世上，所要人们的了解她体会她的心太热烈太恳切了，所以长远的沉溺在失望的苦恼中，但除了自己，谁能够知道她所流出的眼泪的分量？在这本日记里，与其说是莎菲生活的一段记录，不如直接算为莎菲眼泪的每一个点滴，是在莎菲心上，才觉得更切实。然而这本日记现在是收束了，因为莎菲已无需乎此——用眼泪来泄愤和安慰，这原因是对于一切都觉得无意识，流泪更是无意识的极深的表白。”这真是“心灵上负着时代苦闷的创伤的青年女性的叛逆的绝叫”①，其中有着追求和反叛的精神，但也抹上了绝望的阴郁的暗影。显然，作者带着极大的同情所描写的这个人物，是一个虚无主义的个人主义者的形象。

来到上海以后，作者连续地写了两个长篇小说《韦护》和《一九三〇年春上海》。这两篇小说，虽然都是以当时流行的革命与恋爱的公式为主题（用作者的话说，是“陷入恋爱与革命的冲突的光赤式的阱里去了”。——《我的创作生活》），但可以看出作者这时对于革命斗争和群众运动的向往之情。

丁玲在本时期的作品，较重要的是中篇创作——《水》。《水》是在一九三一年写的，就登载在丁玲自己主编的《北斗》杂志的创刊号上。它以一九三一年的全国十六省大水灾为背景，描写了旧中国农民的无穷尽的灾难和他们最终的觉醒、团结和反抗。从以小资产阶级知识青年的生活为写作题材到以广大工农群众的斗争生活为写作题材，这中间标志了作者前后创作思想的显著的差异和进展。但是由于作者当时生活和斗争经验的不足，也给《水》这篇小说带来了无法避免的缺陷：它还缺少一种使读者强烈感动的真实饱满的艺术形象。此外，它描写农民的团结和反抗，只是单纯地强调了自觉自发的一面，而没有提到党对于农民的启发和领导，这也是作品的局限。

张天翼的第一篇小说《三天半的梦》发表于一九二九年，接着一九三〇年发表了《从空虚到充实》，一九三一年发表了《二十一个》。早期作品，虽“有时失之油滑”，但瑕不掩瑜。当广大读者正厌倦了单纯的感伤主义和庸俗的恋爱与革命的故事的时候，这些小说带给了他们以新鲜的气息。此后，他成为了文艺界一位拥有大量读者的小说作家。他在本时期的作品产量是相当丰富的，短篇集计有：《从空虚到充实》、《小彼得》、《蜂蜜》、《背脊与奶子》、《团圆》、《移行》；长篇计有：《鬼土日记》、《一年》、《在城市里》。

① 茅盾：《女作家丁玲》。

张天翼出身于“小康之家”，抗战前一直在“中流社会”里谋生。在一九三三年写作的《创作的故事》中，他这样叙述了他自己学习写作的经验：(一)不相信写作的灵感天才，(二)不相信什么小说作法之类的东西，(三)不写叫人看不懂的象征派的东西，(四)不浪费笔墨来写无关宏旨的自然景物，(五)不写与主题无关的细微末节。张天翼的生活和对于写作的见解，很自然地形成了他的创作特点：在题材上他选择了“比上不足、比下有余”的“中流社会”的人物及其生活作为他描写的主要对象，在艺术形式上他以活泼而通俗的语言，多用讽刺的手法，很自然地给读者们勾勒出一幅明快的生活画图。

因为作者是如此地熟悉他所生活着的“中流社会”，而他的进步的思想意识又使他无法容忍这些人们在现实生活中的种种矛盾、虚伪和可笑的现象，于是在他的笔下就出现了：陷落在生活的矛盾里而软弱得无力自拔的人们(例如《从空虚到充实》里的荆野，《猪肠子的悲哀》里的猪肠子，《出走以后》里的姑太太，《一九二四——三四》里的“某君”……)，玩着难堪的丑恶的恋爱把戏而不自知其凡庸可笑的人们(例如《报复》中的黄先生、卜小姐，《稀松的恋爱故事》中的罗缪、朱列，《找寻刺激的人》中的江震文学士……)，和不择手段、拼命“往上爬”的人们(例如《宿命论与算命论》中的舒同志，《我的太太》中的“我”……)。对于这些人们，作者以一颗憎厌的心和一支锋利的笔给予了他们以毁灭性的讽刺，使他们的凡庸、鄙俗、虚伪、狡诈等等不可告人的恶德，无所逃于读者的眼前。此外，作者也暴露了农村中的“吸血鬼”——地主阶级的凶残血腥的罪行(《三太爷与桂生》中的陈三太爷，《脊背与奶子》中的长太爷，《万仞约》中的闵贵林)，和贪婪凶狠、反复暴戾的乡村恶棍们(《和尚大队长》中的王和尚、闻太师，《保镖》中的老向，《反攻》中的独眼龙)。作者所鞭挞的社会现象是非常广泛的。

《包氏父子》是张天翼的最优秀的短篇小说之一。作品里的两个人物——老包和他的儿子包国维——的形象，刻画得异常成功。老包在一个“公馆”里当仆人，他痴心妄想他的儿子将来读书成名，所以想尽一切方法让他进学校。但是他的儿子包国维却受了资产阶级教育方式和资产阶级贵族子弟的影响和腐蚀，走着他的父亲所梦想不到的堕落的道路，最后终于被学校除名，而父亲则在债务和因为儿子打人而必须赔偿的医药费的双重压力下，带着幻灭的悲哀倒了下去。对于老包的无知的梦想，作者给了它以比较辛辣的嘲讽，但也不缺少作者对于不幸人物所一贯具有的深厚同情。对于整天生活在球场上和关于女人的梦幻里的儿子包国维，作者十分逼真地描画了他的愚妄和堕落，给了他以严厉的谴责和鞭挞。更其重要的是，通过包氏父子的遭遇，作者以活生生的生活逻辑，证实了在旧的不合理的社会制度下，穷苦的人们是被剥夺了受教育的权利的；而资产阶级的教育和学校，则在实质上不过是腐蚀青年的场所。这篇小说的现实主义艺术力量，主要就在这儿。

张天翼的笔端，当它接触到真正劳动人民的时候，锐利的讽刺往往形成为对旧社会愤怒的控诉，轻松明快的氛围往往转化为沉重悲惨的画幅。在短篇小说《仇恨》里，张天翼描写了“在黄土上移着步子”的“破破烂烂的一群人”：他们“大家都饿着，只带了点儿水。他们家里没了吃的。他们的家成了炮灰。他们家里有些人给什么‘讨贼联军’拉了去当伕子。他们眼见着他们的麦子全给那些军队糟踏完了”。这是给军阀内战的炮火赶出家园的一群。他们失去了自己的亲人和一切，对于“兵”们怀着无名的愤怒。他们是这样想的：“要是前面有一队兵走来，不管那些兵有刀有枪的，哪怕是用炮向他们轰着吧，他们也得冲过去，用手去叉那些人的脖子，用牙去啃那些人的肉。”然而就是这一群，他们在路上碰见了三个给饥饿、困乏和伤疼所折磨着的兵。在他们的心底升起了复仇的火焰，要把这三个兵活埋。但是当他们知道了这三个人原先也跟自己一样，是种地的庄稼汉，是受军阀的毒害的时候，一种强烈的阶级感情就在他们内心里油然而生了。他们把自己剩下不多的一点活命的水给了这三个兵，“一同跨着起满了水泡的脚，在烧烫的沙土上移着步子前进着”，而且一种共同的复仇的愿望开始在他们当中产生出来了。作者以曲折、细腻的笔致把那一群人的情感的变化写得特别真实而自然。这种摹描生活的本领，在我国现代文学史上，实在是不多见的。

与张天翼同时期出现的新人沙汀写的则是弥漫着封建势力的旧中国农村，而且因此博得了“农民作家”的称号。沙汀生长于川西北的农村里。那是浮荡着农民的叹息和地主的狞笑的农村。沙汀在那里获得了他的关于农村的丰富知识和他的正义的爱憎。在一九三一年以前，他就从故乡来到了上海，在一九三一年开始了他的创作生活。鲁迅的亲切指导给予了他以很大的帮助和鼓舞①。他在本时期写下了三个短篇集：《航线》、《土饼》和《苦难》。他说：“这时期我在创作上的主要意图是：反映当时的土地革命运动。但是，由于我并没有直接投身在这个伟大运动当中，只是间接了解到一些实际情况和它在一般社会生活上激起的反响，这就大大地限制了我的意图的实现。因此，我在这一时期写的作品，从我现有的水平来看，它们一般都存在着一定程度的概念化倾向……要想实现自己的意图，并在作品中创造出有血有肉的人物，这里就摆着一个首先要解决的问题：到火热的斗争中去！不幸由于思想认识的限制，我没有这么做，我把笔锋转到我所熟悉的四川农村去了。……”②这样，我们就在沙汀的小说中，读出了旧中国农村的阴森而郁怒的图画。其中有被军队拉夫拉走，无助地看见自己兄弟的被杀，而又被当作是杀死自己兄弟的凶手的“断腿天兵”(《凶手》)；有着儿媳妇被强奸后吊死，孩子因之夭折，在连续苦难的折磨下走向疯狂的魏老婆子(《兽道》)；也有着在革命力量撤走后遭受到地主阶级疯狂报复的老人(《老人》)。而《代理县长》一篇则“通过那个反动政权下的官儿的可笑的生活方式”，“表现出了旧的社会制度的丑恶本质和它的日益腐烂”。《航线》一方面写出了在外国船长和洋兵的枪刺下被赶走的三个“黄鱼”的恶运，另一方面也写出了长江两岸的逐渐咆哮起来了的土地。作者深刻而富有同情地刻画了被压迫者的受难的形象和埋藏在他们深心里的一颗善良而崇高的心灵，对于统治阶级及其走卒(例如《丁跛公》中的丁跛公)却不吝惜他的尖刻的讽刺和揶揄。读沙汀的小说，仿佛重又走进了那个暗无天日的世

① 《二心集·关于小说题材的通讯》。

② 《沙汀短篇小说集·后记》(人民文学出版社)。

界，你感到愤怒，感到郁闷，你要求着反抗和变革(同时你自然也会感到我们目前的这个崭新的世界是如何明朗而幸福)，而这就是他的小说的艺术力量和成功所在。

在沙汀的小说中，我们也不难看出历史和生活所给予作者的限制和由这种限制带来的作品中的某一些缺点。例如故事气氛的过于沉重，正面人物的缺少，和由于写作手法而产生的某种程度的晦涩。这一切都与作者处身的艰苦时代和比较狭小的生活天地有着密切的关系。

与沙汀同时开始创作活动，而且同样具有显著成绩的，是艾芜。艾芜在本时期的短篇创作，有：《南行记》、《南国之夜》和《夜景》。他在他的处女作《南行记》的序文中，叙述了自己在漂泊的旅途上如何开始认真从事文艺创作的经过之后，还这样谈到他的创作的动机："……那时也发下决心，打算把我身经的，看见的，听过的——一切弱小者被压迫而挣扎起来的悲剧，切切实实地绘了出来。"作者的生活经历是异常丰富的：他在漂泊的旅途上出卖过气力，在昆明红十字会做过杂役，在野人山茅草地扫过马粪，在仰光于贫病交迫的情况下受到店主人的驱逐而流落街头，随后又在一位研究梵文的学者——一位出家人那里打过杂，在他的帮助下，作者"在零售劳力之外"，又开始了"贩卖脑力的生涯"，而最后，被放逐回国，在沙汀的帮助劝说之下，在鲁迅的鼓励指导之下，才真正地拿起了他的创作小说的笔来。

艾芜把他的丰富的生活经历，用了抒情诗一样的笔调在他的小说里描绘了出来(像《南行记》中的许多短篇，是可以把它当作散文诗来看待的)。在他的小说里，我们看见了西南边境上明媚如画的自然景物，看见了殖民地人民在帝国主义兽蹄之下的呻吟和反抗，看见了一些被生活的重压所扭曲了的，在表面上看起来是近乎残忍而实质上却非常善良的人性。我们更可以随时随地看见作者的深沉的愤怒和倔强的生活意志。在《人生哲学的一课》中，他说："围绕我们的社会，根本就容不下一个处处露本来面目的好人。真诚的好人，也可以生活的话，那须要另一个新的天地了。"又说："就是这个社会不容我立足的时候，我也要钢铁一般顽强地生存!”在这里，我们听得见作者的坚强的战斗的声音。因为作者生活经历的丰富，所以作品里浮荡着非常浓烈的生活气息，人物性格(多半是流浪而贫苦的底层人物)被刻画得鲜明而活跃，语言是朴素而明快的，没有沙汀作品那种比较艰涩的毛病，但有时也缺少凝重的风致。

吴组缃是短篇集《西柳集》和《饭余集》的作者。他的写作生活是从一九三〇年左右开始的，早期作品分明地呈显着作者“对现实的看法和艺术思想的成长过程或发展的道路”，他“是在各种不同的思想影响之下慢慢决定自己的方向”①的。其中如《离家的前夜》、《栀子花》和《官官的补品》等篇，有着比较明显的社会意义；而《菉竹山房》、《卍字金银花》诸篇，也分明地描画下了旧中国妇女在封建礼教摧残下的悲惨命运。

一九三三年，作者发表了短篇小说《一千八百担》，接着第二年又发表了《天下太平》和《樊家铺》。这时候，作者的视野开阔了，所表现的主题也更严肃而有意义了。这些小说，因为它们对现实生活——特别是日趋破产的旧中国农村社会的深刻的剖析和暴露，被视为本时期不可多得的力作。《一千八百担》是“八十多房、好几百家”的宋氏家族在宗祠开会处理“公稻”的一个场面的速写，细致而明朗地刻画了地主豪绅们的贪婪无厌和彼此勾心斗角的丑态，同时也写出了在贫困和饥饿中的农民开始走上了反叛的道路。故事结尾时农民抢粮的场景，透露了旧中国农村的新的希望和曙光。《天下太平》通过一个失业店员王小福的日濒绝境的生活遭遇，展示了破产农村的一片凄凉而郁怒的景象。到了山穷水尽时，王小福终于失去了对于“神祇的权威”的敬畏，而去偷拆庙顶上缀着“天下太平”四个金字的“一瓶三戟”，这里也暗示了封建宗法统治的无可挽回的衰亡命运。《樊家铺》描摹的是农民的饥饿和最初的反叛；地主阶级的惶惶不可终日的恐慌状态和故事结尾时升起的一片熊熊的火光，构成了今日和明日之交的旧农村的一个骚动的画幅。作者没有让自己的热情流露在文字的

① 《吴组缃小说散文集·前记》。

表面，但读者却从这些小说中清晰地窥见了时代的面影，同时也感受到作者内心里的鲜明的爱憎。

吴组缃生长在皖南的农村，故乡的人物和生活是他创作的主要题材。语言简洁明确，结构严密完整，都是他特有的长处。但是，他的小说也有一个缺点，那就是没有从正面展开旧中国农村中的主要的矛盾和斗争——农民与地主阶级之间的矛盾和斗争。这限制住了他的作品反映现实生活的深广程度，而读者也不容易从其中获得更大的鼓舞和战斗力量。

本时期的小说作家，还应该着重地提起短篇集《丰收》、《山村一夜》和中篇小说《星》的作者——叶紫（一九一二——一九三九）。叶紫生长在洞庭湖滨的土地上，他经历了一九二七年大革命时的狂风骤雨的农民运动，又经历了大革命失败后农民的苦难和抗争。他的父亲和姊姊都在大革命失败后失去了自己的生命。叶紫只身逃到上海，艰苦的生活使他失去了健康——他患着严重的肺病，困苦颠沛的生活加深了他的病患，在一九三九年终于病死，死时只有二十七岁。

叶紫遗留下来的小说只有上述三本，全部反映的是洞庭湖滨农民的生活和斗争。燃烧在内心里的战斗的火焰是他写作的主要动力，而他所亲身经历的斗争生活又为他提供了丰富的创作材料。他曾说："我现在的生活，全然不能由我支配。我精神上的债务太重了。我亲历了不知多少的斗争场面。……凡是参加这些搏斗中的人，都向我提出无声的倾诉，'逼勒'我为他们写下些什么，然而，我这支笔啊！我能为他们写下些什么呢？"①叶紫是用着"象欲亲自跳到作品里去和人家打架似的"②强烈的战斗精神来进行写作的。而这就是他的作品的思想价值与艺术力量所由产生的主要泉源。

叶紫的第一篇小说是《丰收》，他的第一个短篇集即以此命名，收在鲁迅主编的《奴隶丛书》中。《丰收》集中六篇小说除《杨七公公过年》（写的是江北农民逃荒到上海的悲惨遭遇）外，其余五篇全以洞庭

---

① 《丰收·自序》。

② 满红：《悼〈丰收〉的作者——叶紫》，载《长风》月刊一卷二期。

湖滨农村中的惊人苦难和沸腾的复仇斗争为主题，反映了地主阶级的残暴和农民的充满血泪的生活，也显示了农民伟大的反抗力量和革命主力——红军的生长和壮大，显示了人民革命的必然胜利的前途。《丰收》中的云普叔和《电网外》中的王伯伯，都是老一代的农民，他们看不清自己的命运，安于现状，对封建统治阶级尚存有幻想，也不明瞭年轻一代的农民——自己的儿子们渴盼红军，迫切要求斗争的道理。但是残酷的阶级斗争终于教育了他们，他们都在血泊中觉醒和站立起来了。鲁迅在《丰收》序文中给予了《丰收》集以极其允当的评价："这里的六个短篇，都是太平世界的奇闻，而现在却是极平常的事情。因为极平常，所以和我们更密切，更有大关系。作者还是一个青年，但他的经历，却抵得太平天下的顺民的一世纪的经历，在转辗的生活中，要他'为艺术而艺术'，是办不到的。但我们有人懂得这样的艺术，一点用不着谁来发愁。"又说："……我们却有作家写得出东西来，作品在摧残中也更加坚实。不但为一大群中国青年读者所支持，当《电网外》在《文学新地》上以《王伯伯》的题目发表后，就得到世界的读者了。这就是作者已经尽了当前的任务，也是对于压迫者的答复：文学是战斗的！我希望将来还有看见作者的更多，更好的作品的时候。"

鲁迅的殷切期望并没有完全落空。叶紫在写了《丰收》集中六个短篇之后，又写了《山村一夜》中的六个短篇。这其中除《校长先生》和随笔一则《电车上》之外，写的也还是作者故乡的湖山和在那里进行着的火热的斗争，正如作者所说，他"无论如何，都脱不了那个时候的影响和教训"。在写这些短篇的同时，他又写成了中篇小说《星》①。可是当他计划创作一部百万字左右的长篇小说《太阳从西边出来》，更丰富而深入地反映那个充满了艰苦血腥的斗争的时代的时候，他却带着一肚皮没有写出来的材料，永远地失去他的生命了。

叶紫的小说虽然写在那样一个艰难的年代，而作者自己又有着那

① 《星》完成于 1935 年 3 月，其中第四章于 1936 年 8 月补成。同年 12 月作为《文学丛刊》(第二集)之一出版。

样一个颠困贫病的遭逢，但它们丝毫没有感伤的色彩。作者是那样忘怀不了他故乡的土地和人民，他笔下的人物都很少绝望的悲哀，他们倔强地生活着，战斗着，通过曲折艰辛的道路，大半走向了革命。《电网外》中的王伯伯跳下了上吊的脚凳，“背起着一个小小的包袱，离开了他的小茅棚子，放开着大步，朝着有太阳的那边走去了”。《向导》里的老太婆虽然儿子被杀、自己受伤，但她坚决谢绝红军的照顾，留下来给反动军队当向导，把他们引向包围圈，用生命完成了自己复仇的计划，死时含着胜利的微笑。《星》里面的春梅姐，也终于“没有留恋，没有悲哀”，丢下阴沉的家屋，走向了“东方”的目的地。在叶紫的小说里燃烧着的是永不屈服的斗争和永远闪耀的希望的火花。他们启示读者的愤怒和抗争。这些小说将永远不会为我们所遗忘。虽然因为作者的年青(他说自己还“年青得很”)，而在文字上还出现某一些粗糙的毛病，但作品的整个的感人力量掩盖了它，而且事实上证明作者在逐步地克服着这些毛病①。叶紫的创作事业是有着无限光辉的前途的，他死得太早了！

我们还不应当忘记的是来自东北的一群作家。他们的作品大多反映东北人民的抗日斗争。其中影响最大的是萧军的《八月的乡村》。它真实地生动地反映了东北人民在中国共产党的领导下，武装反抗日本帝国主义的英勇斗争，揭露了国民党反动派实行不抵抗政策的罪行。鲁迅在《田军作〈八月的乡村〉序》中指出：“……不知道是人民进步了，还是时代太近，还未湮没的缘故，我却见过几种说述关于东三省被占的事情的小说。这《八月的乡村》，即是很好的一部，虽然有些近乎短篇的连续，结构和描写人物的手段，也不能比法捷耶夫的《毁灭》，然而严肃，紧张，作者的心血和失去的天空，土地，受难的人民，以至失去的茂草，高粱，蝈蝈，蚊子，搅成一团，鲜红的在读者眼前展开，显示着中国的一份和全部，现在和未来，死路与活

① 据说叶紫在死前曾着手写一中篇《菱》，第一章写了一万多字即中止。稿未发表，保存在巴金那里。在未完成的《菱》中，作者的表现艺术有着惊人的进步。

路。凡有人心的读者，是看得完的，而且有所得的。”这评价是很精当的。

另一个有影响的东北作家，是有名的小说《生死场》的作者——萧红(一九一一—一九四二)。她生在黑龙江呼兰县，“九一八”事变后逃到关内来，在青岛她写成了中篇小说《生死场》。她的创作获得了鲁迅的鼓励和支持，《生死场》与叶紫的《丰收》一起被收在《奴隶丛书》内出版。在书前的序文中，鲁迅说：

> 这本稿子的到了我的桌上，已是今年的春天，我早重回闸北，周围又复熙熙攘攘的时候了。但却看见了五年以前，以及更早的哈尔滨。这自然还不过是略图，叙事和写景，胜于人物的描写，然而北方人民的对于生的坚强，对于死的挣扎，却往往已经力透纸背；女性作者的细致的观察和越轨的笔致，又增加了不少明丽和新鲜。精神是健全的，就是深恶文艺和功利有关的人，如果看起来，他不幸得很，他也难免不能毫无所得。①

鲁迅的话是不错的，《生死场》写的正是东北人民的“对于生的坚强，对于死的挣扎”，它反映了在沦陷后的东北农村中所进行的生死存亡的斗争。哈尔滨附近的丰饶的土地和穷苦的农民生活被展示在读者的眼前，“人和动物一起忙着生，忙着死”，“死人死了，活人计算着怎样活下去”。日本强盗来了，带来的是奸淫和屠杀，是人民的更沉重的灾难和更频繁的死亡。在死亡的边缘上，人民站了起来，他们“一起哭向苍天”，“不当亡国奴”，“生是中国人、死是中国鬼”的喊声响彻了原野和村庄。在这里，我们看见了中国人民的最初的觉醒和强大的反抗力量。《生死场》是人民抗争的号召，也是对于反动统治者的有力控诉。在写过《生死场》之后，萧红还写过短篇集《牛车上》(内收小说五篇)，也是以农村生活为题材的。

其余几个东北作家，舒群写过《没有祖国的孩子》等短篇小说和

① 《且介亭杂文二集·萧红作〈生死场〉序》。

中篇小说《老兵》，黑丁写过短篇小说《回家》，端木蕻良写过短篇集《憎恨》，罗烽写过中篇《归来》和短篇集《呼兰河边》，白朗写过《轮下》等短篇。这些作品真实地记录了东北人民的苦痛和抗争，也渗透了作者自己的悲愤的感情，给了读者以不少的感染和影响。关于这些作家和作品，我们在这里就不再作论述了。

二　对于现实的暴露和批判

以下叙述的几个小说作家，他们是无产阶级革命文学的一支有力的同盟军。他们从彻底的反帝反封建的立场出发，在作品中深刻地反映了旧的不合理的现实，暴露和谴责旧中国反动统治者的罪行，有助于中国革命的进展。他们的作品，艺术水平虽不尽一致，但大都比较高，拥有广大的读者群。本时期这一类作家的人数是相当多的，这里叙述的只是代表性较大的几位。

叶绍钧继承上一时期谨严朴素的艺术风格，继续在现实生活中发掘有意义的题材，写作了一些短篇小说。其中如《多收了三五斗》，写的是“在帝国主义和封建势力双重压迫之下”的“谷贱伤农”的事实，在忠厚老实的农民思想里，因为现实的有力教育，终于产生了“我们年年种田，到底替谁种的?”——这样的疑问来。《一个练习生》写的是一个穷苦的初中学生，因为家境困难不能读书，费尽千辛万苦，才得到一个练习生的职位，后来因为参加反帝的群众示威而被辞退的故事。当这位青年在群众的浪潮中看见外国巡捕挥动着木棍的时候，他说：“我摹描不出我当时的愤恨。谁说帝国主义只是口头上的一个名词，眼前的一幕就是它活生生的表演！我们不把它打倒，只好横倒在地上淌血!”——这些小说都收在《四三集》中，在其中，我们可以看出，作者的日益进步的思想使得作品批判现实的特色更为深广而强烈了。

在一九三〇年，叶绍钧出版了长篇创作《倪焕之》。这篇小说通过小学教师倪焕之的经历，反映了从“五四”到一九二七年大革命时期的时代面影，和某些小资产阶级知识分子的思想变化。书中主人翁倪焕之，抱着一个高远的然而是空幻的理想，企图通过学校教育来改造社会和家庭，但一切的尝试失败了，后来，在五卅运动中，他开始参加群众运动，大革命失败，他愤慨，悲哀，终于在暴病中死去。这部小说出版后给予读者的影响是巨大的，茅盾在《读〈倪焕之〉》一文中说："把一篇小说的时代安放在近十年的历史过程中的，不能不说这是第一部；而有意地要表示一个人——一个富有革命性的小资产阶级知识分子，怎样地受十年来时代的壮潮所激荡，怎样地从乡村到都市，从埋头教育到群众运动，从自由主义到集团主义，这《倪焕之》也不能不说是第一部。在这两点上，《倪焕之》是值得赞美的。"在同一文中，茅盾还说《倪焕之》是一部"扛鼎"的力作。

茅盾给予《倪焕之》的推崇是有根据的。《倪焕之》不仅从它的主要人物倪焕之的生活经历和思想进程，显示了从五四运动到一九二七年大革命这伟大的十年间的历史面貌和一部分小资产阶级知识分子的思想面貌，而且，更重要的是，它通过倪焕之的奋斗和失败的过程，批判了某一部分知识分子的"教育万能"的思想，证明了"社会是一个有组织的东西，而你们教给学生的只是比较好看的枝节，拿了这少些，就要希望他们有所表现，不能说不是一种奢望"的正确道理。叶绍钧很熟悉当时教育界的生活，同时也有丰富的创作经验，这就保证了这部作品一定程度的真实性和深刻性。

但是，《倪焕之》这部作品，还存在一些缺点。我们知道，从五四运动时期起的新民主主义革命一直就是在中国工人阶级及其先锋队——中国共产党的正确领导之下，在马克思列宁主义的思想指导之下进行的，每一次的群众运动的胜利展开，与党和工人阶级的领导是分不开的。这是近三十年来中国历史上最重要的事实。而这个事实，在《倪焕之》这部作品中是看不到的。即以五卅运动而论，就被写成了一次无组织无领导的自发性的群众运动。作者写了王乐山这样一个人物，他说："要转移社会，要改造社会，非得有组织地干去不可！"但是应该由谁来组织，朝着什么方向干去呢？书中是没有解答的。王乐山这个人物写得不够明确，不够生动。倪焕之即使在参加五卅运动的时候，思想上也还没有形成一个明晰而坚定的方向，他与过去从事教育和乡镇活动的时候一比，这时就使人有了虚浮和概念化的感觉。所有这些缺点，限制了《倪焕之》这部作品反映现实生活的深刻程度和教育作用。

在一篇题名《回忆》的文章中，巴金叙述了一九二七年春天他在巴黎开始创作时的心情和动机。他说："……每夜回到旅馆里……于是圣母院的悲哀的钟声响了，沉重地打在我的心上。在这样的环境里，过去的回忆又继续来折磨我了。我想到在上海的活动的生活，我想到那些在苦斗中的朋友，我想到那过去的亲和恨，悲哀和欢乐，受苦和同情，希望和挣扎，我想到那过去的一切，我的心就象被刀割着痛。那不能熄灭的烈焰又猛烈地燃烧起来了。……为了安慰我的这颗寂寞的年青的心，我便开始把我从生活里得到的一点东西写下来。每晚上一面听着圣母院的钟声，我一面在一本练习簿上写一点类似小说的东西，这样在三月里我就写成了《灭亡》的前四章。"从这时期起，巴金开始了他的创作生活。

在第二次国内革命战争时期，巴金写了很多长篇的、中篇的和短篇的小说，其中重要的有这些：《灭亡》、《新生》、《死去的太阳》、《海的梦》，包含着《雾》、《雨》、《电》的《爱情三部曲》，和总名为《激流》的三部长篇中的两部：《家》、《春》（第三部《秋》完成于抗战时期）。这些作品，曾经在青年读者当中引起很广泛的影响，而这些影响有好的一面，这是主要的；但也有消极的一面。

巴金的作品大都写在中国革命最艰苦的年代①。这个时候，一方面是"内战代替了团结，独裁代替了民主，黑暗的中国代替了光明的中国"②；而另一方面，我们党和毛泽东同志所领导的农村革命斗争，也从"星星之火"扩大成为了"燎原"之势，阶级斗争达到了空前未有的剧烈程度。就是在这样的时候，巴金以他的作品，攻击了"一切旧的传统观念，一切阻碍社会的进步和人性的发展的人为制度，一切摧

① 《灭亡》写于 1927 年至 1928 年，《新生》（第一稿）写于 1931 年 8 月，《爱情三部曲》写于 1931 年至 1933 年。

② 毛泽东：《论联合政府》。

残爱的努力"①。巴金笔下的人物，大都具有对于旧的社会制度的强烈憎恨，奋不顾身地对它进行破坏和反抗。这无论是《灭亡》、《新生》中的主人公杜大心、李冷，或者是《爱情三部曲》中的陈真、吴仁民等，应该说，都是具有这样的性格特征的。通过这些人物的活动，作品较为真实地揭露了旧中国特别是蒋介石国民党统治下的黑暗和残酷的景象，在一定程度上完成了它对于旧的不合理现实的批判的任务：也正是在这一点上，巴金的作品拥有了大量的读者，受到不少青年群众的欢迎和爱好。

然而作者的非科学的思想信仰（安那其主义）和超阶级的所谓"人类爱"，妨害了他对于现实生活更深入的观察和认识：他憎恶那"黑暗、罪恶、专制统治着一切"的旧中国，但看不见在广大城镇和农村里进行着的如火如荼的革命斗争，和由这种革命斗争所带来的曙光；因此，他更没有认识到什么才是改变现实的正确道路。他对作品里的正面人物是那样充满了同情和热爱，他和他们一起分担着苦痛和不幸，他为他们流下了悲哀和愤激的眼泪。但是巴金笔下的这些人物到底是一些什么样的人物呢？从《灭亡》一直到《爱情三部曲》里面的主人公，几乎毫无例外地都是这样的一些充满了小资产阶级的空想和狂热的人物：他们缺乏对于社会和人生的正确理论，没有也不可能对社会和人生进行实事求是的科学分析，并在这样的基础上决定自己的行动。他们只凭着个人的冲动，生活在由狂热和绝望所交织成的、无法解脱的网罗里面，在不同程度上都带有歇斯底里的性质。他们有时感到自己就是人类的"拯救者"；但在碰到挫折的时候，则又拼命追求麻醉和遗忘。他们看不见也不想依靠群众的力量，一方面独往独来地干着个人主义式的反抗，但又无法躲避孤独和悲哀的侵袭。《雨》中的吴仁民说："我永远是孤独的，热情的。"又说："我的周围永远是黑暗。没有一个关心我，爱我的人。"因此，他们"憎恶人类"，也"憎恶自己"，想"毁灭世界"，也想"毁灭自己"。这样，他们的所谓"革命"，也就成了一种自我麻醉的手段，而所谓"献身"和死亡，倒是他

① 《巴金选集·自序》（开明书店版）。

们所渴望的一种“值得羡慕”的“解脱”了。于是，在这些人物的心目中，凡是“把自己底幸福建筑在别人底痛苦上面的人”固然“都应该灭亡”，就是那“最先起来反抗压迫的人”也一定要“灭亡”。这就是巴金笔下出现的人物和他们所走的道路。

尽管作者没有违背历史真实，把这些要求进步向往光明又带有无政府主义色彩的小资产阶级知识分子写成胜利者，但是，把这样的人物当成是二十世纪二十年代到三十年代中国的“革命者”来加以描写和歌颂，不能不形成为作品对于现实生活的非真实的反映；而笼罩在整个作品中的，也不能不是一种使人感到窒息的难堪的低沉的气氛。

《家》是巴金小说中最优秀的一部(后来写下的《春》和《秋》只能算是它的一个继续)。它没有《灭亡》、《新生》和《爱情三部曲》等作品中那样强烈的虚无主义的气息，较为真实地揭开了一个封建地主家庭的“诗礼传家”的帷幔，把它的血淋淋的罪恶和朽败的命运展示在人们的面前。其中有着封建制度代表人物的虚伪、残酷和道德败坏的丑恶面貌，有不幸的弱小者的眼泪和死亡，有“吃人”礼教造成的恋爱和婚姻的惨剧，也有青年一代的觉醒和反抗。觉慧是在“五四”浪潮激荡下觉醒起来的青年一代的代表人物。他敢于向旧势力进行斗争，他认为家“不过是一个狭的笼”。依靠着他的坚定和勇敢，他终于飞向了海阔天空的新的天地。另一个青年，觉慧的哥哥觉新，却是一个“作揖主义”和“无抵抗主义”的信奉者，“在旧家庭里他是一个暮气十足的少爷”，他“顺从着旧的环境生活下去”。灾难一个又一个地临到他的头上，但“他一生就没有对谁说过一句反抗的话”。他苦心孤诣地维护这个封建家庭的垂死的统治，他是这个封建家庭的一个心甘情愿的殉葬者。据作者说，觉新这个人物的原型就是作者的大哥①，因此，在创造这一个人物的时候，就倾注了过多的怜惜和温情，而没有对他的阶级本质进行严格的揭露和批判，以致不少读者对觉新不惟没有憎恶和愤怒的感情，而是相反地产生了不应有的同情

① 《巴金文集》卷四《附录二：关于〈家〉》(十版代序)中说：“我把我大哥作为小说的一个主人公。他是《家》里面两个真实人物中的一个。”

心理。

总起来说，巴金的作品，因为它对旧社会的腐朽和罪恶进行了揭露和批判，同时也因为作者的笔锋饱和着一种强烈的情感，艺术风格明白晓畅，所以具有巨大的感染力量，在我国民主革命时期，往往能够激起青年们最初的反抗和革命的要求；但是由于作者当时思想认识的局限，所以他的作品又往往流露出一种不健康的情绪，不能指给读者以正确的出路。此外，在艺术上，巴金的有些作品也有这样的缺点；热情有余而细致刻画不足，往往一泻无余，不耐咀嚼；部分作品的结构有时因为作者一任热情奔腾而缺少恰当的安排，因而造成了不紧凑的毛病。

老舍(舒舍予)写作小说是一九二四年在英国时开始的，他自己说他“是先发表过几部长篇，而后才试写短篇的”。早期写的长篇小说，如《老张的哲学》、《赵子曰》、《二马》等，大都是写作者“自己的一点点社会经验”，其中虽然也有着作者“自幼儿积累下的委屈”，有着“反抗那压迫人的个人或国家”的“意思”，因为作者是那样“抱住幽默死啃”，“油腔滑调”不免遗给作品以浮浅的毛病。一九三〇年从英国回来以后，陆续写了一些短篇(收在短篇集《赶集》、《樱海集》、《蛤藻集》中)和长篇，“油腔滑调”的毛病虽然依旧存在，但比较尖锐地揭开了腐旧的社会生活中某些灰暗的角落。又因为作者是“寒苦出身”，而又常“与苦人们来往”，“理会了他们的心态，而不是仅仅地知道了他们的生活状况”①，所以在作品中也常常带着丰厚的同情勾画了一些被损害者的形象(如《骆驼祥子》中的祥子、《月牙儿》中的那个暗娼)，并描写了一些江湖上的事情(如《断魂枪》是讲拳师的，《上任》是讲强盗的)。但是作者当时还缺少观察和分析社会生活的正确思想，所以被描写的这些人物，孤立地看，是生动而逼真的，但看不出他们与整个社会的关联，更不消说他们的发展前途。当然，我们如果说作者对这些人物没有正义和同情，那也是不对的，但是他的“故示宽大”的“幽默”作风，损害了它，冲淡了它。他早期个别作品，由

① 《老舍选集·自序》。

于当时反动宣传的影响和他自己的误解，具有严重政治错误，长篇寓言小说《猫城记》即属于这种情况。

长篇小说《骆驼祥子》是老舍作品中最优秀的一部，在思想和艺术上都较其他小说显得明确而细致。它写了一个健壮勤劳的青年劳动者，如何在旧社会各方面的摧折和损害下逐渐失去他的生活理想(即使是极其卑微的)而走向堕落的悲惨的故事。主人公祥子原来是一个农民，“生长在乡间，失去了父母与几亩薄田，十八岁的时候便跑到城里来”，当上了人力车夫。凭着自己的勤苦、节俭，不久，他便有了属于自己的一辆车，做着“美妙”的幻梦。但是这个幻梦很快就破灭了——他的车子被兵们“白白抢走”了。从此以后，祥子走着日益贫苦不幸的道路。而最后，则是替人家举着花圈挽联送殡，过着屈辱卑贱的生活。作品赋予了祥子以十分鲜明的性格，真实地描写了他的不幸和堕落的生活经历；而且，通过关于祥子的描写，展示了旧中国城市灰暗腐朽的社会面貌。作者在全部故事结尾时说：“体面的，要强的，好梦想的，利己的，个人的，健壮的，伟大的祥子，不知陪着人家送了多少殡；不知道何时何地会埋起自己来，埋起这堕落的，自私的，不幸的，社会病胎里的产儿，个人主义的末路鬼!”对于“个人主义的末路鬼”的谴责，当然也说明了作者思想的进展——他对于集体主义的赞成和向往。但是故事的结尾太低沉了，太阴惨了。《骆驼祥子》发表后，作者碰到工人这样的质问：“祥子若是那样的死去，我们还有什么希望呢?”这是必然要有的疑问，而作者的“无言答对”①，也是一件十分自然的事。不过，《骆驼祥子》到底是一部值得肯定的好小说。它的语言是那样朴素而明朗，没有作者所一贯具有的“油腔滑调”的毛病；同时，也因为作者熟悉北京各个阶层的人情世态，善于运用北京口语，所以整个作品能够具有那样不可混淆的地方色彩。

语言的单纯明快，干净利落，是老舍作品的一个重要特色。他采用了北京的口语，而又加以适当的提炼，没有一些作家的繁琐芜蔓和

① 《老舍选集·自序》。

不合语法的缺点。这些地方，都是值得我们学习的。

以上是本时期小说的大要情形。总起来说：(一)本时期的小说，同其他文艺样式一样，它的创作是在中国左翼作家联盟的领导和影响之下进行的，即使是不属于左联的作家，他们也不可避免地要受到它的间接影响。本时期的作家，配合当时在中国广大土地上所进行着的火热的政治斗争，以作品暴露了旧世界的黑暗，表现了广大人民对于新世界、新生活的渴望，他们沿着社会主义现实主义的大道向前迈进了一步。(二)本时期小说之所以空前繁荣，是与鲁迅的指导和培养分不开的。鲁迅的许多关于创作的文章，是这时作家们创作所遵循的正确方针；而他的对于后辈的爱切的教诲和奖掖，更成了许多青年作家们进行创作的有力鼓舞。(三)本时期作家们所运用的题材，范围非常广泛，而其中，关于农村生活的描写是更主要的。原因非常简单：好多作家都有着长期的农村生活经验，农村的苦难和反抗教育了他们，也“逼勒”着他们来反映这些，作为对旧中国的控诉和攻击。(四)应当这样说，本时期的作家一般地是不善于描写正面人物的。有许多作家在描写反动阶级或者是小市民的时候，往往能惟妙惟肖，生动真实，但到了描写正面人物(革命工作者、新型的农民和工人)的时候，却又显得比较概念，贫血苍白，没有感人力量。作家生活和斗争经验的缺乏是产生这种现象的根本原因。从这一点，我们更加深切体会到毛泽东同志《在延安文艺座谈会上的讲话》中强调作家长期深入生活的正确和伟大。

第八章　本时期的戏剧

一　戏剧运动概况

本时期开始几年中，戏剧运动就有了新的进展。郑伯奇在《中国戏剧运动的进路》一文中说：

> 这两三年来，尤其是一九二八——二九年度，中国的戏剧运动现出了空前未有之盛况。……社会的前进分子对于戏剧运动都抱有特别的兴会。学生大众间更表现出热烈的情趣。各学校所属的演戏团体，大的小的，正式的和非正式的，综合起来数目一定不少。……这不是偶然发生的事实，更不是几多个少不更事的文学青年一种好奇的风尚，这应该有它发生的理由，有它不得不发生的社会的根据。……一方面我们可以说中国的文学运动已经达到要求戏剧的程度了。……真正的原因，我以为在于最近社会的激变。在这激变中间，最可注目的是大众势力的增强和它的集团化。从前呻吟“自我”，歌咏“恋爱”的词篇，在大众面前成了苍白无色的东西了。描写人生，申诉痛苦的作品，只能给“读者”以间接的刺激，而不能自由地深入到大众中间去。激动大众，组织大众，最直接而最有力，当然要推戏剧。所以革命(指一九二五年至一九二七年的大革命)最高潮的时代，无论广州，无论武汉，无论其它地方，戏剧都是很热烈地被要求着的。时势虽然变了，大众的威力依然保持着，他们对于戏剧一类的东西仍是要求着，这在接近他们的人们都看得出。尤其学生大众，他们不仅要

> 求戏剧来激动他们自身，还想利用戏剧这种手段，发挥他们所有的不平和要求。学生团体的剧社，就是这样发生的。职业剧团的公演，也是受这种社会层的支持和拥护。①

在同一文章的最后，郑伯奇还指出当时戏剧运动的进路，应该是：一、促成旧剧及早崩坏；二、批判布尔乔亚戏剧，同时要积极学得它的成功的技术；三、提高现在普罗列塔利亚文化的水准；四、演戏和大众的接近——演剧的大众化。从郑伯奇这篇文章，我们可以看出几点：第一，因为时代的激变和战斗的要求，所以本时期开始时戏剧运动就呈露了前所未有的繁荣；第二，这时戏剧运动的从事者仍是一些小资产阶级的知识分子，他们仍是以旧剧的彻底的否定者而出现的，西洋戏剧的形式是他们所推广和提倡的唯一的东西；第三，这时的戏剧运动有着非常明确的目的：激动大众，组织大众；第四，要达到上述目的，则戏剧必须走上大众化的道路。

本时期的戏剧运动就是沿着这样一条"进路"在进展着的。南国剧社是这时从事剧运最力的团体，从一九二八年起，它就在上海、南京等地作过公开的演出。田汉在《我们的自己批判》②中说：

> 南国电影剧社改组成立简称南国社，而扩大其范围为文学，绘画，音乐，戏剧，电影五部，定其宗旨为"团结能与时代共痛痒之有为的青年作艺术上之革命运动"，也是民国十六年即一九二七年的事。……至一九二八年夏，学院以种种原因停顿，而学生仍相依不去，我们便由研究室开始向社会作实际活动，当时的环境比较的最适宜于我们活动的是戏剧，于是南国乃以戏剧运动多少为社会所注目。

这时公演的剧目如《古潭里的声音》、《苏州夜话》、《湖上的悲

① 载《戏剧论文集》，神州国光社1930年版。
② 《南国月刊》二卷一期。

剧》等(均田汉所作)，虽也反映了当时许多青年郁闷苦痛的心灵，但是也存在着不很健康的思想情感。田汉在同一文章中继续写道：

> 当时结合社员之最大手段也还是热烈的感情，和朦胧的倾向，我们都是想要尽力作“民众剧运动”的，但我们不大知道民众是什么，也不知道怎样去接近民众。我们也知道一些抽象的理论，但未尽成活泼的体验。何况我们中间本有不少自称“波希米亚人”的一种无政府主义的颓废的倾向，他们也喜欢我的味道，我也为着使戏剧容易实现得真切，每每好写他们的个性，所以我们中间自自然然就酿成一种特殊的风格。好处就是我们的生活马上便是我们的戏剧，我们的戏剧也无处不反映着我们的生活，虽说这种生活的基调立在没落的小资产阶级上。

一九二九年以后，南国社才逐渐纠正了这种不正确的剧运方向。

上海艺术剧社由沈端先(夏衍)、郑伯奇等发起组织，成立于一九三〇年，是本时期推动新兴剧运、也就是大众化剧运的一个重要团体，曾组织移动剧队到工人区域中演出。这时南国社的左明、陈白尘等脱离南国，另外组织摩登剧社，推进学校戏剧运动，提出的口号是：“青年戏剧同志联合起来一致完成民众戏剧。”这两个剧团演出的多半是翻译剧本，创作剧很少。这时在全国范围内来说，正是土地革命运动如火燎原的时候，为了配合革命形势的需要，文学界老早就提出了无产阶级革命文学的口号，而且有了左翼作家联盟的组织。形势的需要与戏剧界革命意识的提高，都要求有一个目标统一和行动一致的组织，于是遂由艺术剧社、南国社、摩登剧社、大夏剧社，和洪深领导的戏剧协社、光明剧社，朱穰丞领导的辛酉剧社等七团体，共同发起，在一九三〇年八月正式成立了左翼剧团联盟。后来因为反动统治者的压迫，各剧团几乎无法推动工作，于是在一九三一年又将左翼剧团联盟改组为左翼戏剧家联盟。各剧团在剧联成立后即自行解散。以后在剧联领导之下，也成立了一些新的剧团，作过一些新的演出。一九三一年后，剧联一方面吸取了老根据地的剧运经验，一方面适应

“九一八”事变后的斗争需要，展开了在工人中建立“蓝衣剧社”的活动①，演出了很多反帝抗日的戏剧，起了组织和教育群众的巨大作用。

一九三六年戏剧界配合“国防文学”的总口号，展开了“国防戏剧”运动。张庚在《一九三六年的戏剧》（《活时代的活记录》）一文②中说：

> ……国防戏剧这个口号并不是戏剧运动者首先把握住一九三六年这个现实，计划地行动地提出的；恰恰相反，宁可说是被动地受环境的推移才提出的。戏剧界一般，承接着一九三五年对于技术的偏爱；当年尾的救亡运动风起云涌之时，正是《钦差大臣》第二次上演的时候，戏剧界对于救亡运动还没有参加。然而不论怎样，国防戏剧的口号终于提出来了。在救亡运动的中心产生了广大的演戏要求。北平学生在乡村中上演《打回老家去》，才是真正国防戏剧的第一次演出。从此之后，各地广泛地展开了救亡的戏剧公演。这种公演，虽然是简陋，草率，水准极低，然而它得着广大群众的同情。我们应当说，这是一个戏剧上的新运动。它本身的价值不仅仅是在于鼓舞起群众的救亡情绪，而且刺激起了戏剧界的注意，使他们惊异于民众对于戏剧的狂热。
>
> 随着来的，也是继续着去年未曾解决的问题乃是剧本荒。而且这问题到了今年更其迫切地要求着解决。身当其途的上海剧作者协会召集了讨论会，订出了一个国防剧作的纲领，同时在《生活知识》一卷十期上出了一个专号。其中周钢鸣先生的《民族危机与国防戏剧》一文中所举国防戏剧的内容和创作纲领六条，就是这次集议的结果。这个纲领大致包括的要点是反帝反汉奸，材料是现阶段的国难事实，英勇的抗敌反汉奸的行动，对于汉奸理论与行动的暴露批判，新闻事件的反映，外国的和历史的民族抗

① 可参阅金山的《回忆蓝衣剧社》，载《中国话剧运动五十年史料集》。
② 《光明》杂志二卷二号（岁暮特大号）。

> 战事迹，以及为了彻底反帝故必须也应取材于反封建的故事等。这纲领，倒并非是先闭门造车地订下了，然后强制着去执行的。它正是根据了当时的理解，对于剧作的客观形式上所可能并必要的几个趋势加以明白的规定的。将近一年来的事实告诉我们，话剧脚本创作差不多是沿着这个方向前进的。

当时的剧作者在“国防戏剧”的口号之下，创作了不少剧本。这些剧本大半刊载在《光明》、《生活知识》和《读书生活》三个刊物上。其中还有一部分集体创作的剧本，是为了克服当时的剧本荒而产生的。发展的结果，发现这种方式也有它的特长。第一，这样的剧本，大概都可以保证上演，第二，易于避免表现错误的思想，第三，产生比较的快。

总上所述，可以看出：本时期的戏剧运动较之上一时期，其进展是非常显著的。它密切地配合了政治斗争的需要，在发展的过程中逐渐克服了本身所存在着的缺点。它始终是一个教育群众组织群众的有力武器。本时期的剧运大致可以分成三个阶段：剧联成立以前是第一个阶段，这时各个不同的戏剧团体，虽是依据着各自不同的艺术主张来从事剧运，但它们的根本思想(以戏剧为社会服务)却是彼此一致或是互相接近的；剧联成立后是第二个阶段，这时戏剧界有了统一的组织和一致的目标，同时又在中央老根据地剧运的正确影响之下，大力从事于大众化的戏剧运动；“国防戏剧”口号的提出是第三个阶段，这时候的剧运仍然是朝着大众化的方向前进的，而且因为救亡运动的普遍与深入，戏剧与人民大众的关系是更为密切了。在剧本的创作上，在后期宣传了反帝反汉奸，但忽视了阶级矛盾，艺术上很少成功的例子。

二　作家和作品

本时期剧作者之中，田汉产量最多。在上一时期，我们曾指出他早期的“对于社会运动与艺术运动持着两元的见解”，是反映了小资产阶级知识分子“情感的因素倾向于过去，理智的因素倾向于未来”的矛盾、犹豫的思想情况，而这种思想情况曾经影响了他的戏剧创作。跟着时代的进展，作者的思想有了很大进步，因而他的剧本的社会意义也逐渐增强了。但是思想情感的改变，并不是一件容易的事，一直到了本时期的最初几年(一九二七—一九二九)，由于作者的不健康的思想感情而带来的作品的感伤颓废的色彩仍然较浓重地存在着。

本时期最初几年中，田汉写的剧本(如《古潭里的声音》、《生之意志》、《湖上的悲剧》、《南归》等)程度不同地都存在着唯美主义的影响。有些作品包含着颇为丰富的社会意义，但仍然不免有一种忧悒低徊的情调，它冲淡了作者所企图要在剧本中表现出的主题思想。这种情形，独幕剧《苏州夜话》是明显的例证。

《苏州夜话》，据作者说，是想“借一老画师父女之奇遇写战争与贫穷对于人生的影响”，“它的中心思想是非战”①。剧本中的老画师刘叔康是这样的一个人物：他有很长的一个时期“沉湎在艺术世界里面”，可是“可诅咒的内战”破坏了他“那座象牙的宫殿”，他失去了自己的老婆和孩子。后来他认为“要建设艺术文化不能单是拿画笔，还得拿枪”，他希望中国会因他们的“流血而得救”。但是这样的希望也落了空，他们的“血又白流了”。“幻灭的悲哀，和无家的寂寞”，驱使他又拿起了画笔。当他带领着学生来苏州写生的时候，在一个偶然的遇合里，他和他的离别了十九年的女儿重见了。当老画师的女儿——卖花女说出来这些话时：“我的仇人一个是战争，一个是贫穷：要不是战争，我们一家人怎样会冲散，我的爸爸，怎么会被人害死。要不是贫穷，我妈怎么会嫁人，她也怎么会死！”在观众和读者的内心里也会唤起一些激动。但是穿插在剧本中的某些喜剧的场面(例如老画师认杨小风为干女儿)，很显然地损害了整个剧本的中心思想，减低了整个剧本的教育意义。另外，更主要的是，正如作者后来所说：“对于中国封建余毒所产生的破坏一切的军阀战争无疑地是

① 田汉：《我们的自己批判》。

要'复仇'，而复仇的手段无疑地是要诉之'义战'，即被压迫阶级联合起来为解放自己而战。不幸我这种意思在那剧本中没有明显地叫喊出来。"①这个缺陷，不能不形成剧本对于战争和贫穷的诅咒是那样缺乏力量。这个剧在南京公演后"一个小兵"给作者信中所提的意见是值得倾听的，他说："最后的《苏州夜话》剧情是诅咒战争与贫穷。这种乞怜声气，你们或许以为可以讨得那班吸血鬼似的军阀的同情吧，他们会发慈悲心放松那抽紧的索子吧。先生！伟大的先生！你的作品是多么背着时代的要求啊。……我所倾慕的先生，莫要自命清高，温柔，优美，我们被饥寒所迫的大众等着你们更粗野更壮烈的艺术！"②这段话可以代表当时观众和读者对于剧本的公正批评和合理要求。

田汉的思想的明显进展，是一九三〇年的事（在这稍前写的《垃圾箱》和《火之跳舞》，可以作为他的思想和创作的"转换期"来看）。这以后他的剧本产量仍是很丰富的（都收在《田汉剧曲集》及《回春之曲》等集中）。这里主要地就《年夜饭》、《梅雨》、《战友》、《一九三二年的月光曲》、《回春之曲》（三幕）、《洪水》（五幕）等剧分析一下。

一般地说，这几个剧本都取材于现实斗争生活中，具有战斗意义。例如《年夜饭》、《梅雨》和《一九三二年的月光曲》三个剧从各个不同的角度反映失业工人的受苦生活和他们的斗争。《战友》和《回春之曲》则写的是"一·二八"停战、反动政府签订卖国条约后爱国青年们的悲愤心情和抗战要求。《洪水》所反映的则是一九三一年全国大水后农村中的深重灾难和剧烈斗争。没有疑问，作者所选择的这些题材，正是当时社会生活中最主要的问题，统治阶级（帝国主义、反动资本家和封建官僚地主）的罪恶和受压迫者的反抗和呼号，都在剧本中被揭示了出来。这样就使剧本有了广泛的社会意义。

田汉这时的作品，一般还存在着如下的缺点：首先，从剧本中可以看出作者的一个良好的企图——反映工农群众的生活及其斗争，但是这样一个企图还没有在作品里圆满地得到实现。他的作品里还缺少

① 田汉：《我们的自己批判》。

② 田汉：《我们的自己批判》。

属于工农阶级的新型的正面人物。《年夜饭》中的谢阿根不是作为一个重要角色而登场的，《梅雨》中的张先生在剧的结尾时才出现了一下，《一九三二年的月光曲》中的几个工人和《洪水》中的农民都是一些虚浮而不真切的形象。《战友》和《回春之曲》中的小资产阶级知识青年，如果同这些人物比起来，就要显得真实而活跃得多了。这个缺点，自然是因为作者没有实际生活体验，对工农群众缺乏联系，不够熟悉的缘故。其次，因为作者所熟悉的是小资产阶级知识青年，而且也还未忘怀于小资产阶级知识青年生活中所特有的那种罗曼谛克的情调，因此，就在写这一类人物的时候，也过分地加重了其中的罗曼谛克的气氛，消减了(有时是掩盖了)作品的更重要的教育效果。例如《回春之曲》(这是一个多次演出，很受观众欢迎的剧)的主题思想，无疑问地是反帝的。但是某些不必要的故事情节夺去了观众的注意，反帝的主题思想，在观众心目中倒成为不重要的东西了。这说起来，应当是一个严重的失败。最后，要指出的是田汉作品结构上的公式化的倾向，这种倾向特别明显地表现在故事的结尾上。田汉这时的剧作，群众力量的显示，很少例外地都在故事结尾地方，成为了他的戏剧结构的一种公式。在《年夜饭》、《梅雨》、《战友》等剧中差不多都是这样的。这种情况，不是说明作者在剧本创作上的技穷(作者在我国现代戏剧界是具有创作才能的一个)，而是说明了作者对于丰富、复杂的现实生活和斗争还不够了解和熟悉。

田汉还在一九三七年出版过戏剧集《黎明之前》，其中除改编旧作的《洪水》外，收的全是宣传抗日救亡的剧本。

一九三六年，洪深出版了他的包含着三个反映江南农村生活的剧本——《五奎桥》(独幕)、《香稻米》(三幕)、《青龙潭》(四幕)——的《农村三部曲》。作者在《自序》中说：“《五奎桥》所写的，是乡村中残留的封建势力。《香稻米》所写的，是农村经济破产。第三部，本想写《红绫被》——那是前两部曲的必然发展。但因两次写了第一幕，都不能使我自己满意；所以搁下不用，另写了一出《青龙潭》。《青龙潭》所写的，是‘口惠而实不至’的结果。讲解，演说，宣传，教育，平时似乎很收效果；然而都是靠不住的！如果负责的人，不能为农民解决生活上的困难；不能使他们获得实际的利益!”作者在十多年后又这梓提到《三部曲》中的前两个剧本：“《五奎桥》写于一九三〇年冬，《香稻米》写于一九三一年秋，是我写的《农村三部曲》的前两部。我是久住都市的人，但在那个几年间，因为某种个人的原因，曾于故乡近郊的乡村，前前后后的住了些时。我已阅读社会科学的书；而因参加左翼作家联盟，友人们不断予以教导，我个人的思想，对政治的认识，开始有若干改变。这两部戏所表现的企图，因之也较为明确。我是想说，地主乡绅们，执行‘六法’维持秩序的官吏们，放高利贷的资本家们，代表帝国主义者深入农村进行经济侵略的买办们，以及依附他们为生的鹰犬走卒们，由于他们在旧社会中所处的地位，是不可能不剥削农民，不可能不压迫农民的。制度决定了他们的品性，制度规定了他们的行为。制度不推翻，他们自然继续作恶的。这两部戏在理论方面错误较少；但在技术方面，却都不免给人以单调呆重的感觉，或反不如《赵阎王》的曲折而动人了。”①

洪深这两段话说明了《农村三部曲》中的三个剧本，较之上一时期写的《赵阎王》，有了较大的进步。这个进步，主要地是因为作者这时具有了一种比较正确的思想意识，而且对于农村生活也有了一定程度的认识和熟悉。这样，就不仅保证了这三部作品，特别是前两部，在思想内容方面的进步的意义，同时，不同于作者所说，就在写作技巧上也较之《赵阎王》有了显著地优异的地方，因为我们，是从来不脱离生活的真实而来孤立地评论作品的艺术价值的。在《五奎桥》中，我们看见了作为地主恶霸代表人物的周乡绅的专横狡诈和青年农民李全生的坚强正直的两种完全不同的性格，看见了农民为了活命而与封建势力展开的拆桥的斗争。在《香稻米》中，农民黄二官在各种压迫和剥削下逐步地走入破产的命运，在无情的现实生活教育之下，他终于认识了生活的道理，而说：“再不想出一个法子来，乡下人真要不得了的了!”在《青龙潭》中，作者通过了农民天旱求雨的故事而批判了“乡下人的迷信”，“县长的狡诈敷衍”，“刘秀三没有饭吃

① 《洪深选集·自序》。

去做土匪”，和小学校长林公达“没有决心替乡下人解决实际问题，徒然使他们怀着空虚的希望”的一切不合理不正确的现象和思想。作者是站在正义的立场上来看这旧世界的。他想努力在这个充满着邪恶的黑夜里弄来一点光明，这是一种美好的愿望，当然也是一种艰巨的工作。

但是作者并没有十分完满地完成这样一项工作，剧本没有指给读者一条从根本上解决问题的道路。《五奎桥》中的珠凤看见农民拆了桥，洋龙船可以撑过来，就说：“现在乡下人有了活路了！”然而仅仅是这样，不要彻底推翻封建统治，那就能算是“活路”吗？《香稻米》中的庆祥也说：“自然要想法子的，我们就会这样袖拢着手，坐在家里等死吗？”然而想什么法子呢？剧本中是没有明确解答的。虽然是这样，但是五奎桥的拆毁，周家祠堂的焚烧，究竟是显示了农民的反抗力量了。我们也同作者一样，是认为“这两部剧在理论方面错误较少”的。

在理论方面错误较大的，是《青龙潭》中所呈现出来的改良主义思想。在《青龙潭》中，作者没有把农村的希望寄托在工人阶级领导下的农民的旋乾转坤的团结力量上。他不赞成林公达的空谈教育和刘秀三的没有饭吃去做土匪（这自然是对的），而认为兴修水利或者建筑公路才“能为农民解决生活上的困难”，才“能使农民获得实际的利益”。这样的一个认识，不能不说是错误的。

人物的抽象和概念化也是一个大的毛病。这个毛病产生的根源是在作者的创作方法上。他说：“在入手编制的时候，我总是将所希望的最后效果预先决定了，而后谨守范围地细心耐气地再去寻取具体的方法。”因此，在他的剧本中，“事件的发展不是沿着现象对于作者兴趣的逼迫，却是沿着最后的结论所逼成的戏剧的 Action 前进的。……人物不是闪烁在作者头脑中的不可磨灭的‘幻影’，而是为了整个戏剧 Action 上的需要才出现的代言者。”①这样，人物的抽象和概念化就成了必然的结果。

---

① 张庚：《洪深与〈农村三部曲〉》，《光明》杂志一卷五号。

洪深还是戏剧集体创作的一位热心的提倡者和实践者。在他主编的《光明》杂志上，刊登了不少集体创作的剧本，其中有他参与而由别人执笔的，如《汉奸的子孙》(尤竞执笔)、《洋白糖》(凌鹤执笔)等，也有由他执笔写下的，如独幕剧《走私》、独幕喜剧《咸鱼主义》等。后两个剧本都收在抗战爆发前出版的《走私》一书中。这些剧都是为了响应"国防戏剧"的口号而创作的，对于日本帝国主义和汉奸们在中国土地上(尤其是农村)所进行的罪恶活动，作了无情的揭发，同时也表现了中国人民的抗日要求和自发斗争，在演出上获得了观众的热烈共鸣。例如《走私》一剧，在南京上演的时候，就产生了如下的良好效果："当故事在舞台上进行的时候，观众都感到一种极重的压抑，表面都静悄悄的，而内心里的热血却在沸腾着。等到'头儿'被打死，运私货的人被捉住，观众们所受的压抑才都消失了。再等到舞台上吼着：'以后谁再打我们这儿运送走私的洋货，就打死那婊子养的。''我们不吃白糖，看他们谁走私！'时，观众的情感和舞台上演员的情感，已经打成了一片。"①另外，据作者在《走私》一书《自序》中说，这个剧在农村中演出时，效果也是非常好的。

夏衍最初的两个剧本——《赛金花》和《秋瑾传》(一名《自由魂》)，都是以历史事实为根据，而又对于现实环境有所讽喻，据作者说，是希望"读者能够在历史的人物里面发见现今活跃着的人们的姿态"，"不费思索地可从历史里面抽出教训来的"。《赛金花》一剧取材于庚子事变的史实，用意在"将那些在这危城(指当时的北平)里面活跃着的人们的面目，假托在庚子事变前后的人物里面"，"对于那些愿为奴隶和顺民的人加以讽嘲和诅咒"②。这个剧本发表后，有的认为是提出建立"国防戏剧"的口号后第一次出现的伟大剧作。鲁迅认为，这是一部有严重错误的作品。他在《"这也是生活"……》一文中，提出了尖锐的批评。

《秋瑾传》最初以《自由魂》的题名发表在《光明》杂志(二卷一、

① 哲谆：《〈走私〉在南京》，《光明》一卷三号。

② 夏衍：《历史与讽喻》，《文学界》创刊号。

二号)上。这个剧本描述了中国民主主义革命先烈秋瑾女士的艰苦奋斗的一生，强烈地表现了她的不畏艰险的爱国主义精神和视死如归的崇高的民族气节。在剧本的"序幕"中，作者就把秋瑾这样一个英雄人物安放在她与中国广大人民(特别是农民)的"休戚与共"的紧密联系中，显示了国家和人民的灾苦是形成秋瑾的英雄性格和行为的最主要的动力，秋瑾正是把她的生命贡献给她的受苦受难的祖国和人民的。第一幕写秋瑾如何为爱国热情所鼓舞而冲出封建家庭的牢笼，离开她的官僚丈夫到日本去。她对她的朋友吴兰石说："我把革命看作一团热火，我跳进火里去，我想，我一定会跟着更猛烈地烧起来。"第二幕写秋瑾从日本归国，开始参加实际革命斗争。她要"打一个惊天动地的雷，放一把惊天动地的火，使整个的中国都改变"。第三幕写秋瑾所领导的革命起义，因为被内奸所出卖而泄露，但她坚决不肯离开，终于壮烈牺牲。她在死前说："成仁取义，这是我们革命党分内的事情！我的头不会白断，我的血不会白淌，全中国的同志，一定会继续我的遗志，中国妇女的自由平等，中国民众的解放独立，一定会实现的！"这种壮烈的充满信心的声音一直在我们耳畔响着。鲁迅曾说："我们从古以来，就有埋头苦干的人，有拼命硬干的人，有为民请命的人，有舍身求法的人……虽是等于为帝王将相作家谱的所谓'正史'，也往往掩不住他们的光耀，这就是中国的脊梁。"(《中国人失掉自信力了吗》)《秋瑾传》把秋瑾的英雄性格和事迹，很饱满地形象地塑绘了出来。当外寇日深，而国民党反动政府正想投降卖国的时候，《秋瑾传》的出现，无疑地，加深了人民对于日本帝国主义和反动统治者的仇恨心理，增强了他们对于斗争前途的胜利信心。

作者关于秋瑾对于潜伏革命内部的敌人缺乏警惕，和固执冒进、不懂革命策略的弱点，通过剧情的发展，也给予了适当的批评。但这不是主要的地方。主要的是把秋瑾这样一个人物安置在她所处的特定的历史环境里，她思想着，行动着，放射着生命的光辉和热力，她"代表了一定的阶级和倾向，因而也代表了当时一定的思想"。她的"行动的动机不是从琐碎的个人欲望里，而是从那把他们浮在上面的历史潮流里汲取来的"①。因此，这个剧就正如作者在剧前所引的亚里士多德《诗学》中的话，它"叙述了可能的——就是依据着真实性和必然性的法则而可以发生的事件"，它具有现实主义文学艺术的真切动人的力量。

在性格的刻绘上，作者用了一些对比的手法，使得主要人物秋瑾的性格显得鲜明而突出。但也有这样一个缺点，就是：其他有些人物（例如秋瑾的几个女友）仿佛是专门为烘托秋瑾性格而存在，她们在整个剧情的发展中缺少与其他部分的必要的有机联系，因此失去了她们本身所应该具有的真实性和明确性。

作于一九三七年的《上海屋檐下》（三幕剧），是上海小市民灰郁生活的"横断面"的画图。下面是第一幕布景说明中的一段："这是一个郁闷得使人不舒服的黄梅时节。从开幕到终场，细雨始终不曾停过。雨大的时候叮咚的可以听到檐漏的声音，但是说不定一分钟之后，又会透出不爽朗的太阳。空气很重，这种低气压也就影响了这些住户们的心境。从他们的举动谈话里面，都可以知道他们一样的都很忧郁，焦躁，性急……所以有一点很小的机会，就会爆发出必要以上的积愤。"黄梅时节的低沉天气，是剧中人们生活的象征式的说明，也形成了整个剧本的主要色彩和情调。

剧本错综地鲜明地展现了五个人家的面目各异的阴暗的生活。他们显得如此卑微而凡庸，琐屑而苦闷，可笑而又可怜。但是你在书中或者是在舞台上面对着他们的时候，你不由得不带着一种严肃的心情，你不敢耻笑他们之中的任何一个人（不管是整日"板着面孔、好象受了一肚子的委屈似的"林志成，不管是住在阁楼上的终日梦想着儿子当司令的"李陵碑"，也不管是……），因为在他们的背后立着一个面貌狰狞的陷他们于这样生活境地的腐旧的社会制度。这个社会是一个泥坑，他们在里面挣扎着，打着滚。他们要就是站立起来向整个社会制度宣战，要就是在泥坑里默默地从贫穷和焦郁走向死亡。作者没有让我们完全被笼罩在这个沉闷的天地里，有一丝阳光始终在闪耀

① 引自《马克思、恩格斯、列宁、斯大林论文艺·恩格斯给拉萨尔的信》。

着，它带给观众以希冀和信心。这就是周彩玉的女儿——葆珍，她的活泼快乐的歌声始终在剧本里（也就是在人们生活里）响着。她是属于新生的、勇敢的、团结的、战斗的一代，她使她的“对于生活已经失掉了自信”的父亲重新获得了勇气和力量而再度“勇敢地活下去”。——作者以他的匠心和技巧为我们摄取了一幅现实生活的画景，他在这上面涂抹的并不完全是单调、阴郁的彩色。

独幕剧集《小市民》正如书名所标志出的，写的也还是作者所熟悉的小市民的生活。

夏衍的剧作，在描写小资产阶级阶层人物的时候，几乎都具有共同的弱点，他在回答一位读者的信中，这样谈到他在作品中写小市民阶层所持的态度：

> 你说我“鞭挞这些知识分子的时候常带着眼泪”，我除出同意你的说法之外，觉得需要补充的是：由于小资产阶级是革命的同盟军的原故，由于在今后的残酷斗争中，他们可以也必须和革命主力长期合作的原故，所以，假如我们能够站在人民大众的立场，那么对他们鞭挞的时候还“带着眼泪”，和他们斗争的时候不忘记团结，也许还是必要而应该的；在这种场合，真真的错误所在我以为只在于当作者批评和鞭挞这些旧事象、旧人物和旧性格的时候，由于作者不能坚定地站在人民大众的立场，由于作者本身对一切旧时代的残余还保留着千丝万缕的联系，所以就往往会“情不自禁”地怜惜乃至欣赏了这些弱点！我们只要反省一下就可以察觉：当我们的笔尖接触到小有产者纤细、优美、温情、洗练、诡谲、高傲乃至避忌实际斗争的所谓“洁癖”、“孤独”的时候，我们不是不仅一点也不带着憎恶和反感，而且毫不掩饰地抱着同情、赞叹和欣赏的态度么？……①

这样的一段自我批评，对于我们进一步分析和理解夏衍本时期的剧作

① 《蜗楼随笔》，引自《夏衍剧作选·代序》。

是有帮助的。

曹禺(万家宝)是本时期出现的一位非常著名的戏剧作家。他的第一个剧本《雷雨》(四幕剧)一九三五年发表在《文学季刊》上，立即取得了广大读者和批评界的注意。一九三六年作为单行本印行①的时候，作者在书前序文中作了如下的自白：

……累次有人问我《雷雨》是怎样写的，或者《雷雨》是为什么写的，这一类的问题。老实说，关于第一个，连我自己也莫明其妙；第二个呢，有些人已经替我下了注释，这些注释有的我可以追认——譬如"暴露大家庭的罪恶"——但是很奇怪，现在回忆起三年前提笔的光景，我以为我不应该用欺骗来炫耀自己的见地，我并没有显明地意识着我是要匡正，讽刺或攻击些什么。也许写到末了，隐隐仿佛有一种情感的汹涌的流来推动我，我在发泄着被抑压的愤懑，毁谤着中国的家庭和社会。然而在起首，我初次有了《雷雨》一个模糊的影象的时候，逗起我的兴趣的，只有一两段情节，几个人物，一种复杂而又原始的情绪。

"一种复杂而又原始的情绪"指的到底是什么呢？作者继续写道：

《雷雨》对我是个诱惑。与《雷雨》俱来的情绪蕴成我对宇宙间许多神秘的事物一种不可言喻的憧憬。《雷雨》可以说是我的"蛮性的遗留"，我如原始的祖先们对那些不可理解的现象睁大了惊奇的眼。我不能断定《雷雨》的推动是由于鬼神，起于命运或源于哪种显明的力量。情感上《雷雨》所象征的对我是一种神秘的吸引，一种抓牢我心灵的魔。《雷雨》所显示的，并不是因果，并不是报应，而是我所觉得的天地间的"残忍"，(这种自然的"冷酷"，四凤与周冲的遭际最足以代表，他们的死亡，自己并无过咎。)如若读者肯细心体会这番心意，这篇戏虽然有时为

① 文化生活出版社版。

几段较紧张的场面或一两个性格吸引了注意，但连绵不断地若有若无地闪示这一点隐秘——这种种宇宙里斗争的“残忍”和“冷酷”。在这斗争的背后或有一个主宰来使用它的管辖。这主宰，希伯来的先知们赞它为“上帝”，希腊的戏剧家们称它为“命运”，近代的人撇弃了这些迷离恍惚的观念，直截了当地叫它为“自然的法则”。而我始终不能给它以适当的命名，也没有能力来形容它的真实相。因为它太大，太复杂。我的情感强要我表现的，只是对宇宙这一方面的憧憬。

我们之所以要不厌详尽地引录上面两段文章，主要是因为它们可以引导我们对于《雷雨》一剧获得正确的理解和评价：《雷雨》一剧的现实的意义及其神秘的意义，都可在这两段话中找到它的真正根源。尽管作者说他无意于“暴露大家庭的罪恶”，然而每一个作为“社会人”的观众或读者，却依然首先在剧本中接触到了它的社会的意义，而他们在剧本中所得到的满足或感动首先也就在这一方面。我们作为一个读者和观众，关于剧本还可以替作者下更多的“注释”；因为我们不仅在剧本中看见了一个“大家庭”的隐秘的罪恶，而且还分明地看见了在剧本中表现出来的复杂尖锐的阶级对立的关系。（例如周朴园和鲁大海，尽管他们是父子，但他们不得不成为仇人；使得周朴园对于侍萍“始乱终弃”的，阻碍周冲和四凤的相爱的，归根结底，也还是那个贫贵悬殊的阶级对立关系。）在这里，我们首先就要肯定：《雷雨》这个剧本相当深刻地反映了社会生活中某些重要的真实的东西，而且以此教育了它的观众和读者。原因不难理解：作者曾经说过，逗起他的创作兴趣的，是作品中的一两段情节和几个人物，这就是说作者在现实生活中首先是有了一些真实的感受（尽管它还是片断的），而且在创作的过程里，他又被“一种情感的汹涌的流”所推动，他不得不“发泄着被抑压的愤懑，毁谤着中国的家庭和社会”。这样，《雷雨》这部作品就具有了一部现实主义文学艺术作品所特有的那种长处：它真实地刻画了人物的性格（周朴园的冷酷专横，繁漪的顽强，周萍的软弱……），它“匡正”、“讽刺”和“攻击”了旧社会的黑暗的一面。也正因为这样，在旧中国黑暗的年代里，《雷雨》的出现，惹起了一些不平静的风波，多次地遭到了禁演的恶运。

但是作者的“复杂而又原始的情绪”，对于宇宙的一种不可知的“神秘的”观念，也给作品带来了重大的缺陷：这就是一直弥漫在作品中的“宿命论”的观点和它的神秘的气息；这些限制了作品对于现实发掘和反映的深度，也冲淡了剧本的社会的意义。在剧的结尾，作者通过鲁侍萍的嘴，这样说道：“天知道谁犯了罪，谁造的这种孽！——他们都是可怜的孩子，不知道自己做的是什么，天哪，如果要罚，也罚在我一个人身上；我一个人有罪，我先走错了一步。如今我明白了，我明白了，事情已经做了的，不必再怨这不公平的天；人犯了一次罪过，第二次也就自然地跟着来。”不仅在这儿，在很多地方作者都提到了宿命的力量，把它作为事件发展的主宰；而在“序幕”和“尾声”中，这神秘的观念是以那样深沉又凄清的情调呈现在读者和观众的眼前①。

在《雷雨》中，作者显露了他的卓越的才力和技巧：人物性格的鲜明突出，剧情结构和人物对话的紧凑、自然，在当时的剧作中，很少这样成功的例子。

曹禺的第二个剧本《日出》(四幕剧)，去掉了《雷雨》中的神秘的情感，更多的是作者对于不公平的世界和“荒淫无耻、丢弃了太阳的人们”的暴露和愤激。在书后的《跋》中曹禺说到了写作这个剧本时的激动的心情和他安排剧情时的苦衷，他说：

> ……我还是年青，不尽的令人发指的回忆围攻着我，我想不出一条智慧的路，顾虑得万分周全。冲到我的口上，是我在书房里摇头晃脑啃通本《书经》的时代，最使一个小孩子魄动心惊的一句切齿的誓言：“时日曷丧，予及汝偕亡!”(见《商书·汤誓》)萦绕于心的，也是一种暴风雨来临之感。我恶毒地诅咒四周的不公平，除了去掉这群腐烂的人们，我看不出眼前有多少光

① 在新中国成立后出版的《曹禺剧本选》中，《序幕》和《尾声》都已删去。

> 明。……我感觉到大地震来临前那种"焦烦不安"，我眼看着要地崩山惊，"肥田变为荒地，城邑要被拆毁"，在这种心情下，"我已经听见角声和打仗的喊声"。我要写一点东西，宣泄这一腔愤懑，我要喊"你们的末日到了！"对这般荒淫无耻，丢弃了太阳的人们。
>
> …………
>
> 《日出》写成了，然而太阳并没有能够露出全面。我描摹的只是日出以前的事，有了阳光的人们始终藏在背景后，没有显明地走到面前。我写出了希望，一种令人兴奋的希望；我暗示出一个伟大的未来，但也只是暗示着。……我明白我说的是什么，我相信我说的未来，我也想到应该正面迎去，另写一幕摆开我的主角，那些确实有了太阳的人们。然而我不禁念起《雷雨》，这么一个微弱的生命，这几年所遭受种种的苛待……这样一个"无辜"的剧本为一群"无辜"的人们来演，都会惹起一些风波，我又怎肯多说些话再让这些可怜的演员们受些无妄之灾呢？

就是这样，《日出》这个剧本在我们面前展开了旧中国大都市里一群生活在暗夜中的人们：其中有漂泊人海，过着堕落、麻木又痛苦的生活的陈白露，有专门做投机生意，在糜烂无耻的生活中打滚的银行经理们，有没有登场而在那里暗中支使一切的作为黑暗势力的象征的金八，有为生活折磨得垂头丧气的小职员们，有两种不同类型的知识分子：颓丧疲倦，但还是追求着"春天"和"太阳"的方达生，和满脑子金钱女人的外国留学生张乔治，有沉落在苦海里，挣扎着终不免于一死的小东西。而且在剧的结尾，以窗外高亢而洪壮地合唱着轴歌（即"日出东来，满天大红！要想得吃饭，可得做工！"）的砸夯的工人们作为了太阳的化身，给观众和读者带来了一线曙光。这样，这个剧本，就体现了作者的爱与憎、愤怒与希望，它较之《雷雨》有了更多的教育、启发的艺术的力量。

但是《日出》这个剧本，还不能说它已经科学地分析了和真实地反映了当时的客观现实。作者在剧前引录了老子《道德经》中的话：

“天之道损有余而补不足；人之道则不然，损不足以奉有余。”他对于“损不足以奉有余”的“人之道”是不满的；但是这种不满，很显然还停留在一种感性认识上，他还没有找出造成这种“损不足以奉有余”的不平现象的真正原因来。没有登场的金八是不足以代表整个丑恶的私有社会制度的，剧终的暗示性的结尾也不够明显，缺乏力量。

《原野》(三幕剧)所反映的应当是农民对于豪绅地主的抗争与复仇，但是一种比《雷雨》里更浓厚的神秘的色彩遮没了它的社会的意义。主角仇虎本是一个农民，恶霸地主焦阎王陷害了他，把他当成土匪关在牢里，害死了他的爸爸和妹妹，抢走了他的爱人给自己做儿媳。这是一个血海深仇。仇虎从狱里逃了出来，焦阎王已经死了，仇虎杀死了他的儿子和孙子，报了仇恨。但是仇虎却在追捕者的枪声中用匕首杀死了自己。这样一个故事，在古旧中国的农村里应当是一件屡见不鲜的事实；描摹了它，也就是揭露了旧中国农村中的矛盾和斗争。但这不是作者原来的企图，他所要着意渲染的是原始性的恐怖与粗犷的气息，所要表现的是人类对于抽象的命运的抗争——一个非科学的纯观念的主题。剧本主角仇虎不是作为一个真实农民的形象而刻画的，他只是一个纯粹的抽象观念的化身。在他的身上，集中地体现出来的不是一个社会的人的性格，而是一个原野的人(具有着原始感情和原始力量的原野的人)的空幻的形体。其他人物的性格也缺乏社会和阶级的烙印。整个剧作充满了一种非现实的人造的气氛。因此，《原野》一剧的现实意义，不仅赶不上《日出》，而且还远逊于《雷雨》。它在作者的许多剧作中，应当是失败的一个。

本时期的剧作者，应当提起的还有独幕剧《街头夜景》、《除夕》、《中秋月》、《父子兄弟》，历史剧《太平天国》和讽刺剧《恭喜发财》的作者陈白尘，但他在戏剧上的成就主要是在抗日战争期间，当在下面再作论述。

第九章　本时期的报告文学与散文

一　报告文学

“报告文学”，它是我们各种文学样式中一种“年青的文学”。从世界范围来说，它的兴起是俄国十月革命以后的事情。崭新的激变着的时代，要求作家迅速地反映在今日和明日之交所发生的一切事变，要求作家真实地形象地描绘出面前的“日新月异”的客观世界，而且也要求作家在报告社会生活中所发生的事件的时候，径直地说出自己的见解和看法。一个好的报告文学的作者，正如同一个好的诗人和小说家一样，它使它的读者清楚地认识他的国家和人民，它以美好的事物和正确的思想来教育它的读者。高尔基在《论文学》一文中说：“认识自己的国家这一件极为重要的事情，在任何地方、任何时候都没有象在我国这样迅速地并且以这样恰当的形式发展过。‘特写作家’向千千万万读者述说凭着他们自己的力量在苏联的广大的幅员上面、在工人阶级使用创造力量的一切地方所建立的一切。”高尔基的话说明了报告文学的重要作用和它为什么要在苏联产生的原因。

在我国，报告文学的产生是在一九三一年“九一八”事变以后的事。在这以前，我国还没有过报告文学，即令有些近似的作品，也还没有被称为报告文学，因为当时报告文学这个名称还没有确立起来。“九一八”事变以后，因为日本的疯狂侵略，激起了全国人民抗日救亡的普遍要求，这时全国各地都展开了反帝反汉奸的爱国运动。为了及时反映这种爱国运动，给全国人民以激励和鼓舞，在各地的一些进步报刊上逐渐出现了一些短小的报导文章。这可算是我国报告文学的萌芽时期。

在我国，报告文学从它产生的时候起，就是与反帝运动紧密地联系在一起的。

到了一九三二年，上海“一·二八”局部抗战发生，集中在上海的作家首先表示了热烈的响应，他们除参加当时最进步的反日团体——上海民众反日救国会，担当一切宣传工作外，还亲自冒着炮火，出发前线，把慰劳品和宣传品直接送到最前线的战士手中，同时也从前线搜集了许多有关战争的材料回来。此外，他们也组织了慰劳队、募捐队，亲自出发慰劳和声援上海各日本纱厂的罢工工人。工人们的反帝罢工斗争也给了他们许多宝贵的材料。作家就凭着这些从实际生活中得来的材料写成了一些翔实简练的报导文学，把斗争实况告诉广大人民。这样，我国才真正有了大量报告文学的产生。报告文学在我国新文学中确定它的地位，成为各种文艺样式中的一种新生的力量，应当说是从这时候开始的。

报告文学的兴起，除了反帝运动的客观现实要求而外，左翼作家联盟的提倡也是一种极其重要的推动力量。在一九三一年十一月左联执行委员会的决议——《中国无产阶级革命文学的新任务》中第四项“创作问题——题材，方法及形式”中，就作了如下的规定：“作品的体裁，也以简单明了，容易为工农大众所接受为原则。现在我们必须研究，并且批判地采用中国本有的大众文学，西欧的报告文学，宣传艺术，墙头小说，大众朗诵诗等等体裁。”为了实践这个决议，左联一方面展开“工农兵文艺通信员运动”，成立了工农兵通信运动委员会。另一方面，在当时唯一的文艺报导性刊物《文艺新闻》上也登载了许多比较短小的报告文学作品，第一次介绍了报告文学的初步理论，对于报告文学的发生和发展起了很大的作用。

在“一·二八”前后，报告文学的产量是比较多的，钱杏邨编的《上海事变与报告文学》，收集了当时一些报刊上的名字。正如《序言》所说：它反映了“这一事变经过的各方面的活动”，但有些篇章“阶级意识上非常成问题”。此外，我们所熟悉的作家如沈端先、适夷等都写了不少报导文章，而两位不知名的青年作者的作品——戴淑清的《前线通信》和白苇的《墙头三部曲》，尤为一般读者所称道。戴淑清曾经有过士兵的生活经验，而白苇则长期生活在工厂里，所以他们写的都很真切动人。

“一·二八”抗战虽然因为蒋介石反动政府卖国投降而被迫结束，但是在中国共产党领导下的中国人民并没有停止抗日救亡的反帝运动，相反地，它是更为扩大而深入了。随着反帝运动的进展，报告文学也蓬蓬勃勃地在生长着。在“一·二八”的时候，报告文学的题材不外前线战斗，士兵生活和群众活动等。到了一九三二年以后，在左联计划推动之下，“文艺通讯员”运动不断有了开展，担任通信员的除了专门文艺工作者而外，还有都市店员、工人、学生、各种薪金劳动者以及一部分农村知识分子。因此，通讯报告的题材范围就大为扩大。这些作品，虽然很多不是直接反映群众反日运动，但是因为当时日本帝国主义的侵略是中国人民生存的最大威胁，当时社会生活中的一切问题和各种现象，就莫不与日本帝国主义的侵略有着各式各样的直接间接的联系，所以这些作品，也就是从各个不同的角度报导了日本帝国主义给中国人民所带来的深重灾害和中国人民的日益炽热的抗日要求。一九三五年梁瑞瑜编的《活的纪录》一书，收辑了当时在报章杂志上所发表的某些重要的报告文学作品，它们忠实地记录下了在前进中的时代的脚步声音。

一九三五年“一二·九”运动后，全国抗日要求更加高涨，这时的报告文学又有了更重要的发展。基希的《秘密的中国》和爱狄弥勒的《上海——冒险家的乐园》这两部以中国事实为题材的著名外国报告文学作品，都在这一年有了中文译本，给与了我国报告文学以很大影响。一九三六年，上海文学社请茅盾主编《中国的一日》，体例是仿照高尔基主编的《世界的一日》，要求全国作家和其他人们写下五月二十一日一天中所见闻所经历的职业范围内或非职业范围内的事件，通过这一天的报导来反映中国社会生活的全貌。正如编者当时在书前所说：“这是现中国一日的，然而也不仅限于一日的奇瑰的交响乐！……在这丑恶与圣洁，光明与黑暗交织着的‘横断面’上，我们看出了乐观，看出了希望，看出了人民大众的觉醒……”

一九三六年以来的报告文学作品，大都刊载在《大众周刊》、《读书生活》、《中流》、《光明》、《文学界》等刊物上。这些报告，差不多都是以反日运动为中心的。例如《光明》杂志上所登载的报告，就有以下几篇，夏衍的《包身工》，洪深的《天堂中的地狱》，圣旦的《岱山的渔盐民》，陈锦波、廖英鸣的《无烟糖》，魏东明的《四个降兵》，冉幸的《在百灵庙》，空茑的《魔窟》和翁翔的《黄鱼汛》等。从这些报告之中，很显然地可看出两点：第一，它们之中绝大多数是描叙中国人民的反日斗争或是与之有关的事实，例如日帝和汉奸们在中国的一切罪恶活动，等等；第二，这些报告的作者除开极少数知名作家而外，大抵是些青年文艺工作者、学生和各种职业的青年。

刊载在《光明》创刊号上的夏衍的《包身工》，是当时最成功的一篇报告文学作品。它淋漓尽致地描写了在上海杨树浦福临路“用红砖墙严密地封锁着的”东洋纱厂工房区域内“二千左右穿着褴褛而专替别人制造纱布的‘猪猡’——‘包身工’”的非人生活。这些“包身工”，原来都生长在农村里，她们的父母因为贫穷和饥饿，不得已将她们的身体“以一种奇妙的方式包给了叫做‘带工’的老板”。从此，她们就永远失去了人身自由而堕入到一种“没有光，没有热，没有温情，没有希望……没有法律，没有人道”的人间地狱的生活里。作者着重地描写了其中一个外号“芦柴棒”的女工的悲惨遭遇，强有力地暴露了日本资本家和与他勾结残害工人的工头们的令人发指的罪行。据说，作者在写这篇报告的时候，曾经在东洋纱厂工房区域附近生活过，对于“包身工”们的生活有一个较长时期的了解，故能描叙逼真而又充溢着强烈的感情。这篇作品，发表在日本帝国主义正在准备向我国疯狂进攻的一九三六年，大大地加强了读者们同仇敌忾的抗日情绪。

还应提到的是，宋之的《一九三六年春在太原》，这也是报告文学中的优秀之作。作者通过自己在太原的所见所闻所感，揭露了反动派置民族危机于不顾，变本加厉地对人民实行法西斯统治的罪行。作品用新闻剪辑的形式，第一人称的写法，具现了弥漫于太原的白色恐怖气氛，使读者强烈地感到，一九三六年春在太原，只有冬寒，没有春暖。它剪裁得当，笔墨明净，言已尽而意未了，发人深思。《一九三六年春在太原》出现在文艺界较为忽视反映阶级斗争的时候，无疑地更引起了人们的重视。

报告文学，在本时期，虽然已经出现了不少的作者和作品，但一般说来，还只能算是它的萌芽生长时期。到了抗日战争时期，这才因为时代的激变、读者的需求和作者们比较丰饶的生活经验，而大大地昌盛起来。

二　散　　文

本时期散文方面最高的成就要算是鲁迅和瞿秋白的杂文。这在前面已经作了一些必要的论述。现在要说的，是其他几个作家的散文作品。

茅盾在本时期除致力于小说创作而外，也写了一些散文，后来都收在《散文集》、《话匣子》和《速写与随笔》①等集中。（小说集《野蔷薇》、《宿莽》中也收了一些散文。）他在一九三三年出版的《茅盾散文集》的序文中有这样一段话："从来有'小题大做'之一说。现在我们也常常看见近乎'小题大做'的文章。不过我以为随笔之类光景是倒过来'大题小做'的。在这时代，'大题目'多得很。也有些人常在那里'大题小做'，把天大的事说得稀松平常，叫大家放下一百廿四个心静静地去'等候五十年'。我的所谓'大题小做'不是这么一种作法。我的意思是：大题不许大做，就只好小做做了。而这'做'字就很难。太尖锐，当然通不过；太含浑，就未免无聊；太严肃，就要流于呆板；而太幽默呢，又恐怕读者以为当真是一桩笑话。所以就我自己的经验而论，则随笔产生的过程是第一得题难，第二做得恰好难。……不过特殊的时代常常会产生特殊的文体。而且并不是大家都象我那样不济事的，真真出色的'大题小做'的随笔近来已经产生了不少。细心的读者自然会咀嚼，不必我在这里多说。"

---

① 《速写与随笔》除收辑了 1935 年作者在《太白》和《申报月刊》上所发表的散文外，还选录了《散文集》和《话匣子》中的一部分文章。

“特殊的时代常常会产生特殊的文体”这句话很重要。这里规定了茅盾散文的社会价值和艺术风格。第一，他的散文不是落在“性灵”的窠臼中的与现实无关的东西，而是对于现实的一种直接的批判；他的散文，用他自己的话说，是一种“评论体的杂感”①。第二，他的散文是“大题小做”的，但又不是把“天大的事说得稀松平常”，而是在反动统治之下，通过一种介乎“尖锐”与“含浑”、“严肃”与“幽默”之间的“特殊的文体”来达到自己写作的目的。这种特点，在茅盾的散文中，越到后来越发清晰地呈露了出来。收在《散文集》中的许多文章，大都是近似“散文诗”一类的作品，作者的愤激抑闷的心情大半寄托在低徊沉郁的文字里。《话匣子》中的散文，特别是后来刊登在《申报月刊》上的一些速写和随笔，对于世态的摹描和鞭挞，就日益明显而有力了。

胡愈之的《莫斯科印象记》和林克多的《苏联闻见录》，是两本介绍苏联的好书。那正是帝国主义和国民党匪帮对苏联肆意中伤污蔑的时候，这两本书的出版，以铁的事实粉碎了敌人的无耻谰言。鲁迅在林书的序文中说：

> ……这一年内，也遇到了两部不必用心戒备，居然看完了的书，一是胡愈之先生的《莫斯科印象记》，一就是《苏联闻见录》。……作者仿佛对朋友谈天似的，不用美丽的字眼，不用巧妙的作法，平铺直叙，说了下去，作者是平常的人，文章是平常的文章，所见所闻的苏联，是平平常常的地方，那人民，是平平常常的人物，所设施的正是合于人情，生活不过象了人样，并没有什么稀奇古怪。倘要从中猎艳搜奇，自然免不了会失望，然而要知道一些不搽粉墨的真相，那是很好的。
>
> 而且由此也可以明白一点世界上资本主义文明国之定要进攻苏联的原因。工农都象了人样，于资本家和地主是极不利的，所以一定要歼灭了这工农大众的模范。苏联愈平常，他们就愈害

① 《速写与随笔·前记》。

怕。……据这书里面的记述，苏联实在使他们失望了。为什么呢？因为不但共妻，杀父，裸体游行等类的“不平常的事”，确然没有而已，倒是有了许多极平常的事实，那就是将“宗教，家庭，财产，祖国，礼教……一切神圣不可侵犯”的东西，都象粪一般抛掉，而一个簇新的，真正空前的社会制度从地狱底里涌现而出，几万万的群众自己做了支配自己命运的人。……

鲁迅的文章指出了这两本散文著作的真正价值和特色：以朴素简明的文字，报导了在斯大林领导下，苏联人民的惊天动地的然而又是极平常、极切合人情的社会变革，以及他们的“坚苦，耐劳，勇敢与牺牲”的高贵品质。它们不徒揭穿了敌人对于苏联的恶毒诽谤，同时也给了当时正在血泊中前进的我国人民以极大鼓舞。它们和那些流连自然景物，抒写个人胸臆的“游记”作品，是有很大的不同的。

何其芳的散文集《画梦录》，正如《燕泥集》和《预言》中的诗一样，是他的“思想空灵得并不落于实地”时的产品。他“从陈旧的诗文里选择着一些可以重新燃烧的字，使用着一些可以引起新的联想的典故”来叙说着“一些辽远的东西，一些不存在的人物，和许多在人类的地图上找不出名字的国土”。他在《扇上的云烟》(《〈画梦录〉代序》)中说：“对于人生我动心的不过是它的表现。”在《梦中的道路》一文里他又将这句话作了如下的诠释：“我是一个没有是非之见的人。判断一切事物，我说我喜欢或者我不喜欢。世俗所嫉恶的角色，有些人扮演起来很是精彩，我不禁伫足而倾心。颜色美好的花更需要一个美好的姿态。对于文章亦然。有时一个比喻，一个典故会突然引起我注意，至于它的含义则反与我的欣喜无关。”这些话说出了何其芳当时的人生态度和艺术倾向，也说出了散文集《画梦录》中十六篇文章的以华丽的词句装饰着空幻的悲哀的共同特色。

一九三八年出版的另一个散文集——《刻意集》，收录的还是何其芳在抗战前的散文。作者在初版的序文中，已经开始向他所“有过的忧郁的苍白色的少年期，一个幼稚的季节”作着最后的告别了。他说：“……我不是在常态的环境里长起来的。我完全独自的在黑暗中用自己的手摸索着道路。感谢自己，我竟没有在荆棘与歧路间迷失。那么我还有什么可追悔的呢，假如走了许多曲折的路，有过许多浪费时间的半途的徘徊?”他又说：“现实的鞭子终于会打来的，而一个人最要紧的是诚实，就是当无情的鞭子打到背上的时候应当从梦里惊醒起来，看清它从哪里来的，并愤怒的勇敢的开始反抗。我自己呢，虽然我并不狂妄到自以为能够吹起一种发出巨大声响的喇叭，也要使自己的歌唱变成鞭子还击到这不合理的社会的背上。”《刻意集》中的散文已经是何其芳最后的忧悒的低唱了。在写这些散文的时候，由于作者“对于中国这民族和它的社会还不大了解”，“还没有一个进步的世界观，人生观”，“还不知道现实主义的创作方法”，所以它们不免只是已失了的青春“残留在白纸上的过去的情感的足印”。

《还乡杂记》，何其芳在抗战前写的第三个散文集子，标志着作者写作的一个新的天地。关于这本散文，作者说：“从前我象一个衰落时期的王国，它的版图日趋缩小。现在我又渐渐的阔大起来，因为现在我不只是关心自己。因为看着无数的人都辗转于饥寒死亡之中，我忘记了个人的哀乐。……当我陆续写着，陆续读着它们的时候，我很惊讶。出乎自己的意料之外，我的情感粗起来了，它们和《画梦录》中那些雕饰幻想的东西是多么不同啊。”从《画梦录》到《还乡杂记》，深深地刻镂着何其芳的进步的足痕，它们说明了一个小资产阶级的作家走上一条正确的创作道路，是经过了多么艰苦又曲折的历程。

李广田的散文集——《画廊集》，流露的仍然是诗集《行云集》中的那种浑厚而又略带忧郁的气息。故乡山东的风物和儿时的记忆是作者所着意描叙的所在。他告诉我们：“说起‘故乡’两字，总连带地想起许多很可怀念的事物来。我的最美的梦，也就是我的幼年的故乡之梦了。”把精神的丝缕牵着已经逝去的不再来的时光，很显然地是对于现实的一种逃避的心情，不可避免地也给文章带来些轻微的感伤。另一个散文集《银狐集》中的文章渐渐地“由主观抒写变向客观的描写一方面”。它里面的十六篇文章，很少写自己和身边琐事，差不多都是写“人”的，个人的感伤色彩逐渐消退，而对于文章中所描写的人物(尽管他们是平凡而卑微的)则又藏着一颗深爱的心。对于客观现实的注意，表现了作者这时思想上的改变，也为以后更远大的发展打下了基础。

丽尼的散文集《黄昏之献》是一颗“漂流的心”的抒唱，低徊而忧悒的情绪回荡在他的美丽又深宛的文字里。作者是从个人的遭遇来开始感受这不公道的世界的，所以低徊而忧悒正是必然的后果。到了写作《鹰之歌》和《白夜》(特别是《白夜》)的时候，从低徊而忧悒的调子中，我们就可以发见一些愤怒和希望的种子了。艺术上的开拓正说明了作者思想上的进境。但我们却再没有听到作者在继《白夜》之后的更雄浑的歌声，他是把更多的力量用在外国文学的翻译上了。

《海星》、《竹刀》和《囚绿记》这三本散文集成了青年诗人陆蠡遗留给我们的绝响。在抗日战争初期，日本法西斯强盗谋害了诗人的年轻的生命。他的散文带着诗一样的特质，亲切而忧郁地描绘着故乡的山水和人物，也委宛地诉说着自己的衷曲和期待。他说：“我怕那迷幻莫测的人们的眼泪的晶珠。我怕信口开河的 Fortune teller 的唇边的恶语有时竟会幻成事实。我再也不敢象从前一样地在卖卜的摊前戏谑地随意掷下几个铜子。当他问我何事求卜的时候，思索一回才回答道：‘我问一位远地的哥哥的平安’，因为我爱我的哥哥。我也怕听在我的头顶上从寒空里投下一串乌鸦的‘哇声’。我怕听见丧夫的邻妇朝暮的啼哭。我欢喜看新年时在破旧黝黑的门窗上贴上大红的楹联，我赞美满街的爆竹和空气里硝磺的气味。我也预备了红红绿绿的希望和吉祥的祝福，来分赠给比我年幼的和比我年长的人，愿他们幸福。”①虽然也带着一丝儿感怆的心情，但也可看出作者对于人间的热爱。在《竹刀》的《后记》中，他又说：“我真再也无心去搜寻感怆的比兴了，世界上应有更高贵的东西。”但就在他正要去追寻“世界上更高贵的东西”的时候，他却只剩给我们以无穷的怀想和愤怒而永远失去他的生命了！

萧红(署名悄吟)的《商市街》和《桥》，是她的流浪生活的片断的

① 《竹刀·谶》。

记录。跟其他的作家不同，她没有让她的年轻的心为寂寞和忧郁所侵蚀。她带着一种挑战似的反抗和轻蔑的心情面向着她眼前的生活——一种充满着饥饿和寒冷的流浪在祖国土地上的生活。刚健轻快的气息流转在她的作品里，每一篇短文就像是一幅生活的剪影。这两本薄薄的小书，也应当是本时期散文园地上一种值得珍贵的收获。

我们把本时期的散文，作了如上简略的叙述。一般说来，散文的成绩同本时期其他文艺样式比较起来，它的收成是并不怎样丰饶的。几个青年作者的作品，很少例外地都有着忧郁和感伤的色彩，有时还浮荡着一种悲观的气息。这种现象之所以产生，一方面我们不得不归因于作者们所处的那个苦难的时代，另一方面也应当从小资产阶级知识青年不满意于现实而又没有摸索到正确道路这一点上来追寻它的真正根源。

第四编

抗日战争时期的文学

（一九三七—一九四五）

第一章　在民族解放旗帜下的文艺运动

一　抗战爆发后的政治形势与文学概况

本时期包括从一九三七年七月七日全面抗战开始，到一九四五年八月十五日日本宣布无条件投降、抗战胜利结束的这一段时间。

本时期的政治形势是这样的：

一九三七年七月七日，日本帝国主义的军队进攻我国驻防北平以南的芦沟桥地区的守军，我国守军立即实行英勇抵抗。同年八月十三日，日本强盗又在上海发动侵略战争，我国上海守军也给予了坚决的抗击。于是，从一九三一年"九一八"事变以来，全国人民奔走呼吁所努力争取的全国抗日战争，终于全面爆发了。

从一九三一年日本帝国主义侵占我国东北的时候起，中国共产党就号召和领导全国人民组织抗日民族统一战线，广泛团结抗日力量，坚决反对妥协退让。在芦沟桥事变发生的前夜，毛泽东同志在其重要论著——《中国共产党在抗日时期的任务》①中，就郑重指出："中国正迫近着判定自己存亡的关头，中国的救亡抗战，必须用跑步的速度去准备。"芦沟桥事变第二日，党即向全国发表抗日宣言，认为"只有全民族实行抗战，才是我们的出路"，"要求立刻给进攻的日军以坚决的抵抗，并立刻准备应付新的大事变。全国上下应立刻放弃任何与日寇和平苟安的打算"；并主张"立即开放全国民众的爱国运动，发扬抗战的民气。立即动员全国陆海空军准备应

---

① 《毛泽东选集》第一卷。

战。立即肃清潜藏在中国境内的汉奸卖国贼分子和一切日寇的侦探，巩固后方”。党的宣言受到了全国人民一致的支持和拥护。一九三七年八月，党中央在延安附近的洛川召集会议，根据毛泽东同志的建议，通过了著名的《抗日救国十大纲领》，提出：(一)打倒日本帝国主义，(二)全国军事总动员，(三)全国人民总动员，(四)改革政治机构，(五)抗日的外交政策，(六)战时的财政经济政策，(七)改良人民生活，(八)抗日的教育政策，(九)肃清汉奸卖国贼亲日派，巩固后方，(十)抗日的民族团结。这些主张成为抗战期间党领导全国人民争取最后胜利的指导方针。一九三八年五月，毛泽东同志发表了他的卓越的军事论著：《抗日游击战争的战略问题》和《论持久战》，一九三九年十二月，发表了《中国革命和中国共产党》；一九四〇年一月发表了《新民主主义论》。这些伟大论著特别是《新民主主义论》的发表，使得全国人民深刻地理解了中国革命的性质和前途，同时也认识了只有中国共产党才能够领导中国的民族解放战争和革命事业走向彻底的胜利。

毛泽东同志曾经这样指出：抗日战争中存在着两条相反的路线，即以蒋介石为代表的大地主大资产阶级的路线，和以共产党为代表的无产阶级和全国人民的路线。蒋介石是由于下列几个原因，才在七七事变后起来抗日的：“第一是由于人民对他的压迫，使他不能不起来抗日，否则全国人民和许多有组织的抗日力量都将自动起来抗日，他就不能维持自己的统治；第二是由于日本帝国主义对于全国的进攻直接地危害着他的政权和地主资产阶级的财产，他和日本帝国主义的矛盾此时已无法调和；第三是由于英美帝国主义与日本帝国主义的矛盾。英美当时虽不愿意直接得罪日本，却愿意中国和日本打着，拖住日本。由于这些原因，所以蒋介石集团在抗日战争中就表现他具有反革命的两面性：一方面他要抗日，也要其他势力积极抗日，在战争初期也曾表现了他的某种程度的抗日积极性，并希望能够速胜；另一方面，他又反对人民，继续压迫人民，不愿人民起来抗日，特别不愿共产党和其他抗日势力动员人民起来抗日。他要包办抗日的领导，但他拒绝实行任何为抗日所需要的真正的民主改革。"①

因为这样，所以从一九三八年武汉陷落后，以蒋介石为首的国民党反动政府，就一方面对于抗日战争始终采取消极态度，希望通过其他帝国主义的干涉调停而与日寇妥协，有时候更想直接投降敌人，最后则完全把胜利希望寄托在美帝的"援助"上；另一方面，则对抗日的革命政党和爱国人民采取仇视和打击的态度。在一九三九年底到一九四〇年初，蒋介石反动政府就发动了第一次反共高潮，进攻共产党所领导的陕甘宁边区，并进攻山西西部共产党所领导的抗日决死队和山西东南部共产党所领导的八路军。抗日的人民武装力量在党的领导下坚决击退了国民党的进攻。一九四一年一月，蒋介石反动政权又发动了第二次反共高潮，袭击从安徽南部北渡长江的新四军部队，并下令向新四军其他部队进攻，这就是有名的皖南事变。一九四三年六月，国民党反动政府又发动第三次反共高潮，调动大批军队准备袭击陕甘宁边区。但这种无耻阴谋，事前就被共产党揭破了，全国人民一致响起了反对的呼声，这次反共阴谋，才被迫中止。与军事上的反共阴谋相适应，蒋介石对国统区的抗日人民和与抗战有关的进步组织和言论，采取了极端高压的政策。进步书刊被禁止发行，进步作家随时有被非法逮捕和进集中营的可能。军事上是望风而溃，节节败退；同时指使他的大批将领率领军队投降敌伪，以伪军名义配合日寇在解放区实行惨绝人寰的"三光政策"（烧光、杀光、抢光）。政治上则是贪污、腐化。人民生活日益沦于贫穷，而财富却大量地集中到"四大家族"的手里。苦闷、消沉的空气笼罩了蒋介石所统治的整个区域。

这就是代表大地主、大资产阶级的蒋介石集团在抗日时期执行反对人民、消极抗日、积极反共的反动政治路线所造成的恶果。

与蒋介石集团的反动政治路线相反，共产党从抗日战争开始起就坚决地彻底地实行了人民战争或"全面抗战"的正确路线。首先，代表抗日人民利益的中国共产党，在与国民党建立统一战线的时候，是坚持了统一战线中的独立自主原则的。因为，人民要求团结全国一切

① 胡乔木：《中国共产党的二十年》。

可以团结的力量，特别是要动员人民群众的力量来打败日寇，所以，一方面既需要与蒋介石进行一定的联合，来推动蒋介石部下的军队抗日，同时也要和蒋介石的反动的两面政策进行坚决斗争，以便保卫和动员人民力量起来争取胜利，粉碎蒋介石和他的主子美帝国主义的阴谋。党坚持了“有团结有斗争、以斗争求团结”的革命方针。当日本侵略者对我抗日根据地大举进攻，对国民党反动政府实行政治诱降的时候，党提出了“坚持抗战，反对投降；坚持团结，反对分裂；坚持进步，反对倒退”的口号，领导全国人民对蒋介石政权的反动的措施和趋向作了英勇的斗争。

其次，党在洛川会议中决定，在有利于动员全国人民参加抗日战争的前提之下，争取全国人民所应有的政治经济权利，并决定以减租减息作为抗日战争时期解决农民问题的基本政策。在广大解放区内，党实行了洛川会议的英明的决定：在政治、经济、文化各方面进行了符合于人民利益和抗日利益的改革与建设。在政治上建立了抗日民族统一战线的人民民主政权，同时并号召和领导国统区的人民为争取民主权利而斗争。在经济上普遍而深入地实行了减租减息的政策和开展大生产运动，大大地改善了农民的生活，克服了解放区在国民党经济封锁下所遇到的困难。在文化教育上，也实行了新民主主义的改革。战斗、生产、教育，是解放区的三大任务。各革命大学在残酷战争中始终坚持了培养革命干部的艰巨任务。群众识字运动经常热烈地进行着，人民的文化生活得到了很大的提高。

再次，党在抗日期内采取了整风运动的方法，在全党范围内进行了一次深刻的马克思列宁主义教育，使全党干部和党员认识并克服了广泛存在于党内的小资产阶级思想作风，特别是主观主义的倾向，宗派主义的倾向，和这两种倾向表现的形式——党八股，而这一切是常常以伪装的马克思列宁主义的姿态出现的。一九四一年和一九四二年，毛泽东同志作了三次有重要历史意义的报告——《改造我们的学习》、《整顿党的作风》和《反对党八股》，号召全党“整顿三风”。一九四二年四月，党中央宣传部又颁布了决定，号召全党学习毛主席的报告和中央发布的整风文件。全党范围内的整风学习，从此开始了。

而且不久，这个运动还扩展到了全解放区的军、政、民各级干部中。一九四二年至一九四三年的整风运动，是一次伟大的思想革命，它“扫除了一九三一年以来教条主义在党内的恶劣影响，帮助了大量的由小资产阶级知识分子出身的新党员脱离小资产阶级的立场而转入无产阶级的立场，因而使党在思想上大大地提高了一步，并且使整个党空前地团结了”①。

特别应当提起的是，在整风运动当中，文艺工作者也进行了深入的学习。毛泽东同志在一九四二年五月二十三日发表的《在延安文艺座谈会上的讲话》，是我国革命的新文学史上一个划时代的文献，它最正确、最深刻、最圆满地解决了我国革命文学史上一个根本的问题，即为群众与如何为群众的问题。在毛泽东同志的“文艺为工农兵服务”的伟大号召之下，大批文艺工作者深入了群众生活，改变了思想感情，创造了大量真实而具体地反映现实生活，鼓舞广大人民革命情绪的优秀作品。我国革命文学从此明确地、自觉地走上了为工农兵群众、为无产阶级政治服务的道路。“整风运动是一个伟大的思想革命，在文艺的领域内来说，又是一个伟大的文艺革命。”②

因为党在抗战开始后就坚决实行了人民战争的路线，所以在抗日军事上，与蒋介石军队的望风溃败相反，党所领导的八路军、新四军及其他抗日人民武装，在长期艰苦的斗争中，取得了辉煌巨大的胜利。在敌、伪、蒋三方面的全力夹攻之下，党领导解放区的军民，多次地粉碎了敌人的惨无人道的“扫荡”，打退了蒋介石的反共高潮，建立和巩固了敌后抗日根据地。人民抗日军队成为了一支不可战胜的人民武装力量。全国人民热爱和拥护党与党所领导的武装部队。党中央所在地——延安成为了全国走向胜利和光明的灯塔。

在抗战的最后两年，当蒋介石的军队在各个战场上节节溃退、日失地千里的时候，党领导人民武装，展开了局部的反攻，给予了日寇以巨大的创伤。一九四五年八月八日，苏联对日宣战，抗日战争进入

① 胡乔木：《中国共产党的三十年》。

② 周扬：《表现新的群众的时代·前记》。

最后阶段。我人民解放军积极消灭日伪军，解放了日伪所占领的大量的中小城市。八月十五日，日本宣布无条件投降。

以上是抗日战争时期政治形势的一个总括叙述。在这个叙述中，可以很清楚地看到下面几点：第一，中国共产党是全国人民进行抗战、争取胜利的唯一领导力量。党的英明正确的领导，不仅表现在政治上和军事上，同样地也表现在文化上。我国抗日时期在各个方面所获得的伟大的胜利和成绩，都是与党和毛泽东同志的英明正确的领导分割不开的。第二，党是坚决反对蒋介石反动集团不要人民抗战只要国民党政府抗战的"片面抗战"路线的，党把放手发动群众，争取全国人民所应有的政治经济权利，作为动员人民参加抗日战争的先决条件，并领导全国人民为实现这个条件而坚决奋斗。第三，党是"坚持团结，反对分裂"，并且是要"以斗争求团结"的，因此，党既需要与蒋介石进行一定的联合，而对于蒋介石所执行的妥协投降路线和反动政策，则又坚决地予以揭露，并进行不可调和的斗争。这个斗争也是深入到政治、经济、文化各个方面来的。

本时期的文学运动，就是在上述的政治情势之下进行着和开展着的。它在中国共产党的正确领导之下，继承着上一时期无产阶级革命文学的战斗传统，适应着新的客观形势的要求，紧密地结合着抗日战争的需要，成为了党组织和鼓舞全国人民参加抗战的有力武器；同时在反对国民党反动政府的妥协投降的卖国行为和反共反人民的反动措施上，在揭露反动阶级的贪婪腐化的罪恶生活上，在争取民主自由生活的斗争上，担负起了十分巨大的打击敌人的任务。在中国社会历史急剧变化的情况下面，文学运动呈露了与上一时期不同的新的面貌：

（一）因为面临着关系民族生死存亡的抗日战争，而在国内又存在着代表大地主大资产阶级的国民党的消极抗日、积极反共反人民的反动政治路线，所以本时期的文艺运动不能不在极端艰苦的政治环境下来争取自己的扩展和胜利前途。中国的革命文学，在上一时期就曾经以前驱者的血写下了自己历史的第一页，来"显示敌人的卑劣的凶暴和启示我们的不断的斗争"。这是革命的新文学最光荣的传统。在本时期，在与日本帝国主义和蒋介石反动集团的长期斗争中，文艺工作者也作了坚韧和英勇的战斗，有的作家在战斗中甚至贡献了他的血和生命。是因为有了这些作家们的战斗和无畏的牺牲，我们的革命的新文艺才能在那样困难的条件下得到胜利和开展的。这些作家永远值得我们的崇敬和怀念。①

（二）新的现实促进了新的组织（中华全国文艺界抗敌协会）的形成，文艺界的统一战线较之上一时期是显著地扩大了，而这自然地是反映了抗日战争时期的新的政治要求和阶级关系的变化的。新的组织在更为复杂和尖锐的斗争中担负起了新的战斗任务：它一方面作为全国各抗日阶层的作家的广泛团结的标志，对领导作家们以文艺为抗战服务和领导全国文艺青年从事抗战的工作上，有了相当巨大的实际贡献，并且也使各派作家能够在抗日救亡的旗帜下相互接触，相互理解，取得了不小的进步；另一方面，对于文艺界的违反抗战利益，妨碍进步和团结的思想和言论，也进行了一些尖锐的思想斗争；而这是基本地符合于党所坚持的“有团结有斗争，以斗争求团结”的革命方针的，虽然这种斗争还赶不上实际情势的要求，有时有强调民族观点而忽略阶级观点的思想倾向。

（三）抗日战争中存在着两种相反的路线，也存在着两种完全不同的政治地区：一是由党和毛主席所领导的抗日的解放区，一是为蒋介石反动集团所控制的黑暗的，不自由的国统区。这两个区域的文艺运动，虽然同是在党的领导之下，而且总的目的也是并无二致的；但是两个不同的政治环境形成了文艺运动的两种不同的战斗任务和工作方式：解放区的文艺运动从一开始起就继承了老苏区文艺的革命传统，和广大人民（特别是农民和兵士）有了初步结合，文艺生活开始成为了人民日常生活中不可缺少的部分，群众文艺运动开始展开了。

① 在整个抗日时期，在抗日前线或者在沦陷区失去他们的生命的，计有丘东平、蒲风、高咏，陆蠡、郁达夫等人；在国民党统治区，因为受到非法监禁和迫害致死的有杨潮（笔名羊枣）；在国统区坚持文艺工作、死于贫病的，有王鲁彦、叶紫、缪崇群、万迪鹤等人。这是一个极不完全的统计，但已经足够说明新文学运动是抗日战争中不可缺少的部分，是同中华民族一起受难，一起前进的。

特别是一九四二年五月毛泽东同志发表了《在延安文艺座谈会上的讲话》以后，解放区的文艺运动，更有了空前巨大的发展。群众的文艺运动得到了广泛的展开。作家们投入了生活和斗争的激流，改造了自己，也改变了文艺的创作面貌。他们反映了解放区的民主自由的生活，塑造了新的英雄人物的形象，而且也创造了许多新鲜活泼的、为老百姓所喜闻乐见的艺术形式。在解放区，在党和毛主席的深切关怀和加意培植之下，文艺园地上出现了我们文学史上从来未有过的繁荣和兴盛的景象。另外，在国统区，虽然在抗战初期，文艺工作者一度有过“下乡入伍”的机会，在生活中锻炼自己，扩大眼界，也把文艺运动向前推进了一步；但是不久，政治上的逆流抬头了，国民党的不要人民抗战的反动路线和钳制人民自由的法西斯统治，剥夺和限制了作家走进生活的自由，于是，作家的活动区域不外少数几个较大的城市(如桂林、重庆、昆明等地)，而且就是在这个狭小的活动范围内，仍然是在反动统治的压制和迫害之下的。但是，革命作家和进步作家并没有搁下笔来，他们通过了另外的道路来服务于抗战事业：他们揭露了蒋介石反动集团破坏团结、制造分裂的误国罪行，暴露了后方城市中大地主大资产阶级的荒淫无耻的腐朽生活，同时也反映了后方广大农村中农民的苦痛无告的生活和他们的英勇的抗争。他们反对蒋介石匪帮的特务统治，他们为了人民的民主自由与抗战胜利前途而贡献出了自己的力量。虽然当时某些作家们由于缺乏马克思主义的理论指导以及资产阶级思想的泛滥，而在创作上出现了一些不正确的和有害的倾向；但总的说来，国统区的进步文艺，仍是党所领导的整个抗战事业的一个重要组成部分，它真实地反映了抗日时期社会生活的一个重要方面，在教育人民、打击敌人这一点上起了很大作用。

(四)大众化问题，我们不止一次地提起过，这是贯串在我国新文学史上的一个带有根本性质的问题。抗日初期，大多数的作家与现实生活有了初步的接触，因为要应用文艺这项武器来教育和鼓舞群众，所以大众化的问题必然地重又被提到本时期文艺运动的日程上来，而展开了热烈的讨论和争辩(民族形式问题的讨论正是从大众化问题的基础上发生的)。但是大众化的问题不仅是文学的形式和语言的问题，而主要地是一个表现群众的生活和思想感情（首先是作者的思想感情）的问题；不仅仅是一个普及的问题，而是只有在普及的基础上才能够真正提高的问题。解决大众化的问题，必须首先解决从小资产阶级出身的作家的思想改造问题，也必须正确地理解普及与提高的科学的辩证的关系。只有这些问题解决了，我们的文艺才能够表现新的群众的时代，才能够使从“五四”以来就是以社会主义现实主义为其基本方向的革命文艺向前大大地跨进一步。新文学运动二十多年所不曾好好地解决的文艺大众化问题，到了本时期，由于毛泽东同志发表了《在延安文艺座谈会上的讲话》，终于得到正确、圆满的解决。

《在延安文艺座谈会上的讲话》的发表，是我们文学史上一件非常重大的历史事件。它标志了“五四”以来中国革命文艺运动的新阶段，为以后的文学运动指示了明确的方向。我们的新文学运动从一九四二年起，就一直是沿着毛泽东同志所指示给我们的正确方向——为工农兵服务的方向继续向前迈进的。

以上是关于本时期文学特点的概略叙述。

二　文艺界抗日民族统一战线的组成

从上一时期（一九三六年）起，文艺界的抗日民族统一战线，就在党的号召和领导之下，形成了初步的基础。抗日战争一爆发，全国文艺工作者带着无比兴奋的心情立刻纷纷投入了战争，以他们的笔和生命早献给了这个关系着整个民族生死存亡的激烈斗争。在工作和行动当中，大家都要求一个具有统一目标和行动纲领的组织。同时，在剧烈的民族解放战争当中，涌现了许多新的作家和文艺青年，他们也迫切地需要一个共同的组织，来领导和培养他们，使他们能够更好地发挥力量来为抗日战争服务。因为大家一致的希望和要求，于是，在一九三八年三月二十七日，就在汉口成立了中华全国文艺界抗敌协会（简称文协）。这是党所领导的一次最广泛的文艺界的统一战线的组织。《发起旨趣》中说：

……文艺者是人类心灵的技师，文艺正是激励人民发动大众最有力的武器。数年来为了呼号抵抗，中国文艺界无疑地尽了广大的责任。但自抗战开始以来，新的形势要求我们更千百倍的努力。而因中心都市的沦陷，出版条件的困难，文艺人的流亡四散，虽一方产生大量新型的报告、通讯等文艺作品，且因抗战的内容消失了过去与大众间的隔阂，但在一切文化部门的对比上，文艺的基本阵营，不可讳言是显出了寂寞一点。……我们感到文艺抗战工作的重大，散处四方的文艺工作者有集中团结，共同参加民族解放伟业的必要。过去文艺界虽有几次全国性的组织，但因种种原因不能一致，总不能有良好的成果。现在情势已完全不同了。全国上下，已集中目的于抗敌救亡……政治上的统一战线日益巩固，除了甘心媚敌出卖民族的汉奸已无一不为亲密的战友，无一不为民族的力量，团结起来，象前线将士用他们的枪一样，用我们的笔，来发动民众，捍卫祖国，粉碎寇敌，争取胜利，民族的命运也将是文艺的命运，使我们的文艺战士能够发挥最大的力量，把中华民族文艺伟大的光芒，照彻于全世界，照彻于全人类。这任务乃在我们全中国从事文艺工作友人们的肩上。我们大声疾呼，希望大家来竖起这面中华全国文艺界抗敌协会的大旗！

中华全国文艺界抗敌协会的会员包罗了全国各抗日阶层的作家。各地分会不久也都陆续成立了，同时也发刊了会报——《抗战文艺》。以后为文协委员陆续主编的刊物很多。这些刊物在不同的地区出版，刊行时间的久暂也不一致，但它们都坚持了抗战的利益，登载了许多反映战时人民生活，鼓舞人民抗战情绪的作品，同时对于国民党的妥协投降的倾向及其腐朽罪恶的生活，也作了无情暴露和坚决斗争。另外，在文协成立的时候，也曾号召作家“下乡、入伍”，并在一九三九年派遣了作家战地访问团和参加了全国慰劳总会，有计划地访问了战地生活，参加了战地工作。但是这些工作，除了在解放区的西北战地服务团和抗战文艺工作团，因为它们是在陕甘宁边区文化救亡协会和八路军总政治部的协助下组织成的，受到了边区党和政府的领导和帮助，所以收到了很大的效果，其余在国民党地区活动的团体，都受到了或明或暗的限制，收获是不大的。

文协的成立，是中国新文艺运动史上一个有历史意义的事件。它在整个抗日战争期间，一直坚持了抗日的宣传工作，它对国民党在武汉陷落后所采取的一系列反动措施进行了斗争。虽然在它里面也有一些反动的法西斯“文人”们，但是这些为人民所唾弃的败类起不了什么重大的作用；（胡风集团当时披着革命的和进步的外衣，也潜伏在我们文艺阵营内，散布主观唯心论的错误思想，阴谋破坏我们的抗战文艺事业。）文协这个团体一直是为革命的文艺工作者所领导的。

当时文艺界全国性的统一战线的组织，除全国文协外，一九三七年底在汉口还成立了中华全国戏剧界抗敌协会（简称剧协）。这是把原来在上海的全国戏剧界救亡协会改组而成的一个戏剧界的统一战线的组织。它所团结的范围也是非常广泛的：参加的除话剧工作者而外，还有一切旧剧和新剧的演员、编剧、导演及其他前后台工作者。在成立宣言中，他们提出了以下四点：“第一，我们的团结是为了抗战。……第二，只有抗战使我们团结。……第三，我们虽不是技术至上论者，但我们相信中国戏剧艺术必因和抗敌任务结合能摒弃过去的积习，开拓新的境地。……第四……我们不可忘记把我们的戏剧作为国际宣传的工具。因为获得全世界的同情和援助而使敌人孤立，实为我们争取胜利的一个重要条件。”

剧协成立后做了许多工作。本时期在国民党统治区域内，戏剧界无论在剧本的创作和演出上，都能配合抗战需要，起了暴露反动统治、反对分裂的巨大作用。例如在皖南事变以后，《屈原》的演出，就在广大观众当中发生了非常良好的政治效果。

继文协和剧协之后，音乐界、电影界、美术界等全国性质的协会也都先后陆续成立了，形成了文艺大军的浩荡雄伟的前进队伍。但是这些协会在武汉陷落以后，因为蒋介石消极抗战、积极反共反人民，对人民的抗日活动百般摧压，都先后停止活动了。只有文协却在险恶的政治环境中一直坚持到胜利的时候，成为了文艺界继续团结艰苦作战的旗帜。郭沫若在纪念文协五周年时说：

> 抗战以来在中国文艺界最值得纪念的事，便是“中国文艺界抗敌协会”的结成。一切从事于文笔艺术工作者，无论是诗人、戏剧家、小说家、批评家、文艺史学家，各种艺术部门的作家与从业员，乃至大多数的新闻记者，杂志编辑，教育家，宗教家等等，不分派别，不分阶层，不分新旧，都一致地团结起来，为争取抗战的胜利而奔走，而呼号，而报效。这是文艺作家们的大团结，这在中国的现代史上无疑地是一个空前的现象。继这“文艺界抗敌协会”而起的有戏剧界、音乐界、电影界、美术界等全国性质的姊妹协会出现，蓬蓬勃勃，风起云涌，形成了文艺行列的大进军，作家团结的豪华版。但这个高潮时代可惜只局限于武汉作战的短暂期间，其后几经迂回曲折，有些组织已在无形中匿迹销声了，而最先产生的“文艺界抗敌协会”却能迎接它的第五周年成为文艺界团结的旗帜，这怎么也是值得令人加倍庆贺的事。①

本时期文艺界抗日民族统一战线的组成，一方面如前所述，是反映了抗日战争时期中国社会的阶级关系的变化和新的政治要求，它是在党的号召和领导之下组织起来的，而且它也的确发挥了不小的战斗作用；但它的本身由于当时主客观两方面的限制，还不可能是没有缺点的。缺点之一是在于抗战初期，在文艺思想上，曾有人只强调民族立场——超阶级的，脱离了社会生活和斗争内容的民族立场，而否定了阶级的观点和立场，否定了社会矛盾和社会阶级意识的认识之必要，这样就自然地削弱了统一战线的思想领导的力量。缺点之二是在于将思想斗争和统一战线对立起来，强调了团结，忽略(有时是故意避免)了斗争，不仅使统一战线中缺少了相互批评，而且使对于反动思想的批评和斗争也有了松懈和消沉的现象，这是因为没有很好地理

① 《沸羹集·新文艺的使命》。

解统一战线是必须有批评和斗争去展开和巩固的缘故。缺点之三是在于“没有认识文艺统一战线的开展，主要是为了把进步思想的影响扩大到各阶层和广大群众中去，因此它的基础不能不是安置在广大群众的中间；我们主要的力量却仅仅放在团结各个派别的作家这一点上，而这种团结又不是出发于思想上的加强领导与互相批评”①。所有以上这些缺点都曾经在某些文艺工作者中间比较普遍地存在过，而这，自然不能不严重地影响了本时期国统区文艺运动的正确、健康的发展。

三　文学与工农兵结合

中国的新文学，一开始就是工人阶级思想领导下的人民大众的文学。它的发展道路，就是逐步地与工农兵结合的道路。它随着革命形势的发展与工农大众自身的战斗要求和文化需要的日益迫切而逐步地得到开展和深入。道理异常清楚：作为中国整个革命运动思想战线上有力一翼的中国新文学，它所担负的任务，是反映在革命发展中的人民的生活及其斗争，指出历史的明确方向，反对一切阻碍历史前进的力量，培育和鼓舞人民的革命意志和斗争情绪，这样来推动和加速中国革命事业的胜利进行；这样的文学，不能不紧密地联系现实中的政治社会斗争，不能不以人民生活为其唯一的创作源泉，而且不能不使文艺成为人民自己能够掌握和运用的斗争武器。因此，为工农兵服务的方向，就一直是新文学发展和前进的方向。这样一个道理，在整个现代文学史上，可以很显著地看得出来。

一九三七年，民族抗战爆发，因为客观形势的发展和变化，要求文艺为战争服务，于是新文艺运动在广大人民群众当中得到了空前的发展。文艺工作者走出了自己过去的狭小世界而与广阔丰富的生活有了初步的接触。他们(还有许多爱好文艺的青年)纷纷走向了战场，参加了战时的民众团体，或者走向农村，从事救亡工作。没有疑问，

---

① 《大众文艺丛刊批评论文选集·对于当前文艺运动的意见》(荃麟执笔)。

这是中国新文艺运动一个重大的进展。例如上海的戏剧工作者，当上海形势紧张的时候，便立即组织了上海救亡演剧队十三个队，除第十一队和第十二队留在上海外，其余都经由沪杭、沪宁各路赴内地做宣传工作。又例如一九三八年九月，在郭沫若领导下的军委会政治部第三厅，就有许多进步文艺工作者集中在那儿，他们曾经组织大批戏剧艺术人才(包括许多戏剧工作者和青年学生)编为十个抗敌演剧队(简称抗剧队)和五个抗敌宣传队(简称抗宣队)，分发到各个战区去作抗日宣传工作。并由第三厅发布了“艺术工作者信条”五项，其中第四项说：“吾辈艺术工作者的全部努力，以广大抗战军民为对象，因而艺术大众化成为迫切之课题。必须充分忠实于大众之理解，趣味，特别是其苦痛和要求，艺术才能真正成为唤起大众，组织大众的武器。”这些队员们只有极其微薄的生活待遇，不辞辛苦艰险在各地巡回演出，收到了异常良好的宣传效果。

除戏剧工作者外，其他文艺工作者通过各种活动方式参加战争的还多得很。例如臧克家、黑丁、曾克等就在潢川成立了文化工作团，打一支小旗子从潢川开到商城的大别山中，运用各种文艺方式在广大群众中宣传鼓动，成为最先出现在战地上的一支“文艺兵”。

到文协成立的时候，在《发起旨趣》中，强调了作家应当“象前线将士用他们的枪一样，用我们的笔，来发动民众，捍卫祖国，粉碎寇敌，争取胜利”。在成立大会中，更有了“文章下乡、文章入伍”的号召。这样，文艺运动便因作家们与抗战有了比较紧密的结合而向前迈进了一步：第一是文艺工作者与群众生活的初步结合，大大地提高了群众对于文艺的爱好，因此，地方文艺活动、战区文艺活动、游击根据地文艺活动，都有了某种程度的开展，文艺大众化运动较之上一时期有了新的成绩；第二是作家深入群众生活，一方面起了教育群众、组织抗日力量的作用，另一方面，作家在生活中也锻炼了自己，教育了自己；第三是作家在群众中生活的结果，初步地理解了群众的思想感情及其所喜闻乐见的艺术形式，因而认识了“五四”以来的新文艺在普及工作中的局限性，而开始认真地追索一种在思想内容上和表现形式上都完全是崭新的文艺，旧形式利用的问题也重新被提出来讨论了。茅盾在第一次全国文代大会的报告(《在反动派压迫下斗争和发展的革命文艺》)中，就这样提到这一方面的收获：

……当抗日战争初起，全国文艺工作者都非常兴奋，立即组织了许多演剧队、抗宣队，到农村和部队中去，写出了许多短篇和小型的作品，如短篇小说、报告、活报、街头剧、报告剧、墙头诗、街头诗等。尽管这些作品还存在着严重的缺点，但没有人能够抹杀它们在抗战初期所起的宣传作用。特别是抗战歌曲，响遍穷乡僻壤，起了很大的宣传作用。而且许多文艺工作者到战地和乡村去实际工作，和人民接触的结果，不特使他们扩大了视野，丰富了题材，同时还使他们感觉到自己的作品并不适合大众的要求，因而企求追寻新的东西。在这个时期，就有大批的文艺工作者跑到解放区去，而同时，所谓旧形式利用的问题，也被认真地提出来了。

但是，在国统区，文艺工作者深入人民生活，是有主客观两方面的限制的。客观上的障碍，是在反动统治下面作家缺少深入生活的自由；在主观上则是因为当时的作家们大半还没有掌握到马克思列宁主义，还缺少观察生活和理解生活的正确思想武器。因此，他们在生活中的收获还不是那么丰富的。只有在人民当家作主的年代和地区里，真正为人民服务的文艺才可能得到它最高程度的发展；而现实主义的文学艺术，也只有和彻底的民主主义相结合的时候，才能够获得它最深广的内容的。

这种情况，在中国共产党所领导的解放区，就完全不同了。下面引录的沙可夫在第一次全国文代大会上的专题发言——《华北农村戏剧运动和民间艺术改造工作》——中所叙述的情况，可以使我们了解一九四二年以前解放区文艺运动的一般情况：

还在一九三七年八路军开赴华北前线作战，随军宣传队到哪里，哪里便掀起人民文艺的活动，歌舞、短剧、活报，短小精悍，富有战斗作风，对当地的文艺活动起了刺激和推动作用。一九三八年，农村剧运就开始了萌芽。农民在抗日战争中获得解放，减租减息、参军抗日的热潮涌起了，农民要求娱乐，加上太行山剧团，抗敌剧社等职业文艺团体的帮助，晋东南创办民族革命艺术学校，继办鲁迅艺术学校，晋察冀联大文艺学院，前后训练了一批文艺工作干部，散布华北各地，华北敌后出现了许多农村剧团，农民集体的秧歌舞及各种新内容旧形式的艺术活动。一九三九年，太行区党委更明确的给太行山剧团的任务："开展农村戏剧运动，使农民自己来演自己的戏，服务于革命战争。"在晋察冀，同年春天开了戏剧座谈会，也决定要开展农村剧运。西北战地服务团，太行山剧团开办农民戏剧训练班，并下乡帮助村剧团工作的开展。辽县一个月中便组织起三十多个有组织有领导的农村剧团。晋察冀的北岳，冀中则组织得更多，冀中不少村剧团并有汽灯、幕布，演大戏。到年节，不少区、县、村剧团集中检阅、比赛……有不少的作品受群众欢迎。

一九四〇年以后，农村剧运开始具有群众性的规模，太行山成立了农村戏剧协会，"五四"曾集合了许多剧团表演。晋察冀成立了专门领导农村文化工作的文救会(冀中叫文建会)和剧协。三八节仅平山县的妇女大会，就有几十个村一两千人大表演，冀中规模更大。太行山剧团续办农村剧团干部训练班，西北战地服务团、联大文工团、抗敌剧协、冀中火线剧社、新世纪剧社等也都开办乡艺训练班，给各村剧团传播一些编剧、导演、化装、唱歌等常识，大大推动了农村剧运。一九四〇年夏，太行发展到一百个有组织有领导的巩固的农村剧团(其他不太巩固的更多，约三百个)，冀中则在一九四二年"五一"大"扫荡"前，约有一千七百个剧团，北岳区也有一千四百多个剧团。秧歌队、宣传队等。……他们直接服务于当前的斗争，起了很大的鼓动和教育作用。农民们普遍认为村里不闹剧团，没有文化娱乐是很丢人的事。一九四一年，晋察冀还曾经创造了几十个模范村剧团。专业剧团编印的各种文娱材料，每年发到各村剧团的，总有数千份甚至上万份。到一九四二年，不仅大道集镇，就是山沟小道的村店，即便没人指导，也都有文娱活动。的确，华北敌后农村的戏剧活动，即在毛主席文艺座谈会讲话以前，就已经比较广泛深入地开展了。

关于解放区抗日时期的部队文艺工作，傅钟在第一次全国文代大会上的报告(《关于部队的文艺工作》)中也有一段比较概括的叙述：

抗日战争以来，中国革命的军事战线与文艺战线的结合，大批知识分子与文艺工作者的参军，对于部队文艺工作的发展提高，起了重要作用。……部队文艺工作者，除了在抗战以来参军的——他们是部队文艺可贵的新血液——以外，还有极大多数是完全从部队中培养锻炼出来的。许多过去的“小鬼”，今天已是“音乐家”，“老演员”或者是杰出作品的作者，但无论新参军的或“土生土长”的，都是部队群众性文艺活动的整体的组成部分。

从上面引录的沙可夫和傅钟的报告，可以看出解放区抗日时期文艺运动的一般情况。首先是，因为党和毛主席的重视文艺，所以文艺(特别是戏剧)运动在一九四二年以前，就得到比较普遍深入的开展了。其次，解放区的文艺活动，是密切地结合当前的战争需要和群众的文化要求的，它服务于群众，服务于战争的需要，所以它能深入人心，收到巨大的宣传教育的效果。因此，最后，文艺活动已真正为人民所喜爱，文艺与人民已经不是漠不相关，而是开始成为人民斗争生活中的重要部分了。这种情况，跟国统区的多方阻碍文艺工作者“下乡”、“入伍”，害怕人民的觉醒和团结比较起来，成为了一个异常鲜明的对照。在抗日战争上，解放区与国统区采取了两种迥然不同的态度，因此，在文艺政策和文艺运动上，也就必然不可避免地要出现两种完全不同的面貌了。毛泽东同志告诉我们：从国民党统治区到革命根据地，“不但是经历了两种地区，而且是经历了两个历史时代。一个是大地主大资产阶级统治的半封建半殖民地的社会，一个是无产阶级领导的革命的新民主主义的社会。到了革命根据地，就是到了中国历史几千年来空前未有的人民大众当权的时代"①。这一点，从两个地区文艺运动的不同情况，完全可以看得出来。

不过，在延安文艺座谈会以前，因为许多文艺工作者还没有明确文艺为工农兵服务的重要意义，在思想上还存在大量的非工人阶级的思想，所以那时的文艺运动，也就不可能是没有缺点的。当时在农村剧运方面，就存在着这样的情况："政治上虽然提出并作到了为中心工作服务，艺术上却没有提倡从农民原有的艺术传统上加以改造、提高，创造为农民喜闻乐见的东西。有的文艺干部甚至对农民自己改造过的某些旧艺人、旧艺术还看不起，认为落后，而以小资产阶级知识分子的一套去要求农民，于是农村剧团或则模仿专业剧团而演大戏，演知识分子味的戏，铺张浪费，脱离群众；或则偷偷大唱旧戏，不听你的指导；或则只好在战争紧张中沉寂下来，收场不干。"②在部队文艺工作中，抗日初期也存在着"一些偏向，使部队的一些文艺活动，产生若干脱离群众、脱离实际的形式主义的弊病"③。这种轻视普及，片面强调提高的现象，在培养文学艺术干部的鲁迅艺术学院也同样地存在着。这些毛病，"都来源于一个根本问题，即艺术为群众与如何为法的问题还没有在思想上真正解决，还不能在各种艺术问题上都贯串着群众观点"④。

延安文艺座谈会以后，文艺工作者在毛泽东文艺思想的正确指引之下，才在思想上真正明确了这一根本问题，遵循着为工农兵的正确方向继续前进。于是"文艺工作者与工农兵结合，工农兵与文艺结合，新文艺与民间形式结合"⑤，一个热火朝天的群众性的文艺活动就开始蓬勃地展开，而一种具有"新鲜活泼的、为中国老百姓所喜闻

---

① 《在延安文艺座谈会上的讲话》。

② 沙可夫：《华北农村戏剧运动和民间艺术改造工作》（在第一次全国文代大会上的专题发言）。

③ 傅钟：《关于部队的文艺工作》（在第一次全国文代大会上的报告）。

④ 何其芳：《关于艺术群众化问题》，载论文集《关于现实主义》第二辑中。

⑤ 周扬：《表现新的群众的时代》。

乐见的中国作风和中国气派”的文艺作品，也就不断地涌现出来了。

解放区文艺工作者为了和广大工农兵群众相结合，曾作了极大努力的。他们积极地参加了战争，参加了广大农村中的各种民主改革运动和生产运动。许多在部队中工作的文艺工作者还直接参与战斗，有的就在战场上把生命献给了国家和人民。他们学习了马克思列宁主义，并且虚心诚恳地向工农兵群众学习。除了党的阶级的路线而外，他们没有也不允许有任何背道而驰的活动。他们在斗争和工作中开始熟悉和体验了党和政府的各项政策。所有这些，都是解放区文艺运动在延安文艺座谈会后获得健康成长的最根本的原因。

农民的群众性文艺活动，在延安文艺座谈会后，得到了更大规模的开展。农村剧团非常普遍，新年就是他们的艺术节，他们自编自演，演的多半是农村中的真人真事，而且紧密地配合了当前的中心任务。形式是从旧艺术的基础上加以改造的。农民们非常喜爱这种从自己的生活中产生出来的作品。正如周扬所曾经指出的：“这些作品对发动农民斗争，推动农村生产，教育与改造农民自己，发生了直接的立即的效果。”①一九四三年延安春节发动了新秧歌、秧歌剧运动，出动的秧歌队绝大部分带着业余的性质，他们创造了一百五十种以上的节目，从秧歌剧、秧歌舞到花鼓、旱船、小车、高跷、高台等，各色齐全。这些节目都是新的内容，反映了边区人民的生产和战斗。据统计，这次演出的五十六篇秧歌剧的主题如下：写生产劳动（包括变工、劳动英雄、二流子转变、部队生产、工厂生产等）的有二十六篇；军民关系（包括自卫、归队、优抗、劳军、爱民）的有十七篇；自卫防奸的十篇；敌后斗争的两篇；减租减息的一篇。其中写生产的最多，也最受群众欢迎。周扬在《表现新的群众的时代》中说：

> 这些秧歌并不是哪一个个人创造的，而是一种完全的集体创作。参加创作的不仅有诗人、作家、戏剧音乐工作者、行政工作者、知识分子、学生，这一回特别值得注意的是工人、农民、士

① 周扬：《新的人民的文艺》（在第一次全国文代大会上的报告）。

> 兵、店员也参加了。延安市民秧歌队以他们的规模，音乐，和样式的丰富轰动了观众，他们的节目大都是店员们自编自演的，《二流子改造》且出自铁匠工人的手笔。化学工厂工人们创作的《工厂是咱们自己的家》传达出了他们自己工厂生活的愉快的气氛。延属分区秧歌队演出的《浪子回头金不换》一剧，是由两位战士口述记录下来的，剧中的角色由他们扮演，他们熟练地运用了陕北老百姓的语言。留政秧歌队的《刘连长开荒》也是由工农出身的战士演出的，演技都不错。有的秧歌队是由机关学校部队与老百姓联合组成的，例如西区军民联合秧歌队与桥儿沟秧歌队就是；老百姓不但演出了，而且也自己编写了新内容的节目。工农群众在这次秧歌创作过程中，做了积极的参加者；他们表现了他们的创造能力和勇气。他们没有受过专门的艺术训练，但是凭着他们的本色和聪明，他们完成了自己份内的艺术创造的任务。
>
> 艺术工作者及一般学生知识分子在这次秧歌活动中也表现了他们非常有效的努力，他们尽了骨干的和指导的作用，同时也向群众学得了东西。……他们在实际中体验了毛主席指示的知识分子与工农兵结合、文艺为工农兵的方针的正确。这次春节的秧歌成了既为工农兵群众所欣赏而又为他们所参加创造的真正群众的艺术行动。创作者，剧中人，和观众三者从来没有象在秧歌中结合得这么密切。这就是秧歌的广大群众性的特点，它的力量就在这里。

上面的叙述可以使我们了解下列几点：（一）新的秧歌的产生和为群众所喜爱，不仅是秧歌这一独特的艺术样式的自身的发展和演变的结果，而更其重要的，是“文艺工作者与工农兵结合，工农兵与文艺结合，新文艺与民间形式结合”的结果；（二）在新的秧歌的创作和演出中，具体地说明了工农兵群众的惊人的艺术创造的才能，而一个文艺工作者必须学习工农兵，必须沿着工农兵自己前进的方向，沿着无产阶级前进的方向去提高文艺的水平，这样才可能创造出真正为工农兵的文艺，真正无产阶级的文艺；（三）像这样热火朝天的群众性的文艺运动，只有在毛泽东同志的正确的文艺方向之下，才有可能实现。文艺大众化是我们新文学史上二十多年来不曾得到解决的重要问题，而现在，在中国共产党和毛泽东同志的领导之下，在人民的民主政权之下，是得到正确的解决了。这是我们文学史上最值得大书特书的一件重要史实！

部队文艺工作，在延安文艺座谈会以后，也克服了过去存在的一些脱离群众、脱离实际的形式主义的缺点，而取得了更巨大的成绩和效果。部队党根据部队的需要，根据文艺在部队战斗、工作、学习、生活中所起的作用，而重视文艺工作并积极指导开展文艺工作。并且紧紧掌握毛泽东文艺方针的基本精神，使之正确地为战争和部队当前各种任务服务，为广大群众服务。部队的一般活动，都是有组织的集体的活动。文艺活动基本上也是这样。在部队开展各种文艺工作，除了充分的运用普通的方法之外，还充分的运用组织力量，集体的力量，形成集体活动，因而大大发挥了群众的创造性。在部队中常有所谓“演唱运动”，“枪杆诗运动”或“兵演兵、兵写兵、兵画兵运动”等等，几乎要使得人人会唱，人人会写，人人会画，甚至人人懂得演剧了。因为这样，在部队中，一个好歌子就有成千成万的唱手，一种出版物，一个好作品就有成千成万的读者，剧团在部队中轮回演出，也不会愁没有观众的，只愁演不过来。枪杆诗，快板诗，在人民解放军各部队的战士中发展最普遍，作品最多，每一节差不多都具有实际的政治意义。这里举一首战士写的诗为例：

手榴弹

别看我是生铁蛋，
我的用处不一般：
不喝水来不吃饭，
冲锋陷阵我当先。
大家好好把我练，
投得准，打得远，

轰隆一声冒黑烟，
能顶几架轻机关。①

这么短短的八行诗，很生动而真实地反映了部队同志的英勇的战斗意志，他对于自己作战武器的热爱，和他对于胜利前途的乐观坚强的信心。从这首短诗中，我们深刻地体会到工农群众具有着何等优秀、丰富的创作才能，而这种才能，在毛泽东同志指示的文艺方向之下，是开始得到无限量的发挥了。

以上就农村和部队的文艺运动，极不完全地叙述了一下解放区文艺与工农兵结合的情况。当时在解放区，因为客观条件的限制，工厂文艺运动的规模是比较小的，它的广泛的展开是在下一时期各大城市得到解放的时候。关于文艺工作者因为长期深入生活，与工农兵群众有着密切结合后所出现的文艺创作的新的面貌，当留待后面叙述本时期创作的时候，再作较详细的评介。

① 以上关于部队文艺运动的叙述均系根据傅钟在文代大会上的报告。

第二章 《在延安文艺座谈会上的讲话》的伟大历史意义

一 文艺界整风运动

毛泽东同志在一九四二年五月二十三日发表的《在延安文艺座谈会上的讲话》，是一篇具有伟大、深刻的历史意义的文艺论著，是马克思列宁主义的文艺理论在中国革命文艺运动具体实践中的天才的运用和发展。它“在中国革命文艺运动上第一次明确地深刻地解决了文艺工作中的根本问题——文艺和工农兵群众结合的问题，并由此给文艺工作者和一切革命知识分子指出了如何改造自己以求得和工农兵群众相结合，如何为工农兵群众服务的正确道路”①。这个讲话把我国“五四”以来的革命文艺推向了一个更新更高的发展阶段，成为了我国社会主义现实主义的文学艺术继续向前迈进的唯一指导方针。

在一九四二年展开的党内整风运动，是党中央和毛泽东同志为了加强党的思想领导，团结全党战胜敌人而采取的一种教育全党党员的有效方法。毛泽东同志在一九四一年五月就在延安干部会议上作了《改造我们的学习》②的报告，批判了当时在党内存在的“不注重研究现状，不注重研究历史，不注重马克思列宁主义的应用”的主观主义的作风。毛泽东同志教导大家要采取马克思列宁主义的态度，那“就

---

① 1952年5月23日《人民日报》社论：《继续为毛泽东同志所提出的文艺方向而斗争》。

② 《毛泽东选集》第三卷。

是应用马克思列宁主义的理论和方法，对周围环境作系统的周密的调查和研究”，“就是不要割断历史”，“就是要有目的地去研究马克思列宁主义的理论，要使马克思列宁主义的理论和中国革命的实际运动结合起来”。一九四二年二月一日毛泽东同志在中共中央党校开学典礼上的演说《整顿党的作风》①中，又明确指出：“有几样东西在一些同志的头脑中还显得不大正确，不大正派”，那就是学风还有些不正的地方，党风还有些不正的地方，文风也有些不正的地方。因此，毛泽东同志号召：“反对主观主义以整顿学风，反对宗派主义以整顿党风，反对党八股以整顿文风。”同年二月八日，毛泽东同志又在延安干部会上作了《反对党八股》②的演讲，指出了：“党八股这种东西，一方面是五四运动的积极因素的反动，一方面也是五四运动的消极因素的继承、继续或发展，并不是偶然的东西”；“党八股这个形式，不但不便于表现革命精神，而且非常容易使革命精神窒息。要使革命精神获得发展，必须抛弃党八股，采取生动活泼新鲜有力的马克思列宁主义的文风。”

一九四二年四月三日，党中央宣传部颁布了决定，号召全党同志学习毛泽东同志的报告和中央发布的整风文件。于是在全党范围内展开了一个按照马克思列宁主义的思想原则来整顿作风的运动，很快地在党内和党外引起了无产阶级思想和小资产阶级思想的大论战，帮助了大量的由小资产阶级知识分子出身的新党员和各级干部脱离小资产阶级立场转入无产阶级的立场，因而使党在思想上大大地提高，并且使党空前地团结和壮大了。毛泽东同志在一九四七年十二月，曾经这样总结这次整风的成绩：“抗日战争时期我党内部的整风运动，是一般地收到了成效的。这种成效，主要地是在于使我们的领导机关和广大的干部和党员，进一步地掌握了马克思列宁主义的普遍真理和中国革命的具体实践的统一这样一个基本的方向。在这点上我们党是比抗

① 《毛泽东选集》第三卷。
② 《毛泽东选集》第三卷。

日以前的几个历史时期，大进一步了。”①

整风运动的巨大收获，同样地也表现在我们的文艺运动上。在一九四二年的五月里，在延安召开了文艺座谈会，在一个月内开了三次会，进行了热烈的争辩。党和毛泽东同志特别关怀和重视这样一个会议。在开会的第一天(五月二日)，毛泽东同志作了启发性的讲话，到了最后一天(五月二十三日)，又给会议作了极其详尽和重要的结论。这就是我国文学史上最著名的科学的文艺论著——《在延安文艺座谈会上的讲话》。除了毛泽东同志外，朱总司令和另外几位党中央负责同志，都参加了这次座谈会，他们“坐在一个大的长方桌前，用心听着文艺界的同志们热烈的发言和辩论”，到了最后一天，发言结束了，在毛泽东同志做结论之前，朱总司令还“用着很朴素的中国老百姓的语言，而又很深入很精辟地讲了几句话”②。

在讲话的结论中，毛泽东同志指出：延安文艺界中“还严重地存在着作风不正的东西，同志们中间还有很多的唯心论、教条主义、空想、空谈、轻视实践、脱离群众等等的缺点，需要有一个切实的严肃的整风运动”。毛泽东同志继续指出：“延安文艺界现在已经展开了思想斗争，这是很必要的。小资产阶级出身的人们总是经过种种方法，也经过文学艺术的方法，顽强地表现他们自己，宣传他们自己的主张，要求人们按照小资产阶级知识分子的面貌来改造党，改造世界。在这种情形下，我们的工作，就是要向他们大喝一声，说：‘同志’们，你们那一套是不行的，无产阶级是不能迁就你们的，依了你们，实际上就是依了大地主大资产阶级，就有亡党亡国的危险。只能依谁呢？只能依照无产阶级先锋队的面貌改造党，改造世界。我们希望文艺界的同志们认识这一场大论战的严重性，积极起来参加这个斗争，使每个同志都健全起来，使我们的整个队伍在思想上和组织上都真正统一起来，巩固起来。”遵照着毛泽东同志的指示，于是在解放区文艺工作者中间，开展了一次整风学习，文艺工作者严肃认真地对

① 《目前形势和我们的任务》。

② 引自何其芳：《朱总司令的话》，载《星火集续集》。

自己的思想作了深入的检查，而且以实际行动实践了毛泽东同志的为工农兵服务的文艺方向。

毛泽东同志在结论中所指出的文艺界的唯心论、教条主义、空想、空谈、轻视实践、脱离群众等缺点，也就是一些非无产阶级的文艺思想，到底具体地表现在什么地方呢？我们曾经在很多地方说明了从“五四”以来的新文艺的革命传统，说明了从“五四”以来的新文艺就一直是朝向大众化前进的；但新文艺从“五四”以来也还有两个根本的弱点：在思想内容上它大量地存在着小资产阶级的思想感情，在艺术形式上它还缺乏着中国老百姓所喜闻乐见的、新鲜活泼的中国作风和中国气派。这两个缺点的存在，曾经给新文艺的战斗作用造成很大的局限，使得新文艺不可能很快地与工农兵大众密切结合。这两个缺点产生的原因，一方面是新文艺还没有完全克服和消除在五四运动中就具有了的消极因素——资产阶级的形式主义的倾向；另一方面则是许多从小资产阶级知识分子出身的作家还没有经过长期的生活锻炼和思想改造，还没有真正地脱离小资产阶级的立场而转入无产阶级的立场。这两者自然是互相联系，互相影响的，而后一点则是更主要的原因。

当时在延安文艺界中所存在着的非无产阶级思想，主要地表现在提高与普及、艺术性与革命性的分离上，而这实际上也就是主观主义和教条主义在文艺运动上的具体表现。周扬在《艺术教育的改造问题》(《鲁艺学风总结报告》之理论部分，对鲁艺教育的一个检讨与自我批评)一文中所指出的鲁艺教育的缺点，在当时的文艺运动上是具有比较广泛的代表性质的。周扬说：

> 没有“从客观实际出发”，鲁艺的教育，从方针到实施，贯串了主观主义和教条主义。理论与实际、所学与所用的脱节，在这里主要表现在提高与普及、艺术性与革命性的分离上。鲁艺是一个培养专门人材的学校，要提高是对的，但我们却把提高和普及机械地分裂开来，成了提高普及二元论，造出了关门提高的错误。鲁艺是一个艺术专门学校，注意技术学习也是对的，但鲁艺

是一个革命的艺术专门学校，艺术性与革命性必须紧紧结合。艺术性与革命性结合必须通过现实主义的创作方法。我们标榜现实主义是对的，但我们对于现实主义的理解却多少是一种非历史主义的、片面的，因而不正确的理解，由此招致了技术学习上的偏向。……

对于提高与普及的二元论的看法，就在认为两者的分工可以是绝对的。做提高工作的人只管向古典名作和大师去埋头学习，埋头提高；普及工作，他固然可以不做，就是指导普及的工作在他也是一种外加的负担，一种责任；而做普及工作的人呢，他如果想要提高，就只有向我们这些专做提高工作的人来学习。他们原也带了一点东西来学习的，他们在做普及工作中积蓄了不少经验，也碰到过不少钉子；这些经验，他们自己又往往没有时间和能力来整理。他们到这里来请教，但是一看，呵哟不得了，这里是史坦尼体系，那里是托尔斯泰、柴霍夫，真是堂皇得很，自己显得十分寒酸，再也不敢开口。而我们也的确是看不起他们，并没有主动地去探问他们的情形，帮助他们来研究他们的一些经验，解决他们所曾遇到过的一些问题。于是一方面提高工作对于普及工作在实际指导上显出了自己的漠不关心与无力，而另一方面普及工作对于提高工作也成了在艺术意义上丝毫无足轻重，可有可无了。这就是为甚么鲁艺和前方始终没有建立应有的联系，前方的同志感到了很大的不满①；这就是为甚么在校的同志大多数都轻视普及工作，看不起民间艺术，不愿做供应工作、突击性

① 引者按：何其芳在《记贺龙将军》一文（载《星火集续集》）中说："贺龙将军回到了延安。我没有机会见着他，但是我听说他对延安文艺界有些意见。他直爽地对周扬同志说，他不满意鲁艺当时的关门提高，把好学生好干部都留在学校里，不派到前方去，而对于抗战初期派到前方去的学生又不关心他们，和他们联系，研究并帮助解决他们在实际工作中间所碰到的艺术上的问题。他又亲自到文协去拜访过延安的作家们，欢迎他们到部队中去。对于当时某些所谓暴露延安的'黑暗'的作品，他更是抱着满腔保护革命，保护人民的热忱来反对。"

工作，认为这些工作只是“完成政治任务”，没有一点艺术创造的意义和价值。这不能怪同志们，责任是在领导方面。全部课程里面，研究现状，研究普及运动，研究民间艺术的课程，就几乎不占甚么地位，技术课压倒一切。这就是我们的责任。

鲁艺是解放区培养革命文艺干部的学校，它对革命文艺运动有过很巨大的贡献，但在它的艺术教育中还存在主观主义和教条主义的偏向，小资产阶级思想在我们文艺运动上的顽强表现，由此可见一斑。这种现象的存在，对于“使文艺很好地成为整个革命机器的一个组成部分，作为团结人民、教育人民、打击敌人、消灭敌人的有力的武器，帮助人民同心同德地和敌人作斗争”，无疑地是会有很大妨碍的。

由于在艺术问题上不能够随时贯串着群众观点，存在着“关门提高”的错误态度，因此，对于西洋古典作品的缺乏批判的学习和对于我国文学遗产与民间文学的轻视，正是一种必然的结果。何其芳在《关于艺术群众化问题》一文中，曾经扼要地分析和指出过这种现象及其产生的根源：

总之，在普及与提高，在接受文学遗产，在文艺批评的标准等具体问题上，我们都有过一些不清楚的观念。轻视普及，片面强调提高，又不知道应该从工农兵的基础即普及的基础去提高，同时用这种提高去为工农兵服务即去指导普及。在接受文学遗产上缺乏批判地强调学习外国资产阶级现实主义的名著，忽视中国过去的文学，尤其是民间文学，不知道中国过去的文学有属于封建阶级的，也有属于人民的，又不知道封建阶级的文学固然很旧，资产阶级现实主义的文学也并不很新。对于作品往往不是把政治标准放在第一位，而把艺术标准放在第一位，同时脑子里面又无形中有一个抽象不变的艺术标准，即那些资产阶级现实主义的名著。这一系列的毛病都来源于一个根本问题，即艺术为群众与如何为法的问题还没有在思想上真正解决，还不能在各种艺术问题上贯串着群众观点。

为群众与如何为群众的问题在作家的思想上没有得到真正解决，也就是作家的思想感情还没有真正变化和得到改造，“他们的灵魂深处还是一个小资产阶级知识分子的王国”，这样的结果必然会在创作上出现许多“衣服是劳动人民，面孔却是小资产阶级知识分子”的作品；而这样的作品，在文艺座谈会以前，也是可以经常地发见的。下面节录的《隔膜与欢乐》一文是一个很好的例证：

> 多少至诚的大勇者，为要冲破这些又高又厚的重重叠叠的城墙，受伤了，“可笑”地倒下了。
>
> 马克思就是受伤最深的一个。
>
> 我象看见他有时也灰心了，也沉郁了，也失望了。
>
> 在收集《资本论》材料的那些长年的劳苦中，不断地更发现人与人之间的迫害，残暴，隔膜，陌生，漠不相关……他一定岂止一次独自流过泪。
>
> 可是每次受伤之后他总更振奋起来，更献身于著作与行动的。
>
> 遍体的鳞伤是最合身的战袍。
>
> 马克思从最深的苦难中提炼出无上的欢乐，深信着人类是终有一天，人人或多或少都会——
>
> “没有一件人的事情对于我是陌生的。”

在这篇节录的短文中，我们看见了作者正是“把自己的作品当作小资产阶级的自我表现来创作的”。他以一个未经改造的小资产阶级知识分子的思想感情来体会和描写马克思，其结果是歪曲了这位世界无产阶级的导师和同志的真实面目和战斗精神——马克思在作者的笔下，也成了一个感伤主义者，一个感情脆弱、思想狭窄的人了！这样的例子，在其他描写工农兵的作品中，也是“屡见不鲜”的。这就很生动具体地说明了思想感情的改变，对于一个从小资产阶级知识分子出身的文艺工作者，是如何地必要和迫切了。

在毛泽东同志的讲话中所指出来的其他几种糊涂观念和错误思想，如："人性论"，"文艺的基本出发点是爱，是人类之爱"，"从来文艺的任务就在于暴露"，"还是杂文时代，还要鲁迅笔法"等等，在当时延安文艺界中也是实际地存在的。何其芳在《用毛泽东的文艺理论来改进我们的工作》①一文中，曾经这样追叙当时的情况："……后来许多左翼的文艺工作者到了延安，在前一个时期，这些文艺工作者在抗日战争的革命高潮中，也曾经积极地做了许多工作，在鼓舞抗日情绪和提高胜利信心上是有贡献的。但在一九四一年到一九四二年整风运动以前这一段时间内，由于抗日战争早已进入了艰苦的相持阶段，延安的物质生活更加困难，再加上有了更多的文艺工作者从蒋管区来到了延安，这个矛盾就发展得很尖锐了。其中最突出的表现是毛泽东同志在讲话里面痛加驳斥的所谓'暴露黑暗'的倾向。'还是杂文时代，还要鲁迅笔法'，超阶级的抽象的'人性论'，认为艺术可以'与政治并行或互相独立'的艺术观，都是当时那些'暴露黑暗'论者的理论。这种错误倾向的主要代表人物之一的萧军，曾经利用鲁迅先生在一九二七年的一个讲演《政治与文艺的歧途》中的某些论点，'文艺与政治时时在冲突之中'，'政治要维持现状，自然与不安于现状的文艺处于不同的方向'，来作为他反人民的文艺活动的根据。……这种错误倾向并不能看作一种个别的偶然的现象。在整风运动以前的延安，虽然为期不长，参加这种错误的文艺活动的并不只是萧军一人或类似萧军的人，而是相当有一部分作者。甚至有一些共产党员作者也公然支持附和，或者虽未在理论上支持附和，所写的某些作品却实际是属于或接近于这种倾向。……"这就是在整风以前存在于延安文艺界的错误倾向，而这些都在延安文艺座谈会和整风运动中得到严格的批判和纠正了。

延安文艺界当时存在的错误倾向和后来在文艺运动上出现的焕然一新的面貌，都证明了毛泽东同志规定的为工农兵的文艺方向的无比

① 《文艺报》1952 年第 1 号。

正确。一九四三年十一月七日，党中央宣传部发出了《关于执行党的文艺政策的决定》，其中说：

> 十月十九日《解放日报》发表的毛泽东同志《在延安文艺座谈会上的讲话》，规定了党对于现阶段中国文艺运动的基本方针。全党都应该研究这个文件，以便对于文艺的理论与实际问题获得一致的正确的认识，纠正过去各种错误的认识。全党的文艺工作者都应该研究和实行这个文件的指示，克服过去思想中工作中作品中存在的各种偏向，以便把党的方针贯彻到一切文艺部门中去，使文艺更好地服务于民族与人民的解放事业，并使文艺事业本身得到更好的发展。

在我们文艺事业前进的道路上，能够得到毛泽东同志这样亲切的关怀和明睿的指示，这是我们文艺事业和文艺工作者莫大的幸福和光荣。这个讲话，不仅在当时而且也在今天，都具有着无比重要的指导意义。学习它，把它的精神实质贯彻到我们的事业当中去，这是所有的革命文艺工作者共同的责任。

二　社会主义文学的指导方针

在延安文艺座谈会以后，我国革命的文学艺术，在毛泽东同志的文艺方针的指导下，在“五四”革命传统的基础上，取得了更巨大更辉煌的成就和成绩。而这种成就和成绩的获得，与毛泽东同志所昭示我们的社会主义文学的指导方针，和许多革命文艺工作者努力实践毛泽东同志的指示是密切而不可分割的。

为群众与如何为群众，是无产阶级革命文艺的根本问题。毛泽东同志《在延安文艺座谈会上的讲话》就首先异常卓越地为我们解决了这个问题。从“五四”以来，以鲁迅为代表的革命文艺就是沿着为群众服务的方向前进，而且企图在前进的过程中来把这个问题加以解决的。但是在左联时期，这个问题是没有可能得到解决的。这是因为当时的革命文艺运动是在极其残酷的白色恐怖之下，在与革命战争没有互相结合（因为当时的反动派把这两支兄弟军队从中隔断了的缘故）的情况之下进行的，文艺工作者得不到深入斗争生活、彻底改造自己的机会，而作品的读者又很少能够越出都市小市民层和青年知识分子的狭小范围；这样，文艺作家和文艺作品就始终得不到与群众相结合的机会。所以从“五四”以来，特别是从左联时期以来，文艺大众化虽然被提到文艺运动的日程上来，而且经过有力的倡导与热烈的讨论，但是依然得不到很好的开展。在本时期的解放区，这种情况就完全两样了：一方面，革命工作的向前推进，迫切地需要文艺与人民群众的结合；另一方面，文艺作品在解放区的接受者，也不像过去拘囿在都市的狭小范围内，而是广大的工农兵以及革命的干部了，读者对象的不同，也在要求作家和作品面貌的改变；最后，更重要的是，解放区的文艺运动是在党中央和毛泽东同志的亲切关怀和直接领导之下推进的，这就使得文艺为工农兵群众服务不仅是万分必要，而且是完全可能了。

在讲话中，毛泽东同志首先这样教导我们：“我们的文艺，第一是为工人的，这是领导革命的阶级。第二是为农民的，他们是革命中最广大最坚决的同盟军。第三是为武装起来了的工人农民即八路军、新四军和其他人民武装队伍的，这是革命战争的主力。第四是为城市小资产阶级劳动群众和知识分子的，他们也是革命的同盟者，他们是能够长期地和我们合作的。这四种人，就是中华民族的最大部分，就是最广大的人民大众。”

毛泽东同志的明确规定，使我们的文艺严格地区别于那些为资产阶级、封建地主阶级和帝国主义服务的一切反动的文艺。“现阶段的中国新文化，是无产阶级领导的人民大众的反帝反封建的文化。真正人民大众的东西，现在一定是无产阶级领导的。资产阶级领导的东西，不可能属于人民大众。新文化中的新文学新艺术，自然也是这样。”

为人民大众的文艺是要求作家以文学艺术“表现工农兵的思想和感情的，特别是表现工农兵群众中先进分子的思想和感情，这就是说，要歌颂他们的坚韧的斗争意志、忘我的劳动热忱，表扬他们对集体、对国家、对人民利益的无限忠心”，一句话，革命作家应该在作品中告诉读者新的生活、新的人物、新的世界，“借以培养人民的新的品质和新的道德，帮助人民推动历史前进”①。这就是为工农兵的文艺。

但是要创造为工农兵服务的文艺，“就必须站在无产阶级的立场上，而不能站在小资产阶级的立场上”。一个小资产阶级出身的作家想在创作和其他生活实践中，坚定地站在无产阶级的立场上，那不是一件容易的事情。毛泽东同志这样剀切地叮嘱我们：“在今天，坚持个人主义的小资产阶级立场的作家是不可能真正地为革命的工农兵群众服务的，他们的兴趣，主要是放在少数小资产阶级知识分子上面。而我们现在有一部分同志对于文艺为什么人的问题不能正确解决的关键，正在这里。……这些同志的立足点还是在小资产阶级知识分子方面，或者换句文雅的话说，他们的灵魂深处还是一个小资产阶级知识分子的王国。这样，为什么人的问题他们就还是没有解决，或者没有明确地解决。这不光是讲初来延安不久的人，就是到过前方，在根据地、八路军、新四军做过几年工作的人，也有许多是没有彻底解决的。要彻底地解决这个问题，非有十年八年的长时间不可。但是时间无论怎样长，我们却必须解决它，必须明确地彻底地解决它。我们的文艺工作者一定要完成这个任务，一定要把立足点移过来，一定要在深入工农兵群众、深入实际斗争的过程中，在学习马克思主义和学习社会的过程中，逐渐地移过来，移到工农兵这方面来，移到无产阶级这方面来。只有这样，我们才能有真正为工农兵的文艺，真正无产阶级的文艺。”

像这么明确地把作家立场的转变，也就是把作家的思想改造问题，当成是创造为工农兵的文艺的关键问题，这在过去是从未有过的事。大众化“就是我们的文艺工作者的思想感情与工农兵大众的思想

① 周扬：《为创造更多的优秀的文学艺术作品而奋斗》（在第二次全国文代大会上的报告）。

感情打成一片”。这句话里该包含了多么丰富深刻的革命道理！是对于大众化多么正确多么精到的科学概括！

毛泽东同志不厌详尽地教导我们要学习马克思列宁主义，说："马克思列宁主义是一切革命者都应该学习的科学，文艺工作者不能是例外。"对于那些说“提倡学习马克思主义就是重复辩证唯物论的创作方法的错误，就要妨害创作情绪”的错误想法，毛泽东同志也给了它们以有力的驳斥。他这样提醒我们："学习马克思主义，是要我们用辩证唯物论和历史唯物论的观点去观察世界，观察社会，观察文学艺术，并不是要我们在文学艺术作品中写哲学讲义。马克思主义只能包括而不能代替文艺创作中的现实主义，正如它只能包括而不能代替物理科学中的原子论电子论一样。空洞干燥的教条公式是要破坏创作情绪的，但是它不但破坏创作情绪，而且首先破坏了马克思主义。"毛泽东同志是谆谆教导我们，要同“最没有出息的最害人的文学教条主义与艺术教条主义”作坚决斗争的。

毛泽东同志在讲话中对于文艺科学中的一个根本问题，即文学艺术的来源问题，作了十分严谨的科学说明："作为观念形态的文艺作品，都是一定的社会生活在人类头脑中的反映的产物。革命的文艺，则是人民生活在革命作家头脑中的反映的产物。人民生活中本来存在着文学艺术原料的矿藏，这是自然形态的东西，是粗糙的东西，但也是最生动、最丰富、最基本的东西，在这点上说，它们使一切文学艺术相形见绌，它们是一切文学艺术的取之不尽、用之不竭的唯一的源泉。"因此，一个革命的作家必须深入群众生活，必须参加变革客观世界的革命活动，“了解各种人，熟悉各种人，了解各种事情，熟悉各种事情”，而作家在长期的改变客观世界的革命实践中也改变了自己的主观世界（把自己的思想感情来一个变化），只有这样，他才可能真实地反映在革命的发展中的现实生活，才可能创造出有血有肉，栩栩如生的正面的典型形象，也才可能以革命的真理教育群众，帮助群众推动历史前进。毛泽东同志号召我们："中国的革命的文学家艺术家，有出息的文学家艺术家，必须到群众中去，必须长期地无条件地全心全意地到工农兵群众中去，到火热的斗争中去，到唯一的最广大最丰富的源泉中去，观察、体验、研究、分析一切人，一切阶级，一切群众，一切生动的生活形式和斗争形式，一切文学和艺术的原始材料，然后才有可能进入创作过程。”毛泽东同志在这段话中所揭示出来的，正是革命文学艺术创作的最主要和最基本的方法，是一切要以文艺为工农兵服务的革命作家所必须遵循的唯一正确道路。

毛泽东同志在讲话中，也极其透辟地阐释了普及与提高的正确关系。普及与提高的问题是我们如何为群众的一个根本的问题，而普及与提高的问题在过去之所以没有得到正确的解决，则又和没有弄清楚为什么人有着很密切的联系。毛泽东同志教导我们：“我们的文艺，既然基本上是为工农兵，那末所谓普及，也就是向工农兵普及，所谓提高，也就是从工农兵提高。用什么东西向他们普及呢？……只有用工农兵自己所需要、所便于接受的东西。因此在教育工农兵的任务之前，就先有一个学习工农兵的任务。提高的问题更是如此。提高要有一个基础。……只能是从工农兵群众的基础上去提高。也不是把工农兵提到封建阶级、资产阶级、小资产阶级知识分子的‘高度’去，而是沿着工农兵自己前进的方向去提高，沿着无产阶级前进的方向去提高。而这里也就提出了学习工农兵的任务。只有从工农兵出发，我们对于普及和提高才能有正确的了解，也才能找到普及和提高的正确关系。”毛泽东同志继续告诉我们：“现在工农兵面前的问题，是他们正在和敌人作残酷的流血斗争，而他们由于长时期的封建阶级和资产阶级的统治，不识字，无文化，所以他们迫切要求一个普遍的启蒙运动，迫切要求得到他们所急需的和容易接受的文化知识和文艺作品，去提高他们的斗争热情和胜利信心，加强他们的团结，便于他们同心同德地去和敌人作斗争。对于他们，第一步需要还不是‘锦上添花’，而是‘雪中送炭’。所以在目前条件下，普及工作的任务更为迫切。轻视和忽视普及工作的态度是错误的。”又说：“我们的提高，是在普及基础上的提高；我们的普及，是在提高指导下的普及。……我们所说的普及工作不但不是妨碍提高，而且是给目前的范围有限的提高工作以基础，也是给将来的范围大为广阔的提高工作准备必要的条件。”

毛泽东同志的教导首先说明了：要解决如何为群众的问题，必须先要很好地弄清楚为什么人的问题，这是解决普及与提高关系的正确标准。其次也说明了：所谓普及，就是用工农兵自己所需要、所便于接受的东西来向工农兵普及；所谓提高，也就是沿着工农兵自己前进的方向，无产阶级前进的方向去提高。普及与提高不是互相分离和对立的，而是彼此关联，不能截然分开的。在普及的基础上提高，在提高的指导下普及，这个原则十分科学地规定了普及与提高的正确关系。就这样，毛泽东同志一方面批判了某些同志们轻视普及、关门提高的错误，同时也预示了新的人民文艺的日益广阔的前途。

在讲话中，毛泽东同志还天才地运用了历史唯物主义的方法，阐明了文学艺术在阶级社会里面的阶级性和它在阶级斗争中的武器作用，并从而驳斥和粉碎了那些唯心的超阶级的荒谬说法。毛泽东同志说："在现在世界上，一切文化或文学艺术都是属于一定的阶级，属于一定的政治路线的。为艺术的艺术，超阶级的艺术，和政治并行或互相独立的艺术，实际上是不存在的。无产阶级的文学艺术是无产阶级整个革命事业的一部分，如同列宁所说，是整个革命机器中的'齿轮和螺丝钉'①。因此，党的文艺工作，在党的整个革命工作中的位置，是确定了的，摆好了的；是服从党在一定革命时期内所规定的革命任务的。……文艺是从属于政治的，但又反转来给予伟大的影响于政治。"一个革命的文艺工作者必须站在无产阶级和人民大众的立场，共产党员还要站在党的立场，站在党性和党的政策的立场，他才能做好他所担任的文学艺术工作。文艺界必须运用它的主要的斗争方法——文艺批评；而文艺批评的标准又必须"以政治标准放在第一位，以艺术标准放在第二位"。我们的要求是"政治和艺术的统一，内容和形式的统一，革命的政治内容和尽可能完美的艺术形式的统

① 《毛泽东选集》第三卷原注：见列宁《党的组织和党的文学》一文。他说："文学事业应当成为无产阶级总的事业的一部分，成为一个统一的、伟大的、由整个工人阶级全体觉悟的先锋队所开动的社会民主主义的机器的'齿轮和螺丝钉'。"

一”。我们必须反对那些超阶级的抽象的“人性论”，而“主张无产阶级的人性，人民大众的人性”。因此，“我们不能爱敌人，不能爱社会的丑恶现象，我们的目的是消灭这些东西”。“一切危害人民群众的黑暗势力必须暴露之，一切人民群众的革命斗争必须歌颂之，这就是革命文艺家的基本任务。”

毛泽东同志这些剀切的指示，澄清了存在丁某些同志思想中的糊涂观念，提高了全体文艺工作者的阶级觉悟，在革命文艺阵营内划清了工人阶级与非工人阶级的思想界限。他主张站在无产阶级立场的以反映工农兵的斗争生活为主要内容的社会主义现实主义，而且指示了沿着这个方向前进的正确道路。毛泽东同志的关于一般文化和文学艺术如何与广大工农兵群众结合的理论，是我国革命文艺运动继续向前发展的唯一正确的指导方针；《在延安文艺座谈会上的讲话》这一光辉著作，则是马克思列宁主义理论宝库里的最著名的重要文献之一，它不仅为我国人民文艺开辟了一个崭新的时代，而且也给予了全世界的革命文艺以非常巨大的影响。

第三章　文艺思想领域内的批判和斗争

一　“民族形式”讨论

在一九三九年至一九四〇年两年中展开的关于“民族形式”问题的讨论，是在革命文艺阵营内部由于对“民族形式”的不同理解而引起的一次论争。论争的起源是这样的：抗日战争爆发以后，文艺界所面临着的一个重要问题，就是如何运用文艺来对广大人民进行宣传教育，因此在上一时期被广泛地展开讨论的文艺大众化问题，这时更成为一般人热烈关心和迫切要求解决的问题，而“旧形式的利用”就被一些人理解为实践文艺大众化的唯一途径。当时虽然写了不少通俗的作品①，但关于“旧形式的利用”问题彼此的看法既不一致，而大家所关心的又大半只限于形式方面，问题是依然没有得到解决的。一九三八年十月，毛泽东同志在党的扩大的六中全会上，作了《中国共产党在民族战争中的地位》②的报告，其中《学习》一段说：

> 学习我们的历史遗产，用马克思主义的方法给以批判的总结，是我们学习的另一任务。我们这个民族有数千年的历史，有

---

① 当时许多著名作家如老舍、张天翼、沙汀、艾芜、欧阳山都写了不少的这一类作品。老舍的通俗作品很多，后来收集在《三四一》一书中。张天翼、沙汀、艾芜共同执笔写了《芦沟桥演义》。欧阳山写了许多“大众小说”。其他作家写的这类作品还多得很。

② 《毛泽东选集》第二卷。

> 它的特点，有它的许多珍贵品。对于这些，我们还是小学生。今天的中国是历史的中国的一个发展；我们是马克思主义的历史主义者，我们不应当割断历史。从孔夫子到孙中山，我们应当给以总结，承继这一份珍贵的遗产。这对于指导当前的伟大的运动，是有重要的帮助的。共产党员是国际主义的马克思主义者，但是马克思主义必须和我国的具体特点相结合并通过一定的民族形式才能实现。马克思列宁主义的伟大力量，就在于它是和各个国家具体的革命实践相联系的。对于中国共产党说来，就是要学会把马克思列宁主义的理论应用于中国的具体的环境。成为伟大中华民族的一部分而和这个民族血肉相联的共产党员，离开中国特点来谈马克思主义，只是抽象的空洞的马克思主义。因此，使马克思主义在中国具体化，使之在其每一表现中带着必须有的中国的特性，即是说，按照中国的特点去应用它，成为全党亟待了解并亟须解决的问题。洋八股必须废止，空洞抽象的调头必须少唱，教条主义必须休息，而代之以新鲜活泼的、为中国老百姓所喜闻乐见的中国作风和中国气派。把国际主义的内容和民族形式分离起来，是一点也不懂国际主义的人们的做法，我们则要把二者紧密地结合起来。在这个问题上，我们队伍中存在着的一些严重的错误，是应该认真地克服的。

文艺界在深入学习毛泽东同志的报告的时候，不能不深刻地联系到文艺创作的问题上来；特别是考察二十多年来的文艺为什么不能为人民所喜闻乐见的时候，不能不牵涉到旧形式的利用和“五四”以来的新文学的重新估价的问题。当时在延安的《文艺战线》，《中国文化》等刊物上，周扬、艾思奇等都著文讨论如何运用旧形式、创造新的民族形式的问题。他们的文章中也有涉及“五四”以来新文艺的重新评价的问题，一方面指出了它的缺点，另一方面也指出了它的优点，而且认为创造新的民族形式，正是“五四”以来新文艺的一个必然的和应有的发展。把这个问题加以最清楚的说明的，是周扬的《对旧形式利用在文学上的一个看法》①一文。在这篇文章中，周扬说：

> 新文艺，是作为一个打开少数人的贵族的文学建立多数人的平民的文学的运动而兴起的，是一直在为文艺与大众的结合的旗帜下发展来的，它不能坐视自己与广大民众直到现在这隔膜的状态，不能等待社会改造了，人民在文化上提高了，因而趣味也提高了，然后自动来领受它的沐浴。……因为旧形式有广大社会基础，所以利用旧形式就有特别的必要。但是新文艺并不因此而放弃原来的新形式，不但不放弃，而且仍要以发展新形式为主。利用旧形式，不但与发展新形式相辅相成，且正是为实现后者的目的的。把民族的，民间的旧有艺术形式中的优良成分吸收到新文艺中来，给新文艺以清新刚健的营养，使新文艺更民族化，大众化，更为坚实与丰富，这对于思想性艺术性较高，但还只限于知识分子读者的从前的新文艺形式，也有很大的提高的作用。……利用旧形式也并不是停止于旧形式，保存旧形式的整体，而正是要在艺术上思想上加以改造，在批判地利用和改造旧形式中创造出新形式。所以利用旧形式不但不是从新形式后退，而正是帮助新形式前进。所以利用旧形式，就并不只是新文艺对于社会，今天说对于抗战的一种责任，而同时也正是为自己的普及与提高，也就是为自己的更大发展。

周扬接着还从(一)以发展新形式为主的问题，(二)新形式之大众的改造，即新形式如何从旧形式吸收营养的问题，和(三)旧形式之艺术上思想上的改造的问题，即旧形式如何配合新形式前进的问题——这样三个问题加以充分的阐释；而且最后还说："民族新形式之建立，并不能单纯依靠于旧形式，而主要地还是依靠对于自己民族现实生活的各方面的绵密认真的研究，对人民的语言，风习，信仰，趣味等等的深刻了解，而尤其是对目前民族抗日战争的实际生活的艰

① 载《中国文化》第1期。

苦的实践。离开现实主义的方针，一切关于形式的辩论都将会成为烦琐主义与空谈。”

艾思奇在《旧形式运用的基本原则》①中认为：(一)旧形式运用问题的提出不是偶然的，而是“中国今天的现实对于文艺人所提出来的历史的要求”。(二)“运用旧形式，其目的却不是要停止于旧形式，而是为要创造新的民族的文艺。”(三)不能把它仅仅看作形式的、技术的问题。“在形式上它是要创造新的民族作风，在内容上(这是重要的)却是为着要反映民族斗争的新的现实。”(四)提出旧形式问题，不是绝对否定“五四”以来新文艺的成果，而是要探求帮助它发展的另外的源泉。形式必须适合于内容，“因此，要真正能驾驭旧形式，更重要的问题却在于认识民众的生活”。新文艺运动正是在这方面存在缺点。

在延安的讨论中，没有发生什么大的歧异。

但是这个问题一九四〇年在国统区展开讨论时，却出现了两种对立的然而同是不正确的意见：它们“有的是把大众化问题简单化到只是‘民间旧形式’的利用(所谓‘旧瓶装新酒’)，以至完全抹煞了五四以来的一切新文艺的形式，也有的在保卫‘文艺新形式’的名义下坚守着小资产阶级文艺的小天地——其所保卫的是‘形式’，实际上是深恐藏在这种形式下的内容受到损害”②。

当时在论争中，代表第一种不正确思想的，是向林冰的主张和看法。向林冰在这次论争中写了以下几篇文章：《论“民族形式”的中心源泉》，《“国粹主义”简释》，《再论民族形式的中心源泉》，《关于民族形式问题敬质郭沫若先生》。他的中心主张差不多完全包括在《论“民族形式”的中心源泉》一文里，其余几篇大都是在论争进行中为了发挥与支持自己的原来主张而作的。在这篇文章中，向林冰首先就将“五四”以来的新文艺形式和大众的民间文艺形式放在一个不应有的

---

① 载《文艺战线》第3期。

② 茅盾：《在反动派压迫下斗争和发展的革命文艺》(在第一次全国文代大会上的报告)。

对立的地位上，更由此而产生出他的“中心源泉”的说法来。他说：

> 新质发生于旧质的胎内，通过了旧质的自己否定过程而成为独立的存在。因此，民族形式的创造，便不能是中国文艺运动的“外铄”的范畴，而应该以先行存在的文艺形式的自己否定为地质。在民族形式的前途，有两种文艺形式存在着：其一，“五四”以来的新兴文艺形式，其二，大众所习见常闻的民间文艺形式。那末，民族形式的创造，究竟以何者为中心源泉呢？似乎是首先应该解决的根本大问题。

什么是民族形式的“中心源泉”呢？照向林冰的看法显然只是民间形式而不是“五四”以来的新文艺。他说：

> ……民族形式的中心源泉，实在于中国老百姓所习见常闻的自己作风与自己气派的民间形式之中。至于“五四”以来的新兴文艺形式，由于是缺乏口头告白性质的“畸形发展的都市的产物”，是“大学教授，银行经理，舞女，政客以及其他小‘布尔’的适切的形式”（黄绳先生在其《当前文艺运动的一个考察》中所评定），所以在创造民族形式的起点上，只应置于副次的地位，即以大众现阶段的欣赏力为基准，而分别的采入于民间形式中，以丰富民间形式自身。在确定民族形式中心源泉问题上，如果脱离了中国社会变革动力的理解，如果抹杀了主导契机与从属契机的差别，则必然在文艺运动的政治实践上导出偏差来。

向林冰的这种错误看法之所以产生，主要是由于他不了解从“五四”以来的新文艺原是我国古典现实主义文学的继承和发展。在它开始兴起的时候，虽然过分地肯定了西洋文学的形式，而且某些文艺作品也的确产生了一些脱离民族传统和人民喜爱的偏向（这个偏向是我们所应该指出和加以纠正的），但那决不是主要的部分。我们的新文艺是始终以现实主义为其主流，而且还是一直朝着大众化的方向继续前进的。因此，决不能说“五四”以来新文艺的产生仅仅是由于“外铄”的力量，是一种移植形式，更不能由此认为它与我国的民间形式是一种对立的形式，而“在创造民族形式的起点上，只应置于副次的地位”。没有疑问，向林冰这种对于“五四”以来的新文艺形式的完全抹杀的态度，是非常错误的。这种错误的说法，在当时虽然也得到了一些赞同和支持的意见①，但反对的更占多数。于是在“保卫五四革命文艺传统”的口号之下，又产生了第二种不正确的思想和看法。这种思想和看法，可以葛一虹的主张为代表。

葛一虹在这次论争中，写过《民族遗产与人类遗产》、《民族形式的中心源泉是所谓“民间形式”吗?》、《鲁迅论大众文艺》等文。他在《民族遗产与人类遗产》中说：

> 我们并不否认我们的民族遗产中间多少有助于我们完成大众化完成民族形式的东西。但是却不是“主导契机”或“中心源泉”。我们的“主导契机”或“中心源泉”，还是在于我们的科学的世界观和我们的现实主义的创作方法。那末在封建制度底下所成长起来的旧形式或民间形式中间，那般创造家会把握了怎样深度的科学的世界观和怎么高度的现实主义的创作方法来组织题材，并把这些题材来表现呢?

在《民族形式的中心源泉是所谓“民间形式”吗?》中，他又说：

> 对于“五四”以来艰苦斗争的新文艺作着这样的看法(按系指向林冰和黄绳的看法)，实在是一种含着侮辱的偏见。新文艺在普遍性上不及旧形式，是不容讳言的。其原因，固然新文艺工作

① 赞同向林冰的意见的有方白，他认为“民间文艺是内在的，新文艺是外来的，所以民间形式的变革是内部矛盾，而外来文艺与民间文艺的冲突则是外部矛盾”(《民族形式的中心源泉不在民间形式吗?》)。还有黄绳，他写过《当前文艺运动的一个考察》，主要意见已见向林冰的引文。

> 者不能全部卸下他的责任，但主要还是在于精神劳动与体力劳动长期分家以致造成一般人民大众的知识程度低下的缘故。而旧形式之所以仍能激引观众和读者的原因也在此。所以，目前我们迫切的课题是怎样提高大众的文化水平，而不是怎样放弃了已经获得的比旧形式“进步与完整”的新形式，降低水准的从“大众欣赏形态”的地方利用旧形式开始来做什么，而是继续了“五四”以来新文艺艰苦斗争的道路，更坚决地站在已经获得的劳绩上，来完成表现我们新思想新情感的新形式——民族形式。而这样的形式才是真正的新鲜活泼为老百姓喜见乐闻的中国作风与中国气派。

葛一虹的意见之所以是错误的，不在于他主张“继续‘五四’以来新文艺艰苦斗争的道路”，而在于他“在保卫‘文艺新形式’名义下坚守着小资产阶级文艺的小天地——其所保卫的是‘形式’，实际上是深恐藏在这种形式下的内容受到损害”。在这种错误思想的支配之下，他“保卫”了“五四”以来的新文艺的缺点和应该改造的一面，而把“新文艺在普遍性上不及旧形式”的原因，完全归之于“人民大众的知识程度低下的缘故”；同时他也看不见“在封建制度底下所成长起来的旧形式或民间形式中间”，“那般创作家”也有不少是被压迫的人民大众，他们具有很优异的创作才能，所以他们的创作也依然包含着很丰富深厚的人民性和现实主义精神。因为这样，所以葛一虹主张新文艺应该原封不动地“站在已经获得的成绩上”，只是“提高大众的文化水准”来迁就新文艺。这种看法，正是毛泽东同志《在延安文艺座谈会上的讲话》中所指出来的，“这些同志的立足点还是在小资产阶级知识分子方面”，“他们在某些方面也爱工农兵，也爱工农兵出身的干部，但有些时候不爱，有些地方不爱，不爱他们的感情，不爱他们的姿态，不爱他们的萌芽状态的文艺（墙报、壁画、民歌、民间故事等）”。他们不知道向工农兵普及，“只有用工农兵自己所需要、所便于接受的东西”，而所谓提高，“也只能是从工农兵群众的基础上去提高”。因此，他们所说的“提高大众的文化水准”就不能不是“从空中提高”，“关门提高”，“从小资产阶级知识分子的基础”上去提高。葛一虹这种主张和看法，错误是非常明显的。

在这次关于“民族形式”的讨论中，胡风发表了荒谬绝伦的主张，宣扬了他的蔑视我国文学遗产和否定民族形式的资产阶级的文艺思想。他的论点，具见于他在一九四〇年所写的《论民族形式问题》小册子中。胡风写这个小册子是有这样一个企图的：他不仅打算总结当时重庆文化界在这个问题上的争论，而且也把当时延安的同志们的意见当成了批评的对象。但是事实却无情地证明了：胡风在民族传统和民族形式的问题上是一个彻头彻尾的资产阶级世界主义者。

胡风打着“保卫五四革命文学传统”的幌子，来进行他的歪曲“五四”革命文学的主张。他说：“以市民为盟主的人民大众底‘五四’文学革命运动，正是市民社会突起了以后的，累积了几百年的世界进步文艺传统底一个新拓的支流。”在这里，胡风的企图是异常明显的。他认为“五四”文学革命运动是资产阶级所领导的（以市民为盟主），这个文学革命是属于世界资产阶级文艺的一部分，是它的一个支流。这个荒谬的说法，是与毛泽东同志在《新民主主义论》中的指示针锋相对的，也说明了胡风是怎样无条件地崇拜西欧资产阶级的文化。

基于这样一个论点，所以胡风就进一步地企图完全割断“五四”以来的新文艺与我国古典文学之间的继承和发展的关系。他首先就对我国优秀的文学遗产采取了无祖无宗的虚无主义态度：他把封建社会里属于统治阶级的“纯粹的封建意识形态”的文艺与“被压迫被剥削的人民大众底自己创作”，不管它们内容的差别，统统叫做“封建文艺”，他认为这里面“甚至略略带有民主主义观点底要素底反映也很难被我们发现”。这样，胡风就把我国“五四”以前的古典文学遗产一脚踢开了。

“五四”以来的新文艺形式是从哪里来的呢？在回答这个问题的时候，胡风狂热地宣扬了他的文化“移植论”的观点。他说：“新的文艺要求和先它存在的形式截然异质的突起的‘飞跃’……它要求从社会基础相类似的其他民族移入形式（以及方法）。”毛泽东同志在《反对党八股》中曾经教导我们：五四运动时期许多领导人物“对于现状，对于历史，对于外国事物，没有历史唯物主义的批判精神，所谓坏就是绝对的坏，一切皆坏；所谓好就是绝对的好，一切皆好。这种形式主义地看问题的方法，就影响了后来这个运动的发展。”毛泽东同志所指出来的这个缺点，表现在文艺方面，就是有些人崇拜西欧、盲目否定民族文艺传统，因而使得某些作品脱离了民族形式，缺乏一种“新鲜活泼的、为中国老百姓所喜闻乐见的中国作风和中国气派”。这种情况，长期地造成了新文艺和广大劳动人民之间的距离，因而大大地减削了文艺的教育人民和鼓舞抗战情绪的积极作用。这正是我们所应该反对、纠正的错误和偏向。而胡风却拼命地保护它，认为中国新文艺的形式只有从西欧资产阶级国家输入。胡风的目的是要抹煞新文艺的民族特点，取消新文艺的战斗作用。在这里，胡风反对了毛泽东同志的接受民族遗产、创造民族形式的正确指示。他巧妙地借着“保卫‘五四’革命文学传统”的美好名目，来宣扬资产阶级的文艺思想。这是应该予以揭穿和驳斥的。

以上意见，关于民族形式问题的理解虽然各不相同，但同是错误的。从这些论点出发，显然不能达到问题的正确解决。郭沫若发表的《“民族形式”商兑》①一文，其中有着精确透辟的见解。他说：

> ……在中国所被提起的、“民族形式”……我相信不外是“中国化”或“大众化”的同义语，目的是要反映民族的特殊性以推进内容的普遍性。所谓“马克思主义必须通过民族形式才能实现”，便很警策地道破了这个主题。又所谓“洋八股必须废止，空洞抽象的调头必须少唱，教条主义必须休息，而代之以新鲜活泼的、为中国老百姓所喜闻乐见的中国作风与中国气派”，更不啻为“民族形式”加了很详细的注脚。这儿充分地包含有对于一切工作者的能动精神的鼓励，无论是思想、学术、文艺或其他，在中国目前固须充分吸收外来的营养，但必须经过自己的良好的消化，使它化为自己的血、肉、生命，而从新创造出一种新的事物来，就如吃了桑柘的蚕所吐出的丝，虽然同是纤维，而是经过了

① 载论文集《今昔蒲剑》中。

一道创化过程的。

又说：

> 中国新文艺的积弊要想祛除，专靠几个空洞的口号是不济事的，主要的是要那些病源的祛除。要怎么来祛除病源呢？是要作家投入大众的当中，亲历大众的生活，学习大众的言语，体验大众的要求，表扬大众的使命。作家的生活能够办到这样，作品必能发挥反映现实的机能，形式便自然能够大众化。

郭沫若这两段话，一方面指出了“民族形式”问题的实质，另一方面也指出了如何达到民族形式的途径。他没有斤斤于从形式方面来讨论形式，所以问题发掘得比较深入，把论争向前推进了一步。

在这次论争中，重庆《文学月报》和《新华日报》先后举行过座谈会，许多作家都发表过关于这一问题的意见。其中有不少比较正确的意见。例如潘梓年在他的发言①中就指出了说“通俗性与艺术性不能统一在一个作品内”这种论调的错误：

> ……我们自然不能武断的说，一定要最通俗的作品才是最好的文艺作品，但也不能说最好的文艺作品一定不能通俗。从理论上说，我们不能说通俗文艺是降低了艺术性的作品；从事实来说，中国的白乐天，俄国的果戈里，他们把自己的写作一再修改以后，都是不去请教当时文豪，却去读给老妪听，读给家里的老妈子听，要向他们“请益”。他们的作品是很通俗的，但也无可争辩地是文艺界的杰作。

这样，就把文艺的深与广的问题，也就是文艺的社会性与艺术性的问题，很好地统一在一起了。这些意见（虽然不是全部的，而只是片段

① 《新华日报》座谈会举行时间是1940年6月9日。

的）对于理解“民族形式”问题，是有一定程度的助益的。

“民族形式”问题的论争是抗日战争时期革命文艺阵营内的一次大的论争，时间延续到一两年之久，参加讨论的人数很多，所牵涉的问题也很广泛①，但许多分歧的意见并没有在这次论争中统一起来——论争并没有得到一致的结论。论争中许多问题，是一直在毛主席发表《在延安文艺座谈会上的讲话》后，才得到正确的解决的。虽然如此，但是这一次的论争仍有很重要的收获：第一，这样一个问题在一九四〇年左右得到广泛热烈的讨论，说明了革命文艺工作者迫切需要在文艺范围内深入理解和实践毛主席的指示，说明了在抗日战争当中，由于广大人民的觉醒和现实斗争的发展，革命文艺工作者不能不要求对于向来自己所掌握和运用的文艺武器（“五四”以来的新文艺）重新进行一次缜密的考察，把从“五四”以来的革命文学艺术推向一个更高的发展阶段，使它更成为与人民的生活和斗争血肉相连的东西。第二，经过了这一次讨论，也明确了这样一个问题，文艺的内容与形式是有机地联系在一起，不可分割的。因此，民族形式问题的解决，必须建立在“作家投入大众的当中，亲历大众的生活，学习大众的言语，体验大众的要求，表扬大众的使命”的基础上；同时，也不能仅仅强调现实主义而忽略创造千百万人民群众所能理解的民族形式的重要性。第三，通过这一次讨论，也提出了文艺的社会性与艺术性，文艺的深与广是否有矛盾的问题，而初步认识到了这二者是可以很好地统一在一起的，这就为以后在文艺创作的形式上展开比较多样性的发展准备了有利的基础；而“在这次论争后若干年间，继续进行关于方言文艺，关于民歌民谣的研究与讨论，大体上都能发挥这次论争的积极成果，而给与创作活动以好的影响”②。第四，“这一次论

① 这次论争，除开我们引录的几个人的意见外，著文参加讨论的还有何其芳、冯雪峰、柯仲平、冼星海、力扬，沙汀等，牵涉到的有诗歌、音乐、美术等各方面的问题。

② 茅盾：《在反动派压迫下斗争和发展的革命文艺》（在第一次全国文代大会上的报告）。

争使人看出了原封不动地‘利用’民间旧形式的思想与照旧地保存欧化的文艺新形式的思想，这两方面都各有其偏颇之处”①，而小资产阶级的思想如果不得到彻底改造，对于民族形式的创造，也就是文艺的大众化有着多么严重的障碍。第五，对于胡风在民族形式问题上的错误观点，当时虽然没有展开系统的全面的批判，但是他对祖国文化遗产和文艺民族传统的资产阶级虚无主义思想却在这次讨论中得到了初步暴露，对以后彻底批判它，有很大的好处。所有这些收获都为我们的文艺界遵循毛泽东同志指示的正确方向向前迈进，准备了某些必要的基础和条件。

二　对资产阶级文艺思想的斗争

批判的革命的思想斗争从来就是我国新文艺的基本传统之一。本时期，在国统区的理论战线上革命文学阵营是有着下述缺点的，这就是：“曾经由于反对过去文艺思想上的教条主义倾向，以致抹煞了科学的文艺思想的指导作用而放纵了小资产阶级思想的泛滥”；“出现过由于强调抗日战争中的民族观点而比较忽略了阶级观点的思想倾向”；“为了要广泛地把民主的爱国的作家团结起来而忘记了在团结中仍旧可以容许，而且必须有的互相区别与互相批评”②。虽然这样，但是对于那些有害于团结抗日和违反人民利益的荒谬言论，仍然给予了驳斥和反击，揭露了它们的反动本质。

在抗战的第二年(一九三八)，梁实秋就躲在批判创作上的“公式主义”的幌子之下，提出了“与抗战无关”的谬论。他在他主编的《中央日报》副刊上，公开地征求与抗战无关的文章，而把那些真实地反映抗战生活、服务于抗战事业的文学作品诬蔑为“只知依附于某一种

---

① 茅盾：《在反动派压迫下斗争和发展的革命文艺》(在第一次全国文代大会上的报告)。

② 茅盾：《在反动派压迫下斗争和发展的革命文艺》(在第一次全国文代大会上的报告)。

风气而摭拾一些名词敷凑成篇的‘抗战八股’”，把那些尖锐揭露蒋介石反动政府罪行的短小精悍的杂文，诋毁为“不负责任的攻击别人的说几句自以为俏皮的杂感文”①。以后，沈从文又提出“反对作家从政”的说法，认为作家参加抗日工作是“从政”，不是作家所应该从事的工作②。他们表面上都披着反对“抗战八股”和“公式主义”的外衣，实质上就是反对文艺为抗战服务，反对以文艺为教育人民打击敌人的武器。这些仍是资产阶级的腐朽的“艺术至上”论的一种“翻新”的表现。这些论调，只能算是抗战文艺运动的“洪涛激浪的澎湃当中”的一些“逆流的声息”。郭沫若在《新文艺的使命》③一文中，曾经这样予以有力的驳斥：

> 自然，在这种洪涛激浪的澎湃当中总也不免有些并不微弱的逆流的声息。起先我们是听见“与抗战无关”的主张，继后又听见“反对作家从政”的高论，再后则是“文艺的贫困”的呼声——叫嚣着自抗战以来只有些田间式的诗歌与文明戏式的话剧。这种种声息，无论出于有意识或者无意识，都以说教的姿态出现，而且发出这些声息的人又都是不屑和大众生活打成一片的人。民族已经膺受着空前的浩劫……而一二文学教员们却要高喊“与抗战无关”，究竟是何用意；真正令人难解。这声音……早已低弱下去了，然而也并未消灭，或则一改调门而为“要直接与抗战有关”，或者缩小范围变而为“反对作家从政”。……在抗战期间作家以他的文笔活动来动员大众，努力实际工作，而竟目之为“从政”，不惜鸣鼓而攻，这倒不仅是一种曲解，简直是一种诬蔑！

---

① 《与抗战无关》，原载重庆《中央日报》。

② 沈从文还发表过《一般与特殊》一文(刊载在《今日评论》上)，认为只有“特殊”的专家才是对民族和社会有用的，一般的工作非社会进步因素。用意是在抹煞对一般群众进行宣传教育的工作。

③ 载《沸羹集》。

针对着梁实秋和沈从文的谬论，张天翼和罗荪等都写过反驳的文章。在受到革命作家们有力驳斥之后，梁实秋和沈从文的这种违反抗战利益，同时也严重妨害文艺事业发展的反动主张，很快就因为受到广大读者的唾弃而没有声息了。

此外，从一九三八年起，在国统区，也还展开过关于是否应当暴露黑暗问题的论争。这一论争的实质，应当是国统区的革命文艺工作者为了争取民主反抗邪恶，也就是为了争取抗战的胜利前途而与反动统治者及其御用“文人”们所进行的一次斗争。一九三八年，张天翼的短篇小说《华威先生》发表了。在这篇小说中，张天翼塑造了华威先生这样一个国民党的“抗战工作者上层分子”的丑恶形象，而且给了他以无情的讽刺和暴露。这篇作品曾被日寇当作宣传材料，说华威先生就是我国抗日工作者的代表。于是国民党的一些论客和“文人”们，就大嚷“暴露黑暗就是帮助敌人”，是“作者对于抗战的悲观主义的流露”；甚至有一个论客说，作家应该写光明，不应该写黑暗，鲁迅专喜欢写黑暗，那是因为他心里太黑暗了的缘故①。对于这种荒谬的论调，文艺界给予了严正的批判。茅盾的《暴露与讽刺》②一文说：

> 我们现在仍需要“暴露”与“讽刺”。
>
> 暴露的对象应该是贪污土劣，以及隐藏在各式各样伪装下的汉奸——民族的罪人。我们要用艺术的手腕描画出他们的面目行径，使得他们在广大的民众前无可遁形，使得广大的民众能够在种种暗角里抓出他们来示众！一个作家写他的暴露的对象时，应当是烈火似的憎恨！
>
> 讽刺的对象应当是一些醉生梦死，冥顽麻木的富豪，公子，小姐，一些“风头主义”的“救国”专家，报销主义的“抗战官”，“做戏主义”的公务员……讽刺的笔尖挑开了他们生活的内幕，刺激起他们的久已麻痹了的羞耻的感觉，使得民众对于那些天天

① 这是国民党的一个反动论客郑学稼说的话。

② 《文艺阵地》1卷2期。

> 见惯了因而不觉其怪的糜烂泄沓的生活，有了警觉和厌恶。讽刺作者的笔触是冷峭的，但他的心是热的，他是希望今日被他讽刺的对象明日会变成被他赞扬的对象。
>
> 对于丑恶没有强烈的憎恨的人，也不会对于美善有强烈的执着；他不能写出真正的暴露作品。同样，没有一颗温暖的心的，也不能讽刺。悲观者只能诅咒，只在生活中找寻丑恶；这不是暴露，也不是讽刺。没有使人悲观的讽刺与暴露。

国统区的黑暗是一个无法掩盖的事实①，暴露和谴责它，就是维护人民群众的利益，就是保卫抗日战争的胜利前途。国统区的革命文艺工作者在黑暗势力层层包围下，坚持以文艺作品暴露反动统治的黑暗，这是遵循了毛泽东同志说的“革命的文艺家，暴露的对象，只能是侵略者、剥削者，压迫者及其在人民中所遗留的恶劣影响”，和“一切危害人民群众的黑暗势力必须暴露之”的正确原则的。

此外，在国统区，革命文艺界也曾集中火力，打击了“战国策

① 国统区的黑暗统治，这里只举一个例子。1941 年 8 月 19 日延安《解放日报》社论——《重为大后方青年呼吁》：“去年四月，在思想不正确的罪名下，成都光华大学捕去学生六名，齐鲁大学捕去学生三名，四川大学农学院捕去学生三名，华西大学捕去学生二名，金陵大学捕去学生一名；同年七月，嘉定武汉大学捕去学生十三名，贵州平越唐山工学院捕去学生五名。总计仅仅在川黔两地的最高学府中，两个月中以莫须有之‘思想罪’而遭受逮捕者即有三十三人之多。此外如中央大学地学系学生冯某在校外饭铺被国民党调查统计局非法绑架，成都建国中学学生因拒绝参加三青团而被开除学籍，成都省女师学生因阅读《新华日报》开除学籍，以及后方学生之身受其他类似之迫害者更属不可胜数。……这种灾害不仅及于后方学生，而且及于对后方学生有着直接影响的许多重要教授。如李达、千家驹为广西大学解聘，吕振羽为复旦大学解聘，沈志远、韩幽桐在国立西北大学被迫去职，邓初民、黄松龄先后在朝阳大学被迫去职，甚至蜚声国内外的名经济学家马寅初教授竟于去年十二月在重庆大学为宪兵公然捕去，至今不明下落！而中央社则犹发表自欺欺人之消息曰：‘到战区考察经济去了’！”上面引录的一段文章，虽只就国民党迫害青年一端而言，但可帮助我们了解当时国统区政治黑暗到了怎样程度。

派”的法西斯文艺理论。在一九四〇年左右，集中在昆明的一部分具有法西斯思想的“教授文人”们(如陈铨、林同济等)创办了一个反动刊物，叫做《战国策》，后来又在《大公报》上主编一个叫做《战国》的周刊，公开地鼓吹他们的法西斯主义思想。他们竭力宣扬所谓“德国民族的性格”，对希特勒的嗜血的侵略战争作了可耻的赞扬。他们认为：“德国近代军队，纪律也是很严明的……到必要摧残的时候，德国民族，对付他们的敌人，的确可以毫无顾忌的摧残。”他们反对民主运动而主张法西斯的独裁政治，认为：“社会的进展，是要靠少数超群绝类的天才，不是靠千万庸碌的群众”①，这样来维护蒋介石的专制黑暗的统治。他们把科学曲解为“力的文化”，颂扬科学发达的国家，“随时可以用科学的力来支配其他落后国家的生命”。他们主张国内“充满了野心”、“不甘碌碌与草木同腐”的“英雄豪杰”想要杀人，便可杀人，没有什么正义不正义，这样来公开替全国人民所不齿的特务作风辩护②。他们的文艺思想正是这一系列的法西斯思想中的一部分(陈铨的剧本《野玫瑰》把特务扮做英雄而公然加以歌颂，便是他们的法西斯思想在“创作”上的表现)。他们认为“近代文学批评的新动向……是从康德开始，一直到现在，虽然发扬光大，修正演变，也不过是康德思想的影响和继续”；而“康德所要告诉我们的，就是人类是宇宙的中心，一切的规律都是人为的，都是人类心灵对于事物现象活动组织的结果”，因为“人类所能够知道的，不过是物的现象，至于物的本身，是人类智力所不能知道的”③。这是一种极端唯心的说法。从这种客观世界的“不可知论”出发；于是文艺所要表现的就是一种永远在循环着的“恐怖与狂欢”：“恐怖是生命看到了自家最险暗的深渊”，而狂欢则是在“你征服了宇宙……你之外，别无存在”的时候，“狂欢！狂欢！它是时空的恐怖中奋勇夺得来的自由乱创

① 陈铨：《德国民族的性格和思想》，《战国策》第6期。
② 引自汉夫的《“战国”派的法西斯主义实质》一文，《群众》7卷1期。
③ 陈铨：《文化批评的新动向》，《战国策》第17期。

造!"①好一个"自由乱创造"！这真是"货真价实"的法西斯理论！日本和德国法西斯强盗，那时不正是在世界上进行着他们的"自由乱创造"的强暴野蛮的血腥勾当吗！革命文艺界在人民面前撕穿了这种"理论"的反动实质。汉夫在《"战国"派的法西斯主义实质》一文中，就尖锐地指出了："'战国派'的言论的实质，是一派法西斯主义的，反民主为虎作伥与谋反的谬论。不论'战国派'如何以战国时代的、柏拉图的、以及中外古今的学说抬出来，以读者不熟悉的史实和不容易透视的词句抬出来，那种'博学'的架势，也难以掩饰要说的实话。"欧阳凡海在《什么是"战国"派的文艺》②一文中，更从文艺方面揭露了"战国派"法西斯主义的狰狞面貌，指出"独及的恐怖与狂欢的史的循环论，就是'战国'派一贯的历史循环论在艺术上的说明"，是"在文艺上来散布反理性的法西斯野蛮主义"；在"战国"派心目中，"'天才'能创造规律，'天才'就是宇宙，希特勒就等于人类，所以日本也就等于中国"。经过这样的揭露和批判，人们就都看清楚了"战国派"的真实面目，他们的法西斯理论也就在广大读者中失去市场了。

最后，我们要叙述一下本时期在解放区内展开的对于王实味的反动文艺观的批判和斗争。

早在整风运动展开以前，在讨论"大众化"与"民族形式"问题的时候，托派匪徒王实味就发表过什么经济越发展文化成就越高的反动论调，为帝国主义文化作无耻辩护，并竭力否认殖民地和半殖民地人民大众的文化创造力。一九四二年三、四月，正当整风运动开始的时候，他又连续发表了《野百合花》和《政治家·艺术家》两篇反动透顶的文章，顽强地宣扬他的托派文艺思想，并对解放区明朗幸福的生活进行肆无忌惮的诬蔑。王实味这种反革命的思想和行为，在延安文艺界引起了普遍而强烈的愤怒，于是无产阶级的文艺思想与王实味的反动的资产阶级文艺思想之间的一场剧烈的斗争开始了。在座谈会上，

① 独及：《寄语中国艺人》，《战国策》第8期。

② 《群众》7卷7期。

也在文章中，大家驳斥了王实味的托派文艺思想，也揭露了王实味为日本帝国主义和蒋介石反动派服务的托派面目。

在《王实味的文艺观与我们的文艺观》①一文中，周扬从马克思主义的严正立场，给了王实味的反动文艺思想以无可反驳的揭露和批判。周扬指出了如下的几点：第一，反对王实味的思想，就是要反对在文学领域内的托洛茨基主义，就是要为马克思列宁主义的文艺理论而斗争；第二，王实味在《政治家·艺术家》中所提出的几个问题，如文艺与政治的关系问题，文艺是反映阶级斗争还是表现所谓人性的问题，和今天的文艺作品应当写光明、抑写黑暗的问题，虽是文艺上带根本性质而亟待解决的问题，但王实味不是想要正确地解决什么问题，而只是想将问题引到错误解决的途径上去，引到托洛茨基主义的方向去；第三，王实味为了使艺术家与政治家对立，他贬损政治家而捧扬艺术家，企图拉了艺术家跟了他走，企图"指示"艺术家们实践他所主张的枪口对内论。总之，王实味的意思就是要鼓动艺术界的力量，青年的力量来反对党，反对无产阶级，反对革命，这就是浸透在王实味的每篇文章、每句话、每个字里的精神与实质。

在这篇文章中，周扬一方面从文艺与政治的关系的问题上揭穿了王实味的反动文艺思想，同时还尖锐地批判了王实味的"人性论"和"暴露黑暗"的谬误主张。在文章的《结论》中，周扬指出：

> 我们和王实味在文艺问题上的一切分歧，都可以归结为一个问题，即艺术应不应当为大众。这就是问题的中心。托洛斯基、王实味都不主张艺术为无产阶级大众与人民大众服务，都主张艺术是为抽象的人类服务，是表现抽象的人性的，而其实则是真真实实地为了剥削阶级与黑暗势力服务。他们根本不信任大众在文化艺术上的创造能力。对于大众，他们完全是一种贵族式的轻蔑的态度。他们之把艺术和政治分离，实质上就是把艺术和大众分离了的原故。我们要遵守文学上的列宁主义的原则："文学应当

---

① 载《表现新的群众的时代》。

> 成为党的文学”，把这个原则和列宁下面的意见溶合起来：“艺术是属于民众的，它应当深深植根于劳动群众中间。它应当为这些群众所了解，所爱好。”毛泽东同志也在文艺座谈会上已经号召了我们：文艺应当为大众。这就是我们在文学艺术上的根本立场、观点和方针。

这是对于王实味的反动文艺思想的无情剥露，也是革命文艺阵营的严正声明。在马克思主义理论和毛泽东同志文艺思想的照耀之下，王实味的托派思想实质和本来面貌，就丝毫无所遁形了。当时在延安，因为批判王实味引起了文艺界广泛的警惕和注意，文艺工作者都认真地根据王实味事件来检查自己的思想，并因此而提高了马克思列宁主义文艺理论的水平。毛泽东同志的《在延安文艺座谈会上的讲话》，对于荒谬的所谓“人性论”和“暴露黑暗”的主张既给了彻底的驳斥，而有关文艺运动的几个重要问题也都得到了正确圆满的解决，我们的文艺运动在创作实践和理论斗争上，就更加迅速地胜利前进了。

三　对于“主观论”的批判

抗战最后一年开始的对于“主观论”的批判，是革命文艺阵营为了批判胡风集团的资产阶级主观唯心论的文艺思想而展开的一次持久而深入的斗争。一九四五年一月，由胡风主编、在重庆出刊的《希望》第一期上，发表了舒芜的长达四万余言的《论主观》一文。胡风在《编后记》中作了如下的按语：“《论主观》是再提出了一个问题，一个使中华民族求新生的斗争会受到影响的问题。”并要读者“认真阅读这篇文章”，而且“要无情地参加讨论”。在同期刊物上还刊载了胡风的《置身在为民主的斗争里面》的论文。这两篇文章，充满了荒谬的唯心的说法，是对于唯物主义的宣战。以后在《希望》和《呼吸》(也是胡风主办的刊物)上，差不多每期都有文章继续发挥这一“理论”。当时在重庆好几次文艺座谈会中，以及这年年底在重庆所举行的文艺漫谈会中，均讨论到这个问题。胡风对许多同志的善意批评没有接受。复员后在重庆和成都等地论争仍然继续着。在重庆《新华日报》副刊上展开的关于《清明前后》等作品的讨论，也是对于胡风集团文艺思想的一种批判和斗争。① 一九四八年在香港出版的《大众文艺丛刊》上更展开了关于主观问题的详尽分析和严正批评，邵荃麟、胡绳、林默涵、冯乃超等都写了文章。问题的实质虽然得到了深刻的发掘，但胡风他们却没有从思想上认识自己的错误，反而顽抗党对文艺运动的正确领导，一直到全国解放。

在一九四五年一月发表的舒芜的《论主观》一文，主要包含以下几个论点：(一)“所谓主观，是一种物质性的作用，而只为人类所具有。它的性质，是能动的而非被动的，是变革的而非保守的，是创造的而非因循的，是役物的而非役于物的，是为了自己和同类的生存而非为了灭亡的；简言之，即是一种能动的用变革创造的方式来制用万物以达到保卫生存与发展生存之目的的作用。这就是我们对于‘主观’这一范畴的概括的说明。”(二)“人类的斗争历史，始终是以发扬主观作用为武器，并以实现主观作用为目的的。详言之，人类并不是用自然生命力或社会势力来斗争，而是用真正的主观作用来斗争；也并不是为了社会本身或自然生命而斗争，而是为了那比自然生命本质上更高并且中间就有机的统一了社会因素的主观作用之真正充分实现而斗争的。”(三)主观作用，是为要使人类“从这种直接仰赖(自然)的状态脱离开来，反把自然的简单的原体变为更复杂的新的东西，也就是把所需要的而自然中本来没有的创造出来。必须如此，才可以脱离自然的束缚，反而不断战胜自然，以争取无限的生存机会，真正实现了大宇宙的本性——生生不已的‘天心’。而当这生命力在全新的基础上被使用之时，亦即人类屹然出现于大宇宙之日。人类，便是大宇宙的进化力之具现”。

照上面几个论点看，诚如舒芜在文章开始时所说的，“‘主观’这一范畴，已经被空前的提高到最主要的决定性的地位了”。但是这些论点，没有疑问，都是违反马克思主义的根本原则的。依照胡风集团

① 可参阅何其芳的论文集《关于现实主义》。

的看法，显然不是存在于人们的意识以外并不以人们的意志为转移的客观环境决定人们的主观意识，而是人们的主观意识成了支配和决定客观存在的高于一切的东西。主观作用成了决定历史的最基本决定因素。于是一切问题，便不能不首先从主观要求出发了。他们在文艺上提出了“主观精神”、“战斗要求”和“人格力量”三个口号，认为这就是文艺上的根本问题；只有解决了作家主观上的这些问题，革命文艺的创作实践才有可能，否则只是做戏的虚无党罢了。但是他们所说的主观问题，并不是从作为作家的思想基础的阶级关系上去理解的，区分作家主观的类别的不是依据于作家的阶级和政治的立场，而是“在于生活的力量，在人生战场上的强与弱，勇与怯之分”。因此，从主观论者看来，一个作家的思想感情，并没有从一个阶级移向别一个阶级的问题，而从小资产阶级知识分子出身的作家的思想改造问题，也就因之并不存在了；因此，从主观论者看来，一个作家就无须深入到群众的斗争生活中去，生活不复成为创作的唯一泉源，只要有了主观战斗精神（即胡风所说的“作家的献身的意志，仁爱的胸怀”，或者是“对于现实人生的真知灼见，不存一丝一毫自欺欺人的虚伪”等等）就可以成为“现实主义”的作家了。——诸如此类的说法，没有问题，是直接违反了毛泽东同志在延安文艺座谈会上对于文艺工作者的正确指示的，也是直接违反了现实主义的根本法则的。他们提出这种理论，正是为了反对作家在深入工农兵实际斗争中改造自己的思想，反对毛泽东同志所指示的文艺为工农兵服务的正确方向。

然而胡风集团的这种唯心的论调，却是掩蔽在“马克思主义”的外衣之下来散播的。舒芜在《论主观》中就自称他不是宣讲他自己的哲学思想，而是“约瑟夫（斯大林）阶段的哲学思想”。对此，黄药眠在《论约瑟夫的外套》一文中，尖锐地指出：舒芜是“从玄学家的宝库里取出了捆仙索，一下子把约瑟夫的外套偷来，披在自己的身上，于是就俨然以卡尔、约瑟夫的信徒自命起来”。文章揭露的，正是他们歪曲马克思列宁主义、贩卖资产阶级思想、欺骗青年的勾当。这篇文章中，还对主观论的整个理论体系及其所产生的危害性进行了一些分析和批判。

对于主观论的批判，在下一时期，仍然在继续着，开展着。一九四八年《大众文艺丛刊》对主观论作了比较深入的剖析，主观论的错误实质才逐渐被揭露了出来。

邵荃麟在《论主观问题》中，首先分析了“主观论者的哲学上的错误”，指出了主观论“所包含的只是一种极其庸俗的思想内容，那就是，用人类求生存的欲望来解释社会历史的发展。抽出了社会的具体过程，抽去了阶级斗争，把人类的历史单纯地解释为保卫和发展生存的斗争，其结果自然是历史离开阶级论而走向类似唯生论的道路上去了”。用“一种玄虚‘本性’，去代替了社会主观的物质基础”，这是主观论者所有错误的一个中心根源。其次，邵荃麟也指出了主观论者解决作家主观问题的方法是不同于毛泽东同志给我们指示的根本方针的：“在文艺上，毛泽东就以‘为群众与如何为群众’作为文艺的一个根本问题。……从这个根本问题出发，便提出了为工农兵服务，普及与提高，作家与工农兵结合，向群众学习诸任务，而在解决这些任务的基础上去解决作家的主观问题。主观论者则是从主观要求出发，所以他们便提出了‘主观精神’，‘战斗要求’，‘人格力量’三个口号，作为文艺的根本问题，认为只有解决了作家的主观上这些问题，才能真正谈到革命文艺的创作实践。”因此，主观论者“对于作家所要求的，主要不是思想的改造和对群众关系的改变，而是强烈的感性机能；主要不是在实践中从观察、比较、研究去具体认识他的周围世界，而只是借这种精神力量去进行所谓‘血肉的搏斗’；而这种力量，也即是所谓精神突击力”。再其次，邵荃麟也指出了：“作家的主观，固然是个重要的问题，但却不能仅从主观观念本身去解决。马列主义者是思想与实践的统一论者，因此，作家的主观问题必须在客观社会实践中才得到改造与提高”，而“小资产阶级的作家要从他们自己阶级走向另一阶级，这是脱胎换骨的事，决非单纯凭借其原来阶级的感性机能所能解决”。最后，邵荃麟还郑重地指出：“革命小资产阶级的作家，大抵是带着一种对现实不满，对旧社会的反抗而走向对革命的追求。……对于这样的要求，毫无疑问，我们不仅应该肯定它，而且应该引导它到革命中来，思想启蒙运动即是根据于这要求而提出。

但是，第一，我们并不要因此就把这种革命的要求，即误认为是无产阶级的战斗立场，或与人民共命运的实践立场，我们应该指出，这还是站在小资产阶级立场上对于革命的追求，这种立场在引导走向革命中，是应该肯定它，而在参加到工农大众的革命实践过程中，又要反过来否定它的小资产阶级的内容，这才能使它变质而发展成为真正无产阶级的立场，也即是真正和人民共命运的实践立场，这即是从一个阶级到另一个阶级的辩证发展，也即是向更高阶段的发展。第二，我们也不要以为这种小资产阶级对革命的实践要求，就是与人民相结合的决定因素。小资产阶级对于革命的追求或对于工农大众的同情，最初往往是出于个人主义的立场，因此真正和工农大众结合之间还存着相当距离，如果没有积极的领导和在实践中积极改造，则仍然可能停留在空想的追求上，而最后终于碰壁而回。”

此外，胡绳写了《鲁迅思想发展的道路》、《评路翎的短篇小说》，林默涵写了《个性解放与集体主义》，这些都是正面地批评胡风集团的主观唯心论的文艺思想及其在文艺创作上的表现的。这样，关于主观问题的实质和它在文艺运动上所产生的恶劣影响，也都毫无遗漏地被揭示出来了。可以清楚地看出，当时许多同志对于胡风集团的批评，是采取耐心说服的方法，希望他们改正错误的。

这一个长期的思想斗争，在文学史上为我们说明了：文艺为工农兵群众服务的革命文艺路线与文艺为少数人服务的资产阶级文艺路线之间的斗争，现实主义与反现实主义之间的斗争是不可避免的，而且也是无法调和的。革命文艺只有在与各式各样的资产阶级流派和思想的激烈斗争中，才能够取得它的长足进展。

第四章　本时期的诗歌

一　诗歌创作概况

战争的序幕刚刚揭起，诗人们就怀着爱国主义的热情投入了战争。他们从过去狭隘的生活天地中走了出来，面临着这个关系全民族生死存亡的伟大战争，他们渴望以自己的诗篇歌唱人民的觉醒和战斗，想以自己的笔服务于祖国和人民。这样，就造成了抗日初期诗歌空前繁荣的景象。即以武汉一地而言，在陷落前一年多时间内，就先后刊行过三种诗刊①，当时诗歌产量之丰富，就可以想见了。

诗人们与实际生活有了初步接触，也就是他们拿起诗歌这项战斗武器走向人民和战争的时候，他们开始的第一个感觉，就是自己过去的作品并不适合广大人民的需要，于是很自然地有了追求新的东西的企求。这一个追求就是“要把文艺各部门中一向是最贵族式的这一部门首先换装而吵吵嚷嚷地拥进泥腿草鞋的群中”②去。最先被感觉出来成为这个追求的阻碍的，自然是诗的语言和形式的问题。于是在上一时期就开始被倡导了的朗诵诗运动，又重新被提了出来，而且得到了广泛的开展。在武汉刊行的《时调》诗刊的创刊号上，冯乃超的《宣言》一诗，正好代表了这时候进步诗歌工作者的共同要求和主张：

让诗歌的触手伸到街头，伸到穷乡，

---

① 这三个诗刊是《时调》、《诗时代》、《五月》。

② 茅盾：《为诗人们打气》，载《时间的纪录》。

让它吸收埋藏土里未经发掘的营养，
让它哑了的嗓音润泽，断了的声音重张，
让我们用活的语言作民族解放的歌唱！

“用活的语言作民族解放的歌唱”，这是抗日战争期间每一个诗歌工作者所应该担负的任务，也是抗日战争期间诗歌运动向前进展的正确方向。朗诵诗运动，一方面是对于上一时期诗歌所遗留下来的形式主义倾向的反抗，另一方面也是一种对于符合于人民要求的大众化诗歌的建立的尝试。一九三七年在武汉朗诵诗曾受到广大青年群众的欢迎和爱好。以后朗诵诗运动在延安、重庆等地也陆续有所开展。以写作朗诵诗闻名的诗人，有徐迟、光未然等。很显然地，朗诵诗的推行，对于诗歌的口语化、大众化，是起了推动作用的。

当然，作为一个大众化诗歌运动来看，这时的朗诵诗运动还存在着较大的缺点，它所着重的仅仅是诗的语言和表现形式问题，而没有注意到更根本的一点——克服向来诗歌中的小资产阶级知识分子的思想感情，因之，多数的朗诵诗歌还缺少深刻反映现实生活的充实内容，而流于无节制的感情的宣泄和空洞的喊叫；同时，读者和听众的范围，也还是拘限在城市知识分子和小市民层中，而没有真正把触角伸入到工农大众中去。这些缺点，在抗日初期以及后来的国统区内，是没有也不可能得到纠正的。不过，从诗歌运动发展的基本方向来看，在抗日初期兴起的朗诵诗运动，到底是代表了一种正确健康的倾向，而且取得了颇为显著的成绩的。

在前面已经提过，战争进入了相持阶段以后，两种完全不同的政治地区的文学运动，担负了两种不同的具体革命任务，采取了两种不同的活动方式，因而在创作上也形成了两种不同的风貌。诗歌方面毫不例外。在解放区，诗歌工作者生活在民主自由的天地里，党和毛泽东同志深切地关怀着诗歌的成长和发展。诗人们开始走进了生活，深入了斗争，因之，他们的诗歌也呈现了焕然一新的面貌。他们歌唱了战争与胜利，歌唱了解放区的富裕、民主的生活，歌唱了在党和毛泽东同志教育下日益成长的新的英雄的人民，同时，也以巨大的篇幅、无比的热爱歌颂了中国人民的伟大领袖——毛泽东同志。党中央和毛泽东同志所在地、中国人民的灯塔——延安，也成了诗人们所着意描绘和热情颂赞的地方。在解放区，诗人是时代的号角，是战斗的组织者和鼓舞者，诗人开始与人民建立了不可分离的血肉关系。诗的形式，也逐渐地摆脱过去那种离开民族传统与人民喜爱的欧化倾向，而开始建立起一种为人民所喜闻乐见的中国作风与中国气派。小资产阶级知识分子的感伤忧悒情调的逐渐消失和具有民族风格的艺术形式之建立，是解放区诗歌最鲜明的特点。当然，在延安文艺座谈会召开以前，由于诗人们与工农群众还没有紧密的结合，因而思想感情与艺术观点也还缺乏彻底的改造，所以诗风的真正改变，还是延安文艺座谈会以后的事。

国统区诗歌运动也获得了比较巨大的成绩。在中国人民争取抗战胜利与民主自由的长期斗争中，国统区的诗歌工作者担负了历史所交给他们的艰巨的战斗任务。他们生活在黑暗的不自由的天地里，而他们所追求的则是中国人民的幸福的明朗的明天，他们遵行的仍然是党和毛泽东同志的指示。他们所要烧毁的是“那罪恶砌成的金字塔”，所要扫除的是那“掩盖着自己的眼睛”的、“浓重得令人不能透息”的“千层万层的雾”①。愤怒和讽刺成为了国统区诗歌创作的主调，也偶然流露着难以遏抑的郁闷的心情。与人民群众生活的远离，使得国统区大部分诗人们还不可能一下子就抖掉小资产阶级知识分子所特有的那种不健康的忧悒多感的心情。在形式方面，比较浓厚的欧化倾向是依然存在的。诗人们使用惯了这样的形式，而一种新的富于民族传统色彩、适合人民需要的艺术形式，又不可能是在与人民大众生活隔离的情况下取得的。这样，就使得国统区的诗歌，无论在内容和形式上，都存在着一定的缺点。而这样的缺点，是在一个相当长的时期之后（即在“国统区”成为历史的名词之后），才能够得到纠正和克服的。

---

① 《沫若文集》第二卷：《罪恶的金字塔》。原注云：“这首诗是为大隧道惨祸而写的。日寇飞机仅三架，夜袭重庆，在大隧道中闭死了万人以上。当局只报道为三百余人。”

以上是本时期诗歌创作的一般趋向。

二 时代的号角

在这一节里我们所要评叙的是生活和战斗在解放区的几个主要诗人及其作品。

从上一时期起，就以诗集《大堰河》显示了优异诗才、获得广大读者称誉的诗人艾青，在本时期以巨量诗歌献给了他的国家和人民。他自己说："这是我创作最多的一个时期。"①他写了《向太阳》、《北方》、《他死在第二次》、《献给乡村的诗》、《火把》、《黎明的通知》、《雪里钻》、《溃灭》、《反法西斯》等诗集。这些诗集歌唱了诗人所热爱着的祖国的土地，人民的苦难与斗争。诗人的火热的情感与精炼的诗句凝成了耀眼的光芒，也说明了诗人自己的巨大的跃进。

在"七七"抗战爆发的前夜，诗人就预感到：

……我们的曾经死了的大地，
在明朗的天空下
已复活了！
——苦难也已成为记忆，
在它温热的胸膛里
重新漩流着的
将是战斗者的血液。

（《北方·复活的土地》）

战争一爆发，诗人就满怀希望，投进了沸腾着的生活的激流。他"从中国东部到中部，从中部到北部，从北部到南部，又从南部到西北部——延安，才算真正看见了光明"。一九四二年，他参加了延安文艺座谈会，听了毛泽东同志的讲话，参加了一九四二年到一九四五年

① 《艾青选集·自序》。

间的整风学习。他说：这“对我是一次大改造，我将永远感激中国共产党和毛主席所给予我的教育。这个期间，我的创作的风格，起了很大的变化，交识了一些劳动人民里面的英雄人物，写了一些记录性的散文，学习采用民歌体写诗……”①

在没有去延安以前，诗人“乘着热情的轮子”，奔驰在祖国的原野上，用“嘶哑的声音歌唱了”他所“从未有过的宽怀与热爱”(《向太阳》)，但也没有完全抹去他上一时期的忧伤的阴影。

诗集《北方》中收录的十六首短诗，就交织地显现着艾青的欢愉和忧伤的心情。他说他“应该拂去往日的忧郁，让希望苏醒在自己的久久负伤着的心里”(《复活的土地》)，他赞美着站起来了的“必须从敌人的死亡夺回来自己的生存”的祖国(《他起来了》)，他咏叹着“在黄河的彼岸庄严的守卫着祖国的平安”的潼关(《风陵渡》)。但是在他的诗行里却又笼罩着一层多么深沉的悲哀——

> 为什么我的眼里常含泪水？
> 因为我对这土地爱得深沉……
>
> (《我爱这土地》)

长诗《他死在第二次》作于一九三九年春末，是本时期的一个重要诗篇。在这首长诗里，艾青描述了一个“把自己的血流洒在我们所守卫的地方”的兵士。他，一个朴质而简单的农民，在战争中以“曾经拿过锄头的手”拿起了枪，在第一次受伤痊愈之后，认为“兵士必须在战争中受伤，伤好了必须再去参加战争”，他重又走上了战场，他“要从敌人的手里夺回祖国的命运”，他“朝向炮火最浓密的地方，朝向喷射着子弹的堑壕”，勇敢“挺进”，于是“在燃烧着的子弹第二次——也是最后一次呵——穿过他的身体的时候”，“他倒下了”，“他所躺的是祖国的土地”。这个兵士的形象，应当说只是诗人自己爱国热情和理想的化身，他还缺乏作为一个真正的农民和兵士的性格

① 《艾青选集·自序》。

与感情，而且也没有从现实生活的广泛联系上来描写它；过长的、欧化的诗句与诗的内容也还不是那么谐和一致的。但是，我们从这首诗里，却依然亲切地感受到了诗人的爱国主义的深挚的热情和它的对于劳动人民的纯朴勇敢的颂赞。同他的另一篇有名的长诗《吹号者》①一样，诗人是通过他所描写的人物来完成他的主观抒情的目的的。

从《他死在第二次》起，艾青开始了长篇叙事诗的制作。写在一九四〇年五月的长诗《火把》，以明快有力的诗行歌颂了在暗夜中举起火把前进的人民群众的力量：

我们来了　举着火把　高呼着
用霹雳的巨响　惊醒沉睡的世界

就在这"洪流般的火把摆荡"的夜晚里，唐尼，一个为了爱情而流着烦恒的泪水的女性，认识了"感伤并不能把我们的命运改变"，认识了"世界上有比家属更高的感情"，认识了"只有反抗才是我们的真理"。"经了这一夜"，她变得"坚强起来"了。在这首诗里，重叠的诗句与急骤的旋律表现了时代的精神，也传达出了诗人的内心激动，读者的感情也因之而感到剧烈的震撼。

这是矿石的声音
这是钢铁的声音
这声音象飓风
它要煽起使黑夜发抖的叛乱

诗人对于开会时台上演说词的描绘，是可以移来形容整个诗篇的。

诗集《反法西斯》中所收的诗歌，有不少是诗人来到民主圣地——延安以后的作品。这个诗集分为三组：第一组《中国人民的歌》，第二组《希特勒主义》，第三组《敬礼啊——苏维埃联邦》。这三

① 载诗集《他死在第二次》中。

组里的诗歌都是诗人对于当时国内外政治事件的直接的反映。正义与邪恶、光明与黑暗、爱慕与憎恨，在其中鲜明强烈地表露了出来。诗人这样满怀热情地歌颂了中华民族的救星、中国人民伟大的领袖：

他生根于古老而庞大的中国，
把历史的重载驮在自己的身上；

他的脸常覆盖着忧愁，
眼瞳里映着人民的苦难；

是政论家，诗人，军事指挥者，
革命者——以行动实践着思想；

他不断地思考，不断地概括，
一手推开仇敌，一手包进更多的朋友；

“集中”是他的天才的战略——
把最大的力量压向最大的敌人；

一个新的口号决定一个新的方向：
“一切都为了法西斯主义之死亡”。

（《毛泽东》）

向伟大的苏维埃联邦、社会主义的共和国、英勇地打击着法西斯德寇的伟大的红军和布尔什维克党，诗人致着遥远的热忱的敬礼，预祝着他们光辉的胜利：

我向你敬礼——社会主义的共和国：
我们闻到你土地的芬芳的气息，
在我们的想望里你的月亮特别圆，星特别亮，

你的水特别清，草特别绿，花特别香，
你向世界放射光明象永恒的太阳。
……全世界劳动人民环护在你们周围，
每个早晨和黄昏都在祝福你们的胜利。
我们相信明年春天太阳温暖了顿河，
你们将乘着溶雪的冲水把匪徒赶出境外，
西方的边疆将重新翻飏着鲜艳的红旗…

（《敬礼》）

诗人向全世界宣布了解放区人民的“象初升的太阳滚动在澄碧的空中”的“真实而明确，强烈而美丽”的自由与幸福的日子(《向全世界宣布吧》)；诗人号召全边区人民武装起来，保卫“中国民主政治的苗圃”、“革命的理想的花园”，诗人满怀信心地警告了那些惯于使用阴谋诡计的敌人：

今天我们已排好队伍了，
每个人心里都燃烧着愤怒，
只等毛泽东同志的一个手势，
只等朱总司令的一个口令，
我们将全体勇往直前，毫无畏惧！

（《起来，保卫边区！》）

这首诗写在一九四三年七月，这正是蒋介石反动集团调动大批军队准备袭击陕甘宁边区(第三次反共高潮)的时候，诗人的激怒的声音与庄严的号召，揭穿了反动派的无耻阴谋，也表现和鼓舞了全边区人民的英勇无畏的战斗意志。在一九四〇年出版的《诗论》中，艾青说：“诗人的行动的意义，在于把人群的愿望与意欲以及要求，化为语言。”又说：“政治诗是诗人对一个事件的宣言：是诗人企图煽起更多的人去理解那事件的一种号召；是一种对于被欺蒙者的揭露，是一种对于欺蒙者的警惕。”他的政治诗集《反法西斯》实践了他自己的看法和主张。

诗集《雪里钻》包含着两首长诗：《雪里钻》和《索亚》。《雪里钻》通过对于一匹神骏的战马——雪里钻——的描绘，写出了在河北平原上进行着的英勇残酷的战斗，和在战斗中显现出来的人民战士的英雄的形象。另一首长诗《索亚》，写的是苏联英雄少女索亚在被德寇捕去后的宁死不屈的崇高坚贞的精神。在这两首诗中，诗人运用了素朴的语言，明快的诗行，为我们勾勒出了两幅栩栩如生的动人的画面，显示了我国抗日时期和苏联卫国战争期间的可歌可泣的英雄事迹。我们从这两首长诗中，看出了作者的与前不同的艺术风格和他的日益广阔的创作前途。

艾青本时期的诗歌，同上一时期比较，其进展是非常显著的：第一，在本时期（特别是来到解放区以后），作者的生活幅员扩大了，与人民的联系更加巩固了，因此，他所歌唱的东西是更为深广而丰富了；在诗集《大堰河》某些诗中出现的"流浪者"的感情已经消退，代替它的是诗人在现实生活中所感受到的人民的苦难、战斗和胜利的信心，是工人阶级的更坚实更壮阔的胸怀。第二，诗的风格是更为明朗而健康了。如果说，艾青的上一时期的诗歌是存在着某种程度的晦涩和过度欧化的毛病，那么，这种缺点在本时期就逐渐地得到克服，而一种明朗的平易近人的艺术风格是在慢慢地形成了。这里，我们可以很明白地看出一个作家的生活锻炼与思想情感的改变对于他的创作风格有着怎样重大的影响。

从上一时期起，就以独特的艺术风格走上中国诗坛的诗人田间，在抗日战争开始后又有了更多的创造和更大的发展。在抗日战争期间，田间的诗集，计有：《呈在大风砂里奔走的岗卫们》、《给战斗者》、《抗战诗抄》和长篇叙事诗《她也要杀人》①等。诗人将他的诗篇全部献给了争取祖国的自由和解放的战争，它们成为了鼓舞和激励人民战斗的一种重要的武器。他早期诗中的特色有了更高度的发扬，过

① 《她也要杀人》，现收入1954年重印的《给战斗者》（人民文学出版社版）中，易名为《她底歌》。

分生拗和不够精炼的毛病也得到了很显明的克服。田间的诗是显得更加成熟，更加坚实有力了。

诗集《给战斗者》中的《给战斗者》一诗，是田间本时期诗作中最具有代表性的一首。抗战初期人民对于祖国的热爱和对于日本强盗的强烈愤恨，以及正在祖国土地上进行着的战争的风暴，在这一首诗里有了十分鲜明的、动人的反映。诗人用点得着火的炽热的语言来抒写自己的胸臆。诗句的沉重而激越的节奏是那样深深有力地扣紧着读者的心弦。七月是开始伟大战斗的年月，是人民起来用自己的力量赶走日本强盗的最初的年月，诗人对它进行了如此充满激情的歌颂：

七月，
我们
起来了，
呼啸的河流呵，
叛变的土地呵，
爆烈的火焰呵，
和应该激动在这凄惨的地上的
复活的歌呵！

因为
我们是
生长在中国。

"因为我们是生长在中国"，这里面包含了多么丰厚深广的爱国主义的感情。畏怯在这里是不存在的，感伤也与伟大的人民绝缘。我们有的是"呼啸的河流"、"叛变的土地"和"爆烈的火焰"。我们"守望着中部，和边疆"，"呼唤着爱与幸福，自由和解放"。而《给战斗者》一诗便是高歌在我们的土地上的一支"复活的歌"。祖国是宽广而美丽的，而我们的人民则是在祖国的土地上被养育起来的。有什么地方能够像我们的祖国一样地可爱呢！

在中国
我们怀爱着——
五月的
麦酒，
九月的
米粉，
十月的
燃料，
十二月的
烟草，
从村落底家里，
从我们底灵魂里，
飘散着
祖国底
热情，
祖国底
芬芳。
每天，
每天，
我们
要收藏——
在自己底大地上纺织着的
祖国底
白麻，
祖国底
蓝布。

在诗人笔下出现的是这样的土地和人民，是这样“伟大的祖国”。然而就在祖国的土地上，现在践踏着敌人的兽蹄；祖国的“田园”和

“池沼”“散布着”敌人的“炸弹和毒瓦斯”。为了保卫祖国，为了从祖国的土地上赶走那一群喝血的野兽，人民是需要战争了：

我们
必须
拔出敌人底刀刃，
从自己底
血管。
……
在斗争里，
胜利
或者死……

这些简短、遒劲的诗行，充分地反映出了人民的战斗要求和真实情感，是抗战初期充满着苦难和斗争的时代特色的忠实纪录。《给战斗者》中的诗篇一发表，就受到广大读者和批评界的重视，是完全有理由的。诗人闻一多在读到田间的诗作后，就给了它如下的恰当的批评；它“没有‘弦外之音’，没有‘绕梁三日’的余韵，没有半音，没有玩任何‘花头’，只是一句句朴质、干脆、真诚的话，(多么有斤两的话!)简短而坚实的句子，就是一声声的‘鼓点’，单调，但是响亮而沉重，打入你耳中，打在你心上。……它摆脱了一切诗艺的传统手法，不排解，也不粉饰，不抚慰，也不麻醉，它不是那捧着你在幻想中上升的迷魂音乐。它只是一片沉着的鼓声，鼓舞你爱，鼓舞你恨，鼓励你活着，用最高限度的热与力活着，在这大地上”。① 的确，说田间是“时代的鼓手”，这称誉是一点也没有过分的。

由于战斗的需要，田间在这一时期还创作了不少的“街头诗”，分别收辑在《给战斗者》和《抗战诗抄》中。“街头诗”是一种短小精悍的诗的形式。它用寥寥的几行诗句，从一个平凡的事例中揭示出深远

① 《闻一多全集·丁集·时代的鼓手》。

的政治意义。它的词句是浅显的，但却悍泼锐利，发人深省。它使人一目了然，但又余味不尽。它是一样很灵活轻便的宣传武器，但又是很精炼完美的艺术作品。下面举《给饲养员》一诗为例：

饲养员呵，
把马喂得它刮刮叫，
因为你该明白，
它底主人
不是我和你，
是
　　中国！

从这短短的几行诗句里，我们感到的是“雷霆万钧”的艺术力量，从我们心底升起的是对于祖国的无限热爱。

收在《抗战诗抄》中的《英雄谣》，是对于解放区七位劳动英雄的热烈的赞歌。从这七首诗中，读者是那么亲切地接触到了在党和毛主席教育下成长起来的新的英雄人物和他们的忘我劳动的崇高精神。《参议会随笔》中的五首诗，描绘和歌颂了抗日民主根据地的真正的民主制度，也显示了党领导下的边区人民武装的不可抗拒的威力：

太阳有如金片，
抹着枪和大地。

在白杨林边，
聂荣臻将军
绿的大氅
灿灿的飘起。

（《阅兵》）

诗人是用了多么热情而美丽的诗句来描摹参议会开幕时的阅兵典礼的

啊!《名将录》五首塑下了人民将领的神勇的英姿和他们的无坚不摧的威武:

师长飞马上山
谁也不曾听见
那马蹄一响
他已到半山间

将军轻轻的
冷声一笑:
“一块石头
也不许他侵犯!”
(《山中——题贺龙将军》)

诗人的钢铁似的诗句为我们雕塑下了钢铁似的英雄。在抗日战争行将胜利、蒋介石反动集团进攻解放区的阴谋日益显露的时候,这种诗句(它写于一九四五年左右)的出现,无疑地是起了鼓舞人民战斗情绪的重大作用的。

写在一九三八年的长篇叙事诗《她也要杀人》,在田间本时期诗作中,不能算是一个成功的诗篇。人物(主人公白娘)性格的不够真实,是它的主要缺点;同时在表现方法上也还存在渲染过度和不必要的叠句太多的毛病。比起他同时期的许多短诗来,这首长诗是多少有些逊色的。

诗人柯仲平在大革命前后就开始了诗歌创作活动。他的第一个诗集《海夜歌声》,收录的是一九二四年至一九二六年间的作品。在这一时期,他还有些诗发表在《狂飚》周刊上。后来发表的诗剧《风火山》,则是一九二九年的作品。这些作品以它的饱满的战斗情绪,曾经获得不少读者的爱好,也招致了反动统治者的禁止和迫害①。

到了本时期,柯仲平来到延安以后,在一九三八年先后发表了两

① 《风火山》出版不久,即遭到国民党反动政府的严禁。

首叙事长诗：《边区自卫军》和《平汉路工人破坏大队》(第一章)。《边区自卫军》是反映边区人民武装抗敌锄奸的英雄事实的诗篇。作者在诗前写了这么一小段话：“我们的文艺方向是抗战的、民族的、大众的。这方向统一着我们文艺作品的内容与形式。我们正往这方向前进。这诗，可以用民间歌调唱。”《平汉路工人破坏大队》是中国描写工人集体英勇斗争的第一首长诗，只写了第一章——破坏大队的产生。在《自序》中，作者说：“中国工人阶级的发生和成长，是近代的事。中国工人作家到将来也一定会产生许多。当我写《平汉路工人破坏大队》的时候，我曾这样想：‘你们看，我用的言语，是每一个工人都能听懂的言语吧？不要说你们不能够创作，工人同志们，只要你们学会使用文字，你们一定可以比我写得好，并且会好过许多倍。……’”在这首诗的《前记》中，作者又说：“为使这作品稍为完整些，我已花几天工夫，读了又读，增删又增删，以后有机会朗诵给工人同志听，得工人同志的帮忙，一定还有很多地方要增删。古代的史诗就是从一次次朗诵中增删好的。”诗人的这些自白，说明了这两首长诗在思想上和在艺术上的独特的地方。

这两首诗发表后，“曾得到一位同志的最崇高的鼓励”，同时也被读者认为“是今日迫切需要的诗歌”①。这两首诗在当时之所以能够产生如此巨大的影响，其原因是很容易理解的。首先，这两首诗，不同于上一时期的诗剧《风火山》，它们不是作者“没有战斗经验时写出来的战斗作品”②，而是作者深入了实际斗争生活，和工农兵群众有了进一步结合之后的产品，因此，它们不是以空泛的热情来代替实际生活的描写，而是有血有肉，允溢着生活和斗争的火热的气息。《边区自卫军》中李排长和韩娃的忠勇和机智，《平汉路工人破坏大队》中阿根和老刘的坚强和勇敢，都得到了鲜明而生动的塑绘。在这些人物身上集中地体现了工人阶级和劳动人民的高贵品质，同时也集

① 柯仲平在《边区自卫军》诗前说：“这诗写后，曾得到一位同志的最崇高的鼓励。”《平汉路工人破坏大队》第一章发表后，作者曾收到一位读者来信，说这诗“才是今日迫切需要的诗歌”(见诗前《自序》)。

② 《风火山·小序》。

中地反映了人民的政治要求和生活愿望。这就首先决定了这两首诗的吸引读者和教育读者的重要素质。

你看诗人是这样来刻画《边区自卫军》中的李排长的：

他的命令，
不但代表自卫军，
　　代表老百姓，
是代表一个战斗民族的声音。

在诗人笔下活跃的是这般可敬可爱的英雄人物，读者怎么不会欢迎这样的诗歌！其次，这两首诗，在形式上也有它的特色：它具有人民群众所喜爱的歌谣风味，语言明白而流畅，节奏自然而响亮，它便于朗诵，容易为广大读者所乐于接受。例如在《平汉路工人破坏大队》中就多的是这样的诗句：

铁好打，钢好炼，
争取一个人好难。

小树不服大树荫
不服它自高，服它根柢深，
不服它皮厚，服它心里有很多年轮。

在过分浓厚的欧化诗风广泛流行的当时，这种诗歌的出现，无疑地会博得广大读者的喜爱。

除上述两首长诗外，柯仲平还写了一些短诗，后来都收在诗集《从延安到北京》中。这些短诗，也依然洋溢着旺盛的战斗热情。诗人自己说："诗的花是为人民而开，爆炸是为人民的利益而爆炸。"①他本时期的诗作实践了这个崇高的创作目的。

① 柯仲平：《创作社会主义内容民族形式的诗歌》，载《人民文学》1953 年 11 月号。

诗人何其芳在抗日战争时期的诗歌，后来都收在诗集《夜歌》①中。这些诗歌，大部分是诗人来到延安以后的作品（主要是一九四二年以前的，四二年以后作者就很少写诗了）。这时候，诗人已经否定了他在写作《预言》中那些诗篇时的"为艺术而艺术"的见解，也有了"用文艺去服务民族解放战争的决心与尝试"；但是思想情感上还存在着新与旧的矛盾和斗争，《夜歌》集中的大部分诗作便是在这种"新旧矛盾的情感"之下写作，而且是深刻地反映了这种矛盾和斗争的。作者后来是不满意于自己这些诗篇的，他说：

> ……我写得真是乐而淫，哀而伤，充分发泄了我当时的那种伤感，脆弱，空想的情感。现在时过景迁，更主要地是我经过了最近两年来思想上的变化，这些夜歌和白天的歌又和我隔得相当远了。当我这次把它们编成集子，重读一遍时，我的感觉是这样的："这个时代，这个国家，所发生的各种事，人民，和他们的受难，觉醒，斗争，所完成着的各种英雄主义的业绩，保留在我的诗里面的为什么这样少啊。这是一个轰轰烈烈的世界，而我的歌声在这个世界里却显得何等的无力，何等的不和谐！"（《谈写诗》）而且当时为什么要那样反复地说着那些感伤，脆弱，空想的话啊。有什么了不得的事情值得那样缠绵悱恻，一唱三叹呵。现在自己读来，不但不大同情，反而有些感到厌烦与可羞了。②

诗人的深刻的自我批评是有理由的。《夜歌》中许多诗篇，由于作者当时还没有很好地克服掉旧知识分子的弱点，所以它们还残存着某些感伤、脆弱和空想的痕印。但是从这些诗篇中，我们所获得的却也有大量积极的东西。在里面，我们读出了诗人对于旧世界的愤怒和对于新社会新生活的热爱，读出了一个知识分子在他参加了革命行列

① 1952年作者将《夜歌》中的诗再加上后来写的一些诗，交由人民文学出版社出版，更名为《夜歌和白天的歌》。

② 《夜歌·后记》一，作于1944年10月。

而还没有和工农兵群众真正结合时的矛盾苦闷的心情，读出了一个革命诗人的生活道路和创作道路的进展的痕迹。在《成都，让我把你摇醒》一诗里，诗人对于旧的成都，那给“污秽、陈腐、罪恶把它无所不包的肚子装饱”，“在阳光灿烂的早晨还睡着觉”的成都，吐出了那样深沉的憎厌，而对于它的觉醒和新生又是那样充满了热情的希望。在《一个泥水匠的故事》里，诗人以朴素的、燃烧着热情的笔端歌唱了一个劳动人民的故事。这是抗日战争时期千千万万劳动人民当中的一个，但他却集中地体现了千万劳动人民的受难和觉醒的道路以及坚贞不屈的高贵品德。在诗中，诗人这样充满信心地赞颂了英勇无畏的苏联人民：

你最先开花的黑土，
你最先实现了人类的梦想的人民！
你们有着人类最响亮的名字，列宁，斯大林，
它们响着就象真理和信心！
没有人能够抢走你们的乌克兰，
没有人能够攻下你们的莫斯科，
没有人能够用枪枝把地主、资本家重新抬上宝座！

（《让我们的呼喊更尖锐一些》）

在诗中，诗人这样热情而又形象地描绘了解放区人民的劳动生活：

我们使荒凉的地方充满了歌唱。
在寒冷的夜晚我们感到温暖。
我们开垦出来的山头突起而且丰满
象装满了奶汁的乳房，
从它们，我们收获了冬天的食粮。

（《快乐的人们》）

在诗中，诗人发出了这样坚决的喊声：

一切腐烂的东西都在死亡！
一切新生的东西都在成长！

腐烂的和新生的
已经清楚地分别开
象黑夜和白天！

全中国的兄弟们，
站到革命方面来！
（《革命——向旧世界进军》）

这些诗篇，正如一位读者给诗人信中所说，是可以引导一些青年走上"生活的正路"的①。如果拿它们来和《预言》中的诗比较一下，诗人在思想和艺术上的进展真是惊人地巨大的。

何其芳的诗不缺乏对于生活的热情和敏感，也很着意于艺术的锤炼，所以绝少粗制滥造之作。但在形式方面，也还存在着句子过长，欧化句法太多的毛病。这当然也影响了何其芳诗作更广泛的流传。

三 愤怒和讽刺之歌

下面叙述的是本时期生活在国统区内的几个重要诗人及其作品。

诗人郭沫若在战争刚刚开始时，就从日本回到了祖国，始终不懈地领导了抗战时期国统区的进步文化运动，同时也写下了不少的诗篇鼓舞广大人民的战斗情绪。抗战初期的诗歌后来都收在《战声集》②中。在《战声》一诗中，诗人十分有力地传达出了中国人民抗战的愿望和决心：

---

① 《夜歌·后记》一，作于1944年10月。
② 收辑的是1936年至1937年的作品，初版于1938年。

战声紧张时大家都觉得快心，
战声弛缓时大家都觉得消沉。

战争的一弛一张关于民族的命运，
我们到底是要作奴隶，还是依然主人？

站起来啊，莫再存万分之一的侥幸，
委曲求全的苟活决不是真正的生。

追求和平，本来是我们民族的天性，
然而和平的母体呢，朋友，却是战声。

《战声集》是作者继《恢复》之后的一个重要诗集，它以作者所特有的奔放而豪迈的气势与风格，表现了中国人民的坚强意志和胜利信心，同时对于国民党反动政府的“一张一弛”的抗战态度，提出诗人的鲜明的正义的抗议。这以后，郭沫若还出版过一个诗集——《蜩螗集》①，其中收集的是在武汉陷落后，蒋介石集团日益走向反动和腐败的时候所写下的诗歌。无法遏抑的愤怒和谴责成了这个诗集的主要部分。例如在《罪恶的金字塔》一诗中，诗人就发出了如此激昂的呼声：

心都跛了脚——
你们知道吗？——
只有愤怒，没有悲哀，
只有火，没有水。
连长江和嘉陵江都变成了火的洪流。
这火——

① 收辑的是1939年至1947年的作品，初版于1948年。

难道不会烧毁那罪恶砌成的金字塔吗？

在抗日战争时期，郭沫若诗的产量是不算多的，他的重要作品是以历史事实为题材的几个剧本，这里面贯串着作者作为诗人的丰富强烈的情感和对于丑恶现实的不可调和的搏斗精神，诗的素质是异常地显著的。这些剧本当在后面再作评介。

臧克家是本时期留在国统区的诗人们中产量最多的一个。当一九四四年编印《十年诗选》的时候，在序文中他这样提到自己抗战初期的诗作："……一双眼睛看过去，看过去写下的诗篇，我羞于承认它们是我生产的。这并不是因为抗战没能够写出好诗来，而是没深入抗战，没把自己变成一个真正的战斗员，才没能够写出好诗来。我歌颂士兵，而自己却不能真正彻底了解士兵，因为他们卧在战壕里，而我只是在战壕边缘上站了一忽儿；我歌颂斗争，却不是从同样斗争的心情出发，这样，我的歌颂就悬在了半空。这歌颂，你不能说它没有热情，但它是虚浮的，刹那的；这歌颂，你不能说它没有思想内容，但它是观念的，口号的。而且，写它们的时候，也来不及作内心和技巧上的压缩，精炼，切磨。而不幸的是，一个真正的好诗，却正需要深沉的情感化合了思想，观念，锻以艺术熔炉。"

臧克家的这一段自我批评，是指他在本时期前一阶段的诗作——《从军行》、《泥淖集》、《呜咽的云烟》等集子中的诗歌而言的。在这以后，作者又写了《淮上吟》、《黎明鸟》、《泥土的歌》、《第一朵悲惨的花》、①《向祖国》和《古树的花朵》等诗集。关于这些诗集，作者后来说："后一阶段，热情凝固了，幻想破灭了，光明晃远了，代替了这些的是新的苦闷和抑郁。心，从波动中沉垂了下来。这个时期，回味体会了五年(一九三七—一九四二)的战地经验，面对着眼前的世界，有时间给它们以较深沉的刻画。光明的，歌颂它；黑暗的，讽刺它；爱与憎，是与非，真理与罪恶，界线是分明的。"②从这段话

① 《黎明鸟》、《第一朵悲惨的花》未出版。

② 《我的诗生活》，作于1942年9月。

中，我们可以看出，由于现实生活的教育，作者本时期的诗作，无论在内容和形式上，是有了比较显著的发展的。

在后来写的几本诗集中，臧克家最钟爱的是《古树的花朵》(长篇叙事诗)和《泥土的歌》。《古树的花朵》完稿于一九四一年的春天，是为了歌颂“以轰轰烈烈的死，表现了中华民族的气节与人格的英雄”——范筑先而写的一首五千行的长诗。作者在《序》中说：“我的范筑先是我用自己的心血塑成的一个艺术上人的人型。”他是冀图改变向来谨严的风格，以恢廓的气势、奔放的笔调来描画在抗日初期出现的这位抗日英雄及其英勇事迹，使他“一家的红血化一道长虹，耀眼放亮的挂在历史的天空”(《小引》)的。在语言的熔铸和材料的剪裁安排上，也都可以看出作者刻意经营、一丝不苟的严肃认真的创作态度来。但是，由于作者这时还不能从最先进的工人阶级立场上来洞察生活和表现生活，所以诗中多的是一些比较浮泛的热情的语句，而缺乏对于时代和人物的更本质和更真实的刻画，因此，也削弱了它作为一首现实主义史诗的重要社会意义和艺术力量。

《泥土的歌》共收短诗五十二首。在诗集前，作者说：

我给了它一个活栩栩的生命
连带着我湛深的感情。

(《序句》)

因为它有着作者“湛深”的感情，是作者从“深心里发出来的一种最真挚的声音”(序——《当中隔一段战争》)，所以它特别赢得作者的衷心喜爱。原因不难理解，臧克家对于中国苦难的农村原是有着比较深切的联系和关怀的。但是《泥土的歌》却没有真实地反映农村的生活。它没有描画现实农村里的熊熊燃烧的阶级斗争的火焰，没有表现蕴藏在农民身上的深厚的战斗力量。读者在它里面看不见旧中国农村社会的真实风貌。作者为读者展开的仅仅是一幅恬静而平和的农村画图，仅仅是“压死了不作声，冤死了不伸诉”的农民形象。作者笔下的农民，是：

孩子
在土里洗澡；
爸爸
在土里流汗；
爷爷
在土里葬埋。

（《三代》）

读者在诗中所感受到的只有“愁苦”和“悲愤”，没有“新生”和“希望”。而这与作者当时创作这些诗歌时（一九四二）的历史真实是不相符合的。与现实斗争生活的脱节和对于国统区都市生活的不安和不满，使得作者一方面看不见日益觉醒和成长着的新的农民和新的农村，另一方面也只好把自己的愁苦和悲愤寄托在一种并不真实的古旧农村的回忆里。因而作者的诗篇就不得不落在历史和时代的后面。在这一点上，作者歌唱农村的诗作，就很少有超过他上一时期作品的地方。默涵在《评臧克家的〈泥土的歌〉》①中说：“……作为一个人民诗人的创作与认识，不能不是统一在社会生活的实践中；而在今天，作为一个写农村的诗人来说，他不能不是从今天中国农民革命的实践中，去直接认识这革命的实质和意义，而通过这种认识与感受去歌唱出农民的真实的思想感情。所谓‘面向农村’，并不是站在知识分子的地位，‘居高临下’地去俯视一切，而是勇敢地投入到他们的生活与斗争中去。这样我们才能真正地取得了诗的真实。”默涵在这段文章中指出的正是《泥土的歌》的缺点产生的真正根源。而后来，在一九四八年，在《关于〈泥土的歌〉的自白》一文里，臧克家也从这一方面作了比较深刻的自我批评了。

以后，在抗战最后几年和解放战争时期，生活在国统区的臧克家对于反动统治有了更深更多的愤怒和不满，他的诗中的讽刺的火焰日

① 载《大众文艺丛刊批评论文集》。

益猛烈地燃烧了起来。这些愤怒和讽刺之歌在下编中当有所论述。

力扬的《我底竖琴》和《射虎者及其家族》，是本时期应当提起的两本重要诗集。诗人是这样地来说明自己写诗的原因的：

当黑夜将要退却，
而黎明已在辽远的天边
唱起红色的凯歌
——我们为什么不歌唱！

当严冬将要完尽，
而人类底想望的春天
被封锁在冰霜的下面
——我们为什么不歌唱！

当镣链还锁住
我们底手足，鲜血在淋流，
而自由已在窗外向我们招手
一我们为什么不歌唱！

当悲哀的昨日将要死去，
欢笑的明天已向我们走来，
而人们说“你们只应该哭泣”！
——我们为什么不歌唱！

(《我们为什么不歌唱》)

击退“黑夜”、“严冬”、“镣链”和“悲哀的昨日”，迎接“黎明”、“春天”、“自由”和“欢笑的明天”，这便是力扬愿意以他的诗作来担负起的神圣的战斗任务。《我底竖琴》中的二十多首诗作就洋溢着“向明天歌唱而前”(《短歌》)的战斗的歌声。《射虎者及其家族》是一首著名的叙事长诗，旧中国农民的受难的历程和他们遗留下来的强烈的仇恨构成了它的最主要的内容——

> 他的遗嘱是一个永远的仇恨，
> 挂在我们的心上。

而诗人，射虎者的子孙，二十多年来，抓着他的笔，“象抓着决斗助手底臂膊似的”，就是“去继承他们唯一的遗产——那永远的仇恨”的！朴质简洁的语言，明朗坚实的风格，使得这首长诗具有比较深刻的感人力量。

第五章　本时期的小说

一　小说发展概况

正如我国新文学发展历史的任何时期一样，本时期的小说反映了它所由产生的时代中的重要社会生活，而且因此规定了它的独特的艺术色彩。

在抗日初期，产量最多的是诗歌、独幕剧、通讯报告，小说的产量是非常少的。道理非常显明：战争改变了时代的面貌，也改变了作家的生活；当作家带着热烈兴奋的心情，在前线或者在为前线而紧张地工作着的后方，经历一种过去所从未经历过的剧烈变化的生活的时候，他们还不能够对战争本身及其发展前途作深入的考察和思索，还不能够对纷至沓来的新的生活现象形成一种明晰确切的形象，而同时，作家们也缺乏足够的创造经验和时间余裕把这样错综复杂的战时生活在广阔的展开的小说形式中给以适当的处理和表现。因此，在战争初期涌现出来的就不能不是迅速反映生活事变的独幕剧和通讯报告，特别是那些热情奔涌的抒情的诗歌。而这就是当时小说产量非常稀少的真正原因。

随着战争的长期化，广大读者对于真实地反映战时生活、因而使他们能够比较深刻地认识战争面貌及其发展前途的优秀作品的要求既逐渐加强，而作家们这时在有了较多的生活经验之后，对于战果的批判与胜利条件的检讨也使他们比较清楚地看见了现实生活中的某些本质的东西：新生的与腐朽的、为人民的与反人民的、有利于抗战前途的和违反抗战利益的两种不同力量和路线之间的矛盾和斗争。这时候，才开始出现了一些比较全面地集中地反映时代面貌的较好的作品。而一种具有新的题材内容和新的艺术风格的小说创作也才开始在长期战争生活的培育中逐渐成长了起来。

因为政治环境和战斗任务不同，国统区和解放区的小说创作，也同其他的文学样式一样，发展的情况是并不怎样平衡，而且是各自具有其内容上和艺术上的特征的。

国统区的作家，如所周知，是在主客观两方面的限制之下进行创作的，因此，在小说创作方面就不可避免地要存在一些缺点和偏向。茅盾在第一次文代大会的报告(《在反动派压迫下斗争和发展的革命文艺》)中，曾经这样追述在国统区文艺创作上出现的各种不正确的倾向：

> 有些作家因为不能反映出社会中的主要矛盾和主要斗争，就只能收集许多次要的社会生活现象，乃至许多与社会本质没有关联的社会生活现象。他们努力把所写的人物与现象写得细致，写得生动，并努力表现出革命的主题来，但终究在字里行间流露出一些黯淡无力的思想情绪。
>
> 还有一些作家，表面上和上述的倾向相反，他们为了使作品"有力"，就着重去描写人物的精神状态。然而不幸，他们所写的人物和斗争既未能反映出主要矛盾和主要斗争，而且又往往不能完全按照客观的真实而加以表现，甚至竟以作家的主观任意解释和说明客观的现实。他们以为作品中愈是显露着作者的强烈的主观，就愈能表现出主题的积极性，但事实上，脱离了社会中的主要矛盾与主要斗争，主题的积极性就无所依附。
>
> 也还有一些作家以人道主义的思想情绪来填塞他们的作品，他们有正义感，有同情心，他们局部地揭露了现实的黑暗，也表现了若干客观的真实，但是他们回避开了社会中的主要矛盾与主要斗争。他们认识世界的方法是经验主义的，他们的作品也多少流露着感伤的情绪。
>
> 以上这几种倾向都可以从进步的、革命的作家的作品中发

现；这些作品在当时都曾起了不同程度的进步作用，不过既又含有上述那些倾向，也就不能不使作品的战斗性打了折扣。但此外还有一些更有害的倾向潜生在进步的文艺阵营内部，成为腐蚀我们的斗志的毒素。

一种是完全按照个人的趣味而采集些都市生活的小镜头，编成故事，既无主题的积极意义，亦无明确的内容。这种纯粹以趣味为中心的作品，显然是对小市民的趣味投降，而失去了以革命的精神去教育群众的基本立场。

还有一种倾向，一方面描写抗日战争，另一方面则故意避免暴露抗日阵营中的黑暗面，却用男女间的恋爱故事，穿插其间，企图以"抗战"吸引进步的读者，同时又以"恋爱"迎合落后的读者，达到了"左右逢源"之乐。象这样的抗战加恋爱的新式传奇，在作者本人既然没有忠于真理忠于人民的严肃态度，结果他的作品自然不但庸俗而已，而且在客观上对于反动统治起了掩饰的作用。

最后的一种倾向是抵不住反动统治的低气压的压迫，经济生活的煎熬，又受着资本主义没落期的文艺思想的影响，公然把颓废主义呈现在大众的面前，而且还要装出"纯文艺"的高贵的气派来骗取读者。

我们必须指出，这种种有害的倾向正是进步文艺的敌人有意散播到我们的阵营中来的。一个本来是进步的作家，受不住艰难环境的锻炼，堕入这种有害的倾向，哪怕只是一时的表现，也是值得惋惜的事。因此我们必须坦率地指出，让我们大家一起来警惕和抵制这种种有害的倾向。

茅盾在报告中所指出的这种种不正确的和有害的倾向，在小说创作中更表现得突出一些和普遍一些，同时这些倾向还是"互相错综并列，互相影响，有些甚至互相渗透"地出现在某些作品中的。这些缺点之所以产生的原因，不外是：(一)在反动统治下面，作家的创作活动不容易接受到正确的理论指导，因此就不能不形成了各自为战、各自向前摸索的状态；（二）国民党反动派给予了作家以过多的迫害和限制，作家们失去了与群众生活接触的自由，因此没有可能在实际斗争中改变自己的思想感情，同时作家们过去所受的欧美资产阶级文艺思想的影响也就不能得到必要的纠正和根除，这样，就使得他们不能更深刻更本质地去认识和表现生活；（三）某些反动的作家和其他一些特务“文人”们有意识地在作品中散布不利于抗战事业和民主运动的反革命毒素。

但是应该完全肯定的是：国统区许多革命的和进步的小说作家，是在种种艰难险恶的环境下坚持了战斗的。他们在反动派的政治的、经济的和文化的三重压迫下，坚决地站在自己的岗位上，与日本帝国主义和美蒋反动集团进行了不断的斗争。他们的作品，“对于抗日民族解放战争，对于在反动统治下的民主运动，对于人民解放战争，都起了积极的推动和配合的作用”①。

在国统区内，被革命作家们所广泛地运用和表现的题材，是国民党对于抗日战争所采取的妥协投降的卖国政策和对于抗日的革命政党——中国共产党和全国抗日人民的敌视和打击的反动措施，是大后方广大农村的无法无天的黑暗统治，是城市的大地主大资产阶级吮吸人民膏血和荒淫无耻的罪恶生活。这些，都是当时弥漫在国统区的最使人感到不满和愤懑的重要事件，在小说中揭露了这些，自然是教育了人民，打击了敌人的。

不过，一般地说来，抗日时期国统区的作家们，同上一时期一样，还不善于在小说中描写新的人物，预示出新、旧两种力量剧烈斗争中的新的光明的未来。小资产阶级知识分子的生活遭遇成为了作品题材的压倒的多数。字里行间往往流露出伤感低沉的调子。与作品的内容相适应，在语言和表现形式上也还缺少生活的气息和民族的特色。所有这些缺点，即使在一些进步的作品中也还是程度不同地存在着的。

植根于斗争生活的沃壤，直接地受着党和毛泽东同志的亲切关怀

① 茅盾：《在反动派压迫下斗争和发展的革命文艺》。

与加意培植的解放区小说创作，有了与国统区迥然不同的面貌。解放区的广阔而丰富的斗争生活，为作家们提供了取之不尽，用之不竭的创作源泉，抗日战争成为了解放区创作最重要的主题。战争改变了解放区人民的生活面貌，也改变了他们的精神面貌。党领导和教育了解放区人民，他们在民族解放的浴血的战争里开始站立和团结起来了。这是一个巨大而深刻的具有历史意义的变化。解放区的作家们以小说这种文艺样式比较真切地反映了这种变化。在抗战前期解放区小说创作中，一种觉醒起来了的工农兵群众的新的英雄人物的形象开始出现了。这些人物都带有那么显著的时代特色，蕴藏着那么强大的斗争潜力。尽管这时期解放区作家们对这样的人物还熟悉得很不够，因而也还缺少血肉丰满的艺术塑绘，但是，非常显然，这些人物已经带着巨人般的英雄姿态开始走进文学作品中来了。这是上一时期小说创作所不可能达到的成就，也是这一时期国统区小说创作所无法完成的任务。

长篇小说，在这时期解放区小说创作中，是少见的。原因是，艰巨和剧烈的斗争生活既迫切要求及时的反映，而繁重的斗争任务，又使作家不可能有更多的时间从事于长篇巨制的创作。在艺术形式上，还缺少为人民所喜闻乐见的民族风格；在语言的运用上，过分欧化的倾向也还没有得到应有的克服。作家们对于文艺方向的不明确和与工农兵群众结合不够，是产生这些现象的主要原因。等到一九四二年毛泽东同志《在延安文艺座谈会上的讲话》发表以后，作家们明确了方向，深入了生活，改造了思想情感，这些现象就得到了根本的改变，文艺创作开始了它的发展的新阶段。新的主题、新的人物，还有为人民群众所喜闻乐见的新的表现形式，构成了解放区小说创作的一种崭新的风貌。周扬在第一次文代大会的报告(《新的人民的文艺》)中，这样概括地说明了解放区文艺面貌的轮廓：

新的主题、新的人物象潮水一般地涌进了各种各样的文艺创作中。……民族的、阶级的斗争与劳动生产成为了作品中压倒一切的主题，工农兵群众在作品中如在社会中一样取得了真正主人公的地位。知识分子一般地是作为整个人民解放事业中各方面的工作干部、作为与体力劳动者相结合的脑力劳动者被描写着。知识分子离开人民的斗争，沉溺于自己小圈子内的生活及个人情感的世界，这样的主题就显得渺小与没有意义了，在解放区的文艺作品中，就没有了地位。……解放区文艺的内容是新的，而且也正因为内容是新的，在形式方面也自然地和它相适应地有许多新的创造。这首先表现在语言方面。……解放区文艺作品的重要特色之一是它的语言做到了相当大众化的程度。语言是文艺作品的第一个因素，也是民族形式的第一个标帜。……解放区文艺的另一个重要特点之一，就是和自己民族的、特别是民间的文艺传统保持了密切的血肉关系。……我们对待旧形式，已不再是简单的"旧瓶装新酒"，而是"推陈出新"，这是完全符合一个民族的文艺发展的正常规律的。鲁迅曾经说过："旧形式的采取，必有所删除，既有删除，必有所增益，这结果是新形式的出现，也就是变革。"鲁迅的这个预言在解放区是已经初步实现了。……

这是指解放区文艺作品的全貌而言，小说创作自然也是包括在里面的。解放区的小说的确是在各方面都取得了新的发展和成绩，而且在抗日战争期间发挥了它的动员作用和教育作用的。

总的说来，本时期的小说，虽然因为产生地区的政治环境的迥异和作家本身的生活实践与思想水平的不同，而有着上述的发展不平衡的状态，但它们(无论是解放区或国统区的)总的方向是一致的；没有疑问，就是国统区的小说创作也还是遵循着毛泽东同志的文艺方向而前进，而且有着它的显著的成果的。不过，抗日战争时期的小说，虽然有了上述巨大进展，但我们还不能说它在沿着社会主义现实主义前进的道路上，已经有了怎样特别惊人的成就(即以解放区的小说而言，它的成功也大都在短篇，它还缺少那种全面地反映现实生活的长篇巨制)，它的更辉煌的实绩和更丰盛的收获，是在下一个时期，本时期还只能算是一个开始，然而已经是一个很好的开始了。

二　工农兵斗争生活的画幅

作家刘白羽在上一时期就曾发表过短篇集《草原上》。在这一时期，当作家进入了抗日根据地，参加了抗日战争以后，又写了不少优秀的通讯报告和短篇小说。那些通讯报告将在下面评介，这里仅就短篇小说进行一些论述。

在短篇集《龙烟村纪事》的《后记》中，刘白羽曾经说到，他之所以要在战争时期过去了的时候，将这些反映战时生活的作品重新编集印行①，原因是出现在这些作品中人物的命运，“和整个民族的历史的命运那样贴近”；这些人物永远使作家怀念，使他不能忘记。同作者的感觉一样，这些人物对于读者也具有强大的吸引力。他们的朴质坚毅的性格和由于党的教育和战争的锻炼而逐渐成长起来的新的精神风貌，并不因为年月的冲洗而稍为减色。他们使读者重新记起了那个值得怀念的艰辛的时代，他们的鲜明动人的形象仍然具有巨大的教育意义和感染力量。

《龙烟村纪事》中许多短篇大半是摹描抗日前线斗争生活的作品。那时候，作者“在晋东南，一个时期住在漳河流域的盆地。经过一次游击的行军生活，到了太行山峰的一个小村落里。总共，在那个区域里，住了半年多。在那里参加了工作与生活”②。就在这个时候，作者接近了这些新的人物，为他们的英雄性格与事迹所感动，而且以他的运转自如的笔锋描绘下了这些人物可歌可泣的英雄事迹，描绘了他们灵魂里的闪光发亮的东西，描绘了他们在民族解放斗争中日益觉醒起来的集体主义精神。

收在卷首的《龙烟村纪事》一篇，是那么栩栩如生地描绘了青年农民杨发新在现实生活和群众教育下的深刻的变化。透过这个人物的

① 1944年，刘白羽曾出版短篇集《金英》，收在重庆东方书社发行的《东方文艺丛书》内。这些小说，后来大半收在《龙烟村纪事》中。

② 短篇集《金英·后记》。

发展，人们看出了在抗日前线地区的复杂的斗争，也看出了人民的抗日武装和蒋介石国民党的军队有着多么重大的本质的差别。

另一个短篇《歌声响彻山谷》①写的是一个农村姑娘的成长的故事。女主人公喜子身上所发生的深刻又巨大的变化，是党所领导的抗日战争在中国妇女身上所引起的变化的典型的描写。作者把蕴藏在喜子身上的美丽的灵魂和勇敢的性格那么晶光透亮地揭示在读者的眼前，使读者如临其境地重温了那个在苦难和斗争里飞跃前进的年代。正如作者所曾经说过的一样，这“并非一个什么英勇故事，而是因为这一整个人群，都勇敢地迈着步前进”②，故事结尾时一片响彻山谷的歌声，正是中国农村妇女在党领导下勇敢迈进的歌声。

《黑马》③里的王福孩是一个十五岁的勇敢的骑兵。作家以一种爱抚的热情细腻地描摹了这个“顶小的战士”对他心爱的战马的无微不至的、带着一点稚气的亲昵和照料。接着又描写了这个燃烧着复仇的火焰的幼小的骑兵，在战争中显示了多么惊人的机智和勇敢。还写出了人民抗日武装中亲如父子骨肉的官兵关系。在短短的篇幅里刻画了如此鲜明的性格和如此引人入胜的故事，可以看出作者具有卓越的描摹现实生活的艺术才能。

《龙烟村纪事》中的小说《金英》，描写了一个日军中的朝鲜女性被俘后在我军启发帮助下觉醒和成长的过程。小说写得很细腻生动，女主人公金英的性格的发展，显得十分自然，给人以高度真实的感觉。从《金英》这篇小说，读者可以看出中朝两国人民的亲如兄弟的关系，在反对共同敌人的伟大斗争中，他们始终是血肉相连的最亲密的战斗伙伴。

《龙烟村纪事》中的小说，除了反映抗日根据地人民的斗争生活外，也有写在抗日战争最初年月里的、以武汉为背景的《成长》，它以第一人称的笔法亲切地写出了一个女孩子走上抗战岗位的动人的故

---

① 在短篇集《金英》中，题名《喜子》。

② 短篇集《金英·后记》。

③ 在短篇集《金英》中，题名《小骑兵》。

事。而写在抗战胜利后的《崩溃》一篇，则通过一个失业工人陈福庆流落在重庆街头的悲惨的遭遇，展示了国民党反动统治的必然要崩溃的命运。作者是怀着无限的希望和热情来刻画陈福庆这个人物的。作者在《龙烟村纪事》的《后记》中说：

> ……我总觉得有的在新生，有的在没落，这倒是历史的真实。我在这儿，不得不特别谈起，在这本书中一个特殊人物(《崩溃》中的陈福庆)，胜利把他压成一个残废……但陈福庆是一个英雄，他在这个集子里，和那些新的人物，在一起并不陌生，因为崩溃的是那——旧社会，而绝不是陈福庆。我在这里只有向他祝福，我希望他活着……

这一段话，是把《崩溃》这篇小说和《龙烟村纪事》中其他作品的主要内容，作了很精确的说明的。《龙烟村纪事》这个短篇集是对于新生事物的热烈的礼赞和对于腐朽事物的无情的剥露。除《龙烟村纪事》外，刘白羽本时期的小说还有一部分收在短篇集《幸福》中。

刘白羽本时期的作品，在语言方面还不够大众化，表现手法也有时显得过度曲折。在延安文艺座谈会前，这原是比较普遍的现象，而从作者创作发展的历程看来，这也是一个必经的阶段。在一九四二年以后，刘白羽的创作有了更大更新的发展。

周而复也是从上一个时期就开始了创作生活的一个作家。他在那时候所写的一部分杂文收在《北望楼杂文》里，另外一部分抒情散文，则收在散文集《歼灭》中。那时候，作者生活在蒋介石统治下最黑暗的年代里，这些文章虽然不免流露出一些被压抑的感伤，但对于生活的坚强的信念，仍然洋溢在字里行间；同时，由于当时文网的严密，所以遣词用语，也仍有隐晦曲折的地方。抗日战争开始不久，周而复就进入了抗日民主根据地，而且投入了频繁的战争环境里。长期的斗争生活锻炼了作家的思想感情，也开拓了作家的创作视野。解放区热火朝天的生产运动和抗日前线上的艰苦剧烈的斗争，是周而复创作题材的两个主要方面；正在成长中的新英雄人物的平凡而又卓绝的精神面貌，在他的创作中占了重要的位置。

收在《高原短曲》中的姊妹篇——《开荒篇》、《播种篇》、《秋收篇》，是解放区从一九三九年起蓬勃展开的生产运动的一幅明净的素描。这是三个各自独立而又有着一定联系的三个短篇。作者以他素所具有的饱含感情的笔致，在这三篇中，描画了西北高原上的土地和人民，以及革命干部在这块土地上所进行的生产运动的三个不同的阶段。

《开荒篇》很出色地描写了一个“伙夫同志”的思想变化的过程。这是一个忠于职守的炊事员，他对自己的岗位工作是那样毫不苟且，但是对于生产运动的意义则十分缺少理解。后来这个“固执而又罗嗦的老人”在同志们实际行动的教育之下，终于明白了生产的目的是为了打鬼子，自觉地参加了生产运动，而且成了生产中的能手，受到了同志们热情的赞扬。小说给了这个“伙夫同志”的性格以很出色的刻画，把他的转变过程写得非常自然而有说服力量。救亡室主任王筠在《开荒篇》里还不是一个很重要的人物，但在《播种篇》里却以她的惊人的顽强意志和革命热情，那么神采四溢地出现在读者的面前了。《播种篇》一开始，就以富有特征意义的细节烘托出了王筠——这个有着“一对藏着无限的智慧和聪敏的黑宝石一样的眼睛”的青年女性——的高贵的精神世界，随后，又在战胜病魔的激烈斗争中，鲜明地写出了她的舍己为群的坚毅的性格。这是一个新的女性的形象，是在党所领导的抗日战争中培育起来的人民的战士。《秋收篇》是收获季节的一支愉快的歌，群众的火热的劳动竞赛是这首歌曲中最动人的旋律。作者以多么强烈的抒情诗的调子描写了那些生活在劳动和欢乐里的人们：

> 王筠同志只好接受他们的要求。她用尖锐的颤抖的声音唱出一句歌来，十多个不同的遒劲有力的声音，又从头合唱起这一句歌来，歌声愉快地从山坡上浮荡下去，它是由十多个声音的力推送着，象一个骄傲的天使似的，浮在黄亮亮的谷田上，向淙淙的延河而去，终于消逝在延河那边的山丘里。继起的是镰刀的琅哨

声，和忒忒的割谷声，他们又到了一大片澄黄的谷子前面，大家都湮没在共同劳动的海里了。

读着这样动人的描写，读者会很自然地想到：当劳动不是为了少数人的横暴的利益，而是为着大家共同的幸福和理想的时候，劳动就不会再成为人们沉重的负担而是一种难以形容的快乐的享受了。只有在劳动和斗争里，人们的精神世界才能得到最大限度的上升。

收在《高原短曲》中的其他几篇小说，除《礼物》一篇是写在战前而外，其余《警犬班长》、《麦收的季节》和《微笑》三篇，都是一九四二年以后的作品。敌后的斗争生活和人民群众的觉醒，在这些小说中有了比较真切的反映。

周而复在抗日战争时期所写的小说，有的还收在解放后出版的《山谷里的春天》中。

于黑丁的创作生活开始于一九三四年，那正是他从沦陷了的东北国土上流亡到关内来的时候。他以那些充满爱国主义热情的短篇小说，在读者当中散播了仇恨和反抗的种子。他的小说中的主人公多半具有永不屈服的斗争精神，所以从他的作品中读者不难窥见闪耀在前面的胜利的曙光。例如《生路》中的老车长王秉南，《站长》中的站长丁世雄，《归来》①中的青年吕明，都是在现实的教育下走向斗争的。——毫无疑问，黑丁写在战前的这些小说，从生活的某些角落显示出了当时日益上升的民族矛盾以及人民的日益强烈的抗战要求，同时也对国民党统治者的黑暗腐化、卖国求荣的罪行作了一定程度的揭露。

抗战开始后，黑丁进入了解放区。同解放区其他作家一样，人民的无畏的战斗和高涨的生产热情成了黑丁这时创作的主要生活源泉；但在国统区内进行着的光明和黑暗的激烈斗争，也仍然吸引着作家的注意。一九四一年在延安写出的《第四小队》一篇就是属于这一方面的。在这篇作品里，作家描写了这样的一群：运输第四小队的六个司

① 最初发表在《文学》8卷6期上，题名《回家》。

机和四个助手。读者从这些平凡的人物和故事看见了抗日时期国统区内两种不同社会力量之间的尖锐的斗争。作者的笔致是细腻的，他对蕴藏在这些平凡人物身上的崇高的心灵，作了深入的动人的刻画；而对于那些隐藏在暗角落里干着罪恶勾当的鬼蜮们，也毫不吝惜他的烈火似的愤怒。

写在一九四二年的《炭窑》，在对于劳动生产的描写里，成功地塑绘了几个人民干部的动人的形象。生产股长彭云华是其中最为鲜明突出的一个。作家没有把彭云华写成是一个十全十美的理想人物，在作品一开头地方，就着意写出了他的固执和爱闹小脾气。但就在这些缺点的描写上，也透露了彭云华忠于革命事业的值得敬爱的品德。这种品德，随着故事的发展而更加光辉灿烂了起来。作品也写了彭云华的恋爱和婚姻问题，但这不是一个可有可无的插曲，而是透过这个问题的合理的处理，更加显示了彭云华的美丽的精神面貌；同时，关于这一方面的描写，和整个故事的发展也是有机地紧紧联系在一起的。除了彭云华外，孙谦和老刘的性格也描画得相当明朗动人。

在这以后，黑丁还写了不少短篇反映解放区军民打败日寇和蒋介石国民党的英雄业绩。它们同上面那些作品一起，收在解放后出版的《炭窑》①一书里。黑丁的作品比较及时地反映了现实生活中的矛盾和斗争，人物的性格大都具有时代和阶级的特色，自然风物的描写与人物的处境和心理状态也有着较为密切的关联。但是作品的结构还不够谨严，人物的对话往往缺乏个性，因而人物性格的刻绘就难免受到影响。

赵树理是本时期出现的一位最著名的作家。他在一九四二年以后一连发表了三篇重要作品：《小二黑结婚》（一九四三年五月）、《李有才板话》（一九四三年十月）、《李家庄的变迁》（不详写作年月，据估计大约是在一九四四年至一九四五年间抗战胜利前后写成的）。这些小说的出现，立刻受到了广大读者的热烈爱好（《小二黑结婚》发表后，仅在太行山一区，就很快销行了三四万册）。它们不但被目为表

---

① 1957 年作家出版社出版。

现解放区生活的成功的作品，而且也被认为“是毛泽东文艺思想在创作上实践的一个胜利”①，是“整风以后文艺作品所达到的高度水准之一例证”②。

赵树理的小说之所以获得成功，与他的丰富深厚的农村生活经验是分不开的。他的家乡是在山西沁水的乡下，从小入本村小学，中学没有读毕业，就辍了学。由于非常爱好人民艺术——特别是地方戏剧，他参加了“上党戏”班子，在旧戏班里混了半辈子。抗战一开始，他当了农村小学教师。他始终生活在农村，和农民搞得火热；农村的生活和人物，他都十分熟悉、了解。一九四〇年春天，他进了《新华日报》(华北版)，在资料室工作。从这时起，他就抽空从事写作，把解放区农村的伟大变革和群众生活，反映在作品上。正如周扬所说的：“他是一个新人，但是一个在创作、思想、生活各方面都有准备的作者，一位在成名之前已经相当成熟了的作家，一位具有新颖独创的大众风格的人民艺术家。”③

短篇小说《小二黑结婚》，借农村中的一个恋爱故事，描写了农村中新生的进步的革命力量与落后的、愚昧的迷信思想，特别是横行乡里的封建恶霸势力之间的尖锐的斗争，而且显示了农民的革命力量之最终的胜利。小说的主人公是一个叫做小芹的农村青年女性，她是那样美丽、聪明、勇敢。她不仅勇于跟不合理的包办婚姻制作斗争，而且对于潜伏在人民政权下的封建恶势力，也丝毫没有畏怯和退缩。她是我国新农村里的新的女性的形象。在她的身上，透露了我国农村妇女的无限远大和光明的前途。当她的母亲没有得她同意就接受了别人的聘礼的时候，她发出了这样响亮坚决的声音：“我不管，谁收了人家的东西谁跟人家去！”她和小二黑的不屈不挠的斗争，受到党和人民政府的支持，打垮了以金旺、兴旺为代表的封建恶势力，取得了自己的自由幸福。从小芹的身上，人们可以清楚看出：祥林嫂的时代

---

① 周扬：《论赵树理的创作》。
② 茅盾：《论赵树理的小说》。
③ 周扬：《论赵树理的创作》。

已经一去不复返了，爱姑身上的无畏的反抗的性格在新的战斗的年月里已经获得合理的发展和成长了。赵树理的这篇小说，讴歌了由共产党所领导的新的农村，证实了只有共产党才是人民的幸福与自由的最可靠的保证。在形式方面，朴素、洁朗的语言，灵活、谨严的结构，都表现了作者的新鲜的独创的艺术风格。

《李有才板话》也是一个短篇小说，它真实地深入地反映了解放区农民为了实行减租减息、为了满足民生民主的正当要求而与地主阶级之间所进行的复杂剧烈的斗争。这个斗争大大地改善了抗日时期农民的生活地位，鼓舞和组织了广大农民抗敌的雄厚力量。描写了这个斗争，也就揭示了这样一个真理：中国农民只有从封建势力的压迫下解放出来，才能够发挥它的排山倒海的抗日力量。把民族斗争和阶级斗争紧密联系起来，这是抗日时期的历史要求，也是文学作品里应该忠实反映的生活真实。在《李有才板话》里，作者没有简单地表面地来理解这场斗争，他写出了它的复杂而曲折的历程，描绘了参与这个斗争的各色各样的人物：地主、农民（积极的、中间的、落后的）、两种不同类型的工作干部（年轻、热情但却缺乏工作经验，犯了主观主义、官僚主义的章工作员和从群众中生长起来、熟悉群众要求、有群众作风的县农会主席老杨同志）。在阎家山这个地方所进行的隐蔽而尖锐的阶级斗争，以及在斗争里活跃着的"老字辈和小字辈的人物"，是那么"须眉毕露"地呈现在读者的面前。每一个人物的性格特点都在斗争的进行中，在人物自身的言语和行动里显现了出来，而又各自打上了不可磨灭的阶级的烙印。光明与阴暗，胜利与困难，构成了这篇小说的真实而多样的生活画面；但光明与胜利却始终是它里面的决定性的东西。在形式方面，作者采用了农民所喜爱的"板话"形式，明快而幽默，朴素而健康，充溢着很浓厚的中国农民的生活气息。每一首快板，往往在短小精炼的篇幅里，十分生动而扼要地画出了生活和人物的主要面貌。例如：

模范不模范，从西往东看；
西头吃烙饼，东头喝稀饭。

就这么短短的四句，便把在地主阶级盘踞把持下的阎家山的面貌完全勾勒出来了。又例如：

陈小元，坏得快，
当了主任耍气派，
改了穿，换了戴，
坐在庙上不下来，
不担水，不劈柴，
蹄蹄爪爪不想抬，
锄个地，也派差，
逼着邻居当奴才。

也活画出了在地主阶级腐蚀下忘了本的陈小元的丑恶的气派。这样的快板，实在是一些辛辣而又机智的讽刺诗。它是作品的整体结构中不可缺少的部分，使作品具有了更为浓厚的中国作风和中国气派。《李有才板话》是现代中国短篇小说中不可多得的好作品。

中篇小说《李家庄的变迁》，以山西省的一个小村落——李家庄为背景，展开了农民与豪绅地主阶级之间的长期(抗战前八九年到抗战后期)而激烈的斗争，描写了中国农民在共产党领导与教育之下的觉醒过程，而同时，十多年来山西与中国的一些重大政治事件和历史事实也都投射和衬托在里面。小说中的主人公铁锁是李家庄的一个外来户，一个勤劳忠厚的农民。他在地主阶级残酷的剥削压迫下遭到了破产的命运。现实生活的教育，使他逐渐地认识到青年共产党员小常(他们是在太原偶然相识的)所教给他的一些革命的道理。抗战开始后，小常恰好被派到他们县上来搞工作，而且就在他们村里展开了牺盟会的工作。在残酷的抗日反汉奸的长期斗争中间，铁锁找到了自己的道路，成为了村民的领袖。铁锁的道路是中国农民所走过的一条艰苦的道路。作者着力地刻画了铁锁的觉醒和成长的过程，也就是反映了历史发展的真实。在故事的结尾，当八路军第二次解放了李家庄的时候，作者加写了一场为自卫战争欢送参军人员的大会，这样就有力地暗示了读者，摆在中国人民面前的更为艰巨的斗争和更为巨大的胜利。这篇小说说明了作者的巨大的进展："由《小二黑结婚》到《李有才板话》再到《李家庄的变迁》，作者本身也就象一株树子一样，在欣欣向荣地，不断地成长。"①但是，由于作者所处理的题材过于庞大，而小说的篇幅（它只有八九万字）也多少给了它以局限，所以在结构上，第十章以下就因为直叙太多，而有了松懈和不够生动的毛病。在艺术的完整性上，《李家庄的变迁》似乎还赶不上以前的两篇。

在这以后，赵树理还写了一些短篇，《传家宝》（写于一九四九年四月）是其中最优秀的一篇。它通过一个女劳动英雄金桂和她的婆婆之间的矛盾和冲突，显示了解放区农村妇女的巨大的变化。金桂是一个女村干部，她在斗争的锻炼（她的村子是经过了土改的）中逐渐摆脱了长期封建统治在妇女身上所造成的柔弱、怯懦和拘谨的性格。她不安于古老陈腐的生活，她勇于革新。但是她的婆婆（李成娘）却有着老一代农村妇女的习性和见解。她看不见生活中的新的变化，也看不惯在她的儿媳身上成长起来的新的品德和生活作风。于是不可避免地产生了婆媳之间的分歧和争吵。但这不是属于一般"家务"性质的纠纷，而是巨大深刻的农村变化在两个不同时代的妇女身上所引起的不同反应的结果。从一个细小的日常生活事件，显示出历史社会的发展和变化，可以看出作者对于生活的敏锐的观察能力和表现生活的卓越的艺术才能。

赵树理的小说在本时期的出现是一件非常重要的事实。它们是在毛泽东同志发表了《在延安文艺座谈会上的讲话》以后，在我们文艺园地上第一次结出的比较丰硕的果实。赵树理的作品之所以能够获得巨大的成功，实在由于它们具有着下列两个重要长处。第一是，它们本质地反映了抗日战争时期中国农村中的剧烈、深刻的变化，反映了地主阶级与广大农民之间的复杂、尖锐的矛盾和斗争。作者的政治立场和阶级感情始终是鲜明强烈地贯串在他的作品里。作者的笔只要一

① 郭沫若：《读了〈李家庄的变迁〉》。

触及地主阶级，就异常深刻地揭露出他们的阴险凶毒，活生生地刻画出了地主阶级的丑恶的典型。当笔端转而触及农民时，就处处流露出了深厚的同情和热爱。他歌颂了在党的教育下开始成长起来的新的农民的坚决与热情，斗争中的勇敢和机智，以及对地主的仇恨。这样，就使得在他笔下塑绘出来的人物在一定程度内表现了一定社会力量的本质的事物，而他的作品也就在培养社会生活中新鲜的、光辉的东西和根除衰老的、垂死的东西的伟大斗争中，担负起了教育人民的责任。第二是，在小说的表现形式上，作者也显出了他的独创的特色。他学习和吸取了我国古典小说和民间文艺的优良的成分，同时也接受了“五四”以来新小说的战斗的传统。他选择了和运用了活在人民口头的简洁而丰富的语言。他的作品精炼而不枝蔓，平易而不晦涩。特别在刻画人物上，很少长篇大论的叙述，往往寥寥几笔就勾出了人物性格的主要轮廓，而且总是用人物自己的行动和语言来表现他们的性格和思想情绪。在这些点上，都可以看出他的作品与中国固有小说，特别是以鲁迅为代表的“五四”以来的新小说传统之间的深刻联系。他承继了它们，而又发展了它们。“他所创造出来的决不是旧形式，而是真正的新形式，民族新形式。”①这就使得他的小说能够获得广泛的欢迎和爱好，使得革命文艺和劳动人民有了进一步的密切结合。

因为具有上述两个长处，所以赵树理的作品在抗日战争后期的出现，被视为我国社会主义现实主义文学发展历史上的一桩大事，是毛泽东文艺思想之最初的重大胜利。

在抗战后期，还有一些作家的作品，比较真实地反映了抗日战争与农村改革，反映了工农兵的斗争生活。这些作品之中，在当时群众中最受欢迎的，是邵子南的《李勇大摆地雷阵》(写于一九四四年)。这篇小说描写农村共产党员和青年农民李勇的神勇和机智，他所安排下的“地雷阵”给予了日本侵略军队以无数次的打击，显示了我国抗日人民的巨大威力，同时也暴露了日本侵略者遭到损失后的惊惶失措的丑态。邵子南另外还有一个短篇《阎荣堂九死一生》，写的是共产

① 周扬:《论赵树理的创作》。

党员阎荣堂在被日寇俘虏后坚贞不屈、终于脱险回来的故事。写在一九四五年的孙犁的短篇小说《荷花淀》，以一种清新朴素的笔调描绘出了冀中平原游击区人民的爽朗、无畏的英雄性格和美丽、愉快的战斗生活，充溢着一种革命的浪漫主义气息。王力的《晴天》反映了抗日时期农村中的复杂而尖锐的斗争，揭露了地主阶级的反动本质，也表现了广大农民在党领导下所取得的巨大胜利。高朗亭的《陕北游击队历史故事》——《雷老婆》和《怀义湾》(写于一九四四年)，追述了陕北红军在成长过程中与人民大众血肉相连的关系和他们出奇制胜的过人的智勇。所有这些小说都是延安文艺座谈会以后的产品，在内容上比较准确地反映了抗日时期解放区农村新的面貌，形象地表明了共产党和八路军所进行的抗日战争“是中国历史上前所未有的真正人民的战争，它取得了人民的全力支援和他们在各方面斗争的配合”①，而这就是我国人民取得抗战胜利的主要力量所在。在艺术风格上，这些作品也有着“一种新的风格，民族的、大众的风格，至少是这种风格的萌芽”②。它们同样是可以被当作毛泽东的文艺思想在创作实践上的最初成果来看待的。

以上是关于本时期解放区小说创作的简略评介。

三　为民主与胜利而斗争

在国统区的许多革命艺术工作者当中，始终坚持战斗，而且在小说创作上显示了卓越成绩的，我们首先想到的，是在上一时期写了《子夜》那样的现实主义巨著的作者——茅盾。在本时期，他的长篇小说《腐蚀》尖锐地撕穿了蒋介石反动统治核心——特务组织的凶残阴险的面貌，而且以这为主要线索，反映了蒋介石政权的反共反人民的反动实质。这部作品的出现，无疑地，是本时期国统区革命文艺的一个重大收获。

---

① 周扬:《新的人民的文艺》(第一次全国文代大会上的报告)。

② 周扬:《解放区短篇创作选·编者的话》。

在战争开始不久的时候，茅盾就在香港写了长篇小说《第一阶段的故事》，从各个角度展开了从抗战开始一直到上海撤退时这四个月中上海市民生活的急遽变化的画幅。按照作者原来的企图，是想在“力所可及的广阔画面上把一些最典型的人物事态组织进去，而且不以上海战争的结束为收场的”①，但后来终于不得不“草草结束”此书。这部小说，在茅盾所有的作品中，应当说是比较失败的一本。它的主要缺点是：对于当时上海战时生活，还是一种浮光掠影式的表面描写，而缺乏对于战争和生活更本质的发掘。人物性格不够明朗和结构散漫，也是本书较大的毛病。这些缺点之所以产生，与作者写作时要求“既不脱离现实，亦不脱离群众”（本书最初发表于香港《立报》副刊——《言林》上，所谓“群众”，指的是当时香港读者），和“一面写一面发表”的工作方式，不能说是没有关系的。另一长篇《霜叶红似二月花》是一部未完成的作品（只写了第一部，共十四章）。它以一个古老的城镇为背景，展示了“五四”前夕中国社会生活中各种复杂的矛盾和斗争，刻画了历史时代的面貌和特征。人物（例如钱良材，婉姑等）的性格也比较真实而鲜明。如果我们把它安放在《虹》、《蚀》、《子夜》、《腐蚀》等作品前面，便很容易从这一系列作品中读出中国近三十年历史进展的迹印来。永远使自己的笔端不离开历史和现实生活的图景，不逃避历史和现实生活中的重大政治事件和社会斗争，这是茅盾在我国现代文学史上作为一个杰出的现实主义作家最值得重视的地方。

在这里要着重地评介的，是茅盾在一九四一年“皖南事变”后写的长篇创作《腐蚀》。这是一部用日记体裁写下的小说，通过一个女特务在“一束断残不全”然而具有一贯发展脉络的日记中的自白，淋漓尽致地写出了反动统治下“狐鬼满路”的黑暗情况，写出了蒋介石反动集团对于正直的青年男女的残酷压迫和杀害。书中的主角——那个叫做赵惠明的女特务，虽然也怀着“无可伸诉的精神痛苦”，但是在整个特务组织的控制之下，她还要告密，要陷害革命青年来保全自

① 《第一阶段的故事·后记》。

己，她的“手上沾过纯洁无辜者的血”。作者把她放在这样的矛盾的尖端上来加以处理：她过去的爱人小昭因为干革命工作被特务机关绑架监禁了，她还爱着他，但是她依然是一个诱降的工具，她要小昭“取消他的‘固执’，来一个断然的表示——‘自首’”，她不能不将她“一点点最后留存的‘人之所以为人’的东西也都剥夺了，堕落到牛头马面的一伙去”。在书中，我们看见了国统区特务匪徒们是如何肆行无忌，看见了抗日的无辜青年男女在蒋介石统治下生命和自由是多么没有保障；我们听见了在深夜中遭受毒刑拷打的受难者的呼号与呻吟，同时也看见了特务内部争权夺利的狗咬狗的丑剧。这是中国人民过去灾难岁月的真实写照，它使我们带着不可遏抑的愤怒记起了那个一去不复返了的人间地狱的世界！

更其重要的是，在《腐蚀》中，作者还有力地暴露了国民党反动派勾结日伪汉奸、进行反共军事阴谋的可耻勾当。当然，因为作品体裁（它用的是第一人称的日记体裁）的限制，这一点在作品中还不可能得到比较全面的展开的描写；但是因为这种阴谋和勾当是从万恶的特务机关中透露出来的，因此就显得更为真确，更其令人发指。我们试读如下的几则：“听说在苏北，发生了一件非同小可的事情。各种各样的‘传闻’，从人们的口里传来传去，弄到后来，大家索性自己发明。不过大致是这样的：消灭‘异党’的武力，这次已经下了决心，而且军事部署十分周密，胜利一定有把握。……”“然而她又谈起国家大事来了。‘剿共军事，已都布置好了，很大规模，不久就有事实证明。’她郑重其事对我说。‘从此可以和平了，而且分裂的局面，也可以赶快结束了。大家都回南京去，够多么好？妹妹，我真正不喜欢重庆的天气！说是不冷，前两天可就非生火不行。’”——这不就是蒋介石匪帮勾结日伪汉奸，制造“皖南事变”的确实可靠的反映吗！从那个汪精卫派来的女特务口中所说出的，不正是国民党所有上层“要人”们在当时的共同愿望吗！跟着笼罩在天空的寒雾一起，读者在作品的字里行间也嗅出了弥漫在重庆上空的一股血腥的气味——一股“尸臭”。在抗日时期民族斗争和阶级斗争都特别尖锐的时候，茅盾选取了这样富有重大政治意义的题材，而又透过特务机关的密谋活动将它表现出来，这就击破了当时国民党所散布的无耻谰言，帮助了国统区广大人民了解事实的真相。

在《腐蚀》中，作者除了描绘“狐鬼满路”的黑暗世界而外，也还写出了几个英勇无畏的革命青年的形象：宁死不可夺志的小昭，在万分艰险的环境中坚持工作的K和萍。作者虽然没有用很多笔墨给他们以着重的描写，但他们的存在，到底如暗夜中的几颗明星一样，给读者带来了鼓舞和希望。说《腐蚀》是本时期国统区文艺创作中的一篇重要作品，这话是丝毫没有夸张的。当然，我们这么地说，并不是说这部作品就毫无缺点；相反地，它还是有着较严重的缺点的。譬如说正面人物的力量显得过于薄弱，几个正面人物的形象还不够明朗，在故事中他们仅仅是作为黑暗的陪衬出现的；同时对书中女主人公的那样处理方法，也难免使读者有些同情她的“难言之痛”而减轻了对于她的特务行为的憎恨。

除上述三个长篇外，茅盾在抗战后期，还写了一些短篇小说，后来都收在《委屈》一书中。这些作品也都以细腻的笔触，从各个方面反映了国民党统治区内一些不合理的现象，具有一定程度的战斗意义。

郭沫若在抗战时期小说产量很少，只有收在《地下的笑声》中的三篇：《月光下》(一九四一年)、《波》(一九四二年)、《金刚坡下》(一九四五年)。另外还有一篇《地下的笑声》，虽然写于一九四七年，但所反映的还是战时重庆的生活景象。《月光下》写的是当时国统区文艺工作者在政治的、经济的和文化的三重压迫下贫病交迫的困苦生活。主人公逸鸥埋葬了自己的孩子，患着严重的肺病，拖着还在病苦中的妻儿，但他终于不肯牺牲自己的“洁癖”，他把文艺奖助金保管委员会送给他的一千元医药费除赔偿某图书馆损失外，全部送给了儿童剧社和保育院。这里赞扬了国统区文艺工作者的艰苦坚贞的精神，同时也谴责了国民党的黑暗统治。《波》通过一对青年夫妇的不幸遭遇，特别是他们的被人抛掷在波心中的婴儿的生命，沉痛地控诉了日本侵略者的罪行，也显示了一九三八年武汉撤退时一片忙乱的景象。《金刚坡下》写出了两个被“骗子”们所欺蒙和剥削的受难的女性，但读者从她们的愤怒的语声中，却也窥见了在这些被欺蒙者的身上由于逐渐觉醒而燃烧起来的反抗的火焰。当“那位年青的流亡妇人”和“那位抱着黑色羊羔的倔强的农妇”都“很急骤地在公路上走着”的时候，作者通过故事中的人物史太太提出了这样一个疑问：“这幕悲剧是谁个写出的呢?”读者是可以从故事中找到确切解答的。《地下的笑声》的主题与《月光下》的颇为近似，但它所提出来的控诉更为沉痛而有力。那是一个怎样伸手不见五指的黑暗世界啊！作者是在用最大的愤怒，对于那个不要抗战、不要民主、专门制造人间惨剧的反动统治者提出最猛烈的抗议和抨击了！对于现实生活的深入剖析和具体描摹，使得这些作品有了更多更积极的现实意义。

张天翼是抗日时期在贫病交迫的环境下坚持工作和战斗的重要进步作家之一。在抗战开始第二年，他就发表了有名的讽刺小说——《华威先生》。因为这篇小说出色地塑造了一个国民党的“抗战工作者上层分子”的典型的形象，穷形极态地描画了这种人物的丑恶面貌，和他们对于抗战文化工作的“包而不办”，或者别人办了却又加以压制陷害的罪恶行为，所以发表后曾经引起国民党御用“文人”们的反对，认为在作品中暴露黑暗，就是帮助了敌人。其实，正如我们在前面所已经指出的：当时国民党统治区域的黑暗，已经是无法遮掩的事实，而这种黑暗统治的存在，势必要(事实上是已经)影响到抗日战争的胜利前途；因此，暴露国统区的黑暗，就是争取光明，也就是有助于团结抗战。张天翼的《华威先生》，以它对现实批判的尖锐性和深刻性，也以人物创造和细节描写的真实性和具体性，担负起了它的与黑暗搏斗的重要任务。另外两篇讽刺作品：《谭九先生的工作》写的是小市镇的豪绅地主争夺地方“抗战工作”以求满足私欲的患得患失的丑态，《新生》嘲笑了一个“为艺术而艺术”的作家兼艺术家在战时现实生活中所呈露出来的孤独、苦闷的灰暗心境。因为缺乏对于生活和人物的进一层的更本质的描写，这两篇小说在思想、艺术上的成就都赶不上《华威先生》，所以影响也不及《华威先生》之大。张天翼的这三篇小说，后来都收集在《速写三篇》一书中。

在上一时期以短篇集《航线》、《土饼》和《苦难》那些刻画旧中国农村的优秀作品受到广泛欢迎和重视的作家——沙汀，到了本时期，写了更多的作品：《播种者》(短篇集)、《淘金记》、《困兽记》(长篇)、《闯关》(中篇)。除了写在一九四二年的中篇《闯关》而外，同他上一时期的小说一样，在这些作品里展开的主要是战时四川农村的阴森而郁怒的画图。作者以深厚的同情和正义的爱憎描绘了那些善良、勤劳、贫穷，然而还没有走向集体反抗的道路的旧中国的农民，而对于那些农村魔王、国民党基层政权的主干人物——盘踞在农民头上的地主豪绅和地痞流氓(他们是二位一体的)，则投出了毁灭性的讽刺和激越的控诉。

《播种者》中许多短篇小说提出了抗战时期国统区农村里的一个重大问题：兵役问题，也就是"抽壮丁"的问题，而且就在这个问题上，展示了旧的社会制度的腐朽的本质和它的日趋崩溃的前途。《在其香居茶馆里》通过联保主任方治国和土棍邢幺吵吵在茶馆里的一场争吵的趣剧，生动地描画了地主阶级当权派之间的互相倾轧的情形，同时也说明了新县长所宣称的"严整役政"不过是一种欺骗人民的花样。《替身》揭露了"兵役问题"的另一方面：保长李天心为了凑足壮丁人数(地方上有权势的或与有权势的有关的人家的适龄壮丁是他所不敢动的)，不得不在半夜里去抓住在客栈里的年老的过往客商来做替身。这说明了国统区的所谓兵役问题在"表面上是为了抗战，而在实质上，它们的作用都不过是一种新的手段，或者是一批批新的供人们你争我夺的饭碗。所以人们也就依然按照各人原有的身分，是在狞笑着，呻吟着，制造着悲喜剧"①。因为作者对于农村中的生活和人物是那样熟悉，而且理解得透彻，所以他能够把这些充满了狞笑和呻吟的悲喜剧毫不减色地和盘托出在读者眼前。另一个短篇《老烟的故事》，以一个"生活在空隙中间的人"因为受不住特务统治的恐怖而惊恐成病以至于死亡的故事，反映了抗日战争期间国民党反动派在其统治区域所发动的反共高潮。在城市里把政权基础建立在特务统治上，在乡村里把政权基础建立在保甲制度上，这二者正是蒋介石反动集团

---

① 沙汀：《这三年来我的创作活动》，《抗战文艺》7卷1期。

借以维护它的血腥统治的两根支柱。在人民面前揭穿了这一点，对于当时争取团结抗战、民主自由的运动，是有巨大贡献的。《磁力》一篇写的是国统区的革命青年克服环境的困难而走向解放区去的故事。很显然地，故事中的青年人袁小奇在当时国统区是具有广泛代表性质的。在国统区，虽然笼罩着浓云密雾似的黑暗，但是真正的光明已经在北中国原野上辉煌灿烂地放射出来了！像铁之被磁石所吸引一样，袁小奇开始了他“充满激动和希望的长途旅行”，不正是一件非常自然的事实吗！

中篇小说《闯关》是一篇以北方敌后游击区生活为题材的作品。故事是这样的：主人公左嘉，一个具有旧的思想情感然而倾向于革命的小资产阶级知识分子，在战争起来后，他追随着中国的夏伯阳在华北平原上度过了一段战斗的生活。由于偶然思家的原因，于是他要离开队伍而回到他的故乡去。司令官派遣一位叫做余明的军事干部来护送他通过敌人的封锁线。余明是一位身经百战、具有坚决勇敢作风的农民出身的干部，他对知识分子也存在着一些轻视的心理。于是在通过敌人封锁线的一段艰苦行程中，展开了由于两种不同出身、不同教养和不同生活环境所形成的两种不同性格之间的矛盾和斗争，而最后则是知识分子的左嘉认识了工农干部的笃实真诚的作风而有了深刻的感动。选择这样一个题材，应当说是有意义的。知识分子与工农干部之间的互相学习，互相取长补短(主要是知识分子向工农干部学习)，这是中国革命发展的历史要求。把这两种不同类型的人物放在实际斗争的考验中，使他们得到比较鲜明突出的对照，这对于教育群众是有好处的。因为作者多少还具有些生活基础(他在抗日初期曾经一度“走向西北和河北中部一带游击地区”)，所以在他朴素有力的笔端下，这些都得到了相当真实而生动的描绘。但是也由于生活和思想的局限，所以作者比较着重地刻画了左嘉的复杂而细腻的知识分子的心理，而对于工农出身的余明的描写，则显然有些简单而率略，同时对于左嘉的批判也是不够的。这些都是小说《闯关》的缺点。

《淘金记》是以四川战时农村生活为题材的一部长篇创作。它围绕着开采烧箕背金矿这一事件展示了掩盖在“生产”、“禁政”、“救国”等漂亮外衣下的一幅国统区的阴暗而丑恶的农村画图。烧箕背这块山地的主人是“全个市镇有名的富孀”——何寡母，而另外觊觎这个金矿，想夺取它的开采权的，则有“在野派”的光棍林么长子和另外一个在镇上具有相当奇特地位的光棍——白酱丹白三老爷。通过这三股势力——日趋没落的地主何寡母、下层流氓林么长子、依附城市上层力量的流氓豪绅白酱丹——争夺金矿产地的长期纠葛和发展，作者对于国统区整个不民主制度下“黑漆一团”的农村社会，给予了全面的无情的抨击。但是，我们所不满足的是：作者描写农村里反动阶级的人物，全都是惟妙惟肖，而农民则往往是近似白痴式的愚昧无知（虽然他们是忠厚善良的）。因为对于农民的潜在的革命要求和革命力量缺乏发掘，所以涂抹在作品上的，就不能不是一片黯然无光的色彩，而使读者看不出希望，得不到启示和鼓舞。对于一位忠实于生活的现实主义作家，读者是有权利要求他的作品展示出光明的乐观的生活远景来的。

沙汀继《淘金记》之后的长篇《困兽记》①，是以四川农村知识分子的生活为题材的作品。一群蛰居乡村，过着“单调枯燥、成效缓慢的教书生活”的知识分子：田畴、牛祚、孟瑜、吴楣……因为旧友章相从华北游击队回家，而在思想和生活上都卷起了波澜，渴望能够为抗战贡献出自己的力量。于是他们想起了抗战初起时曾经使他们奋发一时的救亡演剧，而发起一个暑期演剧，希望借此重新唤起大家对于战争和生活的热情。但是一时的狂热和振奋既不容易持久，而不民主的政治环境就连这样的演剧也不允许他们干下去，结果他们重又回复到消沉与困倦的境地。通过这一群农村知识分子从“狂热”“振奋”回到“消沉”“困倦”的生活道路，作品反映了在国民党反动派积极反共消极抗日的反动措施下，整个后方农村是笼罩在一片消沉和苦闷的气氛里；而章相的急要回到前线，和老教师牛祚的固守着自己的教学岗位，便成了这一群知识分子的出路的启示。作者在《题记》中说：“我却另外穿插了两个人，一个勇敢的出去了，一个则一直勤勤恳恳的固

① 完成于1944年5月。

守着岗位。如果说一篇作品须得向读者指明一条道路，这点穿插，也许可能担当点这项任务吧。”作者一方面写出了这一群农村知识分子在国统区阴霾沉压的环境下郁闷、不安和追求的心境，另一方面也多少暗示了他们应有的出路。在这一点上，应当说是较之《淘金记》前进了一步的。但是在人物的处理和出路的安排上，这部作品依然是有着一些缺点的：（一）对于章相身上存在的小资产阶级知识青年的那种虽有热情但却不够坚实沉毅的工作作风，是缺少批判的，因此，从这样一个人物身上，读者不容易接受到更深刻更有力量的思想教育；（二）牛祚这位老教师的“不忮不求，无怨无艾，切切实实致力于一种平凡寂寞的工作这一点”，固然是值得敬佩的，但他所有的顶多只是“保存了不少中国知识分子的传统美德”，对于现实他还缺乏正确的认识和由这种认识而产生出来的更顽强的战斗精神，因此，要求读者无批判地去“喜欢他的言谈风度，敬重他的真实坚韧的性格”①，那是不大妥当的。

总之，沙汀本时期描写农村的小说，对于黑暗面的暴露是比较成功的，他写出了国民党统治下农村中的阴森郁暗的一面。他没有因为追求市场销路而让他的作品沾染上一些不健康的倾向。他的创作态度始终是严谨的。他保持了一个战斗的现实主义作家在作品中所应该具有的艺术高度。没有与主题无关的细节描写，也没有雕绘过度的语言。这些都是沙汀创作中值得注意的地方。但是因为对于农村生活——特别是对于在农民身上潜在着的力量和智慧没有足够的认识与发掘，所以本时期沙汀的创作又不能不存在一些重大的缺点。在下一时期所发表的另一个长篇《还乡记》中，这些缺点就由于作者思想的提高而得到一定程度的克服了。

艾芜也是本时期一位具有优异成绩的小说家。他的作品有：短篇集《秋收》、《荒地》，中篇《江上行》，长篇《丰饶的原野》等。《秋收》集中的作品，大都是描写战争在人民生活和性格上所引起的变化，也曾得到不少读者的好评。其中如《纱车复活的时候》反映了战时后方

① 上引均见《困兽记·题记》。

由于洋货倾销暂时停止而农村手工业得到一度兴盛时的情况。因为在作者轻快的笔调下出现的是农村中一群天真的少女，所以作品里充溢着一种欢愉的气氛，作者描摹生活的能力的确是很强的。但是当时国统区的农村在那样暗无天日的统治之下，这样欢愉的场景在人民的现实生活中恐怕是不可能出现的。用作者主观的理想的色彩来渲染现实生活的画幅，虽然可以看出作者当时对于抗日战争的衷心的赞颂，他也多少让自己的作品离开了生活的真实。《秋收》集中好几篇小说（例如《秋收》的写军民关系），都使读者很容易产生这样的看法。《荒地》中前三辑的小说，比较侧重在黑暗统治的揭露上。作者说："在荆棘里面看见长不起来的残弱果树，在茅草里面看见受不着阳光的稻粱，在刺藤里面看见宛转可怜的小花，我就不能不十分愤慨。"①因此，《荒地》中许多小说就比较真实地暴露了在国民党反动统治下的人民的苦痛生活，而且也渗透了作者的愤怒和谴责。例如《意外》一篇就通过了两个"穷庄稼汉子"老张和老李的意外遭遇，对国民党祸国殃民的"役政"给予了辛辣的讽刺。

《江上行》反映的是抗日战争在各种不同类型的知识分子身上所引起的变化，以及他们对于战争所持的不同的态度。作者把他的人物安置在抗战爆发后不久的一条航行在长江（从镇江开往汉口）的轮船上，企图在一种鲜明的对照之下比较集中地展示出他们的不同的性格，使读者有所取舍。但是因为作者没有通过富有典型意义的生活细节来对人物性格作深入的刻画，同时，整个作品也缺乏谨严而完整的艺术结构，所以作者的良好的主观意图并没有很好地完成。

《丰饶的原野》分上下两部：第一部《春天》完成于抗日战争以前；第二部《落花时节》则是在抗战时期写出的。同沙汀的许多小说一样，艾芜的《丰饶的原野》也是取材于故乡四川的农村生活。它细致而生动地描画出了在岷、沱流域的丰饶的原野上的农民的贫穷而苦难的生活，以及他们和地主阶级之间的深刻的矛盾和斗争。在作品里出现的是两个不同阶级的人物：以邵安娃、刘老九、赵长生为代表的农民群

① 《荒地·序言》。

众和以汪二爷、易老喜、冯七爷为代表的地主豪绅。作者没有用直接的告白的方式来表露他对于地主阶级的憎恨的感情，但是他们的种种不可告人的恶德却很清晰地在生动具体的生活描画里显示了出来。关于农民群众，作者创造了三个不同类型的人物：软弱屈从的邵安娃，坚决反抗的刘老九，和有着反抗和服从二重性格的赵长生。刘老九是作者所肯定和赞美的一个人物，他虽然还没有自觉地走上集体反抗的道路，但无疑地在他的身上具有大量的觉醒的因素。在《〈春天〉改版后记》中，作者就曾经这样说过：像刘老九这样的性格，正是我国农民一脉相传的优良传统，而且在他知道了刘老九之后，“就更能懂得李自成、李秀成他们了”。对于邵安娃这个人物，作者是强烈地同情了他的不幸遭遇，而批判了他的软弱服从的缺点的。邵安娃的悲惨的结局——投水自杀，正是这个青年农民对于像冯七爸这一类人物的沉默的反抗，但很显然地，这不是一条正确的反抗的道路。对于赵长生的矛盾的性格和他过着的“可笑又可怜的日子”，作者是怀着批判的心情来刻画的。这正是一部分作为小私有者的农民在没有觉悟以前必然要有的表现。在艾芜笔下出现的这三个不同性格的农民，作为还没有受到工人阶级的启发和教育的旧中国农民来看，是有较大的真实性和典型意义的。

在《丰饶的原野》里，艾芜运用了一些四川方言，这使得作品具有浓厚的生活气息和地方色彩；但有时用得过多，也不免使作品语言的纯洁性受到损害，使更多的读者感到阅读的困难。在表现生活时，也缺少必要的剪裁，因而故事发展的主要线索没有得到应有的突出的描画。这就是《丰饶的原野》一书的缺点。

巴金在本时期完成了《激流三部曲》的后两部——《春》和《秋》。贯串在其中的仍是“那一股由爱与恨、欢乐与受苦所组织成的生活底激流”。《家》里面对于封建社会制度的强烈愤怒和反抗的精神，仍是这两部作品中最主要的东西。在一九三一年所写的《〈激流〉总序》中，作者说，“我还年青，我还要活下去，我还要征服生活。”在一九四〇年写的《秋》的序文中，作者又引书中一个人物琴的话——“并没有一个永久的秋天。秋天过了，春天还会来的”——作为该文的结尾，而且还说："现在我已经嗅到春天底最初的气息了。"从这里可以看出作者对于旧世界的憎恨和对于行将到来的光明世界的渴望与坚信。但是这个光明世界怎样才可以到来，作者却"不能够明确地指出一条路来"(见《总序》)。这个缺陷的存在，仍然不能不溯源于作者当时所具有的非工人阶级的世界观。

被称为《抗战三部曲》的长篇小说《火》，是巴金本时期一部重要作品。在第一部的《后记》中，作者这样说："我写这小说，不仅想发散我的热情，宣泄我的悲愤，并且想鼓舞别人的勇气，巩固别人的信仰。我还想使人从一些简单的青年人的活动里看出黎明中国的希望。老实说，我想写一本宣传的东西。"作者的爱国主义热情是显而易见的。但是因为这部作品没有艺术地反映出抗日时期社会中的本质的东西，作家的良好的主观愿望就未免显得有些落空。第一部通过青年冯文淑、周欣等人的活动，展示了抗战爆发后上海爱国青年的救亡热情：第二部写上海陷落后，青年冯文淑等组织战地服务团，到农村中进行宣传活动，并帮助农民组织游击队。这两部虽然也有些现实意义，但是它没有显示出中国共产党在抗日战争中的无可争辩的领导地位，没有显示出抗日战争中两条相反的路线之间的剧烈斗争，同时也看不见人民群众的伟大的抗战力量，因此，它只是对于抗日时期的社会生活和救亡活动作了一些表面的浮泛的反映，而不可能使读者得到深刻有益的教育，像作者所预期的那样。第三部(一名《田惠世》)写青年冯文淑与宗教家田惠世的故事。作者满怀崇敬和热爱的心情描画了田惠世这样一个人物，着意渲染了他的"虔诚"、"善良"和"谦恭"的"伟大人格"和他对于青年们的巨大影响。作者说："在这本小书中，我想写一个宗教者的生与死，我还想写一个宗教者与非宗教者间的思想和情感的交流。"①其中涂抹了一些超现实的情调和色彩，也宣扬了超阶级的"人类爱"和所谓"忍耐"、"牺牲"等观点。在日本法西斯强盗步步进逼，而蒋介石反动政府正在积极反共反人民的一九四三年(第三部写于一九四三年)，这种思想和观点，对于广大读者来说，

① 《火》第三部：《后记》。

是没有什么有益的鼓舞作用的。

老舍本时期写有长篇小说《火葬》和短篇集《火车集》、《贫血集》。《火葬》是一部反映沦陷区人民抗日斗争的作品。作者的企图是要通过它来“告诉人们，在战争中敷衍与怯懦怎么恰好是自取灭亡”。可是这样美好的愿望，却没有挽救这部作品的失败。作者自己曾经这样分析过它失败的原因：“它的失败不在于它不应当写战争，或是战争并无可写，而是我对战争知道的太少。我的一点感情象浮在水上的一滴油，荡来荡去，始终不能透入到水中去！”这样的自我批评是完全正确的。但中国人民对于日本帝国主义强盗的斗争，是当时社会生活中最重大的事件。作者说：“写失败了一本书事小，让世界上最大的事轻轻溜过去才是大事。”①通过对于重大社会斗争的反映来鼓舞人民的抗日情绪，这种企图，无疑地是值得称赞的。两个短篇集中的一些小说，以善于嘲讽的笔墨暴露了抗战期间某些不合理的社会现象，也可以使读者认识到国统区的黑暗景况。

吴组缃在上一时期就因为写了《一千八百担》、《天下太平》等短篇而被目为善于刻画日趋破产的旧中国农村生活的优秀作家之一。到了本时期，作者的作品产量是不多的，但依然保持了相当高的质量。其中如短篇《铁闷子》描写了在国民党军队一片撤退声中一个没有名字“逃兵”的英勇牺牲的故事，从各方面揭露了国民党统治的腐朽和罪恶(如由于军队中的不民主制度而引起的风纪败坏和抗战宣传工作的多方面受到阻碍)，同时也颂扬了在那个“逃兵”身上所蕴藏着的高贵品质；《差船》写出了国民党政府从南京西迁时的一片混乱景象和国民党军官的贪污腐化的情况，都具有很强的艺术感染力量。长篇《山洪》(写于一九四二年)最初以《鸭嘴涝》命名，是本时期的一部重要创作。主人公章三官是安徽省长江南岸一个小山村——鸭嘴涝——的一个朴质、粗野而有血性的青年农民。在战争刚开始的时候，他因为惧怕抽壮丁而有潜走他乡的打算。后来由于战争的发展，他逐渐地感到自己与中国之间的密切的联系，成为了鸭嘴涝“山巴老”中最前

① 上引均见《火葬·序》。

进的一个，他决心去参加游击队来保卫家乡、保卫土地。章三官的转变过程，一般地说，描写得比较细致而具体。但是正如我们所知道的，农民的走向民族斗争，是与农村中的反封建地主阶级的斗争联系在一起的；本书对农村封建势力投降妥协的倾向虽然有所揭露，不过还是不够的。民间口语的采用和通篇语言的准确而纯朴，是作者创作的一贯特色。但是因为作者一九四〇年写完本书上篇七段之后，中间中断了一年，下篇十段是一九四二年才完成的，“情节结构，迥非原来计划中的面目”，所以作品前后间颇有不匀称之处，后半部似乎赶不上前半部的生动。这与作者“耽搁日久，情思不属”①，是有很大关联的。

① 《鸭嘴涝·赘言》。

第六章　本时期的戏剧

一　戏剧运动概况

在上一时期最后两年中，上海戏剧界在“国防戏剧”的口号之下，就创作了不少在内容上反映人民抗日要求、在形式上逐步走向大众化的剧本；虽然成功作品不多，但是它们在抗日救亡的宣传鼓动上，在与广大人民的逐渐接近上，都为抗日时期的戏剧工作打下了很好的基础。一个很明显的趋向可以看出：戏剧创作是日益走向健康正确的发展道路上来了。

抗日战争起后，戏剧因为很容易为一般民众所接受，被称为最民主的艺术，它得到了更大的繁荣和滋长，它始终是中国人民反对日本帝国主义的长期战争中组织抗日力量、争取民主自由的有力武器。

“七七”事变刚刚发生，上海戏剧界马上就以实际行动响应和支援了全民族的抗日战争。他们深感到伟大的抗战时代的责任，经了几度的集会讨论之后，成立了中国剧作者协会，并推举留沪会员章泯、尤兢，张季纯、崔嵬、马彦祥、姚时晓、姚莘农、凌鹤、宋之的、陈白尘、阿英、塞克、夏衍、张庚、郑伯奇、孙师毅十六人，集体创作了第一部抗战剧本《保卫芦沟桥》(三幕剧)。剧本尚未完成时，上海几个有名剧团都纷纷来要求该剧的演出权，“八一三”前几天公演于南市小剧场，千万观众受到强烈感动，和悲痛壮烈的剧中人一同吼出了抗战的呼声。

全国戏剧界救亡协会(后来在汉口改组成为中华全国戏剧界抗敌协会)成立后，戏剧界更有了广泛的团结，而纷纷走入了内地农村和各个战区。在抗战初期，国统区的戏剧运动有了显著收获。阳翰笙在第一次全国文代大会上的专题发言(《国统区进步的戏剧电影运动》)中指出了四点："(一)新演剧走到了战地、农村和工厂。在战地，在兵营，在伤兵医院，经常起激励士气和教育作用，因此演剧活动几乎成为士兵们不可少的精神食粮。在广大的农村，不但使从来不曾认识新演剧艺术的广大农夫农妇接受了宣传，而且发挥了很大的动员力量。而经过改革的地方剧或杂技，更得到宣传煽动的效果。在工厂里，新演剧活动也普遍的展开，特别是大后方工厂的工人，更由于演剧而提高了政治认识，虽然从比重上看来，显然的我们做得非常不够。(二)抗战以来，关于新旧剧本的创作，我们有过不少的成绩。如：《放下你的鞭子》、《乱钟》、《S. O. S》、《汉奸的子孙》等独幕剧，从迎接抗战到抗战初期，都是很有演出效果的戏。而在抗战第一年到第二年，演出次数最多的独幕剧，莫过于当时在演剧队中流行的口头禅，所谓'好一计鞭子'，即《三江好》、《最后一计》、《放下你的鞭子》，和《上前线》、《火海中的孤军》、《秋阳》等等。多幕剧方面，我们可以举出：《保卫芦沟桥》、《飞将军》、《凤凰城》、《黑地狱》、《夜光杯》、《塞上风云》、《一年间》、《中国万岁》，和历史剧《忠王李秀成》、《李秀成之死》等等，都是当时演出次数最多的话剧剧本，而旧剧方面的《新雁门关》、《江汉渔歌》、《梁红玉》、《桃花扇》等等，也发挥了一定的作用。(三)演出形式的多样化，也是抗战初期演剧的特色。例如《放下你的鞭子》和《上前线》都是在街头、广场，随时随地都可进行的。不但演出方便，而且由于观众和演员打成一片，有时竟使观众也参与了演剧的进行。又如已故的刘保罗同志，在东战场非常灵活的运用活报剧形式，和观众打成一片的进行了最现实的斗争，——他利用当时当地发生的事件，甚至于抬着死难战士的棺材在街上游行，成为活报剧沉痛而强有力的别开生面的表现。……(四)由于新演剧事业突飞猛进的发展，戏剧干部和编导技术人员等，也很快地增加和成长起来。……"这里全面地指出的正是国统区戏剧运动在抗日战争初期的重大收获。

而这个收获是更显著地表现在剧本创作上的。根据葛一虹《战时演剧论》①后面所附的《抗战剧作编目》中的统计，抗战开始后两年中已有多幕剧和独幕剧共一百四十二种，当时剧本产量之丰富可以想见。尽管这时某些剧作，还不免有些公式化、概念化和形式粗糙的毛病，但因为剧作者的生活体验既较深广，所以剧本题材的选择是较前更为广阔与丰富了；而同时也因为与抗战的宣传任务密切配合，所以作品的战斗性也无疑地是大大增强了。关于当时剧本创作中所存在着的公式主义倾向，夏衍有一段很精辟的说明：

> 在我，以为“公式”并不怎样可怕，也并不怎样值得反对，抗战中有的是汉奸，有的是日寇的奸杀，必然的也有的是民众的起来扫除敌伪，这是现代中国大众日日遭遇着，和还有继续遭遇之可能的现实，也是民族革命战争中所必须经过的“公式”，那么作家们拿这些现实的题材来写剧本，毋宁说是应该。问题是在于对日寇，汉奸，民众，乃至他们所处环境等等的写法是否真实，而不在可不可以写这样人物和故事。这些可以发生在都市，可以发生在农村，可以发生在塞北，也可以发生在江南，日寇有各种的日寇，汉奸有各种的汉奸，民众也有各种不等的民众。写得真实，是这么一回事，观众便觉得真实而忘其为公式；不是这么一回事，那么即使不是公式，观众也觉得这不是人间现世之所可有。没有日寇，汉奸，民众的剧本，难道就一定可以使人民不厌了吗？这就是一个反证。②

这一段话很透彻地说明了剧本中公式化毛病产生的真正根源，也给了那些借口反对“公式主义”而主张写“与抗战无关”的题材的论客们以非常有力的答复。

国民党反动集团向来是敌视进步的文艺运动——特别是进步的戏剧运动的。在战争转入了相持阶段，尤其是“皖南事变”以后，随着

① 1938年12月新演剧社出版。

② 夏衍：《谈真》，载《此时此地集》。

反共反人民阴谋的日益显露，国民党对于国统区整个进步戏剧运动的摧残和迫害就纷至沓来，无所不用其极了。首先是利用各级特务机关和三青团监视和迫害进步戏剧工作者的行动，破坏剧运工作，解散剧团组织，逮捕监禁，枪杀活埋，种种不民主、无人道的反动措施，他们都一一做到了。再就是用种种卑污手段来压制戏剧活动：加重对于戏剧演出的苛捐杂税（当时有一项演剧捐税叫"不正当行为取缔税"），实行万般挑剔的剧本和演出的双重审查；甚至于更无耻地把持了剧场，使各进步剧团得不到演出的场所。在这种无理摧压之下，有不少戏剧工作者，由于在贫病交迫的情况下进行长期斗争，而支持不住，先后病逝了。另外，还有到新疆去工作的戏剧工作者们，竟被杀人魔王盛世才投入黑狱，科以长期（四年半）的监禁，而易烈竟因此瘐死狱中。进步的戏剧运动当时在国统区所遭受到的阻碍之大，摧折之甚，我们就不难想见了。

然而国统区进步的戏剧运动并未因此而停止下来。阳翰笙说："针对着国民党这种反动政策，我们便开始转移工作目标，机动而又主动地把后方各大城市的戏剧运动组织起来，领导起来。这样先后成立了很多职业剧团，也掌握了所有国民党政府机关所控制的剧社，经过无数次的规模盛大的演出（在两个雾季中共演出三四十个大戏），给予反动派以有力的反击！这些戏中，有的暴露和控诉了（例如《雾重庆》、《法西斯细菌》等）当时的黑暗统治；有的借用历史剧的形式（例如《屈原》、《虎符》、《天国春秋》等……）痛斥了国民党破坏抗战破坏团结的反动阴谋。"又说："不管我们的处境是如何的坏，我们总是力图争取演出，和作公开的活动。并且在当时被誉为'文化城'的桂林以演剧队为中心，动员了几十个剧团，举行过一次盛况空前的西南五省的剧展。同时在旧政协时期，我们更演出了揭露官僚资本摧毁民族工业的《清明前后》，和彻底地暴露了国民党贪污腐化的《升官图》，以及被国民党反动当局禁止发表、出版、上演的《草莽英雄》、《山城夜曲》。"与反动派的压迫摧残作斗争，是"五四"以来新的剧运最光辉的传统，而且新的戏剧也正是从与反动派长期斗争中取得自己的胜利和发展的，不过这种斗争，在抗日时期的国统区，是要显得更为尖锐和艰苦一些罢了。可是不管环境如何恶劣，斗争如何艰苦，我们进步的戏剧运动还是在暴露和控诉国民党反动派的罪恶上，也在鼓舞人民争取胜利与民主的战斗情绪上，收到了不小的宣传教育的效果，而且在艺术和技巧上也都是有了巨大的成就和发展的。

但是因为主客观两方面的限制，本时期国统区戏剧运动，又不能不存在一些较大的缺点：第一，在思想上，戏剧工作者缺少学习马克思列宁主义的机会，在生活上，不可能接近工农兵大众，生活体验一般都不够丰富和充实；因此，第二，在创作上，有些作品就表现得思想贫弱，没有集中地真实地反映出现实生活中的主要矛盾和斗争，而在艺术形式上，也还保有着“五四”以来的欧化倾向，缺乏和不善于运用为广大人民大众所喜闻乐见的民族形式。这些缺点的存在，对于当时国统区进步戏剧运动的发展，是有不少妨害的。

在这里，还要特别提起的，就是在抗日时期，沦陷区（特别是上海）一些进步戏剧工作者也都在敌伪残酷压迫下，克服各种困难，运用戏剧这项武器与民族敌人进行了长期斗争，他们演出了许多富有民族意识的戏剧，在当时过着极端苦闷生活的市民当中，起了很好的作用。

以上仅就国统区本时期戏剧运动作了一个简略的回顾。至于解放区的戏剧运动，是继承了上一时期老苏区戏剧运动的革命传统，在党和毛泽东同志的培植和指导下，一直沿着社会主义现实主义的道路胜利地前进着的。关于解放区农村剧运与部队剧运的一些情况，在前面已经有所叙述，这里不打算重复它。这里所要叙述的，是本时期解放区戏剧创作在各个方面所取得的新的巨大成就，和它本身所具有的几个重要特点。

不同于国统区戏剧运动的局限在都市市民层的狭小圈子中，解放区的戏剧运动是始终在与工农兵群众生活密切结合的情况下展开的。这就使得它在内容上充满了人民的生活和斗争的气息，在形式上也具有了自己民族的特色。这首先便表现在新的歌剧的诞生和繁荣上。

当然，在抗战初期，解放区的戏剧方向也是不明确的。例如戏剧工作者一方面创造了一些能够反映群众生活的“小调戏”，也开始接触到秧歌，但是他们中的多数却又不予它以足够的重视。自从毛泽东同志发表《在延安文艺座谈会上的讲话》以后，戏剧工作者的思想得到了根本的澄清，首先是肯定了向民间文艺学习的重要性，而这结果就是秧歌运动的普遍展开。因为当戏剧工作者越和秧歌接触得多、了解得多的时候，就"不能不十分惊异，原来中国民间艺术竟是如此有内容有艺术性，把从前那种看不起它的心理完全翻了过来成为激赏了。在这种情形下，创作秧歌舞和秧歌剧的态度也越来越严肃慎重，一反整风以前的轻率态度，因为知道老百姓绝不是没有高尚的艺术趣味和现实主义的艺术观点的"。"特别是当我们细心去搜寻的时候，秧歌这种艺术中间，的确深藏着被压迫的劳动人民反抗剥削压迫的现实内容和适于他们劳动生活的朴实健壮的风格和技巧。"①这样，创作和演出秧歌剧就成了解放区戏剧运动的一个最重要的项目。群众剧团几乎村村都有，而且也有水平较高的。据统计：在一九四五年间，仅胶东一带，能起作用的剧团已在一万以上，而演出过《白毛女》的就有五千左右。新的歌剧在解放区盛行情况，于此可以想见。

张庚在第一次文代大会的专题发言(《解放区的戏剧》)中，于叙述了秧歌剧在解放区普遍展开的情形之后接着说："新的秧歌和戏剧运动如此普遍的展开着，同时也就要求提高，群众也就迫切要求欣赏情节较复杂、表现问题较深刻、技术上较高一些的戏。这就是《白毛女》、《血泪仇》、《王秀鸾》以及许多为群众所热爱的戏剧产生的客观条件。它们多半具有下面这些特点，或是特点中的某几点：一，内容上，较一般作品反映现实为深刻，典型性较多，教育意义较大；二，在形式上或语言上吸收了民间文艺中的优良成分而又大胆发展和提高了它们；三，在导演、表演、音乐、舞蹈，以至装置、服装上，有一方面或几方面的创造；四，特别值得提起的是，这些作品和演出全是和当时的具体政治任务相结合，并且是结合得较好，而非脱离现实斗争的。这些作品，都是作者们深入群众生活，体会政策并在创作过程中吸取了群众意见，甚至与群众共同创作而产生出来的，这就是这些

① 上引均见《秧歌选集》一(《长城丛书》，1946 年张家口出版)的序文。

作品之所以比较成功的一个最基本的原因。就在这个基础上，解放区的戏剧无论在内容上和形式上，已经逐渐创造出来新的风格，形成了新中国新戏剧的雏形。”

在这里，我们还要指出两个值得注意的特点：一是解放区的戏剧创作，如同小说一样，多以真人真事为题材，这是因为在抗日战争和反封建斗争中，解放区涌现了不少的英雄人物，创造了许多重要的业绩，这些新人新事大都为广大群众所熟悉，所热爱，描写和表演了他们，就使得群众受到更为亲切和深刻的感动；二是解放区的剧本写作，大半采取的是集体创作的方法。“在体验着丰富生活而缺乏表现能力的时候，这个方法是很有效地解决问题的。不光解决了问题，而且参加创作的人都得到了学习，补充了自己的不足。在某种情况下来说，使知识分子接触和学习了实际生活，使工农学习了文艺技巧。”①

除了新歌剧的创作外，解放区在旧剧改革的工作上也取得了新的成绩和经验。一九四三年，延安平剧院根据广大群众熟悉的《水浒》故事改编的《逼上梁山》，是一出用历史唯物主义观点处理历史题材的新型京剧（当时称为平剧）。毛泽东同志在看了《逼上梁山》以后写给延安平剧院的信中，给这个戏以高度评价，指出过去旧文艺中被统治阶级颠倒了的历史，“现在由你们再颠倒过来，恢复了历史的面目，从此旧剧开了新生面，所以值得庆贺。你们这个开端将是旧剧革命的划时期的开端”。

继《逼上梁山》之后，延安平剧院在一九四四年又改编了京剧《三打祝家庄》。这个戏的创作者之一的魏晨旭在《〈三打祝家庄〉的创作过程和创作经验》中说：“《三打祝家庄》的创作和修订，都是在毛泽东同志的创议和指示之下进行的。一九四二年，延安平剧研究院成立不久，毛泽东同志即向延安平剧院同志指出，《水浒传》中三打祝家庄一段有很大的教育意义，应该编成剧本上演。……一九四四年五月，延安平剧院归中央党校（校长是毛泽东同志，副校长是彭真同志）领导。当时处在中共七次全国代表大会前夕，大部分参加七大的

① 张庚：《解放区的戏剧》。

代表集中在中央党校学习，整风学习之后，正要开始学习策略问题（特别是如何夺取城市问题），全党干部中也要加强策略教育。为了有力地配合这一教育运动，中央党校责成平剧院同志编写《三打祝家庄》剧本，兼院长刘芝明同志（当时中央党校教务处副主任）指定我们三人（按指李纶、魏晨旭、任桂林）担任这一工作，他和齐燕铭同志参加整个创作过程。一九四四年七月开始准备，一九四五年一月正式演出。”

上述情况说明：第一，解放区的戏曲改革工作，正如各项文艺工作一样，都是在党和毛泽东同志的加意培植和正确指导之下进行，而且正因为有了党和毛泽东同志的无微不至的关怀，它才能够取得巨大成绩。第二，解放区的戏曲改革工作，也是密切地与当时的重要政治任务相结合着的。这一方面证明了经过改造的旧的艺术形式是可以表现新的思想内容的（这当然不是指的那种粗暴的、违反历史主义的作法），而同时也说明了广大人民是喜爱我们固有的民族形式的艺术的。

周扬在《新的人民的文艺》中说：“要发展新的人民的文艺，必须肃清为帝国主义、封建主义、官僚资本主义服务的文艺及其在新文艺中的影响，采取适当步骤和方法改造尚在民间流行的封建旧文艺。……旧剧把中国民族的历史通俗化了，但它是通过封建统治阶级的意识将历史歪曲了，颠倒了，我们的任务就是要恢复历史的本来面目，用历史唯物主义的观点来创作新的历史剧，使群众从旧剧中得来的一堆杂乱无章的历史知识，得到新的科学的照耀。几年来，我们创作了《逼上梁山》《三打祝家庄》等剧本，它们的价值，主要就在标示了平剧向新的历史剧发展的方向。”这一段话总结了本时期解放区在旧剧改革方面所取得的成绩。

解放区的话剧是在“五四”以来的话剧形式的基础上，适应斗争和群众的需要，加以改造和革新的。它在本时期作品不多，所以只有留在下编中再讲了。

以上是解放区戏剧运动的大概情形。

二　国统区的剧作家及其作品

本时期国统区的戏剧产量是异常丰富的，有好多剧作家的作品，在当时曾经起过比较好的教育群众的作用。限于篇幅，无法逐一提到。这里只能就几个主要作家的作品评介一下。

诗人郭沫若本时期写了好几个剧本，都是取材于历史事实的。这些剧本是《棠棣之花》、《屈原》、《虎符》、《筑》、《孔雀胆》、《南冠草》。郭沫若之所以创作这些剧本，不是由于对现实斗争生活的逃避，而是把它们作为一种更合适的斗争武器来使用的。他是要使观众和读者通过再现在他的剧本中的那些历史故事(当然是经过了一番剪裁与安排的)联想到他们周围不合理的现实，来反对分裂、争取民主与抗战的胜利。这些剧本汹涌着作者所一贯具有的积极的浪漫主义精神，也曲折地反映了当时的重大政治事件。在蒋介石反动集团竭力破坏团结，进步文艺界缺少创作与演出自由的当时，它们在广大群众中间引起了热烈的回响，发生了非常显著的政治作用。

《棠棣之花》、《屈原》、《虎符》、《筑》四个剧本，都是根据战国时代的史事写成的。作者说："写历史剧并不是写历史……剧作家的任务是在把握着历史的精神而不必为历史的事实所束缚。……剧作家有他创作上的自由，他可以推翻历史的成案，对于既成事实加以新的解释，新的阐发，而具象地把真实的古代精神翻译到现代。"①又说："我主要的并不是想写在某些时代有些什么人，而是想写这样的人在这样的时代应该有怎样合理的发展。……要得真正把人当成人，历史还须得再向前进展，还须得有更多的志士仁人的血流洒出来灌溉这株现实的蟠桃。因此聂嫈聂政姊弟的血向这儿洒了，屈原女须也是这样，信陵君与如姬、高渐离与家大人，无一不是这样。'杀身成仁，舍生取义'，是千古不磨的金言。"②这里说明了这四个剧本的主题思

① 《我怎样写〈棠棣之花〉》，载《今昔蒲剑》。

② 《献给现实的蟠桃》(为《虎符》演出而写)，载《沸羹集》。

想，也说明了剧中主要人物的性格与精神。

《棠棣之花》(五幕剧)是收在《三个叛逆的女性》中的《聂嫈》一剧的改写与扩大。改写的时间是一九四一年的十二月。这正是"皖南事变"发生不久的时候，这个"以主张集合反对分裂为主题"的剧本，因为它的"借古鉴今"的功能，对于那些"勇于私斗、怯于公斗"的反动统治者来说，是一个严正的讨伐，而对于人民来说，则又是一个很大的启示和鼓舞。作者对于剧中人物和情节的合理处理，更增强了它的艺术效果。聂政的刺杀侠累，作者没有为历史传记所拘囿，把它仅仅写成为一个"士为知己者死"的故事，而把它联系到反分裂、抗侵略的重要事件上来，这虽然是出于作者主观的想象，但是它增加了作品的政治意义，强化了人物的高贵品质。很显然地，闪耀在聂嫈聂政姊弟和其他人物形象上的光辉，主要是从这里取得的。酒家母女、盲叟父女的出现，在剧作中不是一种可有可无的穿插和烘托，而是显示了在人民身上所蕴藏着的酷好正义、痛恨邪恶的美丽的道德精神力量。第五幕以卫士甲、乙的觉醒和抗争为结尾，是符合于事物发展的法则的，同时也暗示了现实斗争的必然要有的光明前途。

写在一九四二年一月的五幕剧《屈原》，是本时期的一部重要剧作。这部剧取材于我国古代爱国诗人屈原的生平事迹，而把他的"长太息以掩涕兮，哀民生之多艰"和"亦余心之所善兮，虽九死其犹未悔"的坚贞不移的精神，集中在一天的生活历程中强烈地体现了出来。在这个剧中展开的是以屈原为代表的楚国人民和以上官大夫、南后郑袖为代表的统治集团的两条不同路线之间的矛盾和斗争，而最后则以侍女婵娟的壮烈的死亡，和卫士仆夫的追随屈原偕往汉北，显示了光明对于黑暗的永不屈服。二十年前在《女神》中澎湃汹涌地显现出来的诗人的反抗的叛逆的精神，在《屈原》中是得到更高度的发扬了。试读第五幕第二景中屈原对着风和雷电的独白中的几段：

风！你咆哮吧！咆哮吧！尽力地咆哮吧！在这暗无天日的时候，一切都睡着了，都沉在梦里，都死了的时候，正是应该你咆哮的时候，应该你尽力咆哮的时候！

……

雷！你那轰隆隆的，是你车轮子滚动的声音！你把我载着拖到洞庭湖的边上去，拖到长江的边上去，拖到东海的边上去呀！我要看那滚滚的波涛，我要听那镗镗鞑鞑的咆哮，我要飘流到那没有阴谋、没有污秽、没有自私自利的没有人的小岛上去呀！我要和着你，和着你的声音，和着那茫茫的大海，一同跳进那没有边际的没有限制的自由里去！

啊，电！你这宇宙中最犀利的剑呀！我的长剑是被人拔去了，但是你，你能拔去我有形的长剑，你不能拔去我无形的长剑呀。电，你这宇宙中的剑。也正是，我心中的剑。你劈吧，劈吧，劈吧！把这比铁还坚固的黑暗，劈开，劈开，劈开！虽然你劈它如同劈水一样，你抽掉了，它又合拢了来，但至少你能使那光明得到暂时间的一瞬的显现，哦，那多么灿烂的，多么眩目的光明呀！

但是我，我没有眼泪。宇宙，宇宙也没有眼泪呀！眼泪有什么用啊？我们只有雷霆，只有闪电，只有风暴，我们没有拖泥带水的雨！这是我的意志，宇宙的意志。鼓动吧，风！咆哮吧，雷！闪耀吧，电！把一切沉睡在黑暗怀里的东西，毁灭，毁灭，毁灭呀！

这是使人震颤，使人奋发的诗的语言。人物的性格融进了人物的语言，性格既因之而特别鲜明，语言也就具有了力量。作者没有使屈原具有“一个冷静的哲学头脑”，而在他的身上体现了暴风雨式的诗人的冲击的精神。这样处理，是完全应该的。作者说：“作诗也是奋斗啊，特别是屈原式的那种作诗，那是以生命的血肉来凝铸塑造的。”①剧本《屈原》中屈原这个人物形象，也可以说是作者以自己“生命的血肉来凝铸塑造的”。

① 《屈原与釐雅王》，载《今昔蒲剑》。

在热情奔涌的笔锋之下，作者一点也没有放松对于黑暗现实的嘲讽和揶揄。在第四幕的最后，当南后下令将钓者和婵娟的嘴勒住之后，出现了下面一节饶有意味的对白：

楚怀王　张丞相，我们楚国的疯子太多了，今天实在冒犯了你。

张仪　啊，岂敢岂敢，疯子多，是四处皆然的，不过我真佩服我们南后呢。（向南后）南后，你真是精明呀！尤其是封锁疯子们的嘴，那是最好的办法。

南后　多承你夸奖。

楚怀王　是的啦，封锁疯子们的嘴，免得他们胡说八道，扰乱人心。……

这就活画出“防民之口”的反动统治者的愚蠢而丑恶的嘴脸来了。这样的穿插，真正是“写得出，写得活”，而且“写得能使读的人看的人多少得到一些好处”①的。

在《屈原》完成后刚好一个月，作者又在戏剧创作上有了另一重要贡献——以《史记·信陵君列传》为主要题材而写出的五幕剧《虎符》。同其余几个历史剧一样，作者在这个人所熟知的信陵君“窃符救赵”的故事里，灌入了新生命和血液，使得信陵君、如姬、侯嬴、朱亥……这些人物都具有了鲜明的活生生的动人的形象，也使得整个剧作既不违背历史的真实，又对现实具有深刻的教育意义。信陵君（魏公子无忌）在这个剧本里，不仅被表现为一个礼贤下士的“贤公子”，而且是一个与祖国人民有着深切联系，与祖国命运共同着忧乐的一个具有远大政治眼光的政治家和军事家。魏安釐王是作为一个残暴、褊狭的独裁者的形象出现的，他敌视信陵君和魏国人民的力量，他一心想对秦国妥协投降，他害怕一切新鲜事物的出现和成长。这两种不同的性格，两种不同的力量，围绕着赵国被围的事实，展开了复

① 《献给现实的蟠桃》（为《虎符》演出而写），载《沸羹集》。

杂、尖锐的斗争，而后来则是热爱祖国的正义力量之最终的胜利。如姬夫人的形象在剧本里始终是刻画得饱满而鲜明的。在她的身上，集中地体现了黑暗统治下一切爱自由正义的人们的善良而崇高的愿望。“我是要活下去的，永远自由自在地活下去。我不能够死在那暴戾者的手里，我不能够奴颜婢膝地永远死陷在那暴戾者的手里。”——从如姬口中发出来的应当是生活在魏安鳌王暴虐残酷的独裁统治之下的人民一致的呼声。

有一点可以很明显地看得出来：作者是想根据战国时代这样一个故事而又加以合理的发展，来帮助他的读者和观众正确理解当前重大政治事变的真相和意义的。当信陵君准备率领“食客”前去救赵的时候，魏王说：“无忌，你要听清楚，我再给你说一遍。你得把你的食客给我解散，你要不解散，今天就得全体离开大梁。不然我要剿灭你们。”这是一切投降主义者对于人民抗敌力量的共同态度。如姬说：“我没有胡说八道。想陷害他的人今天清早已经派人到汤阴去通知晋鄙，要他在公子路过的时候，把他暗杀，把那三千食客，斩尽杀绝。”这里揭露的是投降主义者颠覆人民抗敌力量的无耻阴谋。当时国统区的观众和读者是会因为剧本的有力提示而更加深刻地认识到反动统治者的阴险面貌的。但这样深刻的教育意义，并不是产生于把历史事实和现代生活勉强比附的违反历史主义的作法，而是因为作者按照历史的真实创造了性格鲜明的人物，显示了历史上反动统治者和人民群众之间的尖锐的斗争。同《屈原》一样，在“皖南事变”以后，《虎符》的发表和演出，有了很显著的政治意义和社会效果。

写在一九四二年六月的五幕剧《筑》①，是根据《史记·荆轲列传》中高渐离以筑②击秦始皇的故事写成的。封建专制主义者的凶残荒淫与广大人民的愤怒反抗，是剧本最重要的主题。在第一幕中，通过酒客的口，作者反映了人民的意志和愿望，同时也以阿季和黄媪之死，显示了人民对于残暴独夫的英勇反抗。这样，就把高渐离、宋

---

① 在《沫若文集》中，易名为《高渐离》。

② 古乐器的一种，详剧本后附录的《关于“筑”》一文中。

意、怀贞夫人后来一连串艰苦的斗争与广大人民的要求紧紧地联系了起来。在最后一幕中高渐离行刺不成被捕，秦始皇问他与谁通谋的时候，高渐离说："如今天下的人都是和我通谋的！天下的人都愿意除掉你这个暴君，除掉你这个魔鬼，除掉你这个……"还有宋意到江东一带发动楚国遗民，这都是古代历史可能的真实，也是古今所有独夫民贼所必然要招致的后果。反映了这一点，剧本自然就取得了它的积极战斗的意义。

以上四个剧本，都是以战国时代的历史事实为主要根据写成的。其中《屈原》和《虎符》两剧在当时所起的影响最大。此外，《孔雀胆》一剧(写于一九四二年秋天)写的是元代云南大理总管段功与梁王(蒙古人)的女儿阿盖公主结婚，后来被参政车力特穆尔所谋害的故事。作者写这个剧本的动机，是"企图写民族团结，阿盖站在团结的一面，车力站在破坏的一面，结果成为悲剧，来了一个大破落"①。但这样一个主题，由于剧本过于强调和渲染了爱情的情节而显得不够明朗。《南冠草》一剧(写于一九四三年三月)写的是明末青年诗人夏完淳壮烈殉国的故事。"剧本所处理的是完淳被捕前后以至于死的一段情形。"夏完淳的诗集《南冠草》中"所含孕的情趣和事实"，作者"在大体上是把它们形象化了"②的。对于汉奸洪承畴的无耻行为，也都给了形象的刻画。在典型人物的塑造上，体现了作者的强烈爱憎。

郭沫若的历史剧本之所以能在抗日时期发生巨大的政治作用，而且成为现代文学史上稀有的名著，其原因是在于：(一)作者对于史剧创作有着正确精到的理解。作者说："史学家是发掘历史的精神，史剧家是发展历史的精神。"又说："……因有正确的研究而要推翻重要的史案，却是一个史剧创作的主要动机。……譬如我们写杨秀清，作为叛逆见于清人纪录或稗官野史上的是一回事，作为革命家在他的本质上又另外是一回事。在这儿便可以写成两个面貌。"③这就是说，

① 郭沫若：《孔雀胆二三事》，载《沸羹集》。

② 《南冠草》附录：《夏完淳》。

③ 《历史·史剧·现实》，载《沸羹集》。

一个优秀的史剧作者如果他站在革命的立场上，运用科学的观点和方法，他就可以在历史事实中看出新的意义，得出新的结论，而且也可以在他的剧作中反映出历史人物的新的面貌来。作者的史剧创作证实了作者这种理解的正确。(二)在这几个剧本中全部洋溢着作者的丰富的政治热情。作者取材于历史事实，不是对于现实斗争的逃避，而是为了更灵活地来进行战斗。因此，这些剧本就深刻地联系着抗日时期民族斗争和阶级斗争的重要事实和意义，使读者和观众从其中得到了启示，也得到了教育。不脱离现实的生活和斗争来进行创作，是所有现实主义作家的共同特征，也是这几个史剧获得成功的主要原因。(三)丰富绝伦的想象能力，既帮助作者圆满地反映和发展了历史的精神，而热情澎湃的诗一样的语言，也使得他笔下的人物性格更具有着强烈的感染力量。郭沫若作为一个杰出的革命诗人的重要素质，是毫无例外地存在于这几个剧本中的。

因为以历史事实作为创作剧本的素材，在反动统治的高压下面，容易收到“借古鉴今”的效果，所以在抗日时期，历史剧就成了进步剧作家们与反动统治者作斗争的一项重要武器。除郭沫若外，这时创作历史剧本的尚有阳翰笙、欧阳予倩、阿英、于伶等。阳翰笙除抗日初期的剧作《塞上风云》外，还有取材于历史事实的《李秀成之死》(写忠王李秀成的革命活动和壮烈牺牲)、《天国春秋》(写太平天国失败的原因是由于内部自相残杀)和《草莽英雄》(写辛亥革命前夕四川保路同志会会长罗选青由于对敌人丧失警惕而失败牺牲)等剧作。欧阳予倩的《忠王李秀成》，也是以太平天国的史实为题材的一个剧本。它歌颂了李秀成的雄才大略、忠贞坚定，谴责了以种种卑劣手段多方阻碍李秀成的那些“皇亲国戚”们。阿英和于伶都是在沦陷后的上海坚持进步剧运最久的人。阿英的历史剧大都取材于南明的史实，计有《明末遗恨》(一名《碧血花》，又名《葛嫩娘》)、《海国英雄》、《杨娥传》三种。于伶有取材于元代末年史实的《大明英烈传》。这些剧都有比较强烈的民族意识，在上海演出时，曾获得良好的政治效果。

夏衍也是本时期影响很大的剧作者之一。他的剧作，计有：《一年间》、《心防》、《愁城记》、《水乡吟》、《法西斯细菌》、《复活》

(根据托尔斯泰小说改编)、《离离草》和《芳草天涯》。

《一年间》、《心防》、《愁城记》三剧是在抗战初三年中写下的:《一年间》写于广州,《心防》和《愁城记》写于桂林。这三个剧本虽然主题各有不同,但都取材于上海。据作者在《愁城记》的《代序》——《一个旅人的自白》中说:“为什么我执拗地表现着上海?一是为了我比较熟悉,二是为了三年以来对于在上海这特殊环境之下坚毅苦斗的战友,无法禁抑我对他们战绩与运命表示衷心的感叹和忧煎。”作者这一段“自白”概括地说明了这三个剧本的主要内容。在这三个剧本之中,意义较大的是写在一九四〇年的四幕剧《心防》。《心防》写的是新闻记者刘浩如始而准备离开上海,继而决定留下来坚持战斗,终于在苦斗中被敌人暗杀的故事。时间是从一九三七年十一月一直到一九三九年十月。上海沦为“孤岛”后这两年内的重要变化,透过文化战线上的斗争,得到了比较集中而明晰的反映。在第一幕中,刘浩如说:“我们的军队退出了上海,闸北的防线放弃了,沪西的防线也放弃了,现在,南市的防线也放弃了,可是,还有一条防线,我们不曾放弃,而且永远也不能放弃……这就是五百万中国人心里的防线,精神上思想上的防线!……现在摆在我们面前的问题,是如何死守这一条五百万人精神上的防线,要永远的使人心不死,在精神上永远的不被敌人征服,这就是留在上海的文化工作者的责任!”这是《心防》一剧所要表现的主题思想,也是主要人物刘浩如的思想精神面貌。因为作者非常熟悉上海文化界的人物及其生活,同时也具有深厚的感情,所以他们的艰苦曲折的长期斗争,在剧本中能够得到真实动人的刻绘,而他们的性格,也在剧烈的斗争中相当鲜明地被表现了出来。

《水乡吟》(四幕剧)是一九四二年写下的。它展示了“叫做‘天堂’的‘鱼米之乡”’的人民和敌伪两种力量之间的斗争图景。青年游击队长俞颂平,为敌伪所追赶,负了伤,但他被乡民何裕甫家隐藏了起来。何裕甫的侄女何漱兰(一个刚归乡不久的都市女学生)给他以周到和关切的看护,又为他送消息给游击队。他的伤处痊愈得很快。何裕甫的儿媳妇梅漪恰好是俞颂平过去在上海时的爱人,为他在伪保长处设法弄到了一张敌伪的旅行证,就在日寇军队快到、他准备离开何裕甫家的时候，距离这个乡村不远的车渚里，两家代东洋人收茧的茧行已经燃起游击队点燃的民族仇恨的火焰了。从这样一个剧本，我们看见了在敌人的炮火和疫毒下默默地成长着的中国人民的“故乡”：那里有不愿把蚕茧卖给东洋人的老百姓，有在艰苦境况下坚持教育工作的小学校长，有冒着最大危险来看护受伤的游击队长的青年女性；在这些人物身上，作者的确给他的观众和读者“带来了一些故乡已经春来的消息”。故乡的受难和斗争，是不仅在流亡者的心中撩起一些“乡愁”，而且也给了他们以希望和鼓舞的。不过，这个剧本既然取材于农村，但作者并没有将广大农民作为斗争的主力来描画，作为主要人物出现在这个剧本中的，却是农村中几个“外来人”的知识分子。剧本现实基础的薄弱，说明了作者生活幅员还不够广阔。其次，剧本中写这些小有产者的知识分子也缺乏批判；浪漫谛克的情趣与情节，构成了剧本的主要部分，而且也冲淡了它的最重要的主题——民族斗争。正如作者所曾经说过的一样，当他的“笔尖接触到小有产者纤细、优美、温情、洗练、诡谲、高傲，乃至避忌实际斗争的所谓‘洁癖’、‘孤独’的时候”，是不免抱着一些“同情、赞叹和欣赏的态度”①的。

《法西斯细菌》(五幕剧，写于一九四二年)是夏衍本时期的一个最优秀的剧本。它着重地批判了超政治、超阶级的“为科学而科学”的糊涂思想，并且以无可争辩的说服力量描写了一个科学家(细菌学家)的逐渐觉醒的过程。主人公医学博士俞实夫，当他一九三一年在日本读书的时候，就已经在科学上取得了很高成就，被日本报纸誉为“新中国医学界的光芒”。他认为他是一个有“自由思想”的人，对于政治问题和社会问题一点也不感兴趣。因此当“中日关系大破局”已无可避免时，他却应允了日本人创办的上海自然科学研究所的约请，与他的日本夫人静子一同归国，担任了它的预防医学系的研究员的职务，一直做着培养斑疹伤寒菌苗的研究工作，他认为他的“研究不仅是为国家，为民族，而是为人类，为全世界全人类的将来”。“八一

① 《蜗楼随笔》，引自《夏衍剧作选·代序》。

三”上海战争爆发后，因为他一直是在日本人的研究机关中工作，而他的夫人又是日本籍，在民族仇恨空前高涨的当时，他不能不离开上海，偕着妻女一起到了香港，在这“冒险家的乐园，走私商的天堂”的海岛上，过着清贫艰窘的生活，继续做着科学研究工作。然而战火到底是在香港燃烧起来了，日本强盗的炮火毁坏了他的和平的小天地，他亲眼看见日本兵捣毁了他的研究设备，杀死了青年钱裕，而且他自己，一个有成就的值得尊敬的科学家，也受了日本兵的凌辱。他终于觉悟到在这世界上不扑灭法西斯，要根本消灭伤寒病疫，是完全不可能的；他终于承认他的“科学至上主义，都已经支离破碎，不存在了”；他终于抛开了他的纯粹做研究工作的梦想，而打算做一点切实有用的事情，应朋友邓先生之约，去参加红十字医院的工作了。他对他的妻说：

> 我想了很久，（笑着，但是很坚定）也许你会觉得奇怪，我已经答允了他的要求。我想，尽管力量小，这倒是一件工作，一件扑灭法西斯细菌的实际工作，讲得大一点，为了国家，为了伤兵难民，要去，讲得小一点，为了阿裕的遗志，我也要去。（低头）一路上来，我一闭上眼，好象就看见阿裕那双老是望着我的善良的眼睛。……也好象看见了那些日本兵的发了疯的脸嘴……

这样一个觉醒，从俞实夫说来，的确不是一件简单的事。作者如实地描摹了他的这个长远而曲折的觉醒过程，使这位老科学家的脱离政治的研究态度在客观现实的有力教育下逐渐地改变了过来。这样，我们就不仅在剧本中看见了一个人物性格的变化和成长，而且也看见了整个民族的苦难和斗争。关于俞实夫，作者一方面严正地批判了他的落后的一面——他的超阶级、超政治的为科学而科学的观点，但同时对于他的守正不阿的坚苦精神，也给了它以一定的肯定和赞扬。这就使得剧本增加了真切动人的力量，也使得观众和读者从其中得到了更多有益的东西。关于其他几个人物，作者也给了恰当的处理。静子这个人物，是被塑造得相当成功的，在她的身上体现出来的是大多数日本人民的善良而正直的心灵。她为了她的国家里的那些法西斯军阀们在中国和世界上所造成的罪行而感到苦痛和愤怒。她说："更使我苦痛的是，我亲自看见了我的同胞，日本人，公然的抢劫、奸淫、屠杀，做一切非人的事情……"她为了俞实夫的"再出发"而发出欢乐的声音。她的出现，加强了人们对于一切法西斯主义者的仇恨，也深刻地说明了日本军阀所发动的不义的侵略战争是怎样地违背了大多数日本人民的利益和愿望。对于赵安涛这个人物，作者是把他当做俞实夫的对照来处理的。对于这个不坚定的小有产者的知识分子和他的"发财思想"，作者也没有吝惜他的讽刺的笔墨。通过汽车司机徐阿发的前后迥异的生活境况，也反映出了当时国统区的一片糜烂景象。无论就作品内容的思想深度和表现艺术的完整饱满来说，《法西斯细菌》都应当算是本时期一个不可多得的剧本。

《离离草》(四幕剧，一九四四年十二月完成)取材于东北人民武装抗日的英雄事迹。作者在剧本后的《记〈离离草〉》一文中说："在一个偶然的机会中，读到了一些日本人所写的笔记和一些传奇性的人物，被束缚的大地在悲叹，在哀诉，在哭泣，被割开了的伤口在排脓，在流血，但，尽管是出于敌人的笔下，这一切对于'满洲'的报告不也表示了这块苦难深重的地方正在生长着新肌与新血么？血在灌溉新芽，他们沉默的战斗以心传心地在激励着整个的民族，我相信，每个有血性的中国人，谁也不会忘记将我们引导到全民抗战的这'最初投掷的一石'和'一粒死了的麦子'的。人民，是不朽的，人民，是善于抉择的，也只有人民的武装抵抗，是才能使侵略者的军队瘫痪的。白居易说'野火烧不尽'，那么从那些敌人笔下所记录的材料，不是也已经够使我们远隔的人感到盎然的春意了么?"作者创作剧本的原意和他对剧中人物所抱的深厚感情，从这段话中是不难完全看出的。但是由于实际斗争生活体验的缺乏，剧中几个主要人物(如张文西、马顺、苏嘉等)都没有得到有血有肉的栩栩如生的塑绘；故事的传奇性质是得到强调了，但读者和观众却还不能从其中获取惊心动魄的感受。四幕剧《芳草天涯》(写于一九四五年)是一个"以恋爱为主题的戏"。通过这个剧本，作者企图"把不合理的旧社会的恋爱定义为人类生活中最苦痛的悲剧”，而且认为：“要是普天下的每一对男女能够把消费乃至浪费在这一件事情上的精力节约到最小限度，恋爱和家庭变成工作的正号而不再是负号，那世界也许不会停留在今日这个阶段吧。”因此，通过《芳草天涯》这个剧本，作者“在叙述人生的这些愚蠢和悲愁时”，对他“同时代的知识分子”发出了“带着眼泪的”谴责①，而最后，则以青年许乃辰、孟小云的投身于抗日实际工作，作为他们应有的出路的指示。这样一个剧本，我们不能说它完全没有教育的意义，但把恋爱问题强调到如此重要的程度，终究是不免失之于夸张的。

总起来说，夏衍的全部剧作，都具有他所特有的艺术风格。他在现实生活中汲取创作的题材，很少创作脱离现实斗争的作品。在人物创造和情节安排上，始终保持了严肃不苟的态度。他不单纯追求惊险曲折的场面，也没有因为要满足某些观众的不正当趣味而降低他的作品的思想，艺术的水平。在平淡朴素的风格下面，往往真实地明朗地揭示了生活的真理。在这些地方，夏衍的剧作显示了一个现实主义作家的重要素质。

在上一时期以《雷雨》、《日出》等剧知名于世的剧作家曹禺，在本时期又发表了三个剧本：《蜕变》、《北京人》、《家》。

四幕剧《蜕变》，据作者说，是在写“我们民族在抗战中一种‘蜕’旧‘变’新的气象。这题目就是本戏的主题”。作者又说：“我们对新的生命应无限量地拿出勇敢来护持，培植；对那旧的恶的，应毫不吝惜，绝无顾忌地加以指责，怒骂，掊击，以至不惜运用各种势力来压禁，直到这帮人，这种有毒的意识‘死’净了为止。”②作者创作这个剧本的主观愿望，从这些话中可以很显然地看得出来。

然而《蜕变》的成功所在，却不在于它对于“新的生命”的颂扬和支持，而在于它对于“旧的恶的”的暴露和掊击。剧本描写了一个省立后方医院在抗战初期迁移到后方一个小城后，“历来行政机构的弱

① 上引均见《芳草天涯·前记》。

② 《蜕变》附录：《关于‘蜕变’二字》。

点，俱一一暴露出来”：“全院的公务人员仿佛成了一座积满尘垢的老钟，起初只是工作迟缓，以后便索性不动。”“从院长起，他用人办事但凭他自己一时的利害喜怒为转移。”“好的职员不过是情绪消沉，坏的就胡作非为，瞒上欺下。”在这种情况之下，自动加入后方医院的女医师——丁大夫的救护伤病员的工作，也受到了百般无理的拖延和阻挠。后来因为上面派来了一个正直无私的，而且“在他自然的收敛中，蕴藏着多少智慧，经历，了解和做事的精力”的梁专员，这个医院，这才进行了“彻底改革”，“在不断的经验与学习里逐渐树立一个合理的制度”，“在短时期之内就开赴前线的后方，努力坚苦的救护工作”。以后这个前线医院，又奉命把一部分有经验，有学识并且勇于负责的人员调回××大城，办理一所规模更大的后方伤兵医院。事业虽然庞大，但进展却甚为迅速，因为“贤明的新官吏如梁公仰先生者，在这一部分的公务人员的心里，已逐渐培植出一个勇敢的新的负责观念。大家在自己的职责内感到必需（如梁专员所说的）‘自动找事做，尽量求完全’，开始造成一种崭新的政治风气的先声”。——这就是这个剧本描述的全部故事。有一点很清楚地可以看得出来：剧本中对于这个后方医院的黑暗情况的暴露，虽然没有联系到国民党反动派全部政府机构的糜烂情况及其腐朽本质，而是把它当作一个个别的丑恶现象来加以暴露；但是这种暴露到底反映了生活的真实，它的讽刺是辛辣的。这里体现了在民族解放战争当中一个正直的作家对于腐朽事物的强烈憎恨，因而也教育了它的读者和观众。我们以为这就是《蜕变》这个剧本成功的地方。

不过，也应当这样肯定：剧本中对于“新的生命”的描画和讴歌，是没有现实生活的基础的。作者创造了两个人物——丁大夫和梁专员——来作为“新的生命”的代表人物。我们先看丁大夫。作者这样说明了她的性格及其形成的原因：“她所受的高深的科学教育不但使她成为中国名医，并且使她养成爱真理，爱她的职业所具有的仁侠精神的习性。”这告诉了我们，丁大夫这个人物，作者是没有从形成她的性格的阶级基础和社会关系上来加以理解和创造的；同时也告诉了我们，像丁大夫这样的“仁侠精神”，虽然“出污泥而不染”，但到底是不足以作为人们学习的对象和模范的，也是不能够代表社会生活中的新生力量的。因为在这样一个艰苦的年代，人们所需要的爱国英雄是那些对客观现实具有正确的认识和理想，而又坚持原则、敢于战斗的无畏的勇士，丁大夫显然不是这样一个人物。她仅仅是一个茹苦含辛的寡母，一个爱护伤兵的仁慈的女性，一个孤零零的女性，在那样的环境下，她"慷慨而又易于动情感"，她"学习着必要的忍耐和迁就"。这是一个悲剧的性格。在她的身上，我们看不出胜利的希望和力量。所以作者不能不把"旋乾转坤"的力量寄托在另一个人物——梁专员身上。应当这样说，梁专员这个人物的创造，是更缺乏现实生活的基础的。他作为一种权力的代表出现在剧本里；而实际上，这种"贤明的新官吏"在当时的国统区是不可能存在的。他的出场所造成的气氛，令人很自然地联想起旧剧中包公一类的人物来。他的出现和由于他的出现而形成的"焕然一新"的景象，只能算是作者的善良的愿望和对于丑恶现实的无意的粉饰。社会的"蜕旧变新"，毫无疑问地，是应该走另外一条道路——革命的道路的。

《北京人》(三幕剧)写的是一个封建旧家的崩溃没落的故事。在某些情节安排与故事穿插上，显然寓有作者的深意。例如故事的进行，始终穿插着曾、杜两家争夺棺木的事实，这分明是在暗示，不仅是代表封建主义的曾皓，就是代表"暴发户"的资产阶级的杜家，在半封建半殖民地的中国，也都是"日暮途穷"、"行将就木"的"在棺材里打滚的人们"。又例如以一个修理卡车的工人来扮作"北京人"，而又以来自田间的小柱儿装扮成"他的弟弟小北京人"，这也可以看出作者的希望寄托所在。又例如以瑞贞和愫方的出走作为剧本的结尾，也显然是在显示新的一代的应有出路。所有这些，在作者思想和艺术的进程上，是值得我们重视的。

但是这些，在剧本中还没有得到饱和着生活气息的形象的表现。特别是以对于原始生活的向往来代替人类的希望，也证明了作者这时思想认识上所存在着的模糊状态。作者通过"人类学"的学者袁任敢的"沉重的声音"说出了自己内心里的深切想望：

> 这是人类的祖先，这也是人类的希望。那时候的人要爱就爱，要恨就恨，要哭就哭，要喊就喊，不怕死，也不怕生，他们整年尽着自己的性情，自由地活着，没有礼教来拘束，没有文明来捆绑，没有虚伪，没有欺诈，没有阴险，没有陷害，没有矛盾，也没有苦恼，吃生肉，喝鲜血，太阳晒着，风吹着，雨淋着，没有现在这么多人吃人的文明，而他们是非常快活的。

这样一种“返归自然”的思想的存在，使得这部作品虽然唱出了旧社会的“挽歌”，但对于新的生活理想的启示，则显得缥缈而空虚。在人物塑造上，曾思懿的形象显然是脱胎于《红楼梦》中的王熙凤，而曾文清的性格又与巴金小说《家》中的觉新有着某种程度的近似。江泰是作为一个“丑角”式的人物而出现的，他只给观众带来了一些发笑的资料，而不能使他们思索到任何一些较为深刻的社会意义。至于“北京人”、袁圆、小柱儿，则又显然是作者的某种观念的化身，而缺乏作为一个“真实的人”的活生生的性格面貌。这些都是剧本《北京人》的难以弥补的缺陷。

四幕剧《家》是根据巴金的小说《家》改编而成的。这个剧本虽然在表现艺术上取得了某些方面的成就，但它的缺点则在于过分着重了恋爱婚姻问题的描写，因而不免缩减了巴金原作反封建的意义。在最后一幕中，觉慧在出走前对他的大哥觉新说：“这儿大我才渐渐认识，我的敌人不是一个冯乐山，而是冯乐山所代表的制度。他伪善，他怕人说他伪善；他诬陷了我，他得了意。可是，我绝不会让冯乐山跟冯乐山类似的这一群东西终生得意的。”但这样斗争的气概和贯串在整个剧本中的缠绵悱恻的情调比较起来，就未免有些相形见绌，而且常常是被后者所冲淡甚至于是遮没了。剧本以瑞珏的惨死作为收场，在观众和读者心中所唤起的情感也是哀怜多于愤激。当民族斗争和社会斗争日益趋向尖锐和剧烈的时候，《家》的发表和上演，是缺少一种足以震撼人心的感染力量的。但是有一点应该特别指出：《家》没有《雷雨》中的命运观念，没有《原野》中的原始性的恐怖气氛，也没有《北京人》中的纯粹象征式的人物——“北京人”。它是我们所曾经提到过的曹禺剧本中最少象征意味和神秘气息的一个。它的主题是明朗的。如果联系到作品所反映的时代(北伐以前)来说，人物性格也都具有一定的社会基础。这不能不说是《家》这个剧本的主要优点。

曹禺的剧本在艺术上的确是达到了很高的成就的，在结构的完整和对话的紧凑上，在同时代作家的作品中，我们还很少找得出同样的例子。他能够紧紧地抓住他的观众和读者，使他们的情感随着剧情的进展而一齐进到紧张的高峰。在内容方面，也反映了旧中国社会的某些方面，在一定程度内揭示了社会生活中的矛盾和斗争。这就是他的作品之所以能够拥有大量观众和读者的原因。但是由于作者这时还缺少一种观察和分析社会生活的有力的思想武器，他还不能够正确地理解这个正处在大变革期间的暴风雨的时代，因此，就不可避免地要给他的作品带来一些重大的缺点；而如何克服这些缺点，却是作者的圆熟的艺术技巧所无能为力的。

从上一时期起，陈白尘就发表了不少剧作，但他在本时期的成就却是更大的。他在本时期写了很多剧本：《魔窟》、《乱世男女》、《秋收》、《大地回春》、《结婚进行曲》、《大渡河》、《岁寒图》、《升官图》和独幕剧集《后方小喜剧》等。这里只能就其中代表性较大的五部作品——《乱世男女》、《结婚进行曲》、《大渡河》、《岁寒图》、《升官图》来作一些简单的评介。

《乱世男女》(三幕四场)的副标题为“大时代的小喜剧”，是抗战初期一篇有名的讽刺作品。它的出现曾经引起国统区某些“文人”的反对，认为它是在散布对抗战的“悲观主义”，这正说明了这个剧本在当时出现的战斗意义。剧本刻画了一群给抗战搅浮起来的都市“沉渣”从南京逃到后方的形形色色的丑态，在泼辣的笔端下面，透露了作者的优异的艺术才能。但是由于作者当时处境的困难，国统区密如牛毛的文网限制了他的创造的自由，所以在剧本中呈露出来的这一群“乱世”的“男女”就还没有得到更深刻的解剖和表现，他们只是引起人们嘲笑的资料，而不能使读者或观众通过他们对社会现象作更深入的探究和思索，在一阵轻蔑的笑声之后，对于整个旧社会(它正是这一群“沉渣”的制造者和培养者）的憎恨和愤怒并没有加强多少。《乱世男女》在抗日初期的出现，起了一定程度的暴露黑暗的作用，但对于群众的教育意义还没有达到它所应该具有的高度，这就是最根本的原因。

五幕悲喜剧《结婚进行曲》，通过青年女子黄瑛在国统区社会四处碰壁的遭遇，来显示日益腐烂的国民党政权对于青年男女的迫害。黄瑛，一个不识世故的青年女性，走出自己的家庭，“把社会当作一个花园似的那末闯进来”，但是那样的一个社会对于她却不是什么“花园”，而只是一个陷人的“泥坑”。如果她把自己当成是一个“人”而不是一个“玩具”，那么，这个社会就根本没有她立足的地方。她受尽凌侮，她饱尝失业的苦痛，她成了三个孩子的母亲，她“在苦难生活中打滚”，她的形容憔悴而苍白，她在梦寐中也没有忘却对于职业的要求。而她的男朋友、未婚夫、丈夫——刘天野，一个满怀幻想、具有粗野豪放气概的青年，也在生活磨折下变得苍老而颓唐，而且不得不以酒来浇愁了。这就是反动统治下一些具有理想和朝气的青年们所遭遇到的不幸和灾难。《结婚进行曲》描写了这样一个故事，投出了对于旧社会的抗议和揶揄。但是许多不必要的喜剧场面冲淡了它的悲剧的严肃气氛，也减低了作品的社会效果。为了迁就观众的趣味而牺牲了作品中更重要的东西，这是陈白尘本时期剧作中比较常见的一个毛病，而这是损害了他的作品的思想和艺术的完整性的。

《大渡河》（五幕历史剧）取材于太平天国的史实，以石达开的一生事迹（从桂平起义到大渡河畔自杀），展示了太平天国的兴起、扩张以至于衰落的全部过程，同时也指出了它的失败的根源是在于自相残杀和没有满足农民的土地要求。里面虽然穿插了石达开与韩宝英的比较微妙的关系，但这种感情上的纠纷并没有给予过分的渲染，作品的主题始终是完整而明朗的。剧中的三个主要人物——翼王石达开、东王杨秀清、北王韦昌辉的性格也刻画得相当鲜明。对于富商巨贾出身的韦昌辉，作者充分地描写了他的卑污和阴险，对于农民出身的杨秀清则赞扬了他对于革命事业的忠诚和坚决，但也指出了他的鲁莽和不懂策略；对于“读书人”出身的石达开，则肯定了他的才能和优点，而着重地批判了他在革命事业上所表现的妥协倾向和他后来一意孤行的执拗的性格。这样一个剧本，出现在抗日时期的国统区，在反对分裂、争取民主的运动上，收到了一定程度的教育人民的效果。但是在关于石达开这个人物的处理上，后来过于强调了他的“英雄末路”的境遇，不免使读者和观众以悲凉的同情代替了对于作品更深的思索。

《岁寒图》(三幕剧)是对于艰苦奋斗、守志不移的科学工作者和文化工作者的热情的礼赞，也是对于豺虎当道、狐兔横行的黑暗世界的握拳透爪的控诉。医学院的教授兼附设医院肺病科主任的黎竹荪，他“把肺结核菌当作人类的敌人看待”，他废寝忘餐地为病人治病，他起草了一个防痨计划，“打算三年之内使肺结核菌在这个城市里完全绝迹，十年之内，消灭掉全国的肺结核菌”，但是他的计划得不到反动政府机构的批准。和他一起工作的医师，甚至于他的好学生和可靠的合作者，也都耐不住贫穷，受了投机发财的心理的影响，先后离开了他。最后连他自己所钟爱的唯一的女儿也不得不染上了他所痛恨的肺结核病。另一个用他的笔“曾经不断地打击过我们的民族敌人”的文化工作者沈庸，在极端贫困的环境下，他和他的女儿沈若兰也都害上了肺病，他在黎竹荪的舍身救治(他亲自给他输血)之下恢复了健康，而他的女儿却终于为贫病所迫、不忍累了自己的父亲而自杀了。——这是一个多么不公道的世界！但它在黎竹荪身上唤起来的却是更清醒的认识和更坚决的战斗。这个剧的上演曾经获得了普遍的好评，那原因是完全可以理解的。因为“这个被长长的冬天所统治着的旧中国是一个巨大的冤狱，其中充满了冤鬼，充满了怨气，怒气，而又被铜墙铁壁所封锁着，号哭的声音，挣扎的声音，反抗的声音，太不容易透露出来了。对于那些终于穿过了铜墙铁壁的呼声，即使还不是最有力的吧，我们也应该给以双倍的欢迎”①。

《升官图》(三幕讽刺喜剧)写在抗日战争胜利前后(一九四五年十月写完)，在旧政协时期演出，曾经获得群众热烈的欢迎。在演出的时候，作者写了如下一段话：“我知道《升官图》这剧本将要刺痛某一

---

① 何其芳：《评〈岁寒图〉》，载论文集《关于现实主义》。

小部分人，但它是一个普遍存在的现实，谁要否认它，那是讳疾忌医。谁要承认它的真实，谁才有勇气去改进它。今天不正是革新局面的时期么？而承认与否认之间，这就考验出‘自由’的是否存在了。而有这种自由存在的时候，这剧本里的现象才能根本消灭。反之，这种自由不允许存在，那这种戏即使不在舞台上演，还不是一样永远在生活里演出？所以，只有自由才能消灭黑暗。吝惜自由者也就是无异于助长黑暗。没有一个作者当他沐浴于阳光之下，还愿意回到暗室里去找寻题材的。但他被幽禁于暗室之中，却永远也不会描写太阳。”①《升官图》这个剧，可以说是长夜漫漫的“暗室”里的黑暗景象的淋漓尽致的描画。作者卓异的讽刺才能在这个剧本里得到了充分的表现。两个流氓强盗，在一个凄风苦雨之夜，因为躲避追捕而闯入了一所古老的住宅，在一盏如豆的灯光之下，在空旷而阴暗的客厅里，做了一夜“升官”的好梦。剧本中的荒唐又真实的故事就是在这两个强盗的梦境中展开的。这两个强盗，一个做了知县，一个做了秘书长，种种罪恶行为，应有尽有，而且还要“青云直上”一直向上面爬去。但是人民群众觉悟了，对于贪官污吏再也不能忍受了。当人民要对这伙强盗进行公正审判的时候，也就是他们的“升官”好梦做醒的时候。这明明地告诉了读者和观众：国民党的反动政权不正是掌握在这样一伙强盗手里的吗！而这伙强盗的结局，不也就是国民党那些营营苟苟的反动官员们的结局吗！正如作者所说的一样，这个剧本在当时的上演，的确是刺痛国统区的“某一小部分人”；而对于广大群众说来，他们看了这样一幅维妙维肖的官场图画，是决不会一笑了之，而是会感到愤怒，增长斗争力量的。

茅盾的《清明前后》（五幕剧）也是在抗战胜利前后写下的。写剧本，这在作者说还是第一次，但这个第一次写下的剧本却是一部“力作”，“有着尖锐而又丰富的现实意义”的力作。它以当时轰动重庆的黄金案为题材，展示了整个反动统治下面的矛盾与无耻，卑鄙与罪恶。作者在剧本的《后记》中说：“清明前的某一天，把一天之内报上

① 《为〈升官图〉演出而作》，载在剧本（群益版）前面。

的新闻排列一看，不禁既悲且愤！这是个什么世纪，而我们还在做着怎样的梦呵！……那时，我这么想：如果只手终不能掩尽天下人耳目，如果百年以后人类并不比现在退化，那么，即使焚尽了一切说真话的书刊，但教此一日的报纸尚传留得一份，也就足够描画出时代是怎样的时代，而在战争中的我们这个中国又是怎样一个世界了！我不相信有史以来，有着第二个地方充满了这样的矛盾，无耻，卑鄙与罪恶；我们字典上还没有足量的诅咒的字汇可以供我们使用。”作者的鲜明的政治立场和对于现实生活的深入的观察和分析，使得这个剧本反映了而且解答了现实生活中的比较重要的问题。

剧本描述了民族工业家林永清和他的更新机器厂处在国民党官僚资本的“统制”、“管制”、“限价”等等紧紧束缚之下的困难境况，也表现了他在两条道路(拒绝诱惑而贯彻初衷，还是屈伏于诱惑之下)面前的软弱、彷徨的心境，而最后则指出只有参加无产阶级所领导的人民大众的民主斗争，他才能够得到正确的出路。因为作者对于中国民族资产阶级特别熟悉，林永清这个人物是被塑造得相当成功的。剧本还展示了战时重庆的形形色色的人物和生活：有“乘抗战风云而腾达”，而且“已成俨然一存在”的金澹庵；有“学会了七十二般变化”的“矮方巾而兼流氓”的余为民；有“被目为‘救亡青年’之群，处处受歧视”，而终不免于疯狂的唐文君；和“秉性忠厚”、“并无大志”，结果横遭陷害的小职员——唐文君的丈夫李维勤；也有“难民的呻吟，劳动者的合唱”。这一切构成了战时重庆的一幅凄厉而阴黯的画图。这里面浮荡着喝血者的狰狞笑声，也渗透了被欺凌与被损害者的悲愤的血泪。说《清明前后》这剧本“不是生动而感人的，是失去了生活基础的抽象概念”①，这样的“批评”实在是别有用心的。

本时期国统区重要剧作，还有洪深的《包得行》，老舍的《残雾》和《面子问题》，宋之的的《刑》和《雾重庆》，凌鹤的《山城夜曲》等。这些剧本在抗日战争当中的发表和演出(有的遭到了国民党反动当局

① 王戎：《从〈清明前后〉说起》，引自何其芳《关于现实主义》一文的附录。

的严禁），都曾经发挥了相当大的教育群众的艺术力量，是我们在这里所应该提起的。

三 解放区的新歌剧

著名歌剧《白毛女》的作者贺敬之，在《〈白毛女〉的创作与演出》一文中，曾经这样概括地说明了作为新兴艺术样式的新歌剧的最基本的特点："歌剧，照字面的了解，可以说是音乐（歌曲）的戏剧。它的重要组成因素之一的文学部分（剧本）则是诗的。诗，音乐，戏剧是它的三大因素。它表现生活、事件、细节，人物的性格、思想、情感的方法，除了要完成一般的集中化典型化的任务之外，还必须更进一步的经过再选择，集中，提高，升华，使之成为诗的东西。它避免生活的完全自然形态的处理，避免散文化。"至于新歌剧在创作方法方面与旧歌剧有什么不同的地方，《白毛女》的作曲者马可、瞿维在《〈白毛女〉音乐的创作经验》一文①中，也有一段比较简要的说明："……今天新歌剧的作者必须深入群众，体验他们的生活，了解他们的思想和情感，熟悉他们的音乐语言，在忠实于现实生活的基础上，吸收民间形式的一切优点，同时，也需要参考（不是硬搬）前人的和外国的经验，来创造真正代表人民大众的中国新歌剧。我们认为：这才是创造中国新歌剧当走的道路。"

上面两段文章，对于理解和分析本时期在解放区兴盛起来的新歌剧，有很大的帮助。

《兄妹开荒》是延安文艺座谈会后出现最早的一个小型新歌剧。它是在陕北民间秧歌旧有形式基础上加以提高而成的。它舍弃了旧秧歌中惯有的男女调情的内容而赋予了它以歌唱劳动生活的积极、健康的主题。角色是兄妹二人。活泼欢愉的气氛始终流荡在短小轻快的对唱里。解放区人民的幸福、勤劳的生活，在这短短的歌剧里得到了真实而鲜明的反映。解放区这时期小歌剧产生得很多，它们从各个不同

① 上引两文均见《白毛女》剧本附录中。

的方面表现了人民群众生活的新的面貌；但无论在内容或形式上，《兄妹开荒》都要算是比较优秀的一个。它之所以能够传遍全国，受到广大群众的爱好，完全不是偶然的。

马健翎是解放区创作新歌剧最努力的作者之一。早在延安文艺座谈会以前，他就开始从事于新歌剧的创作了。这时他写有《查路条》、《好男儿》、《一条路》、《拿台刘》等剧。《查路条》一名《五里坡》，在当时发生的影响较大。它的主题是表现晋察冀一带的农民，在抗日战争的实际工作中有了进步，组织性和纪律性都得到了提高。柯仲平在介绍这个剧的文章①中，曾提到它的许多优点：

> 这剧的优点，总括的说，是在它能把握住一段抗战的现实，运用了旧剧的技巧，利用旧形式而又不为旧形式所束缚，达到了相当谐和的境地，这是我们看过的许多利用旧形式的剧本尚未能达到的。其次是人物个性的真实、明朗，一般的克服了利用旧剧时所易犯的公式主义，脸谱主义。再其次是剧情的发展并不勉强，对话非常活泼。（这样的对话，作为话剧看，也是很出色的。）选用了一个才进步了的老太婆，作为剧上的最主要的人物，这更能将一般农民的进步表示出来，而且从她的进步就表现许多逗人发笑的地方，这也是很聪明的办法。演给民众看，采用了秦腔与郿鄠的一部分曲调，这不但不使人觉得陈旧，反而觉得很有些新鲜。

作为创作民族形式的新歌剧的一个起点来说，歌剧《查路条》的这些方面的优点，的确是应当肯定的。

写在延安文艺座谈会后的《血泪仇》是马键翎在抗日期间一个最著名的歌剧。因为这个剧在抗日战争时期尖锐地提出了阶级斗争的主题，而且选择了为群众所易于接受的艺术形式，所以它能够在当时流行很广，而且发生了巨大社会影响。剧本的故事是这样的：日本强盗

① 《介绍〈查路条〉并论创造新的民族歌剧》，《文艺突击》新1卷第2期。

给中国人民带来了血腥的屠杀，蒋匪帮的残酷压榨又吸干了人民的血汗，在天灾人祸之下，河南人民一个个叫苦连天。农民王仁厚在蒋匪军和地方反动政权层出不穷的敲诈与迫害之下，弄得家破人亡：虽然两次卖地"买过壮丁"，但独子王东才终于被匪军抓去，在逃难途中儿媳又遭匪军蹂躏身死，老婆也因气愤碰头而亡。王仁厚带着女儿和孙子逃至解放区，受到边区政府和人民无微不至的帮助，劳动生产，过着美满幸福的生活。但是这时他的在蒋匪军中当兵的儿子王东才却受匪官的威胁利诱，潜至解放区投毒药于井水中，而且还被迫来半路上刺杀王仁厚，等到他认识出要刺杀的就是自己的父亲，于是抱头痛哭，向群众坦白悔过，并且杀敌锄奸，立了功劳。这就是《血泪仇》这个歌剧所表现的全部故事。它通过王仁厚一家人的颠沛流离、惨绝人寰的生活遭遇，向读者和观众控诉了代表大地主大资产阶级利益的蒋介石政权在中国农民身上所造成的深重灾难，表现了蕴藏在农民心头的血泪仇恨，说明了不彻底改变广大农民的政治地位和经济生活，就无法发动和组织他们强大的、战无不胜的抗敌力量。其次，也通过了王仁厚的前后迥异的生活境况和政治认识，把解放区光明幸福的自由天地和国统区的黑暗世界作了十分尖锐而鲜明的对照，充分地证实了只有在中国共产党的正确领导之下，广大农民才能够获得富裕的生活和光明的前途，也只有中国共产党的领导才能够尽量发挥农民身上所潜在着的战斗力量，使抗日战争和民主革命走向胜利。所有这些，都是《血泪仇》这个剧本所要教育人们的颠扑不破的真理。

但是作者并不是概念地来说明这样一些道理的。这个剧之所以在当时获得显著的成功，就因为它把客观现实作了生动、具体的反映。王仁厚这个农民的形象是塑造得相当真实的：他勤劳、忠厚，然而他也倔强、坚毅；反动统治的摧压并不能扼杀他的求生的意志。当他一旦接触了新的生活，认识了新的道理，他就不顾一切地来捍卫它们，为它们的实现与发展而斗争了。这是中国农民性格中所潜在着的最美好的东西，作者在王仁厚这个人物身上，对它作了比较深入的发掘和比较细致的表现。几个反面人物的刻画，也还是形神逼肖的。看了他们，叫人很自然地产生一种憎恨的心情来。不过有几个正面人物（如边区县长、团长等），描画得未免过于单薄一些，在他们的身上，还缺少那种强大的感人力量。在形式方面，这个剧大抵根据秦腔，但也给了它以新的发展。我国民间戏剧在艺术手法上的优越性，使得这个剧本更其为人民所容易和乐于接受。可是有些地方因为不适当地套用了旧剧中的表现方法，而把许多应该得到展开的、细腻的描写的场景，用简短的唱词交代过去，因而不能在观众情感上唤起更大的激动。

《白毛女》是抗战时期最后一年中出现的一部最优秀的歌剧。因为它把对现实生活的真实反映和革命的浪漫主义色彩紧紧结合在一起，同时也因为它运用了中国民族歌剧的传统表现手法和具有浓厚的民族的优美风格，所以它的发表和演出，不仅在本时期而且也在以后各个时期，都获得了国内外异常广泛的欢迎和爱好，成为了我国现代文学史上稀有的名著之一。这部歌剧与下一时期出现的小说《太阳照在桑干河上》、《暴风骤雨》同时获得一九五一年度斯大林文学奖金。

《白毛女》是延安鲁迅文艺学院集体创作的。剧本的创作和排演，共经历了三个多月的时间（从一九四五年一月至四月），以后（一九四五年十月）在张家口上演时，又作了重要的修改。剧本的根据是一九四〇年晋察冀边区河北的西北部某地传出的一个叫作“白毛仙姑”的故事。这个故事在人民口头上流传甚广，经过多少人的修正、充实、加工，因此，就比较集中地反映了广大农民的情感和愿望，而且在形式上也成为了一个相当完整的东西。歌剧《白毛女》，采取了这故事的中心思想，把它作为剧本的主题，同时也采取了它的一些基本特点和主要情节；为了使主题表现的更明确更充分，适合于舞台表现的效力和特点，对原故事也作了相当的改动、补充和修正。

剧本成功地创造了一个佃农女儿喜儿的典型形象，在她的身上体现了中国农民在地主阶级喝血的统治之下的穷苦的非人的遭遇，和在中国共产党领导之下获得解放后的光明愉快的生活。从她的悲惨的曲折的一生，新、旧社会得到了极其鲜明的对照：“旧社会把人逼成‘鬼’，新社会把‘鬼’变成人。”喜儿，一个佃农的女儿，地主黄世仁逼死了她的父亲，抢走和污辱了她的身体，还想把她偷偷地卖给人贩子。她反抗，她要求着生路和复仇。她是“舀不干的水，扑不灭的火”。她冲出了旧社会的天罗地网，在深山里度过了长时期的野人的生活，因而毛发变白失去了人形，被附近村庄的农民当成是“白毛仙姑”。她以中国农民所具有的坚韧和毅力度过了两三年的野人的生活。然而共产党和八路军来了，他们领导农民抗击日本帝国主义，他们领导农民对地主阶级进行减租减息的斗争。“白毛仙姑”的迷信传说被揭穿了，喜儿回到光天化日的生活中来了，在她面前升起来的是赶走了寒冷、划开了黑暗的光芒万丈的太阳！她控诉了黄世仁的罪恶，清算了多年的血账，村庄里响起了一片“千年铁树开了花，万年磐石把身翻”的欢乐的歌声。这样一个动人的故事，由于作者把握了旧中国农村里的主要矛盾和斗争，而且赋予了它的女主人公喜儿以真实而鲜明的性格，使得它的主题思想具有了深刻的教育意义和巨大的政治效果。

杨白劳(喜儿的父亲)和赵大叔是作者在剧本中所着意刻绘的两个不同类型的农民。杨白劳，这个忠厚老实的农民，他在旧社会里过了五十多年的贫困无助的生活，饱尝了地主阶级的刻毒入骨的剥削，他能够耐着挨冷受饿的生活。他一生只有喜儿一个女儿，离开了她，他就活不了。外边的世道怎样在变，他不知道。当他被逼在卖女儿的“杀人文书上”盖了指印之后，他感到他的面前已无路可走，于是只有服毒自尽。这样的结果，正是旧中国许多老一代的农民在残酷的封建压迫下所共同遭受到的不幸命运。不同于杨白劳，另一个老农民赵大叔，在他的眼面前却永远闪耀着希望的火花，因为他记得“民国十九年上，五月十三，关老爷磨刀那天，天上下着麻杆子小雨，从南边山上来了一起队伍，叫做红军……”而且他也相信：“九九归一，有一天，有一天关老爷磨刀，红军还会来的。”这样一个信念，始终支持着他，鼓舞着他，使他在最黑暗的时候，也看得见行将到来的光明，在最艰困的时候，也不失去勇气和力量。当大春被穆仁智带人追赶的时候，他叫大春快走，“奔西北边走”。当大春随着八路军的队伍回到村庄上来的时候，他说：“八路军就是从前的红军啊！”他深深地懂得，当地主阶级逼得农民走投无路的时候，只有共产党才是真正的救星。在赵大叔的身上，我们看得见中国农民在现实生活的教育下怎样逐渐地认识了革命的道理和自身的出路，因而也给自己带来了生活的勇气和战斗的力量。因此，这样一个人物，正如在现实生活里一样，他不是可有可无的，而是作为一个必然要有和必不可无的进步力量的代表者出现在作品中的。大春、大锁，是代表觉醒的青年一代的农民的。他们勇于反抗，易于接受革命的真理。他们在共产党和八路军的领导之下，在农村里掀起了天翻地覆的斗争，赶走了黑夜，迎接来了朝阳一样光辉灿烂的日子。

就这样，歌剧《白毛女》，不仅反映了旧中国农村社会中最基本的阶级矛盾，而且还明确地指出了解决这种矛盾的正确方法；不仅描画了农民的行将过去的阴霾四布的日子，而且也显示了展开在他们面前的日益美好与幸福的将来。作为一个胜利的社会主义现实主义的文艺作品来看，歌剧《白毛女》取得了非常卓越的重大成就。

在艺术方法上，《白毛女》吸收了我国古典歌剧的许多优美的表现手法，朴素明朗，精炼而不繁琐。它又吸收了现代话剧的某些特点，对白是全剧的主要部分，但又没有一般话剧中那种脱离人民喜爱的欧化倾向。它的各个方面(包括语言、音乐和舞台风格)都是富于我们民族色彩的。每一支歌词和曲调都体现着人物的性格、处境和心情的特色，饱和着诗的素质和力量。它把戏剧、音乐、舞蹈和诗的特点，很圆满地熔冶于一炉。整个作品的情调，都是紧紧地伴随着剧情的进展而变化，一步步地从沉闷阴郁的气氛走向开朗愉快的境界。说《白毛女》在我国人民艺术的发展进程上具有着里程碑的意义，说它是我国第一部成功的新型歌剧，这是一点也没有过分的。

傅铎的《王秀鸾》是一篇以劳动生产为主题的歌剧。女主人公王秀鸾是冀中某村庄的一个妇女干部，她热心抗日工作，但没有参加农业生产，因此受到丈夫的轻蔑。她的婆婆是一个好吃懒做的女人，她把儿子(秀鸾的丈夫)和秀鸾先后赶走后，当了田地，卖了家具，就带着女儿去找寻在张家口做“买卖人”的丈夫去了。王秀鸾从娘家回来后，家中什么也没有了，在村干部和群众帮助之下，她一面做着抗日政府的通讯员，一面同十一岁的儿子一齐努力生产，日子一天天地富裕起来。这时候，她的当了八路军的丈夫回家看见了她的这种情况，心中非常高兴，更增加了抗日杀敌的勇气；流落在外面的婆婆、小姑和在张家口做生意的公公也都回到了家中。婆婆受了秀鸾的感动，再不好吃懒做了。因为群众的推选，王秀鸾当了劳动英雄，带着满身光荣的花朵，在村人的热烈欢送之下，到边区去开“群英大会”了。村中响起了一片嘹亮欢乐的歌声：

共产党的道路明，领导生产不受穷。
坚决拥护共产党，永远跟着毛泽东。

歌剧《王秀鸾》是一首对于劳动生产的热情的颂歌。在王秀鸾这个人物身上体现了中国新型妇女的成长过程，也显示了她的道德精神的完美风貌。很显然地，对于王秀鸾的歌颂，也就是对于共产党和毛泽东同志的歌颂。因为像王秀鸾这样的女性，只有在党和毛泽东同志的教育之下才可能出现。王秀鸾自己就这么说：“还是那一句话，共产党八路军来咧，庄稼佬都翻身咧，万年穷也有了饭吃咧，成年百辈子不时兴的丫头媳妇，也当了英雄咧，站在人群里也敢大嗓子讲话咧，穷人也不受压迫咧，这些好处都是共产党给咱们的，咱们一辈子也不能忘了共产党。”这是再确切不过的生活真实，因此也是再强大不过的艺术力量。歌剧也非常有力地描写了解放区人民的互助友爱的精神，在这里，也依然显示了从人民身上成长起来的新的道德品质。歌剧《王秀鸾》的主要成就便在这些地方。

但是《王秀鸾》这部作品，过于强调了“发家致富”的思想，而没有把努力生产和支援抗日联系得更紧密一些，因而对于群众的教育意义就不免受到了限制；其次，整个剧本的主要冲突，摆在王秀鸾与她的婆婆张老婆之间的关系上，而忽略了当时社会生活中更重要的矛盾和斗争，这也大大地局限了作品的积极的现实的意义。从发掘和表现生活的深广程度上说，《王秀鸾》这个歌剧还有些“美中不足”的地方。

第七章　本时期的报告文学与散文

一　报 告 文 学

我们曾经指出，报告文学在我国的产生，与我国人民反对日本帝国主义的斗争是紧密地联系在一起的。抗日战争全面爆发后，报告文学更有了空前的发展。这原因是多方面的：第一是，战争改变了时代的面貌，社会生活有了急遽而剧烈的变化，它不能不要求一种能够直接而迅速地反映现实的文艺样式来作为这种变化的忠实记录；第二是，战争也改变了作家的生活面貌，他们走出过去狭小的生活范围，跨进了一个广阔丰富的现实天地，复杂强烈的生活感受和内心激动也“勒逼”着他们采取了报告文学这样一种单纯而有力的表现形式；第三是，具有爱国热情而又爱好文艺的青年，在战争起后，纷纷投入了各种抗日救亡的工作，他们一方面迫切希望能够读到真实地报导战争和人民生活的文章，而同时，他们也尝试着把自己在实际斗争中的见闻和感受用报告形式传达出来。——这样，就形成了抗日初期报告文学蓬勃发展的现象。一般性的杂志或报刊的文艺一栏，满载着报告文学，文艺刊物更用大量篇幅(往往达十分之七八)来刊登它，许多著名作家也大都写过几篇报告作品。这些作品，不仅以其数量的众多越过了上一时期，同时也以其反映生活的广度和深度，使我们比较清晰地看见了抗日初期的社会面貌。

但是，在这时期的报告文学中，也还存在着“两类弱点：一类是以幻想代真实。写游击队生活却着重描写草野月色。写日本女俘虏却象在写《红楼梦》中人物。一类是形式主义倾向，以外国某些作品的花样来填补其内容之不足”①。这些弱点之所以产生，是因为这时的作者虽然进入了一定的生活，而生活到底还是不足的缘故。

在国统区，后来因为政治逆流逐渐抬头，作者投入生活既受到了无理限制，而报告文学本身也因为它对现实生活的不加粉饰的揭露而受到了种种有形无形的限制与压迫，于是它不得不走向冷落和消沉的境地。据《文艺阵地》的声明，它在一九三八年所发表出来的许多“令人摇头”的报告，仅及投稿的三四分之一。这一方面可以看出当时许多报告作者对于黑暗现实的战斗的精神，另外，也可以知道报告文学在当时国统区为什么会遭到反动统治者的忌刻和迫害的理由了。何其芳说：“抗战后期这个旧中国的报告文学的消沉，这笔账首先是要算到政治逆流的头上的。……在只能就说谎与沉默两者来选择的时候，沉默也是好的。”②在这段话中，我们很清楚地听见了作者当时的愤激的声音。

报告文学在解放区有了更巨大的发展。这原因首先是在于组织和领导上的重视与培植，其次是斗争生活的丰饶，作家往往是战斗的积极参加者。因此，这就不仅保证了解放区报告文学在数量上的繁荣，而且也保证了它在生活内容上和在表现艺术上的真实动人的力量。在解放区，报告文学也同其他样式的文艺作品一样，是真实地具体地反映工农兵斗争生活的壮丽画幅，而且是教育人民的有力武器。

下面是本时期报告文学的作家和作品的极不完全的介绍：

丘东平是抗日初期报告文学的重要作者之一。他写过不少的报导文章，但有些已经散佚，没有办法找到了。譬如，他后来参加新四军活跃在江南原野上的时候，就写了一本《向敌人的腹背进军》，都为军中见闻散记，文字虽有时失之繁芜，但真实地记录了新四军在抗日初期进入敌后的一些英勇斗争的史实，无论作为历史记载或文学作品看，都是很重要的，但这本书现在就很难看到了。丘东平有过多年军队工作的经验，抗日战争发生后，他又参加了军队工作，活动在沪宁线上。他的有名的报告作品《第七连》和《我们在那里打了败战》，便

① 何其芳：《报告文学纵横谈》，载论文集《关于现实主义》。

② 何其芳：《报告文学纵横谈》，载论文集《关于现实主义》。

是在这时写的。这两篇作品都是以第一人称(《第七连》的副标题为《记第七连连长丘俊谈话》;《我们在那里打了败战》的副标题是《江阴炮台的一员守将方叔洪上校的战斗遭遇》)写的。它们真切地报导了当时战争前线上的一切:战士们的沉着勇敢、不畏牺牲的精神,由于战略和部署的失策而造成的重大损失,还有作者的激动而愤怒的声音。特别是《我们在那里打了败战》,沉痛地叙述了江阴炮台在没有发过一炮、打中过任何一条敌舰以前就失陷了的事实,使读者对于国民党反动派的误国罪行真正无法抑止自己满腔的悲愤。这些报告后来都收集在《第七连》一书中。从一九三二年起,丘东平就发表了许多短篇作品(他的《通讯员》在《文学月报》上出现的时候,曾经受到批评界的重视)。本时期的作品,除报告文学外,也还写了不少小说。当他的长篇小说《茅山下》尚未完成的时候,他就英勇地仆倒在为挣脱奴隶的锁链而进行的民族解放战争的血泊里了。

刘白羽的《逃出北平》,报告了作者自身的流亡生活的经历,也表现了一个不愿作奴隶的知识青年的坚强的意志。刘白羽是一位最值得称述的报告文学的作者。他在本时期除了短篇小说的创作而外,其余差不多全是通讯报告一类的作品。他认为"这样工作对现实作用更及时更有力些",而且还"坚决认为与时代斗争同呼吸,是文艺最需要的特色"①,这就概括地说明了他的报告作品的重要特点。报告集《游击中间》的五篇作品,虽然作者说它们是"匆忙中的急就篇"(见《后记》),但也记录下了我们游击队在艰苦环境下打击敌人、逐渐壮大的发展过程。收在《时代的印象》第一辑中的许多报告,是描写一九三八——九四三这几年中解放区生活的生动具体的优秀作品。在《序言》中,作者这样叙述了这些报告产生的原因:"《时代的印象》所集,都是我从事新闻工作中间累积下来的稿子。第一部分,是抗战中在重庆写的,那时全国人民是仰望着延安这一领导抗日战争的灯塔,但由于边区长期遭受封锁,除了少数人轻易相信反动派的无耻造谣外,抱同情态度的人也有个别的说那里没有社会生活,没有友情,有

① 刘白羽:《时代的印象·序言》。

的也只把边区想为山沟旷野。一九四四年我随王若飞同志至渝，与胡绳兄共编《新华副刊》，他要求我针对这种情况，写些介绍边区生活的稿子，前后便编写了这么七篇。”因此这些作品在当时的发表为粉碎国民党对解放区所散布的无耻谰言，发挥了战斗的作用。其中如第一篇《世界的新面貌》，通过“从前”和“现在”的鲜明对比，有力地说明了边区人民在党和抗日政府的领导下所取得的迥异从前的富裕快乐的日子。从作者的细致而明快的叙述里，读者能清楚地体会出边区“人们生活真正的意义：快乐与痛苦，痛苦是过去的日子，而快乐的是今天；跟随着丰富的生活到来，人也在改变着自己啊”。又如第二篇《家庭》，非常亲切地报导了边区的所有家庭都充满了由于生产、学习而带来的繁荣和幸福的声音。“在劳动中，人们向集体互助的关系上发展，他们更有力量，可以战胜自然了。现在，家庭成为劳动的人民和蔼可亲的家庭了，就因为家庭充满劳动的和谐的感情。”诗一样明丽的句子写出了边区人民的诗一样欢乐的岁月。其余五篇也都从各个不同方面描写了边区人民的民主的战斗的生活。“太阳是光明而温暖的，雾是阴暗而潮湿的，人们都爱太阳，——边区正是在这种可爱的风气里生长，人民和土地都光明。……问题的决定在人民，谁都知道：雾遮不住太阳。”——这种响亮的声音，无情地揭穿了反动统治者对于国统区人民的蒙蔽与欺骗，在太阳与阴雾之间，人们是会有所选择的。

周立波的《晋冀察边区印象记》，以流畅明快的笔调叙述了在北中国原野上进行着的残酷的战争，从各个方面记录了人民的抗日武装——八路军和游击队英雄抗战的史实，同时敌后人民的生活和斗争在其中也得到了鲜明的反映。作者的报告特写，都是反映的真人真事。他说：“描写真人真事，我以为应该运用历史科学的笔墨，不能虚构，不宜空想，夸张添改也是不好的。不用这一些，真人真事的本身就能够显出他们的绚烂的光彩。”①从这一段话，可以看出周立波的报告文学的特色，同时也保证了他的报告作品的高度真实的性质。

---

① 《周立波选集·序言》，人民文学出版社 1959 年版。

沙汀的《敌后琐记》和《随军散记》①，也是本时期两本有名的报告作品。《敌后琐记》记叙的是作者在晋察冀和冀中抗日根据地的所见所闻。人民军队英勇抗日的事实，和广大人民为了解放自身而进行的火热的斗争，在这本书里都有着很真实的描写。《随军散记》是一本更应该受到我们重视的作品，它描写了人民所敬爱的抗日将领贺龙将军的"阔大不羁的精神"，"不可摧毁的自信的力量"，还有"他那种浓郁芬芳的人间的温暖和喜悦"。笔墨亲切生动，从"指挥若定"和"从容谈笑"的生活各个方面，那么鲜明耀眼地描摹下了贺龙将军的"坚定而朗爽的风貌"，叫读者如见其人，如闻其声，大大鼓舞了他们对抗战和革命的胜利信心。

周而复本时期的报告作品，部分收辑在《歼灭》一书中。在这些作品中，我们看见了在八路军的勇敢和有部署的包围之下，日本法西斯强盗阿部规秀中将和他所带领的一千五百多敌军遭到了全部覆灭的命运(《黄土岭的夕暮》)；看见了晋察冀军区政治部为了支援前方将士的军粮而掀起的干劲冲天的开荒运动(《开荒曲》)；也看见了在我军的英勇打击下面敌军不断遭到失败和毁灭的最后结局(《侵略者底最后》、《消灭》、《一只农民的哀曲》)。反映在这里的，虽然如作者所说，不过"是战争生活的一鳞片爪"，但读者从这些文章中的确可以看出："日本法西斯蒂虽然顽强，却露出必然灭亡的命运；人民武装纵然简陋，却昭示出灿烂的远景。"②周而复的这些作品无疑地是抗日战争生活的一幅真实的剪影。

周而复执笔(刘白羽、吴伯箫、金肇野、周而复等集体创作)写的《海上的遭遇》，是一支非战斗的干部队在海上英勇抵抗敌人的真实记录。这是抗战史上可歌可泣的一页。共产党人崇高的品质，凛然的气节，生动具体地表现在着墨不多的篇幅里。周而复还有一篇《诺尔曼·白求恩断片》，记述的是尽瘁于中国人民解放事业的加拿大医

---

① 最初题名《我所见之H将军》，1958年由中国青年出版社再版时，又改名为《记贺龙》。

② 《歼灭·后记》。

生白求恩博士的动人的事迹。虽然只是一些生活的断片，但白求恩的不朽的精神风貌却也得到了明朗而完整的表现。两年后(一九四六年)，作者又在他的长篇创作《白求恩大夫》中给了这个值得学习的伟大形象以更高度的艺术塑绘。

二　散　　文

本时期出现的为数不多的散文作品，也是中国人民在打败日本帝国主义、争取民主自由的伟大斗争中的一种战斗武器。如果说上一时期的大部分散文还涂抹着忧郁和伤感的色彩，缺乏勇猛战斗的气氛，这种情况，到本时期是显然已经有所改变了。个人抒怀式的作品在数量上已大为减少，大多数的作者都具有着明显的目的、意识，自觉地运用散文这项武器来为抗日战争和民主运动服务。鲁迅散文著作中的战斗传统，在本时期，得到了继承和发扬。在国统区，因为要坚持暴露和抨击黑暗，杂文的盛行成为了必然的事实。当时如《鲁迅风》(上海出)、《野草》(桂林出，以后收有《野草丛书》)等，就都是专门刊登杂文的期刊，而许多重要报纸(例如重庆出的《新华日报》)的副刊，也不断地刊登了一些尖锐悍泼的短文。虽然这时期作者大都感到"应当写的实在太多，而被准许写的又少得可怜"①，但在这方面的收获还是相当丰饶的。(例如《野草丛书》中的许多杂文集子，就在当时起过较大的政治作用，帮助了它们的读者更清楚地认识现实。)记事和抒情的散文，虽然产量不多，但内容基本上是健康的，它们在不同角度和不同程度上也反映了现实斗争。在解放区，散文作品产生得比较少，因为火热的斗争和民主的生活要求更直接更明朗的反映，而通讯报告正是非常合适的写作体裁。因此，同通讯报告比较起来，散文的产量就要显得稀少一些，但是，在我们所能读到的不多的散文作品中，也是充满着对于新的生活的欢乐的歌颂，对于民族斗争和社会斗争的某些片断的记录，依然是有相当强烈的战斗性质的。

① 茅盾:《时间的记录·后记》。

以下是本时期散文作品的一个简要评介。

郭沫若在抗日时期的散文作品，大都收在《羽书集》、《今昔蒲剑》和《沸羹集》里。《羽书集》收的是抗战初期作者刚从日本回到祖国后，奔走在前后方时所写的作品。对于战争前途的乐观和信心充溢在作者所特有的奔放恣肆的文笔里。《今昔蒲剑》是《蒲剑集》和《今昔集》两个集子的合集。其中有关于文艺和学术的论著，有讲演的稿子，也有不少犀利的短文。纵然这些文章是写在蒋介石集团的反动阴谋日趋显著、作者在言论行动上都受到多方限制的时候，但战斗的气势仍然是相当猛烈的。例如《笑早者，祸哉!》一文就对"比钢还坚固地安全无恙"的莫斯科和列宁格勒，对于"愈战愈强"的苏联，发出了热烈的颂赞；而对于那些为了纳粹兽军的一时猖狂而发出"过早的笑声"的反动论客们，则投出了辛辣的嘲讽。又例如在题为《深幸有一，不望有二》的一则短文里，作者就说："我是决不相信中国会亡、中国的民族会灭的，因而我也就可以自行预言：我断不会和屈原那样跳水自杀。"这样坚强的信念，不用说是与作者对中国人民的抗战力量和革命前途的正确估计联系在一起的。又例如在纪念高尔基逝世五周年的讲演稿《活的模范》里，作者一方面引用高尔基《鹰之歌》中的句子——"在勇敢者和精神雄壮者的歌颂里，你永远是：活的模范，向自由，向光明的高傲的号召!"——来作为永生的作家和战士的礼赞，另一方面则对于那些出卖民族利益、"活着而已经死去了"的所谓"文人"们(例如汪精卫之流的东西)的"卑鄙无耻的物象"加以毁灭性的打击。作者是反对"温柔敦厚"的伪教条的，他有的是"彰善阐恶"、"除恶务尽"的革命意志。而这正是《今昔蒲剑》集中最可宝贵的地方。《沸羹集》收的是郭沫若一九四〇年至一九四五年这几年中的散文作品，在其中依然保持着作者一贯具有的不妥协的战斗精神：有对于"指鹿为马"的赵高之流的人物的讽刺(《驴猪鹿马》)，有对于文艺本质的阐释和对于法西斯文艺论调的驳斥(《文艺的本质》)，有对于民主运动的坚决而鲜明的主张(《文化界时局进言》)，也有对于在斯大林领导下英勇抗击着法西斯强盗的苏联人民和红军的满腔热忱的歌颂，在纪念二十七届红军节的时候，作者的洪亮的声音传达出了中国人民的真诚的祝贺(《人类的前卫》)。爱国主义和国际主义的精神在郭沫若的散文里，正如在他的诗歌里一样，成为了最耀眼的光辉。

茅盾在抗战时期也写了不少散文：《炮火的洗礼》中收辑的是抗日初期的作品，《见闻杂记》是一九三九年从新疆回来后所作，《生活之一页》中所追叙的则是日寇攻陷香港时的情景，而一九四三年至一九四五年间所写的散文则收辑在《时间的记录》一书中。在这些散文集子里，最受人称道的是《见闻杂记》和《时间的记录》两书中的一些散记文章。其中有祖国土地上明丽如画的自然景物，有坚毅战斗的新的人物和生活的速写，有发国难财的"魔术家"和劳动人民之间两种不同生活的尖锐对照，也有对于一切不合理的社会现象的曲折的讽刺。强烈的爱憎、深刻的观察和细腻的笔触，使得这些作品在反映现实生活和教育读者上收到了相当巨大的效果。下面举他的题名《风景谈》的一段文章为例：

> 另一个时间。另一个场面。夕阳在山，干坼的黄土正吐出它在一天内所吸收的热，河水汤汤急流，似乎能把浅浅河床中的鹅卵石都冲走了似的。这时候，沿河的山坳里有一队人，从"生产"归来，兴奋的谈话中，至少有七八种不同的方音。忽然间，他们又用同一的音调，唱起雄壮的歌曲来了。他们的爽朗的笑声，落到水上，使得河水也似在笑。看他们的手，这是惯拿调色板的，那是昨天还拉提琴的弓子伴奏着《生产曲》的，这是经常不离木刻刀的，那又是洋洋洒洒下笔如有神的，但现在，一律都被锄锹的木柄磨起了老茧了。他们在山坡下，被另一群所迎住。这里正燃起熊熊的野火，多少曾调朱弄粉的手儿，已经将金黄的小米饭，翠绿的油菜，准备齐全。这时候，太阳已经下山，却将它的余晖幻成了满天的彩霞，河水喧哗得更响了，跌在石上的便喷出了雪白的泡沫，人们把沾着黄土的脚伸在水里，任它冲刷，或者掬起水来，洗一把脸。在背山面水这样一个所在，静穆的自然和弥满着生命力的人，就织成了美妙的图画。
>
> 在这里，蓝天明月，秃顶的山，单调的黄土，浅濑的水，似

> 乎都是最恰当不过的背景，无可更换。自然是伟大的，人类是伟大的，然而充满了崇高精神的人类的活动，乃是伟大中之尤其伟大者！

这是一幅描绘解放区幸福生活的细致而逼真的工笔画：来自各地的充满了崇高精神的人们正在这里以巨大紧张的劳动改变着自然的面貌，同时也在改造自然的斗争中改变了自己的主观世界。在这里，人是自然的主人，是构成自然的如画风物的灵魂和主体。这样的文章洋溢着诗情和画意，它在读者的心灵中唤起了对于这个崭新世界的向往和追求的愿望。

散文集《星火集》收辑的是何其芳一九三八年至一九四一年这几年中在成都、延安两地所写的文章。《画梦录》和《刻意集》中的“空灵的思想”和“忧悒的低唱”已经消失，《还乡杂记》中“粗起来的感情”在现实生活里得到了进一步的锻炼和充实。其中有着对于旧的世界的严厉的鞭挞，也有着对于新的世界的热烈的歌颂。许多带有议论性质的散文，分明地呈露着很强烈的战斗性和科学性。文字也很素朴而犀利，在分析事理时，往往能入木三分。但在作者一九四五年所写的《后记》中，仍然不满意于这个集子中的作品。他说如果“对过去的思想感情加以严格的考察，则更适当的书名应该是《知非集》。也真曾经想到过这个名字”，因为在它里面的第一辑中的作品所表现出来的只是“一个初上战场的新兵的激动”，而那时“并不懂得如何与各种社会力量合作，尤其不懂得如何投身实际斗争中去深入群众，改造自己”；而到延安后又因为没有“接触真正的战斗生活”，“旧的情感就越来越抬头了。挂包里的日记本上也从客观材料的记录变为了个人情绪与感想的抒写”，“在这集子里的第二辑中的报告实际只有一篇是在前方写的。其余关于华北人民与军队的报导，都是回到了延安，翻开材料簿，硬把它们写出来的。……在当时，从文艺见解到对于各种问题的看法大体上自有一套小资产阶级的立场与方法，自成一个系统。这种立场与方法，这种系统，当然是和客观真理与广大人民的利益并不符合的。这是由于出身，生活，教育（对于我，尤其是过去文学作品的影响)所构成”。

作者的自我批评，概括地深刻地说明了《星火集》的缺点和造成这种缺点的根本原因。

《星火集续编》收的是抗战后期和解放战争时期的作品。这些文章，在文字风格的朴素坚实上，也在战斗性的旺盛强烈上，较之《星火集》又向前跨进了一步。收在第一辑中的《重庆随笔》，写在国内阶级矛盾日趋尖锐，为民主自由而斗争的运动日益开展的时候，作者锋利的笔端主要是朝向蒋介石的黑暗王朝的。当时反动派鹰犬们对于进步言论的控制是异常严密的，“凡是被他们的鼻子嗅到了一点于他们的主子不利的气味，他们就不准发表或者妄加删改”。为了使“那些被豢养的蠢才们无法挑剔”，有的文章是写得“比较隐晦曲折”的，而有的文章则经过删改后，“不加解释恐怕现在的读者已不知何所指了”①。第二辑《回忆延安》中许多短文，据作者说，“是企图用中国过去的笔记体来写新事物”，语言简洁，形象明朗，的确具有着我国记事散文的传统风格。在短短篇幅里叙述的是一些平平常常的事实，而解放区的崭新面貌，就宛在读者面前。我们试读其中《差别》一文：

> 今年一月，我从重庆回延安去。车子开进边区以后，一位押车的武装同志向车上的人说：“你们进边区后，看见有什么不同吗?”还没有人回答他，他又说：“你们看，在边区以外，你们哪里看见老百姓有这样多牲口呵。猪呀，鸡呀，都被他们的军队吃光了。但是咱们边区，你们看，牛，羊，猪，鸡，到处都有。”
>
> 的确。草野里是白色的羊群。牛在草窑外面。猪在院子里。鸡在村庄里跑着，有的站在窑顶上。
>
> 今年九月，我又从延安出来。车子开出边区以后，一个女同志向车上的人说：“你们出边区后，看见有什么不同吗?”还没有人回答她，她又说：“你们看，这两边都是荒山。在咱们边区，哪里看得到一块荒地呵。”

---

① 上引均见《星火集续编·后记一》。

> 的确，我又在我的想象里看见了那些我曾经歌颂过的"象装满奶汁的乳房"一样的开垦过的黄色山头。

多么朴素明净的文字，又是多么丰裕美妙的生活！此外，如《记王震将军》、《记贺龙将军》、《朱总司令的话》等文，也都以平淡的质朴的文字写出了人民将领和革命领袖的动人的风范。第三辑《吴玉章同志革命故事》，写出了吴玉章同志的艰苦奋斗的一生，也写出了中国革命的漫长曲折的道路。文字翔实而简练，具有我国古典传记文章的传统风味。这种文章，如果我们把它和《画梦录》、《刻意集》中那些文章比较起来，作者在思想和艺术上的进步，真是惊人的巨大啊！①

李广田本时期的散文产量是相当丰富的，计有《雀簑记》、《圈外》、《回声》等。抗日战争给作者带来了一份流亡奔波的生活，也使他对于社会人生有了较深的体会和认识，因此，在他的作品里，也就不能不逐渐地出现了愤怒和战斗的声音。有一篇多少带有点自叙性质的散文《一个画家》中，作家这样地写道："最近，听说我们这位画家变得更厉害了，从前是只画自然界的景物的，现在却喜欢画'人'了，喜欢以社会生活作为对象了。这当然很好，我记得那个从下层社会中站起来的大作家曾经对诗人说过：'把对于生活的趣味扩大起来好了，忘记了在风景画之外还有风俗画，那是不行的。'我愿意把这句话转赠我们的画家。何况我们的画家，你，你不是喜欢在风雨中工作吗？那末，恐怕再没有比这时代的风雨更大的了，这实在是一个暴风雨的时代，我想你不但要在这暴风雨中工作，还应当为了这暴风雨而工作，为这时代留一些痕迹，为这时代尽一些力。"以自己的作品反映和服务于暴风雨的时代，这是一个十分值得重视的变化，因为它使作家的作品逐渐有了健康的战斗的内容，有了新的更绚烂的生命。李广田本时期的散文，虽然还没完全摆脱忧悒的气息，但已经显示一个新的发展道路的开始了。

---

① 以上评介系根据1955年新文艺出版社出版的、经过作者重新编排过的本子。

第五编

第三次国内革命战争时期的文学

（一九四五—一九四九）

第一章 沿着文学的工农兵方向胜利前进

一 迅速发展的政治形势与文学概况

本时期包括自一九四五年抗日战争结束到一九四九年人民解放战争在全国大陆上获得伟大胜利、中华人民共和国宣告成立的这一段时间。

在抗日战争胜利结束以后，党中央立刻发表《对目前时局的宣言》(以下简称《宣言》)，表示了挽救国内和平、争取民主团结的迫切愿望。《宣言》中说："抗战胜利了！新的和平建设时期开始了！我们必须坚持和平、民主、团结，为独立、自由与富强的新中国而奋斗！"为了实现这样一个愿望，中国人民的伟大领袖毛泽东主席曾亲自飞往重庆，与国民党政府举行了一个多月的谈判。

但是，党领导全国人民避免战争、实现和平团结的愿望和努力，并未得到它所应有的效果。从抗日时期起，就坚持消极抗日积极反共反人民的反动政治路线、代表大地主大资产阶级的国民党反动派，在抗日战争结束以后，依然把反人民的战争当成是一件有利可图的事，而美帝国主义也想乘机全面控制中国，把中国变成为美国的殖民地，因此，它们就不得不进一步地勾结起来，准备和进行对于人民解放区的全面进攻。美帝国主义运用一切可能的方法来援助国民党进攻共产党，国民党也要依赖美国的力量来进行反共反人民的内战。这样，蒋介石就背信弃义，悍然不顾一切，企图发动"孤注一掷"的全国内战来达到他的凶恶无耻的目的了。

国民党反动派所发动的反革命内战，造成了抗战结束后中国人民的严重灾难。“经历了多年战争的全国各阶级人民，普遍地要求和平，借以恢复受了严重破坏的生产。人民要求在抗日战争胜利以后实现民族的独立和政治的民主。农民要求得到土地。但是国民党不但不给他们这一切，反而决定把他们再投入内战和破产的深渊。国民党为了得到美国援助而给予美国种种特权，使国民党统治区的民族工商业受到了美国资本和国民党官僚资本双重压迫，纷纷倒闭，工人大批失业。美国驻中国的军队和其他各种人员，给中国人民以各种侮辱损害。国民党的特务机关继续用恐怖的方法迫害人民和民主人士。国民党政府在国民党统治区给农民的是强暴的征兵、征粮，在解放区是组织地主夺取农民所已经得到的土地。”①国民党所有这些反动措施，使得它自己与广大工人阶级、农民阶级、城市小资产阶级和民族资产阶级之间的矛盾，较之抗日时期更为尖锐了。争民主、反内战、反饥饿的呼声，在国统区内像海涛一样怒涌着。

但是党的坚强英明的领导与中国人民解放军的英勇奋战，打退了美国走狗蒋介石的疯狂进攻，改变了战争的形势，而且终于在中国大陆上消灭了蒋介石王朝二十年的黑暗统治，消灭了帝国主义近一百多年来对中国所进行的血腥野蛮的侵略。当战争进行了十八个月，中国人民的革命战争已经达到胜利阶段的时候，毛主席这样教导说：

> 从蒋介石发动反革命战争的一天起，我们就说，我们不但必须打败蒋介石，而且能够打败他。我们必须打败蒋介石，是因为蒋介石发动的战争，是一个在美帝国主义指挥之下的反对中国民族独立和中国人民解放的反革命的战争。中国人民的任务，是要在第二次世界大战结束、日本帝国主义被打倒以后，在政治上、经济上、文化上完成新民主主义的改革，实现国家的统一和独立，由农业国变成工业国。然而恰在这时，在反法西斯的第二次世界大战胜利地结束以后，美国帝国主义及其在各国的走狗代替

① 胡乔木：《中国共产党的三十年》。

德国和日本帝国主义及其走狗的地位，组织反动阵营，反对苏联，反对欧洲人民新民主国家，反对各资本主义国家的工人运动，反对各殖民地半殖民地的民族运动，反对中国人民的解放。在这种时候，以蒋介石为首的中国反动派，和日本帝国主义的走狗汪精卫一模一样，充当美国帝国主义的走狗，将中国出卖给美国，发动战争，反对中国人民，阻止中国人民解放事业的前进。在这种时候，如果我们表示软弱，表示退让，不敢坚决地起来用革命战争反对反革命战争，中国就将变成黑暗世界，我们民族的前途就将被断送。中国共产党领导中国人民解放军坚决地进行了爱国的正义的革命战争，反对蒋介石的进攻。中国共产党依据马克思列宁主义的科学，清醒地估计了国际和国内的形势，知道一切内外反动派的进攻，不但是必须打败的，而且是能够打败的。当着天空中出现乌云的时候，我们就指出：这不过是暂时的现象，黑暗即将过去，曙光即在前头。当着一九四六年七月，蒋介石匪帮发动全国规模的反革命战争的时候，蒋介石匪帮认为，只须三个月至六个月，就可以打败人民解放军。他们认为他们有正规军二百万，非正规军一百余万，后方军事机关和部队一百余万，共有军事力量四百余万人；他们已经利用时间完成了进攻的准备，他们重新控制了大城市；他们拥有三万万以上的人口；他们接收了日本侵华军队一百万人的全部装备；他们取得了美国政府在军事上和财政上的巨大援助。他们又认为，中国人民解放军在八年抗日战争中已经打得很疲倦，而且在数量上和装备上远不及国民党军队；中国解放区还只有一万万多一点的人口，其中大部分地区的反动封建势力还没有被肃清，土地改革还不普遍和不彻底，就是说，人民解放军的后方还不是巩固的。从这种估计出发，蒋介石匪帮就不顾中国人民的和平愿望，最后地撕毁在一九四六年一月间签订的国共两党的停战协定和各党派政治协商会议的决议，发动了冒险的战争。那时，我们说，蒋介石军事力量的优势，只是暂时的现象，只是临时起作用的因素；美国帝国主义的援助，也只是临时起作用的因素；蒋介石战争的反人民的性质，人心的向背，则是经常起作用的因素；而在这方面，人民解放军则占着优势。人民解放军的战争所具有的爱国的正义的革命的性质，必然要获得全国人民的拥护。这就是战胜蒋介石的政治基础。十八个月战争的经验，充分地证明了我们的论断。①

在整个战争期间，为了唤醒人民，使他们彻底放弃任何从美帝国主义和蒋介石手中寻求和平的幻想，党对全国广大人民进行了深刻有效的教育："任何势力，只要是反动的，不管它怎样强大，它一定要倒下去。"②这样，就使得人民认识了，打倒蒋介石，驱逐美帝国主义，争取解放，争取和平、民主、自由、幸福的生活，不仅是必要的，而且是一定可以做到的。为了打败蒋介石的进攻，毛主席"在军事方面规定了正确的方针，即以歼灭敌人有生力量为主要目标，不以保守城市或地方为主要目标；而为了歼灭敌人，就必须每一战役都有准备，都有把握，都集中超过敌人数倍的绝对优势兵力去包围敌人，全部歼灭敌人，避免无准备无把握的作战"③。这样，就使得蒋介石的军队越战越弱，而人民解放军则越战越强。为了巩固人民解放军的后方，为了彻底消灭封建制度、满足中国广大农民对于土地的正义要求，党又在解放区实行了土地改革，实行了耕者有其田的土地制度；而耕者有其田的实现，正是人民胜利的基本保证之一。一九四六年九月十二日《解放日报》的社论中说：

中国人民民主解放运动，已经一百余年，许多次都失败了。失败的原因在那里呢？在于这些运动虽然是人民的运动，而且其目的在于解放人民，但是还只是人民中少数人的运动，与人民百分之八十的农民没有关系，或关系不密切。广大的农民仍然在帝

① 《目前形势和我们的任务》，1947 年 12 月 25 日在中共中央会议上的报告。

② 1946 年 9 月 12 日《解放日报》社论：《蒋军必败》。

③ 胡乔木：《中国共产党的三十年》。

国主义与封建势力的压迫和欺骗之下，被迫武装起来或走上战场来反对革命。于是各种运动虽然很好，却象没有生根的浮萍一样，是不坚实的，是当不起大风暴的，是只能轰轰烈烈一时，但是在帝国主义与封建势力的一两个严重打击之下，就会坍台的。只有实行了耕者有其田，真正解放了农民，然后人民的解放运动，就有了根，就象苍松古柏一样，在狂风暴雨中不会动摇。那怕什么帝国主义，什么封建势力，什么美国武器，都没有办法来消灭它。

土地改革大大地改善了农民群众的生活境遇，巩固和加强了解放区与人民解放军的战斗力量，也保证了解放区军民能以较坏武器歼灭由美国用新式武器装备起来的蒋介石匪军。由抗日时期的减租减息政策改为没收地主阶级的土地分配给农民，这是消灭封建制度的最彻底的方法，这是完全适合于广大农民群众的要求的。

由于党在政治上、经济上和军事上采取了上述革命措施，所以人民解放军虽然在战争初期退出了一些城市和地方，但这种局面很快地就扭转了，在各个战场上都发动了强大的攻势作战。一九四七年十月十日，中国人民解放军发表了《宣言》，号召全国人民打倒蒋介石，建设新中国。一九四七年十二月党中央在陕北举行了会议，毛主席在会议上作了《目前形势和我们的任务》的报告，对于党在战争转入进攻时期所需要解决的军事问题、土地问题、经济问题、统一战线问题，都作了深刻说明，给予迎接行将到来的新的胜利的准备工作以极其详尽的指示。战争在一九四八年和一九四九年两年中有了十分迅速巨大的进展，国民党“重点设防”的许多大城市都先后获得了解放：一九四八年九月至十一月辽沈战役胜利后，解放了整个东北；接着，在南线，淮海战役（一九四八年十一月至一九四九年一月）也获得了全胜，国民党反动派的主要军力遭受了毁灭性的打击；与此同时，张家口、天津、北平都获得了解放。

一九四九年三月，党中央七届二中全会在石家庄附近举行。全会批准了由中国共产党发起，并协同各民主党派、人民团体及民主人士，召开没有反动分子参加的新的政治协商会议及成立民主联合政府的建议；同时着重地讨论了在胜利形势下党的工作重心由乡村移到城市的问题。全会指出：在全国胜利的前夜，党的工作重心必须由乡村移到城市，由城市来领导乡村。党在城市中的工作，必须全心全意地依靠工人阶级，并将恢复和发展工业生产作为主要任务，从而创造条件使中国有可能稳步地由农业国转变为工业国，由新民主主义国家转变为社会主义国家。

一九四九年四月，毛主席、朱总司令命令中国人民解放军向南方和西北进军，解放全中国一切尚未解放的地方。人民解放军在四月二十三日解放南京，接着在同年内先后解放了太原、杭州、武汉、西安、上海、兰州等各大城市和广大地区。

一九四九年十月一日，中华人民共和国中央人民政府宣告成立。在中国人民政治协商会议第一届全体会议上，中国人民最敬爱的领袖毛泽东主席这样庄严地宣布了新中国的诞生：占人类总数四分之一的中国人从此站立起来了。我们的民族将从此列入爱好和平自由的世界各民族的大家庭，以勇敢而勤劳的姿态工作着，创造自己的文明和幸福，同时也促进世界的和平和自由。我们的民族将再也不是一个被人侮辱的民族了，我们已经站起来了！

中国革命从此跨进了一个新的历史时期。

以上是本时期中国革命形势迅速发展的一个概略叙述。没有疑问，作为阶级斗争的一种表现形式和斗争武器的革命文学。艺术，它在新、旧中国斗争最复杂剧烈的年代，在新的社会制度将要取旧的社会制度而代之的年代，也在中国人民从苦难的深渊中攀登出来将以勤劳勇敢的姿态创造自己的文明和幸福的年代，它不能不成为帮助中国人民推翻反动的旧的经济基础及其反动的上层建筑的动员力量、组织力量和改造力量，它不能不是时代和历史的最真实的反映和记录，它不能不是宣扬人民的情感愿望和生活理想的有力工具。在延安文艺座谈会以后，在毛泽东文艺思想的正确领导之下，伴随着中国革命形势的迅速发展和巨大胜利，我们新的人民的文艺，继承和发扬从“五四”以来的革命文学的战斗传统，遵循为工农兵服务的正确方向，在沿着社会主义现实主义前进的道路上，有了更为巨大辉煌的发展和成绩。

首先是工农兵群众文艺活动的蓬勃开展，文艺与工农兵群众的真正结合。文艺与工农兵群众相结合，原是第二次国内革命战争时期老苏区文艺运动的一个优良传统。在抗日战争时期，这个传统曾经得到进一步的继承和发扬，正如我们在前面所已经叙述过的。在本时期，随着解放战争的胜利进行，和在农村中土地改革运动的火热展开，人民政治和经济上的翻身，带来了更为迫切的文化要求。广大工农兵群众积极参与了文艺活动，而且表现出了惊人的艺术创造能力。特别是因为许多大城市先后获得解放，工人的文艺运动也随之开始扩大了，这就改变了过去群众文艺活动限于部队与农村的现象，而使得文艺“为工农兵”的总任务有可能全面实现了。

其次是创作的空前繁荣和具有高度质量的作品的出现。有的作品因为它们的反映客观现实的真实性和具体性，也因为它们的巨大的教育人民的战斗作用，不仅在国内拥有大量的读者群众，而且在国际上也享有较高的荣誉。我们有了像《暴风骤雨》、《王贵与李香香》那样深刻反映农村斗争的作品。同时，因为作家深入部队，长期战争生活的体验与锻炼也使得他们有可能写作出真实地反映部队和战争的作品，有不少的通讯报告和小说，在这一方面取得了相当巨大的成绩。长篇叙事诗的兴盛成了本时期诗歌创作最鲜明的特点，在战争中成长起来的英雄的人民在诗歌中得到了生动的描绘与热情的颂赞。

再次，在国统区的作家们也在本时期坚持了更为艰巨的战斗。他们所处的环境是较之上一时期更为险恶了，蒋介石的特务统治，时时威胁着作家们的生命和安全。我们不能够忘记，著名爱国诗人和优秀学者闻一多，就是在一九四六年七月十五日在昆明遭到蒋介石匪帮的最凶残最无耻的暗杀的！其他作家遭到非法逮捕和监禁的还多得很。言论、出版受到了苛如牛毛的限制。反动统治势力一方面竭力压制进步的革命的文艺，另一方面，也会努力运用反动的文艺来作为他们麻醉人民、欺骗人民的工具。国统区的作家们就是在这样的环境下面，配合着革命形势的发展与民主运动的高涨，来进行战斗和创作的。在本时期，正如同上一时期一样，国统区的“进步的文艺运动是和站在人民大众立场的人民革命运动的方向，完全一致”，而且“冲破了反动派的压迫，击垮了一切反动的文艺活动，而打了胜仗”①的。

最后，在本时期最后一年中，当中国革命取得了伟大胜利，国统区这个名词已经或行将消失的时候，中华全国文学艺术工作者第一次代表大会于七月二日在北京举行了。正如朱德同志在大会开幕时讲话中所指出来的：“人民革命斗争得到了胜利，新的文学艺术也得到了胜利，今天的大会，就是这个胜利的表现。文学艺术和革命斗争，有这样一个不可分离的关系，这是中国新文艺的光荣。”这次文代会是全国文艺界一次胜利会师的大会，是过去三十年新文艺运动光荣总结的大会，也是号召全体文艺工作者紧密团结、深入生活、认真学习和彻底改造自己，来迎接新的战斗任务的大会。

我们的国家是日新月异，光芒万丈的！我们的文艺也是日新月异、光芒万丈的！

二　工农兵群众文艺活动

伟大的列宁说：“艺术是属于人民的。它必须在广大劳动群众的底层有其最深厚的根基。它必须为这些群众所了解和爱好。它必须结合这些群众的感情、思想和意志，并提高他们。它必须在群众中间唤起艺术家，并使他们得到发展。”②可以知道，文艺与广大劳动群众的结合，正是革命文艺所必须遵循的前进的方向和道路。本时期的文艺运动，遵照着毛主席所指示的为工农兵服务的文艺方针，在上一时期与工农兵结合的初步基础上，随着革命形势的胜利发展而得到了进一步的扩大与深入。

先谈在本时期才开始蓬勃发展起来的工人文艺运动。

---

① 茅盾：《在反动派压迫下斗争和发展的革命文艺》。

② 蔡特金：《回忆列宁》，引自《列宁论文学》，人民文学出版社 1959 年版。

在中国共产党成立之初，就开始在城市里(和在矿山、铁路、港口、码头……)开展工人运动。最初的着手方法就是为工人办文化教育事业，借以宣传和组织工人。当时除对工人进行文化、政治教育外，也通过文艺活动的方式(如教唱歌和演戏)来教育工人群众。文化艺术活动，在中国工人运动中，起过相当巨大的作用。但那时为客观环境所限制，工人的文艺活动，其范围与规模是很微小的。在第二次国内革命战争时期，左联在上海也曾经开展过一些工人文艺运动，但那时在国民党残酷的白色恐怖之下，工作开展也受到了百般的摧折与迫害。抗日战争时期，特别是在延安文艺座谈会以后的解放区，文艺工作在部队与农村中有了大规模的开展，但因为那时我们还没有大的城市与大的工业生产，所以工人文艺运动的规模，仍然是很狭小的。

解放战争时期，这种情形有了很大改变。虽然这时文艺大军进城不久，但工人业余文艺活动就已经取得了一定的成绩和经验。工人秧歌队已遍及各城市、工厂、铁路、矿山。即以天津市而言，解放不过半年，已有了四十个左右的工厂文娱组织，多数厂有壁报，有不少的职工通讯员，据统计直接参加文艺活动的约五千人左右。大批文艺工作者进入了工厂。工人在创作上已开始显露了惊人的才能。有的工人在演出自己编导的剧本时，对各界观众说："这都是我们工人自编自演的，瞧今天我们黑手爪子不但会摆弄机器，也学会摆弄笔杆子了。"①

在工人创作的剧本中，石家庄铁路检车段工人魏连珍创作的三幕十四场话剧《不是蝉》，是一个很好的例子。这个剧本以一九四九年五六月间石家庄工人生产竞赛的情况为题材，表现了工人阶级为了创造新的生活而发挥出来的高度的积极性和创造性，描写了落后工人马顺保怎样在老工人又是劳动模范的白师傅的说服教育下，逐渐觉悟，终于积极参加生产突击工作的过程，充分显示了工人阶级团结友爱、

① 沈阳市总工会文教部：《开展工厂文艺的意见》(《文艺报》第1卷第12期)。

英勇创造的高贵品质。因为作者生活经验的丰富，人物描画得真实而生动，所以尽管它在主题思想和表现方法上还不免存在一些毛病，但仍然具有亲切感人的力量。这个剧在一九四九年十月革命节上演的时候，曾经引起工人群众与文艺工作者普遍的欢迎和重视。

工人诗歌创作的活动，更随着人民解放战争的胜利而获得了比较普遍的展开。从长期的黑暗生活中走出来，沐浴着党和毛主席的温煦的阳光，因此，对于过去苦难的追忆与倾诉和对于现实幸福的歌唱与赞颂，便不能不成为工人诗歌最主要的内容。诗歌的形式大半是解放区流行的民谣体裁，具有一种朴素自然的美。在这些诗歌中，可以见到中国工人阶级的排山倒海的革命气概，又可以感受到他们的汹涌澎湃的政治热情。例如：

不怕天翻和地覆！
不怕大海起洪波！
红旗握在劳动人民的手，
大家跟着红旗走！

（东坊：《共产党恩情实在多》）

这是多么洪亮坚决的声音！又例如：

国民党，小日本，
小日本，国民党，
十六斤大锤代代重。
来了毛泽东，
大锤还是十六斤，
抡起大锤轻如风！

（潮清：《北石坑》）

这又是多么鲜明强烈的对照！它说明了，在工人阶级当家作主的年代里，广大工人开始以自觉的劳动热情来建设我们的祖国，过去在日本帝国主义和美蒋匪帮的压迫下那种苦痛黑暗的岁月已经一去不复返了。尽管这时候的工人诗歌还处在最初阶段，在思想和艺术上还有着难以避免的弱点，但它们显示了中国工人阶级最先进的品质和最恢弘的气势，传达出了新中国人民得到解放后的欢欣鼓舞的情感。这些诗歌的出现，预示了中国工人诗歌的无限远大的前景。

人民解放战争期间，广大农村的群众文艺活动有了更蓬勃的扩展。沙可夫在《华北农村戏剧运动和民间艺术改造工作》(第一次全国文代大会上的专题发言)中说：

> 人民解放战争展开以后，华北农村开始普遍的土地改革运动。农民在这个伟大的翻身运动中，文艺上更进一步地在原有基础上，配合了这个运动。
>
> 先看创作数量。太行仅去秋与今春农村剧团的创作，不完全统计就达一百万字，冀晋(过去北岳区)一九四七年的群众创作编写运动，就搜集了八十多种优秀剧本，冀中数目更多。
>
> 比如晋察冀自从党的领导机关提出“穷人乐”方向以后，产生了成百个反映农民翻身戏，如《柴庄穷人翻身》、《杨家庵穷人翻身》、《抗战前后的冯林》、《卖儿女》，以及冀中的代表作《苓少爷变成三孙子》等，农民管这些统称“翻身戏”。太行也很多，而且太行土改工作完成较早，较彻底，土改结束后配合生产，文教的好作品也出现较早，如《光怨不识字》、《赵河山转变》、《石寸金》、《帮柱结婚》、《发家路》等等。其他鼓词、快板更多。这些作品在农民中影响很大，又如唐县杨家庵村剧团的大秧歌剧《穷人翻身》中的主人翁李桂林(佃户)和王瑞堂(地主)，在该村附近，已经成为农民与地主两个阶级的代表人物，被农民们广泛谈论着。而这些较好的作品，政府每年总要拿出不少钱来奖励，并帮助出版。同时，产生了很多优秀的农村剧团和新的民间艺人。……

这段话仅就华北地区的农村文艺运动而言。其他如东北地区，在一九四六年“七七决定”后，一万二千干部下乡，进行土地改革，也使得农村文艺运动有了较大的开展。“这一时期的开始，是东北环境最艰苦的时期，战争则是处于撤退，生长力量的时期，但土地改革则是使得东北文艺运动生根，是与广大群众尤其是农民结合的时期，也是东北文艺创作与群众要求结合的时期。这一时期，领导上是将几个主力文工团和文艺团体分散在北满的农村中，做土地改革，这一情况，对于东北文艺工作是很有意义的，许多作家也都参加了这一有历史意义的土地革命”。一九四七年的春节，出现了东北尤其是北满文艺运动的第一个高潮。高潮的特点，就是广泛地开展新秧歌运动。秧歌剧的创作，主要的有《光荣灯》、《姑嫂劳军》、《李二小参军》、《两个胡子》和《农家乐》等等。总之，在东北，也正同其他地区一样，“土地改革和解放战争的胜利，对于开展文艺运动和推进创作有很大的作用，这两种胜利都是带有从根本上胜利的意义，因之，这两种胜利就加速了群众思想成熟的过程，给与文艺运动和文艺创作（尤其是群众创作）的发展条件”①。

在土地改革运动当中，也出现了不少优秀的农民诗歌，收在诗选集《东方红》（《人民文艺丛书》）中。其中如：

土里埋的夜明珠，
无光无亮到如今；
八路吹了浮上土，
贫苦农民放光明。

（《土里埋的夜明珠》）

翻身后的喜悦与对于人民武装感激的心情，非常鲜明地表现在简短的诗句里。又如：

① 上引均见刘芝明：《东北三年来文艺工作初步总结》（在第一次全国文代大会上的专题发言）。

别自高，别自大，
别觉村中盛不下，
农民大家选我办好事，
事要能办好，
多多问大家。

（《别自高》）

在朴质无华的诗句里也显示了农民干部在党的教育下与斗争的锻炼中逐渐培养起来的政治觉悟和民主作风。这些诗歌，说明了在农民身上蕴藏着多么丰富的创作才能，也说明了只有彻底推翻压在农民头上的封建统治力量，农民的这种创作才能才能够得到成长和发挥。

部队文艺工作，在人民解放战争中，也发挥了较大的战斗作用。它保持和发扬了从红军时代就有了的三个优良的特点：一、党的坚强领导，有组织地进行活动；二、从实际出发，服务于群众和战争的需要；三、是广大群众性的，是全军上下整体的活动。因此，本时期部队中的"演唱运动"、"枪杆诗运动"和"兵演兵、兵写兵、兵画兵运动"等，就得到了更普遍的展开，同时也出现了一些战士们创作的表现部队生活、鼓舞战斗意志的出色作品。下面举一个例子：

扁　担（一个炊事员写的）

我的扁担轻又轻，
一头油来一头盐，
革命工作我煮饭，
挑起干饭送前线，
保证同志吃得好，
坚决消灭胡宗南！

这种诗，在感情方面代表了人民军队的普遍的充沛的感情，它顽强坚决，流露着革命的乐观主义和对于敌人的不可调和的憎恨；语言朴素，音节响亮，念起来顺口。这些都是劳动人民诗歌创作的显著特色。

当然，工农兵群众的文艺创作，是不能够篇篇都叫人满意的，粗糙和幼稚的地方也在所难免，但从以上极不完全的叙述看来，我们却可以感到：当劳动人民在政治上和经济上得到翻身之后，他们在文化上也开始翻身了，他们的惊人的聪明智慧在文艺创作上已开始显露出来了。这是文学艺术与政治斗争密切结合的结果，也是专业文艺工作者与广大劳动群众密切结合的结果。在这里，我们望见了新中国文学艺术事业的更壮阔更辉煌的前途！

三　萧军思想批判

萧军的作家生活，开始于一九三二年到一九三三年这一年间。他的第一个集子《跋涉》中收集的就是这时候的作品。一九三五年八月出版的《八月的乡村》，因为比较真实地反映了当时东北群众的抗日要求与情绪，语言也相当生动有力，曾受到鲁迅的鼓励与读者群众的欢迎。《八月的乡村》里“包含着两种因素，一种是积极的，但还不是无产阶级的，只是小资产阶级的进步思想和抗日的民族思想；而另一种则是消极的个人主义的英雄主义，积极的因素在当时是突出的”①。但《八月的乡村》却成了萧军创作历史的顶点。在他以后的作品中，积极的因素并未得到发展，而消极的因素则逐渐上升。在《八月的乡村》后出版的《羊》和《江上》，很明显地说明了作者思想和艺术上的后退状态，表现了由于作者脱离政治、脱离广大群众所带来的文思枯竭。

抗日战争以后，萧军背着进步作家的包袱，到了延安。他向党和人民索取报酬。他发表了一系列的荒谬言论。他拒绝参加延安文艺座谈会，拒绝用马克思列宁主义改造自己。解放战争开始后，他来到东

① 刘芝明：《关于萧军及其〈文化报〉所犯错误的批评》，载《萧军思想批判》。

北，党帮助他在哈尔滨出版他主编的《文化报》(一九四七年五月创刊)。萧军没有通过这个报纸来对人民进行有益的思想教育，相反地，在中国人民行将获得伟大胜利、革命战争正在剧烈进行的一九四八年，在他主编的报纸上连续发表了一系列的具有严重错误思想的文章。

萧军的错误思想，主要表现在以下三个方面。一、极端自私的个人主义：他倡导"大蔑视的思想和情感"。他向往那种"登临在某种高顶以上"，向周围的"太卑琐、渺小、平凡的"人们"如一只蚂蚁似的俯视着"的"英雄"的姿态，他希望人们在他的面前"低下他们的脑袋，献出他们的恐惧和屈从"(均见《文化报》二二期《我的生涯》)。他提倡"当场不让步，举手不留情"的"布尔巴的精神"(《文化报》四四期)。他把个人的得失、恩怨、喜恶看得很重。他要求集体的利益服从个人的利益。当他个人的利益得不到满足的时候，于是很自然地流露出一种悲哀和空虚的心情来。他说他"在上海是'陌生人'，没生下根……如今总算回到自己土生土长的故乡来了，按道理似不应该再有这种落寞的感情了，可是它依然存在，而且似乎还有些浓重……而且依然觉得没生根……"(《文化报》四五期)。这种"落寞"心情的产生，正是一个作家脱离人民、违反党和革命利益必然要有的后果。二、资产阶级的超阶级观点：早在延安时期，萧军已经是一个"人性论"者，他否认阶级斗争是社会发展的推动力。到了本时期，他更利用他的超阶级的谬论来反对党所领导的革命事业。他把党领导全国人民所进行的解放战争说成是"萁豆相煎"，而且他"实不能无所悸痛"(《文化报》五三期)。与此同时，他还反对土地改革，诬蔑农民的土地还家为"亘古所未有的强盗行为"(《文化报》八期)。三、狭隘的民族主义：他在《文化报》上提出了"各色帝国主义"理论(五三期)，攻击斯大林领导下的社会主义国家苏联，挑拨中苏人民之间的关系。

一九四八年秋，东北文艺界对萧军展开了批判。在哈尔滨的《生活报》(宋之的、金人等编)上发表了许多批判萧军思想的文章。刘芝明在《关于萧军及其〈文化报〉所犯错误的批评》中说：

> 萧军及其《文化报》所犯的错误，不仅是一般的思想上的错误，而且是作为一个非党革命作家来说，是破坏了人民和党的在目前所执行的文化政策，把小资产阶级教导得不对头，把小资产阶级往泥坑里引，往落后引，往反对共产党、反对苏联、反对人民解放战争方面引。我们对于萧军及其《文化报》的斗争乃是保卫马列主义原则和毛泽东思想，乃是坚持马列主义和毛泽东思想在群众以及小资产阶级群众中宣传教育的领导作用。

批判萧军思想的重要意义，在这段话中可以完全看得出来。中共中央东北局为了明确萧军思想的反共反人民的性质，为了在党内外展开对于萧军思想和其他类似思想的批判，为了保卫马克思列宁主义的理论原则，作了《关于萧军问题的决定》：

> 东北进步文艺界最近进行了对于萧军的反动思想的批判。中国共产党中央东北局认为这种批判是必要的，是应该加以支持的。
>
> 萧军的反动思想不是一个偶然的现象。萧军是鲁迅先生所指出的中国文艺界中“才子加流氓”一型的人物之一。在他的文学活动中，萧军表现自己是一个自私自利的、惯于采取两面手法和敲诈手段的、无原则的野心家。他的带着封建色采的资产阶级思想，妨碍他真正和人民群众站在一起。当被帝国主义、封建主义统治所压迫的时候，萧军曾经反对这种统治，但是当真正反抗帝国主义、封建主义的革命人民得到了胜利，建立了新的统治，这种统治服从于人民的利益，而并不服从于萧军之流的个人利益的时候，萧军就转而反对人民的统治了。……虽然萧军在受到严重的批评以后开始作某种承认错误的表示，但是迄今为止，这种表示还只是口头上的、避重就轻的。东北局为了保护东北人民文化事业的利益起见，认为必须指出：萧军如果不在今后的实际行动中(而不是只在口头上)有系统地(而不是避重就轻地)改正自己的与人民利益不相容的严重错误，那么他就将完全自绝于人民的

文化行列。如果萧军坚持他的错误，那么他的荒谬言论，就将成为封建阶级和帝国主义势力在被中国人民所推翻以后所必然找到的反革命政治工具。

东北局完全赞同东北文艺协会对于萧军的结论，并作如下决定：

一、在党内外展开对于萧军反动思想和其他类似的反动思想的批判，以便在党内驱逐小资产阶级的、资产阶级的和地主阶级的思想影响；在党外帮助青年知识分子纠正同类错误观点。

二、加强对于文艺工作的领导，加强党的文艺工作者的马克思列宁主义的修养，在文艺界提倡严正的相互批评和自我批评，反对无原则的"团结"和无原则的"争论"，为提高文艺作品的思想性和艺术性而奋斗。

三、停止对萧军文学活动的物质方面的帮助。

东北文艺界对于萧军错误思想的批判和中共中央东北局关于萧军问题所作的决定，清楚地为我们说明了下列两点：第一，对萧军错误思想的斗争，是当时中国人民翻天覆地的革命斗争在思想领域内的反映。萧军的错误思想是有代表性的，它是半封建半殖民地社会的某些落后知识分子的错误思想的集中表现，因此批判萧军的思想，指出其错误根源，正是向没落的社会现象作无情斗争，是完全符合于当时中国人民的革命利益的。第二，萧军所曾经走过的错误道路，也说明了一个作家如果过高地估计了他过去在文艺事业上所取得的一点成绩，不肯放下自己背上的"进步"包袱，不肯虚心向群众学习，不肯用马克思主义彻底改造自己的思想，其结果必然地会让自己的错误思想继续滋长，进而妨害党和人民的革命利益。萧军在本时期所犯的错误，在这方面为文艺工作者提供了非常确切有益的教训。

第二章　社会主义现实主义文学的巨大收获

一　诗　歌

写在抗战胜利后最初年月里（一九四五年十二月）的《王贵与李香香》，是诗人李季献给走向解放和自由的人民的第一首长诗。因为在这首长诗里，诗人真实地写出了一个革命与恋爱的历史故事，正确反映和热烈歌唱了革命斗争的曲折历程，人民翻身运动的正义性以及胜利的必然性，所以它被认为是人民翻身和文艺翻身的“响亮的信号”①。又因为这首长诗运用了人民所喜闻乐见的民族形式（它采用的陕北民歌“信天游”的形式），具有着民间歌谣所特有的单纯易解、深刻感人的特色，所以它又被认为“给我们提供了新诗写作的严肃课题，说得更广泛一点，它给我们提供了人民文艺创作实践的方向”②。

《王贵与李香香》叙述了陕北三边的一桩动人的故事：一九二九年陕北大旱，第二年又逢上春荒，王贵的父亲因为无力交租，活活被死羊湾地主崔二爷打死。十三岁的王贵怀着杀父的深仇，当了崔二爷家的长工，忍饥受寒，挨过长长的岁月。李香香是穷老汉李德瑞的女儿，她“自小就爱庄稼汉”，她和王贵发生了纯真的爱情。但是地主崔二爷却想用“吃喝穿戴”来引诱香香。他遭到了香香的严词拒绝，因此恼恨王贵，想暗暗地把他害死。这时“陕北起了共产党”，“红旗

① 郭沫若：《〈王贵与李香香〉序》。
② 周而复：《〈王贵与李香香〉（香港版）后记》。

举到天半上”，农民们人人都有“闹革命的心思”，王贵也“暗里参加了赤卫军”，“白天到滩里去放羊，黑夜开会闹革命”。听说“王贵暗里闹革命，崔二爷头上冒火星”，将王贵捆起毒打，王贵始终坚强不屈。李香香跑到游击队去送信，游击队打来了，“红旗插到死羊湾”，农民们有了土地，“人人脸上发红光”。王贵与李香香也结了婚。王贵打算长远闹革命，报名参加了游击队。但是“大红晴天下猛雨”，逃走了的崔二爷又随着白军回到了死羊湾，对农民进行残酷报复。王贵跟随游击队走了，香香在家又遭到崔二爷的毒手：“暗心歪尖赛虎狼，下了毒手抢香香。”香香一点也没屈服。正当崔二爷大宴宾客、饮酒作乐的时候，王贵和游击队又打进了死羊湾，活捉崔二爷和白军连、排长，王贵与李香香也再度团圆了。

长诗的最大特色，是它揭示了社会生活中这样一项真理：农民的自身幸福与党所领导的革命斗争具有着难以分割的密切关系。王贵与李香香的坚贞不移的恋爱，只有在革命胜利、地主崔二爷之流的东西被消灭了的时候，才得完满实现。这样，长诗《王贵与李香香》就不仅展示了旧中国农民与地主阶级之间的你死我活的矛盾和斗争：

人人都说三边有三宝，
穷人多来富人少，

一眼望不尽的老黄沙，
那块地不属财主家？

而且也鲜明地指出了解决这种矛盾的正确方法和农民斗争的无可置疑的胜利前途：

草堆上落火星大火烧，
红旗一展穷人都红了。

不是闹革命穷人翻不了身，

不是闹革命咱俩也结不了婚!

把穷人的幸福和"闹革命"紧紧地连结在一起，指出只有闹革命才能够给农民们以幸福，这就是《王贵与李香香》一诗要教给读者的主要道理，也就是它的主题思想。"咱们闹革命，革命也是为了咱!"这是王贵和李香香在长期困苦和斗争中亲身体会得来的经验，也是近百年来中国革命所反复证明了的，颠扑不破的历史真实。

长诗在人物形象的塑绘上，显示了作者丰厚的阶级感情，也显示了作者艺术创造的不平凡的才能。作者赋予了劳动人民的高贵的道德品质以光辉灿烂的艺术形象，描写了他们的"威武不能屈"的坚贞不移的精神：

我一个死了不要紧，
千万个穷汉后面跟!

这是王贵遭受地主毒打时发出来的响亮、乐观的声音。

有朝一日遂了我心愿，
小刀子扎进没深浅!

这是李香香遭受地主强迫时的坚如磐石的复仇意志。他们的英雄的形象在广大读者心灵中唤起了深深的激动，唤起了摹仿和学习他们的强烈愿望。

诗人也满怀憎恨地描画了地主阶级的丑恶不堪的典型形象。当农民们"五六月饿死没人埋"的时候，"崔二爷粮食吃不完"。他在"县长跟前说一句话，刮风下雨都由他"。他对农民是"一句话来三瞪眼，三句话来一马鞭"。"张开嘴瞭见大黄牙，顺手把香香捏了一把"，这是他对待劳动妇女的下流姿态。"连着打断了两根红柳棍，昏死过去又拿凉水喷"，这是他对待革命农民的毫无人性的拷打。但是游击队终于回来了：

点起火把满寨子明，
庄户人个个来欢迎。

以崔二爷为代表的封建统治力量终于在共产党所领导的人民武装和翻身农民的强大威力下归于消灭了！在塑绘崔二爷这样一个否定典型的时候，诗人的笔端是燃烧着愤怒的火焰的，因此，它在读者心中也点亮了仇恨和反抗的火光。

在语言的选择和锤炼上，《王贵与李香香》也达到了比较成功的境界。在这首长诗中，诗人运用了单纯、准确和简约的语言来表现农村中复杂尖锐的阶级斗争和人物思想感情的变化。正如大家所知道的，这种语言的特色是诗人向我国民间歌谣艰苦学习的结果。诗人曾经这样叙述他自己学习民歌的经过：

我之开始学习民歌，最初只是在理论上认识劳动人民是有艺术创作才能的，民歌，这就是人民文艺的主要宝库之一。（这当然是在学习了毛主席《在延安文艺座谈会上的讲话》之后所得到的启示。）那时，我尚是一个县、区政府的工作人员，一个爱好文艺的青年。……这之后，不是由于文艺思想的学习上，而是在政府工作中所遇到的一件事例，初步的纠正了我对民歌的看法。因为政府错误的处理了一件离婚案件，并且由此引起了一场人命案子。一个放羊的创作了一首歌。在这首民歌中，不仅深刻、辛辣的批评了某些干部的立场不稳，也真切的描述了案件的起因、经过和本质的矛盾所在。当时，我正担负着调查这个案件的任务，这首歌，大大的帮助了我的工作。在当时，我所读过的描述解放区人民生活的新文艺作品中，我还从没见过如此单纯易解，而又深刻感人的东西。从此，我对民歌发生了强烈的兴趣。我利用工作余暇，不间断的进行民歌搜集工作。辑录得最多的是“信天游”（在陕北三边一带，这也是主要的民歌形式）。收集得越多，我也就越发入迷的爱好它。①

诗人曾经为我们人民的“具有气吞山河之气魄的”“雄壮的战歌”和那些“单纯而又深刻的诗句”所强烈地感动过，他热爱那些“在共产党领导下，不仅用生命、血汗创造了新社会，而且也用生命、血汗创造了无数优美诗篇的纯朴的男女农民们”，这就有力地保证了他的诗作的高度人民性的内容，同时也保证了他的诗作的纯朴坚实的艺术风格。《王贵与李香香》的出现，无疑地是延安文艺座谈会后我国新诗创作中一件值得重视的事实，是毛主席的文艺方针在诗歌领域内最初的胜利，当然也是诗人创作事业的一个良好的开端。

用长篇叙事诗的形式来反映农村土改运动和农民翻身后所掀起的劳动生产、拥军支前的热潮，成为了本时期诗歌创作最重要的特色。张志民的诗集《死不着》②中的五首诗就全是关于这一方面的诗作。其中《王九诉苦》一诗以农民王九家破人亡的苦难日子全面地控诉了地主阶级的罪恶，沉痛有力地说明了“农民起来要翻身”的正义的性质。全诗共分五段：第一段《孙老财》，是关于地主孙老财的概括的描写：

进了村子不要问，
大小石头都姓孙。

孙老财在街里一跺脚，
孙家庄的树枝儿摇几摇。

精炼、生动的诗句，在读者内心里立刻唤起了对于封建地主的愤怒和憎恶。第二段《王九的帐》，是农民的一本混和着血泪的冤仇的记录。

① 《我是怎样学习民歌的》，载《文艺报》第1卷第6期。

② 此书原名《天晴了》。1953年人民文学出版社出版，改为《死不着》。其中最后一首《接喜报》写于1949年11月15日。

孙老财逼死了王九的女儿葱葱，又摔死了他的患着重病的老爹，他到县衙门去告状，但是

有钱人买得鬼推磨，
穷汉子有理没处说。

这就是广大农民在其中生活了多少年代的旧社会的黑暗天地。第三段《逃生》，叙述的是王九“全家被赶出逃生”以后，儿子饿死、老婆投河的“刀子挖心肠子碎”的惨绝人寰的遭遇。但王九却没有眼泪，在他心中燃烧着的是熊熊的复仇火焰。第四段《报仇》，表现了农民对于地主阶级的复仇意志，也表现了天下穷人休戚相关的阶级感情。第五段《控诉》，描写的是王九诉苦时的动人场面：

苦难的日子多少年，
阴天也会变晴天。

王九的心里象开了锅，
几十年的苦水流成河。

封建压迫要连根拔，
永远不叫它再发芽！

多少年来埋藏在农民心中的仇恨是深重的，团结起来的农民的威力是巨大的。“王九的话没说完，农民的口号响震了天”，这种掀天动地的变革的力量，使得这首诗的尾段具有了壮阔的气势。这是一首比较完整的诗歌，它有鲜明的艺术形象，而作者所采用的民歌的形式也使得它具有通俗和简练的特点。它在当时受到欢迎和称赞，是有理由的。

但是《王九诉苦》这首诗还存在一个相当重大的缺点：它没有写出党对于农民的领导作用，叫人感到农民的翻身斗争仿佛完全是一种

自发的力量。这自然是一个不应该有的缺点。不过这个缺点，在《死不着》一诗中就完全得到克服了。

《死不着》除了写出“五十七岁翻身农民死不着的回忆”外，还鲜明突出地描写了党和毛主席领导农民翻身的海样深的恩情：

盼春暖呀盼河开，
我盼着毛泽东早点来。

白天想啊夜里梦，
我就象看见了毛泽东。

这是受苦受难的农民们期待共产党和毛主席的焦灼心情。这种描写是真实的，因此也是动人心弦的。等到“霹雳一声震天响，来了救命的共产党”以后，农民们分得了房和地，分得了羊和驴，连五十七岁的老汉死不着也接了新媳妇，又变得年轻起来了。

我吃不愁呀穿不愁，
一心跟着毛主席的道儿走。

从死不着心中发出的这样的感谢和誓词，正是出自农民肺腑的一种深刻感人的诗的语言。

张志民的另一首长诗《野女儿》叙述的是一个穷苦女人的充满灾难的一生。她在旧社会里“血血泪泪”地过了几十年，但她终于越过“冰山”，跳过“火海”，而有了“东方发明太阳出”的一天，觉悟到“不靠地也不靠天，就靠咱人民起来干”。《欢喜》和《接喜报》两诗是对于农民“翻身的日子”的热情颂歌，在其中鲜明夺目地勾画出了农村中一片欣欣向荣的景象：丈夫在前线是“当兵就要当英雄”，女人在家是“闹好生产，养好娃”(《接喜报》)。在人民嘴里响起了这样欢愉的歌声：

雨停了！
天晴了！

杨树梢儿发青了！
翻身的日子过红了！

（《欢喜》）

读了张志民的这些诗，你仿佛看见了在解放战争期间日益走向活跃和咆哮的北中国的农村，你仿佛看见了日益成长起来的新的农民的集体斗争的威力。它对于敌人的罪恶，是一种无情的揭露，而对于站立起来的人民来说，则又是一个相当巨大的鼓舞力量。它诅咒了恶贯满盈的旧世界，也尽情地颂扬了人民的光辉胜利。作者说："我没有写诗的天才，我只是靠着勤苦地挖掘生活实际，因此我的《王九诉苦》、《死不着》、《野女儿》等诗就是在与农民一起吃糠饼子的生活里写出来的。我发现到他们新颖的言语，他们喜欢的格调，我以他们的话记录了他们的斗争，生活，又读给了他们听，当他们认为那一句那一字不实在时，我就毫不怜惜的去删改那些字句，直到他们认为'真了''行了'也就算完成了我的诗。"①这一段话，说明了生活内容的真实与艺术形式的朴素新鲜，是构成一首现实主义诗歌所必须具备的要素；也说明了一个作家只有真正和人民发生血肉相连的密切关系，真正当了群众的学生的时候，他才可能使他的作品发生教育人民的深厚的艺术力量。

收在《圈套》(《人民文艺丛书》)一书中的阮章竞的长诗《圈套》，也是本时期一首著名的反映农村斗争的诗篇。在这首长诗里，作者描绘了农村中的复杂曲折的斗争过程：地主阶级对于农民干部的阴谋陷害，农民干部缺乏警惕误入地主圈套，一个农妇冒险送信，西路民兵赶到，政府接受群众要求，将恶霸地主处死。这是土改运动中很常见的故事，用通俗明快的形式将它表现出来，对于广大农民也就有了广

① 《〈天晴了〉序》。

泛的教育意义。

收在同书中的阮章竞的《送别》和《盼喜报》两诗，都是关于农村参军热潮的描述。《送别》一诗借一个老太婆对于出征的儿子的叮嘱和鼓励，表现了农民对于眼前翻身日子的热爱，表现了农民对蒋介石反动政权的不共戴天的仇恨：

咱们今天象做好一锅饭，
蒋介石狗们要伸手来扒！

咱们今天象盖好一座楼，
蒋介石狗们要来搬倒坍！

因此，她要他的儿子“去当咱毛主席个好部下”，要他“有空多擦枪常瞄准，打仗的时候更把稳”，“砂锅捣蒜就这一槌，把蒋介石狗们连根拔！”这是广大农民翻身后的真情实感。而这些，在《送别》诗中是得到了自然真切的刻绘了。

天寒热泪也冻成冰，
冻不住心头的爱和恨！

咚咚的鼓响镗镗的锣，
漫山遍野来送出征人。

诗的结尾也是饱含力量的。

《盼喜报》一诗是“一个士兵妻子给丈夫的信”，里面充满了一个妻子对于出征丈夫的关切和想念，也充满了对于丈夫立功的期望和鼓励：

春风吹，草发芽，
加油早把功立下。

人民军队为人民，
为了大家也为了咱。

这是一首动人的抒情诗歌，它的美丽体现在这个农妇的不加雕饰的朴素的情感里，也包含在诗人的朴茂锤炼的诗句里。应当说，阮章竞的这两首抒情诗歌，是表达了解放战争期间广大人民的愿望和理想，表达了时代的主要精神和风貌的。

写于一九四九年三月的《漳河水》，是阮章竞本时期另一首有名的长诗。它歌唱了解放后农村妇女的幸福生活，歌唱了她们的辛勤的集体的劳动，它采用了漳河之滨的人民所喜爱的歌谣作为表现形式。所有这些，使得这首长诗具有了真实、健康和新鲜的生活内容，洋溢着人民的胜利的劳动和欢愉的气息，而在艺术形式方面，则又具有民间歌谣所特有的朗润丰腴的色泽与和谐响亮的音节。

诗中描写了漳河边上三个姑娘(“一个荷荷一个苓苓，一个名叫紫金英”)在解放前的“断线风筝”似的不幸婚姻(第一部)；也描写了她们扭断了封建锁链后的崭新的生活——

减租减息闹土改，
妇女飞出铁笼来！
漳河发水出了槽，
冲坍封建的大古牢！

荷荷是重新有了一个幸福美满的家庭，而且成了生产互助小组的领导人，她是——

早从东崖上，晚夕下西坡，
生产的歌声永不落。

苓苓也参加了互助小组，她的男人在新社会里受了教育，改变了自己的脑筋，觉悟到了——

妇女解放了不简单，
男人的活儿也能干。
男女这样闹光景，
种下石头长黄金。

成了寡妇、“厚着脸皮偷偷活”的紫金英，也因为荷荷苓苓的帮助而积极生产，得到了大家的体贴与鼓励，从此“踏上了新道路”（第二部）。于是一片快乐的歌声，在漳河边上响彻了云霄：

万年的古牢冲坍了！
万年的铁笼砸碎了！
自由天飞自由鸟，
解放了的漳河永欢笑！

（第三部）

这是一首不可多得的好诗，它热情横溢而且色彩鲜丽，歌叙了在革命发展中的中国农村妇女前后迥异的生活，描绘了她们的栩栩如生的明朗的形象，预示了在党的正确领导下日益走向集体化的新的农村的广阔前途。

李冰的《赵巧儿》，也是运用歌谣形式来反映农村土改斗争的一首叙事长诗。在这首长诗里，作者刻画了赵巧儿这样一个农村女性，通过她的灾难和斗争的道路，显示了埋藏在她心底的始终不渝的阶级仇恨，显示了她的永不屈服的顽强战斗的精神面貌，同时也具体地、无可争辩地证明了这样一个为许多作品所反复证明了的道理：中国的广大农民只有跟着中国共产党和毛主席走，才能够冲出漫漫的黑夜，走向自由和富裕的明天。长诗以赵巧儿的爱人虎儿（民兵队长）和民兵们参军作为“尾声”：

翻身的农民要上阵，

支援前线立大功。

这样的歌声里也蕴藏了广大农民坚决保卫翻身岁月和人民民主政权的不可动摇的决心。

《赵巧儿》一诗在表现艺术上也有很大的优点。它接受和运用了民间歌谣的许多表现手法，但是舍弃了它的陈腐的套语，而只采取了它的活泼有力的方面。有许多地方的描写，我们读起来，常常会感到它是如此地古老，又是如此地新鲜。它夸大，但不流于空洞；它细腻，然而又非常简练。赵巧儿这个人物的性格始终是明朗的，她的内心里的变化与她所处的环境的变化是紧紧地符合着的。（其他人物的描写也是这样，例如虎儿。）这就保证了活跃在诗人笔下的人物具有较高的真实性，因而也增加了诗篇的感染力量。

田间的长篇叙事诗《赶车传》，除序诗外，共分十五回，叙述的是贫农石不烂的受难和翻身的经过。石不烂被地主朱桂棠逼娶了他的女儿蓝妮，他烧了朱家的楼房，"搭的麻布袋，扶的木拐棍"，到河北去把车赶。他要找共产党，他认识到："受苦人要翻身，要走三条路：第一条：换脑筋！第二条：结团体！第三条：要领导！"他找到了共产党员金不换，他们——

都是穷佃户
好比一个蔓
结的两个瓜
好比一个巢
飞的两个鸟
好比一个园
长的两个树
血肉上也不远
心眼上也相近

他们在毛泽东同志的像前，开了群众会，诉了苦，成立了农会。在斗争了朱桂棠以后，蓝妮回到了石家，重又做了人。石不烂——

他扛起大红旗
红旗飘上天

这首诗的意思是在告诉“天下受苦人，请走翻身路”，这就是“好比搭一挂车，同过山、同过水，同走毛主席的路”。这样的主题无疑地是有教育意义的。但是《赶车传》还有着这样的缺点：它的描写有些不必要的铺张，有许多地方都显露着词藻的浪费和堆砌的现象，这样就使得整个作品不够明晰，力量涣散，而读者也很难从其中得到豁朗鲜明的印象。其次，为了过分追求五字上下的句法，有时也不能不失却人民口头语言自然、准确的特点，而在好多处所都造成了不合语法、生硬不易上口的毛病。诗句的节奏和韵律，有的地方也显得不大和谐。所有这些缺点的存在，妨碍了人物性格的真实刻画和主题思想的确切表现，也比较局限了诗作的教育人民的重大作用。

以上是关于本时期解放区诗歌创作的一个概略叙述。从以上的叙述，我们可以知道：第一，本时期在诗歌创作上的巨大收获，是与诗歌工作者遵循毛泽东同志的指示，深入斗争生活，全心全意为工农兵服务分不开的；在本时期解放区涌现了不少新的诗人，他们都是在斗争生活里，在毛泽东同志的教导下，培育和成长起来的。第二，人民为解放自己而进行的战争和在广大农村中进行的轰轰烈烈的土改运动，是本时期具有伟大历史意义的两件大事。本时期的诗歌忠实地反映了它们，而且也在某种程度上推动了它们。工农兵成了现实生活里的主人翁，也成了诗歌创作中的主人翁。他们的爱国主义的与集体主义的道德品质和创造劳动，开辟了生活的美好前途，也照亮了诗歌的壮丽篇幅。第三，长篇叙事诗的创作与民歌形式的运用，成了本时期诗歌创作的重要特点。道理非常显然：迅速发展的革命斗争与在斗争中涌现出来的英雄人物和事迹，既要求诗人给予详尽而具体的描绘；而诗人的为人民服务的决心与创造民族风格的意图，又使得他们不能不采用为人民所喜闻乐见的朴素优美的民间形式。这就是本时期大多数诗人运用民歌形式来创作长诗的主要原因。

这是我们社会主义现实主义诗歌的新的胜利和收获。

二　小　说

小说创作在本时期呈露了更为丰满的收获。

康濯的短篇集《我的两家房东》共收小说三篇，是解放战争时期最初两年中描写解放区农村生活的优秀作品。抗日战争的炮声一响，康濯就参加了革命，进了延安的鲁迅艺术学院。以后从延安到敌后，一直搞农村群众工作（农村剧团和群众识字工作运动），从此开始了他的写作生活。在敌后斗争中，他"看到了一些农民们内心深处的东西，特别是看到了一些民族的和阶级的深刻的斗争和矛盾"。当"敌后环境更加残酷"的时候，他"和晋察冀的军民一道，经历了一次又一次的反'扫荡'反蚕食，经历了复杂的减租查租运动，经历了吃树叶和糠并从生产上战胜了灾荒的时光"。当毛主席《在延安文艺座谈会上的讲话》发表以后，他"欢喜的看了又看，几次三番地背诵着'由一个阶级变到另一个阶级'，需要'经过长期的甚至是痛苦的磨炼'，需要'无条件地全身心地'投入'火热的斗争'"。党的领导和毛主席的文艺方针，使他"在人民当中找到了母亲"，他"想起了斯大林同志说过的希腊神话中的'安泰的故事'"。他说："就是这样，我的思想慢慢地比较踏实，与群众的关系也慢慢地比较自然和亲切；我不仅从工作当中，从劳动人民的智慧当中，锻炼了我的立场，而且也从民间文艺里边学了一点东西，特别是工作锻炼了我的语言和文字。……我变成了一个有点用处的人，一个在伟大毛泽东文艺思想指引下的战士。"①——思想感情的变化、生活与艺术上的长期锻炼，为作者的文学创作打下了十分有利的基础，使得他的创作集《我的两家房东》成为了本时期值得珍视的收获。

《我的两家房东》集中三个短篇的共同特点是：它们细致而真实、

① 康濯：《还在学习的路上》，载《人民文学》1952年第6期。

生动而朴素地描画了抗日时期解放区农村的新的面貌，写出了那些在农民(特别是农村妇女)身上所呈现出来的并不显著然而是异常深刻的变化。《我的两家房东》一篇，以妇女金凤与农村干部栓柱的恋爱和婚姻问题为主要线索，写出了新的农村女性对于封建婚姻制度的反抗，写出了她们选择对象的新的标准(金凤所爱的是当青救会主任、青抗先队长的积极分子栓柱，而她所要离的是在农村选举时被斗争过的"不务庄稼活"的过着剥削阶级生活的人)，同时也写出了她们在学习上积极努力的情况。对于金凤这个人物，作者没有简单而表面地来表现她的积极和进步，他写出了她的复杂、矛盾的一面；不过，读者可以清楚地看得出来，什么是她性格和思想中的主要的、带着不可抗拒的力量在向前发展着的东西。她还不懂什么叫做"妇女社会地位"，不懂关于"离婚结婚"中的一些问题，但她把党中央晋察冀分局发布的《双十纲领》跟她自己的生活和命运紧紧地联在一起，她"一个劲"地发问，她加紧学习，要明白其中的道理，要从其中获取解放自己的力量。她也带有一个妇女所通常具有的那种"害臊劲"，但她在爱情上却始终是勇敢大胆的，虽然"村里谣言还很重，老头子陈永年脾气好象更大"，她和栓柱的恋爱关系却一直正常地发展下去，而且"早就说合定了"。结果是"两家都同意，区里也同意，正式订了婚"。从金凤身上，我们发现了解放区农村妇女的新的生活、新的命运和正在成长着的新的思想意识和道德观念。栓柱这个人物，也是被描写得相当成功的。"作者对于这个农村的觉悟青年，丝毫没有渲染他的青救会主任的部分，只写了劳动的，学习热情很高的，和恋爱的部分，但丝毫没有削弱了这个积极的性格，反而使他平易近人。"①老头子陈永年这个老农民，在旧社会里过了大半截苦日子，到了新社会他减了租，改善了生活，他热爱着自己的新的日子，他拥护党和政府的一切法令政策。可是在女儿的婚姻问题上，他总是不大闹得通，但等到看见女儿和儿子们的欢乐情状，他也受到感染而一同高兴起来了。这个老农民的性格，作者虽然没有给它以很多描写，却也是纯朴感人的。

① 冯乃超：《评〈我的两家房东〉》，载《大众文艺丛刊批评论文选集》。

《初春》中的老汉也是一个可爱的老农民。他的大儿子是村干部，二儿子当了八路军。鬼子打走了，“他的心情又平静、又痛快”，盘算着要“加劲生产，把边区闹好，痛痛快快过几天”。但他在接受新事物的时候，却总要经过一个轻微抵抗的心理过程。在用活底粪篓的时候是这样，在每年区干部要开会动员生产的时候是这样，在对二儿子恋爱和婚姻问题上也是这样。但他依然是新社会的积极拥护者和建设者，他慢慢地克服着他的旧的思想意识，他和年轻人一起劳动着，勤劳而且愉快。在这篇短短的作品里勾绘出来的，正是新的农村的一幅充满着欢乐和劳动的初春的画幅。

《灾难的明天》，写的是冀察晋边区党和政府领导人民生产救荒的故事。它以农民祥保一家三口的互相憎恨吵闹转变为互相亲爱合作的情节，写出了党对于边区人民无微不至的关切和教育，写出了边区人民怎样在党的领导下面逐渐摆脱旧的剥削制度所造成的有害影响与恶习，积极参加劳动生产，因而大大地改变了灾荒所加于人民的深重苦难。在这篇小说中，作者对现实生活作了深刻的发掘，人物性格的发展被放在现实斗争的发展中来刻画，因此，具有真实明朗的特色，而新、旧社会的对照，也特别鲜明有力地呈现在读者眼前。

语言的生动、亲切和明快，是康濯这三篇作品的共同特色。有好多地方的描写，看起来是那样平淡，但仔细咀嚼，一种抒情诗的味道却又十分浓厚地洋溢在字里行间。运用语言的成功，一方面固然要归功于作者长期农村工作的锻炼，而另一方面，作者对于“农民们象宝石一样可贵的东西”有着真切的体会和爱好，也是更主要的原因。

在抗日战争时期，柳青就写了短篇集《地雷》，其中八个短篇，从各个方面真切地描写了解放区的新的生活和新的人物。完成于一九四七年五月的长篇小说《种谷记》，是柳青一部反映抗日时期解放区农村生活的相当成功的作品。在这部作品中，作者以近二十万字的篇幅，以清涧王家沟的集体种谷工作为主要线索，展示了农民在走向集体互助的道路上所经历的复杂曲折的斗争过程。故事的历程不过二十多天。三月中旬，县里布置下来了集体种谷的指示。在减租减息斗争后变工组织上已具有相当基础的王家沟，在农会主任（共产党员）王加扶的领导之下，立刻召集了村民大会，大家同意在变工小组过去的基础上合并扩大，或者重新组织；并决定在四月初一以前，下了雨便开种。会后，村干部分途宣传联络，进行加强变工组织的工作。但是村中行政主任、富裕中农王克俭却是一个思想落后、政治动摇的人物。为了动员他参加变工组织，费了不少气力，好容易他答应参加了，但是反动的经营地主王国雄又借伊盟事变，来对他恐吓拉拢，他又发生了动摇，私自下了种。另外还有八家也跟着这样做了。王克俭的自私落后的行为招致了广大群众的愤激，区长接受群众请求，撤销了王克俭的行政主任职务，另外改选了劳动模范王存起担任。于是王家沟集体种谷的工作，才在一片劳动和欢乐的歌声中胜利地进行下去。

《种谷记》的几个主要优点是应当着重指出来的：第一，这部作品并没有孤立地来处理在王家沟这个地方所进行的集体种谷运动，而是把它和全中国的革命斗争联系起来描写的。王家沟在农业生产上所进行的斗争，是整个中国革命斗争的一个部分，而且深刻地反映了在革命的发展中，中国社会阶级关系的巨大、剧烈的变化。一方面是农民对于党的政策的无条件的拥护，农民对于全心全意为自己服务的领导干部(例如程区长、农会主任)的衷心爱戴和高度信任，还有农民自身的保守落后思想的逐渐被克服；另外一方面则是日就没落的地主阶级(例如王相仙、王国雄)的垂死挣扎与疯狂破坏。这一切正是抗日时期革命的与反革命的两条政治路线之间的斗争的生动具体的表现。《种谷记》以委曲尽致的笔墨反映了客观现实中这样一项重大的斗争，显示了边区人民与党和政府血肉相连的关系，显示了人民群众的爱憎分明的政治态度与众志成城的斗争力量，同时也显示了地主阶级(他们是蒋介石政权的支柱)的日趋孤立、没落的命运。这对于广大读者来说，就具有了重要的教育意义。第二，在塑绘人物形象上，《种谷记》也表现了作者的优异的艺术才能。书中几个重要人物，无论是思想前进、工作积极的农会主任王加扶也好，是瞻前顾后、动摇犹豫的富裕中农王克俭也好，也无论是“奸滑堂”的主人、反动地主王国雄也好……在书中都得到了相当逼真的描写。往往在简短的对话和叙述中，十分灵活地勾画出了人物的性格面貌，而作者的主观爱憎也强烈地体现在细腻明快的文字里。人物形象的真实具体，应当是这部小说的最大成功所在。第三，《种谷记》的语言，也是异常优美清新的。有好多地方的描写，带着比较浓厚的抒情的性质，显出了作者把捉与表现生活的巨大本领。在运用方言上，作者一方面把握了某些地方语汇与结构的特殊含义和风趣，但也没有因为运用方言而破坏小说语言的统一的风格。——所有以上这些优点，使得《种谷记》在当时被视为一部实践了文学工农兵方向的较好的作品。

不过，我们也得指出《种谷记》两个比较重要的缺点：第一，通篇小说对于党的领导的描写是显得不够鲜明突出的。关于王加扶这个人物，作者虽然告诉过我们——他是一个党员，但是在整个小说中，我们看不见王家沟党组织的任何活动，王加扶的一切行动仿佛都是属于个人的；这样，就使得读者不容易在作品中看出党在群众走向集体合作道路上的领导作用。第二，书中关于人物心理和生活细节的描绘，虽然细致逼真，但有时也不免失之繁琐，因而也削弱了作品的社会效果。这原因是在于作者“太醉心于早已过时的旧现实主义的人物刻画和场面描写，反而使作品没有获得足够的力量”①的缘故。

长篇小说《高乾大》的作者欧阳山，远在第二次国内革命战争时期，就开始了他的创作生活，而且取得了相当丰富的创作成绩。人物对于现实生活的倔强和执着，和在语言、形式上过度欧化的倾向，成为欧阳山小说创作上的两个特点。《高乾大》一书是在一九四六年完成的，这是作者实践毛泽东文艺思想后一个重要的收获，在内容和形式上都与他过去的小说有着显著不同的面貌。全书围绕着抗日时期（整风运动前）陕甘宁边区发展合作社经济的事件，比较成功地创造了农民出身的干部高生亮（即高乾大）这样一个正面人物的形象，描写了一个叫做任家沟地方的合作社怎样从衰落、赔钱的状态走向发展和胜利的道路，同时在合作社的成长过程中，高生亮慢慢地克服了他的残余的农民思想意识，成为了边区办理合作社的模范人物。作者笔

① 柳青：《毛泽东思想教导着我》，载 1951 年 9 月 10 日《人民日报》。

下的高生亮是一位受人敬爱的老同志。他担任着任家沟合作社的推销员兼副主任。他关心群众的利益，倾听群众的意见，全心全意地为群众服务，又能坚持原则，勇于斗争。当时边区建设厅所提出来的口号是：“克服包办代替，实行民办公助。”高生亮的方向是与它完全一致的。因此，任家沟合作社取得了许多成绩，受到了各方面的奖励。与高生亮相对照，作者也写了思想作风上都存在严重缺点的合作社正主任任常有，严格地批判了他的脱离群众、自以为是的工作作风。高生亮与任常有之间的斗争，实际上就是两种思想和两种工作作风之间的斗争。高生亮的成功与任常有的失败，给了读者以非常深刻有益的教育。

《高乾大》的语言、形式，也非常素朴明净，迥异作者从前的艺术风格。从抗战时期写的那样晦涩而又过分欧化的《战果》进到平易生动、引人入胜的《高乾大》，无论是从思想内容或艺术形式来说，都是一个不算是短的发展过程。这是作者实践了毛主席的文艺方向，与工农群众有着密切结合的胜利成果。因此，尽管这部小说，在描写高生亮与巫神的斗争上花去了过多篇幅，因而在结构上显露了比较散乱和不够集中的毛病，同时书中也缺乏足够的人民生活环境的发掘和反映，但是它仍要算是本时期一部重要的作品，特别是从作者创作发展的途径上来看，更其值得我们重视。

抗战爆发后，丁玲来到延安，写出了《在医院中》和《三八节有感》这样一些有错误的作品。一九四六年丁玲参加了河北的土改工作，一九四八年完成了长篇小说《太阳照在桑干河上》。

小说所反映的历史范围，是土地改革运动的初期，即一九四六年中共中央发布《五四指示》后到一九四七年九月全国土地会议以前的这一段时间。故事发生在暖水屯这个地方，为时不过一月，但在北中国原野上进行着的一场史无前例的反封建斗争，从土改工作团下乡，群众的觉醒团结，一直到没收地主的土地财产分给农民，和农民为保护自己的土地而英勇地参加战争，这一整个过程都在小说中得到较为真切的反映。小说描写了在这场激烈而曲折的斗争中农村的巨大变革，歌颂了在党领导下广大农民战胜封建势力争取自身解放的胜利道路。

小说的主要成就，在于真实和深刻地描写了斗争进行中的农村社会的错综复杂的阶级关系，显示了斗争的艰巨性、复杂性。同时，由于把人物放在复杂的社会背景中去描写，也就能够赋予他们各有特色的性格，从而给读者以较为深刻的印象。

小说塑造了一系列农民干部和积极分子形象。当小说描写农民在斗争中成长变化的过程时，也毫不掩饰地描写了人物的因为各种错综复杂的社会关系而形成的内心的矛盾和斗争。例如雇工出身、后来当了农会主任的程仁，就由于与地主侄女黑妮的爱情关系，而陷于“常常想要勇敢些，却总有个东西拉着他下垂”的矛盾挣扎的心情。后来随着斗争形势的进展，程仁的阶级觉悟提高了，这才毅然批判了自己思想里的危险倾向，而坚决站在农民一边，与地主阶级作斗争。在描写某一人物的时候，作者常常用恰当的篇幅来追述他的过去的历史，使读者了然于这个人物性格所由形成的社会关系和生活基础。例如在介绍张裕民这个领导人物的时候，在“第一个党员”一节里，就特别郑重地交代了这个“胆大心细”，“在暴日寒风中锻炼大的人”过去“受压抑和冤屈”的困苦、孤零零的岁月，和他的成为共产党员的非常离奇却又非常自然的经过。这种纵横交错的写法，就使得人物各自的性格特征显得鲜明而真切。

小说在描写地主阶级人物时，也没有落入一般化的窠臼中。书中塑造了两种不同类型的地主。一类是李子俊和他的老婆。李子俊当革命的风暴将要来临时，就胆怯地逃走了；而他的老婆则竭力隐蔽自己对于革命和群众的刻骨仇恨，企图用伪装的眼泪来软化农民。另一类地主是钱文贵。这是作者着意刻画的一个人物。他毒辣阴狠，而且有着颇为深远的算计。他采用了种种狡猾手段以图保存自己的反动势力，破坏土改。他在表面上似乎并没有什么煊赫的势力，但他的确是压在农民头上的一块沉重的石头。这个人物的存在，说明了要在广大农村中彻底推翻封建统治，并不是一件轻而易举的事。自然，历史的洪流是不可阻挡的，“决战”的时机一到，钱文贵所代表的封建地主阶级终于在群众的愤怒和复仇的火焰里全部灭亡了。

小说在艺术表现方面也有相当高的成就。例如"果树园闹腾起来了"的场景，就写得有声有色，富于生活气息。

总之，《太阳照在桑干河上》是一部反映当时农村生活和斗争的优秀作品。但它也有缺点。小说没有把这场翻天覆地的群众运动的宏伟气势充分表现出来。在人物塑造方面，小说没有写出坚实丰满的正面形象。在描写农民时，往往过于渲染了他们身上的因袭的负担和消极因素，而没有突出他们的优秀品质和斗争精神。几个党员和干部都写得比较单薄，不能有力地表现党对农村斗争的坚强领导。这些都影响了小说对生活作更深刻、更本质的反映，削弱了作品的思想意义和鼓舞力量。

周立波的长篇小说《暴风骤雨》是本时期小说创作中的一个重大收获。这部作品反映了东北土地改革运动的全部过程(上卷写的是一九四六年党中央发布《五四指示》后到一九四七年九月全国土地会议前这一段时期，下卷写的是一九四七年十月《中国土地法大纲》颁布后的一段时期)，描写了在东北广大农村所掀起的"势如暴风骤雨，迅猛异常，无论什么大的力量都将压抑不住"①的土地革命斗争。它是一部深刻地表现了人民的历史活动和塑绘了那些为新的生活理想与新的社会制度而坚强战斗的英雄形象的作品。

在写作《暴风骤雨》之前，周立波就是一位具有相当丰富的创作经验的作家。毛泽东同志《在延安文艺座谈会上的讲话》发表以后，他就接受了毛泽东同志的指示，开始深入了工农兵的实际生活和斗争。一九四六年来到东北以后，他更亲身参加了土改运动，在生活和感情上和农民群众完全打成了一片。《暴风骤雨》里所写的人物和事件，大半都有真人真事作为模特儿。在一些细节的处理上，作者也力求其不违反实际情形。在运用间接材料的时候，作者除注意详细调查之外，还运用了"自己丰富的人生知识和发达的想象能力，对人物和事件加以细密的推想"②。所有这些，都是《暴风骤雨》这部作品获得

① 毛泽东：《湖南农民运动考察报告》。

② 见周立波《〈暴风骤雨〉的写作经过》一文。

成功的主要保证。

《暴风骤雨》比较突出地创造了两个新的农民赵玉林、郭全海的形象。在上卷中，关于斗争恶霸地主韩老六的发展过程的描写，是以赵玉林逐渐觉醒坚决领头斗争的事实为中心来展开的，而最后，则以他的英勇抵抗韩老七匪帮的袭击，负伤牺牲，作为结束。赵玉林的性格面貌在作品中是刻画得很细致而鲜明的。他是属于那些在工人阶级先锋队的领导下彻底觉醒起来的先进农民的典型形象。在日本帝国主义和蒋介石统治下的漫长岁月里，他受尽了地主韩老六的剥削和迫害。他一连出了四回劳工，遭到了母死妻儿流落的悲惨境遇；但他是一个硬汉子，他没有淌下一滴眼泪。他说："穷人要是遇到不痛快的事就哭鼻子，那真要淹死在泪水里啦。"当他在土改工作队的帮助教育之下，认识了土地改革的重要性的时候，他是那样毫不犹豫地投入了打垮地主阶级的这场剧烈的斗争，他说："咋不敢来？咱死也不怕。"他在工作队的领导下面，开始艰苦地做起了发动群众的工作。他是那样坚决大胆，细致深入。他生活在群众中间，但又走在群众的前面。他以他自己过去不幸的遭际来引出大家的苦水。他以他自己的无畏的斗争做了别人的榜样。尽管推翻地主阶级的斗争是那么曲曲折折，但是他的斗争的意志却是始终不渝的。正像他的入党介绍人萧队长所说的一样，他"为工农解放事业抱有牺牲一切的决心"。他光荣地成了中国共产党的党员。他领导群众斗垮了恶霸地主韩老六，拔掉了日本强盗和蒋介石国民党在元茂屯这个地方埋藏下的一个大的祸根。上卷是以赵玉林的牺牲告终的，但显然地，这不是一个悲剧的结束。它在读者的思想感情深处所引起的决不是恐怖或者悲观失望的情绪，而是相反地，它唤起了广大读者对于赵玉林这个人物的学习的愿望和崇敬的心情。透过赵玉林的死，读者所望见的不是一个黯然无光的前途，而是无穷无尽的充满着战斗和胜利的光辉灿烂的日子。因为赵玉林虽然中途倒下了，但是千千万万的人们将要继续他未完成的事业，更高地举起他中途抛下来的革命火把，向着更壮阔更伟大的胜利前景大步迈进。

郭全海是下卷的中心人物。他在上卷中就得到了比较着力的刻画，这样就为他在下卷中更重要的发展打下了基础。这也是一个被创造到相当成功的人物。他同赵玉林一样，在旧社会“雨里风里，车前马后”，该受了多少折磨和苦难，这使他逐渐认清了地主阶级的狰狞面貌，也培养了他对于旧社会和地主阶级的不共戴天的仇恨。他是这样想的：“我碎身八块也要跟共产党走，和反动派一直干到底。”他在和敌人的反复曲折的斗争里，在党的不断关怀教育下，得到了更大的锻炼和成长，他也光荣地成为了工人阶级先锋队的一个成员。他忠诚勇敢，深得农民的信赖。当元茂屯的土地改革基本完成后，他就离开他的新婚妻子，带头参军了。如果说，上卷以赵玉林的牺牲作为结尾，是预示了下一卷农民更高的觉悟和团结，是土改工作更巨大的胜利，那么，下卷结尾时郭全海的报名参军，就更显示出了由于土地改革和农民觉醒而必然要到来的全国解放的胜利前景；它告诉读者，推翻了封建统治后的农民是具有怎样饱满的革命热情，怎样不顾一切地以全力来摧毁行将坍台的反动统治阶级。这样一个结尾，既符合人物性格的发展道路，同时也鲜明地表现了第三次国内革命战争时期的时代精神。

除了赵玉林、郭全海这两个人物外，作者还生动地描写了土改工作队队长萧祥关心群众生活、艰苦深入的工作作风，显示了农民革命斗争的组织者和领导者的高贵品质。萧祥的出现和活动成了土地改革运动走向胜利的主要关键，这也是无可争辩的生活真理在作品中的具体反映。

书中其他几个农民（如白玉山、老田头等）的形象，也都具有丰厚的血肉和明晰的面貌，能使读者受到强烈的感染。成功地创造了一系列的新的农民的典型形象，并通过他们的活动和成长的过程展示出时代的真实风貌，这就是《暴风骤雨》这部小说在国内外都受到欢迎和重视的最主要的原因。

地主韩老六（韩凤岐）的形象，在书中也占了相当重要的位置。在伪满时期，他效忠于他的日本主子。日本鬼子垮台以后，他又成了蒋介石反动政权在农村中的基干人物。他有着很广泛的反动社会联系。他认为：“有钱要有七个字：奸、滑、刻薄、结实、狠。”他的毫无人性的行为实践了这一条反动统治阶级的“哲学”，他的手上沾满了农民的鲜血。作者满怀憎恨地勾绘出了这个人物，写出了即使是在解放了的土地上，他还有着那样大的威势，而且还想千方百计地破坏土改运动。因此，掀掉压在元茂屯农民头上的这一块大石头，就不能不是一场艰难而曲折的斗争。作品真实地显示了：斗垮地主阶级的过程也就是发动农民和教育农民的过程。而同时，正是在与韩老六、杜善发、唐抓子这一群否定人物的激烈斗争中，赵玉林、郭全海、白玉山……这些肯定形象就显得更有光彩，充满了活力，而且也显示了旧的腐朽的反动阶级之无可避免的灭亡与新的工农群众集体力量之迅速的成长。

因为作者对于社会生活中正在成长着的东西，具有那样多的热情和敏感，所以在全书明朗而生动的画图里，往往渗透了强烈的抒情诗的素质，洋溢着对于新生事物的热忱的颂赞和对于腐朽事物的无穷的憎恨。当在斗争大会上，恶贯满盈的韩老六被宣布死刑的时候，作者以极其简练的笔墨传达出了广大农民对于地主阶级的刻骨的仇恨：

> “拥护民主政府！”人堆里，一个叫做花永喜的山东跑腿子这样地叫唤，“拥护共产党工作队。”千百个声音跟着他叫唤，掌声象雷似地响动。
>
> 赵玉林和白玉山挂着钢枪，推着韩老六，走在前头，往东门走去。后面是郭全海和李常有，再后面是一千多个人。男男女女，叫着口号，唱着歌，打着锣鼓，吹着喇叭。白大嫂子扶着双目失明的老田太太，瞎老婆子一面颠颠簸簸靠着白大嫂子走，一面说道：
>
> “我哭了三年了，盼了三年了，也有今天呀，裙子，共产党毛主席作主，今儿算是给你报仇了。”

而当作者的笔端接触到翻身农民热爱党热爱集体的高贵品质的时候，则总是透露出那么不可遏抑的叹赏和赞美的心情。下面是第二部中分马的一节：

三百来户，都欢天喜地。只有老王太太不乐意。她跟她俩小子，没有挑到好牲口。牵了一个热毛子马。这号马，十冬腊月天，一身毛退得溜干二净，冷的直哆嗦，出不去门。夏天倒长毛，蹚地热乎乎地直流汗。老王太太牵着热毛子马，脑瓜搭拉着，见人就叹命不好。……

郭全海看着老王太太灰溜溜的样子，走拢来问道：

“怎么的呐，这马不好?”

“热毛子马。”

郭全海随即对她说：

“我跟你换换，瞅瞅拴在窗台边的那个青骒马，中意不中意?”

老王太太瞅那马一眼，摇摇头说：

“肚子里有崽子，这样大冷天，下下来也难侍候，开春还不能干活。”

郭全海招呼着一些积极分子，到草垛子跟前，阳光底下，合计老王太太的事。郭全海蹲在地上，用烟袋锅子划着地上的松雪，对大伙说道：

“萧队长说过：先进的要带动落后的，咱们算先迈一步，老王太太拉后一点点，咱们得带着她走。新近她又立了功，要不是她，韩老五还抓不回来呢。要不抠出这个大祸根，咱们分了牲口，也别想过安稳日子。”

老孙头点头说道：

“嗯哪，怕他报仇。”

郭全海又说：

“如今她分个热毛子马不高兴，我那青骒马跟她串换，她又不中意，大伙说咋办?”

老孙头跟着说道：

“大伙说咋办?”

老初说：

"她要牛，我把黑犍子给她。"

白大嫂子想起白玉山叮咛她的话，凡事都要做模范，就说：

"咱领一个青骡子，她要是想要，咱也乐意换。"

张景瑞继母想起张景祥参军了，张景瑞是治安委员，自私落后，就叫儿子们瞧不起，这回也说：

"咱们领的兔灰儿马换给她。"

老田头跑到场子的西头，在人堆里找着他老伴，老两口子合计了一会，他走回来说：

"我那沙栗儿马换给她。"

老孙头看老田头也愿意掉换，也慷慨的说：

"我那玻璃眼倒也乐意换给她。"但是实在舍不得他的小儿马，又慌忙添说："就怕儿马性子烈，她管不住。"

老初顶他一句说：

"那倒不用你操心，她两个儿子还管不住一个儿马子？"

郭全海站起来说道：

"好吧，咱们都把马牵到这儿来，听凭她挑选。"

…………

从这一幅明净生动的画图里，人们可以清楚地看出，并不需要太长的时期，农民们在党的教育下已经逐渐地克服了他们作为小私有者的自私落后的一面，而快步地走向集体主义的大道了。作者给了这个巨大、深刻的变化以十分形象的描写，而且在其中注满了作者自身的强烈感动。这样，就使得人物的精神面貌显得更真实，更活跃，也更具有动人的艺术力量。这是我们在谈到《暴风骤雨》的艺术成就时，所决不可忽视的一点。

《暴风骤雨》也还有这样的缺点：从通体结构看来，上卷比较紧凑，而下卷则略嫌松散；上下卷之间缺乏有机的联系，因而难免给读者以兀突意外之感。在语言方面，整个说来，是丰富生动的，但采用了过多的方言也给作品带来了一些瑕疵。但这些都不过是"白璧微瑕"，《暴风骤雨》仍不失为我国现代文学史上一部优秀的社会主义现实主义的小说，它是我国最初出现的反映农民土地斗争的代表作品。

马加的《江山村十日》也是本时期反映土地改革运动的一部长篇小说。它同《暴风骤雨》一样，取材于东北地区的土地斗争，以江山村这个地方在十天内所发生的巨大变化，表现了在平分土地运动当中，农民们怎样“以主人的身份走进了这个世界。他们来了，给这个世界添置新的财富，他们带来了自己的气派、智慧和天才”①。比较浓厚的生活气息，相当鲜明的人物性格，使得这部作品具有一定程度的真实动人的艺术力量。较之作者以前写的《滹沱河流域》一书，它在思想和艺术上有了较为显著的进步。在作品的语言上，作者采用了很多的东北方言，这虽然给作品增添了亲切、丰富的乡土特色，但是缺乏必要的选择和提炼，有许多词汇的意义，带有很大的地方局限性，同时运用歇后语的地方也嫌过多一些。在人物的描写方面，金成与周兰的恋爱故事的穿插，在整个故事的发展过程中，也缺乏一种紧凑的有机结合。这些都是本书较大的缺点。在共和国成立后发表的中篇小说《开不败的花朵》，就又在各个方面远远地超过了作者原有的水平了。

草明的中篇小说《原动力》(写于一九四八年)，是本时期描写中国工人阶级为恢复工业生产的斗争生活的一篇优秀作品。在写作《原动力》以前，草明就是一位具有比较久的创作历史的作家。抗日初期，她就写下了不少反映劳动人民在战争中受难和反抗的作品。但正如作者自己所说，她在毛主席《在延安文艺座谈会上的讲话》发表以前所写的文章，“是属于所谓‘欧化’那一类的”②。《原动力》不仅以其现实主义的创作方法，描写了工人阶级在获得解放后参加建设的英雄事迹，展示了新中国未来的灿烂远景，而且也以其艺术形式上的“深入浅出”的特点，标志了作者创作发展上的一个新的跨进。

《原动力》描写了东北地区的一个水力发电厂，由于先后遭到日本强盗和国民党匪帮的破坏，在”八一五”解放后呈现了一片荒凉残

① 《江山村十日·前记》。

② 《写〈原动力〉的经过》，载《人民文学》第2卷第6期。

破的景象。厂里一个老工人孙怀德和其他工人们，发挥了劳动创造的精神，铲除了掩盖着机器的冰雪。他们在共产党和王永明经理的领导之下，成了水电厂的真正主人，战胜了公开的和暗藏着的破坏分子，修复了这个破坏已久的水电厂。在专署举行工业界劳动英雄大会时，水电厂有三位英雄受到了光荣的奖励。——这就是《原动力》一书的故事梗概。高尔基曾说革拉特珂夫的长篇小说《士敏土》"是一本很有意义的、很好的书，书中在革命时期内初次牢牢地采取了和辉煌地照出了当代的最有意义的题材——劳动"。草明的《原动力》在思想和艺术的广阔深厚上，比起革拉特珂夫的《士敏土》来，虽然还有逊色，但它同样地描写了我国解放战争期间一桩重要的事实：我国工人阶级的爱国主义和英雄主义的劳动热情，及其战胜困难、英勇前进的雄伟气概。它为广大读者提供了学习和模仿的对象，在他们心中激发起革命的思想和感情。

老孙头（孙怀德）是书中所着意刻画的一个正面人物。这个从山东省饥饿贫穷的农村流亡出来的老工人，在伪满时期一串艰辛的日子里，失去了自己的老婆和儿子，心中怀着冲洗不净的仇恨。当东北的土地获得解放以后，他就坚信工人阶级作奴隶的时代是一去不复返了。他坚决地信赖中国共产党的领导，从他的身上鲜明突出地表现了我国人民的正直、热情、坚忍、勤劳和聪慧的高贵品德。他热爱群众而又为群众所热爱。作者给了这个人物以栩栩如生的艺术形象。另外两个重要人物，王永明和吴祥泰，却没有得到他们所应得到的那样具体生动的描写。这对于全书来说，自然是一个缺点。

刘白羽是本时期运用报告和小说的形式反映人民解放战争的一位最有成绩的作家。他在本时期所写的报告，下一节当有所论述，这里仅就他本时期两个重要小说集子《战火纷飞》和《火光在前》作一简要评介。

短篇集《战火纷飞》是刘白羽的自选集。其中包含他在一九四七年七月到一九四八年十二月写的十个短篇。一九四七年到一九四八年，是人民革命战争具有关键性的一年，是我们人民解放军从防御转入进攻，在东北以至全国各个战场上都取得了重大胜利的一年。在这一年中，我们在广大农村中实行了土地改革，在部队中普遍展开了诉苦教育，这就大大地提高了战士们的阶级觉悟和战斗意志，自然也大大加速了战争的步伐。作者在《战火纷飞》的十个短篇里，以东北的一些重要战役作为背景，或对这些重要战役作直接的描写。历史时代的特点是那么明澈地反映在他的作品里。读着刘白羽的这些作品，读者常常强烈地"感到这里有一种新的强烈的气氛，一种激动和鼓舞我们的力量，这主要是因为作者的确表现了人民解放军转入进攻以后和进行了实际的阶级教育以后新的特点"。① 而这样的一个重要特色，是更显著地表现在那个题名《无敌三勇士》的著名短篇里。

在《无敌三勇士》中，作者以简练通俗的笔墨描写了三个战士从不团结到团结的动人事实：老战士阎成福、李发和与"俘虏兵"赵小义都是贫苦农民出身，同在一个班里，但他们却闹了不团结。班长李占彪想尽方法来使他们团结，但是"一肚子热情换了一肚子苦恼"，依然一点办法也没有。后来部队掀起了诉苦运动，他们三人发现了彼此在旧社会里都是受苦受难的穷人，大家都是阶级弟兄，认识了："我们是穷人，我们有苦处，苦变成力量，团结起来就能天下无敌。"从此，他们在"火线上生死抱团结"，成了"无敌三勇士"。这样的一个主题，无疑地是十分正确深刻的，因为它形象地揭示了人民军队的阶级本质，告诉了读者什么是他们无敌于天下的力量的源泉。这三个战士的性格，是被塑绘得相当生动真实的，他们具有着阶级共性，也各自有其个性的特征。这是因为作者参加了部队的实际生活，熟悉而且热爱他们的缘故。洋溢在全篇里的部队生活的浓厚气息，把读者带进了人民部队的生活领域。《无敌三勇士》的确可以算是一篇思想与艺术相当和谐统一的作品。

中篇《火光在前》完成于一九四九年九月，它标志着作者在创作上的一个巨大进展。这是一幅描写人民解放军渡江作战的伟大历史行动的壮丽画幅。在故事的结尾，作者以富有诗意的抒情的语言，满怀信心地写道：

---

① 陈涌：《刘白羽近年的小说》，载《人民文学》第1卷第4期。

> 这个故事就在这里宣告结束吧！最后的胜利进军还正在蜂拥前进。过去，在战场上我们走过多少路程啊！多少次风雨晴阴不定的黑夜或黎明，我们看见前进的方向上有火光闪闪，那是灾难的火光，现在我们到了最后扑灭它们的时候了，敌人就要全部、彻底、干净的覆灭。黎明正在升起，在我们的前面，出现的将是新的火光，太阳的火光，真理的火光。

这种充满着信心与欢乐的抒情的素质，构成了《火光在前》的基本情调和色彩，它使得人民解放军为了最后消灭反动派残余势力而发动的强大攻势，能够有声有色地呈现在读者的眼前。

《火光在前》出色地描写了我军势如破竹的胜利进军中几个富有历史意义的伟大场面：南方火热的季节，高山、湖沼地带的冒雨进军；天险长江的夜袭；被敌机炸毁的渡口的安全渡过，和崇山峻岭、悬崖绝壁的攀登。在这一连串艰苦的然而是胜利的战斗中，毛主席的战士始终“是充满热情与信心的，他们不是只千忧万虑于面前的困难，而是着眼于光辉灿烂新中国无边远景的”。这种动人的情景在小说中得到了比较鲜明具体的描画。《火光在前》同时也比较成功地创造了人民解放军较高级领导干部的光辉的形象，描写了他们对革命事业的无限忠诚和信心，他们对战争的坚定而果敢的部署，还有他们对每一个战斗员的深切关怀和教育。书中的师长陈兴才和政治委员梁宾正是战争和胜利的组织者和鼓舞者，描写了他们，也就能更全面地更本质地显示历史的真实面貌。在《战火纷飞》中，我们曾经看到作者所刻画的人民解放军的中级干部形象（例如《政治委员》中的政治委员吴毅），而在《火光在前》中，作者是在用简单确切的语言为读者塑造一些较高级将领的形象了。这说明了作者在政治视野上的不断扩大和在艺术创造上的巨大进步；而这样的进步，就在我们现代文学发展史上也是值得重视的。

刘白羽这篇小说，在描写人物上，有时还难免概念化的毛病，同时因为人物写得过多，囿于篇幅，又缺乏展开的具体的描绘，这样，就使得有些人物还不能给读者以深刻的印象。在语言上，虽然较之过去作品要朴素浅易一些，但缺乏锤炼和修饰。在结构上也显得散漫和零乱一些。这些缺点的存在，对于作品的深刻反映现实生活和教育人民来说，是不能不有一些影响的。

马烽、西戎合著的《吕梁英雄传》，可以作为反映抗日时期解放区对敌斗争的长篇小说的代表作品来看。它的特点是采用了中国传统小说的形式（但给了它以提高）来表现解放区人民在党的领导下艰苦斗争的英雄史迹，生动细致地描写出了人民抗日力量的迅速壮大的过程。这里面的英雄人物都是平凡的儿女，他们的平凡使我们感觉亲热，他们的英雄气概使我们崇敬。这无形之间使读者认识到共产党员的最真率的面目。读者从这里可以得到很大的鼓励，来改造自己或提高自己。这样的长篇在利用旧形式上也作了一些新的探索和尝试，用实际的例子证实了毛主席的话："旧形式到了我们手里，给了改造，加进了新内容，也就变成革命的为人民服务的东西了。"这一点在我们文学史上是更值得重视的。

以上是本时期解放区小说的一个不完全的叙述。从这个不完全的叙述里，可以看出我国社会主义现实主义文学是有了如何空前巨大的发展了。这样一个发展自然是与革命形势的发展相一致的，同时它也是广大文艺工作者实践毛泽东同志的文艺思想、深入生活、提高艺术的必然结果。本时期解放区的小说呈露了如下的特点：第一，它是与现实生活和斗争紧密地联系在一起的。这是我国现代文学的一个基本特点，但这个特点从来没有得到像本时期这样充分有力的表现。从揭示社会生活的主要矛盾和斗争及其深广程度来说，从对于旧的没落的反动势力的摧毁和对于新的发展着的革命力量的培养来说，也从对于广大人民的教育鼓舞来说，本时期解放区的小说取得了前所未有的巨大成绩。小说的取材是非常广泛的，广大农村的土地斗争和各个战场的胜利进军，是它的最主要的题材。我国抗日战争和解放战争期间的历史面貌，在小说中得到了真切和深刻的反映。第二，在创造正面的典型形象上，本时期小说的成就也是相当高的。社会主义的文学艺术要求作家创造出新英雄人物的光辉的形象，给广大读者提供学习和仿效的对象。毛泽东同志曾经这样教导我们："革命的文艺，应当根据实际生活创造出各种各样的人物来，帮助群众推动历史的前进。"但在延安文艺座谈会以前，一般地说，作家们是不善于在作品中创造正面人物的形象的，抽象、概念的写法成了人物描写中的共同毛病。现在由于作家有了相当丰富的生活体验和对于英雄人物有了一定程度的熟悉和理解，他们在小说中已经开始能够比较成功地塑绘正面人物形象了。这实在是一个非常可喜的进步。第三，本时期解放区的小说在语言和形式上，大都具有着"新鲜活泼的、为中国老百姓所喜闻乐见的中国作风和中国气派"。在旧形式的利用和改造上，也取得了较上一时期更大的成绩。在语言形式上所取得的这些成就和特色，在我国文艺普及和提高工作上，具有非常重要的作用，它为新中国的"为工农兵而创作，为工农兵所利用的"更为辉煌的文艺创作，开辟了道路，打下了基础。

三　歌剧和话剧

西北战斗剧社集体创作（魏风、刘莲池等执笔）的《刘胡兰》，是解放战争时期歌剧创作中的一个异常优秀的作品。这是根据女英雄刘胡兰壮烈殉难的事迹而创造的一个剧本。全剧共分三幕十二场，把刘胡兰这样一个人物的"生的伟大、死的光荣"（毛主席的挽词）的感人的崇高精神，集中地表现了出来。第一幕共五场，叙述的是刘胡兰的生前事迹，写出了刘胡兰与云周西村群众血肉相连的关系，写出了她冒着危险和风雪为前线战士服务的无限热忱，也写出了她对于受伤战士和劳动人民的殷切爱护，在这一幕中，作为一个共产党员的刘胡兰的主要精神面貌，是相当真切地被描绘出来了。同时在这一幕中，也描写了地主石三海和小恶霸石头与阎匪军勾结、企图杀害刘胡兰和其他革命群众的无耻阴谋。在那里，展开了敌我之间的尖锐矛盾和残酷斗争，揭露了敌人的卑污阴险，也就更加突出地显示了刘胡兰的光荣伟大。第二幕也是五场，写的是阎匪军进村，逮捕和毒打刘胡兰和其他革命群众，强迫他们"自白"，妄冀一网打尽村中共产党员，但是他们所得到的，却是刘胡兰和其他同志的坚决斗争和控诉，而最后则是刘胡兰以共产党员的崇高气节，从容就义。这是戏剧发展的顶点，也是全剧最动人的地方。当刘胡兰就义前，高唱“你杀！你杀！共产党你杀不尽，穷人你杀不尽，你杀了我一人不要紧，千百万人民后面跟”的时候，在观众和读者心中升起的是更炽烈的仇恨和斗争的火焰。第三幕共二场，表现把悲痛变成仇恨，把仇恨化为力量。刘胡兰的壮烈的死，激起了群众更大的愤怒，也在解放军战士中激起了为烈士复仇的普遍要求。县城攻克了，杀人凶犯当场击毙了，刘胡兰和云周西村人民的血仇得到清偿了！在广大人民和战士中响起的是“坚决消灭蒋介石，坚决消灭阎锡山”的惊天动地的喊声！

没有疑问，《刘胡兰》这个剧本之所以具有强大的艺术力量，主要在于它根据刘胡兰这个十七岁的共产党员的伟大光荣的事迹，表现了富有深刻教育意义的革命内容，塑造了一个为实现新社会的崇高理想而坚决献身的英雄形象：一个崭新的具有高尚品质的革命女性的典型形象。“从《白毛女》、《赤叶河》中的女主人公……到王秀鸾一直到女英雄刘胡兰，在精神上不知经历了多少世纪啊！在这么一个长距离中，不知流了多少眼泪，多少血！”①因此，刘胡兰这个人物在艺术上被创造出来，在我国现代文学史上就有了特殊重要的意义。作者把她放在血淋淋的现实斗争中来描写，这一方面十分符合于生活的真实，同时也使得她的英勇坚强的性格产生了更为巨大的感动力量，这是《刘胡兰》这个剧本的重要成功所在。整个剧本的艺术结构是安排得恰如其分的；第三幕在修改过程中，为了满足观众的要求而增写了“大报仇”一场，也真实地反映了人民群众的合理愿望和客观现实的发展规律。作者之一的刘莲池在《写在〈刘胡兰〉前面》中说：

> 原来第三幕的十一场中，只表现了现在十一场的前半截的内容，十二场是在刑场上军民举行了一个悲壮的追悼会（也就是现在十一场后半截的内容），企图把复仇的怒潮印在观众的脑子

① 周扬：《新的人民的文艺》。

> 里，激发斗争热情。……但今年(一九四八)屡次演出后，观众总是感到不满足，各方纷纷来信或当面提议，要求增加"大报仇"。开始，我们还认为这是戏剧效果的强烈反映，后来，才渐渐认识到，观众的这种要求，是客观现实的反映：今天的形势与去年的形势已经根本不同了，敌我力量已起了基本上的变化，敌人已到处溃败，接近死亡，人民力量空前壮大，正在猛烈前进。复仇已成为现实的事情，所以观众的要求是完全对的。于是决定把原来的十一场和十二场并为一场，加写了现在的十二场。修改后屡次演出中，每次演到这最后一场，观众都兴奋到齐声高呼，掌声不绝。我们过去思想上对现实的发展认识不足的毛病，在群众教育下得到了改进。

正是尊重群众的合理的意见，虚心向群众学习，使得《刘胡兰》这个剧本获得了更高的教育群众的艺术效果。

剧本在细节描写上，因为过度追求"逼真"，而不适当地着重刻画了脱离主题需要的刺激观众的残酷情景(例如铡头一节)，这自然是一个缺点。但这个缺点，当作者对剧本作进一步的修改时，已经有所改正了。

柯仲平的《无敌民兵》(共十四场)是一个反映边区人民斗争生活的比较优秀的歌剧。它是根据一九四六年六月陕甘宁边区边境上的一个真实故事，加以创造和加工而成的。剧本描写了游击小组组长王登高的鲜明的形象，通过他和其他组员们保卫边区的革命活动，展示了在当时边区边境上所发生的复杂剧烈的阶级斗争。这时土地改革运动在解放区尚未展开，地主阶级的威风虽然在减租减息的说理斗争中初步地被打垮了，但是他们仍然与白区蒋介石匪军暗中联系，阴谋颠覆革命力量，并勾引匪军到边区地界来打家劫舍，杀人放火。边区的人民和自卫军与八路军紧密配合，终于粉碎了匪军的进袭，匪军队长和地主特务全部就擒。这样一个故事，在剧本中是描写得相当细腻生动的。从其中可以看见边区人民对于反动统治阶级的仇恨是多么强烈，他们的子弟兵在保卫边区的斗争中又显露了多么高度的坚决、勇敢和机智(当然它也指摘和批判了某些领导干部的麻痹大意)。剧本对于匪军队长和地主阶级的两个人物(何国昌和宋廉伯),也尽量暴露了他们的罪恶活动与日暮途穷的命运。在整个剧情的发展上,显得十分自然而合乎情理。这个剧本,对于正在向着胜利迈进的解放区人民来说,无疑地是具有着相当大的教育意义和鼓舞力量的。

在解放战争时期,马健翎又写了另一重要歌剧——《穷人恨》。同《血泪仇》一样,《穷人恨》也是依据西北民间流行的一种歌剧形式——秦腔——写成的,但作者给了它以改造、提高,使它更能充分地表现人民的新的生活。剧本所表现的,是本时期许多作品所共同采用的一个重要主题:中国人民解放军所进行的革命战争,是我国历史上前所未有的真正人民的战争,是彻底解放灾难深重的我国农民的主要力量和斗争方式,因此,他必然要取得人民(特别是广大农民)的全力支援和他们在各方面斗争的配合。《穷人恨》的故事发生在一个抗战时期被敌伪蹂躏、日本投降后又遭蒋匪政权摧残的地方。在那里,蒋匪帮、日伪汉奸、地方上的封建地主,成了"三位一体"的东西,对广大农民进行层出不穷的剥削和迫害。水深火热中的农民终于在武工队的帮助之下,"自动地组织起来,武装起来,配合着解放军的进攻,解放了自己"。这个故事的本身,应当说是具有相当广泛的典型意义的。作者说他的主观目的,是想使"观众看后,认识封建社会的罪恶;认识中国共产党、人民解放军,是为解放中国最大多数受难的同胞而斗争"①。剧本在一定程度上完成了这样的任务。

阮章竞的歌剧《赤叶河》表现了与《穷人恨》同一的主题,但它记录了更为长远的农民受难的历史,也给了农民的翻身斗争以比较详尽的描摹。全剧共分四部,前三部写的是抗日战争以前"赤叶河"一段惨痛的岁月,第四部写的是"赤叶河"解放两年后农民为了彻底消灭封建地主阶级而进行的剧烈斗争。在第三部与第四部之间,穿插了一节"闲话",借牧羊人老宋的沉郁悲愤的独唱,插叙了抗日时期国民党军占据赤叶河时一片更加荒凉残破的景象,和在农民心里生长起来

① 马健翎:《写在〈穷人恨〉的前边》。

的复仇希望与对于共产党、八路军的殷切期盼。因为作者对于赤叶河农民是那样热爱而且熟悉，同时如我们所知道的，他又是本时期一位有成就的诗人，所以这个剧本就具有了这样的特点：它含有异常饱满的抒情诗的性质和力量。例如《闲话》中牧羊人老宋的唱词里就这样活画出了国民党统治下人民的灾难：

荒蒿长在门坎边，
狼窝扎在炕头上。
刨地三尺瓮底干，
百姓饿死满路旁！

在这样的诗句里的确浸满了作者深厚的阶级感情。剧本人物的刻画也具有较高的真实性。特别是女主人公燕燕，作为旧中国一个农村劳动妇女形象来看，作者赋予了她以真实生动的典型性格。她贫困而勤劳，年轻而美丽，爱在自己的想象里描画着自己的生活远景——多么卑微、善良然而在当时却是多么缥渺的一些天真的想望！残酷的现实撕破了燕燕的希望，地主阶级不仅榨干了她全家的血汗，而且玷辱了她的身体。她是穷人家的女儿，她恨透了“烂心烂肝的狗财主”，但是“周围一片黑洞洞”，她找不到报仇雪恨的道路，活着又“吃不下这坏名声”，结果是投身在滚滚奔流的赤叶河中，做了“这个野蛮社会的殉葬者”。燕燕的死亡在人们心中唤起的是不可遏抑的愤怒。中国的女性，特别是农村中的劳动妇女，该是走了多少年的黑暗道路，流下了多少血泪，才达到现在这样幸福自由的亮堂堂的天地啊！

晋冀鲁豫文工团的《王克勤班》是本时期反映部队生活的比较成功的小型歌剧。王克勤是晋冀鲁豫野战军的一位模范人物，在他所领导的班里，他号召大家发挥“革命靠互助”的阶级友爱精神，树立起“战斗与训练、技术与勇敢结合”的新的进步的范例，把落后的新战士教育成为了战斗英雄。《王克勤班》写的就是这样的真人真事。在人民解放战争正在长足进展的时候，这种“描写部队中落后战士转变的作品，是特别具有教育意义的。它们反映了我们的部队所进行的阶级教育、民主教育的卓越成效，同时反过来又推动了部队的教育”①。

以上是关于本时期解放区歌剧创作的一个概略叙述。

在抗日时期，解放区话剧创作的数量还不很多。冀中火线剧社集体创作（胡丹沸执笔）的独幕剧《把眼光放远一点》是一个反映敌后人民斗争生活的相当成功的剧本，“以它所描写的内容的新鲜和它的艺术的力量，以及它的大众性和艺术性的结合程度”②，赢得了观众和批评界的重视与好评。到了解放战争时期，好的剧作逐渐增多了。伴随着革命战争的胜利进展，以及剧作者与现实生活的结合，剧本所表现的题材既丰富又广阔，在艺术形式上也逐渐摆脱了从“五四”以来就严重地存在着的洋教条的束缚，而开始取得了为人民所乐意接受的新的民族风格。这是在延安文艺座谈会以后，我国现代话剧的一个非常重要的跨进。

李之华的独幕剧《反翻把斗争》是一个受到中共中央东北局奖励的作品。它把东北农村中农民为了反对地主阶级“复辟”（“翻把”即“复辟”的意思）阴谋而进行的胜利斗争，很成功地再现在舞台上。在土地改革以后，如何巩固农村中的民主政权和革命秩序，是与加强农民团结、提高农民警惕、严密防范反动阶级破坏活动的斗争紧密地联系在一起的。《反翻把斗争》所揭示的就是这样一个重要道理。

鲁易、张捷的《团结立功》和杜烽的《李国瑞》（五幕剧），都是描写我军中比较落后的战士在党的教育下觉悟立功的转变过程的剧本。《团结立功》中的裴振刚，《李国瑞》中的李国瑞，都是由于坏蛋的挑拨引诱和班长的不正确的领导方法，而产生了落后情绪与离队思想。后来经过他们的连指导员的说服和鼓励，这两个战士都认识了自己过去的错误：裴振刚成了全班的积极分子，在进攻敌人碉堡的战斗中，英勇向前，夺取机枪，成为全班战斗情绪的鼓动力量；李国瑞则完成了除奸任务，又在部队“坦白运动”中，成了“分区坦白模范”，在战斗中也立下了很大的功劳。《李国瑞》一剧，是根据真人真事编写的

① 周扬：《新的人民的文艺》。

② 周扬：《〈把眼光放远一点〉序言》。

(据作者在《〈李国瑞〉写作前后》一文中说，初稿写就后曾读给李国瑞本人听，经他提了意见，又作了一些修改)，素材真实丰富，屡次演出都获得了很好的效果。《团结立功》一剧，在剧本的结构形式上也作了改进："全部采用'全本连台'形式，二幕前后的戏交替着，克服一般话剧幕间等待时间，从开始到剧终，可以毫不间歇地一直演完。"①这也是一个比较有意义的新的尝试。

林扬等作的《九股山的英雄》(五幕剧)与胡丹沸、白艾等作的《胜利渡长江》(三幕剧)，都是在人民解放战争期间出现的，相当真实地反映了战争面貌和历史特点。《九股山的英雄》表现了人民解放军在一九四七年为了保卫党中央和毛主席，为了掩护中央党政机关从延安撤退，而在延安附近九股山所进行的动人心魄的顽强战斗。作者赋予了这个真实的故事以比较鲜明的形象的描画。《胜利渡长江》表现的是一九四九年人民解放军横渡长江这一具有伟大历史意义的事件。这是我军以"秋风扫落叶"的气势乘胜挺进的时候，在这个剧本里响着的正是历史的壮阔雄健的步伐。

在反映解放战争的剧本中，我们应该着重介绍的，还有胡可等集体创作的《战斗里成长》一剧。

四幕剧《战斗里成长》虽然发表的时期较晚②，但初稿完成却在一九四九年八月。从主题思想的丰富深刻和人物性格的真实明朗来说，它都应算是本时期为数不多的优秀剧作之一。这个剧本最大的成功，首先在于它出色地表现了人民解放军的阶级本质。剧本的第一幕展开了旧中国农村中阶级斗争的血淋淋的现实，具体地说明了赵钢(铁柱)和他的儿子赵石头(黑蛋)参加八路军的经过。在第二幕中，作者一方面通过通讯员四海和双儿的争论，生动地告诉了我们："我们人民的武装，就是人民的希望"，在我们战士的心头都深深刻上了难忘的阶级仇恨；同时又通过营长赵钢，这个从无数战斗里锻炼出来的优秀干部口中，庄严地阐明了人民解放军的神圣任务：不仅保卫全

① 《团结立功·附记》。

② 它刊载在《人民文学》第1卷5、6期(1950年3、4月号)上。

家、全村、全边区、全中国，而且还要保卫全人类，“咱们将来还要建立共产主义呢”。这样的战士，他们“想着自己的家也想着别人的家，把自己跟天下受苦人拧在一块儿，谁的仇也要报”。第三幕表现了革命部队是一个大熔炉，许多战士在这里受到教育、考验，经过千锤百炼，都成了钢铁战士。在这一幕中，作者给了赵石头这个人物以突出的描写。第四幕写出了人民解放军是广大人民的真正解放者，是人民真正的子弟兵，因此他们是无敌于天下的。赵钢的家庭刚刚团圆，但他还要战斗下去。他对他的妻说：

> 革命就是这个样子，敌人不彻底消灭，我就要继续战斗到底！还得坚持。……你等了我十三年，可是我还不能放下枪。……枪杆儿是好东西，早先咱爹打官司那会儿，吃亏的是穷人没有枪杆儿。这会儿有了枪杆，就不能放下。……

作者在这个剧本中异常鲜明地说明了这样一个重要事实：人民解放军是由千千万万受压迫的劳动人民组成的，他们是在党的领导和教育下无限忠勇地为全人类的幸福、为共产主义的崇高事业而进行战斗的。这是人民解放军最本质的特征。应当说，这个特征，在剧本中是得到了相当充分、具体的艺术塑绘的；而且这种塑绘，因为有了关于反动派军队的本质的描写的强烈对照，而更加显得光彩夺目。

其次，《战斗里成长》这个剧本的深刻意义，还表现在它写出了农民思想和无产阶级思想的区别，而且在赵石头这个人物身上相当真实地体现了一个农民变成无产阶级战士的锻炼和提高的过程。作者创造了两个人物（赵钢和他的儿子赵石头）来代表这两种觉悟程度，并且显示了一个无产阶级战士是怎样在战斗里成长起来的。赵石头开始时只记得他的家庭的仇恨，他缺乏更崇高的理想和目的，也不懂得军队纪律的重要性。但他在赵钢和同志们的教育帮助下，终于觉悟了：“打仗是大家的事，这么些同志帮咱们报仇！咱们也得帮大家报仇！”这虽然只是一个初步的觉悟，但它在一个战士的无产阶级思想意识的成长过程上说，却是一个非常重要的进展。把这个进展在某种程度上予以形象的刻画，对于观众是很有教育意义的。

最后，在剧情的安排和发展上，也显示了作者的优异的艺术才能。它所表现的题材范围是相当广阔的，但赵钢一家人的生活遭遇始终是贯串在其中的主要线索。它所写的是一个巧合的故事，但却显得自然而使人信服。绵密紧凑的结构，大大增强了作品的感人力量。

这个剧本也存在着一些缺点：如对赵钢的前后两个不同阶段缺乏比较明确的交代，第二、第三幕关于战士思想情况作了不必要的过于详细的描写，教导员应起的作用没有足够的表现等。这些缺点对于剧作的完整性自然有着一定程度的损害。

随着战争形势的胜利发展，城市工业生产开始成为了革命工作的重心，于是反映工业建设和工人生活的剧本也逐渐地增多了起来。在这里，首先要提起的，是陈其通的《炮弹是怎样造成的》一剧。陈其通是一位经过长征的老同志，具有长期斗争体验，又从未放弃过文艺工作。这个剧本的创作，是东北军区政治部交给作者的任务。他曾到鞍钢和北满的兵工厂去搜集材料，而且在写作过程中又得到领导上的具体指示和修改。因此他能够比较全面地掌握政策，密切结合当前运动，能够抓住主要矛盾，并正确地解决这些矛盾。剧本是以反对经验主义、事务主义和本位主义为其主题的。它通过一个刚刚被解放的城市里的炮弹厂从残破状态中恢复生产、支援前线过程中所经历的事实，说明："从农村转入城市，从战争转入和平建设的过程中，正如毛主席指示的，我们熟悉的东西有许多已经闲起来，我们不熟悉的东西正在强迫我们去做。过去在农村和在部队中的工作方法与工作作风，在今天的农村和部队中已经不完全适合了，拿来搞工业建设，就更不合适。这是转变过程中的一个主要问题，也是经济建设运动中的本质的矛盾。"①剧本中王仁方厂长与工会主任老赵对于何总厂长与工程科长所进行的斗争，在实质上就是两种不同的工作方法与工作作风之间的斗争。这个斗争显示了：只有坚决依靠群众、发扬民主、开展批评和自我批评，才是克服一切不正确的倾向、搞好生产建设的首要

① 孙泱：《〈炮弹是怎样造成的〉序》。

关键。这个剧在当时演出，曾经收到良好的效果，这与它本身所具有的较强的思想性是分不开的。

刘沧浪等集体创作的《红旗歌》是一个以产业工人的生产斗争为题材的剧本。它的初稿完成于一九四八年冬天，以后进行了多次修改。它在全国各大城市上演，都曾获得一定的好评。主要原因固然是这个剧本在生活内容上给人们带来了新鲜有益的东西，而另外，它的比较富于独创性的艺术形式，也是使它受到欢迎的因素。批评界对于这个剧本的意见是颇不一致的，周扬在《论〈红旗歌〉》(修订本《代序》)一文中给了它以十分恰当的评价：

> 必须肯定，《红旗歌》是一个好剧本。它之所以好，就在于：它是第一个描写工人生产的剧本；它用艺术的力量，表扬了工人在生产竞赛中的高度劳动热情，批评了工人中的落后分子，也批评了某些积极分子对待落后工人不去耐心团结教育而只是讥讽打击的那种不正确的态度；表扬了行政管理上的民主作风，批评了官僚主义、命令主义的作风。这一切都通过了活生生的个性的描写。作者在人物性格的雕塑与语言的运用上显示了优秀的才能。这就是为甚么这个剧本具有教育人、感动人的力量；不管它还有某些缺点甚至比较严重的缺点，我们要给予这个剧本以较高的评价。

《红旗歌》以纱厂的红旗竞赛为主要线索，比较突出地刻画了马芬姐这样一个人物，从她的前后思想发展过程的细致曲折的描绘，说明了党在进入城市以后教育落后工人的重大意义。马芬姐是一个具有七八年工龄的老工人，有“一个被旧世界的剥削、压榨、凌辱所歪曲了的性格”。她对旧的工厂和管理人员怀着深深的仇恨。解放以后，她不了解在她的面前所发生的重大的变化，她还在用旧的眼光来看待新事物。她不相信工厂“能向着咱们穷工人”，她认为红旗竞赛“还不是哄你们多干活儿”。她在群众的竞赛热潮中感到孤立。她旷工、跑车甚至扔白花，直到最后离开工厂。但是由于彭管理员和群众通过各种方法耐心帮助和启发，她到底认识了新旧社会的本质上的不同，觉悟到从前的错误，而成为了工业生产中的一个积极分子。这样一个人物及其思想发展，是具有比较充分的现实性的。从剧本可以分明看出：在马分姐身上所存在着的那种落后思想与执拗性格，乃是她在旧社会里长期受压迫损害的结果。作者批评了它，也就是对于旧社会罪恶进行了揭露。对于马芬姐的教育、团结的过程，也就是对于某些积极分子(例如张大梅)的个人突出、骄傲自大的不正确的思想习惯和工厂管理的不民主的作风(也是旧社会遗留下来的)的纠正和改变的过程。作者把这些通过鲜明的艺术形象表现了出来，应当说是相当本质地反映了革命工作的重点从乡村转到城市时期在工业生产上的重要矛盾和斗争的。

剧本关于工人们在红旗竞赛中所显露出来的劳动热情也是描写得鲜丽动人的。而对于工厂中党的领导与工会活动的作用缺乏足够的表现，则是一个严重的缺点。

以上是关于本时期解放区话剧创作的一个概略叙述。

总起来说，本时期的戏剧创作(无论是新歌剧或话剧)是有了相当丰饶的收获的。这是解放区的戏剧工作者认真实践了毛泽东同志所指示的文艺方向，与工农兵群众密切结合的胜利成果。从它们所反映的题材来说，其范围是相当广阔的：农村中复杂尖锐的阶级斗争，人民解放军的部队生活和胜利进军，与党在进入城市后在恢复和发展工业生产上所进行的艰巨斗争，这些都在剧本中(正同在其他文艺样式中一样)得到了真切的反映。有不少的剧本，还是以真人真事为题材的。这是因为在前线上和在农村中，涌现了不少的英雄人物，他们创造了许多重要的业绩。这些新人新事大都为广大人民所熟悉和热爱；描写和表演了他们，就能使群众受到更为亲切和深刻的感动。伟大的时代和英雄的人物构成了本时期戏剧创作的气象万千的画幅，显示了新中国光辉灿烂的远景。新兴的歌剧，在形式和语言上，都大量吸收了民间文艺中的优良成分而又大胆发展和提高了它们。话剧的进展是更其显著的。工农兵的形象开始走进了话剧的天地，而且立刻取得了主人公的地位；在艺术形式上，也开始突破了“五四”以来的洋教条的束缚，一种朴素的为人民所喜爱的艺术风格正在形成着、发展着。话剧在内容和形式上的改进，大大地扩大了它的读者和观众的范围，加强了它的教育人民的战斗作用。这是话剧在延安文艺座谈会后的一个重大的进展。

四　通讯报告

在本时期，通讯报告成为了报导战争情况的主要样式，这一方面是因为迅速改变着的战争局势和时代面貌，要求及时的准确的反映，而同时也因为这不失去艺术的匠心和规模而同时又能正确地显示事态真实的文艺样式，特别适宜于负担这样一项任务。因此，我们在本时期的通讯报告中，就更能够看到无数为祖国自由与解放而挺进在战争的炮火里的英雄的形象，就更能理解人民解放战争期间的历史特点，懂得为什么我们的军队总是所向无敌、取得伟大胜利的真正原因。重新温习一下本时期的一些报导文章，在我们内心里激荡起来的将是最真诚的崇敬与感激的心情，也将是一种巨大的忘我的战斗和劳动的力量。

曾经写了许多重要报导作品的作家刘白羽，当他在一九五三年把他的作品重新编排整理、准备付印的时候，他在书的前面写了一段意味深长的话：

> 一九四六——四九，那解放战争的年代离我们并不远。当我整理着当时我写的各种战地通讯的时候，那些风雪下、炮火下的生活又跃现在我的眼前。不久以前，我到朝鲜前线一个团指挥所，那是在山谷的密林里，人民从山石底下凿出巨大的坑道，在我们洞门口外，榴霰弹常常飞啸着，把茂盛的树林斫断炸伤。就在那种轰隆——轰隆炮声中，我听到一段非常令人神往的对话。那是一个政治委员和一个刚刚从火线上负伤下来的排长，他们说着说着忽然谈起过去。
>
> …………

一种英雄的历史的声音，从那普通人的普通言语里透露出来，从他心里透露出来了。我听着，我也回忆起他们所谈的一九四六年严冬那一段生活。我知道这种谈话，在这炮火下是多么宝贵，它是怎样的鼓舞人，往年的战斗的火炬又闪耀起来，——这意味着历史的胜利前进。

想一想，一个战士，他是一个普通的农民，他曾经为土地、为生存、为自由而战，他解放了祖国。他们一心一意要在走完万里长征第一步之后走第二步，他们要建设家园、祖国，他们告诉我："我要把日本烧杀的无人区变成良田"，可是美帝国主义又把战火引到我们的边疆。他们有的已经复员还乡，又带着身上的伤疤，向家人告别；有的就在一个黎明报了名，走向朝鲜。他们用血肉创立了祖国，又用生命来保卫它。他们和万千新的人，年轻的人一起，英迈的走上战争的烟火里去，他们又一起创造震动世界的新胜利。这时他们回头想到那历史的往日，他们的心是怎样的充满火光一样的胜利自豪感啊！"历史上一次又一次的，不管多么艰难困苦，我们都打出一条路来，这面前的美帝国主义能制不住它？我才不相信呢！"在火线上无数新的人、年轻的人都为这种胜利信心所鼓舞。我明白，战士这种朴素的话、可爱的话，也就是从中国人民革命斗争历史的考验当中得来的。历史斗争中的勇敢、顽强，一代又一代的流传下来，我相信，无论在战斗火线上或生产建设战线上，今天，这种历史的精神都在闪着火花。①

刘白羽在本时期所写的一些报导文章，就正是英雄历史的确切见证，历史的精神在里面闪亮着耀眼的光辉。收在《时代的印象》第二辑中的十一篇文章，是刘白羽一九四六年春天随军调部执行小组来东北访问后写下的，原名《环行东北》，在上海出版后旋遭国民党特务的追禁。"那时，日本帝国主义在人民八年奋战之下虽已垮台，而国

① 《〈为祖国而战〉序》。

民党反动派又勾结了美帝国主义，拼命用战争，用新闻，用邮电检扣，封锁东北，一时之间阴霾四起，谣诼纷兴，使关内人民无从得到真实情况，判断是非。”①刘白羽这些文章的发表，把东北人民的真实声音，突破层层封锁，带到世界人民的面前。

《光明照耀着沈阳》(收在《人民文艺丛书》中)的七篇文章，是刘白羽参加部队工作后亲历了多次战役的忠实报导。在其中，东北的几次伟大战役，如四平街的保卫战，沈阳、锦州的解放，都有着非常翔实的记载。它出色地表现了我们的人民和军队的勇敢和力量，以及他们为了争取祖国自由解放而付出的重大牺牲。作者的笔端燃烧着多么强烈的激情！下面只是许多例子中的一个：

> 落雪的夜晚，在烧着柴草的篝火前，我靠着一个战士蹲了下去，——我望着他，他那样贪馋的喝着水，而后把碗递到我手里，而后又赶紧背了枪赶队伍去了……从他的容颜、姿态，我清楚他是一个多么单纯的人物，而今天在他手里多了一支枪。
>
> …………
>
> 就是这些人，在世界上他们都是苦人。他们在世界上，因为自已的饥饿，或是因为自已父亲病死，而曾经侵犯过或者压榨过那些恶霸，统治者，帝国主义者们的一个铜元吗!? 不，——他们在世界上是最苦的人，也是最干净的人。
>
> 他们的勇敢是无比的，这绝不是由于谁的煽动与诱惑，是由于他们为自己而战。
>
> 王喜亲自告诉我：“我自己要求从地方部队补充主力，就是想上前方消灭反动派。”
>
> 不应该流血的人今天还在流着血，这是谁的罪恶呢？②

正因为我们的战士是为自己而战，为祖国而战，我们打的是世界上最

① 刘白羽：《〈时代的印象〉序》。

② 《为祖国而战 · 谁的罪恶》。

正义的战争，所以我们能够“从战争中生长力量”，能够赢得战争的巨大胜利：“日本人在我们面前倒下，现在蒋介石和美帝国主义呢？——用你们愚蠢的行为来结束你们愚蠢的命运吧。祖国是不会被谁毁坏的，胜利是为祖国而战的人们的。”这就是人们从刘白羽的报导中所能够看到的事实，所能够领会到的真理。

刘白羽后来出了《为祖国而战》一书，除收了《环行东北》与《光明照耀着沈阳》中的文章而外，还有作者在一九四九年写的三篇通讯：《人民历史新的一页》、《横断中原》和《火炬映红了长江》。在这三篇充满着欢乐和力量的文章中，作者给予了在胜利中行进的伟大时代以光彩照人的描叙。新中国首都北京的解放，中原地区的复活了的土地和人民，映彻五月天空的长江之滨的胜利的火炬，都借着艺术语言带给了读者以强烈的爱国主义的教育力量。

华山的《英雄的十月》(《人民文艺丛书》)共收报告五篇；除《窑洞阵地战》、《碉堡线上》两篇是写于抗日战争时期、反映敌后人民英勇抗日的史迹外，其余三篇全是关于东北解放战争的惊心动魄的描绘。作者是用着多么饱满的热情和准确的词句来歌颂我们无数英雄所手创的业绩的啊！同时，我们也可以看出作者具有着怎样巨大的如实地记录生活的艺术才能。下面是题名《英雄的十月》文中的一段：

> 胜利解放的召唤使得初上战场的新兵也变成无畏的勇士。锦州人民永远忘不了爆炸英雄梁士英。他在西北角巷战道路上单独冲到地堡跟前，把爆破筒塞进两挺重机枪正在向外射击的枪眼里。正要回身跑出爆破威力圈，敌人却把爆破筒推了出来。铁筒上的导火索已经吱吱冒烟，他一把抓过来又塞进地堡，用双手死死顶住不放。连长命令他赶快转回，他却干脆拒绝说：“回去就完成不了任务了！”为了炸开前进道路，他慷慨地和地堡同归于尽。而在城外，突破的捷报一经传出，空虚的战场顿时黑压压的，也不知从哪里冒出来这许多队伍，两路纵队，四路纵队，从北山公路上抢奔突破口的是好几个并肩滚滚前进的部队。飞机在头顶轰炸扫射，堵击的炮火落到身边，而冲进城去的行列没有谁

爬下隐蔽。机枪手刚刚栽倒，助手抢上去就捞过他的枪，一眼不看便继续前进。……曾经在四平直捣敌人核心工事的第八连，就这样单独打了七里路的巷战，一路上连夺三座核心地堡群，从城墙冲到市中心，一直冲到敌人兵团司令部的几十个人，又用沿途缴获的一色冲锋枪突然猛攻，完成了该师预定的巷战任务。

没有问题，华山的这些文章之所以能产生强大的感人力量，就因为它是英雄的战士和战绩的实录。这些战士以他们英雄的行为摧毁了蒋介石的反动王朝，又在千千万万的读者心中激起了模仿和学习的愿望。《英雄的十月》中的战地特写在思想和艺术上的成就，主要就在这里。

韩希梁的《飞兵在沂蒙山上》，报导了我华东野战军的一个重炮连队深入敌人鲁南沂蒙山区，“指挥敌人，制造敌人弱点，继续的大量歼灭敌人”的真实经历。在这篇用日记体写出的报告中，作者亲切地描写了人民部队的英勇顽强的精神面貌，同时也无情地嘲笑了走在灭亡道上的敌人的垂死挣扎。当孟良崮的歼灭战胜利结束以后，作者这样写道：“这个蒋匪军五大主力之一的七十四师被歼灭了，这个骄横一时的蒋匪军的‘楷模’，在孟良崮找到了自己的坟墓了，这个‘战无不胜、攻无不克’的‘铁军’和其他被歼蒋匪军一样全军覆没了，歼灭得多么彻底、干净啊。从师长到马伕无一漏网。让蒋介石老贼去哭泣吧！”

韩希梁的另一长篇报告《六十八天》，是关于淮海战役的比较全面的描写。作者在《后记》中说：“……战役中的英雄们的英勇行为，比我所写下的要更加英勇。敌人的狼狈也是空前的，狼狈的敌人给予人民的残暴行为，也是超过我所写下来的。”淮海战役是人民解放战争中一次规模巨大而且具有决定性胜利的富有伟大历史意义的战役，因为作者是这次战争的亲身参加者（他是华东野战军的一位炮兵指导员），所以他的记述相当详尽确切地反映了历史的真实。当战斗快要结束的时候，在连队的军人大会上，政治指导员沈树原这样说明了我军伟大的新的胜利：

> 今天，伟大的淮海战役胜利的结束了，战役的规模是空前的。从战役开始到结束总共我们苦战了六十五天，加上战役正式开始之前，我们的三天行军时间，总共是经过了六十八天。六十八天不停的战斗，我们歼灭了敌人六十多万。我们的敌人，被歼灭得多么彻底，从司令、军长到火伕、马伕全军覆没了。我们杀得敌人片甲不回。让蒋介石这个卖国贼去哭吧！让援助蒋介石卖国贼的美帝国主义去发抖吧！让全中国人民来高兴吧！

这种响亮雄壮的声音，宣告了敌人的悲惨的灭亡，也显示了在全国人民面前的更巨大的胜利。

关于描叙解放战争和人民对于战争的支援的特写文章，应当提及的还有：曾克的《挺进大别山》，洪林的《一支运粮队》，和董彦夫的长篇报告《走向胜利的第一连》等。这些作品在不同范围和不同程度上摄取了我们的永远前进、无往不胜的英雄人民和英雄部队的真实形象，并从而叙述了他们的创造历史的伟大业绩。重新温读一下这些文章，对于激发我们的爱国热情和战斗力量是有很大助益的。

第三章　在反动派压迫下斗争和发展的国统区文艺

一　运动概况

在第一次全国文代大会的报告中，茅盾这样叙述了本时期国统区文艺运动的情况：

> ……抗战结束以后……日本帝国主义虽已经垮台，但国民党反动派却勾结美帝国主义企图使中国完全殖民地化，把全中国人民变成美帝的奴隶。在国统区内的爱国民主运动中，莫不有文艺工作者的参加。有些作家们的诗歌，杂文，成了群众运动中的武器。到了一九四六年七月，国民党反动派在美帝支持下悍然发动全面的反人民反民主的内战，并颁布"戡乱"法令，封闭报馆，查禁书刊，迫害作家，暗杀绑架，肆行无忌。但是无论国民党反动派如何压迫，进步的文艺工作者还是坚持岗位。在这里特别值得提出的是电影艺术。由于电影艺术界同人的努力，虽在国民党重重封锁之中，还是竭尽可能制作了好些优秀的作品，帮助群众从现实生活中分清是非，而起了鼓动群众斗争的作用。在上海及其他大城市中的反美、反饥饿、反"戡乱"的群众运动中，文艺工作者都起了不容忽视的作用。而一部分到了香港的文艺工作者在反帝、反封建、反官僚资本主义的总目标下进行工作，所起的影响不仅限于海外各地的华侨，而且还渗透了国民党反动派的封锁而到达国统区内的人民大众中间。

这是关于本时期国统区文艺运动的带有总结性的说明。它指出了：抗日战争结束后，在党领导下的国统区进步文艺运动，是在国民党反动派的层层压迫和摧残下，经过许多文艺工作者不屈不挠的艰苦斗争，开展和取得胜利的。在全国人民反对和摧毁蒋介石反动统治的革命斗争中，国统区的进步文艺运动起了配合和推动的积极作用。

当抗日战争一宣告结束，邵荃麟就在《文艺杂志》(新一卷第三期)上以《在伟大的胜利前面》为题，郑重地说明了在新的形势下国统区文艺运动所应该担负的任务：

> 在八年抗战中间，中国的新文艺曾经坚持着民主主义与现实主义的立场，为人民服务，今后仍然将坚持着这同样的立场。在总的方向上，应该并没有什么大的变更，但是由于人民生活新的变动，人民愿望更迫切地需要倾诉，以及文化辐射区域更加广阔，文艺工作便将更加复杂和繁重了。首先，作为我们当前迫切任务的，便是为彻底消灭法西斯汉奸和打击一切反人民反民主的思想而斗争，这在主观方面是要求文艺的战斗与人民的战斗的更密切结合，而在客观方面一个迫切要求，即是言论出版创作研究的自由。……其次，从文艺工作者本身来说，我们应该更肩负起国民精神代言人的职责，更深广地去反映和倾吐今天人民的愿望和表达人民的意志，这就要求每个作家更勇敢地投身于现实斗争，加强自己的战斗力量。巨大的时代浪潮正向我们猛扑过来，我们必须以加倍的力量，去和这浪潮相搏击而不致被淹没，而也只有从这种猛烈的搏击中间，才能深入到时代精神的深处，同时也从这中间去获得巨大的艺术力量。

邵荃麟这段话指出了如下两点：第一，抗战胜利后的国统区的文艺运动，必须继续坚持在抗日时期已经坚持了八年之久的民主主义与现实主义的立场，继续成为人民生活和愿望的宣扬者，它必须为彻底消灭一切反动的法西斯思想而斗争；第二，文艺工作者如果要担负起这样一个重大任务，就必须英勇地投身于现实斗争中，在斗争中培养自己的力量，以求得文艺的战斗与人民的战斗的密切结合。解放战争时期国统区的文艺运动，基本上是按照这样一个方向前进，而且这也是符合于毛泽东同志在延安文艺座谈会上所指出的根本精神的。在政治上为捍卫民主主义而斗争，在文艺创作上坚持现实主义的原则，这是国统区文艺运动的主要特点。

抗战胜利后，原来的文艺组织，中华全国文艺界抗敌协会，就改名中华全国文艺界协会，继续领导文艺界进行争取民主、反美蒋、反内战的斗争。当纪念第二届“五四”文艺节(一九四六年)的时候，文协对国统区文艺工作者发出了如下的战斗号召：“为人民大众服务，实现和平民主的要求，这应该是我们的基本原则。”并说：“我们应该严密地保守着人民的立场，努力向人民大众学习，使自己的意识彻底大众化，绝对地不和腐化分子同流合污，和恶势力抱一个死不妥协的态度。对于协会应当使它尽量地健全发展，争取友人，争取青年群众，争取广泛的中间层，在各种文艺活动中应积极参加，把自己培养成为一个和平民主的战士。要有这种生活的实践，我们的创作才能够适合人民的要求，和当前的时代配合。”①。

在争取民主与和平的斗争中，国统区文艺工作者作过不少的工作，也遭受到了反动统治者百般的无理迫害。当一九四六年一月旧政治协商会议开幕的时候，重庆文艺界(茅盾等三十人签署)和文化界(力扬等二百余人签署)都发表了对于时局的主张。这些主张，传达了中国人民的要求和愿望，并对国民党反动派表示了文艺界的严正态度。在这以前，当昆明的学生和教授为了反内战、争民主而遭受了反动派的可耻屠杀时，重庆的作家和诗人们也都曾去电慰唁，并这样坚决表示：“我们发誓和你们站在一起，反对屠杀，为彻底实现民主的胜利而奋斗。”②

① 中华全国文艺界协会总会：《纪念第二届五四文艺节告全国文艺工作者》，载四杂志《联合特刊》(一卷五期)。

② 重庆文艺界慰唁昆明教授及同学电，载四杂志《联合特刊》(一卷一期)。

旧政治协商会议，由于中国共产党和全国人民一致的努力，经过剧烈斗争，而通过了有利于和平团结民主统一的五项决议。但是蒋介石丝毫没有执行这些决议的意思。就在开会时期，他就制造了沧白堂事件和搜查政协代表住宅事件。二月十日，当重庆各界在较场口召开“庆祝政治协商会议成功大会”的时候，他又利用特务匪徒捣乱会场，打伤政协代表、著名作家和诗人郭沫若。在这以后，蒋介石在美帝国主义的支持和援助之下，积极发动内战，使中国陷于内战、分裂、恐怖和贫困之中。

反内战、反饥饿、反“戡乱”的斗争在国统区各大城市里普遍地展开着，文艺工作者英勇地投入了这一斗争，而且以他们的作品推动了这一斗争。文艺界同各界进步人士一样，受到了蒋介石匪帮的无理摧残和卑鄙屠杀。一九四六年七月十五日（正是蒋介石指挥全部兵力向解放区举行全面进攻的时候），西南联大教授、著名诗人闻一多在昆明惨遭特务匪徒的暗害。闻一多的横遭杀害激起了文艺界和全国人民的莫大愤怒。下面是诗歌音乐工作者协会上海分会悼念文章中的一段：

> 在偌大的土地之上，以一个身为诗人学者的闻先生，不仅是室如悬罄，家无隔宿之粮，就连平安地生活下去都不容许。这冷酷的现实明白地反映了什么？我们可以知道时局已经临到了何等严重的程度；现状已经踏入了何等黑暗腐败的地步！……闻先生是不能白死的……闻先生却也是不会白死的，虽然他死得这样惨，挺直地躺在道旁鲜红的血泊里。笨伯的屠户们满以为杀了一个就少一个，或是杀一儆百。岂知“野火烧不尽，春风吹又生”？岂知千万人的心上更产生了千万个“不妥”的萌芽？无数的闻先生是杀不完的。①

不仅是暗杀闻一多，对于整个国统区进步文艺界和青年学生，国

① 载《文艺复兴》第二卷第一期。

民党反动派都采取了血腥屠杀的恐怖政策。下面是南通惨案的一幅真实的画图：

> …………
>
> 二十日通城各处即谣传已拟定黑名单，共计逮捕八十一名。风声到处，草木皆兵，各街巷满布便衣特务，各学生代表住家四近则终日站人。二十二日晚九时一刻，顾迅逸（文艺协会理事）、孙日新（青艺剧团团员）、郑英年（天声无线电料行职员）于返家途中失踪。二十五日晚《国民日报》记者孙平天则于回宿舍失踪。执行小组于四月二日离通后，全城特工开始大举捕人。三日夜半，便衣八人至省通中将教员钱素凡架走。于两日中被秘密逮捕者计有李天泽（文协会员）、陶应衍（青艺剧团歌咏指挥）及省中学生二十余人，女子师范学生四人。
>
> 二日晨于天生港江面发现浮尸一具，经证明为记者孙平天之尸身，手脚用铁链紧绕，并缚于大石，眼鼻为刀挖去，状极凄惨。全通闻讯后，人心惶惶，各学生家长则寝食不安。省中学生孙锦襄等九人，于五日夜离城，步行二昼夜，绕道海门来沪。
>
> 南通已陷于腥风血雨中，全城戒严，继续搜捕，声言“宁可冤杀九十九，不愿错放一个！”来沪商人，则遭受严密检查，邮电全部封锁，杀人与浮尸之谣，日有所闻，居民惶惶不安。①

反动统治者这种“腥风血雨”的凶残行为，不仅施之于南通一处，全国各大城市的革命文艺工作者和爱国青年都遭到了类似这样失去人性的毒手。在蒋介石统治之下的国统区，完全成为了一个无法无天的黑暗世界。国民党反动政府颁布了所谓“动员戡乱”的伪令，公布了所谓“维持社会秩序临时办法”，禁止了近五十种争取民主的进步书刊。许多进步作家和文艺团体失去了创作、出版和演出的自由。但是

① 南通文艺协会等五团体《为南通惨案告各界人士书》，载四杂志《联合特刊》一卷五期。

革命的文艺运动并未因此而中止下来，相反地，他们采取了很多的活动方式，依然坚持而且发展了这种斗争。阳翰笙在《略论国统区的戏剧运动》一文中，曾就戏剧方面的情况，很有力地说明了这一点：

> 我们……怎样在这种迫害下进行戏剧活动呢？我们采取了很多的活动方式，把力量分散到各方面去。第一，大批戏剧工作者转入与戏剧最亲密的姊妹艺术电影界里面去。第二，从事地方剧的改革运动，就上海来说，新越剧团因为增加了新力量也起了相当好的影响。第三，职业化的戏剧活动不能干了，就转化成业余的戏剧活动。第四，从事学校剧团运动，帮助学校剧团的发展。第五，被迫解散的五队七队另组成一个中华戏剧歌舞剧社，深入南洋；在监视和迫害下的北平演剧二队则全部进入解放区。这样把戏剧力量分散到各方面去活动，国民党反动派不但没有扑灭这个运动，相反地，却使这个运动更深入到各方面去了。……这些都给国民党反动派无耻的反动措施一个响亮的回答：人民的力量是越压越大，越压越强的。

许多知名的革命作家，在日益加甚的迫害之下，一部分进入了解放区，另一部分则南走香港，继续与美蒋作斗争。本时期的香港也成了一个比较大的文艺中心。在殖民地的香港从事革命文艺活动虽然会遭到很多困难，但由于文艺工作者的努力克服，依然起了相当大的影响。在《大众文艺丛刊》上展开的关于"主观论"的批判，在与披着"革命"外衣的资产阶级的反马克思主义的思想倾向作斗争上，发生了很重要的澄清作用（这在前面已经有所论述）。而关于文艺与人民结合问题（也就是作家的自我改造与加强群众观点的问题）的讨论，关于抗日战争以来的文艺运动的估计等，也都是根据毛主席讲话的正确方针加以阐述，对于整个国统区的文艺运动和作家的世界观、人生观都有着深刻巨大的影响。

对于国统区的反动文艺，在《大众文艺丛刊》上也展开了相当猛烈的轰击。抗战时期，国民党反动派就制订了一套法西斯的"文艺政策”，借以限制和摧残国统区的革命的和进步的文艺运动，并企图以反动的御用文艺来维护他们垂死的统治。到了抗战胜利以后，各种反动“文人”更其营营蠢蠢，闹得乌烟瘴气。郭沫若在《斥反动文艺》①一文中说：“今天是人民的革命势力与反人民的反革命势力作短兵相接的时候，反人民的势力既动员了一切的御用文艺来全面‘戡乱’，人民的势力当然有权利来斥责一切的御用文艺为反动。但我们也并不想不分轻重，不论主从，而给以全面的打击。我们今天主要的对象是蓝色的、黑色的、桃红色的这一批‘作家’，他们的文艺政策(伪装白色，利用黄色等包含在内)，文艺理论，文艺作品，我们是要毫不容情地举行大反攻的。”荃麟执笔的《对于当前文艺运动的意见》一文，更全面地揭露了一切反动文艺的丑恶本质：

> 反动的文艺思想影响，在中国可谓极微弱的，早已为群众所唾弃，但是在反动统治直接支持之下，它们仍然不断的出现，或化装而露面。对于这些，我们必须揭露它的毒害性，而予以彻底打击。在这里，首先是美帝国主义对中国的直接文化侵略。这中间，有麻醉广大市民的美国黄色的电影，有鲁斯系杂志所介绍过来的黄色艺术，特别是最近美国所宣布的文化援华计划，是种深谋远虑的阴谋。这一切必须为我们所揭露和打击。其次，也是更主要的，是地主大资产阶级的帮凶和帮闲文艺。这中间有朱光潜、梁实秋，沈从文之流的“为艺术而艺术论”，有徐仲年的“唯生主义文艺论”和“文艺再革命论”，有顾一樵的“文艺的复兴论”，以及易君左、萧乾、张道藩之流一切莫名其妙的怪论。这些人，或则公然摆出四大家族奴才总管的面目，或则扭扭捏捏化装为“自由主义者”的姿态，但同样掩遮不了他们鼻子上的白粉。不久前，连沈从文之流，也来配合四大家族的和平阴谋，鼓吹新第三方面的活动了……以一个攻击艺术家干政治的人，也鬼鬼祟祟于这些混水摸鱼的勾当，它的荒谬是不堪一击的。但我们决不

① 载《大众文艺丛刊》第一辑。

能因其脆弱而放松对他们的抨击。因为他们是直接作为反动统治的代言人的。

再次，是那种黄色的买办文艺。这中间，有色情的，恶劣趣味的，鸳鸯蝴蝶的，宣传西欧资产阶级没落思想的，它们是帝国主义官僚买办的帮闲文艺，然而却具有麻痹城市小市民意识的恶毒作用。他们一方面作为半殖民地的意识形态而存在，一方面又是反动统治的恶劣宣传者。在色情与无聊文字中间夹杂一些反共反苏的宣传，国民党的机关报刊中就充满这一类的黄色文艺。

这些反动文艺思想，它们共同的目的，即是企图掩遮今天统治阶级崩溃的命运，麻醉人民的反抗意识，宣传反共反苏，反人民翻身，毫无疑义是应该列为我们直接打击的敌人。

当人民解放战争正在胜利进行，美蒋反动统治在全国范围内即将全面崩溃的时候，对于反动文艺流派及其腐朽思想给予毁灭性的打击，实在是思想战线上一件刻不容缓的工作。在这一点上，《大众文艺丛刊》所进行的斗争，具有很重要的意义。

总起来说，在人民解放战争期间，国统区的革命文艺运动，是取得了相当巨大的成绩的。在这三年当中，国统区的进步文艺工作者在极端困难险恶的环境下面，以文艺为武器，配合着革命形势的发展与各种实际运动的要求，进行了不屈不挠的斗争。虽然我们有不少进步作家，由于没有经过思想改造，还不可能接受或掌握社会主义现实主义的创作方法；但从进步文艺界总的倾向说来，则仍然是以社会主义现实主义为其主流，与解放区的文艺在基本上是并无二致的。“一直到最后，这支文艺军队并没有被打垮，而且产生了一些对国民党反动派作斗争的有强烈政治意义的作品，开始了若干在毛泽东文艺新方向的影响之下的和人民大众结合的努力。”①待到大陆土地完全获得解放，原来在蒋介石反动政权下坚持文艺工作的进步作家们，在党和毛

① 郭沫若：《为建设新中国的人民文艺而奋斗》（在第一次全国文代大会上的报告）。

泽东同志无微不至的教育和爱护之下，努力与工农兵斗争生活密切结合，他们也都成为社会主义文学的积极创造者了。

三年来，在反动派压迫下斗争和发展的革命文艺，是完全胜利了的。

二　作家和作品

在这一节中，我们拟就诗歌、小说、戏剧和散文四个方面，来介绍一下本时期国统区文艺创作的一般情况和成绩。

政治讽刺诗的众多成为了国统区诗歌创作最显著的特点，诗人们在写作方面的成就主要地是属于这一方面的。道理十分明白：当漫漫长夜行将破晓，在天空中弥漫着的黑暗更加浓重的时候，一首属于人民的现实主义的诗歌，就必须成为撕穿黑暗帷幕、照彻夜空的明亮的火把。在这里，诗人体现了人民对于暗夜似的反动统治的切齿痛恨，和对于朝阳似的革命力量的饥渴一样的追求。它一针见血地揭发敌人的阴谋诡计，对敌人日暮途穷倒行逆施的行为，进行无情的嘲笑。它使被讽刺者的罪恶的心感到恐惧和颤抖；它在人民的善良的灵魂里煽起愤怒和反抗的火焰。在反对和摧毁蒋介石反动王朝的剧烈斗争中，在国统区出现的许多政治讽刺诗，起了相当巨大的教育人民的作用。

臧克家本时期写的诗大都收在《生命的零度》和《宝贝儿》两个诗集中。他在《刺向黑暗的"黑心"》一文(《〈宝贝儿〉代序》)中说："讽刺不是要聪明，也不是说漂亮话。看得真，感得切，恨得透，坚决，尖锐，厉害，这些情形下产生的诗，才有力。力，从诗人传给诗，从诗传给群众。"又说，"当眼前没有光明可以歌颂时，把火一样的诗句投向包围了我们的黑暗叫它燃烧去吧！"正是强烈的愤恨与讽刺构成了诗人本时期诗作的主要风貌。

当抗战的胜利因为人民的八年苦斗而取得的时候，住在自己的祖国的诗人却有了"陌生"和"恐怖"的感觉(《胜利风》)；当"八个年头的风雪日子都在流亡中磨过去了"的时候，诗人所迎接到的却是"夜最长，也最寒冷"的"胜利后的第一个冬天"(《冬》)。诗人所看到的是这样一个稀奇的世界：

这年头，那儿去找繁荣？
繁荣全个儿集中在战地；
这年头，什么都冰冷，
发热的只有枪筒子！

（《发热的只有枪筒子》）

多数人叫苦，穷愁，
一步一步逼到了生的尽头；
少数人欣喜，狂欢，
一个黄金梦实现在白天。

（《飞》）

这样一个世界，不能不使得诗人“愤怒在心里咆哮，象大风里的烈火一样”，他不能不“为了我自己，为了那些无家可归的人，为了那些冻死在街头，打死在战场上的，为了那些把眼泪流干了的全中国的受难的同胞们”而流下苦痛和愤懑的泪水（《眼泪》）。他变得更坚强了起来。他要：

走出阴暗的屋子，
加入年青的一群，
走出阴暗的屋子，
走到太阳底下。

（《快活歌》）

现实的教育使得诗人在思想和生活上有了新的开拓，同时也使得他在艺术上有了新的进境。在《生命的零度》的序文中，臧克家说：“我相信我自己是在变着的。把这个集子里的东西前后一对照，也可以看出这个变的踪迹来。雕琢了十五年，才悟得了朴素的美，从自己的圈套里挣扎出来，很快乐的觉得诗的田园是这么广阔！‘生活得，斗争得，如同一个老百姓，最真挚的憎爱用最平易的字表现出来——表现得深，表现得有力，表现得美！’当然，这只是给自己竖立了一个标竿，我并没有够上它。但，我在努力的，自觉的去够！”我们自然期望着诗人给予我们以更坚实的诗篇，从《烙印》到《宝贝儿》和《生命的零度》，这中间也标志了作者思想和艺术的可喜的发展。

袁水拍在上一时期就写了一些政治讽刺诗。解放战争时期，他写的《马凡陀的山歌》(下简称《山歌》)在当时国统区的民主运动中，曾产生过比较广泛的影响。

《山歌》的题材，往往来自小市民的日常生活，来自当时社会上许多不合理的事实。这些事实，在读者心中可能是“敢怒而不敢言”，也可能是“司空见惯”，“见怪不怪”了；但是一经作者运用犀利明快的艺术形式把它揭示出来，就使读者分明地感到它的丑恶和不合理，因而产生憎恶愤怒的感情和变革现实的愿望。《山歌》用辛辣讽刺的手法，揭露了反动统治者的可耻嘴脸，例如：

军阀时代：水龙、刀，
还政于民：枪连炮。
镇压学生毒辣狠，
看见洋人一只猫：
妙呜妙呜，要要要！

(《一只猫》)

由于这些诗歌在一定程度上表现了人民的感情和意愿，加上它们具有通俗浅易的民歌形式与鲜明具体的形象刻画，因而能够拥有大量的读者。但《山歌》对黑暗事物的揭露讽刺往往停留在表面现象上，战斗性不够强烈。

袁水拍还有另外一些诗歌，收在本时期出版的诗集《沸腾的岁月》和《解放山歌》里。

其次，我们谈谈小说方面的情况。

沙汀的长篇小说《还乡记》作于一九四六年十一月，是一部反映抗战时期国统区农村生活的重要作品。它与作者上一时期的作品《淘金记》主要不同之点，就是：它不仅描绘了国统区农村的阴郁灰暗的画面，而且也写出了农民的日益高涨的集体斗争的力量。小说一开始就展开了旧中国农村的一幅典型的生活图景：

> 要想详细追述林檎沟的全部发展历史，那是很困难的。但有一件事可值得提一提：自从上个世纪末叶以来，那种支配全沟人社会生活的某项规律，便已经失效了。
>
> 这规律是：每隔一二十年，必有几户人家，带着自己辛勤的积蓄，搬向汗坝里去，而另外一批在汗坝里，或者邻境其他丰饶土地上被地主恶霸剥削得破了产的，则用箩筐担了婴孩、破锅和破棉絮，搬进林檎沟来，慢慢舔治自己的创伤。他们可能一代代伴同落后的生产方式，苟延残喘，永远陷在这穷山沟里，但也可能侥幸回转平原上去。
>
> 然而，人口的移动可也有的，只是出去的全是逃亡，抗战以后，则多半是被拔了壮丁，而且总是出去的多，进来的少。因此，虽然满清末年，全沟还有六十户人家，现在，可只有三十户上下了。它的衰落原因之一，是三十年前出过一帮土匪，吃了官兵一场狠心的围剿。人们至今还很伤悼那些强悍的反抗者，而咒骂着官兵们太毒狠。
>
> 人们怀念那帮土匪，这不是没理由的：因为只有那个时期，林檎沟的居民，才勉强象个人样，至少并不比野猫溪其他地区的居民逊色。以后情形便完全不同了！上街去卖柴草、卖粮食，总是他们吃亏。每一个大利盘剥者都有权脱去他们最后一条象样的裤子，或者把他们捆在米市坝晒太阳。说到捐税徭役，他们的负担也特别比别处重。

故事就发生和发展在林檎沟这样一个典型的环境里。农民冯大生的回家(他是从国民党军队中逃回来的)，他的妻子金大姐的被恶霸强占，地主恶霸的合谋掠夺农民笋子利益，通过这些事件的叙述，作者一步步把旧中国农村中错综复杂的阶级矛盾和斗争如实地描写了出来。作者锋利的笔端，给了地主阶级的罪恶以穷形极态的剥露，但也给了农民的善良的、然而逐渐走向了反叛的性格以满怀同情的刻画。对于冯大生这样一个人物，作者是比较着重地来刻画他的。在这个人物身上，充分体现了旧中国农民的坚韧顽强的性格。他从军队中逃了回来，不是由于他不肯抗日，而是由于他忍受不了国民党军队中非人待遇(这样的军队根本就是不抗日的)。回到家中看见妻子被占，在他的心里马上燃起了复仇的怒火。随后，在保卫笋子利益的斗争中，他是站在最前边的一个。他不为个人安全打算，他始终没向地主阶级低下头来。他以他的被抓教育了群众，使他们更清楚地认识到："若果不起来抗争，他们往后的命运将更不堪设想!"最后，当他在家乡不能再生活下去的时候，他终于毫不留恋地离开了这个"大家裤子都没有穿的，还要受盘剥"的地方。其他几个人物(如张大爷、金大姐等)的性格，也写得很生动而真实。在作者笔下出现的农民，再不是那种"白痴式"的愚昧怯懦的人物了。

当然，《还乡记》中农民的反抗还全然是自发性的，冯大生最后的出走也没有显示出农民斗争的必然的前途；但我们在这部小说中所看见的到底不仅是国统区农民的沉重的苦难，而且还有他们最初的集体的抗争与胜利了。这较之《淘金记》，不是一个十分重大的进展吗!①

收在《呼号》和《医生》两个短篇集中的小说，通过各色各样的人物与事态的艺术描绘，真切具体地反映了解放战争期间国统区的社会生活。这里面有在抗战胜利后就向反动政府要还丈夫，但却遭到无理监禁的农妇廖二嫂，她的激越的反抗的呼号——"我们说清楚打平日本人就回来的！姓廖的又跟共产党没冤没仇"——强烈地摇撼着读者的心灵(《呼号》)。《范老老师》中的主人公范纯嘏是小市镇上一个

① 这里关于《还乡记》的评介，系根据1953年人民文学出版社的重印本。

“年逾古稀”的知识分子，报纸消息不止一次撕破了他的梦想，但他却永远坚持着他的“内战怎么不会停呢？没有一个老百姓欢迎啦！”的单纯而牢实的信念。虽然这篇小说没有表现人民要求和平的强有力的行动，但还是传达了人民的理想和愿望，暴露了反动统治者的滔天罪恶。《选灾》一篇是乡村中选举伪国大代表时的一幅真实的谑画。《医生》一篇写的是国民党发行金元券后农村社会破产的生活画面。在这两篇中充满了作者对于蒋介石反动政权的强烈憎恨，也放射着作者所特有的讽刺与机智的艺术光芒。应该这样肯定：沙汀本时期的这些小说，由于作者对于国统区社会生活的敏锐深刻的观察和理解，由于作者的概括和表现生活的创作才华，它们是真实地反映了旧社会腐朽、罪恶的本质，尽了暴露黑暗、教育人民的战斗任务的。

同沙汀一样，艾芜也是本时期在国统区极端艰苦的环境下，坚持文艺工作，而且取得了丰富创作收获的一位作家。他的长篇小说《山野》(一九四八年出版)，以抗日战争为背景，描写了中国南部一个山村里在一日一夜间抗击敌人的斗争。作者并不是斗争的亲身参与者，他的题材和人物都来自他的一个朋友(他“跟当地的人民，一道生活过，一道打过侵略的日本兵”)的口述；但这些“英勇的战斗事件和许多可敬的卑微人物”也曾给作者以感动，他们的“为自由而战争”的精神，使作者“在生活的坎坷路上，增添不少勇气”①。这构成了《山野》这部作品的主要优点和缺点：它反映了中国人民为了抵抗侵略而进行的英勇斗争，但也存在着相当严重的概念化的毛病。作者在书中刻画了这样几个人物：城中工商业全被日寇摧毁，具有某种程度抗日积极性，但也有着妥协倾向的韦茂和；一味主张屈膝投降，甘心附敌的地主韦茂廷、徐德川；因为不堪地主压迫，离开家乡，当了矿工，而后来组织游击队坚决抗日的韦长松；还有不怕牺牲，一心抗敌的青年农民阿劲、阿树、阿龙等。至于徐德川的儿子徐华峰，和韦茂和的二女儿韦美珍，则是以革命青年知识分子的身份出现在作品中的。作者企图通过这些人物在抵抗日寇的斗争中的各种表现和活动，来显示

① 《山野·后记》。

抗战期间各个阶级的不同面貌及其相互关系，并进而说明：只有工人和农民才是抗战中的主要力量。这样一个企图无疑地是值得称许的，而《山野》这部作品也的确在一定程度上揭示了历史的这样一项重要法则。在塑造人物上，也可以看出作者的主观爱憎来。这些都是《山野》一书的重要优点。较之另一个长篇小说《故乡》，作者在思想与艺术上的进展是显而易见的。但是由于作者缺少实际斗争生活的体验，因此，全书的生活气息还不够浓厚，几个正面人物，都没有得到栩栩如生的描画，给与读者的感觉是比较单薄而缺少力量的。①

《一个女人的悲剧》是艾芜本时期的一个中篇小说。它借农妇周四嫂一家人的悲惨遭遇，向旧社会提出了强有力的控诉。周四嫂和丈夫周老四在地主阶级的层层盘剥下，过着卑微贫困的日子，后来周老四被拉了壮丁，被反动派杀害，儿子也病死了，地主阶级又抢去她地里的包谷，于是她携着两个女儿跳崖自杀了。这是反动派疯狂发动内战，残酷迫害农民的血腥的记载，读了它，叫人感到一种难以遏抑的愤懑。但是，周四嫂的性格写得过于软弱了，她是应该而且可能有一些反抗复仇的念头与行动的。那样将会使读者得到更多的教育和启示。

在本时期，艾芜也写了一些优秀的短篇小说。其中如《都市的忧郁》，写出了国统区都市的忧郁的画面：物价不停地上升，人们的生活不停地下降，贫穷和饥饿，瘟疫和死亡，还有在深夜里的拘捕和捆绑，这些都带着无比的真实再现在作者的细致明净的文字里。《石青嫂子》写的是抗战结束后四川农村生活的悲惨情况。它提出了一个重要的问题：农民辛勤开垦了土地，为什么他却不是这块土地的主人？石青嫂子的性格是比较坚韧而顽强的，丈夫拉了壮丁，她自己又被地主从她所熟悉的土地上赶走，但她能够“鼓起勇气，咬定牙巴地想：‘不论啥子艰难困苦，我都要养大他们(指她的五个孩子)的！’”虽然作者没有让石青嫂子对于自己的生活遭遇作进一步的思索，因而产生出更深更广的仇恨感情来，但同《一个女人的悲剧》中的周四嫂子比

① 这里关于《山野》的评介，系根据1954年作家出版社的重印本。

较起来，石青嫂的性格是具有较高的典型意义的。《暮夜行》一篇，描写了两个青年在投奔人民武装的路程上所表现出来的两种不同的思想性格，而最后他们终于找到了自己的队伍。从这一篇中，可以看出生活在黑暗里的青年们是怎样向往着光明和自由的天地。

艾芜本时期的创作，一般地说来，是具有相当高的质量的；但因为生活与思想的局限，它们还各自存在着程度不同的缺点，作者在解放后说："年轻时候，真有着无穷无尽的勇气，我现在还要保持那种勇气，好好地学习马克思列宁主义和毛泽东思想，欢欣鼓舞地来迎接这伟大的毛泽东时代，并勇敢地投到人生的大海，体验前所未有的新的生活，努力用文艺来表现我们伟大的、建设新中国的劳动人民。"这说明了作者在文艺事业上更远大的抱负。

作家巴金和老舍在本时期艰苦环境下，也始终不曾放下他们的创作的笔来。巴金的长篇《第四病室》、《寒夜》，以沉郁的笔墨写出了不合理社会中小人物的凄凉的境遇，也吐出了作者自己的沉重的心情。作者在《第四病室》的《前记》中说："《病中日记》我决定交给书局出版。我想用《第四病室》作书名。《日记》写得不怎么好，不过跟那些拿女人身上的任何一部分来变戏法的艳字派小说相比却高得多了。在这纸张缺乏的时期，我们多耗费一些印书纸，使色情读物的产量减少一分，让我们的兄弟子侄多得到一点新鲜的空气呼吸，我们也算是报答了父母培育之恩，或者用另一些人的说法，积了阴德了。"在《寒夜》的《后记》中又说："我只写了一些耳闻目睹的小事，我只写了一个肺病患者的血痰，我只写了一个渺小的读书人的生与死，但是我没有撒谎。我亲眼看见那些血痰，它们至今还深印在我的脑际，它们逼着我拿起笔替那些吐尽了血痰死去的人和那些还没有吐尽血痰的人讲话。"从这两段话中，我们可看出作者写作这些小说时的严肃的态度，和它们所发生的比较良好的社会影响。老舍的《四世同堂》共分三部：《惶惑》、《偷生》、《饥荒》，是具有宏大规模的反映中国人民在抗日战争期间艰苦斗争历史的长篇小说。它取材于沦陷后的北平，以祁姓人家祖孙四代为中心，展开了剧烈复杂的对敌斗争的描写。老舍对于北平社会生活非常熟悉，同时又有强烈的爱国热情，这就保证了这部作品在创造人物和表现时代生活上的一定程度的真实性。但也由于作者生活幅员与思想水平的限制，这部作品也同国统区其他许多小说创作一样：还不能本质地描写时代生活中的矛盾和斗争，黑暗的暴露多，光明的描绘少；因此，就不能不限制了作品的深刻反映历史现实与教育鼓舞读者的巨大功能。

再其次，谈谈戏剧创作方面的情况。

剧本的创作，在本时期国统区收获不多，主要原因是由于国民党反动集团对进步剧运多方摧压。应当提及的有田汉的《丽人行》，于伶等集体创作的《清流千里》和瞿白音的《南下列车》等剧。这些剧或则反映了进步知识分子争取民主自由的斗争历史，或则给了走向灭亡的反动派以无情嘲讽，从不同角度上勾画出了时代的面貌，在观众和读者当中起了很好的作用。

最后，是散文方面的情况。

郭沫若的《天地玄黄》，茅盾的《杂谈苏联》和《苏联见闻录》，是本时期国统区散文方面影响较大的作品。

《天地玄黄》中的文章，都是郭沫若在抗战胜利后两年写的。前大半部收的是杂文；后一小半部是几篇学术性的论文。这都是一些战斗性很强的文章。在其中的一篇文章①里，作者说：

> 法西斯细菌们也知道他们自己到了生死存亡的关头，所以他们在死命地挣扎。叫嚣，侮蔑，扯淡，敷衍，阴一套而阳一套，骗，打，恐骇，暗杀，收买，豢养，嗾使……无所不用其极地，以图延长其自私自利的虺蜮生命。
>
> 我们不能再沉默了。我们要吼出在苦难中的人民的呼声。

《天地玄黄》中的全部文章，应当说，就是“在苦难中的人民的呼声”。

① 《天地玄黄·〈联合三日刊〉发刊词》。

因为作者是一个诗人，体现在文字中的丰富热烈的情感使得这些文章在反对国民党法西斯政府的民主运动中具有着很强大的动人力量。

茅盾的《杂谈苏联》和《苏联见闻录》，都是他于一九四六年访苏回国后所作。《杂谈苏联》是一本有系统的介绍苏联的作品，而《苏联见闻录》一书，则是作者旅苏期间见闻感触的真实记载。观察的锐敏、深入与文字的细致、清新，正是作者所有写作的共同特点。

以上是关于本时期国统区文艺创作的一个概略叙述。总起来说，在解放战争期间，国统区的文艺创作，在数量上并不怎样丰饶，但它们依然是中国人民反对美蒋的斗争中的有力武器，它们反映了这个斗争，同时也推动了这个斗争。作品的题材大致不外以下几个方面：战争时期社会动态的描叙，饥饿、穷困和走向反叛的农村生活，还有都市的忧悒阴暗的面貌的描绘。这里面强烈地体现了国统区人民争取解放、争取民主的正义的呼声和愿望。一般地说，作品中暴露黑暗的多，正面歌颂光明的少；在有些作家的作品中，还难免透露一些感伤和忧悒的情绪来。因为他们所处的环境的确是太黑暗艰难了啊。但是作家们生活和思想的限制，也是一个重要原因。

第四章　中华全国文学艺术工作者代表大会的召开及其成就

一　胜利的会师

一九四九年一月，平津解放后，大批华北解放区的文艺工作者来到北平，不久许多长期在国统区艰苦奋斗的文艺工作者也相继到达，再加上原来就在北平坚持工作的文艺界同志们，这就形成了中国新文艺大军第一次的大会合。三月二十二日，华北文化艺术工作委员会和华北文协举行招待在平文艺界的茶会，郭沫若在会上提议：发起召开全国文学艺术工作者大会以成立新的全国性的文艺界的组织。这个提议受到了全体与会者的一致赞成。接着，就由原全国文协在平理监事和华北文协理事联席会议产生了郭沫若、茅盾、周扬等四十二人组成的筹备委员会，并以郭沫若、茅盾、周扬、叶圣陶、沙可夫、艾青、李广田等为常务委员，郭沫若任筹备会主任，茅盾、周扬任副主任，负责进行大会的筹备工作。

六月二十七日，大会筹委会主任郭沫若发表谈话，简要地说明了大会的方针与任务：

> 这次大会在人民解放军即将获得全面胜利的伟大时期中召开，这在中国文学艺术工作者，是富有历史意义的空前盛大的会议。筹备委员会已决定邀请的代表共有七五三人(按：大会开幕后，增至八二四人)。这些代表中，包括了反对帝国主义，反对封建主义，反对官僚资本主义的文学艺术工作者各方面的代表人

物。在过去，这些文学艺术工作者被国民党反动统治分隔在两个根本不同的地区里，各自进行工作，绝大多数都经历了艰苦的斗争和考验，都有着相当的成绩；而老解放区的文学艺术工作者，近几年来更在毛主席文艺方针下，在和工农兵群众相结合的基础上创造了许多范例。现在，我们是会师北平了。国民党反动派残余力量的全部肃清已为期不远，以建设为主要任务的中国革命的新时期业已开始。在这样一个令人兴奋鼓舞的时期，全国不同地区，不同工作部门，不同艺术作风的代表们聚集一堂，举行这一个空前盛大与空前团结的大会，主要的目的便是要总结我们彼此的经验，交换我们彼此的意见，接受我们彼此的批评，砥砺我们彼此的学习，以共同确定今后全国文艺工作的方针与任务，成立一个新的全国性的组织。我们相信这个大会一定能够胜利完成这些任务，而且全国文学艺术工作者们一定会在毛主席的明确指导之下，不仅要团结自己，还要团结人民，不仅要教育自己，还要教育人民，要好好地运用文艺这项武器来提高革命敌忾，鼓励生产热情，以期迅速完成反帝反封建反官僚资本的任务，而使新民主主义文化建设获得全面胜利。

郭沫若的谈话清楚地指出了：一九四九年七月在北平举行的全国文代大会，是在革命战争迅速进展、即将取得全面胜利的情势下，全国（老解放区、新解放区、待解放区）文艺工作者的一次胜利会师的大会。从这时候起，我国革命的文艺队伍，再不是被反动派所隔绝的、在两个不同地区作战的队伍，而是集合在毛主席的胜利旗帜之下，紧密团结，共同为建设幸福自由的新中国而奋勇前进的文艺大军了。这是我国革命文艺运动从“五四”以来最值得我们重视和庆贺的一次富有重大历史意义的大会。

大会于一九四九年七月二日在北平正式揭幕，七月十九日闭幕。参加这次大会的有：平津代表第一、二团（团长李伯钊、曹靖华），华北代表团（团长萧三），西北代表团（团长柯仲平），华东代表团（团长阿英），东北代表团（团长刘芝明），华中代表团（团长黑丁），部队代表团(团长张致祥)，南方代表第一、二团(团长欧阳予倩、冯雪峰)。六月三十日举行的大会预备式，通过了大会主席团九十九人，郭沫若为总主席，茅盾、周扬为副总主席。

大会始终在胜利、团结、友好和战斗的气氛中进行。

二　党的关怀和教育

大会受到了党中央和毛泽东同志的亲切的关怀和指导。在大会开幕的前一天，党中央就致予了热烈的祝贺和殷切的希望。贺电的全文如下：

> 中华全国文学艺术工作者代表大会诸位代表们：
>
> 中华全国文学艺术工作者的代表大会现在在北平召开，正值人民革命取得了基本胜利的时候。自从一九一九年“五四”新文化运动以来已经三十年了，文学艺术工作者的这样的全国规模的大会还是第一次举行，这是什么原因呢？这是因为，人民革命的胜利，人民政权的建立，是决定一切的。如果没有人民革命的胜利，如果没有人民政权的建立，进步的文学艺术工作者就不可能有今天这样的大团结，进步的文学艺术工作者就不可能在全国范围内和全体规模上获得自己的发展。我们中国是处在经济落后和文化落后的情况中，在革命胜利以后，我们的任务主要地就是发展生产和发展文化教育。人民革命的胜利和人民政权的建立，给人民的文化教育和人民的文学艺术开辟了发展的道路。我们相信，经过你们这次大会，全中国一切爱国的文艺工作者，必能进一步团结起来，进一步联系人民群众，广泛地发展为人民服务的文艺工作，使人民的文艺运动大大发展起来，借以配合人民的其他文化工作和人民的教育工作，借以配合人民的经济建设工作。现当你们的会议开幕之际，特向你们致贺，并祝你们成功。
>
> 中国共产党中央委员会
>
> 一九四九年七月一日

在大会进行的第一天，朱德同志又代表党中央委员会，庆祝大会成功，并指出："文学艺术工作者在将来的新时代中，要担负比过去更重大的责任，这主要的就是用文学艺术的武器鼓舞全国的人民，首先是劳动人民，团结一致，克服困难，改正缺点，来努力建设我们的独立、自由、民主、统一、富强的新国家。"

在大会进行的第五日（七月六日），中国人民的伟大领袖毛泽东同志亲临会场，对代表们作了一个简短的充满了鼓励的讲话。毛泽东同志说：

> 同志们，今天我来欢迎你们。你们开的这样的大会是很好的大会，是革命需要的大会，是全国人民所希望的大会。因为你们都是人民所需要的人，你们都是人民的文学家、人民的艺术家、或者是人民的文学艺术工作的组织者。你们对于革命有好处，对于人民有好处。因为人民需要你们，我们就有理由欢迎你们。再讲一声，我们欢迎你们。

中国的人民文艺运动，长期以来就是在党和毛泽东同志的正确领导之下进行着和发展着的，而且也正因为有了党和毛泽东同志的领导，才能够取得巨大胜利和收获的。党和毛泽东同志对于大会的鼓励和教育，受到了全体代表的衷心的感谢和拥戴，成为了他们开好这次大会、搞好今后工作的最大的支持和鼓舞的力量。

三　重要报告

大会听取了有关政治和文艺各方面的报告。

周恩来同志的政治报告，是大会上一个最重要的报告。在报告的第一部分中，周总理除了分析三年来人民解放战争的基本情况外，并指出了：这个战争之所以获得胜利，主要是"依靠人民解放军，依靠农民、工人、革命知识分子和一切民主爱国人士所形成的人民民主统一战线。但是从根本上说，造成这个胜利的最有决定性的因素，却是中国人民革命的组织者中国共产党的正确领导，却是中国人民领袖毛泽东同志的正确领导”。周总理说：“我们应当感谢毛主席，他把马克思列宁主义的普遍真理，正确地应用到中国革命的实践中来，因而造成了伟大的力量，战胜了中国革命的强大敌人。我们号召大家学习毛泽东同志，把革命理论和革命实践结合起来。我们同时号召一切进步的文艺工作者努力认识中国共产党，因为中国共产党已经与中国人民的生活和斗争形成了不可分离的联系，不认识中国共产党，也就不能够正确地认识和表现今天的中国人民的生活和斗争的主要部分。”

周总理也指出了世界人民力量——特别是社会主义的“苏联的强大和存在，新民主主义国家的存在，中国的人民革命的胜利和存在，亚洲和其他地方被压迫民族反帝国主义斗争的存在，资本主义国家中无产阶级的革命运动和爱好和平的人民的反对战争的运动的存在，这一个力量的总和大于帝国主义和各国反动派力量的总和；因而有极大可能阻止了新世界战争的爆发，阻止了美帝国主义进一步武装干涉中国。我们的文艺作家的任务之一，就要向全国人民传布这个真理。我们要分清敌我，暴露帝国主义的罪恶，打击战争贩子的叫嚣，揭穿他们的恐吓、挑拨和欺骗。这个庄严的工作，是中国民族利益所要求的，也是世界人民利益所要求的，这正是爱国主义和国际主义的结合”。

在报告的第二部分中，周总理就文艺方面的团结、为人民服务、普及与提高、改造旧文艺、文艺界要有全局观念、文艺组织六个问题，作了极其精辟扼要的原则性的指示。他希望代表们能发扬大会团结精神，经常地密切地联系广大文艺军队。他说文艺工作者应该“首先去熟悉工农兵，因为工农兵是人民的主体”。他告诉我们，今后的工作“还是普及第一”，“我们必须重视新文艺在普及方面的生长和成就”。他认为新文艺工作者应该重视对于旧文艺的改造，“今后一定和全国一切愿意改造的旧艺人团结在一起，组织他们，领导他们，普遍地进行大规模的旧文艺改革”。他说：“假若我们各部门的文艺工作者都有全局的想法，能够和今天的建设联系起来，和我们的政治运动密切结合起来，我们的工作发展就会更快。”最后，周总理说，文艺界不仅要成立一个中华全国文学艺术界的联合会，而且要分部门成立文学、戏剧、电影、音乐、美术、舞蹈等协会。“因为只有这样，我们才便于进行工作，便于训练人材，便于推广，便于改造。”

周总理的这些指示，对于我们社会主义文学艺术今后进一步的发展和壮大，起了极其重要的指导作用。全国文艺界永远在深心里铭刻着周总理在报告结尾时的剀切叮嘱：

> 在全国接近于最后胜利这样的局面下，我们七百多位代表能够有这样的大团结，大会师，我们应该感谢毛主席，他把中国革命领导到今天这样伟大的胜利；我们应该感谢毛主席，他给予了我们文艺的新方向，使文艺也能获得伟大的胜利。

这样的剀切叮嘱，在全国文艺工作者当中，转化成了一个巨大的向前迈进的战斗力量。

大会还听取了大会总主席郭沫若的《为建设新中国的人民文艺而奋斗》的总报告。在这个报告里，郭沫若就我们的文艺运动的性质、文艺界的统一战线问题，和今后全国文艺工作的任务，作了非常正确详尽的说明。郭沫若指出：中国现阶段革命的性质和特点，就是无产阶级领导的人民大众反帝反封建的革命，而“无产阶级领导，又是最根本的特点”。“中国革命的这种性质就决定了中国的新文化和新文艺的性质。”“‘五四’以来的政治革命和文化革命文艺革命为什么有着中国历史上所不曾有过的彻底性和不妥协性，也就是由于有了无产阶级的领导的缘故。”郭沫若又指出：“三十年来的新文艺运动主要是统一战线的文艺运动”；中国革命的空前胜利，“使文艺统一战线也可能取得比过去更广泛的基础”。“文艺界和政治上一样，只有团结，没有批评，统一战线是不能巩固的。”最后，根据以上对于中国新文艺的性质和统一战线的认识，郭沫若提出了我们文学艺术工作者今后的具体任务：

> 一、我们要加强团结，和全国人民一起为彻底打倒帝国主义

> 封建主义和官僚资本主义，建设新民主主义的人民民主共和国而奋斗，努力用文学艺术的武器来加紧这种斗争和建设。
>
> 二、我们要深入现实，表现和赞扬人民大众的勤劳英勇，创造富有思想内容和道德品质，为人民大众所喜闻乐见的人民文艺，使文学艺术发挥教育民众的伟大效能。我们要注意开展工厂、农村、部队中的群众文艺活动，培养群众中新的文艺力量。
>
> 三、我们要扫除半殖民地半封建的旧文学旧艺术的残余势力，反对新文艺界内部的帝国主义国家资产阶级文艺和中国封建主义文艺的影响，我们要批判地接受一切文学艺术遗产，发展一切优良进步的传统，并充分地吸收社会主义国家苏联的宝贵经验，务使爱国主义和国际主义发生有机的联系。

大会还听取了茅盾的《在反动派压迫下斗争和发展的革命文艺》的报告和周扬的《新的人民的文艺》的报告。这两个报告分别就国统区和解放区的文艺运动，作了总结性的说明，同时对今后工作提出了具体的意见。茅盾在报告的结语中说：

> 在我们面前展开着一个和过去完全不同的崭新的人民的时代。……从此以后，我们将生活在自由的天地中，我们将有一切机会和群众建立密切的联系。空前伟大的人民革命的胜利，与正在开始着的全国生产建设的事业，供给了我们文艺工作者以无限丰富的题材，觉醒了的战斗着的工作着的人民大众中间的英雄与模范，将是我们文艺作品内的主人翁。
>
> 但我们必须警惕到：
>
> 一切问题只在于我们能否学习——向时代学习，向人民学习。

周扬也在他的报告中指出："我们的文艺工作还远远落后于革命形势的发展与革命任务的需要"，文艺工作者应该"为提高作品的思想性、艺术性而奋斗，创造无愧于伟大的中国人民革命时代的作品”；“文艺工作者首先必须学习政治，学习马列主义毛泽东思想与当前的各种基本政策”。——这样的意见为文艺运动和文艺工作者的自我改造，指出了极其正确的途径。

傅钟的《关于部队的文艺工作》的报告，从发展历史、主要特点、继续发展和提高等问题，作了人民解放军文艺运动的叙述，使我们了然于由党所领导的这支战无不胜的人民军队，是如何重视和开展文艺运动，而文艺运动又在人民部队中起了怎样巨大的鼓舞和组织战斗的宣传教育作用。这也是大会上一个很重要的报告。

大会还听取了许多不同地区和不同专业的文艺工作者的“专题发言”。还有很多代表写了许多纪念性的文章。在这些发言和文章里，代表们交流了彼此之间的宝贵经验，对开展文艺工作提出了许多建设性的建议，并一致表示今后在毛主席为工农兵服务的正确方针指导之下，深入实际生活，写出更多更好的作品来。

四　决议、组织和宣言

大会一致通过了如下的重要决议：

> 大会听取了周恩来副主席的政治报告与郭沫若关于新中国文学艺术运动的总报告，一致认为他们所指出的在毛泽东主席的文艺方针之下，中国文学艺术工作者今后努力的方向和任务，是完全正确的。我们一致同意他们的报告，并接受作为我们今后工作的指针，决以最大努力来贯彻执行。

在大会向毛主席致敬的电文中，全体代表向人民领袖表示了最高的崇敬与最大的决心。电文说：

> 敬爱的毛主席：
>
> 在你伟大思想的光辉照耀下，我们举行了空前盛大空前团结的全国文学艺术工作者代表大会，广泛交换了工作经验和意见，

确定了今后共同努力的方向和任务，经过了十四天的会议，大会于今日胜利地闭幕了。我们愿意在你面前郑重表示：我们将坚决地遵循着你所指示的方向，为开展人民的文学艺术工作，建设中华人民民主共和国而奋斗到底，我们向你致最敬礼，并祝你永远健康！

大会还通过了向朱总司令暨全体人民解放军致敬电和祝贺人民政治协商会议筹备会的电文。

大会又通过了全国文学艺术界联合会的章程，选举了全国文联的委员。随后又成立了全国文学工作者协会和其他各部门协会。全国文联的主席为郭沫若，副主席为茅盾、周扬。全国文协的主席为茅盾，副主席为丁玲、柯仲平。

七月十九日，举行大会闭幕式，郭沫若作了结束报告。大会在全体代表高呼“全国文艺工作者团结起来为工农兵服务”，“中国共产党万岁”，“毛主席万岁”的口号声和雄壮的奏乐声中胜利闭幕。

大会宣言如下：

全国文学艺术工作者代表大会，在人民的京城——北平，经历了十四天的会议，今天闭幕了。参加这个大会的成员，共有六百四十八人，包括了中国文学艺术界各方面的代表人物。这个大会，象征了中国人民的空前的团结与伟大的胜利。假如没有中国共产党领导下的中国人民的伟大胜利，这样的大会，是不可能举行的。

…………

中国人民解放战争，已取得基本的胜利。新的政治协商会议即将召开。这个新的政治协商会议包括了各民主阶层和各民主党派与人民团体的代表。新的人民民主的政府将随之而产生。这是中国人民新的纪元。中国人民长期被奴役与被宰割的命运是要终止了。从此之后，祖国将走上独立、自由与和平建设的康庄大道。我们拥护这个新的政治协商会议的召开与由它而产生的民主联合政府。目前，国内残余的反动势力仍在作最后的挣扎，我们必须肃清一切或明或暗的匪徒；对敌人的麻痹，就是对人民的犯罪。

我们的祖国经历了长期的战争，广大战区满目疮痍，人民生活十分困苦，今后为了医治战争的创伤和逐渐改善人民的生活，首先必须恢复与发展生产。发扬中国劳动人民的英雄主义！发扬为了人民的利益而奋不顾身的劳动和牺牲精神！我们的人民既然在与强大敌人作战取得了胜利，也一定能在克服新的困难中取得胜利！

…………

从"五四"以来，中国新文艺运动已历时三十年了，在人民革命斗争中起了很大的作用。特别是一九四二年毛主席《在延安文艺座谈会上的讲话》发表以后，中国的文艺工作者，尤其是解放区的文艺工作者开始和广大的人民群众相结合。这些年的经验证明了毛主席文艺方针的卓越的预见与正确。文艺工作者和劳动人民结合的结果，使中国的文学艺术的面貌焕然一新。我们感谢毛主席对文艺的关心与领导。今后我们要继续贯彻这个方针，更进一步地与广大人民，与工农兵相结合。只有首先向人民群众学习了，才有可能教育人民群众。我们的工作，必须在人民群众的面前取得考验。

我们要加强学习与自我批评，我们的文学艺术既然是为人民服务的，我们的目的也就是使人民能取得胜利与巩固胜利。一个名符其实的真正爱国的民主的文学家与艺术家，就必须掌握正确的世界观与人生观，只有这样，他才有可能正确的了解中国社会的阶级关系，表现中国人民中新的英雄人物与英雄事迹，也才有可能使自己的作品富有思想性，也才有可能有效地正确地为人民服务，发扬文艺的伟大教育效能。

我们知道我们的任务是艰巨的，我们的工作是对人民负责的。因此，我们只有密切联系群众，虚心学习，努力工作，才不致辜负全国人民对于我们的热望。

全国爱国的民主的文学艺术工作者紧密地团结起来，在中国共产党和毛泽东主席的领导之下，和全国人民一起，为人民共和国的建设与人民文学艺术的建设而奋斗！

我国文艺运动从此进入了一个新的历史时期。在中华人民共和国成立以后，我们的社会主义文学艺术，在党和毛主席的英明领导和加意培植之下，随着整个人民事业的飞跃进展而取得了更巨大更辉煌的发展和成绩。

新的革命的文艺永远在我国文学史上放射着万丈光芒！

注 本章所引文电，均见《中华全国文学艺术工作者代表大会纪念文集》。

附　编

旧民主主义革命时期文学简述

（一八九八—一九一七）

第一章　农民革命与资产阶级改良主义运动在文学上的反映

一　社会基础与文学特色

在没有叙述新民主主义革命时期的文学历史以前，简略地探溯和回顾一下旧民主主义革命时期的文学，在我们是完全必要的。

第一，从五四运动时期兴起的中国新文学运动是有其历史的发展根源的，它的产生应该是中国文学适应时代环境的需要而演变发展的一个结果，因此，它就必然地和中国文学的历史传统有着不可分割的关系。我们坚决地反对那种把外国文学的影响当成中国新文学唯一来源的那种违反历史唯物主义的说法。社会主义现实主义（或无产阶级现实主义）的中国新文学，没有疑问地，它是以中国文学中的古典现实主义为其主要来源的。① 中国社会从鸦片战争——特别是从戊戌政变（一八九八）以来，有了急遽而显著的本质变化，这种变化不能不反映到文学上来。这时期的文学思潮，在某些方面呈露了和以前时代文学不同的面貌。但正如资产阶级在政治上的改良运动必然地遭到失败一样，这时期的文学运动主要地也是改良主义的，而且也遭到了它的失败的命运。因为有了这次失败的经验和教训，就促使中国人民另外追寻真理，所以十月革命一声炮响，中国人民找到了马克思列宁主义，这就不徒在政治革命上，而且也在“文学革命”上起了显著的质

---

① 冯雪峰：《中国文学中从古典现实主义到无产阶级现实主义的发展的一个轮廓》。

的变化。在这一点上说，这时期的文学，对于五四运动时期的新文学运动，是起了摸索道路的先驱作用的。

第二，谁是五四运动时期新文学运动的真正领导者，那是需要拿历史事实来作证明的。资产阶级的学者曾经千方百计地把胡适之流的人物说成是五四运动时期“文学革命”的领导者。这个说法是否符合于历史的真实，一方面要认真地分析五四运动时期文学运动上的战斗实况；另一方面，我们还要认真地审查一下胡适之流的人物在当时所出售的货色。事实上，胡适在当时（五四运动时期）所发表的一些文学主张，基本上没有超过旧民主主义革命时期许多人的主张。如历史进化论的观点，国语文学等等，几乎全是旧民主主义革命时期所已经有过的；相反地，旧民主主义革命时期要求以文学为政治服务的战斗精神，却在后来胡适的言论里完全消失了。这就可以充分地证明作为五四运动右翼的资产阶级知识分子并不是五四运动时期“文学革命”的主将；他们的主张只是结束旧民主主义文学的一个尾声而已。

因为上述两个理由，所以我们要在叙述中国新文学运动历史以前，简要地叙述一下旧民主主义革命时期的文学。

旧民主主义革命时期的文学是在这样的社会基础之上产生的：

一八四〇年的鸦片战争改变了中国社会的性质。中国社会有了两千年来第一次质的变化。它从一个完整的自给自足的封建社会进入了半封建半殖民地的社会。在一八四〇年以前，中国是一个独立的国家，是“天朝”。但在一八四〇年以后，中国就为国际资本主义的威力所压服了。它成了列强共同追逐的理想对象了。战争、割地、赔款、在政治上和经济上的丧权辱国的条约，使得中国在外表上虽然是一个独立自主的国家，而实质上却已经是资本主义国家刀俎上的鱼肉了。这是当时中国社会性质的一个方面——半殖民地的社会。随着封建经济在中国的逐渐没落，资本主义也开始一天天地在生长着（自然，中国的资本主义命定地是一个先天不足的胎儿）。可是另外，封建经济的衰落却是非常地迟缓的，中国社会——特别是广大的农村社会，却始终掌握在封建地主阶级的手里，对广大农民进行一种日益加甚的经济的和超经济的残酷剥削，使农民日益陷于贫困悲惨的境遇。这是中国社会性质的另一个方面——半封建的社会。

中国千千万万的受剥削、受迫害的农民大众对于压在他们头上的这两块沉重的石头——帝国主义和封建地主阶级，是没有方法长期忍受下去的，因此自发的反抗怒火一次又一次地在旧中国原野上熊熊地燃烧着。一八五〇年出现了太平天国的革命运动。一九〇〇年出现了义和团的反抗帝国主义的运动。其他小规模的农民起义运动在全国范围内更是此起彼伏地继续着。这些运动一方面加速了中国封建地主阶级统治力量的早日崩溃，另一方面也对帝国主义者提出了中国人民有力的示威和抗议。

这时期除了自发的农民革命运动而外，还有中国资产阶级在政治上的改良主义运动和革命运动：一八九八年的戊戌维新运动和一九一一年的辛亥革命。

一八九八年的戊戌维新运动，是以康有为梁启超为首的一次政治改良运动，它代表当时中国“开明的地主富商要求转化为资本家，要在政治上取得必需的保障，就是说要取得有限度的民主权利”①。但是他们并不想根本改变封建主义的统治秩序，只是要求在封建统治的基础上再加上一些“民主”政治的成份，那就是“君主立宪”。他们拥护清朝的皇帝，反对农民革命运动。这就是他们的改良主义。由孙中山先生所领导的辛亥革命，给中国带来了一个名不符实的“共和”政体，实质上，革命以后的政权却仍然操在帝国主义和封建地主阶级手里。由中国资产阶级所领导的革命，也和改良主义运动一样，是完全失败了的。

由中国资产阶级（其中包括要求转化为资本家的开明的地主富商）所领导的改良主义运动和革命运动为什么都会注定要失败呢？这就是因为中国资产阶级是生长在帝国主义的时代，是生长在半封建半殖民地的中国，它必然地要带着一种两面性：“一方面——参加革命

① 范文澜：《中国近代史》。

的可能性，又一方面——对革命敌人的妥协性，这就是中国资产阶级‘一身而二任焉’的两面性。”①因为它具有革命性，所以戊戌维新运动和辛亥革命在中国的历史上都起了一定程度的进步作用；因为它具有妥协性，所以由它所领导的维新运动和革命运动，就非失败不可。

如所周知，一定社会的政治与经济是要产生出一定的文化思想来的。当中国从一个自给自足的封建社会转变成为半封建半殖民地社会的时候，当中国的农民风起云涌、起来推翻帝国主义与封建地主阶级统治的时候，当中国的先天不足的资产阶级想以改良主义或革命的方式取得本阶级在政治上的权力的时候，中国的文化思想，也就较之过去的封建时代，有了显著不同的性质和面貌。

这时期，在文学上就呈露了如下的特色：

一、对于文学艺术的理解与过去时代不同了，从事政治运动的人开始要求以文艺为政治服务，而且开始应用文艺这个武器来进行政治斗争了；

二、中国广大人民反帝反封建的运动也反映到文学艺术的创作上来了，在诗歌、小说和其他文学样式中，暴露和谴责帝国主义和封建地主阶级统治的黑暗和丑恶的作品一天比一天地多起来，古典文学中的现实主义精神开始抬头了；

三、因为文学内容的性质有了变化，所以文学工具和形式的革新的要求和呼声也逐渐普遍起来了，有些作者在创作上开始有了某种程度的新的尝试。

但是正如资产阶级不可能担负起领导政治革命的任务一样，资产阶级也是不可能担负起领导文化革命的任务来的。本时期文学虽然有了某些方面的改变和革新，为五四运动时期的新文学起了一定程度的先驱作用，但它的改变和革新是极其不彻底的，那只能算是文学上的一种改良运动。彻底的不妥协的文学革命是只有在无产阶级和共产主义文化思想的领导之下才可能得到实现、得到成功的。

① 毛泽东：《新民主主义论》。

二　文字工具改革思想的萌芽

本时期值得注意的一件事，就是用白话代替文言的思想已经开始在萌芽着了。

沿用了几千年的文言文本来是封建社会的产物。在封建社会里，统治阶级曾经利用文言文这个武器把广大劳动人民赶在文化圈子的外面，作为语言的作用来说，文言文已无法满足全社会的需要，满足社会所有各个阶级的需要了。而且文言文的本身又只是一个作用极小的工具，它只能适用在社会生活比较简单的时代里。因此，当中国从封建社会变成半封建半殖民地社会的时候，当中国的资产阶级想利用文学艺术的武器来帮助他们夺取政权的时候，当中国的广大人民要求利用文学艺术来暴露和抨击旧社会的黑暗和腐败的时候，文言文用途的局限性就开始非常敏锐明白地被人们感觉出来了。于是就非常自然地产生了要求以白话文代替文言文的思想。

梁启超在他的《劫灰梦传奇》的《楔子》里①借用剧中主人翁杜如晦的口气，说过下列一段话：

> （自语介）我想歌也无益，哭也无益，笑也无益骂也无益。你看从前法国路易第十四的时候，那人心风俗，不是和中国今日一样吗？幸亏有一个文人，叫做福禄特尔，做了许多小说戏本，竟把一国的人，从睡梦中唤起来了。想俺一介书生，无权无勇，又无学问可以著书传世；不如把俺眼中所看着那几桩事件，俺心中所想着那几片道理，编成一部小小传奇；等那大人先生，儿童走卒，茶前酒后，作一消遣。总比读那《西厢记》、《牡丹亭》强得些些。这就算尽我自己面分的国民责任罢了！

在这段话里，梁启超虽然说他写的这篇传奇只是供大人先生、儿

① 《饮冰室文集全编》卷十六。

童走卒茶余饭后的消遣，但是他懂得文学艺术的武器作用，他要求他的作品能够转移人心风俗，把一国的人都从睡梦中唤了起来。梁启超的这种看法，这种对于文艺的武器作用的认识，正代表了当时一般具有开明思想的知识分子的意见。

但是事实却是这样：如果要创造“儿童走卒”能够看懂的文学作品，要收到“转移人心风俗”的效果，文言文这个工具是没有方法担负起这个任务来的。所以要求用白话文来代替文言文的思想就在这时开始萌芽了。

文字工具改革思想的萌芽是旧民主主义文学的进步的地方，它反映了旧民主主义革命时期资产阶级知识分子以文艺为政治斗争服务的要求。

黄遵宪（关于他，后面再作介绍）在《日本国志》卅二《学术志》记日本文学中，后面就有这样一段：

> 泰西论者谓五部洲中以中国文学为最古，学中国文字为最难，亦谓语言文字之不相合也。然中国自虫鱼云鸟，屡变其体，而后为隶书，为草书，余乌知夫他日者不又变一字体为愈趋于简，愈趋于便者乎！……周秦以下，文体渐变，逮夫近世，章疏移檄，告谕批判，明白晓畅，务期达意，其文体绝为古人所无。若小说家言，更有直用方言以笔之于书者，则语言文字几几乎复合矣。余又乌知夫他日者不更变一文体为适用于今，通行于俗者乎！嗟乎，欲令天下之农工商贾、妇女幼稚皆能通文字之用，其不得不于此求一简易之法哉！

在这一段话里，黄遵宪要求“天下之农工商贾、妇女幼稚皆能通文字之用”，这一点与梁启超要为“儿童走卒”写作文艺作品，其用意是完全一致的。但黄遵宪在这段话里更进一步地指出了三点：一、中国文字之所以难学，是因为语言和文字不相合的缘故，这是最基本的病根。二、文字和文体的日趋简便晓畅，以便应用，原是很自然的道理。这一点与后来胡适辈所说的“文学者随时代而变者也”的进化论思想几乎是前后一致的。三、小说家以方言笔之于书是语言文字的复合，而且为了更好地发挥文字的用途，将来只有更趋简易之一途。这就把文学改良主义者胡适所标榜的“国语的文学”也隐约地指出来了。

当时主张用白话文来代替文言文的，还有裘廷梁①。他在《白话丛书·代序》——《论白话为维新之本》一文里，更明白剀切地提出了以白话文代替文言文的主张。他说：

> 使古之为君者崇白话而废文言，则吾黄人聪明才力无他途以夺之，必且另为有用之学，何至暗没如斯矣。吾不知夫古人之创造文字，将以便天下之人乎？抑将以困天下之人乎？人之求通文字，将驱遣之为我用乎？抑将穷老尽气，受役于文字，以为文字之奴隶乎？……且夫文言之美，非真美也。汉以前书，曰群经、曰诸子、曰传记，其为言也，必先有所以为言者存，今虽以白话代之，质干具存，不损其美。汉后说理记事之书，去其肤浅，删其繁复，可存者百不一二。此外汗牛充栋，效颦以为工，学步以为巧，调朱傅粉以为妍，使以白话译之，外美既去，陋质悉呈，好古之士，将骇然而走耳。……故曰辞达而已矣。后人不明斯义，必取古人言语与今不相肖者而摹仿之，于是文与言判然为二。一人之身，而手口异国，实为二千年来文字一大厄。

裘廷梁的这一段话所提出来的主张较之梁启超黄遵宪又前进了一步。他不惟反对文言文，而且把文言文的坏处说得很具体彻底：“一人之身，而手口异国”，这话该说得多么沉痛有力！“五四”时期“文白论战”当中胡适等所持的论点和理由，实在很少超出这个范围。

用白话文代替文言文的思想，在旧民主主义革命时期虽已萌芽，但是它还没有力量发展成为一个广泛的运动。原因在什么地方呢？当时具有资产阶级思想的知识分子，多数都是从封建地主阶级转化而来的。他们一方面具有中国资产阶级所特有的软弱性和妥协性，另外一

① 裘廷梁——《白话丛书》的编者，该序作于戊戌(1898年)七月。

方面又或多或少地保存着地主阶级的落后性和保守性。所以在当时，他们的主张是十分不彻底的，他们没有也不可能把文学思想内容的改革和文字形式的改革一同提到“文体维新”的日程上来。同时他们对“文体维新”的认识和实践也是十分不够的。他们一方面认识了文艺的宣传武器的作用，认为如果要让“儿童走卒”都能读懂，运用白话文来写作是必须的；但另一方面，他们又认为白话文只能收一时宣传的效果，至于“名山事业”，那就非用文言文不可。因为这样，所以在旧民主主义革命时期，白话文的思想虽然萌芽，但是还不可能形成一种广泛的运动。

三 “新文体”和“诗界革命”

当时在散文方面风靡一时，收到宣传鼓动的效果的是谭嗣同、梁启超等所提倡的“新文体”；在诗歌方面，黄遵宪、谭嗣同和夏曾佑等也曾作过一些革新的尝试——所谓的“诗界革命”。

“新文体”也有人叫作“时务文学”，又因为这种文体是创自梁启超所办的《新民丛报》，所以又叫作“新民体”。它是一种从“八股文”、“桐城古文”和“骈文”里解放出来的文体，其中间杂着新的语法和词汇，比较浅易而流畅。他们当时便利用这种文体来宣传他们的政治主张，产生了很大的影响。

“新文体”的创始者其实不仅梁启超一人，谭嗣同也曾作过这一类的文章，而且内容的精悍有力还超过了梁启超的文章。不过他死的较早，所以影响不及梁氏之大。

谭嗣同，有人说他是“晚清思想界的彗星”，他的思想较之他的同时代诸人要勇猛果敢些。他死于戊戌政变的时候，为“六君子”之一，年才三十二岁。他在就逮前对梁启超说：“各国变法，无不从流血而成。今中国未闻有因变法而流血者，此国之所以不昌也。有之，请自嗣同始！”他是中国第一个为资产阶级民权运动牺牲的人。他著有《仁学》一书，里面充满了反因袭、反礼教的精神。他要求冲决一切网罗：

初当冲决利禄之网罗，次冲决俗学若考据若词章之网罗，次冲决全球群学之网罗，次冲决君主之网罗，次冲决伦常之网罗，次冲决天之网罗……

他又说：

俗学陋行，动言名教……以名为教，则其教已为实之宾，而决非实也。又况名者，由人创造，上以制其下，而不能不奉之，则数千年来，三纲五常之惨祸烈毒，由是酷焉矣。

更其值得提出的是，他还不同于康、梁的“保皇”思想，他在《仁学》中曾经愤恨过民族的压迫，要求过民族的解放。这在当时，都是非常激进的思想。他如果晚死几年，他的思想可能有更高更远的发展的。

但是谭嗣同的思想认识，由于他所处的时代，也由于中国资产阶级软弱妥协的根性的限制，不能不存在着严重的弱点：一、他对于旧礼教，只是一味排斥，没有从其产生的社会基础好好地、深入批判；二、他和康有为一样，只是要求改革“孔教”，而不能从思想的本质来说明“孔教”在当时的反动性。在思想上他也或多或少地保存着改良主义的成分。在文学上，他虽然也说过：“古而可好，何必为今之人哉！”但是他的文字的浅显流畅，还赶不上后来的梁启超，影响也自然不及梁氏之大。

梁启超（一八七三——一九二九）文字的影响要比谭嗣同大得多。他的一部《饮冰室文集》就曾经拥有过大量读者。当他在戊戌政变后流亡海外的时候，先后主编过《清议报》和《新民丛报》、《新小说》、《政论》、《国风报》等杂志。这些杂志——特别是《新民丛报》——在当时的影响是非常大的。他自己就曾经作过这样的“夫子自道”：“……为《新民丛报》、《新小说》等诸杂志，畅其旨义，国人竞喜读之。清廷虽严禁不能遏。每一册出，内地翻刻本辄十数，二十年来，学子之思想颇蒙其影响。启超夙不喜桐城派古文，幼年为文，学晚汉魏晋，颇尚矜炼。至是自解放，务为平易畅达，时杂以俚语、韵语及外国语法，纵笔所至，不检束。学者竞效之，号‘新文体’。老辈则痛恨，诋为野狐。然其文条理明晰，笔锋常带感情，对于读者别有一种魔力焉。”①

严复也曾这样说过他的文章：“一纸风行，海内观听为之一耸。……其笔端又有魔力，足以动人。言破坏，则人人以破坏为天经；言暗杀，则人人以暗杀为地义。”严复是反对梁启超这种文体的，但从这几句话看来，当时梁氏文字力量之大，就可以想见了。

梁启超的文章为什么会有这种力量呢？正如他自己所说的，他的文章实在具有以下的优点：一、他没有遵守古人作文所要遵守的一切“义法”，冲出了“古文”、“骈文”和“八股文”的樊篱，奔放流畅，不受检束；二、提出了当时资产阶级变法图强的政治主张，表现了一定程度的政治热情。当时的青年知识分子久受封建思想束缚，一旦接近这样在思想内容上和艺术形式上都有着某种程度的革新的文章，自然会产生出一种新鲜的感觉，而深深地爱好了它。

下面举梁氏的一段文章来看看“新文体”到底是一种怎样的文体：

> 欲言国之老少，请先言人之老少。老年人常思既往，少年人常思将来。惟思既往也，故生留恋心。惟思将来也，故生希望心。惟留恋也故保守，惟希望也故进取。惟保守也故永旧，惟进取也故日新。惟思既往也，事事皆其所已经者，故惟知照例。惟思将来也，事事皆其所未经者，故常敢破格。老年人常多忧虑，少年人常好行乐。惟多忧也，故灰心。惟行乐也，故盛气。惟灰心也，故怯懦。惟盛气也，故豪壮。惟怯懦也，故苟且。惟豪壮也，故冒险。惟苟且也，故能灭世界。惟冒险也，故能造世界。老年人常厌事，少年人常喜事。惟厌事也，故常觉一切事无可为者。惟好事也，故常觉一切事无不可为者。老年人如夕照，少年

① 见梁著《清代学术概论》。

人如朝阳。老年人如瘠牛，少年人如乳虎。老年人如僧，少年人如侠。老年人如字典，少年人如戏文。老年人如鸦片烟，少年人如泼兰地酒。老年人如别行星之陨石，少年人如大洋海之珊瑚岛。老年人如埃及沙漠之金字塔，少年人如西伯利亚之铁路。老年人如秋后之柳，少年人如春前之草。老年人如死海之潴为泽，少年人如长江之初发源。此老年与少年性格不同之大略也。任公曰：人固有之，国亦宜然。①

这样一段文字，真可算是汪洋恣肆，毫无检束了。这里面，浮夸和不精炼的毛病是有的，但是也随处流露着一股新鲜的气息。这种文体，在当时是有着它的进步作用的，它做了从文言文到白话文之间的一个桥梁。

不过，从整个历史进程上来看，梁启超在当时所起的进步作用，是非常有限的。他的改良主义的思想限制住了他。他同当时所有的改良运动倡导者一样，是一个"半封建、半资本主义的人物"，一方面想在中国建立一个资本主义的社会，另一方面却又想不改变封建统治的局面。他们主张"满汉不分，君民同治"，而且认为革命是"最险之着而亦最下之策"。所以他虽然鼓吹"少年中国"的朝气，但骨子里却是软弱、富于妥协性的。他们的政治主张是如此，他们的文学主张也是不可能不如此的。

下面再谈谈当时所谓的"诗界革命"。

梁启超在《饮冰室诗话》中说："当时所谓新诗者，颇喜挦撦新名词以自表异。丙申、丁酉间，吾党数子皆好作此体。提倡之者为夏穗卿（曾佑），而复生（谭嗣同）亦綦嗜之。"喜"挦撦新名词以自表异"，实在是当时所谓"新诗"的一个最大特色。这种"新诗"的作者，都是当时的一些"识时贵知今，通情贵阅世"②的改良主义者。这种诗，形式上基本上还是五七言诗的旧形式，除开加上一些新名词、新典故

① 《少年中国说》。

② 见《感怀诗》。

外，新的内容、意境是很少的。谭嗣同的《金陵听说法》一诗中，就有着这样的句子：

纲伦惨以喀私德；
法会盛于巴力门。

夏曾佑《赠任公》诗中也有着这样的句子：

质多举只手，
阳乌为之死。

所谓“喀私德”(Caste)和“巴力门”(Parliament)都是英文的译音，而“质多”却是佛典上魔鬼的译名。把这些新名词、新典故搬进诗里面来，完全没有什么意义，而且也没有达到所谓“以旧风格含新意境”①的目的。

当时，在诗歌方面，做到了一定程度的解放，能够代表他们所说的“诗界革命”的，还要推黄遵宪的《人境庐诗草》。

黄遵宪(一八四八—一九〇五)，字公度，广东嘉应州(今梅县)人。他的诗除了《人境庐诗草》十一卷外，还有《日本杂事诗》二卷。在《人境庐诗草》中，他首先提出了对于诗的主张：

> 俗儒好尊古，日日故纸研，六经字所无，不敢入诗篇，古人弃糟粕，见之口流涎，沿习甘剽盗，妄造丛罪愆。……我手写吾口，古岂能拘牵！即今流俗语，我若登简编，五千年后人，惊为古烂斑。②

在这一段诗里，他攻击了封建文人尊古贱今的谬误思想，宣布了

① 见梁启超《饮冰室诗话》。

② 《杂感诗》。

沿习剽窃的罪状，而且也提出了“我手写吾口”的主张。这在当时，实在是一种比较进步的见解。

在《人境庐诗草》里，有许多表现爱国思想和反帝情绪的诗篇。黄遵宪曾经是中日甲午战争（一八九四）的目击者，而且他亲身参与过这一回的交涉事件，他的诗忠实地记载了当时的历史事实，具有着现实主义的长处。如《悲平壤》、《东沟行》写清廷陆军和海军失败的经过，《哀旅顺》、《台湾行》等篇写战败失地的惨痛，都强烈地表现了诗人愤慨的情绪。

他还有许多诗是模仿民歌的。如《山歌》：

嫁郎已嫁十三年，
今日梳头侬自怜；
记得初来同食乳，
同在阿婆怀里眠。

对封建时代不合理的婚姻制度，也作了某种程度的暴露和谴责。

总之，黄遵宪的诗虽然还说不上是诗界的革命，同时也还没有实践“我手写吾口”的主张，但确实比当时“同光体”的诗人们要进步得多。在后来白话新诗的建设方面，他是多少有过一些贡献的。

第二章　几个小说作家及其作品

一　小说兴盛的原因和它的特点

这时期的文学除了散文和诗都有某种程度的革新外，还有一件特别值得注意的事便是白话小说的兴盛。据阿英在他编著的《晚清小说史》上的统计，本时期所写的小说，至少在一千五百种以上，这实在是一个相当庞大的数字。

鲁迅曾经在《中国小说史略》中指出当时小说繁荣的原因：

> 光绪庚子(一九〇〇)后，谴责小说之出特甚。盖嘉庆以来，虽屡平内乱(白莲教，太平天国，捻，回)，亦屡挫于外敌(英，法，日本)，细民暗昧，尚啜茗听平逆武功，有识者则已翻然思改革，凭敌忾之心，呼维新与爱国，而于"富强"尤致意焉。戊戌政变既不成，越二年即庚子岁而有义和团之变，群乃知政府不足与图治，顿有掊击之意矣。其在小说，则揭发伏藏，显其弊恶，而于时政，严加纠弹，或更扩充，并及风俗。

在这一段话里，鲁迅指出了当时小说兴盛的主要原因，也谈到了当时小说的主要特色。当时小说是在清政府丧权辱国，农民群众不堪压迫，纷起反抗的时候兴盛起来的。许多作者都利用了小说来暴露和谴责当时黑暗腐败的政治，具有着反映和批判现实社会生活的现实主义的精神。当时一般从事维新运动的资产阶级知识分子也逐渐认识到了小说的重要作用。从来中国的士大夫是把小说当成稗官野史，认为

“不登大雅之堂”的。从这时期起，小说的地位也逐渐提高了，大家都认识到了小说的暴露谴责和宣传教育的作用。在一八九七年(光绪二十三年)创刊的天津《国闻报》上，严复与夏曾佑就合写过一篇《本馆附印说部缘起》，长万余言，是说明小说价值的第一篇文章。他们认为小说“入人之深，行世之远，几几出于经史上”，把小说抬到比封建正统的“经史”还高的地位，强调了它“使民开化”的启蒙教育的作用。

梁启超在一八九八年写过一篇《译印政治小说序》。后来在一九〇二年又写过一篇《论小说与群治之关系》，发表在《新小说》杂志的创刊号上。该文开始就说：

> 欲新一国之民，不可不先新一国之小说。故欲新道德，必新小说。欲新宗教，必新小说。欲新政治，必新小说。欲新风俗，必新小说。欲新学艺，必新小说。乃至欲新人心，欲新人格，必新小说。

他认为小说“有不可思议之力”，足以支配人的心理，可以改变一代的社会风俗。这种说法，对于小说的功用，可以说是给了足够的估计(当然也有些夸大)。这种看重小说的主张，在当时获得了一致的反响，小说的地位因此增高，写作小说的人也就因此加多了。

除此以外，当时印刷事业和新闻事业的发达，也是促使小说繁盛的一个原因。

以上是促进小说兴盛的几个原因。这些原因也就规定了本时期小说所独具的特色：

一、本时期的小说是以暴露封建统治阶级的黑暗腐败为主的，特别是对于当时官场中的腐败情形，更是抨击不遗余力。在这一点上，本时期的小说，在内容上就有了更多的人民性，在创作方法上也更具有着批判的现实主义的精神。

二、本时期的小说多数仍采取“章回体”的形式，一个长篇常常是很多短篇故事的集合，而这些短篇故事又是自为起讫，彼此很少有机的联系。这种散漫的结构，一方面是受了《儒林外史》的影响，另一方面也是因为这时期的小说多半是刊载在报纸或杂志上，这种写法比较便于逐日连载的缘故。

二 作家和作品

我们现在举当时的几个代表作家来谈谈。

首先应该提到的是《官场现形记》和《文明小史》的作者李宝嘉(一八六七——九〇六)。宝嘉字伯元，别署南亭亭长，江苏武进人。在上海办过《指南报》、《游戏报》、《繁华报》，以后又主编过《绣像小说》。他生平写作的小说很多，以《官场现形记》和《文明小史》为最有名。

《官场现形记》共六十回，是一部未完成的作品。他在《自序》①里说：

> ……南亭亭长，有东方之谐谑，与淳于之滑稽，又熟知夫官之龌龊卑鄙之要凡，昏聩糊涂之大旨。……穷年累月，殚精竭诚，成书一帙，名曰《官场现形记》。……凡神禹所不能铸之于鼎，温峤所不能烛之以犀者，无不毕备。

《官场现形记》，就是这样一部揭发封建地主阶级在政治上的代表人物——官僚们——的龌龊卑鄙，昏聩糊涂的作品。全书都是“官”的丑史，举凡当时“官”的荒谬、淫秽、贪赃、昏庸的生活，是完全尽情地暴露出来了。虽然描写有时稍嫌夸大，但当人民对清廷敢怒而不敢言的时代，这部书总算是为人民出了一口怨气。

《文明小史》是一部反映维新运动时代面貌的书。取材的范围是相当广阔的。它暴露了当时帝国主义分子——洋教士——在中国横行无忌的实况，清廷官吏媚外事仇的丑态，和当时官僚地主阶级对广大

① 序文署名茂苑惜秋生，作于1903年。

农民进行残酷剥削的事实。所涉及的地域，除中国本土外，尚有美洲、日本。它最初发表在《绣像小说》上，一九〇六年由商务印书馆印成单行本。

李宝嘉的小说虽然对旧社会作了无情的暴露和谴责，但他本人却是一个温情主义者，他有着很浓厚的软弱妥协的思想。他在政治上一方面主张维新，另一方面又不赞成用激烈的手段。他在《文明小史》里借用"饱学"的老人姚士广代表他说了一段话："我们有所兴造，有所革除，第一须用上些水磨工夫，叫他们潜移默化，断不可操切从事，以致打草惊蛇，反为不美。"这种思想基本上还是属于改良主义范畴的。

其次，我们要谈到吴沃尧和他的《二十年目睹之怪现状》。

吴沃尧（一八六六——一九一〇）字茧人，后改趼人，别署我佛山人，广东南海人。年二十余至上海，常为日报撰文。梁启超创办《新小说》杂志时，他才开始写小说。所著小说很多，以《二十年目睹之怪现状》最为有名。

《二十年目睹之怪现状》最初发表在《新小说》上。全书以自号九死一生者的经历为主要线索，历记他的所见所闻。书的取材和结构略同于《官场现形记》。但因作者坎坷终生（相传他死时衣袋中仅剩小银元二枚），所以愤世嫉俗，对旧社会的抨击谴责更为猛烈。鲁迅在《中国小说史略》中说："相传吴沃尧性强毅，不欲下于人，遂坎坷没世，故其言殊慨然。惜描写失之张皇，时或伤于溢恶，言违真实，则感人之力顿微，终不过连篇'话柄'，仅足供闲散者谈笑之资而已。"

这样的一段批评是非常公平允当的。

最后，我们还要提一提《孽海花》的作者——东亚病夫。东亚病夫本名曾朴（一八七二——一九三五），字孟朴，江苏常熟人。他在清末创小说林社，编译新学书籍——特别是文学书籍很多，对当时文学界影响很大。

《孽海花》曾有过大量的读者，很短时期就再版过十五次，销行了五万部，这在当时实在是一个很大的数目。全书以名妓傅彩云为主人翁，反映了中国三十年的社会面影。作者在《〈孽海花〉删改后要说的几句话》一文中曾这样说："这三十年是我国由旧到新的一个大转关，一方面文化的推移，一方面政治的变动，可惊可喜的现象，都在这一时期飞也似的进行。"他的书就反映了这样的一个大变动，而且表示了很强烈的革命倾向。作者是很拥护当时的资产阶级革命运动的。鲁迅的《中国小说史略》说作者"欲以豫想之革命收场，而忽中止"。这个说法大概是靠得住的。这是他与李伯元、吴趼人等人不同的地方，也就是本书最进步的地方。

除了书的思想内容外，就是描写技巧，也有值得称许的地方。他对于当时京城内外一般知识分子、官僚、名士的生活和思想都作了很生动的描写。夸大的缺点是有的，但较之《官场现形记》等书中的人物，也就真实得多了。

总起来说：本时期的小说是有着现实主义的长处的，它们对于正在变革期间的旧中国社会作了不同程度的反映，它们暴露而且谴责了当时社会政治的黑暗腐败的情形，因此，它们对于正在当时进行着的资产阶级民主主义革命运动也起了一定程度的宣传和推动作用。另外，当时的白话小说虽然没有突破"章回体"的旧形式，而且在结构上和在人物描写上还存在着散漫和夸大失实的缺点；但是白话小说的盛行却说明了这样的两个问题：一、当时的一般作者已经普遍地感觉到写作小说，运用白话文这个工具，较之运用文言文要更方便，更有力量了；二、当时的广大读者已经普遍地喜欢而且需要用白话文写的读物了。这就为后来的五四运动时期的新文学运动，在文字工具的改革方面，准备了一定的条件。

当然，本时期的小说还是有着很大缺点的。由于阶级和时代的限制，作者的思想大半具有妥协软弱的改良主义的倾向，这就大大地限制住了作品在思想内容方面的战斗作用。同时，本时期的小说，在艺术形式方面，也存在着(一)结构散漫，(二)夸大过度，和(三)人物有类型，没有个性——这些不算是小的缺点。如何克服思想内容上的和艺术形式上的这些缺点，把我们的文学再向前推进一步，在旧民主主义革命时期是无法做到的。

然而，时代是在飞跃地进展着，中国人民需要一个彻底的不妥协的反帝反封建运动。革命的暴风雨已在这个时期孕育着、酝酿着，准备一个新的时代的来临了。

结　语

一、在本时期内进行着的政治上的维新运动和革命运动都是中国人民为了反对帝国主义和封建势力所进行的斗争。但这些运动都是由中国的资产阶级来领导的。它的目的是要在中国建立一个资本主义的社会与资产阶级专政的国家。按其社会性质来说，这个革命是资产阶级民主主义的革命，是属于旧的世界资产阶级民主主义革命的范畴之内的，是属于旧的世界资产阶级民主主义革命的一部分。

二、本时期文化战线上的斗争也是由中国的资产阶级知识分子所领导的，是资产阶级的新文化与封建阶级的旧文化的斗争。这个斗争表现在文学上，便是白话文代替文言文的思想的萌芽，是白话小说的空前繁荣，是在诗和散文上某种程度的革新的尝试。

三、中国的资产阶级产生在世界已经进入了帝国主义的时代，产生在半殖民地的中国。它从先天里就带来了妥协和软弱的根性。它害怕和拒绝广大群众来参加革命运动。因此由它所领导的政治上和文化上的反帝反封建的斗争，也就不可避免地要遭受到失败的命运。

四、本时期文学上的改革同样是软弱无力的。在内容上虽然对帝国主义和封建势力的黑暗腐败作了一些暴露和谴责，但依靠人民的思想是绝对没有的。改良主义的思想是本时期文学的主导思想。

五、改良主义的倾向同样表现在艺术形式方面。本时期的文学也还没有力量冲出旧形式的束缚。诗和散文虽然或多或少地呈现了与前不同的面貌，但还是单纯地用的“旧瓶装新酒”的办法。小说方面还始终脱不出章回体的窠臼。

六、本时期文学的特点为我们说明了如下的事实：(一)本时期的文学较之过去时代的文学有着一定程度的进步意义，它为五四运动时期的新文学运动摸索过道路，创造了条件；(二)本时期文学的进步意义和战斗作用是有限的，它没有力量完成时代交给它的任务；(三)胡适之流在五四运动时期所提出来的“文学改良”的主张，实在只能算是本时期文学思想的“旧调重弹”，并没有什么更新鲜更进步的见解。五四新文学运动的领导者决不是胡适一流的资产阶级知识分子。

后　　记

这部书是我近两年在武汉大学中文系讲授中国新文学史一课的讲稿。它是在这样的情况下面被写成的：我的理论水平很低，手边的史料甚感不够，而教学任务又很紧迫，因此，它的科学性和战斗性显得薄弱，甚至很多地方存在着错误，都是不可避免的事实。今天广大读者迫切需要一部正确的完整的阐述新文学发展历史的书，这部浅陋的稿子自然不能满足读者的要求。把它印出来的意思，仅仅是想给读者提供一点了解我国社会主义现实主义文学发生和发展的历史的参考资料，并争取读者和文艺界同志们的批评和指正。

本书叙述的，是自五四运动时期起到中华人民共和国成立前这三十年的文学历史。在我们共和国成立以后，我国文学继续遵循着毛主席指示的伟大的正确的文艺方针，在新的社会基础上又产生了显著而巨大的变化，取得了新的发展和成就。我原来也打算叙述一下这一新的历史时期的文学概况，但因为教学工作较忙，而史料的钩稽整理又颇需时日，所以这一部分工作，只好俟诸异日了。

感谢伟大的党这几年给予我的教育，使我在边教边学的情况下，能够尝试着从事于我国新文学发展历史的叙述。这是一件与我的能力很不相称的工作，但我在进行它的时候，也深深地感到自己逐渐有所改造和提高。我们的祖国正在一日千里飞跃地前进着，而我的蠕缓的脚步是多么地赶不上祖国的需要啊。

在这部书的写作过程中，承许多同志给予恳挚的关怀和指正，使它避免了某些比较显著的缺点，同时也成为了对我个人的有力的鞭策和鼓舞，谨在此致以衷心的感谢！

一九五五年七月十二日改竟记。

修订再版书后

刘绥松同志横遭林彪、“四人帮”的迫害，离开我们已经整整十年了。十年后的今天，他的遗著《中国新文学史初稿》(修订版)，又将与新文学的爱好者、研究者及广大读者见面，这本身就是对林彪、“四人帮”的法西斯文化专制主义的一个有力的批判，同时，也是对刘绥松同志本人的一个最合适的评价和纪念。

《中国新文学史初稿》初版于一九五六年。一九五八年至一九五九年间，著者曾修改一遍，作为《中国现代文学史讲义》在我校内部印行；六十年代中期，准备由人民文学出版社再版，后为林彪、“四人帮”所禁锢而未实现。这次修订，即以著者修改过的上述《讲义》本为基础，酌取《初稿》本的长处。凡学术上存在争论的问题，即使我们有不同意见，也秉“百家争鸣”的精神，尊重著者的一家之言，尽力保存原著的基本面貌，只对个别章节及文字作了一些修改；至于文学史上的某些公案，尚待历史作出切合实际的评断，也只好基本保持原貌。具体担负修改的是：易竹贤(绪论、第一、二编)、陆耀东(第三编)、唐达晖(第四、五编)等同志，具名书后，以明责任云。

武汉大学中文系现代文学教研室

一九七九年二月